Bridget Harrison

Single and the City

BRIDGET HARRISON

Single and the City

Mein Leben von Date zu Date

Aus dem Amerikanischen
von Stefanie Retterbush

MANHATTAN

Die Originalausgabe erschien 2006 unter dem Titel
»Tabloid Love. Looking for Mr. Right in All the Wrong Places«
Bei Da Capo Press, Cambridge

FSC
Mix
Produktgruppe aus vorbildlich bewirtschafteten Wäldern und anderen kontrollierten Herkünften
Zert.-Nr. SGS-COC-1940
www.fsc.org
© 1996 Forest Stewardship Council

Verlagsgruppe Random House FSC-DEU-0100
Das für dieses Buch verwendete FSC-zertifizierte Papier *Munken Premium* liefert Arctic Paper Munkedals AB, Schweden.

Manhattan Bücher erschienen im
Wilhelm Goldmann Verlag, München,
einem Unternehmen
der Verlagsgruppe Random House GmbH.

1. Auflage

Die Nutzung des Labels Manhattan erfolgt
mit freundlicher Genehmigung
des Hans-im-Glück-Verlags, München
Satz: IBV Satz- und Datentechnik GmbH, Berlin
Druck und Einband: GGP Media GmbH, Pößneck
Printed in Germany
ISBN-10: 3-442-54625-5
ISBN-13: 978-3-442-54625-1

www.manhattan-verlag.de

Für die Mädchen von New York

Inhalt

Prolog 9

Erster Teil
New York, New York

Mit neunundzwanzig ist man doch noch jung, oder? 19
Mädchen erlebt U-Bahn-Horror 29
Leichtes Mädchen auf der 7th Avenue 46
Narbengesicht nimmt Mutter und Kind als Geisel 62
Verhängnisvolle Verabredung im romantischen Brooklyner Restaurant 76
Was führt dich denn heute Abend hierher? 94
Enthauptung – Mann, das passiert doch dauernd 107
Wiedersehen Shepherds Bush, hallo East Village 124

Zweiter Teil
Single am Sonntag

Kaninchenbau mit Aussicht 133
»In Begleitung von« – mir 141
Vom »tollen Date« zum neuen Schicksal 147
Was ist bloß mit den New Yorker Männern los? 158
Was, wenn er doch der Richtige war? 172
Höschen in der Höschenschublade 184
Scheinwerfer, Kameras und eine ganz falsche Handlung . 194
Bahn frei für englische Bräute 213
Der längste Tag 221

Ihr könnt mich mal mit eurem Milzbrand! 232
Mein großer Auslandsauftrag:
ein verregnetes englisches Nest 239
Ledig, weiß, Kolumnistin sucht 255
Held verzweifelt gesucht –
ein ganz bestimmter muss es sein 271
Ich nehme es selbst in die Hand 277
Hatten wir einen Plan? 290
Heimliches Angeln im Firmenbecken 302
Endlich Mr. Right, was schreib ich denn jetzt? 311
Unser kleines Geheimnis – gibt's nicht mehr 320
Wenn man's weiß, weiß man's – oder? 326
Hotdogs und Solitär 335
Krieg und kein Frieden 344
Mein Freund, meine Eltern und ich? Diesmal nicht 356
Ausfallschritt und Absturz 365
Zehn Dates bis Weihnachten 379
Unterwegs auf ausgetretenem Pfad 391

Dritter Teil

Das Leben ist ein Badestrand

Abschied von den Storys übers Küssen 399
High Life in den Hamptons 406
Zeig mir deinen Lear-Jet 414
Unerschrockenes Briten-Mädchen
auf Insel der Träume 428
Ankunft 440
Vierunddreißig ist doch noch kein Alter, oder? 450
Das Mädchen im roten Kleid 461

Danksagung 477

Prolog

Das Taxi bog um die Ecke, und plötzlich waren wir in der Pike Street. Die Manhattan Bridge lag direkt vor uns, in orangerotes Sonnenlicht getaucht wölbte sie sich über den East River bis hinüber nach Brooklyn.

»Nein, nein, das ist ganz falsch, was zum Teufel machen Sie denn bloß?«, brüllte ich den Taxifahrer an und steckte den Kopf durch einen Spalt der kugelsicheren Glasabtrennung. »Ich will nach 91 Clinton Street, das ist drüben bei der Delancey, Sie sind viel zu weit gefahren.«

Ich ließ mich in den Sitz zurückfallen und verfluchte mich insgeheim dafür, dass ich nicht besser aufgepasst hatte, denn ganz im Gegensatz zu den Taxifahrern in London hat die Hälfte ihrer New Yorker Kollegen keinen blassen Schimmer, wo die Fahrt eigentlich hingehen soll. Statt auf die Straße zu achten, hatte ich dummerweise in meiner Tasche nach einer Telefonnummer gekramt – ich wollte eine Verabredung absagen –, hatte sie aber noch immer nicht gefunden.

Der Taxifahrer machte eine Kehrtwende. Ich warf einen Blick auf mein Handy. Mist. Es war halb fünf, schon vierzig Minuten her, dass ich aus der Redaktion raus war, und nicht mal mehr eine Stunde bis Redaktionsschluss.

»Da, da rüber, fahren Sie da lang.« Ich steckte den Kopf noch mal durch die Abtrennung, als wir den East Broadway überquerten. »Es ist auf jeden Fall nördlich von hier. Geben Sie mir mal den Stadtplan. Haben Sie überhaupt einen?«

Erstaunlich lässig und unbeeindruckt reichte der Taxifahrer

mir einen arg ramponierten Stadtplan. Meinen knappen Anweisungen gemäß tuckerten wir die Allen Street hoch, überquerten die Delancey, bogen auf die Stanton ein, fuhren fünf Blocks weiter und stießen endlich auf die Clinton. Ich sah gleich, dass die Hausnummern zu niedrig waren, aber wir durften nicht rechts abbiegen.

»Dreck, Stopp. *Stopp!*«

Ich reichte ihm den Stadtplan zusammen mit einem Bündel Dollarscheine und knallte die Taxitür zu. Dann warf ich mir schwungvoll die Handtasche über die Schulter, verwünschte, morgens die hochhackigen Stiefel angezogen zu haben, und musste wohl oder übel schon zum vierten Mal in dieser Woche im Eiltempo eine New Yorker Straße entlangsprinten. Aus unerfindlichen Gründen ließ mich das Schicksal dauernd zu spät kommen.

Ich wusste sofort, um welches Gebäude es sich handeln musste, denn unmittelbar vor mir auf dem Bürgersteig drängte sich eine ganze Herde Schaulustiger – Ladeninhaber, Anwohner und Passanten standen herum wie Schafe vor der Schlachtbank. Sie glotzten mit großen Augen das Gebäude auf der anderen Straßenseite an, als erwarteten sie, jeden Augenblick könnte eine weitere Katastrophe mit lautem Knall die Fenster des Gebäudes zum Bersten bringen.

NY1 und *Channel 7, Eye Witness News* hatten Kamerastative entlang des Bordsteins aufgebaut. Die Kameraleute guckten wie gebannt auf die andere Straßenseite und rauchten Zigaretten. Ich war versucht, sie um eine anzubetteln, aber dazu war keine Zeit.

Die Polizisten hielten die Menschen auf der einen Straßenseite in Schach, und genau gegenüber lag Nummer 91 – eine offene schwarze Tür, eingezwängt zwischen einem dominikanischen Frisör und einem chinesischen Spielzeugladen. Dahinter eine Treppe, die zu einem fünfstöckigen Wohnhaus führte, an dessen Fassade das Zickzackmuster einer rostigen Feuerleiter prangte. Eine Frau in einem marineblauen, wasserdichten Einteiler, auf dessen Rückseite in großen, leuchtend gelben Buchstaben

»Amtlicher Leichenbeschauer« zu lesen war, bewachte den Eingang. Was nur bedeuten konnte, dass die Leichen noch im Haus waren.

Schon ziemlich außer Atem bahnte ich mir einen Weg durch die Gaffer und hielt nach anderen Reportern Ausschau. Dann endlich entdeckte ich sie, die einzigen weißen Jungs in der ganzen Gegend. Sie standen ein paar Meter weiter die Straße runter, drängten sich um einen stämmigen, glatzköpfigen Typ im beigen Bullenanzug und kritzelten eifrig in ihre Notizblöcke. Mist, das Pressebriefing, und ich hatte es verpasst. Ich duckte mich an einem Polizisten vorbei, sprintete quer über die Straße und zog noch im Laufen meinen Notizblock aus der Tasche.

»... sie wurde erdrosselt und lag auf dem Boden. Er hing an einem Rohr«, berichtete der Bulle gedehnt, als ich mich mitten in das kleine Grüppchen quetschte.

»Wir haben gehört, man hätte sie im Schlafzimmer gefunden, können Sie das bestätigen?«, fragte einer der Reporter. Auf seinem grünen Presseausweis stand *Newsday.*

»Ja. Sie waren im Schlafzimmer. Ihr dreijähriger Sohn hat sie gefunden«, antwortete der Kripobeamte.

»Womit hat er sie denn erdrosselt?«

»Mit einer Nylonschnur. Die hatte sie noch um den Hals.«

»Er ist also ins Schlafzimmer gegangen, hat sie mit einer Nylonschnur erdrosselt und sich dann selbst an einem Rohr erhängt. Dann ist das Kind reingekommen. Hat er dieselbe Schnur benutzt?«

Mein Telefon summte, und ich klemmte es mir unters Kinn, während ich hektisch »sie Boden, er Rohr, Nylonschnur, Schlafzimmer, dreijähriger Sohn« auf meinen Notizblock kritzelte.

»Hey, du verrücktes Britenhuhn, hier ist Jeff, gilt unsere Verabredung für heute Abend noch?«

Mist. Meine Verabredung. »Ähm, hi, ja klar gilt die noch.«

»Die Nylonschnüre, die er benutzt hat, sind allem Anschein nach nicht identisch. Die, mit der er sie erdrosselt hat, ist dünner als die andere«, erklärte der Kripobeamte.

»Eine davon vom Bademantel?«, wollte der *Newsday*-Typ wissen.

»Wie wär's um acht bei Olives im W am Union Square, die machen Killer-Martinis, und dann können wir uns ja überlegen, ob wir danach noch woandershin gehen wollen«, schlug Jeff vor.

Union Square war mit dem Taxi bloß einen Fünf-Minuten-Katzensprung von hier entfernt. »Noch woandershin gehen« bedeutete nichts anderes, als dass er abwarten wollte, wie nett er mich bei unserem zweiten Treffen fand. Killer-Martinis hieß Alkohol auf nüchternen Magen – ein klassischer Auftakt für ein typisches Manhattaner Date.

»Nein, es war nicht der Gürtel des Bademantels, es war eher so eine Art Synthetikseil. Außerdem muss man dazu wissen, dass es in der Vergangenheit bereits mehrere gewalttätige Vorfälle gegeben hat«, sagte der Kripobeamte.

»Jeff, super, wir sehen uns dann dort.«

»Versprich mir nur, dass du mich nicht in deiner Sonntagskolumne erwähnst.«

Ich ließ das Handy in meine Handtasche fallen. Das sagten sie immer.

»Und wo ist der kleine Junge jetzt?«, fragte ich.

»Bei seiner Tante, und Sie dürfen nicht in seine Nähe«, erwiderte der Kripobeamte.

Mein Telefon klingelte schon wieder.

»Lokalredaktion, dranbleiben für Jack«, plärrte einer der Redaktionsassistenten mir ins Ohr, als ich dranging. Mein Herz schlug einen kleinen Salto.

»Hey, bist du bald durch mit der Mord-Selbstmord-Geschichte, wir haben heute Abend früher Redaktionsschluss.« Jacks vertraute Stimme klang kurz angebunden. Ich bemühte mich, ähnlich knapp zu antworten.

»Wir kriegen gerade die Einzelheiten, ich reiche es rein, sobald ich kann.«

Da war die Leitung bereits wieder tot.

Zwei Stunden später saß ich schon wieder in einem Taxi, das die Allen Street hinaufraste, und hielt mein linkes Auge krampfhaft offen, um Wimperntusche aufzutragen. Vorher hatte ich mir schon einen Kaschmirpulli mit V-Ausschnitt übergezogen, den ich heute Morgen in die Handtasche gestopft und den ganzen Tag mit mir herumgeschleppt hatte. Ich hatte (mit Hilfe eines Spanisch sprechenden Fotografen) den dominikanischen Bruder des Mannes, der seine Frau erdrosselt hatte, interviewt, an dessen Tür der kleine Junge ganz verängstigt geklopft und gesagt hatte: »Ich glaube, Mommy und Daddy sind tot.« Dann hatte ich zwei tränenreiche Nichten ausfindig gemacht, die mir erzählten, der Mann habe getrunken und sei krankhaft eifersüchtig gewesen, und sie hätten die Frau angefleht, ihn zu verlassen – und nun war es zu spät.

Telefonisch hatte ich der Redaktion meine Geschichte durchgegeben, dann darauf gewartet, dass die beiden Leichensäcke auf Bahren in den Wagen des Leichenbeschauers geladen wurden, und jetzt war es fünf vor acht. Ich war spät dran für meine Verabredung mit Jeff und würde garantiert mindestens zehn Minuten zu spät kommen. Aber mittlerweile wollte ich eigentlich bloß noch einen schönen Abend auf meiner Couch verbringen.

Ich hatte Jeff, einen Gynäkologen mit grau meliertem Haar und unglaublich blauen Augen, bei einem Singleabend in einem schicken Steakhaus namens Houston auf der Upper East Side kennen gelernt. Der Abend hatte was von einer Cocktailparty auf einem Kreuzfahrtschiff gehabt, bloß dass man hemmungslos mit sämtlichen anwesenden Männern flirten konnte, ohne befürchten zu müssen, sie könnten verheiratet sein – zumindest mittlerweile nicht mehr. Jeff hatte mich um meine Telefonnummer gebeten – und ich hatte mich immer schon gefragt, ob Gynäkologen über irgendwelche verborgenen Talente verfügten.

Er war 39, weder verheiratet noch geschieden, und hatte den K2 bestiegen, was ich mir in dem Moment noch mal in Erinnerung rief, als ich im Dämmerlicht des Olives auf ihn zusteuerte und automatisch mein sexy »Hallo, ich bin dein Date für heute Abend«-Lächeln aufsetzte.

Wir umarmten uns kurz, und er musterte mich mit prüfendem Blick nach dem Motto »Kleine Brüste, großer Hintern?«, von dem Männer wohl immer glauben, man würde ihn nicht bemerken. Ich hoffte, mit der Pulli-Tweedhosen-Kombi hätte ich die Verwandlung von der Mord-Selbstmord- zur Abendgarderobe geschafft.

»Entschuldige bitte, war ein etwas hektischer Tag, ich war bei einer ziemlich traurigen Geschichte auf der Lower East Side, wo ein dreijähriger Junge ...«

»Nichts, was ein trockener Martini nicht wieder hinbiegen könnte«, unterbrach er mich und winkte den Barkeeper mit einem 100-Dollar-Schein heran. Okay, er war also kein guter Zuhörer. Aber zumindest waren die Getränke umsonst.

»Und wie war dein Tag so, musstest du viele Frauen untersuchen?«, fragte ich im lockeren Plauderton, als er mir einen Cocktail zuschob.

Er guckte mich an, als hätte ich ihn gerade als fiesen, hinterhältigen Fummler und Perversling beschimpft.

»Ich meine, du hattest sicher auch viel zu tun, mit deinen Patientinnen, in deiner Praxis, stimmt's?« Verdammt. Vielleicht war es doch ungeschickt, einen Gynäkologen gleich bei der ersten Verabredung nach seiner Arbeit zu fragen.

Anscheinend schon, denn Jeff wechselte umgehend das Thema und fragte mich, ob ich wüsste, welches Album da gerade in der Bar lief. Ich war mir nicht sicher, ob das ein Test sein sollte oder eine ernst gemeinte Frage, also tippte ich einfach mal auf Coldplay – die heutzutage offensichtlich in allen Bars rauf und runter gedudelt werden.

»*Coldplay?* Soll das ein Witz sein?« Er wirkte völlig entgeistert, und der Barkeeper schaute mich mitleidig an. »Und so was will Britin sein. Wie kann man denn Radiohead nicht erkennen?«

»Tut mir Leid, ich hätte es wissen müssen«, murmelte ich.

Dann fragte mich Jeff, ob ich Hunde mochte. Ich erwiderte,

ich sei kürzlich zum zweiten Geburtstag eines Chihuahuas eingeladen gewesen, sei aber gegangen, als die Gastgeberin mich dazu bringen wollte, Happy Birthday zu bellen.

Jeff erzählte mir daraufhin begeistert, er habe einen schokoladenbraunen Labrador, der seinen Geburtstag vergangene Woche in der Hundetagesstätte gefeiert hatte.

»Toll, schön für ihn«, sagte ich.

Als Nächstes wollte Jeff wissen, ob ich Haschisch rauche – worauf ich hochnäsig erwiderte »aber nur mit Tabak«. Jeff erklärte dann, er züchte sein Gras selbst – und rauche es nur pur – und fange nie was mit Frauen an, die kein Gras rauchten, keine Hunde mochten oder im Dreiländereck von New York, New Jersey und Connecticut jenseits von Manhattan wohnten. Etwas verwirrt hakte ich nach, denn er hatte mir gesagt, er wohne in Old Brookville an der Nordküste von Long Island, und das gehörte ganz eindeutig nicht mehr zu Manhattan. Er zuckte die Achseln und erklärte mir, das seien seine Regeln für Frauen, und nicht umgekehrt.

»Ich habe da so meine Checkliste im Kopf. Ich meine, ich bin ein viel beschäftigter Mann, ich kann es mir nicht leisten, meine Zeit mit Frauen zu verschwenden, die gar nicht mein Typ sind. Aber keine Sorge, du bist das süßeste Mädel von allen, die ich auf der Single-Party kennen gelernt und noch mal getroffen habe, und ich *stehe total* auf die *Post.*«

Der Typ machte vielleicht Komplimente, dachte ich bei mir.

Aber recht schnell sickerte durch, dass ich, auch wenn ich das süßeste Mädel jener unbekannten Zahl von Frauen war, deren Telefonnummern er an jenem Abend abgestaubt hatte, wohl doch nicht süß genug war. Oder vielleicht lag es auch daran, dass ich gesagt hatte, ich würde Gras mit Tabak rauchen. Jeff verkündete jedenfalls schon nach kurzer Zeit, er müsse sich noch mit einem Golfkumpel treffen, der gerade eine Scheidung durchmache. Ich glaube ihm nicht – hatte aber nichts dagegen einzuwenden. Wir trennten uns an der Ecke 16th Street mit einem kurzen Bussi auf die Wange.

Die sechs Blocks die 14th Street entlang zu meiner Wohnung lief ich zu Fuß und malte mir im Geiste schon aus, welche Sushi ich mir zum Abendessen bestellen wollte – zwei Lachssashimi, eine Dragon Roll, Edamame, Miso-Suppe – und ein neues Thema für die Kolumne, die ich über das Single-Dasein in New York schrieb: »Dates mit Dummschwätzern« – über diese kleinen Dinge, die Leute tun oder sagen und die ihr Gegenüber davor zurückschrecken lassen, sich ein zweites Mal mit ihnen zu verabreden. Angefangen mit einem Gynäkologen, der nur mit Frauen ausgeht, die Hunde mögen, Gras rauchen und nicht aus Long Island kommen – obwohl er selbst dort wohnt.

Ankommen, anbandeln, abchecken, abhauen. Mir war aufgegangen, dass diese Abfolge sowohl für Verabredungen als auch für die Tätigkeit eines Nachrichtenreporters galt. Als ich vor drei Jahren nach New York gezogen war, hatte ich von beidem keine Ahnung.

Erster Teil

NEW YORK, NEW YORK

Mit neunundzwanzig ist man doch noch jung, oder?

Neujahr, Treasure Beach, Jamaika. Jahr 2000. Der erste Tag des neuen Jahrtausends!!! Ich saß im Schatten einer Palme im Sand und balancierte mein Tagebuch auf den sonnenverbrannten Knien, während meine alte Uni-Freundesclique in der Brandung Football spielte. In Anbetracht des Riesenkaters, mit dem sie heute Morgen aufgewacht sein mussten, war ihre Energie wirklich bewundernswert. Angus, mein Freund, lief am Ufer plantschend durch die Wellen, als wolle er sich für eine Rolle in *Die Stunde des Siegers* bewerben. Ich lächelte und kaute dann weiter auf meinem Kuli rum.

Listen aufzustellen hat bei mir noch nie so richtig funktioniert, weil ich die Zettel immer verliere, ehe ich die einzelnen Punkte abhaken kann. Aber jetzt halfen nur noch drastische Maßnahmen. In vier Tagen würde ich wieder in meinem Londoner *Times*-Büro sitzen und die, wie es schien, bisher schwierigste Entscheidung meines Lebens treffen müssen.

Für vier Monate nach New York gehen?, schrieb ich.

Pro:
Einmalige Chance, als Reporterin für verrücktes New Yorker Boulevardblatt zu arbeiten und lebenslangen Traum zu verwirklichen, Lois Lane zu werden (über umwälzende Ereignisse berichten ... üble Ausbeuter bloßstellen ... vielleicht sogar umwerfenden Clarke-Kent-Journalistenkollegen kennen lernen).

Erfahrungen fürs Leben in einer neuen Stadt machen,

bevor ich die gefürchtete Schallmauer zur Dreißig durchbreche.

Wenn ich jetzt nicht gehe, gehe ich nie, weil ich vielleicht schon bald Kinder kriege – werde ich dann an einen Buggy gefesselt sein?

Vier Monate weg zu sein ist eigentlich gar nicht so lange.

Contra:
Habe wunderbaren Freund in London, also besteht gar keine Notwendigkeit, einen Clarke Kent kennen zu lernen.

Die gefürchtete Dreißig steht vor der Tür, meine Eierstöcke verschrumpeln mit zunehmender Geschwindigkeit, ich muss sehr, sehr bald mal ernsthaft übers Kinderkriegen nachdenken.

Warum in eine fremde Stadt ziehen, wo ich niemanden kenne und weit weg bin von dem Mann, mit dem ich den Rest meines Lebens verbringen will?

Ich schaute auf und sah Angus in seinen ausgewaschenen XX-Surfershorts durch die Brandung rennen.

»Henry, Mann, hier drüben!«, »Annabel, Süße, nicht da, hier, wirf ihn rüber, wirf schon!«, »Ach, verdammte Scheiße, Rory, du Nulpe.« Ich musste lächeln, ehe mich das vertraute Gefühl von Unsicherheit wieder beschlich.

Will ich wirklich den Rest meines Lebens mit Angus verbringen? Oder genauer gesagt: Will er wirklich den Rest seines Lebens mit mir verbringen?

Vier Monate weg zu sein ist eine lange Zeit, wenn die Zukunft einer Beziehung ohnehin so unsicher ist.

Was, wenn ich alles verliere und als einsame alte Jungfer mit einem Haufen Katzen ende?

Man hatte mir einen Arbeitsaustausch mit der Schwesterzeitung von News Corporation in New York – der *New York*

Post – angeboten. Die berühmt-berüchtigtste Zeitung der ganzen Stadt, bekannt für ihre blutrünstigen Verbrechergeschichten, schlüpfrige Klatsch- und Tratschartikel und hanebüchenen Schlagzeilen (einschließlich der besten, die je gedruckt wurde: »Kopflose Leiche in Oben-ohne-Bar gefunden«). Sollte der Austausch zustande kommen, würde ich als Nachrichtenreporterin für das Blatt arbeiten – ein Job, von dem ich schon mein ganzes Leben lang träumte.

Seit meinem Uni-Abschluss hatte ich mich mit Jobs bei diversen Zeitungen und Zeitschriften durchgeschlagen – hauptsächlich durch haufenweise unbezahlte Arbeit und schamloses Einschleimen. Aber im Laufe meiner illustren Karriere war ich immer in den Kultur-Redaktionen hängen geblieben, hatte Fotokopien gemacht, Artikel aus dem Archiv rausgesucht und mir Ideen aus den Fingern gesaugt, die andere dann zu Geschichten verbraten haben – und immer habe ich mich insgeheim geschämt, weil ich mir einbildete, nicht das Zeug zu einer richtigen Reporterin für »harte Neuigkeiten« zu haben.

Nach New York zu gehen wäre ganz sicher die Chance meines Lebens, oder nicht?, fragte ich mich zum hundertsten Mal. Ich legte mein Tagebuch zur Seite und guckte rüber zu meiner geliebten alten Freundesclique, die ebenfalls zumeist aus Paaren bestand. Oder war ich verrückt, jetzt anzufangen, an meinem Leben herumzupfuschen, wo ich doch schon fast all meine Schäfchen im Trockenen hatte?

Hatte ich nämlich wirklich. Seit zwei Jahren war ich mit Angus, einem aufstrebenden Filmregisseur, zusammen. Ich wohnte in einem gemütlichen Reihenhäuschen »mit Potenzial« in Shephard's Bush mit Kathryn und Tilly zusammen, zwei Miete zahlenden Freundinnen, die für mich die Hypothek abzahlten. Ich trug den pompösen Titel Kulturredaktionsassistentin bei der *London Times* – und auch wenn ich manchmal frustriert war, wer war das nicht hin und wieder, wenn er sich morgens zur Arbeit schleppen musste?

Ja, so kurz vor meinem Dreißigsten durfte ich sogar zu hoffen wagen, etliche Punkte auf der Liste abhaken zu können, von denen viele Mädchen insgeheim träumten – einen Diamanten am Finger (vorzugsweise ein altes Familienerbstück), eine ausgelassene und doch anrührende Hochzeit (vorzugsweise in einer pittoresken Dorfkirche mit angrenzendem Gutshaus) und massenhaft Zeit, einem tollen Papa drei reizende Kinder zu schenken.

War ich also nicht ganz bei Trost, das alles für einen Job bei einer billigen Boulevardzeitung in New York aufs Spiel zu setzen?

Der Duft brutzelnden Specks empfing mich, als ich sechs Wochen später die Tür zu Angus' Wohnung in Kentish Town aufmachte. Er hatte mich schon erwartet – sein hellblondes Haar war kurz geschnitten, seine verblassende Jamaika-Sonnenbräune bildete einen schönen Kontrast zu meinem marineblauen Lieblings-T-Shirt von Paul Frank. Ich schlang die Arme um seine Taille und atmete den vertrauten Geruch seines Eau-Sauvage-Aftershaves ein.

»Hallo, meine Hübsche. Wie läuft die Packerei?«, fragte er, schon wieder auf dem Weg in die Küche.

»Okay, schätze ich.« In weniger als vierundzwanzig Stunden würde ich in der Abflughalle von Heathrow stehen.

Ich hatte mir schließlich gesagt, sei kein Frosch, und hatte gleich am Tag nachdem wir aus Jamaika zurückgekommen waren, das Angebot angenommen. Seitdem langweilte ich alle zu Tode mit meinem Gerede, eine berühmte Boulevard-Reporterin in Manhattan werden zu wollen – auch wenn ich keinen blassen Schimmer hatte, was das eigentlich bedeutete. Aber heute Abend verflüchtigten sich meine Lois-Lane-Fantasien und hinterließen nichts als Panik angesichts dessen, was ich hier zurückließ.

Angus' Küche sah mal wieder aus wie eine gemütliche Bilderbuchszene. Routiniert mischte er einen großen Salat aus aufgeschnittenen Kirschtomaten, Brunnenkresse, Spinat und Speck zusammen. Ich schaute ihm bewundernd zu, wie er gewohnt gekonnt in der Küche herumhantierte. Angus, Mr. So-ziemlichnahezu-perfekt. Er war der einzige Mensch, den ich kannte, der freiwillig mitten in der Nacht mit mir aufstand und irgendwo in die Pampa fuhr, um sich einen Meteoritenschauer anzusehen – auch wenn wir das nie wirklich getan hatten. Er hatte einen tollen Geschmack, was Klamotten anging (und Wohnungseinrichtungen), sehr praktisch, da ich eine wandelnde Stilwüste war. Er konnte eine Weinkarte lesen und verstehen und mit einem Le-Creuset-Topf umgehen, während ich schon beim Versuch, eine Packung Tiefkühlspinat aufzutauen, jämmerlich scheiterte. Wir waren die besten Freunde, wir hatten einen gemeinsamen Freundeskreis, und wir liebten uns sehr. Aber waren wir füreinander auch die Liebe unseres Lebens? Das Problem lag ganz einfach darin, dass wir uns auch nach zwei gemeinsamen Jahren in diesem Punkt noch nicht ganz sicher waren. Und meine Tagträume bezüglich New York rückten diese offenen Fragen umso deutlicher in den Vordergrund.

Ich nahm eine geöffnete Flasche Brunello di Montalcino von der Anrichte, schenkte mir ein Riesenglas davon ein und füllte auch sein Glas auf. Dann angelte ich in meiner Handtasche nach einer neuen Packung Marlboro Lights. Ich hatte an Silvester mit dem Rauchen aufgehört, irgendwie jedenfalls, aber heute Abend brauchte ich eine.

Ich ging nach nebenan in Angus' Wohnzimmer, um den Tonaschenbecher zu holen, der auf seinem Couchtisch stand, blieb stehen und guckte mich noch mal in dem geliebten, vertrauten Zimmer um.

Die Wände voller Bücher, zwei tiefblaue Sofas vor einem Fernseher mit jeder Menge blinkenden Lichtern. Große Schiebefenster mit Blick auf die Reihenhäuschen in seiner Nordlondoner Straße. Eine Million Abende hatten wir zusammengekuschelt hier gesessen. Er hatte mit seiner Müdigkeit gekämpft, um bis zur Sportsendung wach zu bleiben, während ich die ideale Freundin gespielt und so getan hatte, als interessierte ich mich für Fußball. Was, wenn jetzt zu gehen bedeutete, dass ich nie wieder mit ihm hier sitzen und fernsehen würde?

Meine Zigarette paffend schlenderte ich rüber zu dem voll gestellten Kaminsims, um mir mein Lieblingsfoto anzusehen – er hatte es vor einem Jahr in Paris gemacht, als ich ein grünes Wildlederkleid von Armani anprobiert hatte: In dem Teil sah ich wirklich verdammt sexy aus, muss man schon zugeben. Das Kleid hatte er mir geschenkt, und anschließend waren wir zum Austernessen nach Saint-Germain-des-Prés gegangen. Ein himmlischer Kurzurlaub, wie wir Mädchen ihn uns erträumen.

Daneben stand ein gerahmter Schnappschuss, ein Gruppenfoto von uns allen am Silvesterabend während des Jamaika-Urlaubs. Vier Paare waren auf dem Bild, zwei davon hatten sich inzwischen verlobt – und dabei war das erst eineinhalb Monaten her. Es standen auch schon etliche andere Hochzeitseinladungen mit Goldprägung auf dem Kaminsims – neben einem Schnappschuss von Angus' einjährigem Patenkind.

In letzter Zeit drängte sich mir immer mehr das Gefühl auf, dass sich alle Welt verlobt und Kinder in die Welt setzt, als sei ein Kopf-an-Kopf-Rennen ausgebrochen, wer seine Lebensziele als Erster erreichen würde. Ich hätte geschworen, ich würde mich von diesem großen Run auf das gemachte Nest nicht ins Bockshorn jagen lassen, doch dann musste mich auch noch Sandra, meine stets besonnene, weise Redakteurin bei der *Times,* daran erinnern, dass wir Frauen nicht unbegrenzt Zeit haben. »Sieh es einfach als dein letztes Abenteuer an, dann wirst du bestimmt tolle Erfahrungen sammeln«, hatte sie mir geraten, als sie mein Empfehlungsschreiben aufsetzte, das garantierte, dass ich für das Austauschprogramm der *New York Post* zugelassen wurde.

»Ehe du wiederkommst und Angus heiratest«, hatte Gill, ihre Sekretärin, mit ernster Miene ergänzt. »Wir zählen immer noch auf eine richtig bombastische Hochzeit.«

»Wobei ihr ein winziges Detail überseht – vielleicht will Angus gar keine richtig bombastische Hochzeit mit mir«, dämpfte ich ihre Hoffnungen.

Sie verdrehten die Augen. Für alle anderen schien sonnenklar, dass Angus und ich heiraten würden. Was uns anging, tja, wir …

Wir hatten vor, mal abzuwarten und zu sehen, wie es lief, wenn ich in New York war. Obwohl Angus schon gesagt hatte, er habe es satt, dass ich mich ständig verstohlen umguckte, ob ich auch ja nichts verpasste. Aber ich wusste, dass ich nicht die Einzige war, die sich heimlich umschaute. Ich wusste, dass wir uns beide fragten, ob wir wirklich die Richtigen füreinander waren. Was, wenn es da draußen jemand anderen gab, der all diese Zweifel hinwegfegen konnte?

»Vergiss nur nicht, dass du keine 25 mehr bist. Irgendwann muss man auch mal an die Zukunft denken«, hatte Gill gesagt.

»Aber mit 29 ist mal doch noch jung, oder?«, hatte ich gefragt. »Ist doch so.«

Und vier Monate in New York waren doch gar nichts.

Am Nachmittag des nächsten Tages nieselte es in typischer Februarmanier, als ich am Vorstadthäuschen meiner Eltern in Ealing, Westlondon, mit dem verrückten Pflastermuster in der Einfahrt und den grellbunten 70er-Jahre-Gardinen, die meine Mutter partout nicht auswechseln wollte, ankam. Regentropfen dämpften die Vorfreude ein wenig, als mein Dad meinen Koffer im Auto verstaute und meine Mum mit einem Schokoriegel und einem Apfel als Reiseproviant auftauchte. Ich biss mir auf die Zunge, um sie nicht zickig darauf hinzuweisen, dass Virgin Atlantic während des Fluges durchaus auch ein Essen servierte.

Umsichtig wie immer hatte Angus meinen Eltern die ehrenvolle Aufgabe überlassen, mich zum Flughafen zu fahren, und während wir in ihrem roten Rover über den M4 in Richtung Heathrow fuhren, kam ich mir vor wie ein Teenager, der von seinen Eltern ins Internat gebracht wird. Wir überquerten die Überführung bei Brentford, und ich starrte auf die Ansammlung von verlassenen 70er-Jahre-Bürogebäuden gleich neben der Autobahn, alle mit tristen Werbetransparenten versehen, die »repräsentative Büroflächen« versprachen. Musste ja wirklich ein toller Empfang sein für Menschen, die zum ersten Mal von Heathrow ins graue alte London fuhren. Aber ich ließ das alles jetzt hinter mir!

Als wir durch die letzten Zipfel verregneter Vorstädtchen fuhren – endlose Reihen und Bögen rot gedeckter Doppelhäuser, gespickt mit stacheligen Fernsehantennen und Satellitenschüsseln – stellte ich mir den Central Park vor, eingefasst von jenen imposanten alten Häuserblocks, die ich in Woody-Allen-Filmen gesehen hatte, von grünen Bäumen gesäumte Straßen in Greenwich Village mit Stufen vor dem Haus, auf denen man seinen Kaffee trinken konnte, und diese schicken minimalistischen Cafés, in die sie bei *Sex and the City* dauernd gingen. Obwohl ich natürlich noch niemanden kannte, mit dem ich meinen Kaffee hätte trinken können – ich kannte noch gar niemanden in New York.

»Hast du auch ganz sicher nichts vergessen?«, fragte meine Mutter und drehte sich mit Tränen in den Augen zu mir um.

Zum hundertsten Mal ging ich im Geiste mein Gepäck durch. Neuer grüner Mantel von Nicole Farhi gegen das eisig kalte Winterwetter, eine kleine Kollektion Partykleider von Miss Selfridge und Ghost, nur für den Fall, dass ich jemals in die Verlegenheit kommen sollte, irgendwo eingeladen zu werden, sexy Dior-Unterwäsche, die Angus mir ebenfalls in Paris geschenkt hatte – natürlich nur als Erinnerung an ihn.

Aber das Einzige, was mir wirklich wichtig war, war ein Foto in einem klobigen braunen Bilderrahmen, das Angus mir zum Abschied geschenkt hatte. Auf dem Foto sah man uns beide bei einer Fasanenjagd in der Nähe des Landhauses seines Vaters in Gloustershire, wir beide dick eingepackt in alte Barbour-Wachsjacken und Schals und fröhlich lachend. Er hatte den Arm um meine Schultern gelegt und zog mich fest an sich. Ich hatte geweint, als ich es am Abend zuvor nach dem Essen ausgepackt hatte, so unglaublich glücklich hatten wir darauf ausgesehen.

Doch dann fiel mir wieder ein, dass ich mich an diesem Wochenende wie ein geschmacksverirrter Vorstädter gefühlt hatte, weil ich den Country-Mega-Fauxpas schlechthin begangen und die gelben Wellington-Gummistiefel meiner Mutter getragen hatte. Und dass, nur einen Moment, nachdem dieses Foto geschossen worden war, hunderte halb toter, hilflos flatternder Fasane vom Himmel gefallen waren. Aber so war das nun mal mit Erinnerungen: Das Schöne – oder das Problematische – dabei war, dass man im Nachhinein alles verklärte.

Wir kamen am Terminal drei an, und ich sagte meinen Eltern, ich könne auch allein einchecken, dann bräuchten sie keinen Parkplatz suchen. Doch meine List stieß auf taube Ohren. Meine Mum stürzte los, um einen Parkschein und einen Gepäckwagen zu besorgen, während mein Vater meine beiden Reisetaschen aus dem Kofferraum wuchtete.

»Das erinnert mich noch daran, wie es war, als deine Mutter nach Paris gegangen ist, um dort als Sekretärin zu arbeiten. Da waren wir noch nicht verheiratet. Es ist wichtig, andere Städte kennen zu lernen«, sagte er. Meine Mutter war 23 gewesen, und ein Jahr später war mein Vater, der für die BBC gearbeitet hatte, von Birmingham nach Paris geflogen, um ihr einen Heiratsantrag zu machen. Ihr großer Umzug nach London folgte ein Jahr später. Die Wahl fiel damals auf Ealing, weil es dort einen guten U-Bahn-Anschluss gab – womit sie mich allerdings zu einem äußerst sinnfreien Teenieleben verurteilten, das hauptsächlich daraus bestand, mit den anderen Vorstadtkindern am Bahnhof von Ealing rumzuhängen und möglichst cool auszusehen.

Meine Mutter umklammerte fürsorglich den Griff des Kofferkulis, als ich am Check-in warten musste. In der Schlange vor dem Schalter der Touristenklasse stehend sahen wir zu, wie ein Mädchen ungefähr in meinem Alter mit unglaublich glänzendem weißblondem Haar, das sie mit einer Gucci-Sonnenbrille nach hinten gesteckt hatte, zum Erste-Klasse-Schalter rauschte und gedehnt mit lauter transatlantischer Stimme »JFK« verkündete. Sie trug einen geradezu abstoßend schicken Lammfellmantel über einem Minirock und Cowboystiefeln.

»Keine besonders vernünftige Reisegarderobe«, meinte mein Dad.

»Das ist doch egal, wenn man Erster Klasse fliegt«, widersprach ich und fühlte mich in meiner Jeans, den Turnschuhen und dem Anorak, und mit meinen Eltern, die so ein Riesengetue veranstalteten, absolut nicht Manhattan-gemäß. Ich schwor mir, bei meiner Rückkehr würde ich mich auf wundersame Weise in Sarah Jessica Parker verwandelt haben – wenn auch vielleicht mit nicht ganz so teuren Schuhen.

Meine Eltern begleiteten mich bis zu den gewölbten Scheiben des Eingangs zur Abflughalle, wo sie sich widerstrebend von mir verabschieden mussten.

»Pass gut auf dich auf, Bridgie«, flehte meine Mutter mit feuchten Augen.

»Ich fliege ja nicht zum Mond«, erwiderte ich und hielt meine Handtasche fest umklammert. Plötzlich kam es mir nämlich fast so vor. Mein Mond war New York City, eine Metropole mit 19 Millionen Einwohnern, 5600 Kilometer von zu Hause weg, wo ich keine Menschenseele kannte.

Mädchen erlebt U-Bahn-Horror

»Wir können Ihnen bei so ziemlich jedem Problem helfen, es sei denn, Sie lassen sich schwängern!«, verkündete Ken Chandler, Herausgeber der *New York Post*, jovial, als er mir die Hand schüttelte.

Schwängern lassen? Was meinte er denn damit? Da stand ich nun und war ganz aufgeregt angesichts meiner großartigen neuen Karriere als New Yorker Reporterin, und er redete von Sex?

»Das ist uns schon mal passiert«, erklärte Anne Aquilina, die ebenso joviale Redaktionsgeschäftsführerin der *Post*, in deren Büro wir gerade standen. »Eins von unseren Mädchen ist in anderen Umständen von einem Austauschprogramm in Australien zurückgekommen. Ihre Tochter Kate ist jetzt beinahe zwei, ein süßes Kind.«

»Ich habe einen Freund in England, ich denke also, da dürfte es keine Probleme geben«, erwiderte ich knapp.

Es war mein erster Tag bei der *New York Post*, und an diesem Morgen war ich mit bis zum Halse schlagendem Herzen durch die lärmenden, überfüllten Straßen von Midtown, die nach Dampf und Hotdogs rochen, zum Hauptsitz der News Corporation in der Nummer 1211, Avenue of the Americas (6th Avenue), gelaufen. Die New Yorker Straßen kamen mir seltsam vertraut vor, dank meines steten *Law-and-Order*-Konsums, aber schneller und lauter, bunter und hektischer.

Am Abend zuvor war ich in ein kleines, grau gestrichenes Apartment auf der Upper West Side eingezogen, das der *Post* gehörte – eigens für die Austauschreporter reserviert – und hatte beschlossen, zu Fuß zur Redaktion zu laufen, damit ich auf keinen Fall in der U-Bahn verloren ging. Ich brauchte nur zwanzig Minuten für den Weg – allerdings hatte ich einen Zahn zugelegt, um mit den anderen Passanten Schritt zu halten.

Nummer 1211 war einer von drei identischen silbernen Hochhaustürmen, die auf der Westseite der Avenue in den Himmel ragten, und stand Ehrfurcht gebietend vor einem gepflasterten Platz mit Betonpfeilern am Eingang. Auf einer Seite des Gebäudes, der 48th Street zugewandt, plärrte *Fox TV* aus Fernsehmonitoren, und ein roter Newsticker verkündete flackernd die Schlagzeilen des Tages. »Mann in schwarzer Robe hat letztes Wort: Courtney Love wieder in Drogenklinik.« *Fox* – das auch zur News Corporation gehörte – war in den unteren Stockwerken des Gebäudes untergebracht, während das Büro der *Post* im 10. Stock lag.

Ich sollte mich gleich bei Anne melden, die das Austauschprogramm betreute und sich um sämtliche praktischen Belange und die Finanzen der Zeitung kümmerte.

Ken Chandler war nur kurz reingeschneit, um hallo zu sagen, und nachdem er wieder abgerauscht war, unterschrieb Anne die Formulare, damit ich meinen Presseausweis bekam. Sie erklärte mir, ich würde fürs Erste als »Bereitschaftsreporterin« bei der Lokalredaktion eingeteilt, die bei der Zeitung für die schlechten Nachrichten zuständig war.

»Ähm, Sie wissen schon, dass ich bisher nur im Kulturteil gearbeitet habe«, wendete ich schüchtern ein. Ich hoffte, man hatte sie alle vorgewarnt, dass ich kein Steno konnte und weder Erfahrung mitbrachte noch den blassesten Schimmer hatte.

»Keine Sorge, das kommt mit der Zeit. Lass dir von Myron im Redaktionsbüro einen Pager geben, und dann suchst du dir einen freien Arbeitsplatz. Wir finden schon was zu tun für dich.«

Annes Büro gehörte zu einer ganzen Reihe kleiner Zimmerchen mit Fenstern, die ringsum entlang des niedrigen Hauptgeschosses der *New York Post* angeordnet waren. Und das war alles andere als ein Palast. In diesem Raum standen Schreibtische dicht an dicht in langen Reihen nebeneinander, allesamt unaufgeräumt, mit jeweils vier oder fünf Computerarbeitsplätzen, zugeschüttet mit Stapeln alter Zeitungen, Notizblöcken, Faxen, ausgetrunkener Kaffeetassen, angebrochenen Sprudelflaschen, ungeöffneter Post, Familienfotos, Presseerklärungen und allem möglichen weiteren unidentifizierbaren Gerümpel.

Zwischen einigen Schreibtischreihen standen Inseln aus Aktenschränken, ebenfalls verziert mit alten Zetteln, Brezelkartons, randvollen Ablagen mit Schreibpapier, Salztütchen und Plastikbesteck, die jemand vom Imbiss mitgenommen und aufbewahrt hatte, Telefonbüchern, anderen Büchern, Videokassetten, brackigen Blumenvasen und Bechern. Und auch der Teppichboden war vom Chaos nicht verschont geblieben. Um die meisten Bürostühle herum war der Boden bedeckt mit Kisten voller alter Notizblöcke, mit Stapeln ausgeblichener Zeitungen, gebrauchten Luftpolsterumschlägen, mit Schuhen, Schirmen und sogar Kinderspielzeug.

Anne verkündete fröhlich, diese chaotische Szenerie sei der Spielplatz der CITY DESK »Lokalredaktion« der *New York Post* – wo sämtliche Reporter der Nachrichten-, Wirtschafts- und Klatschredaktion saßen, genau wie die Ressortleiter, Redakteure und Layouter. Dann wies sie mich auf einen riesigen Glaswürfel am Kopfende des Raums hin, in dem sich das Büro des Chefredakteurs befand. Gleich um die Ecke waren Sport, Kultur, Leitartikel und der Konferenzraum untergebracht, in dem zweimal täglich die Redaktionssitzungen stattfanden, erklärte sie mir.

Wie ich so im Türrahmen stand und mich umsah, schlenderten ein paar Männer in Anzug und Krawatte an uns vorbei, in den Händen etwas, das wie eine Liste der aktuellen Nachrichten aussah. Einer warf mir im Vorbeigehen einen kurzen Blick zu, als hätte er unbewusst ein neues Gesicht registriert. Er war ungefähr so alt wie ich, der jüngste der Gruppe, und hatte ein rötliches, irisch wirkendes Gesicht und einen auffälligen braunen Lockenkopf. Ich lächelte ihm höflich zu, aber da war er schon an mir vorbeigegangen. Dann stiefelte ich los, um Myron zu suchen.

Das Redaktionsbüro – die Kommandozentrale der *Post* – war genau in der Mitte des Raums, gleich neben einigen auffallend weniger chaotischen Arbeitsplätzen, wo, wie Anne mir erklärt hatte, der Lokalredakteur, seine beiden Stellvertreter und der Frühredakteur saßen. Gleich daneben war die Bildredaktion, wo die Bildredakteurin und ihre Assistenten die Fotos für die Zeitung auswählten und Aufträge an die Fotografen verteilten. Hinter dem Redaktionsbüro türmten sich Stapel der drei täglichen Ausgaben der *Post*, direkt neben einem Regal mit anderen Zeitungen – *New York Times, Daily News, Newsday, Wall Street Journal, USA Today, Village Voice, Washington Post* und *Herald Tribune.* Die Wand hinter dem Schreibtisch der Lokalredaktion war unter all den New Yorker Busfahrplänen, U-Bahn-Fahrplänen, einer Sammlung herausgerissener, vergilbter Titelseiten, zerfledderter Merkzettel, einem großen Abreißkalender und einer Uhr kaum noch zu sehen. Darüber war eine Front aus sechs altersschwachen Fernsehbildschirmen installiert, der Ton abgedreht, der Textreader eingeschaltet, in denen CNN, Fox 5, NY 1, MSNBC, ABC und spanische Seifenopern flimmerten.

Myron war kaum zu übersehen – ein pedantisch wirkender Mann mit Schnurrbart und Brille, das weiße Hemd und die hippe Krawatte in den Hosenbund gesteckt. Myron war mit seinen dreißig Jahren bereits ein alter Hase in der Zeitung, und wie ich schon bald feststellen sollte, herrschte er mit geradezu missionarischem Eifer fürs Protokoll über die Lokalredaktion und einen Pool von Redaktionsassistenten. Die kümmerten sich um Telefon und Fax, brachten Korrekturabzüge, holten aus der Empfangshalle was zu essen und sprangen, wenn die Redakteure riefen – alles in der Hoffnung, eines schönen Tages selbst zum Reporter aufzusteigen.

»Ähm, Myron?« Ich versuchte, ihn nicht dabei zu stören, die Anrufe zu beantworten und die Namen jener Redakteure und Reporter herauszuschreien, nach denen die Anrufer verlangten.

»Ich bin Bridget, die neue Austauschreporterin. Anne hat gesagt, ich soll mich bei dir melden.«

»Willkommen bei der *New York Post*«, begrüßte mich Myron kurz, aber nicht unfreundlich, als er endlich vom Schreibtisch aufschaute. »Hier ist dein Piepser. Trage ihn immer und überall bei dir, auch wenn du ein Handy bekommst. Warte, ich teste ihn gerade.«

Er reichte mir einen Pager und hackte dann eine Nachricht in die Minitastatur auf seinem Schreibtisch. Zwei Sekunden später summte das schwarze Kästchen, und eine Nachricht blinkte auf: »REDAKTIONSBÜRO, DAS IST EIN TEST!!!!!« Myron strahlte übers ganze Gesicht, so freute er sich über seine eigene Geschicklichkeit.

»Notizblöcke sind hier, die Zeitung von heute liegt gleich hinter dir, die Zeitungen von gestern sind in der Kiste unter meinem Schreibtisch, aber wenn du dir eine raus nimmst, musst du sie wieder zurückbringen. Speisekarten findest du in dieser Schublade, die Mobilnummer der einzelnen Reporter stehen auf der »Gruppenliste« in allen Telefonverzeichnissen gleich neben den Arbeitsplätzen, Durchwahlen auf einer weiteren Liste. Sag mir Bescheid, wenn sie an deinem Arbeitsplatz fehlt, denn eigentlich sollte an jedem Arbeitsplatz eine liegen. Die Nummern von Freien und andere nützliche Nummer stehen im Rolodex, wenn du dich hinsetzt, sag mir Bescheid, wo du sitzt, damit ich deine Durchwahl weiß, für den Fall, dass ich einen Anruf zu dir durchstellen muss.« Er griff nach einem Telefonhörer.

»*New York Post* Lokalredaktion. Bitte dranbleiben. John Mancini, Ken Lovett, Leitung zwei«, bellte er.

Er hörte mir nicht mehr zu, also nahm ich meinen neuen Notizblock und kämpfte mich zurück durch die langen Schreibtischreihen.

Die meisten Arbeitsplätze waren noch unbesetzt, also entschied ich mich für einen freien in der dritten Reihe hinter der Lokalredaktion und dem Büro des Chefredakteurs, um alles überschauen zu können, ohne den Eindruck zu erwecken, ich wolle mich wichtig machen.

Ich setzte mich und guckte auf meinen leeren Notizblock. Vorne drauf prangte in den typisch fetten schrägen schwarzen Lettern der Schriftzug *New York Post*. Daneben ein rotes rund gefasstes Porträt von Alexander Hamilton, der die Zeitung 1801 gegründet hatte.

Ich holte tief Luft. Die *Post* war die älteste durchgehend publizierte Tageszeitung der USA, und jetzt war ich dabei – als richtige echte Reporterin! Aber ich wusste immer noch nicht, was zum Teufel ich eigentlich tun sollte.

Im Laufe des Tages wurde es auf der Etage immer betriebsamer, weil Reporter von Einsätzen zurückkamen und andere, einschließlich etlicher Redakteure und Layouter, zum späteren Schichtbeginn antanzten. Ich hatte nichts zu tun und schaute mich unauffällig nach Clarke-Kent-Kandidaten um, aber schnell wurde mir klar, dass Sexsymbole in diesem Büro Mangelware waren.

Die meisten Reporter wirkten genauso unaufgeräumt wie ihre Umgebung und kamen mit dampfendem Essen in Aluschalen in der Hand herein, das sie mit ganz und gar unattraktiv wirkendem Appetit noch beim Einhacken auf die Computertastatur in sich reinschaufelten. Das Essen am Schreibtisch zu verschlingen, sollte ich schnell lernen, gehörte untrennbar zum *Post*-Alltag dazu.

Manche Reporter, die mich verschüchtert wie das neue Mädchen an der Schule dasitzen sahen, kamen zu mir rüber und stellten sich vor – auch Tracy Connor, eine fröhliche junge Frau mit kurzen dunklen Haaren, kaum älter als ich, die mir erzählte, sie sei zum Austausch in London gewesen.

»Und, findest du dich gut zurecht?«, fragte sie munter.

»Ja, ich glaube schon. Aber ich habe so was noch nie gemacht«, flüsterte ich.

»Ach, den Dreh hast du schnell raus, wir sind hier bei der *Post*, da dreht sich alles bloß um eine fetzige Einführung«, sagte sie.

Fetzige Einführung?

Tracy ging zu ihrem Schreibtisch und kam mit einem ramponierten Buch mit dem Titel *New Yorker Street Planer* zurück, der wie eine entsetzlich komplizierte Version eines stinknormalen Stadtplans aussah.

»Den wirst du brauchen«, meinte sie.

Mit einem Nicken in Richtung des Chefredakteursbüros wies sie auf den Lokalredakteur John Mancini, einen fröhlichen, energischen Mann, den ich bereits gesehen hatte, wie er durchs Büro schlenderte und in seinem exotisch klingenden gedehnten Brooklyner Akzent sarkastische Witze machte. Gleich daneben war Stuart Marques, der mit seinem rabenschwarzen Haar und dem eleganten Anzug aussah, als sei er einem 50er-Jahre-Gangsterfilm entsprungen. Er war früher Lokalredakteur gewesen und nun geschäftsführender Nachrichtenredakteur und so fanatisch, was die *Post* anging, dass er sogar mitten in der Nacht aufstand, um die Fahnen zu redigieren. Neben ihm stand ein Typ mit grau meliertem Ziegenbärtchen und Pferdeschwanz in verwaschener Jeans und gepunkteter Fliege, der aussah, als sei er eben aus einem Neil-Young-Konzert hereinspaziert. Tracy erklärte, das sei Steve Marsh, der sich um den größten Teil der Storys aus der Baracke kümmerte, dem Büro der *Post* im New Yorker Polizeipräsidium, wohin ständig drei Reporter abgestellt waren, um den Polizisten offizielle und inoffizielle Informationen zu entlocken.

»Stu, Mansini und Steve sind ganz cool, aber total durchgeknallt«, fügte sie hinzu.

»Cool«, wiederholte ich nervös. So sahen sie auch aus. Cool. Durchgeknallt. Und irgendwie fremd.

Stuart brüllte nach Tracy. Sie flitzte zu ihrem Schreibtisch und schnappt sich einen Notizblock, ehe sie zu ihm ging. Ich blätterte ein wenig in dem verwirrenden Stadtplan. Ich kam mir vor, als könnte ich jeden Augenblick auf die Bühne gerufen werden, ohne meinen Text zu kennen.

Dann um 16.36 Uhr – als es auf die letzten heißen Minuten

vor Redaktionsschluss zuging und alle höchst konzentriert ihre Arbeit machten – kam mein erster Auftrag.

»Yo, yo! Hört sich an, als sei jemand unter die U-Bahn geraten, am Union Square, vor fünf Minuten«, rief ein Assistent von der Bildredaktion rüber, der gleich neben dem unablässigen Gemurmel des Empfangsgeräts saß, mit dem der Polizeifunk abgehört wurde. (Später erfuhr ich, dass dieses praktische Gerät, eingestellt auf die Frequenzen der Rettungsdienste und der Polizei, auch zur Standardausrüstung im Auto der Fotografen gehörte, wodurch die im gleichen Augenblick, in dem ein Unfall geschah, auch schon davon erfuhren.)

»Linie 4 Uptown, klingt, als sei's ein Kind gewesen.«

In der Redakteurskabine brach hektische Betriebsamkeit aus. Der Assistent der Bildredaktion hängte sich in aller Eile ans Telefon und benachrichtigte die Fotografen, Steve Marsh schrie zu Myron rüber, er solle ihn mit der Baracke verbinden. John Mancini sprang auf, blickte sich suchend nach einem Reporter um und entdeckte mich – allein und wie auf dem Präsentierteller an meinem Schreibtisch.

»Du, wie heißt du, bist du frei? Du musst sofort runter zum Union Square.«

Union Square. Mist. Wo zum Teufel war der bloß?

Mancini war bereits auf dem Weg zu mir. Ich stand auf, stopfte meinen Notizblock in die Handtasche und sah mich verzweifelt nach einem Kuli um. Mit zitternden Händen versuchte ich, den Pager an meinem Gürtel zu befestigen.

»Bahnsteig Linie 4, jemand ist von einem U-Bahn-Waggon erfasst worden, könnte ein Kind sein«, informierte mich Mancini, der nun vor meinem Schreibtisch stand. »Du bist die neue Reporterin, stimmt's? Du weißt vermutlich, wo der Union Square ist?«

»Ähm, auf der orangenen Linie, die in dieses Gebäude führt?« Ich entschied, dass dies nicht der geeignete Zeitpunkt war, zuzugeben, dass ich noch nie mit der U-Bahn gefahren war.

»Frisch vom Schiff gehüpft«, sagte er und grinste mich verschmitzt an. Er ging in sein Büro, das gleich neben dem von Anne lag, und kam in einem langen Tweedmantel zurück.

»Fertig? Ich fahre mit dir hin. Ich habe einen Termin und muss sowieso in die Richtung. Wenn man nicht weiß, wo man hinmuss, ist es ein bisschen schwierig, den Union Square zu finden.«

Und damit rauschte er aus dem Büro, mich im Kielwasser. Wir liefen über den Vorplatz, gingen um eine Ecke und entlang der 47th Street, die zum Times Square führte, und rannten dann über die Seventh Avenue zur U-Bahn-Station.

»Wenn du den Eingang zur Downtown-Linie suchst, musst du nur nach dem Schild Olive Garden Ausschau halten«, erklärte Mancini, während er gekonnt einer Touristengruppe auswich, die in Trauben den Bürgersteig blockierte und sich die Hälse verrenkte, um die unzähligen Schilder, Werbetafeln und Leuchtreklamen zu bewundern.

Times Square! Ich bin auf dem Times Square, unterwegs mit einem Auftrag. Ich bin Lois Lane! Bridget, das darfst du jetzt nicht vermasseln.

Wir rannten die Treppe zur U-Bahn runter, Mancini mogelte mich mit seiner Metro-Karte durch die Absperrung, und wir erwischten noch gerade so die Bahn. Als die Bahn anfuhr und unter Manhattan durchratterte, setzten wir uns auf zwei freie Plätze (viel unbequemer als die in der Londoner U-Bahn, aber eindeutig leichter abzuspritzen), und mein Blick fiel auf mein eigenes Gesicht, dass sich neben Mancinis im Bahnfenster spiegelte. Ich wirkte zu Tode erschrocken. Ich fragte mich, ob ich die einzige Reporterin auf diesem Planeten war, die von ihrem Nachrichtenredakteur NEWS EDITOR höchstpersönlich zu ihrem ersten Einsatz begleitet wurde.

Am Union Square führte mich Mancini durch ein Labyrinth unterirdischer Gänge und Fahrkartenverkaufsschalter, die von einfahrenden Bahnen dröhnten. Im Eiltempo bahnten wir uns den Weg durch die Pendlermassen, die in alle Richtungen strömten, und rannten einen Bahnsteig mit dem Schild »Uptown 4, 5 und 6« entlang.

Ach. Ich hatte Rettungskräfte erwartet, vielleicht sogar eine blutige Leiche und überall Absperrungen, doch auf diesem schmuddeligen Bahnsteig drängten sich die New Yorker und warteten auf ihre Bahnen, als sei nichts passiert.

Ich kramte hektisch nach meinem Notizblock und unterdrückte den Wunsch zu fragen: »Und jetzt?«

»Also, versuch einfach herauszufinden, was passiert ist. Sieh dich nach Augenzeugen um«, sagte Mancini, als könne er Gedanken lesen. Okay. Hmm. Wo fing ich am besten an?

Verzweifelt musterte ich die Menschen um mich herum. Manche Leute guckten die Gleise entlang und hielten Ausschau nach der Bahn, andere lasen Zeitung oder redeten mit ihren Begleitern – alles Fremde in ihrer eigenen unzugänglichen Welt. Dann fiel mein Blick auf eine matronenhafte Afroamerikanerin mit recht freundlichem Gesicht gleich in unserer Nähe, zu deren Füßen ein Haufen Einkaufstaschen standen. Ich wieselte zu ihr rüber.

»Ähm, Entschuldigung, die Person, die unter die Bahn geraten ist, Sie wissen wohl nicht zufällig, was da passiert ist?«, schnatterte ich los.

»Hä?«

»Ähm, ich komme von der *New York Post*, und ich habe gehört, jemand soll unter die U-Bahn geraten sein …« Ich war schrecklich verlegen. Mancini stand direkt neben mir.

Eine silberne Bahn kam herangerauscht. Die Frau sammelte ihre Einkaufstaschen ein, und alle machten sich bereit, die Bahn zu erstürmen. Scheiße, würden jetzt mit einem Schlag all meine Augenzeugen verschwinden?

Die Frau schien Mitleid mit mir zu haben. »Ich hab gehört, ein kleines Mädchen hat sich den Arm eingeklemmt.« Sie wies mit dem Kopf über ihre Schulter in Richtung des anderen Bahnsteiges. »Gehen Sie mal da runter, die Leute da haben es gesehen.« Unnötigerweise kritzelte ich diese Information auf meinen Notizblock, nur um vor Mancini möglichst tüchtig auszusehen.

»Also, ich muss dann los«, sagte er. »Treib ein paar Augenzeugen auf, und dann such dir einen MTA-Mitarbeiter, der dir alle Infos geben kann.« MTA-Mitarbeiter? Er guckte zwar immer noch ganz freundlich, doch ich malte mir schon aus, wie er sich insgeheim vornahm, mich nie wieder zu irgendeinem auch nur halbwegs wichtigen Einsatz zu schicken.

Erleichtert, nicht mehr unter Beobachtung zu stehen, tigerte ich den Bahnsteig entlang auf der Suche nach Leuten, die aussahen, als würden sie mit mir reden, wenn ich sie ansprach, statt mir eins in die Fresse zu hauen. Manche ignorierten mich oder sagten bloß »nein danke«. Andere starrten mich mit leerem Blick verständnislos an, als spräche ich in Zungen. Anscheinend war mein geschliffener Londoner Mädchenschule-mit-Cockney-Akzent für New Yorker Ohren schwer verständlich.

Aber nach 15 erstaunlich anstrengenden Minuten hatte ich es geschafft rauszubekommen, dass ein Teenager, ein Mädchen, sich wahlweise den Arm, Turnschuh, das ganze Bein oder den Knöchel in der Tür einer Linie vier in Richtung Uptown eingeklemmt hatte. Sie war unter die Bahn geraten, aufs Gleis gefallen, zu Fall gebracht worden, unverletzt geblieben. Ich kritzelte alles in meiner ganz speziellen (ebenfalls kaum zu entziffernden, wie ich später noch feststellen sollte) Stenoversion in meinen Block. Ich hatte keine Ahnung, welche Darstellung korrekt war – wenn überhaupt. Ein toller Start.

Mein Pager summte wieder: »LOKALREDATION ANRUFEN, STEVE MARSH« blinkte die Anzeige.

Ich entdeckte ein öffentliches Telefon an einer Säule auf dem Bahnsteig und wählte die kostenlose Nummer des Büros, die Anne mir gegeben hatte.

»*New York Post* Lokalredaktion«, hörte ich Myrons geschäftige Stimme.

»Ach, hey, Myron, könnte ich bitte mit Steve sprechen?«

»Wer spricht da?«, fragte er diensteifrig.

»Hier ist Bridget, die neue Austauschreporterin, wir haben uns vorhin kennen gelernt.« Hatte er mich nicht gerade angepiepst?

»Bridget Harrison, ich brauche deinen Nachnamen, um Verwechslungen auszuschließen, falls mehr als eine Bridget im Dienst sein sollte. Bridget Harrison für Richard Marsh, bitte in Leitung zwei bleiben«, ratterte er, ohne Luft zu holen.

»Und, was hast du?«, fragte Steve. »Wir haben von unserem Mädel in der Baracke gehört, dass das Mädchen sich den Fuß eingeklemmt hat und den Bahnsteig entlang mitgeschleift wurde und sich möglicherweise das Bein gebrochen hat. Sie wurde in die Notaufnahme des Cabrini Hospital eingeliefert, also muss ich dich bitten, so schnell wie möglich da hinzufahren.«

»Das hatte ich auch rausgekriegt.« Stimmte ja auch, so ungefähr. »Ähm, wo genau ist denn das Cabrini Hospital?«

»19th Street, nördlich des Union Square, beeil dich, und ruf mich an, wenn du da bist.«

Ich verließ die U-Bahn-Station und fand mich auf der 16th Street wieder, wo ich etliche Minuten dumm herumstand und herauszufinden versuchte, wo Norden war, und dann loslief, als ginge es um mein Leben.

Endlich kam ich zu einem modernen Krankenhausbau mit einem Parkplatz auf der einen Seite, an dessen Ende ich die Aufschrift »Notaufnahme« entdeckte. Ich steuerte durch zwei Schwingtüren nach innen und stand unvermittelt in einem Korridor, von dem ein kleines Wartezimmer mit Fenster abging. Hier saß eine Ansammlung krank aussehender, entnervter Leute auf blauen Plastikstühlen, während aus einem Fernseher an der Wand die Jerry Springer Show plärrte.

Ein Latino-Pärchen stritt sich, während das Kleinkind zu seinen Füßen emsig einen Bund Autoschlüssel in den Linoleumfußboden bohrte. Neben ihnen hockte jemand – ob Männlein oder Weiblein vermochte ich nicht zu sagen – zusammengekauert unter einem schlammverspritzten Anorak, unter in einer schmuddeligen Jeans zwei Beine herausragten. In einer anderen Ecke war eine pummelige Inderin damit beschäftigt, ihren Teenager-Sohn zu missachten, dessen eine Hand mit einem blutgetränkten Geschirrtuch umwickelt war, während er mit der anderen auf seinem Gameboy herumspielte. Keiner der Anwesenden sah aus, als hätte er irgendwas mit dem Mädchen aus der U-Bahn zu tun.

Ratlos, weil ich nicht wusste, was ich jetzt tun sollte, lungerte ich am Cola-Automaten herum und fühlte mich dabei so zwielichtig wie ein Exhibitionist vor einem Kindergarten. Wenn ich der Frau an der Information sagte, wer ich war, würde sie mich dann rauswerfen? Ich war mir nicht so sicher, was das Protokoll in solchen Fällen vorschrieb, aber es kam mir seltsam ungehörig vor, in einem Krankenhaus herumzuhängen, wenn man keinen Arzt brauchte. Und ich hatte den Verdacht, die würden das genauso sehen.

Aber wie sollte ich jetzt rauskriegen, wo das Mädchen war? Ob ich mich als ihre Freundin ausgeben und nach ihr erkundigen sollte? Aber was, wenn sie mich nach meinem Namen fragten? Ich nahm an, wenn das Mädchen sich das Bein gebrochen hatte, dann würde sie jetzt wahrscheinlich gerade operiert. Ich stellte mir vor, wie sie von Ärzten umringt in der Notaufnahme lag. Womöglich würden ihre besorgten Eltern bald herkommen, dann könnte ich die ansprechen. Ich fing an mir zu überlegen, was ich zu ihnen sagen könnte.

»Hallo zusammen, tut mir Leid, Sie belästigen zu müssen, aber ich habe gehört, Ihre Tochter ist von der U-Bahn überfahren worden.«

Hm, klang irgendwie nicht so gut.

Eine Frau und zwei Mädchen mit Schulranzen auf dem Rücken kamen aus dem Untersuchungsbereich. Die beiden Mädchen kicherten und mümmelten Sandwiches, wahrscheinlich hatten sie gerade jemanden besucht. Beim Anblick der Sandwiches machte sich mein Magen bemerkbar, und mir fiel ein, dass ich den ganzen Tag noch nichts gegessen hatte. Vielleicht gab es hier im Krankenhaus ja eine Cafeteria. Das Trio ging durch die Schwingtüren nach draußen und marschierte in Richtung Parkplatz. Mist, jetzt konnte ich sie nicht mehr fragen. Ich musste irgendwie meine Angst, fremde Menschen anzusprechen, überwinden, wenn ich es in diesem Beruf zu etwas bringen wollte.

Eine Stunde später – es war inzwischen nach sieben – tigerte ich nach wie vor im Wartezimmer auf und ab und war immer noch kurz vorm Verhungern. Auf Steves Anweisung hin hatte ich einen Autor namens Willy Neuman in der Redaktion angerufen, der Steve zufolge »die Geschichte zusammensetzte«, und bei dem ich meine Notizen einfach »abladen« sollte. Willy hatte mich gebeten, die spannendsten Teile meiner kopflosen Interviews aus der U-Bahn vorzulesen.

»Ähm, ich hatte ein klitzekleines Problemchen damit herauszufinden, wer eigentlich wirklich mitbekommen hat, was da passiert ist …«, stammelte ich, während mir klar wurde, dass ich auch ein klitzekleines Problemchen damit hatte, mein unleserliches Geschreibsel zu entziffern.

»Ich brauche nur das Beste, was du hast, ich hab bald Abgabe«, blaffte er mich an.

Nachdem ich mich mit Willy durch einen Teil meiner Aufzeichnungen gekämpft hatte – und teilweise wilde Spekulationen anstellen musste, weil ich meine eigene Schrift nicht mehr lesen konnte – war immer noch nichts von dem Mädchen zu sehen, also rief ich noch mal bei Steve an. Er befahl mir, mich am Informationsschalter zu erkennen zu geben.

Die Dienst habende Schwester hinter dem Schalter, die mich bereits seit geraumer Zeit im Visier hatte und sich ganz offensichtlich fragte, warum diese seltsame Frau mit einem Kuli in der Hand im Wartebereich auf und ab lief, musterte mich nun eingehend, als ich auf sie zuging.

»Ähm, hallo. Also, ich suche das Mädchen, das hier eingeliefert wurde, sie ist heute Nachmittag von einer U-Bahn angefahren worden«, stotterte ich.

»Ach, die hatte bloß ein paar Kratzer, die ist nicht mehr hier.«

Was? Sie war nicht mehr hier? Und ich bewachte seit Stunden die Türen. Sie hatte bloß ein paar Kratzer, ich dachte, sie hätte sich angeblich das Bein gebrochen? Ich war wie vor den Kopf geschlagen, und mir wurde furchtbar heiß. Die Mädchen mit den Sandwichs. Wie hatte ich bloß so blind sein können? Ich hatte vorschnelle Schlüsse gezogen und mir meinen eigenen Reim auf die Sache gemacht und es so versäumt zu sehen, was wirklich los war.

Einsam und verlassen trat ich den Rückzug an. Ich hatte ganz eindeutig eine glanzvolle Karriere bei der *Post* vor mir.

Ich rief Steve an, holte tief Luft und gestand ihm, dass das Mädchen das Krankenhaus bereits verlassen hatte. Ich verkniff es mir, auch noch zu erzählen, dass sie direkt vor meiner Nase hinausspaziert war. Ich war ja davon ausgegangen, dass sie sich das Bein gebrochen hatte und mit freigelegten Knochen auf dem OP-Tisch lag, weshalb ich das kerngesunde Mädchen in seinem Alter, das lachend mit seiner Freundin an mir vorbeigeschlendert war, gar nicht weiter beachtet hatte.

»Hm, dann muss sie wohl zum Hintereingang rausgeschlüpft sein?«, fragte Steve misstrauisch.

»Sieht so aus«, erwiderte ich und wurde so rot wie der Cola-Automat.

»Dann kannst du dich jetzt auch verdrücken.«

Ich legte auf. Was für ein total verkorkster Start. Steve und John Mancini berieten sich vermutlich schon mit Anne im Büro, um mich zurück nach London zu verschiffen. Entweder das, oder sie steckten Myron gerade ein geheimes Warnschild zu, mit dem Hinweis für sämtliche Redakteure: »Auf keinen Fall die neue Austauschreporterin Bridget Harrison zu irgendeiner wichtigen Geschichte schicken!!!«

Und dann hatte ich in meiner Verzweifelung einen unerwarteten Geistesblitz. Wenn man nichts mehr zu verlieren hat, bleibt einem nur noch Betteln übrig. Das hatte ich mal bei einem Typen ausprobiert, der mit mir Schluss gemacht hatte, und es hatte funktioniert.

Ich ging zurück zum Informationsschalter und erklärte der Schwester, dass ich Reporterin der *New York Post* war. Ich sagte, es sei mir klar, dass sie die Telefonnummern ihrer Patienten nicht an Dritte weitergeben dürfe, aber ob sie mir nicht vielleicht eventuell – *bitte, bitte, bitte* – aus der Patsche helfen und die Mutter des Mädchens anrufen und ihr die Nummer meines Kollegen bei der Zeitung geben könnte, der über den Unfall berichtete. Eine eigene Nummer hatte ich nicht.

»Wir sind der Meinung, es wäre sehr wichtig, mit ihr zu sprechen – damit sich solch ein schrecklicher Unfall nicht noch mal ereignen kann«, fügte ich hinzu und wunderte mich selbst, dass ich so überzeugend klang.

Die Schwester schaute mich mitleidig an – sie fragte sich ganz offensichtlich, wie ich es ertragen konnte, einen derart erniedrigenden Job zu machen.

»Mal sehen, was sich machen lässt«, sagte sie. Ich kritzelte Willy Neumans Namen und die Nummer der *Post* auf einen Zettel und wäre vor lauter Dankbarkeit am liebsten durch das Fensterchen gesprungen und hätte sie geküsst.

Als ich am nächsten Morgen in die Redaktion ging und an einem Zeitungskiosk an der Ecke 7th Avenue die Titelseite der *Post* erspähte, wollte ich sie gleich noch mal abknutschen.

MÄDCHEN ERLEBT U-BAHN-HORROR;
FUSS EINGEKLEMMT UND MITGESCHLEIFT

war da zu lesen.

Ein 12-jähriges Mädchen glaubte schon, dem Tod ins Gesicht zu sehen, als es gestern Nachmittag im Berufsverkehr mit dem Fuß in der Tür einer U-Bahn stecken blieb und strampelnd und schreiend 40 Meter weit mitgeschleift wurde.

»Ich dachte, ich müsste sterben«, sagte Margaret Schultz, die wie durch ein Wunder mit einigen Abschürfungen und Blutergüssen davongekommen ist, nach dem grauenhaften Zwischenfall am Union Square.

Die Mutter des Mädchens hatte Willy Neuman angerufen. Und damit hatte ich meinen ersten »Aufmacher«. Und ich schwor mir, nie wieder voreilige Schlüsse zu ziehen und mir dadurch den Blick für die Wirklichkeit zu verstellen.

Meine erste Lektion in New York hatte ich gelernt – wenn es darum ging, das Verhalten der Menschen hier vorhersagen zu wollen, konnte man nichts als selbstverständlich betrachten. Ein Fehler, den ich immer und immer wieder machen sollte.

Leichtes Mädchen auf der 7th Avenue

Ich brauchte drei Wochen bei der *Post*, bis ich kapiert hatte, was es eigentlich bedeutete, Bereitschaftsreporterin zu sein – nämlich von einer Sekunde auf die nächste loszuhetzen in eine finstere entlegene Ecke der Stadt, wo irgendwas passiert war, sich auf fremde Menschen zu stürzen, damit sie einem alles erzählten, was sie über den Vorfall wussten – und geduldig zu warten, bis die entsprechenden Menschen auftauchten. Um Erfolg zu haben, musste man penetrant und beharrlich, direkt und doch liebenswürdig sein, die Anweisungen der Lokalredaktion befolgen und trotzdem spontan reagieren können. Ich hatte allerdings immer noch Schwierigkeiten, den Stadtplan zu durchschauen und mich mit meinem Akzent verständlich zu machen.

Meine Schicht begann um 10 Uhr morgens, also bekam ich meine Anweisungen normalerweise vom CvD der Frühschicht MORNING ASSIGNMENT EDITOR, Marilyn Matlick, die gemeinsam mit Vern Shibla – einem 35-jährigen Veteranen von der Bildredaktion – jeden Morgen um halb sieben ins Büro kam, um eine Liste mit relevanten Lokalnachrichten und Bildern zusammenzustellen.

Marilyn stellte immer eine Liste mit Geschichten zusammen, die weiterverfolgt werden sollten, sowie neue Meldungen aus den Polizeiberichten über Verbrechen, Unfälle oder andere der *Post* würdige Ereignisse, die sich in der Nacht zugetragen hatten.

Auch über die Newsticker von AP und Reuters kamen die Meldungen: In einer schier endlos aufrückenden Reihe drängten sich Nachrichten aus den USA und der ganzen Welt, ebenso wie die anstehenden Ereignisse des jeweiligen Tages. Marylin hielt außerdem Kontakt zur Baracke sowie zu anderen Reportern mit eigenem Revier – zu denen, die für Long Island zuständig waren, für die Gerichte in Manhattan, Queens, der Bronx und Brooklyn; zu den Politikberichterstattern in Washington, Albany (dem Sitz der Staatsregierung) und in der City Hall (Sitz der Stadtregierung), um so auf dem Laufenden zu sein.

Bei Unfällen und Verbrechen veröffentlichte die Polizei die Namen der beteiligten Personen – es sei denn, es handelte sich dabei um Minderjährige, Opfer sexueller Gewalt oder Todesopfer. In diesem Fall mussten zunächst die Angehörigen verständigt werden.

Und es war nicht allzu schwer, die Leute ausfindig zu machen. Die Adressen sämtlicher New Yorker, die im Besitz eines Führerschein sind, befinden sich in einer Datenbank, zu der die *Post* Zugang hat. Darüber hinaus konnten die Rechercheure im Zeitungsarchiv der *Post* die Suche auch ausweiten und Telefonnummern und Adresse von fast jedem Bürger im ganzen Land herausfinden, genau wie Einzelheiten bezüglich seines Familienlebens, seiner Nachbarn, vorheriger Aufenthaltsorte und Besitzverhältnisse. Für uns praktisch, für die Betroffenen alarmierend.

Bereitschaftsreporter mussten sich eine Stunde vor Beginn ihrer Schicht in der Redaktion melden und anfragen, ob sie gleich zu einem Termin fahren sollten, und wenn ich um 9 Uhr bei Marilyn anrief, schickte sie mich nicht selten zu einer Familie, die irgendwie in ein Verbrechen oder einen Unfall verwickelt war – oder zu einem »Tatort«, um Zeugen aufzutreiben.

Dann war ich meistens den ganzen Tag auf den Beinen und meldete mich hin und wieder in der Redaktion, um meine Rechercheergebnisse durchzugeben, die dann von einem der Redakteure zu einem Artikel umgeschrieben wurden – erfahrenen Leuten wie Tracy Connor und Willy Neuman, Bill Hoffmann, Andy Geller und Kate Sheehy, bei denen alle Informationen zusammenliefen und zu einer Story verarbeitet wurden. Und wenn ich morgens früh zu einer kleineren Sache geschickt wurde, ging ich anschließend in die Redaktion und schrieb den Artikel selbst – meist mit Hilfe von Tracy.

Blieb es morgens ruhig, ging ich ins Büro und wartete dort auf einen Auftrag – und wie in dem Fall mit dem U-Bahn-Mädchen wusste man nie, was als Nächstes passieren würde. Während meiner ersten drei Wochen bei der *Post* wurde ich zu einer entgleisten U-Bahn der Linie 5 an der Lexington Avenue geschickt, wo ich mich auf nichts ahnende Menschen stürzen musste, die gerade einer schwelenden U-Bahn entstiegen waren, in der sie eine Stunde lang im Tunnel festgesessen hatten; in die Bronx, wo ein 21-jähriges Mädchen aus Guyana, das ein Stipendium für die USA gewonnen hatte, zu Tode gequetscht worden war, als sie versucht hatte, aus einem zwischen zwei Stockwerken stecken gebliebenen Aufzug zu klettern; zu Henry Bendell, einem Nobelladen auf der 5th Avenue, wo Monica Lewinsky ihre Handtaschenkollektion präsentierte; zur nationalen Katzenausstellung im Madison Square Garden; und zu einer Flugbegleiterin aus Queens, die gerade erst in die USA zurückgekehrt war, nachdem man sie tagelang in einem Pekinger Gefängnis festgehalten und misshandelt hatte, weil sie Mitglied von Falun Gong war.

Außerhalb der Redaktion bekam ich langsam Übung darin, fremde Menschen anzusprechen. Ich hatte etliche Telefonnummern von »coolen Leuten« bekommen, bei denen ich mich nach meiner Ankunft in New York unbedingt melden sollte – Olly, der Cousin der Freundin eines Freundes; Ben, ein alter Freund der Familie eines Arbeitskollegen; und Jodi, die ehemalige Mitbewohnerin eines Mädchens, das ich aus der Schule kannte und die nach dem College eine Zeit lang in Brooklyn gelebt hatte. Als ich endlich all meinen Mut zusammennahm, die Leute anrief und mich vorstellte, musste ich feststellen, dass in New York ganz andere Sitten herrschten.

Bei uns zu Hause in England finden wir es meist nervenaufreibend, uns um irgendwelche »Freunde von Freunden« kümmern zu müssen, die gerade zufällig in der Stadt sind. Die arroganten Londoner fürchten, den ganzen Abend irgendeinen komischen Kauz am Hals zu haben, wenn sie sich auf so was einlassen. Die New Yorker dagegen, die in einer Stadt voller Außenseiter leben, bieten einem einfach an, sich ihnen ganz zwanglos anzuschließen, und verschwenden keinen Gedanken daran, ob man hineinpasst oder nicht.

Olly rief ich als Ersten an, und er schlug vor, wir sollten uns gleich am selben Abend im Milano's treffen, seiner irischen Lieblingskneipe in der Houston Street, einer belebten Durchgangsstraße, die mitten durch Manhattan verläuft und Soho vom Village trennt. Und wunderbarerweise von der Redaktion nur zehn Minuten mit der U-Bahn entfernt. Ben hinterließ ich eine Nachricht, und zwei Tage später rief er mich an und fragte, ob ich Lust hätte, gleich mit ihm und drei Freunden in einem französischen Bistro auf der Lower East Side namens Le Père Pinard essen zu gehen.

Irgendwie kam es mir komisch vor, diese Last-Minute-Angebote anzunehmen, als sei das doch der eindeutige Beweis dafür, dass ich eine totale Niete war und keine Freunde hatte – was ja auch stimmte. Aber beide lachten mich aus, als ich ihnen das später gestand, und erklärten, in New York verabrede sich grundsätzlich niemand mehr als drei Stunden im Voraus – längere Vorlaufzeit, und garantiert ist ein Schussel dabei, der den Termin verpennt, und die ganze schöne Planung war für die Katz.

Und das war auch schon der zweite Unterschied zwischen New York und London. Dank der guten U-Bahn-Verbindungen, der billigen Taxen und, vor allem in Manhattan, der relativ überschaubaren Entfernungen, waren kurzfristige Verabredungen überhaupt kein Problem. Hier plante niemand eine Dinnerparty einen Monat im Voraus, wie man es in London machte.

Als Jodi mich also an meinem dritten Samstag in New York zurückrief und mich mit ihrer angenehm heiseren Stimme zu einer Party unter dem Motto »Luden, Luder, Playboys und Professionelle« einlud, die sie an diesem Abend in ihrer Bude in Park Slope in Brooklyn gab, beschloss ich, die kurzfristige Einladung nicht persönlich zu nehmen – und sagte dankend zu.

»Und es macht dir nichts aus, dass ich niemanden kenne, nicht mal dich? Ich will dir nicht zur Last fallen«, sagte ich.

»So ein Quatsch, ich kann's gar nicht abwarten, dich kennen zu lernen. Aber du musst unbedingt kostümiert kommen, sonst lassen sie dich nicht rein.«

Und so saß ich an diesem Abend im Taxi und fuhr zum ersten Mal in meinem Leben nach Brooklyn, zu einer Party, bei der ich niemanden kannte, und noch dazu als Nutte verkleidet.

Stürz dich ins Abenteuer!, sagte ich mir – während das Taxi über die sternenhell erleuchtete Manhattan Bridge rumpelte und eine viel befahrene Schnellstraße hinunterbrauste, durch ein Gewimmel aus niedrigen Holzrahmenhäusern, Lagerhallen und geduckten roten Backsteinbauten.

»Hast du ein Freund?«

»Hä?« Ich schaute auf und merkte, dass der Taxifahrer mich im Rückspiegel musterte.

»Hast du Ehemann?«

»Ja, der ist in England.«

Nervös begutachtete ich abermals meine Kostümierung. Ich hoffte, mein Ensemble aus knallrotem Minikleid (erstanden im Lieblingsladen aller Teenies, Miss Selfridge in Ealing), schwarzen Netzstrümpfen, Stöckelschuhen mit Riemchen und einem unechten Diamantenhalsband mit Playboy-Bunny, das ich noch auf den letzten Drücker in Ricky's Kostümlädchen am Columbus Circle gekauft hatte, würde vor den gestrengen Augen wildfremder Leute bestehen. Ich fragte mich schon, ob ich es vielleicht ein bisschen übertrieben hatte mit dem metallic-blauen Lidschatten und den unechten Wimpern. Was, wenn sonst niemand sich die Mühe gemacht hatte, sich zu kostümieren – oder sie das Motto in »Bibliothekarinnen und Buchhalter« geändert hatten?

»Hast du schon mal Pakistani-Freund gehabt?«

Ach du lieber Himmel. Ich warf einen Blick auf den Taxifahrerausweis, auf dem stand, dass ich mit Mohammad Al-Fayed fuhr. Vermutlich weder verwandt noch verschwägert mit dem Besitzer von Harrods.

»Ja, ich hatte schon mal einen pakistanischen Freund. Einen sehr netten namens Omar Sheik. Da war ich 18. Er ging mit meinem Bruder zur Schule.« Warum ließ ich mich bloß darauf ein?

»Aha.« Mohammad Al-Fayed nickte heftig.

Wir bogen von der Hauptstraße ab und in eine lange Straße ein, die von heruntergekommenen Läden gesäumt war – wir fuhren an einem Pizzeria-und-Asia-Snack-Imbiss vorbei, eine Kombination, die ich bisher nicht für möglich gehalten hätte.

»Und, wer ist besserer Liebhaber, Pakistani oder Amerikaner?«

Ich hielt den Blick auf die Straße geheftet. Hoffentlich war es nicht mehr weit bis Park Slope. In der Hand hielt ich einen Fetzen der *Post* umklammert, auf den ich Jodis Adresse gekritzelt hatte.

»Pakistani, oder?«, bohrte Mohammad weiter, und beantwortete seine Frage gleich selbst: »Ja, ja, wir sind gute Liebhaber. Die besten!«

Ich ignorierte ihn mehrere Blocks lang.

»Sie wollen neuen Pakistani-Freund?«

»Hören Sie, ich gehe zu einer Kostümparty. Okay. Normalerweise laufe ich nicht so rum, und ich will auch keinen neuen Freund. Wie lange dauert das denn noch?«

»Wir gleich sind da«, versicherte er, völlig unbeeindruckt von meiner Tirade. Und tatsächlich, zu meiner Erleichterung hielten wir kurz darauf an der Ecke 7th Avenue und President.

»Stimmt so«, sagte ich knapp und reichte ihm 30 Dollar.

»Nächstes Mal, Sie können sein meine Freundin, ja?«, meinte er immer noch fröhlich grinsend, bevor ich ihm die Tür vor der Nase zuschlug.

Und dann stand ich in einer dunklen, fremden Straße und zog den Mantel enger, während ich versuchte, mich zurechtzufinden. Es dauerte eine Weile, bis ich Jodis Hausnummer am Torpfosten eines kleinen Backsteinhauses auf der anderen Straßenseite entdeckte – ein typisches hundert Jahre altes braunes Backsteinstadthäuschen, wie man sie in New York an jeder Ecke sieht. Sie hatte gesagt, ihre Wohnung sei ihm obersten Stock, und als ich hochguckte, sah ich ein rotes Licht in einem der oberen Fenster, aber die Gardinen waren zugezogen, und ich konnte niemanden sehen und hörte auch keine Musik. Außer mir war niemand da, der das Haus ansteuerte.

Was also tun? Die Uhr im Taxi hatte 21.27 Uhr angezeigt, als ich ausgestiegen war. Ich hatte nicht die geringste Lust, als Erste anzukommen und dann dumm herumzustehen. Vielleicht wäre ein flüssiger Mutmacher jetzt angebracht – außerdem war es viel zu kalt, um hier auf der Straße zu warten. Die 7th Avenue sah aus, als sei da was los. Also machte ich mich auf die Suche nach der nächsten Bar.

Ein paar Minuten später stand ich im Santa Fe Grill, einem unnötig grell erleuchteten mexikanischen Restaurant, in dem etliche schicke Pärchen an polierten Kiefernholztischen saßen und gemeinsam an Fajitas und Nachos knabberten. Mir war plötzlich ganz unbehaglich zumute, als ich an meine Aufmachung dachte. Ich versuchte, mich möglichst lässig auf einen Barhocker zu schwingen. Den Mantel ließ ich an, um mein Nuttenensemble zu verstecken, und bestellte etwas zu trinken. Denn wieso sollte ich nicht allein in einer Sportsbar sitzen und eine Margarita süffeln? Aber irgendwie kam ich mir trotzdem vor wie ein Volltrottel.

Zwei stämmige Typen am anderen Ende der Theke fingen gleich an, mich zu taxieren. Ich richtete meine gesamte Aufmerksamkeit auf das American-Football-Spiel im Fernseher in der Ecke. Zum ersten Mal, seit ich nach New York gezogen war, wünschte ich mir, Angus wäre bei mir.

Angus. Ich trank einen großen Schluck von meinem Cocktail. Wir hatten uns bemüht, regelmäßig zu telefonieren, aber schon nach dieser kurzen Zeit hatten wir uns kaum noch was zu sagen.

Oder lag das bloß an mir? Aber es war ja auch verdammt schwer, am Telefon sämtliche Einzelheiten meines neuen Lebens zu erzählen – es gab so viel zu berichten, und er kannte weder die Menschen noch die Orte, von denen ich redete. Und es war so aufregend, zur Abwechslung mal vollkommen unabhängig zu sein. Ich hatte gar keine Zeit gehabt, Angus zu vermissen. Oder vielleicht hatte ich ihn ganz einfach nicht vermisst.

Ein bisschen traurig stürzte ich den Rest meiner Margarita runter. Dann bestellte ich noch eine, und allmählich ging es mir etwas besser. Ich machte mir viel zu viele Sorgen. Nächstes Wochenende kam Angus zu Besuch. Und wenn er erst mal hier war, würde alles sein wie immer. Und ich hatte auch sonst niemanden im Auge. Noch kein potenzieller Clarke Kent in Sicht, nicht ein einziger.

Jodis Party war schon in vollem Gange, als ich zur President Street zurückkam. In meinem Magen gluckerten fröhlich zwei Margaritas. Jetzt konnte ich einen Bee-Gees-Songs aus dem oberen Fenster des Backsteinhäuschens wummern hören, und an der Haustür hing ein Schild mit der Aufschrift: »LUDER HIER LANG!«

Ich lief die Treppe zwei Stufen auf einmal hoch und klopfte todesmutig an die Wohnungstür. Ein zierliches Mädchen mit Dolly-Parton-Perücke, rosa kariertem geknotetem Hemd und weißen Jeans-Hotpants machte mir die Tür auf und fiel mir um den Hals, als sei ich ihre verschollen geglaubte Schwester.

»Bridge, Süße! Ich bin Jodi, ich freue mich sooo, dass du gekommen bist!«

Sie zog mich hinter sich her in ein Gewirr aus Afro-Perücken, paillettenbesetzten Taillen, Pelzen und Federboas. Was meine Kostümwahl anging, hätte ich mir keine Sorgen zu machen brauchen. Alle Anwesenden trugen mit Begeisterung die unterschiedlichsten Zusammenstellungen knapper, geschmackloser Klamotten und drängten sich in einem kleinen Raum, in dem sämtliche Möbel zur Seite gerückt worden waren.

Jodi nahm mir den Mantel ab und führte mich dann stolz

ihren Gästen vor, denen sie mich als »Bridge, die Britin«, vorstellte. Irgendwer reichte mir ein Glas Punsch, und ein anderer einen Joint. Urplötzlich war ich von einem Haufen Jungs umzingelt, die alle wissen wollten, wie es mich nach New York verschlagen hatte.

Ich gab ein bisschen an, erzählte ihnen meine Geschichte und schwafelte von meinen Abenteuern bei der *Post*. Ja, das kam der Sache schon näher. Endlich war ich nicht mehr Miss »Keine Freunde weit und breit«, Freiwild für lüsterne Taxifahrer, die allein in einer Bar saß und Cocktails trank. Jetzt war ich die geheimnisvolle Unbekannte im roten Kleid – Lois Lane, unerschrockene Reporterin – mit der alle Jungs reden wollten. Und ich war ziemlich betrunken.

In Anbetracht der kleinen, völlig überfüllten Wohnung und der vielen neuen Gesichter – und der Tatsache, dass ich allmählich schon doppelt sah – war es kein Wunder, dass es eine Weile dauerte, ehe ich Deklin über den Weg lief. Aber ich fand ihn sofort zum Anbeißen süß. Er stand ganz hinten in Jodis Küche mit einem Panamahut auf dem Kopf und einer glänzenden roten Trainingsjacke über der nackten Brust und zerkleinerte Eiswürfel, indem er die festgefrorene Tüte schwungvoll gegen die Spüle haute. Er hatte schwarze Löckchen und wunderschöne lange Wimpern, mit denen er hochkonzentriert blinzelte, während er zum Schlag ausholte. Er erwischte mich, wie ich ihn anstarrte, und lächelte, wobei er eine kleine Zahnlücke zwischen den perfekten geraden weißen Schneidezähnen entblößte. Die amerikanische Kieferorthopädie hatte doch einiges für sich. Der Abend wurde von Minute zu Minute besser.

Ich ging zu ihm rüber und tat, als wolle ich mir einen Saft aus dem Kühlschrank holen. Er stellte sich mir gleich vor – ganz anders, als das übertrieben zurückhaltende Gehabe vieler Typen in London. Ja, ich fragte mich, ob es mir je so leicht gefallen war, mit jemandem, den ich bei einer Party gesehen und süß gefunden hatte, ins Gespräch zu kommen. Aber vielleicht war Deklin ja einfach ein aufgeschlossener Mensch.

Er erzählte mir, er sei Illustrator, komme aus Boston und sei im vorigen Jahr nach New York gezogen.

»Und, was ist das für eine Kostümierung?«, fragte ich, um einen Vorwand zu haben, seine durchtrainierte Brust zu begaffen.

»Ich bin ein Zuhälter aus Venice Beach. Ich weiß, es sieht total bescheuert aus mit der nackten Brust, aber Jodi hat gesagt, mein Kostüm sei Scheiße und hat mir buchstäblich das T-Shirt vom Leib gerissen, als ich reinkam.«

»Nein, ich find's echt gut«, widersprach ich und nahm mir vor, Jodi später dafür zu danken.

Ich erzählte ihm, dank Jodi, der Kostümdiktatorin, hätte ich gerade eine halbe Stunde lang allein in einer mexikanischen Sportsbar gesessen und ausgesehen wie eine Professionelle auf Kundenfang.

Deklin lachte. Ich fühlte mich wie die geistreichste Frau des Universums.

Er fragte mich, was mich nach New York geführt hätte, woraufhin ich ihm stolz erzählte, dass ich als Reporterin bei der *New York Post* arbeitete. Er erklärte darauf, dieses schmuddelige rechte Hetzblättchen käme ihm nicht ins Haus, und außerdem seien die für die Yankees, die Erzfeinde seiner geliebten Red Sox. Ich dachte mir, es sei nicht der geeignete Zeitpunkt zu erwähnen, dass ich nicht den blassesten Schimmer hatte, wer die Red Sox waren.

»Aber mal ehrlich, ich find's ganz schön mutig, in eine fremde Stadt zu ziehen und einen verrückten Job wie deinen zu machen.« Er wirkte richtiggehend beeindruckt. »Und allein zu einer Party zu gehen, obwohl du nicht mal die Gastgeberin kennst.«

»Na ja, wichtig ist doch, dass man es wenigstens ausprobiert, oder? Man sollte sich vom Leben begeistern lassen und neue Herausforderungen suchen«, sagte ich.

Ich war ganz beeindruckt von meinem philosophischen Erguss und bahnte mir den Weg zurück ins andere Zimmer, wo die Party sich inzwischen auf Jodis nackten Wohnzimmerfußboden verlagert hatte. Dort platzierte ich mich in einer Ecke und versuchte, geheimnisvoll, selbstsicher und sexy auszusehen – á là aufregende Frau in rotem Kleid –, und es dauerte nicht lange, da kam Deklin rüber und setzte sich zu mir. In der Hand hatte er ein Erdbeerwassereis.

»Ich dachte, du magst das vielleicht. Hab ich im Gefrierschrank gefunden«, erklärte er und gab es mir.

Ich sah ihn an und leckte langsam daran.

»Wo ist denn deins?«, fragte ich.

»Das war das Letzte, aber wir können es uns ja teilen, wenn du magst«, antwortete er. Und da wusste ich, worauf das hinauslaufen würde.

Irgendwann später landeten wir zusammen auf einem Sofa. Auf dem Tisch nebenan schwammen rosa und orangefarbene Fische in endlosen Kreisen auf einem Bildschirmschoner herum.

»Schönes Aquarium«, sagte ich, weil mir nichts Besseres einfiel.

Ihm schon. »Wenn du keine Lust hast, heute Nacht noch nach Manhattan zu fahren, ich wohne gleich um die Ecke.«

»Vielleicht solltest du mich zuerst küssen«, entgegnete ich und stürzte mich mit halb geöffnetem Mund auf ihn.

Er setzte sich ruckartig auf. Ich kippte hinter ihm ins Leere.

»Ähm, ich komme mir vor wie auf der Highschool, hier auf dem Sofa rumzuknutschen«, erklärte er, als ich statt seiner unvermittelt ein Kissen knutschte.

Das hätte mir ein Zeichen sein sollen, aber ich lag immer noch ausgestreckt auf dem Sofa.

Deklin zog mich wieder hoch und behauptete, ich hätte dabei sehr süß ausgesehen.

»Vielleicht sollten wir hier einfach verschwinden«, flüsterte er mir zu.

Deklin erzählte Jodi, er würde mich noch zum Taxistand an der 7th Avenue bringen – ein weiteres Zeichen –, ich bedankte mich bei ihr für die beste Party seit Jahren, und dann standen wir zusammen im Flur vor der Tür. Jetzt, wo wir allein waren, nahm Deklin mein Gesicht in beide Hände und küsste mich. Zuerst ganz langsam, dann immer fester. Ich lehnte mich gegen die Wand, und er drückte sich gegen mich, und es machte klick, als wir das Kribbeln des ersten Schmeckens auskosteten. Manhattan, es war ein weiter Weg nach Hause.

Deklins Apartment bestand aus zwei kleinen Zimmern in einem der vielen Backsteinhäuschen in Park Slope, nur drei Blocks von Jodi entfernt. An der Wand nur ein einzelnes Schwarzweißfoto eines *Airstream*-Wohnwagens, eingerahmt von Palmen, ein Apple Mac und Sportutensilien, darunter ein Surfbrett, ein Football und ein Baseballhandschuh samt Schläger. Als ich mir dieses ganze fremde amerikanische Zeug anschaute, kam ich mir vor wie in einem Teeniefilm – allerdings hoffentlich nicht in einem von denen, wo das hübsche Mädchen mit einem Typen nach Hause geht und dann mit der Kettensäge zerlegt wird.

Ich setzte mich auf Deklins Bett. Er zog erst mir und dann sich selbst den Mantel aus und warf sie beide auf den Boden. Dann ließen wir uns rückwärts aufs Bett fallen und kullerten uns nicht mehr ganz klar im Kopf in die Arme.

Seine Küsse schmeckten köstlich. Nach kurzer Zeit zog er mir das Kleid über den Kopf – und ich lag vor ihm, in meinem hübschen schwarzen Dior-Wäscheset aus Paris. Dies hatte ich in letzter Minute noch angezogen, um in die richtige Nuttenstimmung zu kommen und ohne die geringste Absicht, es öffentlich vorzuführen.

Deklin setzt sich auf, schaute mich bewundernd an und streichelte meine Taille. Dann lachte er und schüttelte den Kopf und sagte, er könne es nicht fassen, dass ausgerechnet er das britische Mädchen mit nach Hause genommen hätte.

»Ich hoffe, das war kein Wettbewerb«, sagte ich.

Er reckte die Faust in die Luft.

»Yeah, Baby, yeah! Und ich hab gewonnen!«

O nein. Das war einer dieser typischen Momente, wenn man kurz davor ist, mit einem Fremden ins Bett zu gehen, und er tut irgendwas Blödes, und sein gesamter Sexappeal löst sich in Luft auf. Ich betete, dies möge sein letztes Austin-Powers-Zitat sein.

Er stand auf und ging ins Bad, und wie ich so ganz allein dalag, wurde mir plötzlich klar, was ich da eigentlich machte. Beim Anblick der zarten schwarzen Spitze auf meiner blassen Haut musste ich daran denken, wie ich die Unterwäsche damals nach der Austernnacht mit Angus getragen hatte. Wir hatten in einem verschachtelten alten Hotel gewohnt, und das Betthaupt war beim Sex dauernd gegen die Wand geknallt, also hatten wir ein glänzendes rosa Daunenplumeau auf den schiefen Fußboden geworfen und dort weitergemacht.

Deklin zog die Toilettenspülung. Mir war übel. Ich ermahnte mich, dass dies vermutlich nicht der richtige Zeitpunkt war, in Erinnerungen an romantische Kurzurlaube mit dem eigenen Freund zu schwelgen, während man mit einem anderen Mann im Bett lag. Aber nun war es zu spät.

Lieber Gott, ich war nicht mal einen Monat weg, und doch war es schon so weit gekommen. Was sagte mir das über uns? Ich guckte mich um und betrachtete Deklins fremde Sachen. Ein Buch mit dem Titel »Joe Humphries Forellen-Finessen« lag neben dem Bett, darauf ein Transistorradio. Ironischerweise genau die Sorte Buch, die Angus auch lesen würde.

Aber mit dieser Sache hatte Angus natürlich nicht das Geringste zu tun. Das heute Abend war bloß ein neue Erfahrung in einer neuen Stadt, genau wie am U-Bahnhof Union Square rumzulaufen oder über den Times Square zu bummeln. Mist, wem wollte ich was vormachen? Ich sollte auf der Stelle aufstehen, mir ein Taxi rufen und nach Hause fahren. Andererseits, es war vier Uhr morgens und eine eisig kalte Winternacht.

Deklin kam in Boxershorts aus dem Badezimmer. Ich drehte mich zur Wand und zog mir die Decke über den Kopf. Er krabbelte zu mir ins Bett und küsste meinen Nacken.

»Uha, kalte Hände«, sagte ich und verfluchte mich still, weil es in meinem ganzen Körper kribbelte und ich eine Gänsehaut bekam. Ich beschloss, bis zum Morgen nicht mehr an Angus zu denken. Oder mir Sorgen zu machen, weil er in nur vier Tagen hier in New York ankommen würde.

»Und, wer sind die besseren Liebhaber, Engländer oder Amerikaner?«, fragte Olly, trank sein Pint Guinness in einem Zug leer und drehte sich dann übers ganze Gesicht grinsend zu mir um.

»Das darfst du mich nicht fragen«, entgegnete ich. »Es ist nichts passiert. Ehrlich.«

Es war Sonntagnachmittag, und ich hatte mich erst vor ein paar Stunden von Park Slope nach Hause geschleppt, und weil ich Angst gehabt hatte, einen viel zu ruhigen, verkaterten Abend in schweigender Selbstverachtung in meinem *New York Post*-Apartment verbringen zu müssen, hatte ich mal wieder Olly angerufen. Der hatte mich gleich zu seiner zweitliebsten Kneipe bestellt, einer gemauerten Kellerbar auf der 5th Street namens Scratchers.

Olly, dreiviertel Ire, lebte schon seit fünf Jahren in Amerika. Er wohnte in einer kleinen Wohnung in East Williamsberg und arbeitete bei einer Pharmafirma in Hackensack, New Jersey. Jeden Tag fuhr er mit seinem runtergekommenen neonblauen 1973er Buick Electra 225 in die Firma, wie er mir immer wieder gerne erzählte. Den größten Teil seiner Freizeit verbrachte er im Milanos oder Scratchers oder in der Mars Bar auf der 1st Avenue, meist zusammen mit seinem besten Freund Ken, einem stillen, ernsten Duke-Absolventen aus Seattle, der in der Kulturredaktion des Wall Street Journal arbeitete, und Agnes, einer knabenhaften Rucksacktouristin aus Mittelengland, die im Scratchers kellnerte.

»Amerikaner, gar keine Frage«, erklärte Agnes, nahm Ollys ausgetrunkenes Bierglas und hielt ein frisches unter den Guinness-Zapfhahn. »Ich sag dir auch, warum – weil amerikanische Männer Wert auf eine gelungene Vorstellung legen. Den englischen Männern ist das schnurzpiepegal. Engländer sind eiskalt dazu in der Lage, sich fröhlich einen anzusaufen, mit einer Frau ins Bett zu fallen, es versuchsweise halbherzig mit ihr zu treiben und sich dann auf die Seite zu rollen und innerhalb einer halben Stunde eingeschlafen zu sein, ob sie nun Erfolg hatten oder nicht.«

»Haargenau«, stimmte Ken ihr zu. »Amerikaner wollen bei allem, was sie unternehmen, immer die Besten sein. Ob beim Sport oder im Beruf. Wir machen uns Gedanken, wir lesen Bücher, wir strengen uns an. Nicht wie ihr lahmarschigen Briten.«

»Willst du mich verarschen?«, fragte Olly.

»Nein, überhaupt nicht«, erwiderte Ken. »Ein Amerikaner würde sich die ganze Nacht abmühen, nur damit die Frau kommt, aber hauptsächlich, um sein eigenes Ego zu befriedigen.«

Ich dachte an heute Morgen. Deklin und ich hatten stundenlang Sex simuliert, uns geküsst und umschlungen und unsere Körper aneinander gepresst und gerade so der Versuchung widerstanden, es wirklich zu tun. Glücklicherweise hatte Deklin gesagt, er habe nur ein gutes Gefühl dabei, in einer richtigen Beziehung mit einer Frau zu schlafen, und ich hatte ihm natürlich aus ganzem Herzen zugestimmt.

Aber mein Techtelmechtel mit Deklin war unerhört aufregend gewesen. Und jetzt, wo Agnes und Ken es sagten, musste ich zugeben, dass er die richtige Technik draufgehabt hatte – er kannte sämtliche Ohr-, Nacken- und Haarstreichelspielchen, als hätte er gerade die Februar-Ausgabe des *GQ* mit den »Zehn Top Ten Tipps, die Frauen anmachen« gelesen. Aber ich wusste auch, dass es nicht wegen Deklins geschmeidiger Matratzenübungen so aufregend gewesen war, sondern hauptsächlich, weil der hübsche Fremde von der Party, den ich unbedingt gewollt hatte, mich auch begehrt hatte.

Und dann waren meine Schuldgefühle auf einmal wieder da. Vielleicht war es ja ganz normal, dass man auf andere Männer flog, sogar in einer festen Beziehung (Angus hatte selbst gesagt, ein verheirateter Freund hätte ihm mal anvertraut, die schockierendste Erkenntnis des Ehelebens sei für ihn gewesen, sich eingestehen zu müssen, dass er immer noch scharf auf andere Frauen war). Und dann ich, in dieser fremden Stadt, mit meiner Mission, den Tag zu nutzen und neue Erfahrungen zu sammeln … Ja, mir fielen jede Menge Entschuldigungen ein. Aber tief drinnen wusste ich sehr wohl, dass irgendwas nicht stimmen konnte, wenn ich bereit war, Angus so mir nichts, dir nichts zu betrügen. Nach New York zu gehen war eine Sache, aber mit dem nächstbesten Typen ins Bett zu steigen war eine ganz andere.

Narbengesicht nimmt Mutter und Kind als Geisel

Als Bereitschaftsreporterin wusste man nie, was einen erwartete. An manchen Tagen saß man bloß nervös Däumchen drehend am Schreibtisch, in der festen Überzeugung, die Redakteure hätten einen vergessen, und am nächsten wurde man frühmorgens aus dem Bett geklingelt und irgendwohin gehetzt, zu einem Überfall auf eine Bodega oder zu einem Wohnungsbrand, und kam nicht vor Mitternacht nach Hause.

Der legendäre, wenn auch exzentrische Spätredakteur Mike Hetchman, der abends das Kommando von John Mancini übernahm, kannte keinerlei Skrupel, Reporter bis spätabends auf Trab zu halten. Sein Lieblingsspruch lautete: Niemand verdiente es, Redakteur zu sein, der nicht seine Zeit auf der Straße absolviert hatte, niemand war sich zu schade, um über einen Brand zu berichten, und Märtyrer gab es bei eineinhalbfacher Bezahlung nicht (die man bekam, wenn man Überstunden machte und mehr als seine Siebeneinhalb-Stunden-Schicht arbeitete).

Aber die *Post*-Reporter witzelten immer, es sei typisch: Gerade an den Tagen, an denen man gerne beschäftigt wäre, sitzt man bloß rum. Und wenn man sich nichts mehr wünschte als einen ruhigen Tag im Büro, wurde man garantiert in irgendeinen gottverlassenen Winkel von New York geschickt.

Der Tag, als Angus ankam, war so ein Tag. Ich wurde von meinem summenden Pager geweckt, zwei Sekunden später gefolgt vom schrillen Klingeln des Telefons.

»Lokalredaktion, bitte dranbleiben für Marilyn Matlick«, bellte Myron mir aus dem Hörer entgegen.

»Hi, hier ist einer verhaftet worden, der auf Bewährung raus war. Er soll drei Mütter in einer Bahn der Linie J ausgeraubt haben, indem er ihren Babys die Pistole an den Kopf gehalten hat«, erklärte Marilyn, die Frühredakteurin, ohne Umschweife.

»Jermaine Barima«, sagte sie und gab mir eine Adresse mit einer Doppelnummer in Queens, »ich glaube, das müsste St. Albans sein. Foto ist auf dem Weg. Der Typ hat ein ellenlanges Vorstrafenregister, ist fünfmal wegen bewaffneter Raubüberfälle und unerlaubten Waffenbesitzes verurteilt und unzählige Male verhaftet worden. Letzten Monat hat er gegen seine Bewährungsauflagen verstoßen und sich bis gestern Abend seiner Verhaftung entziehen können. Sie haben ihn geschnappt, nachdem er einer Frau auf der Church Avenue eine Goldkette vom Hals gerissen hat, auf die Gleise gesprungen ist und versucht hat, sich unter einer Bahn zu verstecken. Alles mitgeschrieben?«

Mein Gekritzel war wie immer vollkommen unleserlich.

»Ähm, und ich soll da hin, wo der Typ wohnt?«

»Die Adresse haben wir von der Baracke. Keine Sorge, er sitzt im Knast. Aber guckt doch mal, ob jemand zu Hause ist. Frag sie, was sie davon halten, dass ihr Sohn, Bruder, Cousin oder was auch immer er ist, kleine Kinder bedroht.«

Sie hatte aufgelegt, ehe ich sie nach der U-Bahn-Verbindung nach St. Albans fragen konnte – also griff ich zu meiner neuen Bibel, Tracys Stadtplan.

174th Street war, wie sich herausstellen sollte, ein Straßengewirr in einer Wohngegend am Ende der Bahnlinie gleich hinter Hollis, jener brutalen Gegend, die eine der allerersten Rap-Gruppen überhaupt, Run DMC, hervorgebracht hatte. Tracy hatte mir erklärt, dass die doppelten Nummern der Adressen in Queens die Straßenkreuzung und die Hausnummer bezeichneten, und nach einer Menge angestrengtem Stirnrunzeln, um dieses System zu kapieren, kam ich zu dem Schluss, dass ich die Linie E bis zur Endstation Jamaica Center nehmen konnte und dann noch einen knappen Kilometer laufen musste. Den Trick, mich vom zuständigen Fotografen an der nächstgelegenen U-Bahn-Station abholen zu lassen, hatte ich noch nicht drauf.

Der zuständige Fotograf war diesmal Rick, ein Oldtimer bei der *Post*, mit fettigem dunklem Haar, grauen Schläfen und einem gedehnten Long-Island-Akzent. Als ich endlich um die Ecke 109th Avenue schlurfte, ließ er von der anderen Straßenseite die Scheinwerfer aufblenden. Ich sank auf den Beifahrersitz seines Hondas. Er stank nach Mentholzigaretten.

»Wie geht's? Du bist die neue Austauschreporterin, stimmt's? Er schnippte seine Zigarette durchs offene Fenster. »Entschuldige bitte die Unordnung hier drin.«

»Kein Problem«, beruhigte ich ihn mit einem Blick auf die alten Kaffeebecher, zerknitterten Seiten aus der *Post* und zerknüllten McDonald's-Tüten zu meinen Füßen. »Hast du mal Feuer?«

Eigentlich hatte ich mir vorgenommen, in New York mit dem Rauchen aufzuhören. Aber da man als Reporterin die meiste Zeit damit verbrachte, darauf zu warten, dass irgendwas passierte, oder hinter etwas herzuhetzen, das geschehen war, war es beinahe unmöglich, nicht zu rauchen. Außerdem war Rauchen unerlässlich, um sich mit den Kollegen ein bisschen näher zu kommen, und das war schließlich auch sehr wichtig.

Rick gab mir Feuer und zeigte aus dem Fenster auf ein runtergekommenes Backsteindoppelhaus. Rostfarbene Gitterstäbe sicherten die Haustür und die beiden Fenster im Erdgeschoss. Ein Gartenpfad schlängelte sich durch den matschigen Rasen, auf dem ein herrenloses, umgefallenes rosa Plastikdreirädchen lag.

»Das ist es. Ich sage dir, der Kerl ist echt ein krankes Arschloch. Eine der Frauen, die er ausgeraubt hat, hat ihn gestern bei einer Gegenüberstellung erkannt. Er hat so eine riesige Narbe auf der rechten Wange, und er musste den Satz wiederholen, den er in der U-Bahn zu ihr gesagt hatte. Er hat ihrem Kind die Pistole gegen die Schläfe gerammt und gedroht: ›Stell die kleine Schlampe ruhig oder ich blase ihr das Hirn raus.‹ Und als die Frau das hörte, ist sie fast ausgeflippt und hat gesagt, das würde alles wieder aufwühlen.«

Rick zeigte mir die zerknitterte Fotokopie eines Fotos.

»Das ist er, beim Schaulaufen gestern Abend. Kannste behalten.«

Das Schaulaufen war eine Inszenierung für die Medien, bei der Verdächtige von der Polizei aus der Wache in einen Streifenwagen verfrachtet werden, um sie anschließend dem Untersuchungsrichter vorzuführen. Um ihre Beute angemessen zu präsentieren, gaben sie den Fotografen normalerweise einen Tipp, wann das Ganze stattfinden sollte, und ließen ihnen ein paar Sekunden Zeit für ein gutes Foto.

Auf dem Bild war ein missmutiger Mann mit schmalen spitzen Wangenknochen zu sehen. Quer über die rechte Wange verlief eine hässliche Naht, die aussah wie eine Messerwunde. Ich hoffte, der würde nicht so bald hier aufkreuzen.

Ich verstaute das Foto in meiner Handtasche und zog an meiner Zigarette. Hier im stickigen engen Innenraum des Hondas drehte sich mir von dem Rauch der Magen um.

»Und, wollen wir mal klingeln?«

»Nö, hab ich schon versucht, es ist niemand zu Hause. Wir müssen abwarten und Tee trinken und mal gucken, ob noch jemand auftaucht. Gut möglich, dass sie gerade beim Gericht sind, aber den Typen lassen sie garantiert nicht auf Kaution raus.«

Mir fiel auf, dass Rick seine Kamera schussbereit im Schoß liegen hatte.

Die nächsten zweieinhalb Stunden lang saßen wir im Auto und rauchten. Zum Zeitvertreib erzählte Rick mir von seiner neusten Leidenschaft – Match.com. Einer seiner Freunde hatte kürzlich eine Frau geheiratet, die er übers Internet kennen gelernt hatte, und da Rick geschieden war, beziehungsfeindliche Arbeitszeiten hatte und häufig Überstunden machte, wodurch es für ihn beinahe unmöglich war, Frauen kennen zu lernen, hatte er beschlossen, es einfach mal zu versuchen. Nachdem er nächtelang die Website durchforstet und dutzende Initiativ-E-Mails verschickt hatte, hatte er bisher drei Frauen persönlich kennen gelernt.

»Und?« Ich war fasziniert. »Wie ist es gelaufen?«

»Tja, eins kann ich dir jedenfalls sagen, die Frauen im Internet, die sehen nicht mal annähernd aus wie auf den Fotos, die sie einstellen«, erklärte er, zündete sich noch eine Mentholzigarette an und schmiss das Streichholzbriefchen auf das zugemüllte Armaturenbrett.

»Man kommt an, und manchmal erkennt man sie nicht mal. Garantiert sehen sie Jahre älter aus – und normalerweise auch etliche Kilo schwerer als auf den Fotos.«

Rick erzählte, die letzte Kandidatin, mit der er sich zum Essen verabredet hatte, sei eine geschiedene Werbefachfrau gewesen, die von sich behauptete, 32 zu sein, wobei Rick sie glatt fünf Jahre älter schätzte. Trotzdem hatte er sie ganz süß gefunden – bis sie eine ganze Flasche Wein heruntergespült hatte, ehe ihre Pizza überhaupt serviert worden war. Gegen Ende des Essens hatte sie dann auch noch rumgeheult und ihm vorgejammert, wie schrecklich einsam sie doch sei. Er behauptete, er hätte sie praktisch aus seinem Auto in ihre Wohnung tragen müssen.

»Sie war total hinüber. Sie kann vor Glück sagen, dass ich das nicht ausgenutzt habe. Danach habe ich ihre E-Mails nicht mehr beantwortet, sie einfach eiskalt verhungern lassen. Singlefrauen in New York, davon gibt's 'ne ganze Menge. Wenn ihre besten Jahre vorbei sind, drehen sie durch. Denen sollte man nicht zu nahe kommen.«

Oh Gott, hoffentlich werde ich nicht mal so, dachte ich bei mir. Ich dachte an Angus, und mir wurde ganz warm ums Herz. In ein paar Stunden würde ich ihn wiedersehen. Allein der Gedanke, in dieser Stadt als allein stehende Frau zu existieren, trieb mir den Angstschweiß auf die Stirn.

Plötzlich kam eine Frau mittleren Alters in einem langen braunen Regenmantel und pelzgefütterten Stiefeln um die Ecke von der 109th Avenue und ging den Gartenpfad zu Nummer 109-xx runter. In Sekundenbruchteilen waren wir beide aus dem Auto. Ich holte sie ein, als sie gerade den Schlüssel in die Haustür steckte. Rick war gleich hinter mir.

»Mrs. Barima? Mrs. Barima, hätten Sie einen Augenblick Zeit?«, fragte ich, und das Herz schlug mir bis zum Hals.

Sie drehte sich nicht mal um.

»Wir sind von der *New York Post*, wäre es vielleicht möglich, dass wir uns kurz über Jermaine unterhalten?«

»Ich hab nix zu sagen«, entgegnete sie und rammte mit voller Wucht die Schlüssel in die drei Schlösser an ihrer Tür, immer noch mit dem Rücken zu mir.

»Aber Sie sind doch seine Mutter, oder nicht?«, fragte Rick.

Sie drehte sich für eine Sekunde um, und das Blitzlicht der Kamera zuckte ihr in die Augen. Fluchend hielt sie sich die Hand vors Gesicht.

»Wenn Sie das Bild benutzen, verklage ich ihre verdammte Zeitung.« Damit warf sie uns die Tür vor der Nase zu. Rick zuckte die Achseln.

»Sie hat wohl nix zu sagen.«

Wir gingen zurück zum Auto. Zwanzig Minuten später steuerte ein schlaksiger Teenager auf das Haus zu, mit vornübergebeugtem Gang und dem Hosenboden auf Kniehöhe. Ich stieg aus dem Auto und lief hinter ihm her.

»Entschuldige, kennst du vielleicht Jermaine?«, sprach ich ihn an.

Die Haustür ging auf, und die Mutter erschien wieder auf der Treppe.

»Hey, Sie, lassen Sie meinen Jungen in Ruhe, hören Sie lieber auf, die Leute zu belästigen«, schrie sie aufgebracht. Hinter ihr tauchte ein Mann auf und kam den Pfad entlang auf mich zu gestampft. Instinktiv trat ich den Rückzug zum Auto an. Der Junge verschwand im Haus.

»Sie haben gehört, was sie gesagt hat. Verschwinden Sie von diesem Grundstück«, zischte er, jetzt nur noch wenige Zentimeter vor meiner Nase. Er war stämmig und hatte gewaltige, mit Steroiden aufgepumpte Oberarme, die unter seinem blauen Disney-World-Shirt nackt hervorlugten. Mehr kriegte ich nicht mit, dazu pochte mein Herz zu heftig.

»Hey, du Wichser, mit wem redest du da? Bist wohl auch noch stolz, dass dein Sohn so ein mieses Stück Scheiße ist.« Rick schob mich beiseite und stellte sich dem Mann mit der Kamera in der Hand.

»Verzieht euch von meinem Grundstück, verdammt, oder ich brech dir das Genick«, brüllte der Mann.

»Wir sind überhaupt nicht auf deinem verdammten Grundstück. Siehste, das hier ist der Bürgersteig, und der ist Gemeingut. Ich kann den ganzen Tag hier herumstehen, wenn ich will«, schrie Rick und zeigte erbost auf den Boden. »Und, wenn du nicht mit uns reden willst, dann kannst du morgen über dieses Stück Scheiße in der Zeitung lesen.«

»Nun, vielen Dank, dass Sie sich die Zeit genommen haben«, sagte ich, erleichtert, dass der Mann augenscheinlich über ein Quäntchen mehr Selbstbeherrschung verfügte als Rick. Was zum Teufel dachte der sich überhaupt?

Der Mann stapfte zurück ins Haus. Rick riss die Autotür auf, warf die Kamera auf den Fahrersitz und zündete sich eine Zigarette an.

»Man muss sie reizen. Manchmal funktioniert's, und man kriegt ein tolles Zitat oder Foto«, sagte er, schnaubte laut und stierte wütend auf das Haus. »Ich mache diesen Job seit zwanzig Jahren, ich kann dir sagen, diese Stadt ist voller Dreckskerle.«

Ich versuchte, meine zitternden Hände zu verstecken. Vermutlich war die Situation typisch für den Job als Reporter. Man wusste nie, was als Nächstes passieren würde.

Mein Pager piepste und forderte mich auf, Steve Marsh anzurufen. Ich lieh mir Ricks Handy.

»Und, was hast du über den Kinderräuber?«, fragte er.

Ich erzählte ihm, was wir bisher erlebt hatten, und machte ihm klar, dass ich es für sehr unwahrscheinlich hielt, noch irgendwelche Aussagen zu bekommen. Daraufhin gab Steve mir eine neue Adresse, eine schmuddelige Wohnung im fünften Stock um die Ecke von der Avenue Y, gleich in der Nähe von Coney Island in Brooklyn.

»Die in der Baracke meinen, seine Freundin wohnt da möglicherweise«, erklärte Steve.

Coney Island war meilenweit entfernt, aber ich nahm an, mit Rick hinfahren zu können, und freute mich auf den nächsten Teil unseres gemeinsamen Abenteuers. Doch dann rief Rick in seiner Redaktion an, und man sagte ihm, er solle zu einem anderen Reporter fahren, der über einen bewaffneten Raubüberfall auf eine Bodega berichtete. Während er sich beeilte, den Wagen anzuwerfen, kriegte ich es wieder mit der Angst zu tun. Hoffentlich war Jermaines Freundin nicht so Furcht erregend wie seine Eltern.

Rick setzte mich am Jamaica Center ab, und ich klammerte mich an meinen Stadtplan und machte mich auf eine stundenlange, abenteuerliche Reise auf drei verschiedenen U-Bahn-Linien vom östlichen Queens nach Südwest-Brooklyn. Als ich endlich an der Haltestelle Avenue X ausstieg, stand ich auf einer langen menschenleeren Straße, überschattet von den erhöhten Eisenschwellen der U-Bahn. Gleich daneben war ein bedrohlich wirkendes Industriegebiet, auf dem sich mit Brettern verrammelte Lagerhallen aneinander reihten. Es war inzwischen beinahe halb vier. Ich hatte noch eine halbe Stunde Zeit, bis es dunkel wurde.

Ich versuchte mich in demonstrativ zur Schau gestellter Nonchalance, als ich auf die Avenue Y zusteuerte. Als ich das letzte Mal in Brooklyn war, hatte ich einen Typen aufgerissen, heute hatte ich das Gefühl, mich glücklich schätzen zu können, wenn ich mit heiler Haut davonkam.

Die Avenue Y führte in ein unüberschaubares Wohngebiet, in dem sich scheinbar endlos braune Backsteingebäude aneinander reihten. Die angegebene Adresse musste wohl in einem dieser Häuser sein, also folgte ich vorsichtig der Nummerierung der Wohnblöcke und entfernte mich immer weiter von der Straße. Ich fragte mich, wo die nächste Telefonzelle war. Ohne Handy wäre ich echt aufgeschmissen, falls etwas passieren sollte.

Ich kam an einem Spielplatz vorbei, auf dem Highschool-

Schüler herumhingen, auf den Schaukeln hockten und Gras rauchten. Sie starrten mich an. Ich warf ihnen einen finsteren Blick zu, der besagen sollte: »Ja, und? Ich komme immer hierher.«

Zielstrebig, wie sie es mir im Selbstverteidigungskurs in der Schule beigebracht hatten, marschierte ich weiter und kam schließlich zur Nummer 33xx – einem achtstöckiges Gebäude mit schwarzer Eingangstür. Der Halbmond aus bruchsicherem Glas in der Mitte war eingeschlagen worden, und das Metallschloss der Gegensprechanlage war kaputt, wodurch sich die Tür einfach aufdrücken ließ.

Im Foyer war es beinahe stockdunkel. Ich blieb kurz stehen, hielt die Tür hinter mir fest, um das Tageslicht nicht gleich wieder auszusperren, und überlegte, ob ich weitergehen sollte. Es stank nach Zigarettenkippen und Urin, und der schwach beleuchtete Aufzug stand halb offen, so dass dahinter die mit Graffiti beschmierten Wände zu sehen waren. Ich hatte keine Lust, in dem Ding stecken zu bleiben. Am anderen Ende des Gangs gab es eine Tür, die bestimmt zur Treppe führte.

Ich holte tief Luft, warf einen letzten Blick nach draußen, um mich zu vergewissern, dass mir niemand gefolgt war, und rannte wie eine Irre zum Treppenaufgang. Meine Schritte hallten verdächtig laut durchs Halbdunkel, als ich mit wild klopfendem Herzen nach oben sprintete.

Während ich über benutzte Kondome und Glasscherben stieg, griff ich in meine Handtasche und umklammerte zu meiner Verteidigung einen Kuli. Aber das hier war kein Film. Was hatte ich vor? Einen mit Messer oder Pistole bewaffneten Räuber mittels eines geschickt angesetzten Kugelschreiberstichs in den Hals schachmatt zu setzen?

Ich erreichte den fünften Stock unversehrt, und ein Hund fing an zu bellen. Er knurrte und kratze an der Wohnungstür. Erschrocken machte ich einen Satz nach hinten und starrte wie hypnotisiert auf den auf und ab laufenden Schatten in der Türritze. Ich traute mich nicht vorbei. Mist. Ich hasste so was. Das war ein einziger Albtraum. Warum ging ich nicht einfach zurück zur U-Bahn und erzählte Steve, es sei niemand da gewesen. Würde doch sowieso niemand erfahren. Dann könnte ich gemütlich nach Hause gehen und mich für Angus zurechtmachen.

Aber ich war schon fast an der Wohnungstür. Nur eine totale Null würde so kurz vor dem Ziel noch aufgeben. Und schließlich hatte ich doch immer davon geträumt, diesen Job zu machen. Ich hatte bloß nicht gedacht, dass er so einsam sein würde.

Ich tröstete mich mit dem Gedanken, dass ich, ganz gleich, was auch passierte, bald bei Angus sein und ihm erzählen würde, wie tapfer ich gewesen war. Dann betätigte ich die schmuddelige Türklingel von Apartment 5x und betete, es möge niemand aufmachen.

Ich hörte, wie ein Riegel zurückgeschoben wurde. Ich holte noch mal tief Luft und bereitete mich auf einen nicht allzu freundlichen Empfang vor. Eine ältere Frau in einem weinroten samtenen Trainingsanzug öffnete die Tür. Sie hatte hellbraune Haut und eine etwas pummelige Figur und trug, neben etlichen anderen Goldkettchen, ein goldenes Kreuz um den Hals. Überrascht sah sie mich an.

»Ähm, hallo«, stammelte ich. »Ich bin Reporterin bei der *New York Post*. Ich wollte Sie fragen, ob Sie vielleicht Jermaine Barima kennen.«

»Die *Post*? Natürlich, Jermaine ist mein Schwiegersohn. Kommen Sie rein, es ist noch ein bisschen Kaffee in der Kanne. Und woher kommen Sie?«

»Ähm, England«, antwortete ich verdutzt. Der Pistolen schwingende Gewaltverbrecher war ihr Schwiegersohn, und sie wollte einen Kaffee mit mir trinken?

»Kommen Sie schon, man weiß nie, wer da im Treppenhaus lauert«, sagte sie. Daran zweifelte ich keine Sekunde, also ging ich schnell hinein.

Wir gingen in ihr Wohnzimmer, in dem ein lila Chenille-Sofa mit passendem Sessel stand, beide mit bunten Häkeldecken dekoriert. Auf dem flauschigen Teppich türmten sich Spielsachen: ein knallrotes New Yorker Feuerwehrauto, Star-Wars-Figuren, roboterähnliche Action-Figuren. Der köstliche Duft von Hühnersuppe wehte aus der Küche herein, die halb hinter einer Schiebetür verborgen war.

Es war unverhältnismäßig gemütlich im Vergleich zu der trostlosen Umgebung. Die Frau ging in die Küche und kam mit einem Becher in der Hand zurück, auf dem stand »Ich Herzchen Coney Island«. Aus Höflichkeit nahm ich sie an, und sie bestand darauf, dass ich mich setzte.

»Ihr Junge, ich kümmere mich um ihn, wenn meine Tochter Lizette zum College geht«, sagte sie lächelnd mit einem Blick auf das Spielzeug. »Ganz egal, was ist denn mit Jermaine?«

Scheiße. Vielleicht hatte sie noch keine Ahnung, dass ihr Schwiegersohn wegen bewaffneten Raubüberfalls verhaftet worden war. Und sie hatte mir gerade einen Kaffee gemacht. Was zum Teufel sollte ich denn jetzt sagen?

»Ähm. Also …«

Sie lächelte und schaute mich erwartungsvoll an. Ich bekam einen Schweißausbruch.

»Er ist leider verhaftet worden.«

»Weswegen?« Sie wirkte ehrlich erstaunt.

Ich guckte in meinen Kaffee. Wie sollte ich das nur ausdrücken?

»Ähm, na ja, wie es aussieht, hat er einige Frauen bestohlen, indem er ihren Kinder eine Waffe an die Schläfe gehalten hat …«

Ich klang so unbekümmert wie eine Lehrerin, die den Eltern mitteilen muss, dass ihr Kind die Schule geschwänzt hat. Aber der Satz hallte nach und klang in diesem heimeligen Zimmer völlig unwirklich.

»Jermaine? Nein, da muss eine Verwechslung vorliegen. So was würde Jermaine niemals tun.« Sie faltete die Hände im Schoß, zufrieden, dieses dumme Missverständnis aufgeklärt zu haben.

»Jermaine ist der wunderbarste Schwiegersohn, den man sich wünschen kann, er ist so lieb zu meiner Tochter und ihrem Sohn. Und jedes Jahr schickt er mir Blumen zum Muttertag.«

Jetzt blickte ich nicht mehr durch. Wie konnte denn die Schwiegermutter eines Mannes mit einem ellenlangen Vorstrafenregister nichts davon wissen? Aber diese Frau redete von ihm, als sei er ein Heiliger. Und ein Vater konnte doch ganz sicher nicht anderen Kindern eine Pistole an die Schläfe halten? Die in der Baracke mussten sich in der Adresse geirrt haben. Mir fiel ein Stein vom Herzen.

»Wissen Sie was, wir müssen wohl den falschen Jermaine erwischt haben«, sagte ich und lächelte. »Es tut mir sehr Leid, dass ich Sie belästigt habe.«

»Nun ja, es war jedenfalls nett, mit Ihnen zu reden. Hier trifft man nur selten Menschen aus England«, sagte sie.

Ich verstaute den Notizblock in meiner Tasche und stand auf. Dann blieb mir das Herz stehen. Ein Foto auf der Fensterbank war mir ins Auge gesprungen – stolze Eltern mit ihrem Sohn. Ich ging hin und guckte es mir etwas genauer an. Die Narbe, die quer durch das Gesicht des Vaters ging, war alles, was ich sah.

Jetzt fiel mir das fotokopierte Bild von Jermaine Barima wieder ein. Ich zog es aus der Tasche und reichte es der Frau.

»Das ist doch Jermaine, oder nicht?« Meine Stimme klang schrill und brüchig.

»Ja, das ist er!« Für einen Augenblick klang sie ganz stolz – und dann guckte sie ganz verwirrt. Das Telefon klingelte, und wir fuhren beide auf.

»Das ist bestimmt meine Tochter, die gleich vorbeikommt, um ihren Sohn hier abzugeben.« Sie griff nach dem Hörer.

»Lizette, eine Frau von der *Post* ist hier, die sagt, sie hätten Jermaine verha ...« Sie richtete sich kerzengerade auf. Dann sah sie mich an, und alle Freundlichkeit war aus ihrem Gesicht verschwunden.

»Meine Tochter hat gesagt, Sie sollen sich aus ihrer Wohnung scheren«, knurrte sie.

»Klar doch. Hören Sie, es tut mir sehr Leid wegen dieser Sa…«

»Sofort! Meine Tochter hat gesagt, ich soll keinen Ton mehr sagen.«

Ich stellte meine Kaffeetasse auf den Boden und trat den Rückzug an. Sie knallte die Tür hinter mir zu. Der Hund unter der Tür kläffte wieder, als ich schleunigst zur Treppe rannte und meine eigene Dämlichkeit verfluchte. Gott sei Dank war mir das Foto aufgefallen. Wieder einmal hatte ich mit meinem ersten Eindruck total daneben gelegen.

Ich zog die Tür zum Treppenhaus auf und stand auf einmal unmittelbar einer schmächtigen Frau in einer metallic-blauen Steppjacke und einem Säugling auf dem Arm gegenüber. Wir wussten beide sofort, mit wem wir es zu tun hatten.

»Ey, Reporterin, wer hat dir erlaubt, in meine Wohnung zu kommen?«, schrie sie mir ins Gesicht.

»Tja, Ihre Mutter, genau genommen.« Ich fingerte nach meinem Notizblock und kämpfte gegen den Impuls an, die Beine in die Hand zu nehmen und um mein Leben zu rennen.

»Ach ja? Tja, du hast kein Recht, Jermaine hinterherzuschnüffeln. Er ist ein guter Mensch.«

Scheiße, wo war bloß mein Kuli?

Sie schob mich beiseite und ging vorbei. Endlich hatte ich ihn gefunden.

»Ähm, nur eine Frage, aber würden Sie mir sagen, wie Sie heißen?«

»Fick dich, ich rede nicht mit Scheißreportern.« Mit dem Säugling auf dem Arm ging sie die Treppe hoch.

»Ja, aber finden Sie es nicht auch ein bisschen heftig, einem Baby eine Pistole reinzustecken?«, brüllte ich hinter ihr her.

»Fick dich, Schlampe«, schrie sie zurück.

Ich fragte mich, ob Rick mit seiner Reizen-bis-aufs-Blut-Taktik jemals Erfolg hatte.

Aber ich hatte zumindest etwas. Dank dieser Frau und ihrer Mutter konnte ich Steve Marsh anrufen und ihm ein paar O-Töne liefern und mich dann schnurstracks auf den Weg zu Angus machen. Um Haaresbreite war ich den Fängen von Spätredakteur Mike Hechtman entkommen, der mich wohlmöglich die ganze Nacht durch Coney Island gehetzt hätte.

Verhängnisvolle Verabredung im romantischen Brooklyner Restaurant

Der Shuttlebus von der U-Bahn-Station Howard Beach zum Flughafen JFK ruckelte und schlingerte auf dem Weg zum Terminal drei um die Langzeitparkplätze herum. Lächelnd sah ich in die Dunkelheit hinaus und dachte an das letzte Mal, als Angus und ich uns auf einem Flughafen getroffen hatten.

Das war vor einem Jahr in Stansted gewesen, wo er mich um zwei Uhr morgens auf einer Bank ausgestreckt gefunden hatte. Dort war ich erschöpft eingeschlafen, nachdem ich kurz zuvor mit einem hoffnungslos verspäteten Flug aus Frankreich angekommen war. Als ich ihn gesehen hatte, war ich vor Freude in Tränen ausgebrochen (was mir sonst eigentlich nie passiert).

Es war mein Geburtstag gewesen, und meine Eltern – beide Reiseführerautoren – überprüften gerade vor Ort die Angaben eines Reiseführers über Südwestfrankreich und hatten sich gedacht, es wäre doch eine wunderbare Idee, wenn ich sie übers Wochenende besuchte. Und es war auch wunderbar – so wunderbar es eben sein kann, an einem verregneten Urlaubstag auf dem Rücksitz eines Autos mit beschlagenen Scheiben festzusitzen.

Wie immer in Gesellschaft meiner Eltern hatte ich keinerlei Dankbarkeit gezeigt, ein schönes Wochenende mit ihnen verbringen zu dürfen, sondern hatte mich postwendend wieder in einen pubertierenden Teenie zurückverwandelt. Ich hatte eingepfercht zwischen stapelweise Landkarten und Touristenbroschüren auf dem Rücksitz gesessen und vor Wut geschäumt, weil mein Vater allen Protesten zum Trotz seine alten Bananen im Auto essen musste, während die beiden mit der Begeisterung eines frisch verheirateten Pärchens auf der Hochzeitsreise eine örtliche Sehenswürdigkeit und ein Dörfchen nach dem anderen auf ihrer Liste abhakten. Was hatte ich da eigentlich verloren?

Die elterliche Abmachung hatte gelautet, ich könne vom Flughafen Carcassonne rechtzeitig zu einem fulminanten Geburtstagsdinner in Shepherd's Bush nach Hause fliegen. Aber kaum hatte ich mich in freudiger Erwartung auf meinen Fensterplatz im Flieger Richtung Heimat geworfen, den Gurt festgezurrt und erleichtert aufgeseufzt, da verkündete der Pilot, das Flugzeug sei »kaputt«, und wir müssten alle wieder zum Terminal zurück.

Sieben Stunden später saß ich immer noch in der Flughafenkantine, in der es nach abgestandenem Zigarettenrauch stank, und wartete auf das neue Flugzeug, während ich mir in schillernden Farben ausmalte, wie ich jeden einzelnen Menschen, der irgendwann mal für Ryan Air gearbeitet hatte, mit einer Axt zerstückeln würde. Ich hatte Angus angerufen, zunächst nur, um ihn vorzuwarnen, ich könnte möglicherweise etwas zu spät zum Essen kommen, später dann, um ihm zu sagen, er könne die ganze Sache abblasen. Um zu verhindern, dass ich die Axt auch noch gegen mich selbst richtete, hatte er mir hoch und heilig versprochen, ganz gleich wie spät ich auch ankommen sollte, er würde mich in Stansted abholen. Als wir dann endlich um ein Uhr eintrudelten, wurde ich gleich vom Flughafenpersonal ausgerufen, die mir mit Bedauern mitteilen mussten, dass Angus auf dem Weg zum Flughafen auf der Autobahn eine Panne gehabt hatte.

Also hatte ich mich in der menschenleeren Ankunftshalle auf eine der Metallbänke gelegt und auf ihn gewartet. Als er es endlich zum Flughafen geschafft hatte – inzwischen genauso erschöpft und entnervt wie ich –, da hatte ich mich vor lauter Liebe zu ihm in seine Arme geworfen und haltlos geschluchzt. Er hatte mir einen kleinen Schokoladenkuchen gekauft und eine halbe Flasche Dom Perignon, und meine Geburtstagsparty hatten wir in seinem Wagen auf der Autobahn nach Kentish Town gefeiert.

Als ich ankam – wie durch ein Wunder eine halbe Stunde zu früh –, wirkte die Ankunftshalle von Terminal drei am JFK genauso einsam und verlassen wie die damals in Stansted. Diese Halle, in der es bei meiner Ankunft in New York vor 26 Tagen, als ich nervös meinen schweren Koffer hinter mir hergeschleift hatte, gebrummt hatte wie in einem Bienenstock, war nun beinahe leer.

Ich setzte mich in eine Stuhlreihe, um zu warten, und mein Blick fiel auf ein paar verknitterte Seiten einer weggeworfenen *Post*, die unter mir auf dem Boden verstreut herumlag. Ich schob sie mit den Fußspitzen auseinander, in der Hoffnung, die Verfasserzeile unter einem Artikel zu entdecken, den ich tags zuvor geschrieben hatte – über einen zweifach amputierten Mann aus Queens, der 17,5 Million Dollar in einer New Yorker Lotterie gewonnen hatte und nun beabsichtigte, sich mit diesem Geld zwei neue Beine zu kaufen. Die Schlagzeile hatte gelautet: »Lotto hilft ihm wieder auf die Beine!« Aber ich sah sie nirgends. Es waren nur die Sportseiten. Tja, die schmiss ich normalerweise auch immer weg.

Ich starrte auf die weiße Wand, die Amerika vom Rest der Welt trennte, und dachte darüber nach, was alles passiert war, seit ich selbst diese Trennwand hinter mir gelassen hatte. Ein turbulenter Monat, in dessen Verlauf ich bereits drei New Yorker Krankenhäuser von innen gesehen hatte, in allen fünf Stadtbezirken gewesen war (was manche Manhattaner im ganzen Leben lang nicht schafften), über etliche unglückliche Unfälle und Verbrechen berichtet – und meinerseits die Untat begangen hatte, die Nacht mit einem anderen Mann zu verbringen.

Die Erinnerung an Denklins dunkle Augen und seine Wimpern an meiner Haut blitzte ungebeten vor meinem inneren Auge auf. Und wieder wunderte ich mich, wie leichtfertig ich das Vertrauen meines Freundes, den ich doch angeblich so liebte – und vielleicht sogar heiraten wollte –, mit Füßen getreten hatte. Dauernd hatte ich mir eingeredet, für vier Monate ins Ausland zu gehen sei doch gar nichts – dabei war mein altes Leben schon jetzt völlig aus den Fugen geraten.

Wie es wohl sein würde, ihn zu sehen? Ich fühlte mich überhaupt nicht mehr so ruhe- und ziellos wie damals, als ich London verlassen hatte. Und gleich würde er mir leibhaftig gegenüberstehen und in mein neues, selbstständiges Leben treten.

Ich kam zu dem Schluss, dass der Flughafentest eine gute Methode war, sich darüber klar zu werden, was man für einen anderen Menschen empfand. Ganz sicher würde ich gleich im ersten Augenblick, wenn ich ihn sah, wissen, ob er der Richtige war. Würde mein Herz einen Purzelbaum schlagen, würde allein der Anblick seines Gesichts mir das Gefühl geben: der und kein anderer? Aber hatte ich nicht damals in Stansted genau dieses Gefühl gehabt? Und doch hatte ich mich einfach nach New York verkrümelt.

Ach, da endlich kamen die transatlantischen Flugpassagiere hinter der Wand hervor: müde wirkende Pärchen, die Gepäckkulis vor sich herschoben, Geschäftsmänner mit gefalteten Kleidersäcken über der Schulter, heimkehrende New Yorker, Briten auf einem kurzen Shopping-Trip.

Und dann sah ich ihn, wie er sich auf den Bügel seines Gepäckkulis gestützt in seinem weichen alten marineblauen Mantel den Weg durch die Menge bahnte. Sein dichtes schwarzes Haar war ein bisschen länger geworden, und er hatte es sich aus der hohen Stirn nach hinten gestrichen. Seine cremig-helle Haut wirkte frisch wie immer.

»Da ist er also«, dachte ich bei mir. Was, Moment mal. Was war das denn? Wo bitte blieb der Blitz? Wo war mein Augenblick der Wahrheit?

»Hallo, meine Hübsche«, murmelte er mit seiner sanften Stimme, als er, immer noch auf den Bügel des Kulis gestützt, zu mir herüberkam. Und dann fielen wir uns in die Arme und küssten uns, wie glücklich wiedervereinte Pärchen das so machen. Ich klammerte mich an seinem dicken Mantel fest und ließ mich von seinem wunderbar vertrauten Duft einhüllen. Er nahm mich fest in die Arme und hob mich hoch, um mich zu küssen, bis ich auf Zehenspitzen stand. Ich liebte Angus. Natürlich liebte ich ihn. Aber der Augenblick, in dem ich hätte wissen sollen, ob er der Richtige für mich ist, war unwiederbringlich vorbei. Und ich wusste es immer noch nicht.

Im Taxi auf dem Rückweg nach Manhattan kuschelte ich mich an ihn, während wir die Van-Wyck-Schnellstraße entlangsausten, vorbei an den dunklen Vorstadtstraßen, wie der, in der mein Tag mit Rick angefangen hatte. Ich plapperte ohne Punkt und Komma drauflos, aus Angst, wir könnten uns so kurz nach unserem Wiedersehen schon anschweigen.

Ich erzählte ihm, wie ich bei dem Kampf zwischen Rick und dem Schlägertyp dazwischengehen musste, den er bis aufs Blut gereizt hatte, um ein gutes Zitat zu bekommen, wie ich mich tapfer in das schlimmste soziale Wohnungsbauprojekt von ganz Brooklyn gewagt hatte (na ja, hätte es durchaus sein können), und wie ich einer Großmutter die Nachricht überbringen musste, dass ihr Schwiegersohn einem Baby eine Knarre an die Schläfe gehalten hatte.

»Meine Hübsche, ich bin stolz auf dich«, erklärte Angus ganz aufgeregt. »Du bist bestimmt überglücklich, endlich das tun zu können, was du schon immer machen wolltest.«

»Na ja, ich bin noch nicht besonders gut darin«, erwiderte ich. Angus verdrehte die Augen, als wolle er sagen: »Du hast dich kein bisschen verändert«, und wendete sich dann ab, um aus dem Fenster zu schauen. Ich ärgerte mich maßlos. Denn schließlich hatte ich mich verändert.

»Und, was gibt's Neues von zu Hause?«, fragte ich.

»Nicht viel.« Er zuckte die Achseln. Mit der Dokumentation, wie Kinder in Großbritannien ihren Geburtstag feiern, an der er gerade arbeitete, kam er gut voran. Zur Feier eines Junggesellenabschieds war er ein Wochenende in Amsterdam gewesen, in dessen Verlauf unser gemeinsamer Freund Ed in eine Gracht gefallen war.

Isabel, eine Freundin von uns, hatte was mit einem Filmstar angefangen, war zu ihm nach Vancouver geflogen und in sein schickes Penthouse eingezogen, während er einen neuen Film drehte. Dauernd rief sie aus ihrem Whirlpool aus dem 51. Stock eines Wolkenkratzers mit Blick auf den Pazifik an und erzählte, sie sei gerade dabei, Hollywood-Babys zu machen.

»Ach du Scheiße, das ist ja mal wieder typisch«, stöhnte ich. »Mein Leben ist leider nicht ganz so aufregend.«

Ich warnte ihn vor, mein *New York Post*-Apartment sei in einem eher verschlafenen Teil der Stadt, eingepfercht in einer öden Wüstenei neu erbauter Gebäudekomplexe auf der 11th Avenue, und auch nicht ganz so luxuriös eingerichtet wie ein Holiday Inn. Meine Aussicht beschränkte sich auf den Anblick eines der halb fertig gestellten Wolkenkratzer von Donald Trump, aber wenn man sich aus meinem Schlafzimmerfenster lehnte und ein wenig den Hals verrenkte, konnte man über den Hudson bis nach New Jersey gucken.

»Ich bin hier, um dich zu sehen«, sagte Angus, woraufhin wir uns ein bisschen unbeholfen auf dem glänzenden Kunstledersitz des Taxis umarmten.

Und dann sausten wir auch schon über den Teil der Long-Island-Schnellstraße, der in einer lang gezogenen Überführung Queens überquerte, ehe es dann nach unten in den Queenstown-Tunnel ging, und unvermittelt tauchte plötzlich das Panorama von Manhattan wie eine Filmkulisse vor uns auf. Das hell funkelnde Durcheinander von Wohnhäusern und Bürotürmen glitzerte unter dem nachtblau-orange schimmernden Himmel, in den sich die Spitzen des Empire State und des Chrysler Buildings bohrten. Schnell beugten wir uns nach vorne und schauten aus dem Fenster.

»Mein Gott, das ist ja ein unglaublicher Anblick, daran würde ich mich bestimmt nie satt sehen«, rief Angus, nun wieder ganz munter. »New York ist echt der Knaller, du hast so ein Glück, hier leben zu dürfen.«

Und da ging mir auf, wie Recht er damit hatte. Ich war ein

unglaublicher Glückspilz. Nicht nur, weil ich in New York lebte, sondern vor allem, weil meine gesamte Aufgabe darin bestand, all die vielen Ereignisse, die den Millionen Menschen, die in dieser Stadt unter dieser faszinierenden Skyline lebten, noch widerfahren sollten, zu entdecken und zu dokumentieren.

»Ich glaube, ich war noch nie im meinem ganzen Leben so glücklich«, sagte ich. Und dann sagte niemand mehr was.

»Schon irgendwelche Leute kennen gelernt?«, wollte Angus wissen.

»Hab ich dir schon von Olly erzählt?« Ich guckte stur geradeaus.

An diesem Abend blieben wir sehr lange auf und schmiedeten Pläne. Angus, der schon ein paarmal in New York gewesen war, wollte unbedingt zu seinem Lieblingsgebäude, dem Flatiron. Außerdem schlug er einen Besuch im Guggenheim vor, wo, wie er sagte, gerade eine total abgefahrene Ausstellung eines sehr hoch im Kurs stehenden südkoreanischen Künstlers zu sehen war, der verrückte Sachen mit Fernsehern anstellte. Mein Vorschlag war nur geringfügig weniger niveauvoll: Ich wollte unbedingt mal im »Beast« mitfahren – einem Rennboot, das, wie ich gelesen hatte, aufgemalte Zähne am Bug hatte und mit seinen kreischenden Passagieren den Hudson auf und ab donnerte. Angus runzelte die Stirn und meinte, er hätte gedacht, das verkehre nur im Sommer. Er musste es ja wissen.

Am nächsten Tag standen wir früh auf, und um zu demonstrieren, wie gut ich mich schon eingelebt hatte, schlug ich vor, wir sollten uns im Café »The Coffee Pot« auf der 9th Avenue »ein paar Bagels schnappen«. Ich machte viel Aufhebens davon, meinen Pager umständlich am Gürtel zu befestigen.

»Im Büro könnten sie mich jederzeit brauchen«, erklärte ich großspurig.

Als Angus dann in dem gemütlichen kleinen Café, in dem es nach Zimt und frischem Kaffee duftete, am Tisch saß und vergnügt in der *New York Times* blätterte, rauschte ich zu einem

Kiosk und knallte einen Vierteldollar für die *Post* auf den Tresen, um ihm meinen Artikel zu zeigen.

»Polizei verhaftet ›Narbengesicht‹ nach kopfloser Mutter-und-Kind-Geiselnahme«, stand da dick und fett auf Seite fünf, darunter in der Verfasserzeile neben einigen anderen auch mein Name. Er las den ganzen Artikel, während ich danebensaß und beinahe platzte vor Stolz.

»Gut gemacht, Bridge«, lobte er mich. Dann blätterte er mit spöttischer Miene in den restlichen Seiten der Schmuddelzeitung und überflog die Schlagzeilen »Depressiver Zahnarzt springt in den Tod«, »Müllcontainer in der Bronx verbarg grauenhaftes Geheimnis« und »Hat der Sexgangster von der East Side die Seiten gewechselt?«.

»Ich geb's ja zu, der *Guardian* ist es nicht gerade.« Wieso hatte ich plötzlich das Gefühl, mit gefletschten Zähnen die schäbige *Post* und die Schar von Spinnern, die dort arbeiteten, in Schutz nehmen zu müssen?

»Schon gut, Bridge«, entgegnete Angus, »ist doch 'ne coole Zeitung, bloß ein bisschen reißerisch.«

Reißerisch? Es ist ein Boulevardblatt in der reißerischsten Stadt der Welt. Was zum Teufel erwartest du denn?, hätte ich ihn am liebsten angebrüllt. Aber selbst mir war klar, dass es vermutlich nicht besonders gelungen wäre, wenn ich binnen 24 Stunden nach seiner Ankunft einen Streit vom Zaun brechen würde.

Wir beschlossen, unser offizielles Besichtigungsprogramm auf Sonntag zu verschieben, und etwas später machten wir uns auf den Weg nach Soho. Der Nachmittag hatte strahlenden Frühlingssonnenschein mit sich gebracht, und in den engen Straßen wimmelte es nur so von Menschen, die zum Einkaufen in die zahllosen Boutiquen und Galerien strömten, sich auf den Bürgersteigen aneinander vorbeiquetschten, vorbei an den überladenen Tischen der Straßenverkäufer, die überquollen von Souvenirs der New Yorker Polizei, Feuerwehr und der Yankees, von

Schwarzweißfotos der Stadt, nachgemachten Pashmina-Schals und von Fotokopien berühmter Filmdrehbücher.

Auf dem Broadway entdeckte Angus eine schwarzrote Fahne an einem hohen alten Backsteinbau an der 670, der für die Leica-Galerie warb – und da er schon eine ganze Weile lang darüber nachdachte, sich eine dieser Kultkameras zuzulegen, wollte er schnell mal reinspringen und sie sich anschauen. Drinnen ging's die Treppe rauf, wo in einer Ladenvitrine verschiedene Modelle zum Verkauf ausgestellt waren, und dahinter gelangte man in einen kleinen Raum, in dem Schwarzweißaufnahmen von Parklandschaften hingen, geschossen von irgendeinem tschechischen Fotografen. Angus begann gleich ein Gespräch mit dem unglaublich hippen Mädchen hinter der Theke, also verzog ich mich und guckte mir die Bilder an.

Besonders hübsch war sie nicht, aber ich merkte gleich, dass sie sich an ihn ranschmiss, weil er einen britischen Akzent hatte. Ich drehte eine Runde durch die kleine Ausstellung, aber mir war klar, dass Angus noch mehr Zeit brauchte, also fing ich noch mal von vorne an. Ich verstand ohnehin nicht ganz, was an Leica-Kameras so besonders war. Ich fand, die Fotos sahen allesamt aus wie klischeehafte gestellte Landschaftsschnappschüsse.

Dann plötzlich summte mein Pager, und ich zuckte vor Schreck zusammen, als mein Gürtel anfing zu vibrieren. Ich riss ihn aus dem Plastikhalter. »Lokalredaktion anrufen, Steve Marsh«, verkündete die grüne Schrift und versetzte mir einen Adrenalinstoß. Garantiert ein Notfall, irgendeine wichtige neue Top-Meldung. Die Redaktion brauchte mich! Ich guckte mich in der Galerie nach einem Münzfernsprecher um.

Angus inspizierte inzwischen einige Objektive, die das Mädchen für ihn aus der Vitrine geholt hatte, also zupfte ich ihn kurz am Ärmel und erklärte ihm, ich müsse kurz in der Redaktion anrufen und käme gleich zurück.

»Alles klar«, meinte er, ohne von seinen schwarzen Gerätschaften aufzublicken.

Als ich wieder draußen auf dem Broadway in der Sonne und

im Verkehrslärm stand, flitzte ich durch die Menschenmassen zu einem Telefon in der Great Jones Street. Zitternd vor Aufregung hämmerte ich die kostenlose Nummer der *Post*-Hotline in die silbernen Tasten.

»Loka-alredaktion«, leierte der Redaktionsassistent, der an diesem Samstag Dienst hatte, gelangweilt in den Hörer.

»Hallo, Bridget Harrison hier für Steve Marsh«, tönte ich wichtigtuerisch.

»Dranbleiben.«

»Jau?« Steve klang abgehetzt, als er ranging.

»Hier ist Bridget, du hast mich angepiepst, soll ich reinkommen?«

»Wow, das ging ja schnell, nein, wir brauchen dich heute nicht. Ich mache nur gerade den Dienstplan, kannst du nächstes Wochenende arbeiten?«

»Ach so.« Ich kam mir vor wie eine übereifrige Musterschülerin. »Klar. Na ja, dann, da bin ich ja heilfroh, dass ich an meinem freien Tag nicht reinkommen muss –«

Wie gewöhnlich redete ich mal wieder mit dem Tuten des Telefons.

Beschämt und enttäuscht drehte ich mich um und wollte zur Galerie zurückgehen. Dabei lief ich geradewegs zwei Männern in die Arme, die in diesem Augenblick den Gehweg entlanggeschlendert kamen. Einen der beiden erkannte ich auf Anhieb: Es war der junge Redakteur, der mir gleich an meinem ersten Tag bei der *Post* aufgefallen war. Ich hatte inzwischen herausgefunden, dass er in der Wirtschaftsredaktion arbeitete. Heute trug er statt Anzug eine alte schwarze Lederjacke, dunkle Jeans und eine Plastiktüte mit Schallplatten in der Hand. Aber seinen markanten Haarschopf zu übersehen war schlichtweg unmöglich.

»Hey, Bridget, stimmt's?«, sprach er mich an. »Ich bin Jack, ich glaube, wir haben uns noch nicht miteinander bekannt gemacht. Das hier ist mein Freund Mike.«

Mike war größer als Jack und hatte kurz geschorene schwarze

Haare. Sie sahen aus wie zwei College-Jungs, die ihren Kurs schwänzten. Ich schüttelte Mikes ausgestreckte Rechte.

»Bridget kommt von der *London Times* und macht einen Austausch im Rahmen des News Corp.-Programms«, erklärte Jack. Ich war baff. Woher wusste der so gut über mich Bescheid?

»Mann, ihr Briten seid echt verrückt«, sagte Mike. »Ich war im achten Schuljahr mal zu einem Schüleraustausch in London, und da haben sie mich bei einer völlig durchgeknallten Familie in einem Viertel namens Maidenhead einquartiert. Die ganze Zeit haben sie mich mit Blutwurst und Bohnen auf Toast zum »Nachmittagstee« voll gestopft.« Nachmittagstee sagte er mit näselndem Akzent, der wohl nach Cockney klingen sollte. »Und abends sind alle immer in den Pub gegangen, und wenn sie wieder rauskamen, haben sie eine Prügelei angezettelt.«

Ich lachte. Dann wanderte mein Blick wieder zurück zu Jack.

»Tja, na ja, wir stehen eben auf Schweineblut – und Schlägereien zur Sperrstunde«, erwiderte ich.

»Und, was hast du so vor?«, fragte Jack. Er hatte hellblaue Augen, die zu funkeln schienen, wenn er einen so offen und unverwandt anschaute. Mir fiel auf, dass ich die belebte Straße um uns herum völlig vergessen hatte.

»Ich habe gerade in der Redaktion angerufen, komisch eigentlich, dass ich dich gerade jetzt treffe. Sie hatten mich angepiepst, ich dachte schon, ich müsste hin … aber die wollten nur was wegen des Dienstplans wissen.«

Mist. Hatte ich gerade wirklich »Dienstplan« gesagt? Die Jungs interessierten sich doch nicht die Bohne für meinen langweiligen Dienstplan.

»Und ihr?«

»Wir haben ein paar Platten gekauft«, entgegnete Jack und wies auf die Tüte in seiner Hand. »Hab da ein paar alte Jazz-Langspielplatten entdeckt. Jetzt sind wir auf dem Weg zu einer Bar in der Commerce Street, ein paar Old Fashioneds trinken.«

»Old Fashioneds, das hat irgendwas mit Whisky zu tun, stimmt's?«, sagte ich.

»Ja, genau, Bourbon, Angostura Bitter, Zucker und Orangenschale, was kann man sich an einem Samstagnachmittag mehr wünschen?« Er machte eine fast unmerkliche Pause.

»Komm doch mit, wenn du Lust hast.«

Ich hatte das Gefühl, gleich puterrot zu werden, obwohl ich gar nicht wusste, warum.

»Ähm, mein Freund ist gerade aus England zu Besuch, er ist da drüben in der Leica-Galerie. Ich glaube, ich sollte lieber wieder rüber gehen.«

»Ach ja, Leicas, nach denen scheinen manche Leute ganz verrückt zu sein. Muss wohl an den superscharfen deutschen Objektiven liegen.« Ich wusste nicht so recht, ob er das ernst meinte oder nicht.

»Ist mir ein Rätsel«, erwiderte ich.

»Tja, dann noch ein schönes Wochenende«, sagte er.

Sie gingen weiter und verschwanden im Gedränge, als sie gemächlich den Broadway hinunterbummelten. Jack nahm im Gehen eine Zigarette aus der Tasche, und die Löckchen auf seinem Kopf wippten, als er den Kopf nach vorne beugte und sie anzündete. Ich schaute zu, wie die kleinen Rauchwölkchen hinter seiner schwarzen Jacke aufstiegen, bis beide um die Ecke verschwanden. Erst da schien der Straßenlärm wieder wie eine Woge über mir zusammenzubrechen.

Das River Café, eingekuschelt in ein altes Schiff unter der Brooklyn Bridge, bot einen atemberaubenden Blick auf Manhattan und galt als das romantischste Restaurant von ganz New York, so hatten mir etliche Leute versichert, als ich Angus' Aufenthalt hier geplant hatte.

Angus und ich hatten den Valentinstag schon nicht zusammen feiern können, weil ich weg war – und an seinem letzten Abend in New York wollte ich ihn verwöhnen und in ein richtig schickes Restaurant ausführen.

Wir machten uns also schick, und ich weigerte mich, ihm vorher irgendwas über meinen geheimnisvollen Überraschungsabend zu verraten. Aber schon im ersten Moment, als wir das schlichte Foyer des Restaurants betraten und von einem verkniffenen Oberkellner mit der Frage »Haben Sie reserviert?« empfangen wurden, bereute ich meine Entscheidung.

Ich glaube, Sie verwechseln uns mit der Pizzeria an der Ecke, meinte er vermutlich.

Der Ausblick aus dem Restaurant war im wahrsten Sinne des Wortes atemberaubend. Der ganze Raum war auf die Fensterfront ausgerichtet, die auf die schwarzen Wogen des East River bis hinunter zur Manhattaner Skyline Aussicht gewährte, die auf der anderen Seite des Stroms in den Himmel ragte. Tausende erleuchteter Büros sahen aus wie funkelnde Sterne auf einer bemalten Leinwand, die in die gewaltigen Bögen der Brooklyn Bridge überging, welche sich mit ihren Millionen Tonnen Eisen und Backsteinen gleich rechts über uns aufwölbte. Im Süden dominierten die beiden Türme des World Trade Center, die so aus der Nähe betrachtet noch massiver wirkten, den Nachthimmel.

Aber als hätte man am Valentinstag ein Komplettpaket gebucht, saßen an jedem Tisch verliebte Pärchen, die Stühle so zurechtgerückt – wie entlang einer Rennstrecke –, um die Aussicht zu genießen. Es war beinahe totenstill bis auf das leise Klappern des Bestecks und das Gemurmel gedämpfter Gespräche.

Wir schlenderten zu unserem Tisch, und ein Sommelier überreichte Angus die Weinkarte, fast so dick wie ein Buch, in der er gleich unkonzentriert herumblätterte. Eine einzelne rote Rose stand in einer Kristallvase zwischen uns auf dem Tisch. Ich fragte mich, wie viele Diamantringe wohl an just unserem Tisch schon den Besitzer gewechselt hatten. Ich wünschte mir inzwischen, ich hätte ein belebtes Bistro im East Village für unser Abendessen ausgewählt. Es hätte unserer Stimmung nicht geschadet, ein paar fröhlich schnatternde Menschen um uns zu haben.

Erschöpft nach zweitägigem Sightseeing waren Angus und ich an seinem letzten Nachmittag durch die Geschäfte gebummelt – im sicheren Bewusstsein, dass die Uhr im Hintergrund tickte und die Stunden abzählte, die uns noch gemeinsam blieben. Jetzt kam es mir irgendwie vor, als hätten wir den ganzen Nachmittag damit verbracht, uns nicht gegenseitig auf den Wecker zu gehen, statt die wenigen kostbaren Augenblicke zu genießen. Das große Fragezeichen, das über unserer gemeinsamen Zukunft schwebte, hatten wir einfach totgeschwiegen. Ich fragte mich schon, ob mein Ausrutscher mit Denklin wirklich so ein großer Fehler gewesen war.

Das unvermeidliche Gespräch über das Thema »Was zum Teufel soll das hier eigentlich werden?« begann beim Hauptgang. Aber als ich es laut aussprach, kam es mir trotzdem so vor, als seien die Worte einfach aus dem Nichts aufgetaucht, und ich bereute sie sofort.

»Und, meinst du, wir müssen uns Sorgen machen, weil wir in unserem Alter und nach über einem Jahr Zusammensein immer noch nicht wissen, ob wir heiraten wollen?«

Angus legte seine Gabel hin und fuhr sich mit der Hand durch die Haare. Die Fältchen um seine grau-grünen Augen schienen sich zu vertiefen. Zum ersten Mal, seit er hier war, sah ich in ihm plötzlich wieder meinen Vertrauten.

»Willst du eine ehrliche Antwort?«, fragte er. »Wie es scheint, ist es dir … uns beiden nicht allzu schwer gefallen, einen Monat ohne den anderen zu überstehen. Und ich muss zugeben, dass es ganz schön schwierig ist, 24 Stunden am Tag zusammen zu sein.« Er machte eine kurze Pause. »Aber wenn du mich fragst, was das bedeutet, Bridge, dann kann ich nur sagen, ich weiß es wirklich nicht.«

Ich senkte den Blick, guckte auf mein gegrilltes Entenconfit mit Trüffelhonig und Fenchelpollensoße, und mein Appetit löste sich in Luft auf. Früher hatten wir diese Gespräche gern geführt – endlos konnten wir unsere großen Lebensprobleme voreinander ausbreiten und diskutieren. Aber jetzt hatte ich das Gefühl, das Thema berühre einen wunden Punkt.

»Aber ich habe dir doch gefehlt, oder?«, fragte ich.

»Habe ich dir ernsthaft gefehlt?«

Ich schaute hinaus über den Fluss nach Manhattan.

»Ja, klar hast du, ich meine, natürlich hatte ich …«

»Aber …«, sagte er.

Der Kellner pirschte sich heran, um uns Wein nachzuschenken, aber Angus verscheuchte ihn.

»Weiß nicht, es kommt mir vor, als sei der letzte Monat … es ist so viel passiert, ich musste mich in einer neuen Stadt einleben und so.«

Und dann übernahm mit einem Adrenalinstoß die Ehrlichkeit das Kommando.

»Vielleicht hast du mir nicht ganz so stark gefehlt, wie ich gedacht hätte.«

Angus ließ den Kopf hängen und nippte an seinem Wein.

»Um ehrlich zu sein, Bridge, ich habe auch viel zu tun gehabt, und du hast mir auch nicht so sehr gefehlt, wie ich gedacht hätte.«

»Aha.«

»Aber darum geht es nicht.« Seine Stimme klang plötzlich ganz sanft. »Es geht darum, wie du dir deine Zukunft vorstellst und was du zum Glücklichsein brauchst.«

Ich ließ den Blick über das schwarze Wasser schweifen, hinüber zur glitzernden Fassade Manhattans, und malte mir aus, wie viele unbekannte Abenteuer dort auf mich warteten. Noch mehr verrückte Geschichten bei der *Post*, weitere attraktive Fremdlinge auf weiteren Kostümpartys, Cocktailtrinken am Nachmittag mit Jack und Mike. Es lief mir eiskalt den Rücken runter.

Mir gegenüber am Tisch gab es ein sicheres, solides Leben, dessen Verlauf ich glaubte, genau vorhersehen zu können. Das da draußen war Glücksspiel, Risiko. Aber wie groß war dieses Risiko wirklich? Ich hatte keine Ahnung.

Die nächsten Worte waren raus, ehe ich überhaupt wusste, dass ich sie sagen würde.

»Ich würde gerne versuchen, nach meinen vier Monaten in

New York zu bleiben. Ich möchte das Gefühl haben, wirklich in dieser Stadt gelebt zu haben.«

Angus zuckte mit keiner Wimper, er schob nur seinen Teller beiseite, nahm die Weinflasche und goss uns vorsichtig etwas von dem 1996er Pinot Noir nach, den er für uns ausgesucht hatte.

»Das beantwortet wohl die Frage, was aus uns wird«, sagte er.

Und dann wurde mir klar, dass meine ganze Welt plötzlich Kopf stand.

Nein, nein, wollte ich schreien, ich nehme alles zurück. Ich bin mir gar nicht sicher, ich weiß ja gar nicht, was ich da sagte. Aber es war zu spät.

»Weißt du, Bridge, ich will einfach nicht mehr mit jemandem zusammen sein, der dauernd mit einem Auge auf was anderes schielt«, erklärte er.

Der Rest war Schweigen, während wir mit dem kämpften, was wir gerade gesagt hatten. Mir war schlecht.

»Also … in Anbetracht der Tatsache, dass eine Trennung immer ätzend ist«, setzte Angus schließlich an, »könnten wir die ja vielleicht hinter uns bringen, während du noch weg bist.«

»Wäre wohl sehr vernünftig, uns an den Gedanken zu gewöhnen, wenn die Wahrscheinlichkeit, dass wir uns unverhofft bei irgendwelchen Partys über den Weg laufen, relativ gering ist«, stimmte ich ihm zu. O Gott. Ich verlor gerade meinen zukünftigen Ehemann und redete von Partys?

Plötzlich schossen mir alle möglichen Erinnerungen an unsere gemeinsame Zeit durch den Kopf. Die Nacht, in der wir zum ersten Mal ein Bett miteinander geteilt hatten – eine Matratze auf dem Boden in der Wohnung eines Kumpels nach einer Kostümparty (ironischerweise). Als wir das erste Mal zum Haus seines Vaters in Gloucestershire gefahren sind und wir auf der Steinbank im Garten gesessen und über unsere Familien geredet und gar nicht gemerkt hatten, wie es dunkel wurde, und im Haus waren die Lichter angegangen, und es hatte ausgesehen wie ein Märchenschloss.

Oder das Wochenende, als er Holz für den Kamin geholt hatte und ich allein mit seinem alten BMW losgefahren war, um an der Tankstelle Brot und Zigaretten zu besorgen, und stinksauer geworden war, weil das Mädchen an der Kasse so rumtrödelte und ich gar nicht schnell genug zu ihm zurückkommen konnte. Die vielen Male, die ich mir den Tag ausgemalt hatte, an dem ich mit seinem Kind in den Wehen liegen würde, mit ihm an meiner Seite, der mir sagte, ich solle das Atmen nicht vergessen.

Jetzt legte er seine Hand auf meine. Ich schluckte die Tränen runter, und ihm liefen sie über beide Wangen. Angus war immer schon nahe am Wasser gebaut. Der Kellner kam und räumte unsere Teller ab, die wir kaum angerührt hatten. Wir ignorierten ihn, und er missachtete uns.

Angus bat um die Rechnung, und ich versuchte gegen sie aufsteigende Panik anzukämpfen, als mir klar wurde, dass die Zeit immer noch ungerührt verging und er in ein paar Stunden nach London zurückfliegen würde. Der Kellner nahm schnell meine Kreditkarte an sich, offenbar in der Hoffnung, das schluchzende Pärchen, das den anderen den Abend versaute, möge möglichst rasch verschwinden.

Neben dem Heizstrahler auf der leeren Sommerterrasse des Restaurants warteten wir auf ein Taxi. Angus hielt mich fest, als ich mich zitternd vor unterdrückten Tränen in seinen Mantel presste. Aber er schlug nicht vor, wir sollten es uns noch mal überlegen.

Nach einer Stunde unruhigen schlechten Schlafs klingelte um fünf Uhr morgens mein Wecker, woraufhin Angus schnell aus dem Bett sprang und sich anzog. Ich hörte, wie er sich im Badezimmer die Zähne putzte, und fragte mich, ob es wohl das letzte Mal war, dass ich das erlebte.

Als er fertig war, stand ich auf und ging mit ihm zum Aufzug, wobei ich die ganze Zeit auf den braun-gelb gestreiften Teppich im Flur starrte. Er drückte mir einen Kuss auf die Stirn.

»Ich ruf dich heute Abend an, wenn ich zu Hause bin«, murmelte er. Dann piepte der Aufzug, er stieg ein, die Türen schlossen sich, und er war fort.

Ich legte mich wieder ins Bett, während draußen die Morgendämmerung New York in ein silbriges Licht tauchte, und starrte an die Decke. In meinem Kopf drehte sich alles. Hatte ich gerade die befreiendste – und reifste – Entscheidung meines Lebens getroffen? Oder hatte ich mit dem Pieps des Aufzugs den tollsten Freund, zukünftigen Ehemann und Vater meiner Kinder verloren, den ich mir je wünschen könnte?

Was führt dich denn heute Abend hierher?

»Tilly, ich bin's, Bridge, wie geht's?«

Eine elende Woche war es nun her, seit Angus nach Hause geflogen war. Wieder war ich lange vor Beginn meiner Schicht in der *Post* aufgewacht, und ich musste einfach eine tröstende Stimme hören.

»Hey«, erwiderte meine alte Freundin. »Es ist so verrückt, ich wollte dich gerade anrufen, es gibt nämlich Neuigkeiten.«

»Ach ja?« Dabei hatte ich gehofft, dieses Gespräch würde sich ganz um mich drehen.

»Ich bin schwanger. Mit Zwillingen! Ist das zu fassen!«

Was? Schwanger? *Tilly?* In meinem Kopf drehte sich erneut alles, als ich versuchte, diese Nachricht zu verdauen.

»Scheiße, Tilly, ähm, das ist ja der Wahnsinn …«

Das Schlimmste dabei, wenn Freundinnen einem erzählen, dass sie schwanger sind, ist nicht so zu klingen, wie sie es von einem erwarten – neidisch, verwirrt und irgendwie betrogen. Und aus unerfindlichen Gründen fühlte ich mich genau so.

Tilly und ich waren seit der Unizeit befreundet, und die letzten drei Jahre hatten wir in London zusammen in meinem Haus gewohnt. Sie und ihr Freund Andrew, ihr ehemaliger Chef bei einer Fernsehproduktionsgesellschaft, waren im selben Monat zusammengekommen wie Angus und ich. Gerade erst hatten die beiden beschlossen, gemeinsam ein Haus zu kaufen. Sie hatte mir immer geschworen, sie habe es überhaupt nicht eilig, »den nächsten Schritt« zu tun.

»Meine Pille hat versagt, es war ein Unfall, aber jetzt ist es passiert, und wir sind unglaublich aufgeregt. Kannst du dir das vorstellen, Bridge, ich werde dick und rund.«

»Wow, Glückwunsch, ehrlich.«

»Ich möchte, dass du Patin wirst, du bist der einzige Mensch, den ich kenne, dessen Familie tatsächlich noch in die Kirche geht. Wann kommst du wieder nach Hause?«

»Ähm, bald.« Ich hatte überhaupt keine Lust mehr, ihr zu erzählen, dass ich ernsthaft überlegte, in New York zu bleiben.

»Hey, hatte ich ganz vergessen, hat Angus dich nicht gerade besucht? War's schön? Sag ihm ganz liebe Grüße, und erzähl ihm die großen Neuigkeiten.«

»Ja, ja, mach ich.« Mir liefen schon wieder die Tränen übers Gesicht, aber diesmal nicht wegen Angus und auch nicht wegen Tillys Babys, sondern weil ich plötzlich das Gefühl hatte, unser Leben würde nie wieder so wie früher sein. In vier Monaten konnte viel passieren, wenn man stramm auf die dreißig zuging.

»Tilly, ich muss Schluss machen, lass uns bald noch mal telefonieren, und trink keinen Alkohol, okay.« Ich hätte jetzt gut einen Wodka Tonic vertragen können.

Ich legte auf. Scheiß drauf. Und wenn es erst acht Uhr morgens war. Ich ging zum Gefrierschrank, nahm eine Flasche Stoli-Wodka heraus und goss langsam ein paar Fingerbreit in ein Glas. Das füllte ich dann mit abgestandenem Tonic aus dem Kühlschrank auf und trank es in einem Zug leer. Alle anderen machten was aus ihrem Leben. Na und? Dann ging ich eben unter die Anonymen Alkoholiker.

Drei Stunden später stand ich schwankend auf dem Platz vor der Redaktion und verrenkte mir fast den Hals, um bis zur Spitze des Gebäudes 1211, Avenue of the Americas hinaufzuschauen. Die Längsstreifen aus Beton und Glas schossen wie Eisenbahnschienen in den leuchtend blauen Frühlingshimmel über meinem Kopf. Ich fühlte mich wirklich lausig, wozu mein Wodkafrühstück das seine beigetragen hatte. Aber, ermahnte ich mich streng, ich mochte zwar vielleicht keine Kinder und keinen Angus haben, aber ich war hier und hatte das unverschämte Glück, in New York leben zu dürfen.

In den vergangenen sieben Tagen hatte ich mir alle Mühe gegeben, nicht zu angestrengt über die Langzeitfolgen der Trennung von Angus nachzudenken – und auch nicht über die Pro-und-contra-New-York-Liste, die ich auf Jamaika erstellt hatte. *Wenn ich gehe, ende ich dann als einsame alte Jungfer mit einem Haufen Katzen?*

Ja, das sollte ich wohl besser ganz schnell vergessen. Schließlich war ich jetzt Reporterin bei der *New York Post*. Es war 11.10 Uhr. Da oben, zehn Stockwerke höher, fand gerade auf der linken Seite des Hochhauses die morgendliche Konferenz statt. Da stellten die Redakteure aller Redaktionen – Nachrichten, Bild, Sport, Kultur, Wirtschaft, Klatschseite, Unterhaltung – oder ihre Stellvertreter ihre Themenlisten für den kommenden Tag vor.

Auf dem Weg hatte ich Jack, den Typ aus der Wirtschaftsredaktion, getroffen und hatte ihn in Erinnerung an unsere nette Begegnung auf dem Broadway noch mal freundlich angelächelt. Es war das einzig Positive, was an diesem traurigen Wochenende passiert war, und ich hoffte, Jack und ich könnten uns vielleicht anfreunden. Aber an diesem Morgen hatte er mich kaum zur Kenntnis genommen.

Die New Yorker zu durchschauen war ganz schön verzwickt, musste ich feststellen. Sie konnten erstaunlich freundlich und offen sein, aber kaum hatten sie was Neues im Auge, schienen sie zu vergessen, dass sie einen schon mal gesehen hatten. Aber Jack hatte vermutlich bloß den Kopf voll mit den neusten Nachrichten des Tages.

Bei der morgendlichen Redaktionskonferenz sammelten die Redakteure erste Anregungen, was in der kommenden *Post* erscheinen sollte. Als Nachrichtenreporterin stand ich mittlerweile immer mit dem prickelnden Gefühl auf, nicht zu wissen, wo ich am Ende des Tages gelandet sein würde.

Ich fuhr mit den Finger über die laminierte Oberfläche meines neuen grünen Presseausweises, den ich um den Hals trug.

»Police Departement, City of New York. Reporterin im Einsatz«, stand darauf. »Bridget Harrison, *New York Post*, ist berechtigt, Polizei- und Feuerwehrabsperrungen jederzeit zu übertreten.« Sollte Tilly doch Zwillinge bekommen. So ein Ding hatte sie jedenfalls nicht.

»Bridget. Feuer! Wenn ich nicht gleich ein bisschen Nikotin inhalieren kann, dann werde ich jemanden erwürgen.« Ich zuckte zusammen, als ich Paula, eine Verrückte aus Ohio, die bei SEITE SECHS arbeitete, sah, wie sie ihr geföntes, mit blonden Strähnchen durchsetztes Haar über ihre in Waschbärpelz gehüllte Schulter warf. Ihr Schrank schien voll zu sein mit solch ungewöhnlicher Arbeitskleidung – sowie hunderten Paaren alter Schuhmodelle, die sie bei Ebay ersteigerte. Meistens fegte Paula morgens durchs Büro, als sei sie auf dem Weg in die erste Reihe einer Versace-Show – es sei denn, sie hatte gerade einen Kater. Dann schlurfte sie mit einer Kapuze über dem Kopf herein und sah aus, als hätte sie die Nacht in einem Müllcontainer verbracht.

»Du bist doch erst seit einer Stunde hier, so schlimm kann es gar nicht sein.« Ich reichte ihr mein Feuerzeug mit dem Union Jack. Sie zündete sich eine Marlboro Light an.

»Nein, Scheiße, ich sage dir, noch ein Anruf von Paris Hiltons persönlicher Presseagentin, die rummeckert, weil ich diesen Artikel bringen will, und ich marschiere höchstpersönlich in ihr Büro und stopfe ihr mein Telefon in den Rachen. Die Hälfte der Leute im Lotus hat hier angerufen und uns erzählt, dass sie auf dem Tisch getanzt und allen ihre Muschi gezeigt hat, und da will ihre Presseagentin mir doch allen Ernstes weismachen, und ich zitiere wörtlich, ›sie hat ihren Stringtanga falsch herum angehabt, Paula‹. Was, wollte ihre Muschi etwa die Unterhose fressen? Ich meine, das ist doch echt eklig.«

»Ja und, Paris ist doch berühmt-berüchtigt dafür, dass sie ohne Höschen tanzt, oder?« Ich war auch schon mit dem New Yorker Prominenten-Virus infiziert und verfolgte neuerdings gebannt das Leben von Menschen, die mich zu Hause nicht die

Bohne interessiert hätten. SEITE SECHS zu lesen war so ansteckend, dass man Antibiotika brauchte, um wieder davon loszukommen. Sie war der Hauptgrund, warum die meisten Manhattaner überhaupt die *Post* kauften.

Paula zuckte die Achseln. »Es macht mich bloß so wütend, dass Paris das nur macht, um im Mittelpunkt zu stehen, und dann erdreistet sie sich auch noch, am nächsten Tag rumzujammern.«

»Okay, das ist echt ein starkes Stück«, stimmte ich ihr zu.

»Das kannst du laut sagen. Nur zur Information, dieses Mädchen war ein Niemand, bis SEITE SECHS angefangen hat, über sie zu schreiben. Egal, was ist bei dir so los? War dein Freund nicht gerade zu Besuch?«

»Sozusagen. Er war hier, aber jetzt ist er wieder weg, und mein Freund ist er auch nicht mehr.«

»Wie ätzend«, sagte Paula.

»Ja«, meinte ich. »Und meine beste Freundin bekommt Zwillinge.«

»Also, das ist ja echt ätzend.« Sie stieß eine dicke Rauchwolke zur Untermalung aus und wedelte sie mit ihrer manikürten Hand beiseite. Dann fiel ihr wohl auf, was für ein langes Gesicht ich machte.

»Weißt du, Fernbeziehungen sind sowieso bescheuert. Vergiss ihn einfach. Du bist in New York, Schätzchen. Die Stadt da draußen ist ein einziger verrückter Singlespielplatz.«

Was irgendwie auch nicht besonders tröstlich klang.

»Und, was habt ihr noch vor?«, fragte ich, weil ich auf keinen Fall allein zu Hause herumsitzen wollte und ich selbst Olly bestimmt langsam auf die Nerven ging.

SEITE SECHS wurde immer überschwemmt mit Einladungen zu Filmpremieren, Produkteinführungen in Kaufhäusern, Geschäftseröffnungen, Buchpräsentationen, Wohltätigkeitsveranstaltungen – eine endlose Reihe von PR-interessierten Initiatoren gesellschaftlicher Ereignisse, die alle nur darauf abzielten, möglichst fette Schlagzeilen zu bekommen – und der Hauptgewinn war eine Erwähnung auf SEITE SECHS.

Jeden Abend teilten Paula, Chris Wilson, die zweite Klatschtante, und ihr legendärer Boss, Richard Johnson, die Events untereinander auf, je nachdem, wo die Wahrscheinlichkeit, Promis oder guten Klatsch zu finden, am größten war. Wenn es keine geschlossene Gästeliste gab – und die gab es für Paula nur selten – nahm sie mich manchmal mit, normalerweise mit genau einer Minute Vorwarnung.

»Schon was vor?«, fragte sie dann und blieb auf dem Weg nach draußen kurz an meinem Arbeitsplatz stehen, das Gesicht eine Maske aus Make-up und Lidschatten.

»Ähm, eigentlich nicht«, lautete meist meine Antwort.

»Okay, dann komm doch mit mir zu Henri Bendell«, sagte sie dann vielleicht. »Es steht die Präsentation der Herbstkollektion von Fendi auf dem Programm, und anschließend eine Party fürs *Glamour-Magazin.* Da gibt Wahnsinnsgeschenktütchen. Ich hab Schminkzeug in meiner Schreibtischschublade. Wir müssen gleich los.«

Aber heute Abend war Paulas Terminkalender schon randvoll.

»Um sechs treffe ich mich im Langan's auf einen Drink mit Ken Sunshine, Ben Afflecks Presseagenten, danach Dinner im Nobu mit Monica Lewinsky, und anschließend die Premiere der neuen Staffel von den *Sopranos.* Schätzchen, ich würde dich ja gerne mitnehmen, aber Richard und Chris sind auch beide dabei, und der Vertreter von HBO kriegt schon die Krise, weil er Angst hat, es wird zu voll.«

»Kein Problem«, versicherte ich, als wir uns umdrehten, um ins Büro zurückzugehen. »Dann mache ich mir einfach einen ruhigen Abend zu Hause.«

Einen ruhigen Abend zu Hause? Nur über meine Leiche. Dafür hatte ich doch nicht meinen potenziellen Ehemann in die Wüste geschickt, sagte ich mir, als ich später an diesem Abend im Mantel vor dem abgeschalteten Fernseher in meiner Wohnung auf dem Sofa saß. Die Uhr an der Mikrowelle zeigte 19.43 Uhr.

Mir fehlte bloß noch der Mut, einfach aufzustehen und rauszugehen.

Auf dem Nachhauseweg war mir wieder eingefallen, dass Jodi mittwochabends in der Bar bei ihr in Park Slope, dem Great Lakes, kellnerte und ihre Freunde oft dort vorbeischauten. Bei jener verhängnisvollen Kostümparty hatten etliche Leute mich bestürmt, ich solle »auf jeden Fall mal vorbeikommen«.

Weil ich befürchtete, wenn ich auch nur einen weiteren Abend allein zu Hause rumsaß, könnte ich mir möglicherweise unter der Dusche die Pulsadern aufschneiden – keine gute Inszenierung in dem Apartment seines Arbeitgebers –, hatte ich Jodi angerufen und ihr eine Nachricht hinterlassen, ob sie abends arbeitete. Sie hatte zwar nicht zurückgerufen, aber ich beschloss, es trotzdem auf gut Glück zu versuchen.

Und um ehrlich zu sein, ging es mir auch nicht um Jodi. Denklin hatte mir eine Woche zuvor eine Nachricht hinterlassen und gesagt, die Party hätte ihn »aus den Socken gehauen« – was immer das auch heißen mochte. Vielleicht konnte ich ja ganz cool in die Bar schlendern und ihn noch mal aus den Socken hauen. Denn Ablenkung war zur Zeit oberstes Gebot.

Mithilfe meines Stadtplans ermittelte ich, dass das Great Lakes auf der 5th Avenue, Ecke 1st Street, allem Anschein nach über 40 Minuten mit der U-Bahn von meiner Haltestelle am Lincoln Center entfernt war und ich am Union Square in die N- and R-Linie umsteigen musste. Egal. Schließlich war es in London auch völlig normal, mit der U-Bahn ans andere Ende der Stadt zu gurken, um sich mit Freunden zu treffen.

Was mir allerdings zu spät aufging, war, wenn man in New York U-Bahn fahren wollte, musste man nicht nur wissen, ob man in Richtung Uptown oder Downtown wollte, sondern auch durch gewissenhaftes Studium der hochkomplizierten U-Bahn-Pläne herausfinden, welche der nummerierten oder mit Buchstaben versehenen Linien überall hielten und welche Expressbahnen waren.

Über eineinhalb Stunden später saß ich immer noch in der N

and R zwischen Union Square und 4th Street in Brooklyn und verfluchte mich insgeheim dafür, in eine Bahn gestiegen zu sein, die an jeder nur möglichen Haltestelle zwischen Union Square und Westbrooklyn anhielt. Als sie endlich am Union Square einfuhr, war es halb zehn.

»Ach, was soll's«, sagte ich mir und trug noch etwas Lippenstift auf, als ich endlich, endlich die Stufen von der U-Bahn-Station hinauf ins Freie lief. Diesmal kannte ich wenigstens die Leute, mit denen ich mich treffen wollte.

Allerdings nicht ganz so gut, wie ich dachte, so sollte sich noch herausstellen.

Ich schob mich durch die Tür des Great Lakes und stand vor einer beeindruckend langen Theke mit abgeschabten alten Holzstühlen. Dann blieb ich etwas konsterniert stehen. Alle Stühle waren leer.

Ein einsames Pärchen saß mit dem Rücken zu mir am anderen Ende des Raums und war in ein Gespräch vertieft. Und der Barkeeper war ganz eindeutig nicht Jodi, selbst ohne die blonde Perücke.

Es war doch Mittwoch? Ja. Aber wo steckten die denn dann alle? Ich ging zur Theke und fühlte mich wie ein Vollidiot. Aber nach der langen, beschwerlichen Anreise konnte ich jetzt nicht gleich wieder in die Bahn steigen.

Als der Barkeeper zu mir rüberkam, um mich zu bedienen, war ich dann doch sehr erleichtert, weil ich ihn von der Party kannte – da hatte er ein schwarzes Lederkorsett und eine Federboa getragen.

»Hey, hallo«, sagte ich und fühlte mich nicht halb so selbstbewusst, wie ich klang. »Wir haben uns neulich Abend bei der Luden-und-Luder-Party kennen gelernt. Ähm, ich bin das Mädchen aus England, Bridget.«

»Oh, hey, ja, ich erinnere mich.« Er wirkte überrascht, mich zu sehen, und nicht angenehm überrascht.

Es entstand eine Pause.

»Und … muss Jodi heute Abend nicht arbeiten?«, fragte ich.

»Jodi ist indisponiert – sie hat sich gestern Abend dermaßen voll laufen lassen, dass sie sagt, sie müsste schon kotzen, wenn sie bloß eine Flasche Alkohol sieht, also bin ich für sie eingesprungen.«

Erneutes Schweigen.

»Ich bin übrigens Jason.«

»Hey.« Ich klang inzwischen schon genauso begeistert wie er.

Wieder schwieg er, dann wies er mit dem Kopf auf das Paar am anderen Ende der Theke.

»Die anderen sitzen da hinten, na ja, Kai zumindest, Jodis Mitbewohner, den hast du bestimmt neulich Abend kennen gelernt, oder?«

»Ja klar«, sagte ich schon deutlich fröhlicher. Kai war, so weit ich mich erinnerte, ein netter halbjapanischer Webdesigner mit nacktem Oberkörper und einem riesigen sexy Fischtattoo auf der Schulter. Ich latschte hin, um hallo zu sagen.

»Hey, Leute, ich bin's, Bridget, das englische Mädchen von der Party!«, plapperte ich drauflos.

»Oh. Hey«, murmelte Kai. Und wirkte irgendwie auch, als fühle er sich plötzlich überhaupt nicht mehr wohl in seiner Haut. Ich verfluchte die Götter der Paranoia und schwafelte einfach weiter.

»Ähm, ich hoffe, ich störe nicht. Jodi hat gesagt, ich soll doch mal vorbeischauen, also dachte ich, ich komme mal kurz rüber«, erzählte ich und ließ die Tatsache außer Acht, dass es von der Upper West Side nach Park Slope wohl kaum ein Katzensprung war. »Trinkt ihr noch was? Ich gebe einen aus.«

»Nein ... du störst überhaupt nicht«, behauptete Kai, obwohl mal ihm an der Nasespitze ansehen konnte, dass er log. »Ich hab noch was zu trinken, danke, ich bleibe nicht mehr lange. Ach übrigens, das ist eine Freundin von mir aus der, ähm, Schule, Melissa.«

Melissa war hübsch und zierlich und verschwand fast in ihrem weiten Sweatshirt mit der Aufschrift Yale in fetten weißen Buchstaben. Sie besaß diese sexy Kombination aus langen braunen Haaren und blauen Augen, um die ich andere Frauen immer beneide und die ich automatisch dafür hasse. Aber wir gaben uns die Hand, und ich strahlte sie an, getreu meinem Motto, dass es immer wichtiger ist, zu fremden Frauen freundlich zu sein als zu fremden Männern, auch wenn man es gar nicht so meint.

»Also«, schwafelte ich weiter. »Ich hab neulich bei Jodi so viele Leute kennen gelernt. Einfach unglaublich, ich tauche da auf wie die totale Niete und kenne überhaupt keinen, und alle nehmen mich auf wie ihre verschollene Schwester. So was erlebt man in London nicht.«

»Da war ich noch nie«, sagte Melissa. »Aber ich habe mal ein Jahr in Mailand gelebt, und da ist es ganz genau so, bis man die Leute näher kennen lernt. Und man muss die Sprache sprechen, sonst ist man total aufgeschmissen.«

Ich nutzte die Gelegenheit nicht, um sie zu fragen, ob sie denn Italienisch spreche, obwohl sie eigentlich ganz nett wirkte.

»Ja, alle haben mich so offen aufgenommen ...«

Warum warf Kai Jason, der nervös hinter der Theke rumstand, viel sagende Blicke zu. Ich schwafelte einfach weiter.

»Jodi und Kai und Jason und Dek ...«

»Wie wär's mit einer Runde Schnaps!« rief Kai und hopste von seinem Barhocker, als hätte ihn jemand mit einem elektrischen Viehtreiber gepiekst.

»Jägermeister? Tequila? Jas, was kannst du uns empfehlen?«

»Schnaps? Macht ihr Witze? Ich dachte, du wolltest gleich wieder los?«, sagte Melissa.

»Na ja, mir ist gerade eingefallen, dass wir noch auf Jodis Gesundheit trinken müssen – wir dürfen bloß nicht genauso enden wie sie.«

Jason stellte mit großem Getue Schnapsgläser in einer Reihe auf und goss Jägermeister ein, während Melissa und ich widerwillig zusahen.

»Ja, auch egal, ich wünschte jedenfalls, ich hätte zu der Party kommen können«, sagte sie.

»Na ja, das war ja nicht die letzte«, meinte Kai. »Ich sage dir, Melissa ist die ungekrönte Königin der Schnapsdrosseln. Einmal hat sie an der Uni einen ganzen Pulk Jungs von einer Studentenverbindung unter den Tisch gesoffen. Mel, die Geschichte musst du Bridget unbedingt erzählen.«

»Herrgott noch mal, Kai«, erwiderte sie, drehte sich wieder zu mir um und verdrehte die Augen. »Egal, ich hab die Party letzte Woche jedenfalls verpasst, weil ich in Maine war, aber Deklin hat gesagt, sie sei der Wahnsinn gewesen.«

»Deklin?«, wiederholte ich.

»Ja, mein Freund, vielleicht hast du ihn noch nicht kennen gelernt, er ist Illustrator.«

Freund? Meine Augenbrauen schossen in die Höhe, ehe ich sie aufhalten konnte. Ich warf einen Blick rüber zu Kai und Jason, die ihre volle Konzentration auf das Eingießen der Schnapsgläser richteten. Jetzt kapierte ich: Die beiden hatten neulich Abend gesehen, wie ich mich an Deklin rangeschmissen hatte – dabei kannten sie nicht mal die Hälfte von dem, was passiert war. Ich kam mir vor wie das schlimmste Flittchen des Universums.

Melissa schaute mich erwartungsvoll an.

»Ähm, Deklin, mal überlegen, ja, ich glaube, wir haben uns auf der Party gesehen, er war als kalifornischer Zuhälter verkleidet, stimmt's, irgendwas in der Art?« Ich bemühte mich um eine ausgeglichene Tonlage. »War ein tolles Kostüm.«

»Ich hab es nicht zu sehen bekommen. Wir haben uns gestritten, weil er eigentlich mit mir nach Maine fahren sollte. Ich habe meine kranke Oma besucht.«

O nein, o Gott. Ich hatte es also mit ihrem Mann so gut wie getrieben, während sie am Krankenbett ihrer Großmutter Wache hielt.

»Ähm, tut mir Leid, das zu hören.«

Keiner sagte mehr etwas, und ich wollte mich auf gar keinen Fall irgendwie verdächtig machen.

»Also, eigentlich hatten alle bei der Party tolle Kostüme an.

Weißt du, die Leute haben sich richtig Mühe gegeben, mit Perücken und Pailletten am ganzen Körper und selbstgenähten Sachen …« Was redete ich denn da?

»Kommt schon, Mädels, runter mit dem Zeugs, auf Jodi«, tönte Kai wie ein Engel der Barmherzigkeit.

»Auf Jodi«, murmelte ich.

Im gleichen Moment ging die Tür wieder auf. Wir drehten uns alle um. Deklin stand in der Tür. Na toll. Super. Vielleicht konnte ich ja unauffällig aufs Damenklo kriechen und mich in einer Toilettenschüssel runterspülen.

Melissa hüpfte von ihrem Barhocker und lief zu ihm. Jason, Kai und ich betrachteten angestrengt unsere leeren Schnapsgläser. Ich wünschte, ich könnte Jason sagen, er solle mir noch zehn einschenken.

Deklin kam mit Melissa zu uns rüber, die sich mit einer Hand an seinen Hosenbund klammerte. Ich zwang meinen Mund zu einem Lächeln. Unsere Blicke trafen sich kurz, dann schaute er mit einem schiefen, verlegen Grinsen weg. Als ich die sexy Zahnlücke in seinen schneeweißen Schneidezähnen sah, hätte ich ihm sie am liebsten ausgeschlagen.

»Hey Leute. Was ist los?«, begrüßte er uns locker-flockig.

»Hey«, erwiderten wir schnell im Chor.

»Dek, das ist Bridget, sie kommt aus Großbritannien. Ich glaube, ihr habt euch neulich Abend schon kennen gelernt?«

»Hey, Dek«, sagte ich ungerührt. »Ich glaube, ich erinnere mich an dich. Du warst der kalifornische Zuhälter, stimmt's?«

»Und du das Mädchen im roten Kleid«, entgegnete er.

»Ja, das war ich.«

»Schön, dich wiederzusehen.«

»Gleichfalls.«

Da standen wir nun.

»Und, was führt dich heute Abend hierher?«, fragte er.

Weil ihr Drecksäcke gesagt habt, ich soll einfach mal vorbeischauen, und vergessen habt, mir zu sagen, dass du mit deiner Freundin hier aufkreuzen würdest.

»Ach, weißt du, ich wollte bloß nicht allein zu Hause rumhocken.« Warum, o warum nur war ich nicht daheim geblieben?

Irgendwie schafften wir es, die nächsten zwanzig Minuten mit Smalltalk totzuschlagen. Deklin hatte die ganze Zeit demonstrativ seinen Arm um Melissas Schulter geschlungen – wie um mich daran zu erinnern, dass ich mich bloß nicht verplapperte.

Zugegeben, ich hätte ihn vorwarnen können, dass ich einen Gastauftritt im Great Lakes plante, aber er hatte – genau wie ich – mit keinem Pieps erwähnt, dass es da noch jemand anderen gab. Plötzlich dämmerte mir auch, warum er es vermieden hatte, bei der Party öffentlich mit mir rumzuknutschen.

Nach schier endlos scheinenden zwanzig Minuten geheuchelter Heiterkeit waren wir uns einig, dass es schon ziemlich spät sei, und machten uns gemeinsam auf den Heimweg. Auf dem Bürgersteig vor der Bar winkte ich Deklin und Melissa ein fröhliches Auf Wiedersehen zu und guckte ihnen hinterher, als sie den Hügel zu seinem Apartment hinaufschlenderten, den er und ich angeheitert hochgetaumelt waren, vor nicht einmal zwei Wochen.

In gerade mal einer Woche hatte ich meinen eigenen Freund verloren und einen Schlag ins Gesicht von dem einer anderen bekommen.

»Gut gemacht, Bridget«, sagte ich laut, als ich mich auf den langen Heimweg machte. Musste wohl an meinem Karma liegen.

Ich wusste es zwar noch nicht, als ich in der Bahn zurück nach Manhattan saß, aber ich hatte gerade wieder eine wichtige Lektion für mein zukünftiges Leben gelernt. Jemandem mit gleichgültigem Gesicht und vollendeter Nonchalance zu begegnen, mit dem man nur ein paar Tage zuvor noch im Bett war, gehörte zum Singledasein in New York einfach dazu.

Enthauptung – Mann, das passiert doch dauernd

»Du müsstest gleich zum Erminia auf der Upper East Side, das ist eins der besten Restaurants der Stadt«, sagte John Mancini, der vor meinem Schreibtisch aufgetaucht war, als ich mir gerade den Großteil einer riesigen mit Chili gefüllten Folienkartoffel von Wendys in die Backentasche stopfte. Es hatte nicht lange gedauert, bis ich mir ebenfalls angewöhnt hatte, keine Mittagspause zu machen und mein Essen wie alle anderen über der Tastatur zu verschlingen.

»O-kay«, nuschelte ich mit vollem Mund. Ich schnappte mir einen Kuli und wartete auf seine Anweisungen.

»Der Besitzer ist enthauptet worden und lag in einer Blutlache in der Küche, sie gehen davon aus, dass einer seiner Angestellten mit dem Fleischerbeil auf ihn losgegangen ist.«

»Gut«, nickte ich angestrengt kauend und notierte mir FLEISCHERBEIL auf dem Block. Sieben Wochen war es jetzt her, dass er meine ersten unsicheren Gehversuche als Reporterin auf dem Bahnsteig am Union Square miterlebt hatte. Ich wollte meinem Lokalredakteur unbedingt zeigen, wie viel ich seitdem dazugelernt hatte.

»East 83rd Street, sie haben ihn mit dem Fleischerbeil auf der Brust und einem 30 Zentimeter langen Tranchiermesser neben ihm auf dem Boden gefunden. Muss kein schöner Anblick gewesen sein.«

»Klar, ich bin schon unterwegs«, murmelte ich, würgte den Rest meiner Kartoffel beinahe am Stück runter, stand auf und tastete schon fast automatisch nach meinem Pager am Gürtel.

»Nimm dir ein Taxi. Ist 'ne tolle Story«, sagte er. Er grinste mich verschmitzt an. »Ich habe dir hoffentlich nicht den Appetit verdorben.«

Mit einer Enthauptung? Herrje, nein, warum denn das?

Das »Erminia Ristorante Italiano« sah aus wie eine rustikale Bauernkate, die man ans hintere Ende einer langen Reihe eleganter Stadthäuser auf der südlichen Seite der East 83rd Street gleich um die Ecke von der 2nd Avenue gequetscht hatte. An den Fenstern befanden sich schmuckvoll verzierte Gitter und Spitzengardinen, und neben der hölzernen Eingangstür, um die sich Efeu rankte, hingen Schilder mit der Aufschrift »American Express« und »Abendgarderobe erforderlich«. Die malerische Fassade wurde heute allerdings durch die gelben Absperrbänder der Polizei verunziert, die im Zickzack den Eingangsbereich abriegelten und Unbefugten den Zugang verwehrten. Zwei stämmige Schutzpolizisten mit besonders ausladenden, aus den schwarzblauen Nylonhosen quellenden Hinterteilen bewachten den Bürgersteig vor dem Restaurant.

Ich zog meinen Presseausweis vom NYPD heraus, ließ ihn gut sichtbar über meiner Jacke baumeln und marschierte geradewegs auf sie zu. Diesmal würde ich die Sensationsstory als Erste erfahren.

»Ja, hallo, ich komme von der *New York Post*, könnten Sie mir freundlicherweise sagen, was hier los ist?«, forderte ich energisch, als sei ich Sherlock Holmes.

»Ma'am, würden Sie bitte den Bürgersteig frei machen.«

»Aber ich bin von der *New York Post*.« Ich wedelte mit meinem magischen »Zugang zu allen Bereichen«-Presseausweis vor ihrer Nase herum. »Ich habe gehört, hier ist ein …«

»Ma'am, ich sage es Ihnen nicht noch mal, machen Sie den Bürgersteig frei.«

Was bildete der sich denn ein? Übte der schon mal für eine Karriere als Türsteher?

»Aber ich bin von der Presse«, wagte ich einzuwenden.

»Das ist ein Tatort. Wir haben keinerlei Informationen.«

Tja, deswegen war ich doch da, war ich versucht zu sagen. Erst fünf Minuten an der neuen Story und schon war ich mal wieder mit meiner Weisheit am Ende.

Ich verzog mich auf die andere Straßenseite gegenüber vom Restaurant und stand herum wie bestellt und nicht abgeholt. Was sollte ich denn jetzt machen? Ich kramte nach meinen Zigaretten.

»Hey, hey, Lady Bridge, schön, dich wiederzusehen!«, tönte eine Stimme, die ich gleich wiedererkannte.

Rick, der *Post*-Fotograf, mit dem ich damals in Queens zusammengearbeitet hatte, kam gerade aus einer Reinigung an der Ecke 2nd Avenue, gegenüber vom Erminia. War das bloß ein glücklicher Zufall, dass er hier seinen Anzug in die Reinigung brachte?

»Hey, Rick, was machst du denn hier?«

»Na, was meinst du wohl? Ich bin wegen dieses irren Mordfalls hier, ich hab gehört, dem haben sie fein säuberlich den ganzen Kopf abgehackt.«

»Ach so, ja klar. Mancini hat gar nichts gesagt von einem Fotografen.«

»Bist du verrückt? Was nützt deine Geschichte ohne ein Foto? Der Tote ist noch da drin, aber ich kriege ihn, wenn sie ihn raustragen. Und außerdem müssten demnächst ein paar Angehörige auftauchen. Man munkelt, sie seien auf dem Weg aus Queens hierher, aus Flushing, genauer gesagt.«

»Aber woher weißt du denn das alles? Die Typen wollten überhaupt nicht mit der Sprache rausrücken.« Die Polizisten warfen mir quer über die Straße immer noch finstere Blicke zu.

»Ach, mit den Dumpfköpfen brauchst du deine Zeit nicht zu verschwenden, irgendwo springt hier ein Kriminalbeamter rum, mit dem solltest du dich mal unterhalten. Ich glaube, er holt sich gerade einen Kaffee«, erklärte Rick und rückte seine beiden Kameras zurecht, die über seiner Schulter hingen. »In der Zwischenzeit solltest du mal mit den Chinesen aus der Reinigung reden, die glauben nämlich gesehen zu haben, wie der Mörder heute Morgen aus dem Restaurant gekommen ist.«

»Gut, okay«, stammelte ich, steckte meine unangezündete Zigarette zurück in die Schachtel und holte meinen Notizblock raus. Gott sei Dank, dass es Rick gab.

Ich ging zur Straßenecke und betrat die Reinigung. Ein winziger Laden mit einer kleinen Resopal-Theke voller verstreuter Sicherheitsnadeln. Dahinter bügelte eine klitzekleine Frau mit Dutt zwischen Ständern, an denen gestärkte Kleider in Plastikhüllen hingen, ein Hemd.

»Hallo, ich bin Reporterin bei der *New York Post*, ich habe gehört, Sie wüssten etwas über den Mord im Erminia«, sagte ich liebenswürdig.

»Hä?« Sie bearbeitete einen Ärmel mit dem Bügeleisen und schaute nicht mal auf.

»Der Mord in dem Restaurant dort drüben.« Ich zeigte durchs Fenster auf die Tür des Erminia. »Haben Sie nicht gesehen, wie heute Morgen jemand dort herausgekommen ist?«

»Entschuldigen, nicht verstehen Englisch«, sagte die Frau, ohne von der Eliminierung sämtlicher Falten in dem Hemd abzulassen.

»Aber haben Sie nicht eben mit dem Mann gesprochen, der hier hereingekommen ist, der mit den Kameras?«

Was stimmte denn nicht mit mir, stand »Reden Sie nicht mit dieser Bekloppten« auf meiner Stirn?

»Hören Sie, ich komme von der Zeitung, und es ist sehr wichtig für mich, Informationen zu bekommen.«

»Vielleicht wenn Mann zurück, er kann Sie helfen«, sagte die Frau, aber so, wie sie das sagte, klang es doch höchst zweifelhaft, ob er je zurückkommen würde – und es schien, als sei dieses Gespräch für sie hiermit beendet.

»Tja, trotzdem vielen Dank.« Mein ganz besonderer Charme schien ja wahre Wunder zu wirken.

Zum zweiten Mal innerhalb von zehn Minuten zog ich den Schwanz ein und trat den Rückzug an. Ich ging wieder zu Rick, der stillvergnügt eine Zigarette qualmte und das Erminia beobachtete.

»Hast du gekriegt, was du brauchst?«, fragte er.

»Ähm, nicht direkt«, murmelte ich.

Er zeigte mit seiner Zigarette zum anderen Ende der East 83rd.

»Das ist dein Mann. Das ist der zuständige Kripobeamte.«

Ein kräftiger Mann im beigen Macintosh-Regenmantel stand an einen schwarzen Lincoln gelehnt und unterhielt sich mit einer Frau mit kurzen blonden Haaren. Sie trug ein schickes schwarzes Kostüm mit kurzem Rock. Sie stützte sich gleich neben ihm mit der Hand am Auto ab. Die beiden sahen aus wie ein Pärchen, das eine Büroaffäre unterhält und ein heimliches Rendezvous am Wasserspender arrangiert hat.

»Mit wem redet er denn da?«

»Michele McPhee, Polizeireporterin bei der *Daily News*. Ist schon seit Jahren dabei, die wickelt alle um den Finger, die erzählen ihr alles.«

»Na toll.« Und ich kriegt nicht mal die Frau von der chinesischen Reinigung dazu, mich anzusehen.

Ich wollte schon rübergehen und mich in ihr Gespräch einklinken, aber ein plötzlicher Anfall englischer Höflichkeit verhinderte, dass ich in ihr eindeutig privates Tête-à-tête platzte. Ich beschloss abzuwarten, bis ich an der Reihe war, und den Kripotypen nach Infos zu fragen, sobald Michele McPhee fertig war.

Aber fünf Minuten später plauderten sie immer noch angeregt, und Michele McPhee hatte inzwischen ihren Notizblock hervorgeholt und machte sich eifrig nickend Notizen, vermutlich schrieb sie sämtliche aufregenden Details der Enthauptung auf. Und ich war noch genauso schlau wie vorher.

Dann klappte sie ihren Block zu und strich dem Kripobeamten zum Dank über den Ärmel. Aber ehe ich über die Straße flitzen konnte, stieg der Kerl ins Auto und fuhr weg.

So ein Mist.

Und was noch schlimmer war, Michele drehte mir und Rick den Rücken zu, holte ihr Handy raus und fing an, von ihrem

Notizblock abzulesen. Sie lieferte die ganze Sensationsgeschichte schon in ihrer Redaktion ab. Es war eine Katastrophe.

Als sie fertig war, kam sie zu uns rübergeschlendert und stopfte aufreizend langsam ihren Block in die Tasche.

»Hey, Leute, tolle Story, was?«, schnurrte sie.

Ich hätte sie am liebsten erwürgt. Aber mir blieb nichts anderes übrig, als vor ihr auf die Knie zu fallen.

»Ähm, hi, also, ich bin Bridget, ich bin neu bei der *Post*, als Austauschreporterin. Du könntest mir nicht vielleicht zufällig sagen, was hier los ist?«

Sie lächelte. Ein falsches Lächeln? Nicht leicht einzuschätzen.

»Von dem Austausch habe ich schon gehört, die haben dauernd neue Leute wie dich. Kommst du aus Australien?«

»Nein, England.« Merkst du denn nicht den Unterschied, blöde Kuh?, hätte ich am liebsten gezischt.

Ich sah sie erwartungsvoll an, den Notizblock in der Hand.

»Tja, da gibt's eigentlich nicht viel zu erzählen. Der Besitzer ist einen Kopf kürzer gemacht worden, sie glauben, es war einer der Angestellten, Tatzeit heute Morgen gegen 11.30 Uhr.«

Ja klar, als hättest du dich dafür zwanzig Minuten lang an den Bullen ranschmeißen müssen, um das rauszukriegen, hätte ich am liebsten gebrüllt.

»Hat der Kripotyp denn sonst *gar* nichts gesagt?«, fragte ich flehentlich.

»Nein, eigentlich nicht«, säuselte sie leichthin.

Der Pager an meinem Gürtel piepste.

»LOKALREDAKTION NEUSTEN STAND DER DINGE MELDEN«, wies die Nachricht an. Na super, und mein neuester Stand der Dinge lautete: Zwei Bullen, ein Kripobeamter, eine chinesischen Frau aus der Reinigung und eine *Daily News*-Reporterin, die mir die Story vor der Nase weggeschnappt hat, haben mir gerade auf rüdeste Weise die kalte Schulter gezeigt – und dabei bin ich erst seit einer Viertelstunde hier.

Aber noch ehe ich zurückrufen konnte, fuhr ein blauer Lieferwagen mit der Aufschrift AMTLICHER LEICHENBESCHAUER zum

Erminia und hielt vor der Tür. Und gleich dahinter zu meiner großen Erleichterung auch der Lincoln des Kripobeamten.

Rick warf seine Zigarette weg und nahm eine der Kameras von der Schulter. Und diesmal zögerte ich keinen Augenblick. Ich flitzte schnurstracks rüber zum Auto und stellte den Kripomann, als der sich gerade aus dem Wagen wuchtete.

»Hören Sie, ich komme von der *Post*, könnten Sie mir bitte sagen, was hier los ist«, platzte ich heraus und klang dabei wie ein quengeliges Kind.

»Lady, da müssen Sie sich noch ein bisschen gedulden.« Er versuchte, sich an mir vorbeizuschieben. Er war mindestens 1,80 Meter groß und vom Hals abwärts ziemlich kompakt. Nachts hatte er vermutlich einen Nebenjob als Rausschmeißer, genau wie seine uniformierten Kollegen.

»Nein, hören Sie, bitte, Sie müssen das verstehen, ich mache das noch nicht so lange, und die schmeißen mich sicher raus. Sie haben gerade 20 Minuten mit der Frau von der *Daily News* geplauscht, Sie müssen eine Ausnahme machen und mir erzählen, was hier vor sich geht«, bettelte ich. Wow, plötzlich klang ich, als sei ich ein alter Hase im Geschäft.

Der Kripobeamte musterte mich, als sei ich eine kleine Fliege, die in seiner Suppe rumplantschte.

»Okay, ich erzähle es Ihnen, aber ich sage das jetzt zum letzten Mal, und das ist alles streng vertraulich – verstanden?«

»Selbstverständlich«, sagte ich, obwohl ich nicht so genau wusste, was er damit meinte.

»Der Tote ist der Besitzer des Restaurants, er heißt Nick Orobello, er ist 62. Er wurde heute Morgen gegen 11.30 Uhr von einem Wäschelieferanten gefunden. Der Lieferant ist zum Hintereingang gekommen und hat geklopft, aber als niemand aufgemacht hat, ist er wieder gegangen und hat sich einen Kaffee geholt. Eine Viertelstunde später war er wieder da und hat bemerkt, dass die Tür nur angelehnt war. Dann hat er Orobello auf dem Küchenfußboden gefunden. Muss ein ziemlich schrecklicher Anblick gewesen sein. Ich sage nur, wenn einem der Kopf mit einem Fleischerbeil abgehackt wird, fließt jede Menge Blut.«

»Gibt es einen Verdächtigen?«, fragte ich großspurig, als stellte ich diese Frage andauernd.

»Wir überprüfen derzeit die Küchenhilfe, der Einzige, der laut Dienstplan heute Morgen hier sein sollte. Irgendein Albaner. Angeblich sind sie in der Vergangenheit schon mal wegen der Bezahlung aneinander geraten. Aber das ist derzeit nichts weiter als eine Theorie, offiziell ermitteln wir noch und haben keine heiße Spur, mehr nicht, okay.«

»Ja, Sir«, sagte ich. Der »Sir« schien ihm zu gefallen.

»So was kriegen Sie da, wo Sie herkommen, bestimmt nicht allzu oft zu sehen«, sagte er mit einem aufreizenden Funkeln in den Augen. Er hatte helles, sich bereits lichtendes Haar und ganz anziehende leuchtend blaue Augen.

»Nein, Sir, nicht so oft.«

Er senkte die Stimme zu einem vertraulichen Flüstern.

»Wenn ihr noch ein bisschen wartet, bringen sie nachher den Leichensack raus, und ihr könnt ein paar Fotos schießen. Und sollten wir den Täter wirklich festnehmen, dann kommt er aufs 19. Revier. Aber ich sage Ihnen, seine Frau wird gleich herkommen, und wenn Sie die belästigen oder versuchen sollten, sie zu fotografieren, dann lasse ich Sie verhaften. Ist das klar?«

»Ja, Sir, Dankeschön.«

Hurra. Jetzt konnte ich meine Redaktion anzurufen.

»Weißt du was, ich bin mal mit einem Weib wie dem da ausgegangen«, sagte Rick eine Weile später, als wir beobachteten, wie eine Frau mittleren Alters mit langen, dunklen, zum Pferdeschwanz zusammengebundenen Haaren aus einer Limousine stieg, die vor dem Erminia angehalten hatte. Ihr folgte eine jüngere Frau, die ihr sehr ähnlich sah und eine Jeansjacke, Jeans und hochhackige Schuhe trug.

»Welche meinst du, die ältere Frau oder das Mädchen?«, fragte Joey – einer aus der Meute von Fotografen und Reportern, die sich nach und nach auf der Nordseite der East 83rd Street zusammengerottet hatten wie Geier um einen Kadaver.

»Leider die Alte«, entgegnete Rick und kam gleich wieder auf seinen Kontaktbörsenfimmel zu sprechen. »Hast du es schon mal mit Match.com probiert? Ich sage dir, Mann, du scrollst dich durch diese ganzen Fotos von jungen, süßen Weibern, und wenn du dich dann mit einer verabredest, sehen sie eher aus, als gingen sie auf die fünfzig zu. Bald gebe ich es auf.«

»Du hast also immer noch kein Glück bei der Cyberliebe gehabt, hm?«, bemerkte ich, während wir gebannt die Entwicklungen auf der anderen Straßenseite verfolgten.

Die ältere Frau klammerte sich jetzt an die jüngere und suchte bei ihr Halt. Ihr Gesicht war vom Weinen gerötet, und sie hielt eine Hand mit einem benutzten Taschentuch davor. Die beiden schauten unverwandt auf die Tür des Restaurants, waren aber anscheinend unschlüssig, ob sie hineingehen sollten. Der Kripobeamte redet mit ihnen, den Kopf mitfühlend gesenkt.

Joey richtete das lange Objektiv seiner Kamera in ihre Richtung und schoss eine Reihe Bilder aus der Hüfte.

»Oohja, das hab ich im Kasten. Mit Tränen und allem«, murmelte er.

»Möchte jemand Kaffee?«, fragte einer der Fotografen hinter uns. »Ich hole welchen, hier gibt es gleich um die Ecke eine tolle Bäckerei.«

»Hey, wie wär's, könntest du mir nicht ein paar Donuts mitbringen, ich musste heute ohne Mittagessen los«, sagte Joey.

»Sonst noch irgendwelche Bestellungen?«, fragte der Fotograf, als ginge er bei einem Fußballspiel zum Bierholen.

Kurz darauf kam er mit einem ganzen Tablett zurück, und wir stürzten uns gierig auf die Köstlichkeiten.

»Mann, es geht doch nichts über einen Job auf der Upper East Side. Solche Donuts gibt's in der South Bronx einfach nicht«, mümmelte Rick zufrieden.

Ich schüttete ein Päckchen Zucker in meinen Kaffee und schaute dann wieder rüber zur traurigen Versammlung vor dem

Erminia. Und auf einmal wurde mir klar, wie unwirklich diese ganze Szene war. Auf der einen Seite der East 83rd Street standen wir fröhlich beisammen und führten uns auf, als sei das Ganze ein lustiger Picknick-Ausflug ins Grüne. Auf der anderen Seite der Straße befand sich eine Familie, für die gerade die Welt zusammengebrochen war.

»Kopf hoch, da kommt er«, rief einer der Fotografen und ließ seinen Donut fallen, als zwei Kripobeamte im Anzug und zwei Männer in den Uniformjacken des amtlichen Leichenbeschauers aus dem Restaurant kamen und die hinteren Türen ihres Transporters öffneten. Die Meute aus Fotografen und Kameraleuten stürzte sich mit gezückten Linsen auf sie.

Die beiden Typen vom Büro des Leichenbeschauers gingen zurück ins Restaurant und tauchten gleich darauf wieder auf. Vorsichtig trugen sie eine rollbare Bahre die Treppen des Restaurants hinauf. Darauf lag ein weißer Plastiksack, so lang wie ein Mensch, festgeschnallt, in der Mitte etwas breiter, zu den Enden sich verjüngend. Am oberen Ende der Treppe stellten die Männer die Bahre vorsichtig ab und rollten sie zum Wagen.

Ein seltsames Schweigen breitete sich aus, und man hörte nur noch das Klicken der Kameras und das Zucken der Blitzlichter.

Die ältere Frau stand zusammengesunken an die Schulter des weißhaarigen Mannes gelehnt. Die jüngere klammerte sich an ihrem Arm fest. Ein paar Augenblicke sah sie der Bahre nach, dann wendete sie sich mit tränenüberströmtem Gesicht ab. Der Kripobeamte stand zwischen ihnen und dem Transporter des Leichenbeschauers, als sehe er es als seine vergebliche Pflicht an, sie vor dem Schrecklichen zu schützen, das schon geschehen war.

»Meint ihr, sie tragen den Kopf einzeln raus?«, fragte einer der Reporter in der Reihe hinter mir. »Ich hab gehört, der sei komplett abgetrennt worden.«

Um kurz vor zwei Uhr nachmittags war ich am Erminia angekommen. Nun war es halb sieben, die Leiche war fort, die Angehörigen ebenso – ohne dass einer von uns an sie rangekommen wäre. Ich hatte meine Notizen in der Redaktion abgeliefert – was der Kripomensch mir erzählt hatte und einige andere Details, die Kollegen ausgeplaudert hatten. Selbst Michelle McPhee war im Laufe des Nachmittags etwas zugänglicher geworden und hatte mir im Vertrauen erzählt, es hätte in letzter Zeit einige Auseinandersetzungen mit dem Küchenpersonal bezüglich der Bezahlung gegeben. Ich kam mir schäbig vor, weil ich so schlecht von ihr gedacht hatte. Ich hatte es auch noch mal in der chinesischen Reinigung probiert und die gleiche abweisende Antwort wie beim ersten Mal bekommen. Dann hatte ich sämtliche Läden auf der 2nd Avenue durchkämmt auf der Suche nach Menschen, die Orobello gekannt hatten.

Sie beschrieben ihn als »Gentleman«, und einer erklärte, er habe »keiner Fliege was zuleide tun können«. Ich glaubte, meine Pflicht und Schuldigkeit getan zu haben. Ach, wie wenig ich die *Post* doch kannte.

»Stehst du noch vor dem Restaurant?«, wollte Mancini wissen, als ich ihn anrief, um zu fragen, ob ich nun nach Hause gehen könne.

»Ja, ich stehe gleich um die Ecke in einer Telefonzelle.«

»Wunderbar, dann gehst du jetzt zurück und wartest davor. Es geht um die Reaktion der Leute, die zum Essen hinkommen.«

»Hä?« Wollte der mich auf den Arm nehmen?

»Das Erminia ist ein Spitzenrestaurant, eins der besten der ganzen Stadt, und ich bezweifele, dass die Angestellten so geistesgegenwärtig waren, allen abzusagen. Aber ich halte es für höchst unwahrscheinlich, dass die Küche heute Abend geöffnet ist. Die müssen da erst noch ein bisschen schrubben.«

Ich legte den Hörer auf und lehnte den Kopf gegen meine Hand, die auf dem Metalltelefon lag. Lieber Gott, nein, das hielt ich nicht aus. Ich wollte einfach nur noch nach Hause. Aber ich holte tief Luft, nahm meinen Notizblock und machte mich auf den Weg zurück zum Restaurant.

Eine weitere Stunde verging. Essenszeit, so schätzte ich, war so ungefähr ab halb acht, also stand ich rum und rauchte und unterhielt mich mit einem jungen, sehr ernsten Reporter der *New York Times.* Er trug einen blauen Strickpullover mit Zopfmuster und machte sich in winzig kleiner Schrift Notizen auf seinem Block, die aussahen wie unendlich lange mathematische Gleichungen. Nicht wie mein manisches Geschreibsel. Etliche Kamerateams hielten ebenfalls die Stellung, um für die Abendnachrichten einen Live-Einspieler vom Restaurant zu übertragen.

Dann erspähte ich zwei potenzielle Gäste in fünfzig Metern Entfernung schräg die 2nd Avenue überqueren und Händchen haltend die Südseite der East 83rd ansteuern. Sie waren Mitte dreißig. Er trug einen Kaschmirmantel und schicke Halbschuhe. Sie hatte einen Porzellanteint und hellblonde Haare, die adrett ihre Schultern umspielten. Sie sahen aus, als freuten sie sich auf einen romantischen Abend in einem anheimelnden italienischen Restaurant.

Ich flitzte quer über die Straße auf sie zu, dicht gefolgt von dem Reporter der *Times,* und schnitt ihnen den Weg ab, als sie gerade auf die East 83rd einbogen.

»Hallo zusammen. Ich wollte nur kurz fragen, ob Sie vielleicht heute Abend im Erminia reserviert haben?«, plapperte ich los und klang wie ein übereifriger Oberkellner, der den Gästen nun schon draußen auf halbem Weg zum Restaurant auflauerte.

»Ja, haben wir«, erwiderte der Mann völlig verdutzt, als wir uns ihm in den Weg stellten.

»Das Erminia hat leider geschlossen. Es hat einen … Zwischenfall gegeben«, erklärte ich.

»Was ist denn passiert?«, wollte der Mann wissen, als er die Meute von Kamerateams vor dem Restaurant entdeckte.

»Also …«, stammelte ich. In solchen Situationen musste ich in nächster Zukunft sehr viel besser werden.

»Es hat einen Mord gegeben, der Besitzer ist heute früh in seiner Küche umgebracht worden«, erklärte der *Times*-Reporter.

Die Frau schnappte nach Luft und schlug die Hände vors Gesicht.

»O mein Gott, das ist ja schrecklich«, murmelte er und legte ihr schützend den Arm um die Schultern. »Das war eins unserer Lieblingslokale.«

Ich kritzelte mir das auf den Notizblock.

»Ja, war ein ziemlich unschöner Anblick, er ist enthauptet worden, wird also wohl 'ne Weile dauern, bis die alles sauber gemacht haben«, laberte der *Times-Typ* weiter.

»Haben sie denn den Kerl geschnappt, der das getan hat?« Der Mann schaute sich um, als rechne er jeden Augenblick damit, dass jemand buchstäblich aus den Büschen entlang der 2nd Avenue springen könnte.

»Sie haben schon einen Verdacht«, sagte ich. Ich notierte mir ihre Namen.

»Was meinst du, Liebling? Sollen wir im Primavera anrufen, es ist noch ziemlich früh, vielleicht kriegen wir da noch einen Tisch«, meinte die Frau und kramte in der Tasche nach ihrem Handy.

»Gute Idee«, stimmte der Mann ihr zu. Und weg waren sie. Wieso sollte man sich durch einen unappetitlichen Mord davon abhalten lassen, ein Abendessen im Wert von hundert Dollar pro Nase zu verdrücken?

Der nächste Gast, den ich erspähte, war ein korpulenter Mann im grauen Flanellanzug, der zielstrebig auf unsere Straßenecke zusteuerte. Auf einmal hatte ich den richtigen Riecher für diese Leute. Ich stellte mich ihm höflich, aber bestimmt in den Weg und fragte ihn, ob er auf dem Weg zum Restaurant sei.

»Ja, entschuldigen Sie mich bitte, ich bin spät dran, der Besitzer ist mein Cousin, kann ich Ihnen irgendwie weiterhelfen?«, sagte er ungeduldig.

Es war, als hallte das Wort »Cousin« megafonverstärkt durch die ganze Straße.

Zwei Fernsehkamerateams kamen angaloppiert, weibliche Fernsehreporterinnen mit Mikrofonen, die Kameramänner im

Schlepptau. Drei weitere witterten daraufhin eine Story und rannten ebenfalls herbei.

»Bitte, was soll denn das? Was ist denn los?« Er war umstellt.

»Sie haben es doch bestimmt schon gehört – das mit Mr. Orobello?«, fragte ich.

»Was denn? Ich bin wirklich sehr in Eile, ich komme zu spät zu einem Treffen mit ihm.« Er schaute sich entnervt um, weil wir ihm noch immer den Weg versperrten.

Ich schluckte schwer. Gleich würde ich das Leben dieses Mannes für immer verändern, dabei kannte er mich nicht einmal.

»Mr. Orobello ist bedauerlicherweise ermordet worden. Heute Morgen«, erklärte ich. »Es tut mir aufrichtig Leid.«

Jägern gleich, denen die Beute in die Falle gegangen war, schalteten die Kameraleute ihre Scheinwerfer ein und leuchteten ihm direkt ins Gesicht. Er hob die Hände, um die Augen abzuschirmen.

»Ich, ich verstehe das nicht, ich habe doch heute Morgen noch mit ihm gesprochen.« Der Kreis zog sich immer enger um ihn. Hier waren wirklich sensationelle Fernsehnachrichten in der Mache.

»Sir, könnten Sie uns bitte Ihren Namen sagen«, verlangte eine Reporterin von *Fox News*.

»Ich bin sein Cousin …«, murmelte er und brach ab. Seine anfängliche Verwirrung schlug nun in Panik um, als ihm klar wurde, dass diese Medienmeute nur bedeuten konnte, dass es die Wahrheit und kein schlechter Scherz war.

Die Reporterin hielt ihm ihr Mikro unter die Nase und schaltete um auf eine zuckersüße Fernsehstimme. »Bitte erzählen Sie uns doch, Sie sind der Cousin von Mr. Orobello, was hat er Ihnen bedeutet?«

Dem Mann stiegen Tränen in die Augen, und er streckte die Hand Richtung Restaurant aus.

»Bitte, bitte … ich muss zu meiner Familie, ich muss rausfinden, was da los ist.« Und damit bahnte er sich einen Weg aus dem Kreis und taumelte davon.

Wie ein Schwarm Fische mit kollektivem Bewusstsein drehten wir uns um und wollten ihm hinterherlaufen, bis ein Augenblick der Selbsterkenntnis uns innehalten ließ. Wenn einer losrannte, mussten wir alle hinterher.

»Wir sollten den Mann in Ruhe lassen«, meinte einer.

»Das ist so furchtbar«, murmelte ich.

Es war ziemlich frostig geworden, als ich spät am Abend endlich wieder in der Avenue of the Americas war. Mancini hatte mich gelobt, ich hätte meine Sache gut gemacht und könne nach Hause gehen, aber bei meinem hastigen Aufbruch heute Mittag hatte ich meinen Schlüssel auf dem Schreibtisch liegen lassen – was mir inzwischen wie eine halbe Ewigkeit erschien.

Obwohl ich mittlerweile schon über etliche Zwischenfälle mit tödlichem Ausgang berichtet hatte, war es das erste Mal, dass ich dabei war, als ein dem Opfer nahe stehender Mensch die schlimme Nachricht erfahren hatte, ganz zu schweigen davon, selbst der Überbringer gewesen zu sein. Ich fragte mich, was die Familie Orobello jetzt wohl machte. Ob sie am Ende selbst alles sauber machen mussten?

Tief in trübe Gedanken versunken schlurfte ich über den Platz vor 1211 und entdeckte auf einmal Jack. Er stand an einer Säule, rauchte und las eine Seite Korrektur. Ich hatte zwar anfangs gehofft, ihn etwas besser kennen zu lernen und vielleicht ein nettes kollegiales Verhältnis aufzubauen, aber in den vergangenen Wochen hatte ich ihn kaum zu sehen bekommen. Ich war meistens unterwegs, immer irgendeiner neuen Geschichte hinterher, und jedes Mal, wenn ich ihn dann doch mal im zehnten Stock sah, wirkte er so in Gedanken versunken, dass ich ihn gar nicht erst ansprechen wollte.

Da ich heute Abend nicht die geringste Lust verspürte, mich ein weiteres Mal ignorieren zu lassen, tat ich, als hätte ich ihn nicht gesehen, und wollte einfach ganz lässig an ihm vorbei in die Lobby spazieren. Aber er hatte mich schon entdeckt.

»Du bist aber noch spät hier«, sagte er.

»Komm gerade zurück von einer Story.« Ich blieb stehen. »Du hast nicht zufällig noch eine Zigarette für mich?«

»Klar doch.« Er bot mir eine seiner Camel Lights an und schirmte das Feuerzeug mit der Hand ab, damit ich sie mir anzünden konnte. Nach all den heftigen Gefühlen des heutigen Tages – und der vergangenen zwei Wochen – wäre ich angesichts dieser kleinen freundschaftlichen Geste beinahe in Tränen ausgebrochen.

»Alles okay?«, fragte er.

»Ich war gerade bei einer ziemlich traurigen Sache, ein Typ ist in seinem Restaurant ermordet worden. Und ich hab schließlich seinem Cousin die schlechte Nachricht überbracht. Der tauchte da auf, weil er sich mit ihm treffen wollte, und hatte keine Ahnung von der ganzen Sache …« Ich atmete langsam aus. »Die ganze Pressemeute hat ihn umzingelt und keiner von uns hatte auch nur ein Fünkchen Mitleid mit ihm. Scheiße, ich hab mich so mies gefühlt.«

Er guckte mich verständnisvoll an. Wieder fielen mir seine blauen Augen auf – und dasselbe seltsame Funkeln, das ich schon auf dem Broadway bemerkt hatte.

»Na ja, vermutlich war es ihm lieber, es von dir zu hören als von einem der anderen abgefuckten Rottweiler im Medienzirkus«, sagte er.

»Aber es war richtig schlimm, wie kann man sich bloß daran gewöhnen?«

»Der Tod klopft an – ich glaube, das Wichtigste ist, dass man sich nicht daran gewöhnt. Wenn doch, dann bist du abgestumpft.«

»Wahrscheinlich.« Plötzlich hatte ich das unwiderstehliche Verlangen, ihn zu bitten, mich in den Arm zu nehmen, aber dazu kannten wir uns eindeutig nicht gut genug.

»Sieh's mal so«, fuhr er fort. »Morgen wachst du auf und fährst zu deiner nächsten Geschichte, und die wird dich genauso packen wie die heute. Anteilnahme macht einen guten Reporter aus.«

Er schwieg. »Und nach allem, was ich bisher gehört habe, machst du deine Sache verdammt gut.«

»Ehrlich?« Ich machte meine Sache verdammt gut? Ich? Zum zweiten Mal war ich auch angenehm überrascht, dass er so viel über mich wusste.

»Ja, ehrlich.« Er lächelte. »Und denk immer dran, du arbeitest für die beste Zeitung, die es gibt, in der tollsten Stadt der Welt. Auf die Straße zu gehen und das Leben mitzuerleben, darum geht es hier. Und nicht den ganzen Tag im Büro rumzuhocken, so wie ich.«

Er wirkte ziemlich geschlaucht.

»Apropos, ich sollte mal lieber wieder reingehen«, sagte er und warf seine Zigarette weg. »Wir machen gerade unseren Teil fertig.«

»Danke für die Zigarette«, sagte ich.

»Jederzeit gerne wieder.« Er drehte sich um und verschwand durch die Drehtür.

Ich betrachtete seinen Anzug von hinten, als er in Richtung Aufzug schlenderte. So ein komischer Kauz. Aber schon jetzt wusste ich, dass ich bald aufs Neue nach ihm Ausschau halten würde, um ihn wieder allein zu erwischen.

Wiedersehen Shepherds Bush, hallo East Village

Lügengeschichten und zu viel Fernsehen wollen uns glauben lassen, große Veränderungen im Leben konzentrierten sich auf einen einzigen dramatischen Moment: der Morgen, an dem man dem Ehemann die Spiegeleier in den Schoß kippt und ihm kurz und bündig mitteilt, dass man mit dem Poolreiniger durchzubrennen gedenkt. Der Tag, an dem man seinen geregelten Bürojob hinschmeißt, um in Indien Tantra-Yoga zu lernen. Der Augenblick, in dem man gebannt auf den Schwangerschaftstest starrt und statt einer blauen Linie plötzlich zwei da sind.

Aber im wahren Leben vollziehen sich radikale Kurswechsel meist schleichend, ausgelöst durch eine ganze Reihe kleiner Offenbarungen. Eine Kette von Ereignissen – manche vorhersehbar, andere aus heiterem Himmel –, die einen unmerklich in eine andere Richtung stupsen.

Die Ereigniskette, die dazu führte, dass aus meiner viermonatigen »Auszeit« in New York ein richtiger Umzug werden sollte, begann an jenem Abend im River Café, als Angus' und meine leichte Unschlüssigkeit bezüglich unserer Beziehung unerwartet dazu geführt hatte, dass es nun überhaupt kein ›wir‹ mehr gab.

Den nächsten Stups bekam ich kurz vor Ende meiner Austauschzeit bei der *Post*, als die Redakteurin Xana Antunes mich in ihr Büro bat und mich darauf ansprach, sie habe gehört, ich hätte gerne einen festen Job bei der Zeitung.

Xana war Schottin, sehr intelligent und mit sicherem Instinkt, und sie hatte sich bei Rupert Murdoch Respekt und Gehör verschafft, weil sie den Wirtschaftsteil der *Post* zur Pflichtlektüre an der Wall Street gemacht hatte. So wurde sie bereits mit Mitte dreißig zur Redakteurin befördert, und viele fanden die attraktive, freundliche junge Frau eine ungewöhnliche Wahl, verglichen mit Murdochs anderen bulligen, sturen Boulevardgrößen wie der ehemalige Chefredakteur der *Sun*, Kelvin MacKenzie, und der Chefredakteur des australischen *Daily Telegraph*, Col Allen – der später einmal die *Post* übernehmen sollte.

Doch Xana hatte den Auftrag bekommen, die vor Druckerschwärze triefende, schmuddelige *Post*, auch wenn sie sich sträubte, ins 21. Jahrhundert zu zerren – indem einzelne Teile aufpoliert und übersichtlicher gestaltet wurden, und, ganz wichtig, die Zeitung für Frauen attraktiver werden sollte. Millioneninvestitionen wurden in modernste Farbdruckpressen gesteckt, die in einem riesigen neuen Gebäudekomplex in Hunts Point in der South Bronx untergebracht waren. Ziel der ganzen Sache war es, die Zeitung mit brillanten Farbfotos, üppigen werbeträchtigen Beilagen und peppigen Klatschseiten für Frauen aufzumöbeln – mit dieser Strategie war es der *Daily Mail* in Großbritannien bereits gelungen, die Konkurrenz weit hinter sich zu lassen. Der ganze Look und die gesamte Anmutung des zweihundert Jahre alten Blattes – das ebenso berühmt war dafür, die Hände seiner Leser mit Druckerschwärze zu verunzieren, wie für seine reißerischen, wortspielerischen Schlagzeilen – sollten völlig umgekrempelt werden.

Ich glaube, Xana – die ursprünglich nach New York gezogen war, um das Wall Street Büro des *Evening Standard* zu managen – erkannte irgendwas von sich selbst in mir. Eine britische Frau, die sich in den mitreißenden Wirbel der New Yorker Nachrichten verliebt hatte und so verrückt war, dem geordneten Leben zu Hause dafür den Stinkefinger zu zeigen.

»Sie möchten also tatsächlich in Ihrem Alter Ihr Leben in London aufgeben und nach New York ziehen?«, fragte sie mich. Sie saß hinter ihrem überdimensionalen Schreibtisch, während ich mit respektvollem Abstand in der Tür zu ihrem gläsernen Büro herumstand. Wie gewöhnlich lutschte sie an einem Lolli aus dem Süßigkeitenkörbchen vor dem Büro von Anne Aquilina, das stündlich nachgefüllt wurde, um sämtliche Ansätze einer gesunden Lebensweise in der Redaktion gleich im Keim zu ersticken.

»Hören Sie, ich weiß, die Hälfte der Leute, die austauschweise hierher kommen, sagen, sie wollten nicht wieder zurückgehen«, entgegnete ich. »Aber ich meine es todernst, ich wünsche mir nichts mehr als eine feste Stelle hier bei dieser Zeitung.«

Warum ich das gerade sagte, war mir selbst nicht ganz klar. Ich war unmittelbar zuvor von einem höllischen Morgeneinsatz zurückgekommen, bei dem ich mich in der Station für Verbrennungsopfer im New York Presbyterian Hospital herumgedrückt und mich gefragt hatte, warum um alles in der Welt irgendwer den Wunsch verspüren sollte, so einen Schnüfflerjob bei einem Revolverblatt zu machen.

Wir hatten den Tipp bekommen, der Schriftsteller Kurt Vonnegut sei in dieses Krankenhaus eingeliefert worden, nachdem er sich selbst und seine Wohnung mit einer Zigarette in Brand gesteckt hatte. An den Wachleuten schmuggelte ich mich mithilfe meiner besten Tarnung vorbei, meinem englischen Akzent, und gelangte plötzlich auf eine totenstille, unheimliche Station, wo die einzigen Geräusche das Piepsen von EKGs und das Murmeln betroffener Angehöriger am Krankenbett waren.

Was sollte ich denn jetzt machen?, fragte ich mich. Ins Zimmer des mit dem Tode ringenden berühmten Schriftstellers stürmen und ein gemütliches Plauderstündchen am Krankenbett abhalten?

Trotzdem steckte ich behutsam den Kopf zwischen etliche Gardinen, in der Hoffnung, auf irgendeinen Hinweis zu stoßen, der mich zu ihm führen könnte – bis eine matronenhafte afro-amerikanische Krankenschwester resolut auf mich zumarschierte und mich zur Rede stellte, was zum Teufel ich dort triebe.

Die Regeln der *Post* besagten, man solle sich zu erkennen geben, wenn man im Krankenhaus geradeheraus angesprochen wird. Also erklärte ich ihr – als sei es das Normalste der Welt –, ich käme von der *Post* und wolle nur mal bei Mr. Vonnegut vorbeischauen, weil wir in der Redaktion alle »ganz große Fans von ihm« seien.

»Er wird durchkommen«, antwortete sie kurz angebunden. Dann ließ sie mich von den Wachleuten vor die Tür setzen.

Aber jetzt, da ich wohlbehalten an Xanas Türrahmen lehnte, während ich ihr dabei zusah, wie sie sich gut gelaunt mit ihrem Stuhl drehte, um die Aussicht aus ihrem Bürofenster auf ihr geliebtes Midtown zu genießen, da wollte ich sie auf gar keinen Fall enttäuschen und hätte ihr so gerne nachgeeifert.

Mir ging auf, dass ich es als unheimliche Erleichterung empfand, mit meinem Umzug nach New York dem hektischen Nestbautrieb zu Hause entkommen zu sein. In London hatte ich das Gefühl gehabt, mit dem Überschreiten der gefürchteten Dreißiger-Marke stünde man schon mit einem Bein im Grab. Hier in New York, das vor Singles nur so wimmelte und wo keiner Zeit dazu hatte, eine Familie zu gründen, war man mit dreißig praktisch noch genauso jung wie mit 21 – und zur Not gab es ja immer noch Botox.

In London hatte ich mir dauernd Sorgen gemacht, wo ich in meinem Berufsleben, und im Leben generell, eigentlich meinen Platz haben sollte. Hier hatte ich (trotz zahlreicherer Patzer, als die Lokalredaktion wusste) jeden Morgen beim Aufstehen das Gefühl, als könne ich alles erreichen, wenn ich mir nur genug Mühe gab. Wobei ich keinesfalls hochtrabende Pläne hatte, irgendwann Herausgeberin der *Post* zu werden. Es würde mir schon reichen, noch eine Weile Lois Lane spielen zu dürfen.

»Stuart und John haben mir gesagt, Sie hätten sich toll gemacht, seit Sie hier sind, und ohne echte Begeisterung geht bei dieser Zeitung gar nichts«, sagte Xana und wedelte dramatisch mit ihrem Lutscher. »Und bei all den anstehenden Veränderungen könnten uns Ihre Erfahrungen bei britischen Zeitungen hier sehr zugute kommen. Ich wollte Ihnen nur sagen, sollte sich was ergeben, werde ich sehen, was ich für Sie tun kann.«

Und das war's. Der Ball war ins Rollen gekommen.

Noch einen freundlichen kleinen Stoß bekam ich im späteren Verlauf der Woche, als ich im firmeneigenen Apartment in der 11th Avenue aufwachte. Ich klebte an den feuchten Laken und hatte einen schrecklichen Albtraum gehabt: Ich war nach Hause in Angus' Wohnung in Kentish Town gekommen, wo er gerade French Toast für seine neue Freundin machte.

Sobald ich mich nach diesem Trauma wieder bewegen konnte, guckte ich auf die Uhr. Es war fünf Uhr morgens – zehn Uhr in London – also sprang ich mit einem Satz aus dem Bett und wählte seine Mobilnummer.

»Hey, ich bin's«, sagte ich und ließ seine leicht genervte Begrüßung außer Acht. »Entschuldige bitte, dass ich anrufe, aber ich hatte gerade einen furchtbaren Albtraum, du hättest eine neue Freundin, und ich bin zurückgekommen, und du warst mit ihr in der Küche und hast French Toast gemacht«, stammelte ich.

Ich konnte beinahe hören, wie er die Augen verdrehte.

»Tja, ich habe aber keine neue Freundin, jedenfalls nicht dass ich wüsste, also mach dir keine Sorgen. Und French Toast kann ich sowieso nicht ausstehen«, erklärte er rundweg.

»Aber bin ich total bescheuert, weil ich noch länger in New York bleiben will? Mache ich vielleicht gerade einen entsetzlichen Fehler?«, jaulte ich.

Schweigen am anderen Ende der Leitung – als hätte er in die Stille hinein gesagt: Ich weiß nicht, ob dieses Problem mich noch irgendwas angeht.

»Babe, das musst du wissen, nicht ich.« Wieder verstummte er. »Aber was dich und mich angeht, haben wir schon eine Entscheidung getroffen, weißt du noch?«

O ja. Es war viel passiert, seit ich damals auf Jamaika meine kleine Liste zusammengestellt hatte. Ich befand mich schon auf einem Weg ohne Zurück. Und der würde mich, wie ich jetzt inständig hoffte, nicht in ein Leben als einsame alte Jungfern führen – und hoffentlich lauerten mir auch nirgendwo Katzen auf.

Anfang Juni war mein Austausch zu Ende, und ich ging zurück nach London. Dank Xana flatterte kurz darauf ein Jobangebot von der *Post* ins Haus – und als unbezahlbares Sahnehäubchen obendrauf ein Arbeitsvisum für drei Jahre. Und für meine Zweifel war es dann auf einmal zu spät.

Der Sommer verging wie im Flug. Ich kündigte offiziell meine Stelle bei der Kulturredaktion der *Times*. Bei Sandra, meiner Redakteurin, und Gill, ihrer Sekretärin, erntete ich zwar Stirnrunzeln für meine Entscheidung, sie waren aber – genau wie meine Eltern, die sich gottergeben in ihr Schicksal fügten – der Meinung, wenn ich unbedingt wieder nach New York zurückwolle, dann sei das wohl die richtige Wahl (und ich würde hoffentlich bald wieder zurückkommen).

Ich suchte neue Mieter für mein Haus in Shepherd's Bush. Tilly hatte es sich inzwischen mit Alex in ihrem hoch verschuldeten Reihenhäuschen in Nordlondon gemütlich gemacht – und wurde zusehends runder wegen der Zwillinge. Meine andere Mitbewohnerin, Kathryn, war inzwischen ein aufstrebender Stern am Fernsehhimmel bei *Channel Four* und hatte sich auch gerade ein Reihenhäuschen in der Nähe der Harrow Road gekauft. Ich versuchte, meine Nerven hinsichtlich der erschreckenden Tatsache, dass mein Leben jetzt mit rasender Geschwindigkeit in eine ganz andere Richtung lief, durch endlose »letzte Abende« im Pub zu beruhigen.

Angus und ich verbrachten im Laufe des Sommers wesentlich mehr Zeit miteinander, als wir gedacht hätten, hauptsächlich wegen unserer gemeinsamen Freunde. Da unsere Trennung so unbeschreiblich pragmatisch vonstatten gegangen war, gaben wir uns beide größte Mühe, »gute Freunde« zu bleiben. Gelegentlich landeten wir sogar zusammen im Bett. Aber uns war immer klar, dass ich wieder gehen würde. Und diesmal wusste ich nicht, für wie lange.

Drei Tage vor dem Morgen, an dem mein Flug zurück nach New York ging, hatte Angus ein Abschiedswochenende in einem kuschligen Landhaus-Refugium in Somerset namens Babington House arrangiert. An unserem letzten Morgen präsentierte er mir im gigantischen Himmelbett ein in Leder gebundenes Fotoalbum, voll geklebt mit Fotos von uns und unseren Freunden, ein Bilderbuch unserer beiden gemeinsamen Jahre sozusagen. Paris, Italien, Cap Ferrat, Jamaika, ein Kricketspiel auf dem Anwesen seines Vaters – der Tagesausflug zu meinen Eltern, die gerade einen Billigurlaub machten. Vorn auf dem Album stand eine handschriftliche Widmung: »Angus und Bridget, 1998–2000. Ich werde dich immer lieben. Angus xxx.« Ich weinte, bis ich keine Luft mehr bekam. Er hielt mich fest in den Armen, sehr gerührt von meiner tränenreichen Reaktion.

Und dann war meine Zeit in London zu Ende – und ehe ich mir groß Gedanken darüber machen konnte, war ich auch schon wieder in Brooklyn und klingelte an einem stickigen Septemberabend an der Tür zu Ollys Apartment in East Williamsburg. Ich umklammerte eine Flasche Jameson – ein Geschenk als kleine Gegenleistung dafür, dass er mich auf seinem Sofa campieren ließ, solange ich auf Wohnungssuche war. Ich hatte große Lust, das ganze Ding allein auszutrinken.

Zweiter Teil

SINGLE AM SONNTAG

Kaninchenbau mit Aussicht

»Entschuldige bitte den Hund, der ist irgendwie krank, aber normalerweise schafft er es bis zu seiner Kackecke«, sagte das Mädchen mit den lila Haaren in dem alten Wohnblock auf der Malcolm X. Avenue in Harlem, die eine dick mit M&Ms bestreute Schüssel Fruit Loops in der Hand hielt.

Ich guckte runter und machte vorsichtig einen großen Schritt über den reglosen Hund, der ebenso gut als Kanal-Wischmopp durchgegangen wäre – was Aussehen und Geruch anging – und folgte ihr in, na ja, eine Höhle.

»Es hat kein Fenster, weil die Wohnung an den Innenbrunnen des Gebäudes anschließt, aber dadurch ist es sehr ruhig, was eigentlich eine ziemlich gute Sache ist, weil hier ein paar echt abgedrehte Leute wohnen«, erzählte sie, als ich misstrauisch in ein schmuddeliges Zimmer spähte, kleiner als eine durchschnittliche Gefängniszelle. Der größte Teil des Raums wurde von einem gigantischen blauen Wasserbett eingenommen. Vorsichtig setzte ich mich mit einer Pobacke auf die Ecke, und es wabbelte wie ein fettleibiger Bauch, dem eine Magenverkleinerung nicht geschadet hätte.

»Der letzte Typ hat es hier gelassen, und ich hab gehört, die Dinger sollen sehr bequem sein«, nuschelte sie und schob sich noch einen Löffel in Milch eingeweichte M&Ms in den Mund, während ich mir Mühe geben musste, mich nicht zu übergeben.

Man hatte mich gewarnt, in New York auf Wohnungssuche zu gehen sei, als würden einem Kraft, Geld und sämtliche häusliche Bestrebungen von einem Schwarm Vampirfledermäuse aus dem Leib gesaugt. Aber 800 Dollar im Monat zu bezahlen für das Privileg, in Hundekacke zu treten, auf einem Cellulitewürfel zu schlafen und eine Mitbewohnerin mit Essgewohnheiten wie eine unbeaufsichtigte Fünfjährige zu haben, konnte doch nur ein Witz sein, oder?

Vielleicht auch nicht.

»Das hier ist in einer tollen Wohngegend. Sehr angesagt, sehr im Kommen«, erklärte Jed, ein verdächtig gut gelaunter Immobilienmakler, während er mich in ein feuchtes Haus in der Staton Street führte, in dem es nach gekochtem Kohl stank. Na super, meine potenziellen zukünftigen Nachbarn schienen kulinarische Fähigkeiten zu haben, die meinen vergleichbar waren.

5 B war ein Appartement mit Durchgangszimmern, und so klein, dass »möblierter Flur« es wohl besser beschrieben hätte. Die Wände bestanden aus unverputzten Backsteinmauern, was zugegebenermaßen sehr dafür sprach – doch das war auch schon der einzige Vorteil. Schlafzimmer, »Wohnzimmer« und Küche waren ein einziger, schmaler Schlauch, nur mit Schiebetüren voneinander getrennt. Wenn man sich im Badezimmer nach vorne beugte, konnte man sich mit dem Waschbecken schwerste Hirnschäden zufügen.

»Toll, was?«, säuselte Jed und knipste alle Lichter an, damit es ein bisschen heller wirkte.

Ein schweres, beunruhigendes Schlurfen hallte von der Decke herunter. Es klang, als schleifte jemand eine Leiche durch die Wohnung über uns. Wir schauten beide aufgeschreckt zur Decke.

»Nachbarn!« Jed zuckte die Achseln. »Mit denen muss sich jeder in New York rumschlagen. Die Wohnung kostet 1800 Dollar zuzüglich einer Monatsmiete Maklergebühr und einer Monatsmiete Kaution. Und ich sage Ihnen, das ist ein Schnäppchen.«

Man müsste also 5400 Dollar auf den Tisch legen, um in einem muffigen Loch gleich unter einem Mörder auf der Lower East Side zu hausen. Allein der Gedanke, dass ich mich jemals abfällig über das seelenlose, im Vergleich allerdings beinahe palastartige Appartement der *Post* auf der Upper West Side geäußert hatte! Doch das war leider für Austauschreporter reserviert – und ich gehörte jetzt zu den fest angestellten Mitarbeitern der Zeitung.

Im Laufe meiner ersten Woche in Manhattan, die ich damit zubrachte, eine passable Wohnung aufzutun, ehe ich wieder anfing zu arbeiten, wurde mir langsam klar, warum kaum jemand in dieser Stadt Freunde und Bekannte zu sich nach Hause einlud. Es ist eine wohl bekannte Tatsache, dass man in New York jahrelang mit jemandem befreundet sein kann, ohne jemals mit ihm zu Hause am Küchentisch gesessen zu haben – was vermutlich daran liegt, dass die meisten Menschen überhaupt keinen haben.

Dank zahlloser, winzig kleiner Apartments, ursprünglich für die vielen Immigranten gedacht, sowie der Tatsache, dass die Insel Manhattan nur über ein begrenztes Platzangebot verfügt, haben sich selbst die schicksten Stadtbewohner in unverschämt teuren Kaninchenbauten einrichten müssen.

Ich hatte mich bereits meinem Schicksal ergeben und darauf eingestellt, die Hälfte meines monatlichen Einkommens für die Miete einer Wohnung ausgeben zu müssen, die ein Zwanzigstel so groß war wie mein Haus in Shepherd's Bush, konnte mich aber immer noch nicht damit abfinden, meinen Traum aufzugeben, in New York in einer halbwegs coolen Bude zu logieren, jetzt, wo ich richtig hier wohnte. Was, wenn ich Besuch aus England bekam, der sich bei mir einquartieren wollte?

Vergiss Manhattan, zieh nach Brooklyn, rieten Olly und Paula (noch immer die Königin der Klatschseite) mir in dieser ersten Woche. Und tatsächlich kam mir Ollys schmales Durchgangsapartment (so genannt, weil sämtliche Zimmer hintereinander liegen und es keinen Flur gibt, so dass alle Zimmer Durchgangszimmer sind) riesig groß vor, verglichen mit den Abzocke-Bruchbuden, die ich bisher zu sehen bekommen hatte – und er zahlte nur 1100 Dollar. Aber East Williamsburg glich nach Sonnenuntergang immer noch ein wenig einem städtischen Bürgerkriegsgebiet, wie selbst Olly zugeben musste. Paula dagegen zahlte 1300 Dollar für eine geräumige, von Licht durchflutete Maisonettewohnung in Cobble Hill, eine der Wohngegenden, die von Brooklyn Heights bis rüber nach Park Slope gehen und gerade in rasantem Tempo saniert und immer begehrter wurden.

Ein paar Tage nach meiner Rückkehr zitierte Paula mich in ihre Wohnung. Sie sagte, sie hätte einen riesigen Sack Klamotten, den sie in die Kleidersammlung geben wollte. Da ich eine heimliche Schwäche für Secondhandklamotten habe – die mich vor meinen eigenen Geschmack- und Stilunsicherheiten bewahren – war ich blitzschnell zur Stelle.

Ehe ich an die Tür klopfte, guckte ich mich noch schnell in ihrer Nachbarschaft um. Cobble Hill und das angrenzende Carroll Gardens bestanden aus baumbestandenen Straßen, flankiert von Backsteinhäuschen, bis auf die beiden Hauptstraßen, Court Street und Smith Street, die mit einer respektablen Auswahl neuer trendiger Restaurants sämtlicher ethnischer Richtungen, schrägen Bars und altmodischen Kneipen aufwarteten. Wo man hinschaute, wimmelte es von jungen Berufstätigen, die über die Straßen spazierten, als könnten sie jederzeit platzen vor Stolz auf ihre tolle Wohngegend. Und mit der Linie F war man in nicht mal 15 Minuten in Manhattan. Fast war ich schon überzeugt.

Aber als ich später dasaß und den von Paula aussortierten Kleiderberg durchstöberte – eine atemberaubende pinkfarbene Weste von Diane von Fürstenberg in Schlangenlederoptik, zwei Paar Cordhosen von Juicy Cuiture, die mir gemeinerweise viel zu klein waren, und ein ganzer Stoß herzerweichend flauschiger Kaschmirpullis von Alice + Oliver –, fiel mein Blick auf die Aussicht aus ihrem Fenster und die Türme des World Trade Center in der Ferne. Die waren einfach viel zu weit weg.

»Um es sich leisten zu können, in Manhattan zu wohnen, muss man in eine WG ziehen – ja, das nimmst du auf jeden Fall, das sieht an dir wunderbar aus«, erklärte Paula, die ausgestreckt auf ihrem Sofa herumlümmelte, in einem Trägershirt mit der

Aufschrift »Eat me« vorne auf der Brust, während ich gerade ein beängstigend enges lila Schlauchkleid von Cynthia Rowley vorführte.

»Ich habe mal mit so einem Jesus-Freak zusammengewohnt, und jedes Mal, wenn ich einen Mann mit nach Hause gebracht habe, hat der Irre mir einen »Kein Sex vor der Ehe«-Flyer unter der Schlafzimmertür durchgeschoben. Das nenne ich abturnend«, sagte sie.

Aber nach vielem Grübeln beschloss ich, mich an den Standardrat für alle New-York-Neulinge zu halten – und zwar, dass man wenigstens ein Jahr lang in Manhattan leben sollte, damit man mitten im Geschehen ist – um dann eine Langweilerin zu werden und an den Stadtrand zu ziehen.

Bei der Frage, in welchen Teil Manhattans ich ziehen wollte, war ich zunächst überhaupt nicht wählerisch. Aber ich erfuhr, dass die coolsten Ecken unterhalb der 14th Street lagen – hieß also East und West Village, die Lower East Side und Tribeca.

Man braucht allerdings jede Menge Knete – wie Gwyneth Paltrow oder Sarah Jessica Parker – um sich etwas im West Village leisten zu können, und weil Tribeca so nahe an der Wall Street lag, wimmelte es da nur so von jungen Draufgängern in Anzügen. In Richtung stadtauswärts kam dann Chelsea, das Schwulenviertel. Die Upper West Side war das Mekka für junge Familien (und darum um jeden Preis zu meiden). Im Osten lagen Gramercy, ebenfalls verboten teuer, und Murray Hill, in dem junge Pärchen in Hochhäusern nisteten, und um auf der Upper East Side zu wohnen, musste man Millionär sein und darüber hinaus immun gegen den Anblick all der alten, von kosmetischer Chirurgie entstellten Frauen. Meiner Meinung nach klang das East Village immer noch am besten.

»Allo, ich bin also Pierre«, säuselte Pierre, der klang wie Gerard Depardieu, und musterte mich von Kopf bis Fuß, während ich im Korridor von Apartment 6N, East 7th Street, zwischen Avenue B und C stand. Ich war in einer E-Mail-Message-Group namens Quentinsnyfriends auf ihn gestoßen, die ein emsiger Brite – namens Quentin – gegründet hatte, um Neuankömmlingen in New York unter die Arme zu greifen.

»Ich bin Bridget, nett, dich kennen zu lernen«, sagte ich und hoffte, es sei wirklich nur ein Scherz, dass Franzosen und Briten sich nicht riechen konnten.

»Ihr könnte euch bestimmt kaum noch retten vor Bewerbern für das Zimmer, oder?«

»Ja, natürlisch«, erwiderte Pierre mit einem typisch Pariser Achselzucken, während ich seine sonnige Wohnung betrat. »Quentin 'at viele Freunde.«

Drinnen stand ein elegantes braunes Sofa mit passenden Sesseln unter dem Fenster am einen Ende des Raums, und am anderen war eine makellos saubere Kochnische. Pierre passte mit seinem orangefarbenen Lacoste-Hemd über der braunen maßgeschneiderten Hose und den Slippern ohne Socken perfekt hier hinein.

»Mein Freund Roman und isch wohnen 'ier. Wir suchen einen coolen Mitbewohner, der, du weißt schon, reinpasst und einem das Gefühl gibt, zu 'ause zu sein«, erklärte Pierre. Das gefiel mir, auch wenn die Wohnung penibel aufgeräumt und sauberer als ein OP war und es eigentlich keinen Hinweis auf menschliche Bewohner gab.

»So, isch zeige dir zuerst mal das Zimmer«, sagte er.

Er ging zu der Seite des Zimmers, an dem das Fenster war, und öffnete eine Tür, die teilweise von einem gigantischen Fernseher verdeckt wurde. Mein Glücksmoment verflog schlagartig.

»Lieber Gott, 1.400 dafür?«, stammelte ich und starrte den leeren weißen Schuhkarton an, in dem kaum Platz genug war für ein Doppelbett und einen Tisch.

»Ziemlisch viel, isch weiß, aber was sollen wir machen? Wir teilen die Miete ganz fair dursch drei«, erklärte Pierre. »Das ist 'eutzutage nun mal der Preis für eine Wohnung im East Village, und es ist ein ordentlisches 'aus mit Pförtner. Aber warte, du musst dir die wunderbare Terrasse ansehen.«

Bei seinem Akzent klang das, als wolle er mir une terrasse in Cannes präsentieren.

Hinter der Kochnische führte eine Holztreppe nach oben in sein Schlafzimmer – das, wie mir auffiel, erheblich größer war als meins, dafür, dass die Miete »fair« durch drei geteilt wurde. Aber als er mich auf die Terrasse hinausführte, verzieh ich ihm alles.

Sie war ungefähr viereinhalb mal drei Meter groß und bot einen Blick über die Baumkronen des Tompkins Square Park einen halben Block von der Wohnung entfernt auf das gesamte Panorama von Midtown. Wie ein silbernes Raumschiff ragte das Empire State Building aus dem Wirrwarr von Wohnhäusern, in dessen Mitte es stand, in den Himmel. Rechts davon stand das weiß gesprenkelte Chrysler Building wie sein Sekundant. Und der Septemberhimmel war an diesem Tag leuchtend blau.

»Wow«, murmelte ich, »das ist ja der Wahnsinn.«

»Na klar«, erwiderte Pierre.

Plötzlich war ich eine einzige Charmeoffensive.

»Ich muss dazu sagen, dass ich total locker bin. Ich habe eigentlich immer in WGs gewohnt. Und ich habe hier schon eine ganze Menge Freundinnen«, log ich. Aber vielleicht konnte ich ihn damit ködern.

»Weißt du, isch bin ’ier in New York, um Geld zu verdienen, ich will keine Freundin, die machen das Leben einfach viel zu kompliziert«, sagte er.

Ich habe dir auch keine angeboten, hätte ich am liebsten erwidert. Ich probierte es auf eine andere Tour.

»Ich kaufe super gerne Vorräte für den Kühlschrank ein«, flunkerte ich.

»Ach, unser Kühlschrank ist leer. Wir ’aben eigentlich über’aupt kein Essen im ’aus. Wir bestellen uns immer was.«

Tja, klang doch ganz gut, ich konnte schließlich auch nicht kochen.

»Und, gibt es irgendwelche Regeln, zum Beispiel Rauchen oder so?«, fragte ich.

»Ja, aber natürlisch, wir rauchen alle«, entgegnete er, holte eine Packung Marlboros hervor und steckte sich eine in den Mund.

»Du hättest nicht vielleicht auch eine für mich? Meine sind gerade aus«, log ich. Ich hatte nicht mehr geraucht, seit ich New York im Frühjahr verlassen hatte, aber das war es doch sicher wert, dieses eine Mal meine Lunge zu opfern, um diesem Franzosen ein bisschen näher zu kommen.

Wir standen da, rauchten und bewunderten die Aussicht auf Midtown. Die Zigarette schmeckte furchtbar und kratzte im Hals, und mir wurde ganz komisch heiß. Ich atmete tief aus.

»Kiffst du?«, fragte er.

»Klar«, antwortete ich.

»Toll!«, meinte er.

Irgendwas sagte mir, dass ich gerade eine Wohnung gefunden hatte.

»In Begleitung von« – mir

New York besitzt, glaubt man dem Statistischen Bundesamt der USA, die höchste Dichte allein stehender Männer und Frauen in ganz Amerika. Irgendwo habe ich mal gelesen, dass zu der Zeit, als ich hier ankam, auf 2 563 986 Frauen im Alter zwischen 20 und 49 2 080 881 Männer kamen. Machte also eine halbe Million Frauen mehr – mich noch nicht mitgerechnet!

Aber ich beschloss, mir in den ersten sechs Monaten in New York keine allzu großen Sorgen über Dinge zu machen, die ohnehin nur vom Wesentlichen ablenkten, wie das Problem, einen Freund zu finden – und die düstere Aussicht, als alte Jungfer zu enden. Mein Reporterleben bei der *Post* war kraft- und zeitraubend, und ich hatte ja immer noch Olly und seinen Freund Ken, mit denen ich rumhängen konnte (Agnes hatte es aufgegeben, in New York einen Mann zu finden, und war stattdessen nach Honduras gegangen, um dort als Tauchlehrerin ihr Glück zu finden). Paula nahm mich immer noch ohne Vorwarnung zu PR-Partys mit, und außerdem waren da ja auch noch Pierre und Roman, obwohl die normalerweise völlig bekifft zusammengerollt auf dem Sofa lagen – ein Zustand, der sich jeden Abend innerhalb einer Stunde nach ihrer Rückkehr aus ihren jeweiligen französischen Banken einstellte, wo die beiden als Devisenhändler arbeiteten.

Und anders als London machte New York einem das Alleinsein leicht. Überall schien es Singles wie mich zu geben: Leute, die vergnügt auf den Bänken im Tomkins Square Park saßen und Bücher lasen, während die obdachlosen Verrückten an ihnen vorbeizogen; Mädchen, die in meinem kleinen Supermarkt an der Ecke Avenue A und 7th Street herumliefen und spätabends Fertiggerichte für eine Person kauften; Rollerblader, die im Central Park allein in der wunderbaren Solo-Welt ihres Walkmans ihre Runden drehten. Man konnte sogar allein ins Kino gehen – viele erachteten das sogar als Notwendigkeit, um für ein paar Stunden der bedrängenden Überbevölkerung dieser Stadt zu entfliehen.

Aber ich gewöhnte mich schnell daran, auch neue Orte allein zu erobern – ich redete mir einfach ein, es gehöre zu meinem neuen Leben als New Yorkerin, eine Ein-Mann-Stadtkundschafterin zu sein. Obwohl es selbstredend nicht immer besonders lustig war, allein auf Partys aufzukreuzen – wie ich eines Abends zugeben musste, als ich mit dem Rücken gegen die Wand gedrängt in einer kleinen, aus allen Nähten platzenden Galerie in der Cosby Street stand und mich an einen Plastikbecher Sangria klammerte.

Die Einladung zu dieser Party hatte ich durch Ken bekommen, dank seiner Kontakte beim *Wall Street Journal.* »Da tummelt sich die gesamte Downtown-Szene«, hatte er mir versichert, »und die Kunst ist großartig. Die Leute musst du einfach kennen lernen.«

Was ich dabei nicht bedacht hatte, war die Tatsache, dass eine Galerie voller hipper Leute, die um recyceltes Verpackungsmaterial herumscharwenzelten, nicht gerade die Szene war, die ich kennen lernen wollte – nicht mal im schönen neuen New York.

In der Mitte des Raums stand ein wahllos zusammengewürfelter Stapel aus Holzkisten, alle neonorange angemalt, um den herum sich eine erschreckend trendige Schar von Leuten in Cargohosen, zerlumpten Sweatshirts und zerrissenen Jeans mit komplizierten Handschlägen gegenseitig begrüßte. Sie sahen aus, als seien sie alle mit dem Skateboard da und schlüpften gelegentlich mal in einen U-Bahn-Tunnel, um in ihrer Freizeit noch schnell ein kleines Graffito zu sprühen.

Da Ken immer noch nicht in Sicht war, schob ich mich durch

die Menschenmassen bis zur Sangriawanne, wo ein Mädchen wie eine Statue mit einem irren Kopftuch die Getränke austeilte.

»Tolle Kunst«, bemerkte ich liebenswürdig und hielt ihr meinen Becher hin.

»Die Kunst ist Bockmist«, erklärte sie und beäugte meinen adretten grauen Bürorock und mein pudrig blaues T-Shirt, als seien das die uncoolsten Klamotten, die sie je in ihrem Leben gesehen hatte.

Was vermutlich auch der Fall war. Denn ihr Outfit bestand aus einem weißen Rippunterhemd, unter dem ein gelber BH aufblitzte, und einer bis zu den Hüften aufgetrennten Jeans, unter der sie gelbe Netzstrümpfe und pink eingesprühte Stiefel trug.

Aber ich war wild entschlossen, mich von dieser Party nicht einschüchtern zu lassen und entdeckte einen süßen Typen, der in einer Ecke stand – er sah aus wie der Sänger Beck. Ich schlenderte rüber zu ihm und tat, als hätte es mir das Stück Treibholz angetan, das er gerade bewunderte und das den Titel »Exkrement« trug.

»Kennen Sie den Künstler?«, fragte ich blasiert, als stünde ich vor einem Rothko in der Tate Gallery für Moderne Kunst – und nicht vor einem Stück Holz, das vorgab, ein Häufchen zu sein.

»Nein, ich mache bloß die Musik für die Grafitti-Meute«, entgegnete er und guckte mich vor der Seite an.

»Aha, Sie sind also DJ?«, stocherte ich weiter und ließ seinen »Warum quatscht die Alte mich an?«-Tonfall außer Acht. Hartnäckigkeit war in dieser Stadt alles.

»Ey, heute gibt's keine DJs mehr. Ich bin Selector.«

»Ach so. Und was selektierst du so?«

»Vinyl.«

Hatte ich hier irgendwas nicht mitbekommen?

»Um richtig gute Musik zu machen braucht man kein Können, man braucht eine Vision. Darum muss man selektieren, nicht mischen. Darum ist Graffiti auch so eine geile Kunstform. Eine leere Spraydose ist das Symbol des Widerstands, genau wie New-Wave-Punk-Musik selektieren. Darum geht's.«

O-k-ay.

Er hatte sich umgedreht, um einen Freund zu begrüßen, noch ehe ich ihn fragen konnte, was er geraucht hatte – und ob ich vielleicht auch was davon haben könnte.

Ich gab's auf, auf Ken zu warten, und ging nach draußen. Da erkannte ich gleich einen Typ, der mit ein paar anderen Leuten auf dem Bürgersteig stand und rauchte. Na endlich, ein bekanntes Gesicht! Er war auch ein Freund von Olly, ein Graffitikünstler namens David mit Spitznamen NATO.

Ich hatte ihn im Frühjahr kennen gelernt, und er hatte mir ein Strichmännchen in mein Union-Jack-Adressbuch gemalt, dazu seine Mobilnummer und darunter geschrieben: »Komm bald wieder, heiße Britenschnitte, David.«

»Hey, David, stimmt's?«, rief ich und steuerte auf ihn zu. Er guckte, als hätte seine Mutter ihn gerade vor seinen Freunden einen Hosenscheißer genannt.

»Ich heiß Nai-touh«, sagte er gedehnt.

»Oh. Tut mir Leid. Ich bin's, Bridget, erinnerst du dich? Ollys Freundin aus England.«

»Ach ja.« Er hätte gar nicht desinteressierter klingen können.

Ich wusste nicht, was tun. Und weder er noch seine drei Kumpels sahen aus, als wollten sie mir aus der Patsche helfen.

»Du hast nicht vielleicht eine Zigarette für mich?« Ach, die wunderbare Krücke Rauchen.

Er reichte mir eine und gab mir mit ausgestrecktem Arm Feuer.

»Danke, Da … ähm, Nato. Tja, egal. Stell dir vor, ich bin wieder in der Stadt, und diesmal bleibe ich viel lä …«

»Bridget, schön, dich mal wieder zu sehen. Ich muss los. Die Leute gucken sich meine Kunst an«, unterbrach er mich, gab mir einen Klaps auf den Arm und ging zurück in die Galerie.

Da stand ich also, allein, mit einer Kippe in der Hand, auf einer mit Schlaglöchern übersäten Straße. Ich warf die Zigarette auf den Boden und dachte an die Lektion, die Deklin mir an jenem grauenhaften Abend im Great Lakes erteilt hatte – bloß weil ein New Yorker irgendwann mal nett zu dir war, heißt das noch lange nicht, dass es beim nächsten Mal genauso ist. Und in dieser Stadt ging das Geschäft immer vor.

Wie alle anderen Metropolen hatte New York eine Vielzahl von Szenen – und in Manhattan waren die, dank der kompakten Geografie, auch vergleichsweise leicht auszumachen. Da waren zunächst mal die hippen Downtown-Künstlertypen wie die bei der Party in der Cosby Street, die auf der Lower East Side rumhingen und meist als Freiberufler in irgendeinem Ableger der riesigen Medien- und Gestaltungsbranche der Stadt arbeiteten – Fotografen, Stylisten, Webdesigner. Dann die mit den zugeknöpften Hemden, Bankertypen, die in den ausgefalleneren Bars in Midtown herumhingen, wie dem Tao, einem pan-asiatischen Restaurant mit angeschlossener Bar auf der East 58th Street, und der Dachterrasse des Peninsula Hotels, wo ein Martini haarsträubende zwanzig Dollar kostete. An den Wochenenden konnte man morgens im East und West Village und im Pastis im Meatpacking District die finanzstarke Euro-Schickeria sehen – unter ihnen auch Pierre und Roman –, die wie wild Küsschen verteilten und mit teuren Sonnenbrillen im Gesicht brunchten. Die Upper West Side weiter stadteinwärts war ein einziges Gewusel junger jüdischer Eltern, von denen viele selbst in New York aufgewachsen waren, die ihre Kinderwagen in den Central Park schoben, nachdem sie bei Barney Greengrass einen kurzen Zwischenstopp mit Cappuccinos und Omeletts eingelegt hatten. Drüben im Park auf der East Side waren die perfekt blondierten und manikürten Frauen der Upper East Side und ihre wohlhabenden, Pastellfarben tragenden Gönner.

Freitags und samstagabends strömten die »Brückener und Tunneler« nach Manhattan, die für einen schönen Abend »in die Stadt« kamen – durch den Lincoln oder Holland Tunnel, oder mit dem Path-Train aus Jersey, oder über eine der vier Brücken, die von Brooklyn und Queens aus den East River überspannen. Die Manhattaner mieden sie naserümpfend und machten sich über ihre geschmacklosen Klamotten und ihren gedehnten Akzent lustig. Für die Manhattaner war Donnerstagabend Partynacht.

Außerdem gab es in New York eine wachsende britische Gemeinde – von denen nicht wenige bei Zeitschriften, in anderen Medien und in der Modebranche arbeiteten. Und die machten mir Angst.

Wenn jemand mich fragte, ob ich mit meinen Landsleuten rumhing, gab ich zurück, ich sei nach New York gekommen, um Amerikaner kennen zu lernen – nicht Leute aus der Fulham Road. Aber eigentlich war ich einfach bloß total eingeschüchtert von der unglaublichen Selbstsicherheit und dem Glamour, den so viele Briten im gleichen Augenblick zu erwerben schienen, in dem sie aus dem Flieger stiegen. Englische Mädchen wie Plum Sykes und ihre ebenso elegante Schwester Lucy – die für die *Vogue* beziehungsweise die *Marie Claire* arbeiteten – wurden vom Klatschzirkus behandelt wie Filmstars. Ich ging bloß immer als jemandes »plus eins« zu Partys.

Mein Interesse an unseren innerhäuslichen Beziehung hatte indes schlagartig nachgelassen, seit Roman im Wohnzimmer Plattenspieler installiert hatte, an denen er vorzugsweise um fünf Uhr morgens übte, wenn die beiden sternhagelvoll aus ihrem Lieblingsclub, dem Centrofly, nach Hause kamen. Es war ja schön und gut, ein einsamer Stadtkrieger zu sein – aber vielleicht wäre es doch keine so schlechte Idee, sich mal nach einem Freund umzusehen.

Vom »tollen Date« zum neuen Schicksal

Ich stand vor dem Spiegel in der Umkleidekabine von Banana Republic am Rockefeller Center, starrte mein Spiegelbild in einem kirschroten Stretchtop, das einen Wahnsinnsausschnitt zauberte, an und kriegte Panik. War das jetzt dezent und doch sexy? Oder viel zu freizügig für ein erstes Date?

Mir blieb eigentlich keine andere Wahl. In nicht einmal 15 Minuten sollte ich mich mit einem wildfremden Mann in der Whiskey Bar neun Blocks von hier treffen, und das hübsche weiße Leinenshirt, das ich eigentlich anziehen wollte, hatte ich mir mit einem rätselhaften grünen Fettfleck versaut.

Morgens war ich mit dem Shirt, kombiniert mit meiner neuen Seven Jeans, und frisch gewaschenen Haaren aus dem Haus gegangen, fix und fertig für das allererste Blind Date meines Lebens. Kurz darauf sollte ich die erste Lektion für erfolgreiche Verabredungen lernen – *niemals* das zur Arbeit anziehen, was man am Abend tragen möchte.

Kaum war ich im Büro, schickten sie mich nach Hunts Point, einer Ecke der South Bronx, die hauptsächlich von Crackjunkies, Prostituierten und Fernfahrern bevölkert war, um einen Priester aufzuspüren, der bei einer Beichte Dinge erfahren hatte, die nun maßgeblich dazu beitrugen, zwei fälschlich des Mordes verurteilte Männer freizubekommen. Und gerade, als ich auf dem Weg zu seiner Kirche aus der U-Bahn-Station an der Longwood Avenue kam, klatschte mir ein dicker Klumpen stinkenden, grünen Schleims mitten auf den Kopf. Wahllos herabtropfender, fieser, dampfender Schleim.

»Was zum Geier?«, hatte ich laut losgeschimpft, einen Satz nach hinten gemacht und hochgeguckt. Das Zeug lief mir durch die Haare und hinten an meinem Shirt runter. Ein weiterer Klumpen hatte die Innenseite meiner Tasche überzogen. Er war fettig, wie Kotze mit Gras. Ein Hauch davon, und ich fing an zu würgen.

Jemand musste das Zeugs aus dem Fenster einer der vielen Wohnungen oberhalb der U-Bahn-Station geschmissen haben – vermutlich mit voller Absicht. Mir blieb keine andere Wahl – schließlich hatte ich einen Interviewtermin mit einem Priester – als in den Schnellimbiss auf der anderen Straßenseite zu hetzen, mich in die verdreckte Toilette einzuschließen und zu versuchen, den Schmier mit einem Papiertuch wegzuwischen.

Bis zum frühen Abend war ich in der Bronx unterwegs gewesen und hatte keine Zeit gehabt, nach Hause zu fahren und mich umzuziehen, aber unter keinen Umständen würde ich zu einer Verabredung gehen und erklären müssen, dass mein ach so schillernder Job als Reporterin bei der *Post* Attacken mit Kackbomben mit sich brachte.

Mein Blind Date hieß David, und er hatte mir folgende E-Mail geschrieben:

> »Hallo Bridget, ich habe neulich deinen Artikel über das Leben als unverheiratete Britin in New York gelesen und mich köstlich amüsiert. Ich bin 32 Jahr alt, Investmentbanker, gut aussehend, intelligent und lustig. Ich habe grüne Augen und dunkle Haare und GARANTIERE DIR EIN TOLLES DATE!!«

Anfang der Woche hatte ich eine witzige Besprechung geschrieben, und zwar zu einem Buch mit dem Titel »Der Heiratsplan: In einem Jahr den Richtigen heiraten« (in dem Frauen im Grunde genommen den Rat bekamen, die Heiraterei genau wie eine Jobsuche anzugehen – einen Schlachtplan aufstellen, sämtliche Freunde und Bekannte einspannen und das böse H-Wort gleich bei der ersten Verabredung auf den Tisch bringen), was mir alles ein bisschen zu extrem vorkam. Aber ich war erstaunt, dass einer meiner Leser sich tatsächlich die Mühe gemacht hatte, mich ausfindig zu machen.

Mir gefiel die Vorstellung der Kombination grüne Augen und dunkle Haare, also hatte ich ihm geantwortet, und zwar unter dem Vorwand, herausfinden zu wollen, was denn bitte ein »TOLLES DATE« ausmachte. Schließlich ging es doch bei dem ganzen Umzug nach New York genau darum – ebenjene Männer kennen zu lernen, denen ich, wäre ich in London geblieben, nie über den Weg gelaufen wäre.

Im Großbritannien sind Blind Dates immer noch was für hoffnungslose Fälle, Punkt, Schluss, aus. Anders als in New York, wo man jemand Fremdem bei mehreren gediegenen Abendessen den Hof macht, kamen die meisten Leute bei mir zu Hause sich in geselliger Runde beim gemeinsamen Besaufen näher, bei Partys oder in der Kneipe – und meist waren das Menschen, die man irgendwie sowieso schon kannte. Diese Sache war also für mich völlig neues, aufregendes Terrain – und mit ein bisschen Glück hatte ich vielleicht einen neuen Freund, ehe der Abend vorbei war!

Ich nahm die Beine in die Hand und flitzte zur Whiskey Bar, wo ich um genau vier Minuten nach acht ankam, ganz kribbelig vor Aufregung. Es war stockduster in der Bar, und ich spähte ins Dunkel zu den Leuten, die dort auf niedrigen Sofas saßen, und freute mich schon darauf, David zum ersten Mal in die Augen zu schauen. Dann sah ich, wie jemand mich zu sich an die Bar winkte.

Mist. Das war er? Ich winkte zurück. Im Dämmerlicht sah ich einen Typen, der aussah wie eine untersetzte Ausgabe von Nicolas Cage, bloß quadratischer und im Rollkragenpulli. Nicht gerade der aus Marmor gemeißelte Adonis meiner Träume.

Andererseits, sagte ich mir, war es doch recht unwahrscheinlich, dass ein Blind Date auf den ersten Blick den hochgesteckten Erwartungen entsprechen kann, die man sich in seiner Fantasie ausgemalt hat. Oder vielleicht doch? Ich kannte mich da noch nicht so aus.

Ich ging zu ihm hin und bemühte mich, trotzdem begeistert zu wirken, während ich mich fragte, wie viele Menschen während der ersten Sekunden ihrer Verabredung eine ähnlich heftige Enttäuschung zu verkraften hatten. So wie David sich von seinem Barhocker wuchtete und mir ein Küsschen auf die linke Wange drückte, wobei er geflissentlich an mir vorbeisah, schien es fast, als ging es ihm genauso.

»Also, Bridget von der *Post*, schön, dich kennen zu lernen«, sagte er ohne sonderliche Begeisterung. »Du siehst ganz anders aus als auf dem Foto.«

O Gott, nein. Hatte sich Rick, der Fotograf, nicht immer über exakt diese Tatsache beklagt? Nie hätte ich gedacht, dass mir das mal passieren würde.

»Ach ja?«, sagte ich und kämpfte gegen den Impuls an, mich zu verteidigen. Gleich neben meiner Buchbesprechung war ein Foto abgedruckt, auf dem ich im Langan's, der Stammkneipe der *Post*-Leute, gesessen und versucht hatte, gewinnend über meinen Martini in die Kamera zu lächeln. Aus diesem Anlass hatte ich mir sogar die Haare glatt gefönt. Jetzt waren meine Haare lockig – und zugegeben, auch ein bisschen zerzaust von dem langen Tag in der South Bronx. Aber ich sah doch bestimmt nicht älter aus – oder, o Horror – *dicker?*

Nachzufragen hatte ich keine Lust. Stattdessen fragte Daniel mich, was ich trinken wollte, und drehte sich dann wieder zur Theke, um dieser hochpeinlichen Situation irgendwie zu entgehen. Ich versuchte mir vorzustellen, er sei lediglich ein alter Bekannter, den ich eine Weile nicht gesehen hatte.

Als wir beide unsere Getränke bekommen hatten, lotste er mich zu einem niedrigen Tisch mit zwei Sesseln, die einander gegenüberstanden. Ich versank beinahe. Der Sessel war unerwartet tief. Weit nach hinten gelehnt und mir sehr wohl bewusst, wie sehr mein Dekolleté sich nun in den Vordergrund drängte, versuchte ich mich zu entspannen, oder zumindest so zu tun. Irgendwie hatte ich plötzlich das Gefühl, mich dafür rechtfertigen zu müssen, dass er mit mir hatte ausgehen wollen. Ich saugte heftig an meinem Strohhalm. Dann musste ich eben seine Enttäuschung bezüglich meines Aussehens mit meiner überragenden Gesprächskompetenz wieder wettmachen.

»Du rätst nie, was mir heute Morgen passiert ist«, setzte ich an. »Ich war wegen einer Story unterwegs in der South Bronx, und da hat mir doch tatsächlich jemand aus dem Fenster einen Eimer grünen Schleim auf den Kopf gekippt!«

»Ach, echt?« Daniels Blick wanderte von meiner Brust zu meinem Kopf.

Mist, Bridget, was hast du dir selbst gesagt? *Nicht* den Schleim erwähnen. Schnell, wechsle das Thema.

»Ach was, ist schon okay, man kann es jetzt nicht mehr riechen. Aber das Komische daran war, dass es schlichtweg unmöglich war, genau auszumachen, was das eigentlich war.«

Daniel sah aus, als wolle er nicht darüber nachdenken, was es gewesen sein könnte.

»Und, passiert dir so was öfter?«

»O nein, das war das erste Mal, aber ich bin ja auch noch nicht so lange dabei. Ich weiß allerdings, dass ein paar Reporter mal mit einem Eimer menschlicher Scheiße beworfen wurden, als sie zu einem Mann wollten, der eines Abends die Metro-Linie Nord stundenlang lahm gelegt hat, weil er bei dem Versuch, sein Handy rauszufischen, mit dem Arm im Klo des Zugs stecken geblieben ist.«

»Das ist doch ein Witz, oder?«, fragte Daniel und rutschte in seinem Sessel herum, um etwas mehr Abstand zwischen sich und mich zu bringen, als könne ihm allein durch meine Anwesenheit bereits ein ähnliches Schicksal drohen.

Ja, in der Tat. Warum redete ich eigentlich über Klos und menschliche Scheiße?

»Also, egal, ähm, genug davon, ich nehme an, du bist ein echter Experte, was Verabredungen angeht, stimmt's?«, plapperte ich und trank mein Glas in einem Zug leer.

»Ich hatte schon so einige«, murmelte Daniel, der noch immer wie an die Rückenlehne seines Sessels gepinnt dasaß und mich anstierte, als sei ich eine Irre.

»Ich weiß, dass in deiner E-Mail stand, du würdest ein »tolles Date« garantieren, aber warst du denn auch schon mal bei einer richtig schrecklichen Verabredung?« Ich erwägte kurz hinzuzufügen: »Und wo würdest du den heutigen Abend auf dieser Skala einordnen?«

»Na ja, einmal war ich mit einem Mädchen im Moon Dance Diner, und wir haben Sandwichs mit Speck, Salat und Tomate bestellt, und sie wollte extra Speck – das war ziemlich eklig.«

Hä? Was zum Teufel war denn so schlimm daran, bei einer Verabredung ein bisschen Speck zu bestellen?, konnte ich nicht gut fragen. Vielleicht war er ja Jude und wäre beleidigt, dass ich das nicht irgendwie gemerkt hatte.

Ich stellte ihn mir bei seinem nächsten Date vor, wie er die Geschichte von der kleinen Engländerin erzählte, die mit einem Papageienschiss auf dem Kopf aufgekreuzt war und dann dauernd über Toiletten geredet hatte. Gott, diese ganze Sache war wirklich merkwürdig. Wir saßen uns hier gegenüber und gaben uns alle Mühe, locker wie zwei alte Freunde zu plaudern, obwohl wir beide wussten, dass der andere jedes unserer Worte gnadenlos bewertete. Und was das Ganze noch merkwürdiger machte war die Tatsache, dass ich, obwohl mir schon jetzt klar war, dass ich Daniel nicht mochte, unbedingt wollte, dass ich ihm gefiel.

Nach einer Stunde angestrengter Konversation über seinen Job und meinen Umzug nach New York erklärte Dan, er hätte im Rue 57, einem Restaurant drei Blocks von hier, einen Tisch reserviert.

»Super, das wäre sehr nett«, sagte ich. Wie das, wusste ich auch nicht. Aber es schien mir zu unhöflich, jetzt plötzlich zu sagen, ich hätte keine Zeit.

Das Rue 57 war, wie sich herausstellte, ein großes, ziemlich feines, auf Bistro getrimmtes Restaurant voller Bürohengste, die dort ihre Geschäftsessen abhielten, und frisch vom Times Square eingetrudelten Touristen. Wir nahmen an unserem Tisch Platz, und die Kellnerin brachte die Weinkarte, die Daniel allerdings gleich zurückgehen ließ. Stattdessen verlangte er ein Bud Light. Enttäuscht bestellte ich einen Pinot Grigio und musste daran denken, wie gern Angus immer die Weinkarte studiert hatte, ehe er uns irgendeinen köstlichen Wein bestellte. Wieder kam es mir komisch vor, mit einem Fremden bei einem romantischen Dinner zu sitzen.

Unsere Getränke wurden serviert, und gleich darauf das Essen. Er erzählte mir, dass er in Murray Hill wohnte, ursprünglich aus Chappaqua kam und in Yale studiert hatte. Ganz aufgeregt fragte ich ihn, ob er Bill Clintons Haus gesehen habe, und er guckte mich an, als hätte ich nicht alle Tassen im Schrank. Dann unterhielten wir uns über europäische Skigebiete – er war mit seiner Firma in Verbier gewesen, ich erzählte ihm, dass ich mit meinem Exfreund dort Urlaub gemacht hatte. Wieder spürte ich diesen stechenden Schmerz, als ich an das Osterwochenende dachte, das wir dort gemeinsam verbracht hatten.

»Und, kennst du Cindy Adams, die geniale Promi-Kolumnenschreiberin, die isst auch oft hier«, sagte Daniel, der, wie mir nun auffiel, jedes Mal über meine rechte Schulter zur Tür spähte, wenn ein neuer Gast zur Tür hereinkam. »Ich habe mich für dieses Restaurant entschieden, weil ich dachte, sollte sie zufällig reinkommen, könntest du mich mit ihr bekannt machen.«

»Ähm, ich kenne die Kolumnisten der *Post* eigentlich gar nicht, weil die hauptsächlich von zu Hause aus arbeiten.«

»Wie schade«, seufzte er.

Wie charmant, dachte ich.

»Und, hast du diesen neuen Film gesehen ...« Ich verstummte. Daniel hatte sich zurückgelehnt, die Arme ausgestreckt und gähnte ausgiebig. Ich traute meinen Augen kaum.

»War wohl ein langer Tag«, bemerkte ich eisig.

»Nein, eigentlich nicht. Aber ich sollte besser bald nach Hause gehen.«

Als die Rechnung kam, warf Daniel gottergeben seine Platin-Kreditkarte auf den Tisch. Ich kramte in meiner Handtasche nach dem Portemonnaie, während ich gleichzeitig versuchte, nicht in den grünen Schleim zu fassen, der immer noch auf dem Boden der Tasche lauerte.

»Ich mach das schon, ich habe dich ja eingeladen«, murmelte er matt.

So schnell es ging, ohne allzu unhöflich zu wirken, zogen wir unsere Mäntel an. Dann stiefelten wir raus auf die 6th Avenue, wo Daniel mit erhobener Hand auf die Straße trat, um ein Taxi anzuhalten. Ich fragte mich, wie es nun weitergehen sollte. Ganz bestimmt würde er noch irgendeine Höflichkeitsfloskel fallen lassen, man könne sich ja gelegentlich mal wieder sehen. In Großbritannien hätten wir uns aus peinlich berührter Höflichkeit unendlich darüber ausgelassen, dass wir uns »unbedingt bald mal wieder treffen sollten«.

Ich hatte ja keine Ahnung, dass es in New York eine ganze Magna Carta ungeschriebener Gesetze für Verabredungen gab, die bei solchen Situationen automatisch griffen.

Ein Taxi hielt an, und Daniel setzte mich hinein.

»Du musst doch auch Richtung Osten, oder?«, sagte ich und rückte rüber, um ihm Platz zu machen.

»Ich nehme das nächste«, sagte er und knallte die Tür zu. Und das war's.

Das Taxi fuhr los, und ich guckte durchs Fenster auf die gewaltigen Wolkenkratzer ringsum und fühlte mich plötzlich, als hätte jemand bei mir die Luft rausgelassen. Wie war es möglich, dass ich mich nach einem Essen mit einem Typen, den ich nicht mal ansatzweise gemocht hatte, so gekränkt und abserviert fühlte?

»Na ja, so viel zum grünäugigen Daniel. Andere Mütter haben auch hübsche Söhne«, erklärte ich den vorbeisausenden Straßen. Aber meine Stimme klang ziemlich kleinlaut.

»Ich meine, der Typ hat doch tatsächlich gegähnt, während ich mit ihm geredet habe, ich konnte es einfach nicht fassen, so ein Arsch.«

»Schätzchen, das ist noch gar nichts, ich bin mal mit einem Typen ausgegangen, der hat in der Nase gebohrt und den Popel an seinem Arsch abgewischt, und das beim Essen im Nobu.«

Ich stand gegen den Aktenschrank gelehnt, auf dem sich Einladungen zu Filmpremieren und Cocktailpartys türmten, gleich neben Paulas Schreibtisch in der Klatschredaktion von SEITE SECHS.

»Und das Komischste dabei war, dass mir gleich bei der Begrüßung klar war, dass ich ihn nicht mag, und er hat mir ins Gesicht gesagt, ich sähe ganz anders aus als auf dem Foto«, erzählte ich.

Paula wirkte entsetzt.

»Dann entschuldige mal, aber warum bist du dann überhaupt mit dem Kerl essen gegangen?«

Paulas schweineteures Vertu-Handy klingelte, sie griff danach, hörte drei Sekunden zu und schnitt ihm dann das Wort ab: »Clarissa, Liebes, ich kann jetzt nicht, ich mache gerade die Liste für die Konferenz morgen früh.« Sie warf das Handy zurück auf den Tisch und wendete sich wieder mir zu.

»Das hat sich irgendwie so ergeben«, stotterte ich.

Paula seufzte. »Bridget, ich mag dich wirklich sehr, aber du hast keine Ahnung, was du da tust. Du darf nie, *nie und nimmer,* bei einem Blind Date aufkreuzen ohne einen guten Vorwand, dich gegebenenfalls schnell wieder vom Acker zu machen. Zuerst geht ihr was trinken, und *erst dann* stimmst du zu, mit ihm essen zu gehen, und zwar nur, wenn dir der Typ gefällt. Das ist die erste und wichtigste aller Regeln.«

»Regeln? Welche Regeln?«

»Lieber Gott!« Sie verdrehte die Augen. »Das sagt einem doch der gesunde Menschenverstand. Sonst hängst du den ganzen Abend bei irgendeinem Vollidioten fest. Willst du darauf Zeit und Energie verschwenden? Nein, willst du nicht.«

»Aber ich hatte gehofft, aus diesem Abend könnte sich was ergeben.«

»Schätzchen, das hoffen wir doch alle.«

»Und, gibt es noch mehr Regeln, die ich kennen sollte, ehe ich mich wieder auf die Suche nach einem neuen Mann mache?«

Paula warf ihr perfekt gepflegtes braunes Haar lässig über eine Schulter nach hinten. »Wenn du den Kerl nicht wiedersehen willst, dann ruf ihn nicht an, nicht mal, um dich zu bedanken, und wenn du den Typ wiedersehen willst, dann darfst du nie, niemals, mehr als eine Nachricht auf seiner Mailbox hinterlassen. Schreib ihm keine E-Mail, ehe er es nicht tut, und antworte nicht gleich auf seine, vermeide es, in E-Mails über Verabredungen fürs Wochenende zu reden, und rede niemals vor dem dritten Date über deine Gefühle – solltest du es jemals so weit schaffen.«

»O Gott, Paula, das klingt mir alles ein bisschen zu kompliziert.«

John Auerbach, Chefredakteur der Sonntagsausgabe, stand ganz in unserer Nähe und wartete auf Richard Johnson, der wie gewöhnlich geheimnisvoll in seinen Telefonhörer nickte.

»Na, ist ja schön zu hören, wie jemand unsere Stadt zum ersten Mal erlebt«, sagte er.

»Findest du das etwa komisch, John?«, blaffte Paula ihn an. »Du bist glücklich verheiratet, du hast ja keine Ahnung. Ein schlechtes Date ist, als würde dir eine Hämorrhoide im Arsch explodieren.«

»Herrje, Paula«, stöhnten John und ich im Chor.

Später, als ich wieder an meinem Schreibtisch saß, rief John mich an und fragte, ob ich nicht nächste Woche mal mit ihm Mittag essen wolle.

Bei einer Riesenportion Miesmuscheln und Pommes frites auf der 6th Avenue machte er mir dann ein ungewöhnliches Angebot. Er erzählte mir, er und Xana wollten das Autorenteam der *Sunday Post* gerne um eine neue, weibliche Stimme ergänzen – und da ich noch so neu in New York war, ob ich nicht mal versuchen wollte, zusätzlich zu meinem Job als Reporterin eine wöchentliche Kolumne zu schreiben?

»Wie, müsste ich da über städtische Belange und Lokalpolitik und so was schreiben?«, fragte ich in blinder Panik. Die New Yorker Verwaltung mit Stadtrat, Bezirksvorsitzenden und Landesabgeordneten hatte ich immer noch nicht durchschaut.

»Wir dachten da mehr an deine persönlichen Erfahrungen – du weißt schon, mit Männern, Freunden, wie du dich so in der Stadt eingelebt hast. Du könntest damit anfangen, dass du über dieses Blind Date schreibst«, erklärte er.

»Okay«, murmelte ich unsicher, während die Schmetterlinge in meinem Bauch Überstunden machten. Von so einem Job träumten die meisten Leute, die bei einer Zeitung arbeiteten, ihr ganzes Leben lang. Und mir fiel er einfach so in den Schoß!

Am nächsten Morgen kam ich um sechs Uhr früh in die Redaktion, mit einem flauen Gefühl im Magen, als müsste ich eine Klassenarbeit schreiben. Mit zittrigen Händen öffnete ich ein neues Dokument und schrieb:

> Was macht man, wenn man zu einem Blind Date geht – und es ist eine Enttäuschung auf den ersten Blick? Was sagt man, wenn man schon auf zehn Meter Entfernung in einer stockdunklen Bar weiß, dass die Chemie nicht stimmt und es einfach nicht funkt?
>
> Sollte man einfach damit rausplatzen: »Das hat sowieso keinen Zweck, sollen wir es nicht lieber gleich lassen?«
>
> Die Frage traf mich wie ein Schlag auf den Hinterkopf, als ich ins Whiskey am Central Park South stürzte und zu spät zu meinem Blind Date mit einem Mann kam, von dem ich seit Tagen geträumt hatte …«

Daniel, der Investmentbanker mit den grünen Augen, wurde also doch noch ein Held. So viel zu Cindy Adams! Jetzt war ich selbst Kolumnistin.

Was ist bloß mit den New Yorker Männern los?

Ich bin eine *New York Post*-Kolumnistin! Jetzt werden die Männer mich unbedingt kennen lernen wollen!

Ich betrachtete mich im Spiegel auf der Toilette des W8 Clubs in der West 8th Street, während ein Haufen Mädchen, die alle aussahen wie FHM-Models, hinter mir mit Lipgloss und Wimperntusche hantierten.

»Entschuldigung, Entschuldigung, dürfte ich bitte mal durch, ich muss mal meine Farbkontaktlinsen checken, habt ihr den Typen gesehen, der gerade reingekommen ist, der war *total heiß*«, zirpte ein blondes Mädchen mit einem Namensschildchen, auf dem »Candy« zu lesen war, auf dem prallen Dekolleté.

Diese Frauen sind meine Freundinnen, wir sind alle Kampfgenossinnen in dieser Stadt, sagte ich mir. Sie schubste mich beiseite.

Wegen meiner neuen Kolumne hatte ich eine Einladung zu diesem Speed-Dating-Abend, gesponsort von der Zeitschrift *Jane* und von Kahlua, bekommen. »Single-Events« waren derzeit der letzte Schrei in der Stadt, und ich wollte so was unbedingt mal ausprobieren, vor allem, weil Speed Dating in London noch beinahe gänzlich unbekannt war.

Bei uns zu Hause war schon allein die Vorstellung, sich in einer Reihe zehn Männern gegenüber aufzustellen und eine genau getimte Minute lang sich mit jedem von ihnen zu unterhalten, so unvorstellbar peinlich, dass sich ein Brite vermutlich lieber gleich für eine arrangierte Ehe entschieden hätte. Aber die New Yorker waren nun mal sehr für unmittelbare Ergebnisse.

Und außerdem war ich der Meinung – wie der Abend mit Daniel mir bestätigt hatte –, wenn man schon nach 60 Sekunden wusste, ob die Chemie stimmte, dann war Speed Dating doch die ideale Art und Weise, sich einen demoralisierenden Abend mit dem falschen Mann ganz einfach zu ersparen. Na ja, das dachte ich jedenfalls.

Ich ging zurück auf die Tanzfläche, wo in der Mitte des schummrig beleuchteten Raums zwei lange Tische aufgestellt worden waren. An der Bar standen Mädchen in verschiedensten Kombinationen von Miniröcken und hochhackigen Stiefeln in Grüppchen zusammen und hielten sich an die kostenlosen – und ziemlich tödlichen – Mudslide-Cocktails, während sie verstohlen die Konkurrenz beäugten. Nach und nach trudelten die Männer ein und marschierten herein wie Gladiatoren ins Kolosseum. Allesamt ganz ansehnliche, ordentliche Jungs, die garantiert einen Bürojob hatten und regelmäßig ins Fitnessstudio gingen.

Die Veranstalterin reichte mir einen Kugelschreiber und erklärte, man hätte eine Minute Zeit mit jedem Mann, und solle dann anschließend neben dem jeweiligen Namen JA oder NEIN ankreuzen, je nachdem, ob man ihn wiedersehen wollte oder nicht.

»Und wenn Sie beide Ja angekreuzt haben, geben wir Ihnen die E-Mail-Adresse des jeweils anderen!«, zwitscherte sie und strahlte wie Amor höchstpersönlich.

Was ich bisher nicht erwähnt habe ist die beiläufige Tatsache, dass man dabei auch Gefahr läuft, in nur zehn Minuten zehn Absagen zu kassieren.

Wir wurden an den Start gerufen, und mit schweißnassen Händen erklomm ich den Hocker gegenüber von »Mike«. Und schon geriet meine großartige Theorie ins Wanken. Denn als ich ihn mir so ansah, mit seinem kurzen, bankermäßigen Haarschnitt und dem nicht unattraktiven, aber ziemlich quadratischen Gesicht, hätte ich einfach nicht sagen können, ob die Chemie zwischen uns stimmte oder nicht. Candy thronte auf dem

Hocker am Nebentisch und hatte den Ausschnitt ihres Tops so weit runtergezogen, dass er einen Millimeter oberhalb ihrer Brustwarzen endete. Wir hatten beide ein Auge auf einen süßen Kerl ein paar Hocker weiter geworfen. Er hatte dunkle, lockige Haare, trug eine Streberbrille und sah aus wie Keanu Reeves. Ich rückte meinen Ausschnitt ebenfalls zurecht.

»Los!«, brüllte die Veranstalterin, und augenblicklich ging die Hölle los.

»Gut, also, hi, ja hallo, wie geht's denn?«, schrien Mike und ich uns durch den Lärm der übrigen Paare an. »Ja super, toll, und dir? Oh, tut mir Leid, nein, fang du an. Entschuldige, nein. Rede ruhig weiter.«

Wir versuchten es noch einmal.

»Du bist also Bridget, ja?«

»Ja! Woher weißt du das?« Hatte er etwa meine Kolumne gelesen und mich vom Foto wieder erkannt?

»Das steht auf deinem Namensschild«, erklärte er.

»Ach so, ja klar, entschuldige.«

»Schon okay.«

»Und, wa ...«

»Die Zeit ist um! Alle wechseln!«, brüllte die Organisatorin und läutete mit einer Glocke. Mein Gott, eine Minute war aber wirklich schnell um.

Mike zuckte die Achseln, als hätte er gerade auf dem Rummelplatz beim Ballwerfen auf die Blechdosenpyramide danebengeworfen, wüsste aber genau, dass er noch etliche Bälle in seinem Eimerchen hatte. Er ging zum nächsten Hocker und nahm seine Bewertungsunterlagen gleich mit. Ich verrenkte mir den Hals, um zu erkennen, welches Kästchen er bei mir angekreuzt hatte, aber er hielt beim Schreiben die Hand davor wie der Oberstreber in der Schule, der immer glaubt, alle wollten von ihm abschreiben. Also kreuzte ich bei ihm einfach aus Prinzip NEIN an.

Statt Mike kam jetzt Rich, der Mike in vieler Hinsicht sehr ähnlich sah – ordentlich und kantig, mit frisch gebügeltem

Hemd und kurzem schwarzem Bankerhaarschnitt. Aber er hatte ein gewinnendes Lächeln. Der süße Typ saß mittlerweile bei Candy am Tisch, die ihn eindeutig anschmachtete. Ich bemühte mich, sie zu außer Acht zu lassen, und ließ diesmal Rich den Vortritt.

»Los!«, rief die Veranstalterin.

»Hi, Bridget.«

»Hi, Rich.«

»Hey, dein Akzent gefällt mir. Wo kommst du her?«

»England.«

»Wow, das ist ja toll, ich stehe total auf diesen Austin-Powers-Streifen, *Spion in geheimer Missionarstellung*.«

»Ehrlich gesagt, den habe ich noch nie gesehen.«

»Oh. Solltest du aber.«

Ende des Gesprächs. Scheiße. Die Uhr tickte. Rich startete einen zweiten Versuch.

»Ich plane eventuell, im Sommer nach London zu fahren.«

»Super. Weißt du schon, was du alles besichtigen willst?«

»*Ich habe kein Höschen an.*«

Der Satz hallte wie ein Donnerschlag durch den Raum. Entsetzt sahen wir uns um. Candy hatte sich über den Tisch gebeugt. Ihr Dekolleté lag praktisch in Keanus Schoß.

»Ich habe überhaupt keine Hemmungen«, schrie sie gegen den Krach an und fing dann an, ihn gierig abzuschlabbern. Rich guckte enttäuscht, als fragte er sich, warum Candy sich nicht auch auf ihn gestürzt hatte.

»Ähm, wo waren wir?«, stotterte ich. »Ach ja, London, Reisepläne. Es gibt wirklich tolle Museen in der Stadt, und Windsor Castle … und dann natürlich Stratford, die Geburtsstadt von William Shakespeare …«

Rich wirkte etwas desinteressiert. Sogar ich kriegte schon einen glasigen Blick.

»Wechseln!«

Rick trollte sich. Ich kreuzte Nein an, weil ich mir sicher war, er würde dasselbe tun.

Als Nächstes kam Keanu. Auf seinem Namensschild stand der eher enttäuschende Name »Howie«.

»Hey, Bridget«, begrüßte er mich und wischte sich Candys Spucke aus dem Mundwinkel.

»Hey«, erwiderte ich.

Wir führten ein 60-sekündiges Gespräch über gar nichts, während er unter dem Tisch mit Candy füßelte.

Aber es war noch nicht ganz hoffnungslos, entschied ich, als ich wieder wohlbehalten an der Bar saß und an meinem vierten Mudslide nuckelte, während die zweite Runde von Speed Datern sich gegenseitig anschrie. Vergiss, was du am Tisch gesagt hast, der erfolgversprechendste Aspekt des Speed Dating war, dass man mit einem Haufen betrunkener Leute zusammensaß, die alle aus demselben Grund hier waren. Vielleicht reichten 60 Sekunden ja wirklich nicht, um herauszufinden, ob der Kandidat, der dir da gegenübersaß, als zukünftiger Ehemann taugen könnte oder nicht, aber die Zeit reichte allemal, um sich klar zu werden, ob man ihn hinterher noch mal ansprechen wollte. Eine geniale Theorie! Ich beschloss, sie in meiner Kolumne zu erwähnen.

Und als wollten sie mir beweisen, dass ich Recht hatte, blieben alle nach Beendigung der Speed-Dating-Runden da und quatschten, als ginge es um ihr Leben. Und gerade, als ich mit wachsender Begeisterung zusah, wie Candy Howie zu Gunsten eines anderen Exemplars auf der anderen Seite des Raums abservierte, tauchte neben mir ein sexy Typ in rotem Hemd und schickem Anzug auf.

»Hey, hallo, ich hoffe, ich störe nicht, ich wollte bloß kurz hallo sagen, ich habe dich vorhin schon mal gesehen und war total enttäuscht, dass wir nicht in derselben Gruppe waren.«

Er hatte mich vorhin schon gesehen? Ich fand ihn auf Anhieb super. Sein Namensschild sagte mir, dass er Eddie hieß. Er hatte milchschokoladenfarbene Haut und Augen wie Lorbeerblätter.

»Na ja, ich könnte mir gut vorstellen, dass ich bei dir Ja angekreuzt hätte«, flirtete ich. »Obwohl ich doch sagen muss, dass die ganze Sache sich als ziemlicher Lacher entpuppt hat.«

Er wirkte verdutzt.

»Ein Lacher? Ja, ich habe auch viel gelacht.«

Ich versuchte, es ihm zu erklären.

Eddie erzählte mir, er käme aus Virginia Beach und mache Features für unabhängige Fernsehproduktionsfirmen, die unter anderem für VH1 und MTV arbeiteten. Ich hatte zwar keine Ahnung, was das bedeutete, aber es klang gut.

»Hör mal, ich muss jetzt los, ich habe morgen früh ein wichtiges Treffen mit einem Großkunden, aber ich würde dich sehr gerne bei Gelegenheit mal anrufen«, sagte er.

»Klar!«, zwitscherte ich und schrieb ihm meine Mobilnummer auf eine Serviette (jetzt, wo ich richtig nach New York gezogen war, hatte ich mich in Unkosten gestürzt und mir ein eigenes Handy geleistet). Ich widerstand der Versuchung zu fragen, was »bei Gelegenheit« hieß.

»Bei Gelegenheit« bedeutete, wie sich herausstellen sollte, zwei Tage später – und gerade noch rechtzeitig, um sich für Freitagabend auf ein paar Drinks in seinem Lieblingsclub, dem Etoile, zu verabreden.

»Es ist schick, international und wirklich vom Feinsten, aber du hast es verdient, so richtig verwöhnt zu werden«, säuselte er am Telefon.

Na ja, das war doch schon ziemlich abgeschmackt, dachte ich, und ermahnte mich dann: Du willst doch einen neuen Freund, oder etwa nicht?

Er schlug vor, wir sollten uns um acht Uhr vor dem Starbucks am Astor Place treffen. Diesmal sorgte ich dafür, dass ich vorher noch genug Zeit hatte, nach der Arbeit nach Hause zu fahren und mich umzuziehen. Nach dem mäßigen Erfolg mit dem roten Stretchtop von Banana Republic entschied ich mich für eine durchschimmernde grüne Vintage-Bluse von Versace – ebenfalls aus Paulas Sack mit den abgelegten Klamotten – kombiniert mit der Seven Jeans und schwarzen hochhackigen Stiefeln. Ein gefälliges, nicht zu aufdringliches und doch schickes Outfit, wie ich fand. Aber, wie ich bald zu spüren bekommen sollte, nicht gefällig genug.

Eddie kam zehn Minuten zu spät zu unserem Treffpunkt bei Starbucks. Ich sah ihn, als er die Lafayette überquerte und mich musterte, als ich auf ihn zuging.

»Oh«, war das Erste, was er sagte, womit er geschickt das »Hi, schön dich zu sehen« umging.

»Hi«, erwiderte ich und wartete auf ein »Entschuldige, dass ich zu spät komme«. Ich stellte mich auf die Zehenspitzen, um ihm ein überschwängliches Küsschen auf die glatt rasierte Wange zu geben.

»Ich dachte, ich hätte dir erzählt, dass das Etoile ziemlich schick ist«, sagte er und warf zur Begrüßung ein Küsschen in die Luft. »Willst du wirklich *so* da hingehen?«

So, das war ein Killeroutfit. Und ich verkniff mir darauf hinzuweisen, dass er sich auch nicht die Mühe gemacht hatte, was anderes als den dunkelgrauen Anzug anzuziehen, den ich schon an ihm gesehen hatte.

»Also, nicht, dass du nicht toll aussiehst, es ist bloß, die Frauen im Etoile sind alle sehr elegant, sexy und modelmäßig. Ich möchte nicht, dass du dich unwohl fühlst«, setzte er hinzu.

Unwohl? Ich war Kolumnistin bei der *New York Post*, Herrgott noch mal.

»Das soll ein Witz sein, oder?« Mehr brachte ich nicht heraus.

»Nein«, entgegnete er und musterte mich abermals eingehend. »Aber du siehst schon ganz süß aus – ein bisschen nach Cowgirl. Die verstrubbelten Haare, das sieht fast aus, als hättest du gerade Sex gehabt.«

Dieses Date ließ sich ganz und gar nicht gut an.

Und auf dem Weg ins Restaurant wurde es auch nicht unbedingt besser. Ich schnatterte drauflos und gab mir große Mühe, damit Eddie es nicht gleich bereute, mich zum Essen eingeladen zu haben, als er mir plötzlich ins Wort fiel. »Hey Bridge, nicht so laut, könnte doch sein, dass nicht jeder hier in der Bahn deine ganze Lebensgeschichte hören möchte.«

Ich wurde puterrot. In der grellen Beleuchtung von Linie 6 beäugte er mich dann aufmerksam. Ich kam mir vor, als würde er jedes böse störrische Haar und jeden Mitesser in meinem Gesicht einzeln zählen. Ich war froh, dass ich mir zur Feier des Tages zum ersten Mal die Augenbrauen hatte in Form bringen lassen – trotz des psychischen Traumas, das ich erlitten hatte, als eine irre Koreanerin sich im Kosmetiksalon mit Wachs und Pinzette auf mich gestürzt hatte.

»Weißt du was, du könntest ein ziemliches Sahneschnittchen sein, wenn du dir ein bisschen mehr Mühe geben würdest«, bemerkte er gönnerhaft.

»Wir Briten sind eben nicht so versessen aufs Zupfen, Bürsten und Striegeln, okay«, zischte ich. Sein Blick fiel auf meinen Schritt, als stelle er sich das Grauen vor, das dort wohlmöglich lauern könnte.

Aber als wir endlich im Etoile in der East 56th Street ankamen und ich in Riechweite alkoholischer Getränke war, hob sich meine Laune schlagartig. Bis Eddie ein Pfefferminzbonbon aus dem Schälchen neben der Garderobe nahm und mir in den Mund steckte.

»Immer schön frisch bleiben!«, flötete er.

Verdammt, hatte ich etwa auch noch Mundgeruch?

Der restliche Abend war eigentlich gar nicht so übel – dafür, dass ich mit einem Mann an der Bar saß, der beinahe zwanghaft detailliert von seiner Arbeit erzählte und sich nach jeder anderen Frau umdrehte, die an uns vorbeiging.

Auf dem Weg nach draußen bereitete ich mich seelisch schon mal auf einen Abschied nach dem Motto »Danke, aber nein danke« vor. Doch trotz aller Kritik an mir schien Eddie, im Gegensatz zu Daniel, diesen Abend durchaus noch nicht beenden zu wollen.

»Hast du Lust, noch auf einen Absacker mit zu mir zu kommen?«, fragte er. »Liegt für dich auf dem Heimweg.«

»Klar, warum nicht«, entgegnete ich und wunderte mich, warum ich zustimmte, noch mehr Zeit mit einem Mann zu verbringen, der mich den ganzen Abend zu Tode genervt hatte. Paula wäre entsetzt.

Ich recherchiere für meine Kolumne, sagte ich mir. Aber ich wusste ganz genau, dass das nicht der wahre Grund war. Nach etlichen Monaten allein in New York sehnte ich mich nach ein bisschen Zuneigung. Mich mit Eddie abzugeben war immer noch besser als nach Hause zu gehen, wo ich Pierre und Roman zwischen halb aufgegessenen Resten vom Lieferservice komatös auf der Couch vorfinden würde.

Eddies winziges Apartment lag in Chelsea, und er führte mich gleich ins Schlafzimmer und ließ den Absacker einfach aus. Sein Zimmer war zumindest sehr ruhig – in einem sehr gefragten hellen Cremeton gestrichen, wie in einem guten Hotel. Wir legten uns nebeneinander auf sein großes Doppelbett.

»Ich werde nicht mit dir poppen, weißt du«, sagte ich und klang wie Frau Oberlehrerin.

»Ich weiß«, sagte er und beugte sich zu mir rüber, um mir einen Kuss aufs linke Ohr zu drücken. Ich zitterte, als seine weichen Lippen mich berührten. Vielleicht war er ja doch gar nicht so schlimm. Er drehte sich auf die rechte Seite und guckte zu mir runter. Ich starrte in seine Lorbeerblattaugen. Er griff in die Hosentasche und zog sein Handy heraus.

»Ich muss bloß mal schnell meinen Kumpel anrufen, Curly. Er wohnt in Chicago, der kriegt sich bestimmt nicht mehr ein!«

Was, hatte Eddie etwa einen lockeren schwulen Liebhaber?

Nein, das wohl nicht, aber vielleicht einen aus der Studentenverbindung. Während ich auf dem Bett lag und ungeduldig mit den Finger trommelte, quasselte Eddie geschlagene fünf Minuten lang mit Curly über ein Basketballspiel und den MTV-Deal, ehe die Rede auf mich kam.

»Mann, ich habe eine kleine Engländerin hier, die klingt, als käme sie direkt aus einem Austin-Powers-Film, sie hat allen Ernstes gesagt, ich werde dich nicht *poppen*!!«

Dieser verfluchte Film schon wieder. Am liebsten hätte ich diesen grässlichen Mike Myers mit einem Hackebeil erschlagen.

»Du musst dir unbedingt ihren Akzent anhören.« Er drückte mir das Handy in die Hand.

»Ähm, hi«, murmelte ich.

»O mein Gott, sagt ihr Engländer wirklich poppen?«

»Na ja, ich schon.«

»Und wie war das andere Wort, Bursche? Er ist ein passabler Bursche? Sagt ihr das wirklich?«

»Wir sagen manchmal Bursche, wenn wir einen Mann meinen, ja.«

»Und wie ist es mit ›Wie steht's, alter Herr, ich möchte bitte noch mehr‹?«

O Gott, nein.

»Ähm, ich glaube, du verwechselst da was, das du in verschiedenen Filmen gesehen hast …«

»Oh. Und wie nennt ihr eine Schnitte?«

»Torte, manchmal, glaube ich.« Ich guckte Eddie an und fragte mich, wie lange dieses linguistische Abenteuer wohl noch gehen sollte. Er strahlte mich an wie ein stolzer Vater beim Elternsprechtag.

»Also, so ungefähr: ›Da ist eine passable Torte, ich würde sie gerne poppen‹?«

»So ungefähr.«

»Sag mal ›Groovy, Baby‹.«

Ich war mit meiner Höflichkeit am Ende.

»Curly, war sehr nett, mit dir zu reden, ich gebe dir jetzt Eddie wieder. Ich bin gerade auf dem Sprung.«

Ich habe Eddie danach noch ein paarmal gesehen, meistens, wenn er aus heiterem Himmel einfach anrief, weil er gerade sowieso im East Village war – und dann auch nur, wenn mir danach war, einen ganzen Abend lang sämtliche kleinste Einzelheiten über irgendwelche Privatfernsehproduktionsdeals zu erfahren und nebenbei noch Unterricht in englischem Slang zu geben.

Dann eines Abends, als ich mich hatte breitschlagen lassen, mit Pierre und Roman zur Wohnungseinweihung ihres Freundes Christoph in einem Loft in der Bleeker Street zu gehen, traf ich Tom.

Im Gegensatz zu Eddie, der sich alle naselang von etwas anderem ablenken ließ – den Brüsten der Kellnerin, meinen fettigen Haaren, dem anhaltenden Klingeln seines Handys – wirkte Tom, als würde er es nicht mal merken, wenn er gegen eine Wand liefe.

Er stieß in Christophs Küche mit mir zusammen, nachdem ich mich den ganzen Abend lang mit einer Flasche Absolut Mandrin vergnügt hatte, rückte die verschmierte Brille zurecht und wusste aufgrund seiner telepathischen Fähigkeiten sofort, dass ich Single war – und ziemlich betrunken.

Tom war groß und drahtig – was mich sehr an Angus erinnerte. Er hatte blonde, zerzauste Haare und einen exotischen Südstaatenakzent. Er erzählte mir, er sei 28, komme aus Georgia und versuche sich gerade als Drehbuchautor. Kurze Zeit später saß ich auf Christophs jungfräulicher schiefergedeckter Frühstücksbar und schlang mich um Toms Hals.

»Wo wohnst du eigentlich?«, lallte ich, als es Zeit war, nach Hause zu gehen und ins Koma zu fallen.

»Nich weit«, nuschelte Tom.

Genauer ging's wohl nicht.

Ich nahm Tom mit zu mir nach Hause, als ich erfuhr, dass »nich weit« das Apartment seines Onkels in der 89th Street war, wo er auf dem Sofa kampierte. Im East Village angekommen führte ich ihn in meinen Schuhkarton und ging mir die Zähe putzen. Als ich zurückkam, war er schon im Schlummerland und schnarchte.

Am nächsten Morgen schlug er vor, im Great Jones Café zu brunchen – einer orange gestrichenen Bretterbude in der Great Jones Street, in der sie mexikanisches Essen und starke Bloody

Marys servieren. Dort stellten wir dann fest, dass wir beide abgedrehte Dokumentationen, nächtliche Trinkgelage und lange Spaziergänge mochten. Es war wie in einer dieser Kontaktanzeigen! Es schien auch alles ganz gut zu laufen, bis er irgendwann erwähnte, er wolle sich vielleicht später noch einen Film angucken.

»Oh, cool, ich hatte auch schon überlegt, noch ins Kino zu gehen.«

Er wirkte plötzlich leicht panisch.

»Ich weiß nicht, ob das eine so gute Idee wäre«, stammelte er. »Es ist Sonntagabend, da brauche ich einfach ein bisschen Zeit für mich.«

Was dachte der denn von mir? Dass ich ihn bis nach Hause zur Upper East Side verfolgen würde?

Nach diesem Zwischenfall rief Tom mich hin und wieder an und fragte, was ich so machte, aber er blieb dabei immer recht vage.

»Ähm, ja, hi, ich bin's«, lautete seine Standardbegrüßung. »Also, ich denke, ich könnte mir vorstellen, morgen vielleicht was zu unternehmen. Ich weiß noch nicht so genau, was ich mache. Aber wenn du eventuell Lust auf ein paar Cocktails hättest, könnte ich mir vorstellen, vielleicht mitzukommen.«

Ein paar Mal landeten wir sogar zusammen im Bett, aber irgendwann beschlich mich der Verdacht, Tom würde vermutlich bei allem »Klar, warum nicht« antworten, ganz egal, ob ich ihm eine Marathon-Sexsitzung ohne Tabus anbot oder ihm sagte, ich hätte Migräne. Meine Begeisterung ließ also irgendwann merklich nach. Außerdem erfuhr ich im Nachhinein, dass er eine »On-and-Off«-Beziehung mit einem Mädchen in San Francisco führte. »On-and-Off«-Beziehung war in New York ein gängiger Begriff.

Ich wusste zwar, dass ich gegen eine halbe Million anderer Frauen antrat, aber einen ganz normalen Mann zu finden gestaltete sich schwieriger, als ich gedacht hätte. Ich beschloss, über meine Erlebnisse mit Tom und Eddie zu schreiben. Beide wirkten hocherfreut, in der *Post* erwähnt zu werden, ganz gleich, wie ich sie beschrieb.

Was ist bloss mit den New Yorker Männern los?

Ziehe ich sämtliche Spinner der Stadt magisch an; oder sind alle New Yorker Männer unnormal? Die beiden Typen, mit denen ich gelegentlich mal ausgehe, lassen mich Hilfe suchend zum Himmel schauen.

Der eine ist so zwanghaft, dass er noch vor dem Begrüßungsküsschen an meinem Outfit rummäkelt. Der andere dagegen ist so entspannt, dass er, würde ich ihm langsamen, honigsüßen Sex anbieten, vermutlich antworten würde: »Ja, klar, warum nicht«. Und genauso würde er auch reagieren, würde ich ihm sagen, er solle sich zum Teufel scheren.

Ich hatte in meiner sonntäglichen Kolumne inzwischen eine Vielzahl welterschütternder Themen angesprochen: meine Horror-Mitbewohner, allein auf Partys gehen, wo ich niemand kannte, das Trauma des ersten Augenbrauenzupfens, die Vor- und Nachteile von Speed Dating. Wenn ich es schaffte, den Nerv meiner Leser zu treffen, quoll meine Mailbox über vor Zuschriften mit ganz persönlichen Gedanken über das Leben in New York. Und die meisten Zuschriften gab es, wenn ich über meine Männerprobleme schrieb. Es schien, als sei die Hälfte der New Yorker Bevölkerung ebenso perplex wie ich, dass es so schwer war, den richtigen Partner zu finden – eine Tatsache, über die ich in London nie hatte nachdenken müssen. Und es war tröstlich zu wissen, dass ich nicht die Einzige war, die desaströse Verabredungen durchmachen musste und sich manchmal ein bisschen einsam vorkam.

Liebe Bridget, ich habe am Wochenende Deinen Artikel über die New Yorker Männer gelesen und kann Dir nur aus ganzem Herzen zustimmen. Ich mache im Moment genau das Gleiche mit einem Mr. Superentspannt durch, und nachdem ich Deine Kolumne gelesen hatte, war ich fest davon überzeugt, dass wir mit demselben Mann ausgehen. Deiner arbeitet nicht zufällig in der Musikindustrie?

Liebe Bridget, diese Stadt kann einen manchmal wirklich in den Wahnsinn treiben. Ich hege eine tiefe Hassliebe für sie. Ich liebe, was sie alles zu bieten hat, und doch wird man ständig danach beurteilt, wie man aussieht und welchen Job man hat. Überall sehen wir Hochglanzmodels, und die Männer erwarten, dass alle Frauen so sind. Was ist denn, wenn man bloß eine ganz normale Kleidergröße 36 trägt?

Liebe Bridget, bezahlt die Post Dich dafür, dass Du Dich als hoffnungslosen Fall darstellst, damit die anderen Frauen sich ein bisschen besser fühlen? Wirst Du gefeuert, wenn Du einen neuen Freund hast?

Was, wenn er doch der Richtige war?

»Also, warum ist es in New York schwieriger als in jeder anderen Stadt der Welt, eine neue Liebe zu finden?«, rief ich, nuckelte an meinem geeisten Café Latte (meine neueste Leidenschaft) und schaukelte auf dem Stuhl in Brad Hamiltons Büro. »Willst du meine Erklärung dafür hören?«

Brad war ein stets gut gelaunter, rotblonder Kalifornier und Redakteur des *Sunday Pulse* – dem Kulturteil der *Post*, in dem auch meine Kolumne erschien. »Klar, schieß los«, sagte er.

Ich dachte an die vielen E-Mails, die ich von unseren Lesern bekommen hatte, daran, wie die meisten Typen, denen ich bisher begegnet war, so drauf waren, und auch an die Gespräche über das Singleleben in New York, die ich neuerdings ziemlich häufig mit allein stehenden Frauen führte. Mir war aufgefallen, wie oft man Gruppen von Frauen sah, die zusammen Essen gingen – allerdings ohne Männer. In den Restaurants und Bars von Manhattan kam es jeden Abend zu »Sex and the City«-vergleichbaren Szenen von Frauenverbrüderung.

Ich holte einen Fetzen Papier hervor, auf den ich meine geniale neue Theorie über das Singleleben in New York gekritzelt hatte.

1. New York ist die Stadt der unbegrenzten Möglichkeiten und der Außenseiter, also kommen die Menschen hierher, um den großen Durchbruch zu schaffen und/oder das große Geld zu verdienen. Dadurch sind alle extrem egozentrisch, und die Karriere steht immer an erster Stelle. Liebe und Liebesbeziehungen dürfen einem dabei niemals im Wege stehen.

2. Die meisten Menschen übertragen die Zielstrebigkeit, die sie im Berufsleben an den Tag legen, auch auf andere Bereiche ihres Lebens. Für Verabredungen gibt es ein bestimmtes Zeitfenster. Entspricht eine Verabredung nicht den hoch gesteckten Erwartungen, heißt es Schadensbegrenzung betreiben und weiter zur nächsten.
3. Es gibt nicht nur rund eine halbe Millionen mehr Singlefrauen als allein stehende Männer in New York, nein, den Männern steht auch eine breite Palette zur Auswahl – schätzungsweise im Alter von 21 bis 45 – wodurch sich die Konkurrenzsituation für die Frauen noch verschärft. Selbst wenn ein Mann sich mit einer klugen, schönen Frau verabredet, weiß er doch, dass sie nur eine unter vielen ist.
4. Kluge, hübsche New Yorkerinnen glauben es verdient zu haben, dass man sie ein klein wenig verwöhnt, vor allem in Anbetracht der Mühe, die sie sich machen, um im Rennen zu bleiben. Männern erscheinen sie dadurch oft etwas »anspruchsvoll«.
5. Singles beiderlei Geschlechts, die sich an diesen knallharten Verdrängungswettbewerb gewöhnt haben, sind häufig abgehetzt und verschlossen – was es noch schwerer macht, eine Beziehung einzugehen.

»Aber weißt du was«, sagte ich und faltete meinen Papierschnipsel wieder zusammen. »Ich glaube, woran es wirklich liegt, ist schlicht und ergreifend die Geografie.«

»Die Geografie?«, echote Brad ungläubig. Möglicherweise hatte ich ihm noch nicht erzählt, dass ich meinen Uniabschluss in Geografie gemacht hatte.

»In London tun sich die Menschen am liebsten zu Pärchen zusammen, weil es einfach viel zu anstrengend ist rauszugehen. Hier ist es viel einfacher, völlig vogelfrei herumzuflattern. Man kann jeden Abend einfach so von einer Party zur nächsten ziehen. Wenn man also mit jemandem was trinken geht und keinen Spaß dabei hat, dann kann man kinderleicht noch was anderes auftun. Wenn du als Typ eine Verabredung mit einer Frau hast, und dein Freund ruft dich an und erzählt dir, dass er gerade in einer Bude voll heißer Mädchen sitzt, dann kannst du da auch später noch vorbeischauen und die Mädchen mal begutachten. Und wenn man jemand aufgerissen hat und mit ihm nach Hause geht, weiß man ganz genau, dass man auch ganz schnell wieder verschwinden kann.«

»Du willst doch sicher nicht behaupten, ein effizientes Nahverkehrssystem und billige Taxen hätten derart gravierende Auswirkungen auf das Liebesleben?«, fragte Brad. Er war 37 und hatte seit zehn Jahren eine Freundin. Die beiden wohnten im Erdgeschoss eines Stadthäuschens in Carolls Garden mit Whirlpool im Garten.

»Unterschätze niemals die lustkillende Auswirkung einer langen, ernüchternden Heimfahrt mit einem Fremden«, unkte ich und musste an eine ebensolche denken, die ich zu Hause in England durchlitten hatte, und zwar von West End nach Kingston, in deren Verlauf sich meine rosarote Wodka-Tonic-Brille verflüchtigt und ich mich neben einem pickligen 24-jährigen wiedergefunden hatte, den ich irrtümlich für einen braun gebrannten Snowboarder gehalten hatte.

»Bei uns in London braucht man ziemlich lange, um von A nach B zu kommen, und das heißt, man muss vorausschauend planen und dann dabei bleiben. In New York kann man im Handumdrehen umdisponieren – warum also sich festlegen, erst recht bei einer Beziehung.«

Brad nickte langsam und bedächtig. »Ich verstehe, was du damit sagen willst.«

Verfluchter Mist, ich war ein anthropologisches Genie.

Tags darauf war ich wieder als Reporterin im Einsatz und mit der illustren »Wetterstory« beauftragt worden. Ein für die Jahreszeit ungewöhnlicher Sturm hatte Kurs auf die Stadt genommen – im Schlepptau möglicherweise sintflutartige Überschwemmungen. Aber wie gewöhnlich konnte ich es mir nicht verkneifen, alle halbe Stunde meinen Maileingang zu kontrollieren, um zu sehen, ob ich irgendwelche »Fanpost« bekommen hatte. Ich fragte mich, wie viele Zuschriften Cindy Adams wohl jede Woche bekam.

Ich merkte also gleich, als nachmittags eine E-Mail von Angus eintrudelte. Eine Rundmail mit der Einladung zur Vorpremiere seines ersten Fernsehfilms, den er für die BBC gedreht hatte. Ich schnappte mir den Telefonhörer und wählte seine Nummer. Wir hatten eine ganze Weile nicht mehr miteinander telefoniert. Er wusste noch nicht mal von meiner aufregenden neuen Kolumne.

Beim zweiten Klingeln ging er ran. Ich plapperte drauflos, ehe er die Gelegenheit hatte, irgendwas zu sagen.

»Babe, das ist so toll mit deinem Film, du bist bestimmt ganz aufgeregt, Gott, ich bin so stolz auf dich, tut mir so Leid, dass ich nicht zur Vorpremiere kommen kann.«

»Hallo, meine Hübsche.« Er klang, als hätte ich ihn total überrumpelt. »Ja, ich bin ganz schön kribbelig. Und, wie läuft's in New York?«

»Och, du weißt schon. Ganz gut, mal so, mal so«, sagte ich. »Ich habe eine eigene Kolumne! Ich schreibe über meine Erlebnisse in der neuen Stadt. Und jetzt schreibe ich gerade die Wetterstory. Aber vergiss das, ich will alles über den Film wissen. Die waren bestimmt total hin und weg, oder?«

Er schwieg. Ich seufzte. Nach meinen Erfahrungen mit Tom und Eddie hatte ich bei dem Gespräch mit Angus das Gefühl, als sei ich endlich nach Hause gekommen. Wenigstens konnte man sich mit ihm normal unterhalten.

»Hör zu, Bridge.« Er klang plötzlich ganz förmlich. »Ich wollte dich sowieso mal anrufen.«

»Ach!«

»Ich wollte es dir sagen, ehe du es von jemand anderem erfährst. Ich habe eine neue Freundin.«

Mir drehte sich der Magen um. Der Rest des Büros verschwand im Nichts.

»Sie heißt India, ich glaube, du hast sie schon ein paar Mal gesehen. Wir kennen uns schon eine ganze Weile, aber inzwischen haben wir uns, na ja, ein bisschen besser kennen gelernt.«

India? … besser kennen gelernt … was sollte das denn heißen? Ich hatte sie als hübsche Hippie-Künstlerin in Erinnerung, die einmal bei einem Wochenende mit Freunden dabei gewesen war.

»Sie ist toll«, rang ich mir mühsam ab.

Er schwieg wieder.

»Sie ist eine echt coole Lady, ich bin ziemlich aus dem Häuschen.« Das war das Schlimmste, das er je zu mir gesagt hatte.

Ich schluckte schwer und spürte, wie sich die Tränen ganz unten aus dem Bauch heraus den Weg nach oben bahnten.

»Schatz, ich freue mich wirklich sehr für dich. Hier ist bald Redaktionsschluss, ich muss jetzt Schluss machen. Lass uns bald mal wieder telefonieren, okay.«

Ich rannte quer durchs Büro zum Aufzug, blind vor Tränen, lief schnurstracks zum Kiosk in der Lobby und kaufte mir ein Päckchen Zigaretten. Draußen hockte ich mich einfach auf den Boden und lehnte mich mit dem Rücken gegen die Betonmauer des Gebäudes. Mit zitternden Fingern zündete ich ein Streichholz an. *»Ein bisschen besser kennen gelernt?«* Ich wusste, dass es was Ernstes sein musste, wenn er es mir erzählte.

Ich rauchte und machte lange, tiefe Züge. Der Verkehr auf der 6th Avenue wirkte plötzlich laut und feindselig – das Hupen und Kreischen erinnerte mich daran, dass ich in einer Stadt lebte, die für nichts und niemand bremste.

Und mit einem Mal wurde mir klar, dass ich mir immer noch eingebildet hatte, ich würde eines Tages nach Hause zurückgehen und Angus heiraten. Aber warum um alles in der Welt hatte ich angenommen, er würde so lange auf mich warten? Jetzt saß ich hier, weit weg von zu Hause, und verwurstete mein desaströses Liebesleben in einer Boulevardzeitung, während er seine aufrichtige, wahre Liebe einer anderen schenkte. Gott, was hatte ich da bloß so achtlos weggeworfen? Mir war auf einmal wieder speiübel.

Ein Blick auf die Uhr. Mist. Ich musste immer noch diese Story schreiben. Bald war Redaktionsschluss, und ich hatte nicht mal damit angefangen. Ich zwang mich aufzustehen und wieder reinzugehen. Ich kam mir vor, als steuerte ich sehenden Auges in eine Zukunft, die ich mir selbst versaut hatte.

Das Telefon klingelte, als ich an meinen Schreibtisch zurückkam. Einen freudigen Augenblick lang hoffte ich, es wäre Angus, der mir sagen würde, er hätte einen gewaltigen Fehler gemacht. Hastig griff ich nach dem Hörer.

»*Angus?*«

»Hallo, hier ist der New Yorker Wetterdienst, Sie hatten angerufen wegen der Niederschlagsvoraussage für heute Abend und morgen?«

Doch nicht Angus.

»Ein Tiefdruckgebiet formiert sich über den Great Lakes und wird vermutlich im Tagesverlauf über Pennsylvania und die Randgebiete New Jerseys und New Yorks hinwegziehen. Wenn es auf das über der Stadt liegende Hochdruckgebiet trifft …«

Ich versuchte vergeblich, mich zu konzentrieren. Vielleicht war es ja doch noch nicht so ernst.

»Heißt das, es könnte zu Überschwemmungen kommen?«

Angus und India. Sogar ihre Namen klangen gut zusammen.

»Es besteht eine gewisse Wahrscheinlichkeit, dass es morgen in der ersten Tageshälfte zu Überschwemmungen kommen kann, vor allem rings um New York City. Wir geben die Warnung an Autofahrer heraus, besondere Vorsicht walten zu lassen, was Sie sinnvollerweise auch in Ihrem Artikel erwähnen sollten.«

Angus liebte eine andere Frau, und ich warnte Autofahrer, ganz besondere Vorsicht walten zu lassen.

»Ein Wodka Tonic, bitte, Joe«, sagte ich eine Stunde später, als ich mich auf den Barhocker im Langan's hievte und mir noch eine Zigarette anzündete.

»Und, womit hast du dich heute herumgeschlagen?«, fragte

der irische Barkeeper, während er eine Limettenscheibe in mein Glas plumpsen ließ und es mit der Zapfpistole auffüllte.

»Mit der Wetterstory. Ein Sturm zieht auf die Stadt zu, und höchstwahrscheinlich wird es Überschwemmungen geben.« Ach ja, und der Typ, von dem ich immer gedacht hatte, ich würde ihn eines Tages mal heiraten, hat sich in eine andere verliebt.

Ich trank einen Riesenschluck. Schon jetzt hatte ich das Gefühl, beinahe ein ganzes Leben im Langan's verbracht zu haben. Heute Abend war es sehr ruhig. In den Fernsehern an beiden Enden der Theke flimmerte ein Footballspiel, davor saßen in kleinen Trauben Männer in Anzügen, die gerade aus dem News Corp-Gebäude gekommen waren. Paula thronte auf einem Hocker am anderen Ende des Raums und redete wild gestikulierend auf einen braun gebrannten Mann mit blonden Strähnchen ein – vermutlich ein Künstler- oder Presseagent aus L.A. Neben ihr stand Steve Dunleavy, der legendäre *Post-Kolumnist* – und ehemalige News Editor – der saufen konnte wie ein Bürstenbinder, gegen die Theke gelehnt, und in seiner ledrigen Hand baumelte eine Zigarette. Im Restaurantbereich am anderen Ende der Bar saßen ein paar Touristen mittleren Alters aus dem Mittleren Westen, ganz frisch vom Times Square hereingeschneit, an einem der rot karierten Tische und verdrückten tellerweise frittierte Köstlichkeiten.

Für die Leute bei der *Post* war die Bar wie ein zweites zu Hause. Nach dem Job kam man hierher und meckerte über die Arbeit. Dunleavy – der mit jedem Feuerwehrmann und jedem Polizisten der Stadt ganz dicke war – hielt mit seinem gedehnten australischen Akzent Hof, und je später der Abend, desto mehr lallte er und erzählte Geschichten aus der guten alten Zeit, als Journalisten noch richtige Männer waren.

Jedes Mal, wenn ich ins Langan's kam, genoss ich es erneut, dass auch ich nun eine Geschichte erzählen konnte, die ich recherchiert hatte. Okay, bei meinen ging es vielleicht eher um familiäre Querelen in Queens als um ausländische Staatsstreiche, aber mit meinem Pager am Gürtel und dem Notizblock in der

Tasche kam ich mir vor wie Lois Lane. Aber heute Abend schien mir das alles ein schwacher Trost im Vergleich zu dem Leben mit Angus, das ich aufgegeben hatte. Vor allem, da ich nun feststellen musste, was für Typen sonst noch so herumliefen.

Ich hatte immer felsenfest geglaubte, der »Richtige« würde bei mir einschlagen wie ein Blitz. Aber was, wenn bei der wahren Liebe viel mehr zählte, dass man zu schätzen wusste, was man hatte? Was, wenn Angus der Richtige gewesen war und ich mich stattdessen für meine Karriere entschieden hatte?

Die Tür ging auf, und herein kam Dina, eine Freundin von Paula, die bei der PR-Agentur Harrison & Shriftman arbeitete. Sie erblickte mich und steuerte gleich auf mich zu. Als kanadische Jüdin mit völlig durchgeknalltem Klamottengeschmack und krausem dunklen Haar war sie eine Tour de Force im gesellschaftlichen PR-Zirkus.

»Hey, Paula arbeitet wohl noch«, sagte Dina zur Begrüßung, warf ihren Gucci-Mantel über den Hocker neben mir und bestellte einen Whiskey und eine Cola Light. »Heiliger Herr, ich brauche dringend was zu trinken, meine Mom war die ganze Woche aus Toronto zu Besuch hier und quengelte dauernd rum, wann ich endlich gedenke, eine Familie zu gründen. Ich meine, in dieser Stadt? Ich bitte dich!«

»Wem sagst du das«, jammerte ich und zündete mir noch eine Zigarette an.

»Alles okay?«, fragte Dina.

»Nein, eigentlich nicht. Mein Exfreund aus England hat eine neue Freundin.«

»Mist, so was ist immer ätzend. Am besten lässt du dich heute Abend voll laufen. Aber warte mal, hast du nicht vor einer halben Ewigkeit mit dem Kerl Schluss gemacht?«

»Ja, schon«, gab ich zu. »Aber ich habe nicht damit gerechnet, dass er sich in eine andere verliebt.«

»Du brauchst einfach mal einen anständigen Mädchenabend«, erklärte Dina. »Wir Frauen müssen in dieser Stadt der ätzenden Männer zusammenhalten.«

Aber ich wollte keinen anständigen Mädchenabend, ich wollte meinen alten Freund zurück. Genau da lag der Hund begraben – Angus war nämlich nicht ätzend.

Paula kam in ihren Jimmy Choos mit 15-Zentimeter-Absatz zu uns rübergestöckelt.

»Tschüss, Schätzchen.« Sie warf dem Typen, mit dem sie sich unterhalten hatte, eine Kusshand zu und drehte sich dann wieder zu uns um.

»Lieber Himmel, dieser Pressefuzzi hat genug Botox in der Stirn, um die gesamte Bevölkerung eines kleinen Landes auszulöschen«, murmelte sie und winkte Joe, den Barkeeper, zu sich.

»Bestell Bridget auch noch einen Drink, ihr Exfreund hat 'ne neue Freundin«, sagte Dina.

»Oh, mein Gott, aber doch nicht *immer noch* dieser Typ aus England? Du hast letztes Jahr mit ihm Schluss gemacht, Liebes«, tadelte Paula. »Aber das muss trotzdem noch ganz schön wehtun, vor allem nach all den Nullschiebern, mit denen du hier ausgegangen bist.«

»Prost«, sagte ich.

»Wer geht mit Nullschiebern aus?« Ich wirbelte herum. Jack war hereingekommen und stand nun hinter uns dreien. Ich versuchte, möglichst gerade auf meinem Hocker zu sitzen.

»Bridget. Du weißt schon, die ganzen Nullen, über die sie in ihrer Kolumne schreibt«, erklärte Paula. »Ich meine, wer zum Teufel war der Kerl, der dir in der U-Bahn gesagt hat, du würdest zu laut reden, entschuldige bitte, aber warum musstest du überhaupt U-Bahn fahren?«

»Da muss ich dir ausnahmsweise mal zustimmen, Paulita«, bemerkte Jack. Er lächelte mich an. Dann zog er den Mantel aus, machte die Krawatte auf und bestellte einen Maker's Mark Whiskey.

»Bestens Dank auch, Leute«, murmelte ich und spürte, wie ich rot anlief. »Tretet ruhig noch mal nach, wenn das Mädchen schon am Boden liegt, nur keine Hemmungen.«

Jack wirkte angesichts dieses Kommentars etwas verwirrt.

»Angus, Bridgets Exfreund aus England, hat eine neue Freundin«, klärte Dina ihn auf.

»Oh, das tut mir aber Leid«, sagte er mit einem Blick zu mir.

Obwohl er nicht so aussah.

Das Gespräch konzentrierte sich dann auf die Frage, ob Paula ihren Männermangel dadurch kompensieren sollte, dass sie den kleinen Dackel aus der Tierhandlung adoptierte, an dem sie jeden Morgen vorbeikam.

»Bist du des Wahnsinns? Du hast so viel um die Ohren, dass du mit deinem eigenen Leben kaum klarkommst«, schimpfte Jack. »Man kann unmöglich zulassen, dass du auch noch die Verantwortung für ein anderes Lebewesen übernimmst.«

»Nun, da hast du offensichtlich aber noch nichts von Hundetagesstätten gehört«, schnaubte Paula beleidigt. Sie gaben mir noch einen Drink.

Dann gestand Paula, dass sie den Hund eigentlich nur so süß fand, weil sie ein Auge auf den Besitzer der Tierhandlung geworfen hatte.

»Der Typ ist so scharf, dass es mir im Höschen kribbelt, und ich meine damit keine Filzläuse«, schnurrte sie.

»Paulita, *das reicht*«, sagte Jack.

Zwei Stunden später waren wir immer noch im Langan's und schon ziemlich betrunken. Die Bar hatte sich inzwischen gefüllt. Ich schwankte zwischen dem alkoholumnebelten Wahn, das mit Angus und India würde sowieso nicht lange gut gehen, dem heulenden Elend angesichts der entsetzlichen Angst, meine eigene Chance auf die wahre Liebe leichtfertig vertan zu haben, und dem seltsam berauschenden Gefühl, dass die ganze Sache durch Jacks Anwesenheit irgendwie nur halb so schlimm war.

Ich konnte den Blick einfach nicht von ihm losreißen und beobachtete ihn verstohlen, wie er von einem Reportergrüppchen zum nächsten schlenderte, Witze machte oder weise nickte, je nachdem, mit wem er gerade redete. Hinter seinem Sarkasmus und der ruppigen Art schien er ein wirklich netter Kerl zu sein.

Aber er war so verschlossen und abweisend, dass man eigentlich nie genau wusste, was er gerade dachte.

Hin und wieder, eigentlich recht oft sogar, trafen sich unsere Blicke, aber vielleicht war das auch bloß Zufall. Paula und Dina waren immer noch dabei, mich abzufüllen, und beharrten darauf, New York könne man auf Dauer nur überleben, wenn man sich mit anderen Frauen zusammentat.

Irgendwann tauchte Jack wieder neben uns an der Theke auf und bestelle noch einen Whiskey. Inzwischen etwas mutiger geworden stellte ich mich direkt neben ihn und holte eine Zigarette raus.

»Das mit deinem Exfreund macht dir wohl ganz schön zu schaffen, hm?«, fragte er.

»Ich habe bloß auf einmal richtig Schiss gekriegt. Was, wenn er die Liebe meines Lebens war und ich ihn einfach habe gehen lassen?«

Er gab mir Feuer.

»Aber wenn ihr die Liebe eures Leben gewesen wärt, dann hättet ihr euch nicht gehen lassen.«

»Meinst du wirklich, dass das so funktioniert?«

Er sah mich an, als wolle er sagen: Du etwa nicht?

»Ich glaube, eines Tages trifft man jemanden, und der bringt deine ganze Welt ins Wanken, und dann weiß man einfach, dass es das ist. Und dann gibt man sich mit nichts anderem mehr zufrieden.«

»Ehrlich?« Ich fragte mich plötzlich, was Jacks Welt ins Wanken bringen würde.

»Bridget, ich glaube, du bist etwas ganz Besonderes.«

Jack nannte mich etwas ganz Besonderes? Der kannte mich doch kaum.

»Irgendwo da draußen gibt es jemanden, der würde alles für dich tun, und das ist der Mensch, mit dem du zusammen sein solltest. Angus, dein Ex, oder wie er auch heißt, ich bin mir sicher, dass ihr euch geliebt habt, aber bis jetzt habe ich noch nicht gesehen, dass er hierher geflogen ist und um dich kämpft.«

»Nein, das wohl nicht«, gab ich zu. Das war ein ziemlich überzeugendes Argument.

»Und vergiss nicht, du bist nach England zurückgegangen und trotzdem wiedergekommen.«

»Ich weiß, ich weiß.«

»Ich finde, du solltest warten, bis du einem Mann begegnest, der für dich bis ans Ende der Welt gehen würde«, sagte er.

Einen Moment standen wir schweigend nebeneinander an die Theke gelehnt, und unsere Schultern berührten sich beinahe. Der Rest vom Langan's schien zu einem undeutlichen Farbenwirbel zu verschwimmen, aber ich war ja schließlich auch betrunken. Und auf einmal wollte ich bloß noch in seinen Armen liegen. Ich drückte meine Zigarette aus.

»Ähm, also, bis dahin, ehe mir dieser Ritter in seiner glänzenden Rüstung über den Weg läuft, könntest du mich da mal kurz in den Arm nehmen und drücken?«, fragte ich. Heute Abend würde man mir diese Bitte nachsehen.

»Klar, mach ich«, erwiderte er leise.

Ich hielt die Luft an und machte einen Schritt auf ihn zu. Ich schlang die Arme um seine Taille und drückte mein Gesicht in die linke Seite seines Hemds. Er roch wunderbar nach frischem Schweiß mit sauberer Wäsche und Rauch. Er legte die Arme um mich, erst ein wenig steif, aber dann hielt er mich ganz fest und strich mit der Wange über meine Haare. Ich stand ganz still und genoss das Gefühl, ihm so nahe zu sein. Ich fühlte mich auf einmal so geborgen. Dann ließen wir uns schnell wieder los. Er drehte sich um, trank sein Glas aus und legte einen 20-Dollar-Schein auf die Theke.

»Also, ich muss dann mal los«, verkündete er und vermied es dabei, mich anzusehen. »Gute Besserung.«

Und wieder einmal sah ich ihm hinterher, als er davonging, und wünschte mir schon wieder, ihm bald noch mal allein zu begegnen. War da was zwischen uns, oder bildete ich mir das alles bloß ein?

Höschen in der Höschenschublade

Ich gewöhnte mir an, Jack bei der Arbeit nicht mehr aus den Augen zu lassen. Er marschierte immer sehr aufrecht durchs Büro, den rechten Arm ganz leicht gebeugt auf dem Rücken, wie ein Werfer beim Kricket, kurz bevor er ein Tor erzielt.

Die Wirtschaftsseiten der *Post* waren an der Wall Street die erste Pflichtlektüre des Tages, und Jack war ein leitender Redakteur dieses Ressorts, in dem es dauernd um entscheidende Exklusivberichte über Fusionen und Übernahmen, um Einstellungen und Entlassungen, Aktiengewinne und -verluste ging – für mich ein Buch mit sieben Siegeln. Aber ich hatte immer schon eine Schwäche für intelligente Männer mit Führungsqualitäten – solche, die man gerne in der eigenen Mannschaft hätte (wie ich es zu umschreiben pflegte). Und auch wenn Jack nicht gerade umwerfend aussah – er hatte, um ehrlich zu sein, oft rote Flecken im Gesicht und sah aus, als hätte er einen Kater – war er meiner Meinung nach doch der sexyste Mann von ganz New York.

Er saß weiter hinten in der Redaktion als ich, aber mein Schreibtisch – den ich bekommen hatte, als ich feste Mitarbeiterin wurde – stand ganz am Ende der Reihe, und wenn ich nicht gerade unterwegs war, schaute er mich manchmal an oder lächelte herüber, wenn er auf dem Weg zur Morgen- oder Nachmittagskonferenz an mir vorbeikam. Oft blieben wir beide bis spätabends im Büro – wenn der Wirtschaftsteil der zweiten Ausgabe noch auf den neuesten Stand gebracht werden musste und ich an meiner Kolumne arbeitete. Wenn er dann aufstand und den Mantel anzog, um nach Hause zu gehen, beobachtete ich ihn immer aus den Augenwinkeln und wusste, gleich würde er an meinem Schreibtisch vorbeikommen.

»Hey, hast du Lust, noch auf einen Drink ins Langan's zu gehen?« Mehr brauchte ich nicht sagen. Ein ums andere Mal legte ich mir die Worte zurecht, aber ich brachte sie einfach nicht über die Lippen. Ich kam mir sowieso schon vor, als stünde »Ich habe mich total in meinen Arbeitskollegen verknallt« in fetten Lettern auf meiner Stirn. Und hätte er irgendwie Interesse an mir, wäre er doch bestimmt mal stehen geblieben und hätte mich auf einen Drink eingeladen. Aber das tat er nicht.

Außerhalb des Büros lernte ich inzwischen, dass Paula und Dina mit ihrem Faible für Frauenfreundschaften gar nicht so Unrecht hatten. Ohne festen Freund oder die eigene Familie waren Freundinnen, die sich um einen kümmerten, in dieser irren, aufreibenden Stadt fürs Überleben genauso wichtig wie Sauerstoff.

Nach und nach freundete ich mich mit drei englischen Mädchen an: Pom, ein bienenfleißiger Strich in der Landschaft mit punkigen Klamotten und langen krausen blonden Haaren, die eines Neujahrstages spontan nach New York gezogen war. Seitdem schlug sie sich mit Touristenvisa durch und versuchte als Fotografin Fuß zu fassen. Sacha, ihre lässige porzellanhäutige Cousine, die bei der UN arbeitete, sonntags in die Kirche ging und, wenn sie betrunken war, gerne damit angab, dass die Leute sie mit der jungen Meg Ryan verwechselten. Und Fi, ihre leicht zu begeisternde, modeverrückte Freundin, die bei einer Werbeagentur arbeitete, zum großen britischen Partyzirkus gehörte und sich von Hersheys Schokoküsschen und Wasabi Knabbererbsen ernährte. Alle drei wohnten seit zwei Jahren in New York – und keine von ihnen hatte einen festen Freund. Aber sie waren ja auch alle vier Jahre jünger als ich.

Olly hatte mich eines Abends im Milanos mit Pom bekannt gemacht, als ich noch zu meinem Austausch hier war. Damals war sie mir – dem Neuling – gegenüber allerdings etwas abweisend gewesen und hatte den ganzen Abend die Arme um Olly geschlungen, um zu demonstrieren, wie nahe sie sich standen. Aber ich hatte mir schon gedacht, dass ihre raue Schale bloß Fassade war und sie eigentlich, wenn man sie ein bisschen näher kennen lernte, ziemlich nett war.

Als ich wieder nach New York zurückgekommen war, hatte ich sie angerufen, und anfangs hatten wir uns bloß hin und wieder mal am Wochenende zum Brunch oder zum Flohmarktbummel auf dem geteerten Parkplatz an der 26th Street und 6th Avenue getroffen. Pom hatte ein Wahnsinnsnäschen für Trödel und half mir dabei, eine Lampe und Kissen für mein winziges Schlafzimmer im East Village auszusuchen. Aber ich legte großen Wert darauf, ihr nicht das Gefühl zu geben, ich würde mich zu sehr an sie hängen. Denn das war, wie ich schnell herausgefunden hatte, das Erfolgsrezept, um in New York neue Freundschaften zu schließen.

Meine vorsichtigen Annäherungsversuche machten sich bezahlt. Als ich Pom am meisten brauchte, stellte ich fest, dass sie genauso gut darin war, Leuten das Gefühl zu vermitteln, dass sie gemocht wurden, wie völlig unwillkommen zu sein.

Die Krise kam eines Nachts, nicht lange nachdem Angus mir das mit India erzählt hatte, und zwar mit dem Knallen der Wohnungstür im East Village. Stöhnend wachte ich auf und wusste schon, was danach kommen würde. Sekunden später vibrierte die ganze Wohnung von dem Geklacker hoher Absätze, durchsetzt mit betrunkenem Gebrüll auf Französisch.

Pierre, Roman und ihr Euro-Aufgebot aus dem Centrofly, einem Club in der East 26th Street, in dessen VIP-Bereich freitags die Post abging, waren gelandet. Dank des französischen Türstehers war das Centrofly einer der wenigen Läden, in denen die Jungs das samtene Absperrseil passieren durften.

An jenem Abend hatte ich mich breitschlagen lassen, mit ihnen auszugehen, und hatte ein paar schöne Stunden lang im großzügigen VIP-Bereich des Centrofly abgetanzt, in dem massenweise Frauen in knallengen Designerjeans ihre superflachen

Bäuche vorführten – genau der Typ, auf den Pierre und Roman abfuhren. Neben uns taumelten Tara Reid und eine Schar Doppelgängerinnen um einen Tisch voller Kettle-One-Wodkaflaschen und Karaffen mit Antialkoholischem zum Mischen – weshalb ich mich ziemlich »rock and roll« fühlte.

Von Pierre angestachelt fing ich an, mit seinem DJ-Freund namens Lucian zu flirten, der gerade aus Paris gekommen war. Allerdings nur, bis Lucian lüstern vorschlug, doch ein halbes Stündchen in sein Hotelzimmer zu verschwinden.

»Komm schon, ich will dich. Ich weiß, dass englische Mädchen gerne ein bisschen Spaß haben«, lautete sein lahmer Verführungsversuch.

»Ich würde es lieber auf dem Boden eines Schlachthauses mit mir selbst treiben, als mit einem dahergelaufenen Stecher wie dir ins Bett zu steigen«, hatte meine ach so schlagfertige Erwiderung gelautet.

Zugegeben, ich hatte ihn sexy gefunden. Er hatte ein eckiges Gesicht und blasse Augen – und er tanzte wie ein Latino. Aber ich kannte mich und die Auswirkungen von Cosmopolitans. Nachdem ich bereits drei intus hatte, fürchtete ich, nach einem weiteren könnte das Angebot, mit ihm ins Hotel zu gehen, plötzlich doch ganz verlockend klingen. Flirten war eine Sache, aber ich war belanglosem Sex gegenüber abgeneigt, also machte ich, dass ich nach Hause kam.

Nun lag ich stöhnend unter der Bettdecke, während die Anfangsakkorde vom Daft Punk Song »One More Time« zum wiederholten Male durch die Wände meines Schlafzimmers dröhnten. Ich steckte den Kopf unter das Kissen. Ich war 31 und hatte in London ein eigenes Haus. Was zum Teufel machte ich also mutterseelenallein in einem überteuerten Schuhkarton mit einer Horde Euros, die keine drei Meter weiter lautstark Party machten?

Es klopfte an der Tür. Sie ging auf, noch ehe ich »Hau ab« schreien konnte. Lucian kam hereingeschlingert und stolperte in mein Bett.

»Hey, kleine Engländerin«, lallte er in einer Wolke aus Zigaretten- und Alkoholdunst. »Pierre und Roman haben gesagt, das hier sei dein Zimmer. Kann ich mich hier hinlegen?«

Ich verkniff mir, darauf hinzuweisen, dass er das bereits getan hatte.

»Lucian, ich schlafe schon fast, du musst irgendwo anders hingehen«, protestierte ich und schubste ihn fest in die Rippen. »Was ist denn mit deinem Hotelzimmer?«

Als Antwort riss er sich unbeholfen das T-Shirt vom Leib und legte seinen Arm schwer auf meinen Bauch.

»Hey, Franzmann, du kannst nicht hier bleiben«, zischte ich und entwand mich seinen Klauen. Er lag da wie im Koma mit dem Gesicht nach unten auf dem Kissen.

Inzwischen war ich hellwach, lag im Bett und lauschte in der Dunkelheit auf die dröhnende Musik. Jetzt hatte ich also einen DJ im Bett und wurde von einem angehenden nebenan gefoltert. Warum zum Teufel war ich bloß in diese einsame, egoistische Stadt gezogen? Wenn ich inbrünstig genug betete, vielleicht würde ich dann in meinem Bett in Shepherd's Bush aufwachen, mit Angus neben mir und meiner Katze am Fußende. Dann verkrampfte sich mein Magen: Angus und India.

Lucian schien wieder zu sich zu kommen. Er drehte sich auf die Seite und fuhr mir mit der Hand über den Bauch. Ich wendete mich brüsk ab, aber er ließ die Hand auf meiner Taille liegen, und ich schob sie nicht weg. Nach ein paar Minuten glitt sie unter mein T-Shirt und fing an, mir den Rücken zu reiben.

»Hey, hör bloß auf, was machst du denn da?«, flüsterte ich. Aber es fühlte sich gar nicht so übel an.

Seine Hand wanderte an meinen Rücken auf und ab. Ich ignorierte sie. Dann schlich sie sich wieder auf meinen Bauch und rutschte abwärts Richtung Becken. Mein Körper reagierte mit einem angenehmen kleinen Kribbeln. Ich tat, als schliefe ich. Seine Hand fing an zu kreisen und streifte beiläufig, ganz beiläufig, den Gummibund meines Höschens. Ich sagte mir, jeden Augenblick würde ich ihn rauswerfen. Dann krabbelten seine Finger ganz langsam unter den Baumwollstoff. Fühlte sich unter der warmen Decke irgendwie sexy an.

Siegesgewiss riss er mir das Höschen runter. Jetzt drehte ich mich unter Protest um. »Hey, hau ab, ja!«, schimpfte ich. Aber er war sich bewusst, dass ich zugelassen hatte, dass er es mir runterzog. Er zog sich die Hose aus und beknabberte zärtlich meinen Nacken. Dann spürte ich, wie er in die Tasche seiner Jeans griff, und hörte das unverkennbare Knistern einer Kondomverpackung.

»Lucian, vergiss es!«, wollte ich eigentlich sagen. Tat ich aber nicht.

Mit sanfter Gewalt drückte er mich zurück in die Kissen, riss die Verpackung mit den Zähnen auf, spuckte sie aufs Bett und streifte sich das Kondom erstaunlich geschickt über. Währenddessen lag ich nur schweigend da. Was zum Teufel machte ich bloß? Ich hatte keine Ahnung. Irgendwo zwischen Einsamkeit und »ist doch eh egal« hoffte ich, es könnte sich vielleicht doch lohnen.

Er kletterte auf mich und vergrub das Gesicht im Kissen gleich neben meinem rechten Ohr. Dann fing er an, sich schnell zu bewegen, und sein Atem roch scharf nach abgestandenem Alkohol. Immer schneller und härter stieß er zu und umkrallte meine linke Brust mit der Hand – ob mir zuliebe oder bloß seinetwegen, weiß ich nicht. Dann kam er mit einem tiefen Stöhnen. Er ließ sich mit seinem ganzen Gewicht auf mich fallen, als die Befriedigung ihn übermannte, und hechelte ins Kissen. Dann rollte er zur Seite. Wir hatten uns nicht geküsst, kein Wort miteinander geredet und uns nicht mal angesehen.

Er setzte sich auf, schnappte sich Hose und T-Shirt und zog sich wieder an.

»Also, ich gehe jetzt mal ein paar Joints rauchen«, erklärte er. Dann stand er auf und ging zurück zur Party nebenan.

Die Tür schloss sich hinter ihm. Draußen wurde es schon fast wieder hell, und ein kaltes Licht drang durch meine Jalousie. Lieber Gott. War das gerade wirklich passiert? Ich zog die Beine bis zum Bauch hoch. Mir war schlecht. Jetzt saß er bei Pierre und Roman und drehte sich eine Tüte – und bedankte sich garantiert für meine Dienste. O Gott.

Am liebsten wäre ich ins Badezimmer gegangen und hätte mich gewaschen, aber ich konnte denen da draußen nicht ins Gesicht sehen. Wobei mir der körperliche Teil der Sache ziemlich egal war, ich schämte mich viel mehr dafür, dass ich armselig, verzweifelt und schwach genug gewesen war, es einfach zuzulassen. Wahrscheinlich machte er das dauernd, der arrogante DJ-Wichser.

Ich drehte mich um, und mein Blick fiel auf das Bild, das Angus mir im Haus seines Vaters in Gloucestershire geschenkt hatte – es stand auf einer Plastikkommode neben meinem Bett. Ich setzte mich auf, nahm es und hielt es in meinem Schoß. Damals, in seinen starken Armen, war ich so unbeschwert gewesen. Es war, als betrachtete ich ein anderes Leben.

»Ich wünschte, du wärst jetzt hier und würdest mich in die Arme nehmen, Babe«, flüsterte ich seinem lächelnden Gesicht leise zu. Die erste Träne, die ich seit meinem Umzug nach New York weinte, fiel auf den Holzrahmen.

Ich wischte sie fort. Und sagte mir, dass es eine Menge gab, worauf ich stolz sein konnte. Ich wohnte in der tollsten Stadt der Welt – wie Jack immer betonte. Ich hatte den Job, den ich mir immer erträumt hatte. Mein Name stand jeden Tag über Artikeln in der *New York Post*, und ich hatte sogar meine eigene Kolumne mit einem Foto von mir.

Ich krabbelte auf die andere Seite des Bettes und guckte hinaus auf das Durcheinander der Häuser in Midtown. Der Himmel war inzwischen perlgrau geworden, und die tief stehende aufgehende Sonne hatte die rechte Seite des Empire State Building in ein zartes Lachsrosa getaucht. Eine Polizeisirene heulte irgendwo in der Ferne auf, und das Geräusch trieb über die Baumkronen des Tompkins Park bis hierherrüber. Und ich konnte an nichts anderes denken als daran, dass ich in dieser fremden Stadt ganz allein war und niemandem etwas bedeutete.

»Okay, schmeiß deine Sachen ins Taxi, du ziehst erst mal für eine Woche bei uns ein«, erklärte Pom. Ich hatte sie einige Stunden zuvor angerufen, als ich dachte, sie müsste schon wach sein.

Eigentlich war ich fest entschlossen gewesen, überhaupt niemandem zu erzählen, dass ich es zugelassen hatte, dass ein wildfremder Mann in mein Zimmer spaziert, mich besteigt und dann wieder nach nebenan zu seinen Kumpels geht und sich bekifft. Aber als ich ihre Stimme am Telefon gehört hatte, war es mir einfach so rausgerutscht. Und wunderbarerweise hatte sie Pierre und Roman die ganze Schuld dafür gegeben.

»Ich meine, die hätten diesem fiesen Opportunisten nie und nimmer sagen dürfen, wo dein Zimmer ist!«, hatte sie empört geschnaubt.

Pierre hatte ein bisschen schuldbewusst aus der Wäsche geguckt, als ich an ihm vorbeigegangen war, während er gerade in der Küche stand und Kaffee kochte und aussah, als hätte er einen Mordskater.

»Alles okay?«, hatte er schroff gefragt, sich die Augen gerieben und dann eine Marlboro angezündet.

»Prima!«, erwiderte ich fröhlich.

Aber ich wusste, dass er wusste, was passiert war. Ich glaubte, ihnen nie wieder in die Augen sehen zu können.

Pom und Sacha wohnten in einem Loft am damals ziemlich trostlosen westlichen Ende der 14th Street im Meatpacking District. Wie der Name schon sagt, war diese gepflasterte, sechs Blocks umfassende Ecke von Manhattan, die gesäumt war von Lagerhallen mit eisernen Vordächern, eigentlich ein Gewerbegebiet, und um fünf Uhr morgens wurde der Tagesbedarf an Frischfleisch für die ganze Stadt – gewaltige Kadaver – hier aus brummenden LKWs in die feuchten, blutbespritzten Lagerräume umgeladen. Selbst tagsüber waren die Straßen von einem Fettfilm überzogen, und im Sommer stank die ganze Gegend nach verrottendem Fleisch.

Nur zwei Jahre später war Poms und Sachas Wohnblock zwischen der 9th und 10th Avenue kaum noch wiederzuerkennen:

Er hatte sich in ein schickes Einkaufsmekka mit zahllosen Hochglanzboutiquen inklusive Läden von Stella McCartney, Alexander McQueen und La Perla verwandelt. Aber damals waren fast alle Gebäude entlang der Straße mit Brettern vernagelt und mit zerrissenen Plakaten zugekleistert, die Auftritte von Bands ankündigten, von denen man noch nie was gehört hatte. Am anderen Ende der 10th Avenue musste man sich den Weg durch benutzte Kondome und Glasscherben bahnen.

Nur um den schmuddeligen Supermarkt Western Beef mit seinem orangenen Vordach, das aussah, als könne es jeden Augenblick herunterkrachen, brummte es wie in einem Bienenstock – denn dort wurden ständig kistenweise billige Lebensmittel abgeladen, einschließlich leicht verderblicher Ware, die montags auf dem Bürgersteig abgeladen wurden, und man hatte den Eindruck, als dauerte es eine ganze Woche, um die Sachen in den Laden zu verfrachten.

Das Loft der Mädchen war ein verlassenes Produktionsstudio mit großen Fenstern zu beiden Seiten, in das Pom drei kleine Zimmer hatte einbauen lassen. An einem Ende des Raums gab es einen Wohnbereich mit einem zerschlissenen Sofa und einem Futon, einem Siebdruck der Bandmitglieder von Pink Floyd und Blick auf die 14th Street. Am anderen Ende des Lofts lag die provisorische Küche mit Herd und Regalen – und, das Allerbeste, einem großen Küchentisch mit Glasplatte. An einer Seite der Wohnung waren drei deckenhohe Wandschränke montiert, die früher mal mit elektrischen Geräten voll gestopft waren. Pom und Sacha hatten den ganzen Kram in Kisten verstaut und stattdessen ihre Designerkleider in die Schränke gehängt. Das Badezimmer war kaum größer als eine Duschkabine.

Als ich an diesem Samstagnachmittag bei ihnen eintrudelte, hatte Pom das mit einer Lichterkette geschmückte Bett in dem dritten, fensterlosen Zimmerchen frisch bezogen, in dem normalerweise Liberty, ihre andere Cousine und Model, wohnte. Aber die war ständig bei irgendwelchen Modeschauen. Außerdem hatte Pom die Nachttischlampe repariert, einen kleinen

Strauß Gänseblümchen in einem Wasserglas daneben drapiert und in der Kommode eine Schublade für mich freigeräumt.

»Man fühlt sich immer gleich wie zu Hause, wenn man erst die Höschen in die Höschenschublade geräumt hat«, erklärte sie.

Tat ich auch.

Etwas später an diesem Abend saßen Pom, Sacha, Fi – die zwei Blocks entfernt in der 13th Street wohnte – und ich zusammen am Tisch, und ich aß das allererste nach Hause gelieferte Sushi meines Lebens – köstliche Misosuppe, Edamame, würzige Tunfischröllchen und Lachs-Sashimi. Das perfekte Essen zum Rumpicken, während man Frauengespräche führte – und so billig, verglichen mit London.

Inzwischen kriegten wir uns kaum noch ein und kicherten ununterbrochen über die »unheimliche Lucian-Begegnung«, wie wir sie euphemistisch nannten. In der Sicherheit ihrer Wohnung war ich zu dem Schluss gekommen, dass ich nichts weiter tun konnte, als die Sache mit einem Achselzucken abzutun und darüber zu lachen. Denn welches Mädchen hatte nicht ein paar zweifelhafte Sexerfahrungen vorzuweisen?

»Vielleicht solltest du ja in deiner Kolumne über die Lucian-Begegnung schreiben. Warum man nie einen besoffenen Kerl auf seinem Bett ins Koma fallen lassen sollte«, meine Sacha.

Daran hatte ich auch schon gedacht.

Diese Woche ist ein wildfremder Mann in mein Schlafzimmer spaziert, hat getan, als würde er auf meinem Bett einschlafen, und hatte dann Sex mit mir, ohne ein Wort zu sagen oder mich zu küssen – und anschließend hat er sich aus dem Staub gemacht und ist zu seinen Freunden zurückgegangen.

Nein. Es gibt gewisse Dinge, die meine Kollegen, der Rest der Stadt und meine Eltern einfach nicht wissen müssen.

Scheinwerfer, Kameras und eine ganz falsche Handlung

Ich stand vor dem Spiegel, der stets akut absturzgefährdet in der Küche unseres Lofts hing, und riss mir in einer affenartigen Geschwindigkeit die Klamotten vom Leib. Ich zog neue Outfits in einem Tempo an und aus, dass ich jeder Stripperin Ehre gemacht hätte. Meine Mission lautete: Kate Winslet trifft Carrie Bradshaw, natürlich mit einem Hauch Lois Lane. Aber selbst mit einer frischen Auswahl aus Paulas abgelegten Kleidern erwies sich diese Verwandlung als etwas verzwickt.

An diesem Abend sollte ich zum ersten Mal in meinem Leben im Fernsehen auftreten. Ich sollte mich mit einer Partnervermittlerin von der East Side namens Lisa Ronis auf einen Drink treffen. Sie sollte mir Verabredungen mit Männern besorgen, über die ich dann in meiner Kolumne schreiben konnte. Und dabei sollten wir von einem Kamerateam für eine Reality-Dokumentation mit dem Titel »Leben und Lieben in New York« gefilmt werden. Man hatte mich gebeten, bei der Show als die englische Kolumnistin mitzumachen, die immer noch auf der Suche nach der wahren Liebe ist, und ich hatte zugestimmt mit dem Kommentar, das sei eine wunderbare Werbung für die *Post*. Aber es war natürlich reine Eitelkeit, dass ich mich dazu hatte überreden lassen.

Langsam, aber sicher entwickelte sich meine Kolumne zu einer beliebten Spalte, weil ich – bis auf den Zwischenfall mit Lucian – alles schamlos beschrieb, was ich als Single in New York so erlebte: Wie ich einem Unbekannten, mit dem jemand mich verkuppeln wollte, heftige Flirt-E-Mails geschickt hatte, in denen ich vorschlug, wir sollten uns in einer Hotelbar treffen, »weil wir vielleicht nachher noch ein Zimmer brauchen«, nur um zum vereinbarten Treffpunkt zu kommen und feststellen zu müssen, dass ich versehentlich einem Bekannten von Sacha gemailt hatte, der Professor bei der UN war. Wie ich eines Abends versucht hatte, ein paar Typen bei einem Spiel der New York Knicks abzuschleppen, was damit endete, dass ich vor Bier triefte. Wie Fi und ich Meg Ryan (die Echte) bei einer Modeveranstaltung gesichtet hatten und ihr den ganzen Abend wie besessen hinterhergeschlichen waren – nur um irgendwann in einem beinahe leeren VIP-Raum, der von einem anderen VIP-Raum abging, zu landen. Ein anderes Mal hatte ich in meiner Kolumne ausgerechnet, dass ich in einer Woche sage und schreibe 29 Cocktails getrunken hatte – auch wenn das meinen Eltern, die meine Kolumne gewissenhaft jede Woche aus dem Internet ausdruckten, überhaupt nicht gefiel.

Aber mein Leben in New York hatte sich drei Wochen nach der unheimlichen Lucian-Begegnung völlig verändert. Pom hatte angerufen und mir mitgeteilt, dass Liberty sich mit ihrem englischen Freund verlobt hatte und das Zimmer nun nicht mehr brauche, ob ich also dauerhaft in ihr Loft in der 14th Street einziehen wolle? Jetzt hatte ich meine eigene kleine New Yorker Familie, auf die ich mich freuen konnte, wenn ich nach Hause kam – bloß dass diese Familie auf abgedrehten Partys rumhing und Gutenachtjoints baute. Ich hörte endlich auf, mich zu fragen, ob ich mir durch den Umzug aus London mein ganzes Leben versaut hatte.

Und ich war wild entschlossen, neben meinem Job als Reporterin, meiner Kolumne bei der *Post* und meinem Verknalltsein in Jack, in das ich mich heimlich reinsteigerte – allen zu beweisen, dass man als Singlefrau Anfang dreißig jede Menge Spaß haben konnte. Was ich auch tatsächlich glaubte – meistens jedenfalls.

Dank Bridget Jones und Sex and the City haben wir alle eine Gehirnwäsche verpasst bekommen, bei der man uns eingetrichtert hat, dass Frauen ab 30 aufwärts Serienversagerinnen sind. Aber zu welcher anderen Zeit in ihrem Leben sind Frauen so reif, dass sie sich – und den Wert des Geldes – so gut kennen, um tun und lassen zu können, was sie wollen? Ganz zu schweigen von ihrem sexuellen Höhepunkt …

… schrieb ich in einer meiner Kolumnen. In einer anderen erklärte ich:

Um ganz ehrlich zu sein, jammere ich für mein Leben gerne die Litanei der gescheiterten Liebesgeschichten, und genauso gerne höre ich mir die diesbezüglichen Klagen meiner Freundinnen an. Meine Mitbewohnerinnen und ich können stundenlang am Küchentisch sitzen, Geschichten über die schrecklichsten Typen, die entsetzlichsten Verabredungen und die peinlichsten sexuellen Erlebnisse erzählen. Und ich bezweifele sehr, dass wir genauso viel Tee trinken und quatschen würden, wenn jedes Gespräch damit anfinge, dass jemand sagt: »Du glaubst ja nicht, was der Kleine heute wieder angestellt hat.«

New York war schließlich eine Stadt, in der es nicht einfach war, einen Ehemann zu finden – in der man aber alles andere erreichen konnte, wenn man es nur wollte – sogar ein Fernsehstar zu werden!

Mein Handy klingelte, während ich noch vor dem Spiegel stand. Mist. Es war erst halb neun. Ich klemmte mir das Handy unters Kinn, machte Sachas Schrank auf und fing an, mich durch ihre etwas extravagantere Garderobe zu wühlen.

»Lokalredaktion, dranbleiben für Jerry«, sagte ein Redaktionsassistent. Ich zog eine taillierte cremefarbene Seidenbluse von Chanel aus dem Schrank und hielt sie mir vor dem Spiegel an den Körper. Das sah schon eher nach Fernsehen aus.

»Morgen«, sagte Jerry, der inzwischen Marilyns Job übernommen hatte. »Ein Dreijähriger ist in der Bronx von zwei anderen Kindern mit einem Kugelschreiber erstochen worden. Du musst so schnell wie möglich da hin.«

Mit der Bluse unter dem Arm schnappte ich mir einen Stift und das nächste Stückchen Papier, das ich finden konnte, um draufzukritzeln – eine Sushi-Speisekarte vom Küchentisch.

»Die beiden acht und zehn Jahre alten Kinder haben im Treppenhaus mit dem Kleinen gespielt und ihn dann mit dem Kuli erstochen. Die Mutter hat ihn gefunden, als sie rauskam.«

Ich schrieb die Fakten mit und versuchte, mir das Ganze nicht bildlich vorzustellen.

»Und wo sind die Kinder jetzt?«

»Der kleine Junge im Leichenschauhaus, die beiden anderen im 44. Polizeirevier, wir denken, sie werden vermutlich heute noch vor dem Familiengericht in der Bronx zur Anklage vernommen. Geh einfach zum Tatort, da triffst du auch den Fotografen.«

Fünf Minuten später flitzte ich in einem verknitterten blauen Krepprock, T-Shirt und Flipflops die 14th Street runter zur U-Bahn-Linie L in der 8th Street. Sachas Chanelteil hatte ich in die Handtasche gestopft. Um meine Verwandlung in Kate Winslet würde ich mich später kümmern müssen.

In zwanzig Minuten brachte mich die U-Bahn vom breiten Bürgersteig der 14th Street, auf dem sich die Manhattaner Anzugträger drängten, zu einer stickigen Hauptstraße in der Bronx, wo abgerissene alte Männer und Gangmitglieder rauchend vor Brathähnchenbuden rumhingen. Es war bereits weit über 25 Grad.

Mir fing es schon an, heiß zu werden, als ich mir den Weg durch einen Pulk Kinderwagen schiebender Mütter bahnte und zweimal abbog, bis ich in die Sheridan Avenue kam. Am Ende des Wohnblocks gab es eine Bodega-Bar mit gelben Fensterscheiben, über und über mit Plakaten für billige Zigaretten und Bier beklebt. Auf der gegenüberliegenden Straßenseite drängte sich ein Pulk Menschen vor einem braunen U-förmigen sechsstöckigen Wohngebäude. Eine Frau redete wütend gestikulierend auf einen Reporter ein, der sich eifrig Notizen machte. Zwei Übertragungswagen parkten vor dem Haus, ihre langen Satellitenantennen sahen aus wie Periskope. Ich erspähte zwei Fotografen, die ich von anderen Einsätzen kannte, die zusammenstanden und rauchten.

Ich ging zu ihnen und holte eine Zigarette raus.

»Hallo zusammen. Bridget – von der *Post*, und, wie sieht's aus?«

»Die Mutter ist da oben, 5A, sie redet. Du musst dir den Blutfleck im Treppenhaus angucken.«

»Wo wohnen denn die Kinder, die das gemacht haben?«, fragte ich mit der Zigarette im Mund, während ich meine schon angeschmuddelten Haare zu einem Pferdeschwanz zusammenband.

»Gute Frage. Angeblich sind es Pflegekinder, die im ersten Stock wohnen, aber die Familien machen entweder nicht auf oder sind schon über alle Berge.«

»Ah, Bridget, wurde auch langsam Zeit.« Ich drehte mich um. Matt, der *Post*-Fotograf, kam mit einer Tasse Kaffee über die Straße.

Matt war eine blauäugige Augenweide Marke Holzfäller, und in der Redaktion kursierte das Gerücht, Gretchen, die Bildredakteurin, habe ihn nur eingestellt, um die allein stehenden Reporterinnen ein bisschen aufzumuntern. Aber ich mochte Matt, weil er gut mit Menschen umgehen konnte und man sich mit ihm bei Überwachungseinsätzen wunderbar die Zeit vertreiben konnte.

»Die waren vermutlich schon drinnen«, sagte ich und wies mit dem Kopf auf eine rosa berockte Fernsehreporterin von *Channel 7*, die in ihr Handy quakte, als gäbe sie der Starship Enterprise den Befehl, sie aus der brütend heißen Bronx hochzubeamen.

»Schnell rein, schnell wieder raus«, meinte Mike. »Du bist etwa die Dritte, nicht schlecht für die *Post*.«

Matt und ich boxten uns durch die versammelte Anwohnerschaft bis zum Hauseingang. Drinnen stieg uns sofort der modrige Mief des vergammelnden Abfallschachts in die Nase. Die Metalltür des Aufzugs vor uns sah aus, als sei jemand mit dem Rammbock auf sie losgegangen.

»Wir nehmen lieber die Treppe«, sagte ich.

Oben im fünften Stock angekommen blieben wir keuchend vor Hitze stehen. Ein Fleck, unverwechselbar braunrot wie getrocknetes Blut, hatte sich auf dem Treppenabsatz ausgebreitet. Gleich daneben stand die verdreckte Metallklappe des Abfallschachts in der Wand halb offen.

»Das ist aber ganz schön schrecklich«, bemerkte ich krampfhaft bemüht, möglichst munter zu klingen.

»Warte doch mal«, sagte Mike. Er ging in die Hocke und fing an, Fotos zu machen.

Die Tür zu 5A war nur angelehnt.

»Mist, Jerry hat vergessen, mir zu sagen, wie die Familie eigentlich heißt«, flüsterte ich Mike zu.

»Valentina Manufort ist die Mutter, das Kind heißt – hieß Jesus.«

Ich schrieb mir die beiden Namen auf die Hand.

Wir gingen durch einen schmalen Flur in der Wohnung. Der führte in eine Küche, eingerichtet mit einem Resopaltisch und vier Küchenstühlen mit gelben Plastikbezügen. Dahinter saßen zwei Frauen, eine davon etwas älter, und ein Mann auf einem abgewetzten braunen Sofa. Sie sahen westafrikanisch aus. Die Frau in der Mitte hatte vom Weinen geschwollene Augen.

Das Trio schaute resigniert auf, als Matt und ich hereinkamen, so als hätten sie nur auf uns gewartet. Ein Fenster war geöffnet, um die schwüle Luft von draußen hereinzulassen, die vom Summen müder Klimaanlagen vibrierte. Im Zimmer drinnen schien die Tragödie fast greifbar.

»Mrs. Manufort?«, fragte ich und ging beinahe in die Knie, um der Dame in der Mitte die Hand zu reichen. »Wir sind von der *Post*. Es tut mir so Leid, was passiert ist.«

»Ihr Baby ist zwei Schritte vor seinem zu Hause ermordet

worden«, sagte die ältere Frau neben ihr mit schmerzerfüllter Stimme. »Wie ist es nur möglich, dass zwei kleine Kinder etwas so furchtbar Schreckliches tun?«

Die Frage stand vor uns im Raum. Wir konnten sie nicht beantworten.

Matt und ich sahen uns an. Er stand mit versteinertem Gesicht neben dem Tisch, damit man nicht merkte, wie sehr ihn das mitnahm.

»Vielleicht könnten Sie mir etwas über Jesus erzählen, darüber, wie es Ihnen jetzt geht«, sagte ich und hasste mich selbst für diese banale Frage.

»Jesus, er war mein Engel«, antwortete Valentina Manufort. »Ich habe ihn und seine Schwester bloß zum Abfallschacht geschickt, sie sollten eine Windel reinwerfen. Und dann bin ich rausgegangen und habe mein Baby auf dem Boden liegen gesehen, und sonst gar nichts …«

Wieder liefen ihr die Tränen über das Gesicht. Matt drückte ab. Ich schrieb ihre Worte auf meinen Notizblock und spürte, wie mir der Schweiß den Rücken hinunterlief.

»Er war bloß zwei Schritte von zu Hause weg«, klagte sie.

Verzweifelt überlegte ich, was ich Tröstliches sagen könnte.

»Wir wollen, dass diese Jungs bestraft werden«, sagte der Mann, wohl der Vater des Jungen, »Wenn man ihnen heute nicht Einhalt gebietet, gehen sie morgen wieder hin und tun etwas noch viel Schlimmeres.«

»Ma'am«, wendete sich Matt an die Mutter. »Hätten Sie vielleicht ein Foto Ihres Jungen für uns?«

Wieder war es der Vater, der darauf reagierte und einen billigen schwarzen Plastikrahmen hervorholte, der offensichtlich schon griffbereit dagelegen hatte. Er reichte ihn zuerst mir. Auf dem Foto war ein Krabbelkind mit großen, traurigen Augen in einem Matrosenanzug zu sehen, das eine mondförmige Rassel in der Hand hielt. Die Bildredaktion würde sich überschlagen vor Entzücken.

Ich legte den Notizblock auf meine Knie und bewunderte

höflich das Bild, ehe ich es an Matt weiterreichte. Ich versuchte krampfhaft, mir nicht vorzustellen, was derselbe kleine Junge durchgemacht haben musste, als seine Spielkameraden sich auf der Treppe plötzlich gegen ihn gewendet hatten. Matt stellte das Bild auf den Küchentisch und ging in die Hocke, um es im Sucher der Kamera anzuvisieren.

Der Anblick ihres toten Kindes schien der Mutter die letzte Kraft zu nehmen. Sie klammerte sich an meinen Arm.

»Da heiratet man und kriegt ein Kind und denkt, alles wird, wie es werden soll, aber so läuft das nicht. Das Leben nimmt keine Rücksicht, es wird einfach immer schwerer«, erklärte sie tonlos. »Sein Vater, der arbeitet 16 Stunden am Tag als Wachmann, er hat zwei verschiedene Jobs. Und jetzt ist mein Junge weg.«

Die Tür am anderen Ende des Flurs flog plötzlich auf, und es gab einen kleinen Tumult. Ein Mann mit einer Fernsehkamera auf der Schulter kam in die Küche marschiert, gefolgt von einer klapperdürren Frau in einem schwarzen Maßanzug mit einem Mikrofon. Hinter ihnen strömten zwei weitere Kamerateams herein.

»Wo ist die Mutter?«, fragte der erste Kameramann und fuchtelte mit seiner Kamera herum wie mit einem Raketenwerfer. Als er die Beute ausfindig gemacht hatte, stürzte er sich auf das Sofa und knipste den Scheinwerfer auf der Kamera an, während die Frau ihn einfach nur anstarrte.

»Sie, Sie sind die Mutter des Kindes, richtig?« Sie blinzelte in das helle Licht, das ihr glattes, tränenüberströmtes Gesicht beleuchtete.

»Hey, du«, schnauzte er mich an. »Rück rüber, du stehst mir im Bild.«

Sekunden später war die Reporterin ebenfalls am Sofa. Das Foto des kleinen Jungen hatte sie schon in der Hand. Ich war für sie nicht existent.

»Valentina, würden Sie das Bild Ihres Sohnes mal festhalten«, kommandierte sie, schaltete dann auf einen zuckersüßen ersten Tonfall um und hielt der Frau das Mikrofon unter die Nase.

»Mrs. Manufort, sagen Sie uns, was werden Sie nun tun ohne Ihren kleinen Jungen?«

Die Frau schaute hinunter auf das Bild und dann auf den Ansturm wildfremder Menschen, die sich in ihre Küche drängten. Sie fing an, den Kopf zu schütteln. Matt trat bereits den Rückzug über den Flur an.

»Ma'am, vielen Dank, dass Sie sich die Zeit genommen haben«, murmelte ich und strich ihr mit der Hand über den Arm.

»Und nächstes Mal«, fauchte ich die Reporterin an, »wäre ich Ihnen sehr dankbar, wenn Sie die Höflichkeit besäßen, mich mein Interview in Ruhe zu Ende führen zu lassen, ehe Sie mit Ihrem anfangen.«

»Wir sind in 15 Minuten live drauf, wir können nicht warten«, zischte sie zurück. Das trauernde Trio auf dem Sofa sah uns resigniert an.

Ich stand auf und schob mich an dem Pulk von Fernsehteams vorbei zur Tür. Draußen im Flur filmte ein Kameramann des spanischsprachigen Senders *Univision* gerade den Blutfleck.

Matt fand ich schließlich auf dem Bürgersteig vor dem Haus wieder, er stand da und rauchte und trat mit dem Fuß gegen die Hauswand. Ich nahm mein Handy raus und wählte die Nummer der Redaktion, während er durch die Bilder auf dem Display seiner Digitalkamera scrollte.

Ich fragte mich, ob wir uns je daran gewöhnen würden, einfach in die Lebenstragödien anderer Menschen zu platzen, immer nur darauf bedacht, was die Zeitung an Infos brauchte, und sie dann wieder mit ihrer Trauer allein zu lassen. Doch ich musste mir eingestehen, dass wir uns längst daran gewöhnt hatten.

Lisa Ronis, die Partnervermittlerin, hatte mich um sieben Uhr ins Atlantic Grill an der Ecke 3rd Avenue und 76th Street bestellt. Dort saß sie wie aus dem Ei gepellt an einem der Tische draußen, als ich endlich total abgehetzt dort ankam, geradewegs aus der Bronx.

Auf dem Bürgersteig gleich neben der Terrasse hatte sich das Kamerateam von »Leben und Lieben in New York« aufgebaut – ein Kameramann, ein Toningenieur und ein hippes junges Mädchen mit krausem Haar und einem Klemmbrett in der Hand. Sie wirkten alle etwas ungeduldig.

Ich stellte mich vor, ganz außer Atem, und entschuldigte mich. Ich hatte Schwitzflecken unter den Armen, und meine Haare klebten mir an der Stirn wie eine Nylonperücke. Während der 15-minütigen U-Bahn-Fahrt vom Grand Concourse zur Upper East Side – in eine ganz andere Welt – hatte ich versucht, die Ereignisse des Tages aus meinem Kopf zu verbannen.

»Können wir loslegen?«, fragte das Klemmbrett-Mädchen mit breitem australischem Akzent.

»Ich muss noch schnell mein Oberteil wechseln«, erklärte ich und zog Sachas zerknittertes Chaneltop aus der Tasche. Ich hätte ebenso gut einen abgetrennten Kopf herausholen können.

»Ähm, sparen Sie sich die Mühe«, meinte sie und beäugte es angewidert. »Ist nicht so wichtig, wie Sie aussehen, wir haben schon ein richtig umwerfendes Mädchen auf dem Band, da kann ein bisschen Abwechslung nicht schaden.«

So viel zu meiner glanzvollen neuen Fernsehkarriere.

»Okay, kommen Sie einfach die Straße entlang auf uns zu und sagen uns Ihren Namen und was Sie in New York machen«, wies der Kameramann mich an.

Am liebsten hätte ich ihnen erzählt, dass ich gerade acht Stunden damit zugebracht hatte, ergebnislos eine ein Kilometer lange Strecke zwischen der Sheridan Avenue und dem Familiengericht der Bronx hin und her zu laufen auf der Suche nach zwei Jungs, die ein Kleinkind mit einem Kugelschreiber erstochen hatten, aber das wollten die garantiert nicht hören.

»Ähm, ich heiße Bridget Harrison, ich bin vor elf Monaten aus London nach New York gezogen und arbeite als Reporterin und Kolumnistin bei der *Post*.«

»Halt, Moment!«, rief der Kameramann. »Vielleicht bringt mal eben jemand eine Haarbürste.«

Als ich endlich Lisa Ronis im Restaurant gegenübersaß, holte ich meinen Notizblock wieder raus. Ich überblätterte die Seiten mit den Einzelheiten zu Jesus' Tod und schrieb »Dating-Tipps der Partnervermittlerin« über eine leere Seite.

Lisas Alter war schwer zu schätzen, es lag vermutlich irgendwo zwischen dreißig und 45. Sie hatte glatte, olivbraune Haut, schulterlange dunkle Haare, Rehaugen und fein geschwungene Augenbrauen. Ich dagegen sah immer noch aus, als sei ich unter die Räuber gefallen. Das Glas Wodka Tonic, das ich beim Barkeeper bestellt und in einem Zug geleert hatte, trieb mir die Röte auf die Wangen. Ich versuchte den großen flauschigen Mikrofongalgen, der über unseren Köpfen schwebte, und den Kameramann an unserem Tisch, der tat, als sei er gar nicht da, so gut es ging außer Acht zu lassen.

Lisa, eindeutig ein alter Fernsehhase, legte gleich mit großartiger Geste los.

»Ich sage Ihnen, Bridget, es gibt auf der ganzen Welt keine härtere Stadt als New York.«

Wem sagst du das, war ich versucht zu erwidern.

Lisa stellte die These auf, in New York seien so viele »Wahnsinnsfrauen« Singles, weil sämtliche »Wahnsinnsmänner«, mit denen sie gerne ausgehen würden, viel zu beschäftigt sind mit ihren »Wahnsinnskarrieren«.

»Ich meine, wer will schon mit einem Kerl ausgehen, der Zeit hat, in Bars rumzuhängen?«, fragte sie mit einem einstudierten Achselzucken in Richtung Kamera.

Ich zum Beispiel, wollte ich schon einwerfen.

Lisa beschrieb sich selbst als »Ex-Turbodaterin«, und erzählte mir, die Geschäftsidee sei ihr gekommen, weil sie so ein glückliches Händchen beim Verkuppeln ihrer Freunde gehabt habe.

»Die Suche nach dem richtigen Mann muss man wie einen Geschäftsplan angehen. Man muss sich Zeitfenster schaffen, die man zur Selbst-Verschönerung nutzt – Friseur, Maniküre, Wachsbehandlungen. Dann eine Reihe Blind Dates mit Männern arrangieren, die den eigenen Kriterien entsprechen. Überlassen Sie ihm die Wahl des Restaurants und die Tischreservierung, worin ich Männer übrigens schule, und legen Sie sich im Geiste einen Fragenkatalog zurecht, mit dessen Hilfe Sie herausfinden können, ob Ihre Verabredung auch wirklich dem entspricht, was Sie suchen.«

»Klingt das nicht etwas zu formelhaft und unromantisch?«, wagte ich einzuwenden.

»Schätzchen, es hat doch überhaupt keinen Zweck, wenn man sich sehnlichst Kinder wünscht, seine Zeit mit einem Mann zu verschwenden, der keine Kinder will. Als Frau in Ihrem Alter muss man sich darüber langsam Gedanken machen.«

Hurra. Wie gut, dass sie mich daran erinnert hatte. Darauf musste ich erst mal einen trinken.

Lisa erzählte, sie habe eine Datenbank mit Hunderten in Frage kommender Männer und Frauen, die alle nur darauf warteten, den perfekten Partner zu finden. Für den lächerlichen Betrag von 3000 Dollar pro Jahr konnten sich Singles mit acht hoffnungsvollen Kandidaten aus Lisas Schatzkästchen treffen.

»Egal wo in New York die tollen Männer und Frauen rumlaufen, ich spüre sie für meine Kunden auf«. Sie zuckte mit der Nase, als sie »spüre sie auf« sagte, und beugte sich dann verschwörerisch zu mir rüber. Der Mikrofongalgen schwang herum und folgte ihr.

»Über die Jahre gehen mindestens 15 Ehen und über zehn dauerhafte Beziehungen auf mein Konto. Und Sie könnten die Nächste sein. Mir fallen auf Anhieb etliche Männer ein, die Ihnen zu Füßen liegen würden!«

»Ach, tatsächlich?«, meinte ich zweifelnd und griff so hastig nach dem Wodka Tonic, den der Kellner gerade brachte, dass er überschwappte.

Lisa holte ihr schwarzes Büchlein hervor und fragte mich, was ich von einem Mann erwartete.

»Tja … er muss klug sein, witzig – und handwerklich begabt«, zählte ich auf und bemühte mich, dabei nicht zu lallen. Jack, wie er durchs Büro ging, schoss es mir durch den Kopf. Dass er im größten Chaos immer einen kühlen Kopf bewahrte und nie den Überblick verlor, war für mich immer noch eins der besten Aphrodisiaka, die ich kannte. Ich schwor mir, ihn das nächste Mal auf einen Drink einzuladen, wenn er wieder mal Überstunden machte.

»Haben Sie da schon jemand im Auge?«, fragte Lisa, als könne sie meine Gedanken lesen. Der Kameramann zoomte näher ran. Nervös warf ich einen Blick auf den Mikrofongalgen.

»Ähm, nein, so kann man das nicht sagen«, stotterte ich und wurde puterrot. Ich war mir ziemlich sicher, Jack wäre entsetzt, würde er erfahren, dass ich seinen Namen in einer Reality-Show über den New Yorker Dating-Zirkus erwähnt hatte.

»Und Ihre bisherigen Beziehungen?«

»Ähm, ich hatte eine längere Beziehung in England.«

»Und was ist passiert?«, fragte sie mit durchdringendem Blick.

»Ich bin vor einem Jahr in die USA gezogen, und es hat nicht funktioniert«, erklärte ich matt.

Hätte mir vor einem Jahr jemand gesagt, ich würde irgendwann meine Beziehung zu Angus mit einer Partnervermittlerin von der Upper East Side analysieren, die Blind Dates für mich arrangieren wollte, dann wäre ich möglicherweise nie weggegangen. Aber dann hätte ich auch Jack nie kennen gelernt.

Drei Tage später zog ich mit dem Fernsehteam los und traf mich mit einer weiteren Partnervermittlerin – einer durchgedrehten Dame Mitte fünfzig mit Fönwelle namens Janis Spindel, die für ihre Dienste einen Jahresbeitrag von 15 000 Dollar berechnete. Und ja, so sagte sie, es gebe tatsächlich eine ganze Menge Männer, die bereit seien, diese Summe hinzublättern, um die richtige Frau kennen zu lernen.

»Aber das ist ja schon fast die Anzahlung für ein Haus«, wandte ich ein. Ich konnte es kaum fassen.

»Nicht für die Männer, mit denen ich zu tun habe«, schniefte sie pikiert.

Als Vorsichtsmaßnahme, um diesmal nicht wieder wie eine Kanalratte auszusehen, hatte ich mir den Morgen freigenommen und eine halbe Ewigkeit damit zugebracht, ein fetziges, ironisches T-Shirt in Pink mit der Aufschrift »Playboy Playmate des Jahres« quer über den Brüsten auszusuchen, das ich von Pom bekommen hatte, und einen stilvollen, weich fallenden Rock von Calypso von Sacha.

Janis begrüßte mich in einem teuren Café auf der Upper East Side namens AKA, bekleidet mir einer Goldlamébluse – und beäugte abschätzig mein T-Shirt. Sie erklärte mir, sie könne einen Menschen in wenigen Minuten ganz genau einschätzen. Ganz offensichtlich war sie bereits fest entschlossen, mich nicht auf ihre schwerreichen Kunden loszulassen.

Um auf Lisas Erfolgsstory noch eins draufzusetzen, vertraute sie mir an, im Laufe ihrer Karriere bereits dreihundert Beziehungen und hundert Ehen gestiftet zu haben. Sie durchkämmte die Stadt von Fitnessstudios über Parks bis hin zu Wohltätigkeitsveranstaltungen, immer auf der Suche nach dem passenden Partner für ihre Kunden. Nichts ahnende New Yorker mussten jederzeit damit rechnen, dass sie im wahrsten Sinne des Wortes hinter ihnen hergerannt kam und ihnen im Austausch für ihre Visitenkarte alle nur erdenklichen romantischen Abenteuer versprach.

Dann sagte sie mir, sie hätte da einen aufregenden Produzenten aus L.A., der möglicherweise auf meinen »unkonventionellen Look« stehen würde, warnte mich aber, vorher müsse ich mich komplett umstylen lassen.

»Männer stehen auf gepflegte Frauen«, erklärte sie mit einem strengen Blick auf meine schmutzigen Fingernägel und die zerzausten Locken. »Also, was würden Sie tragen, wenn ich Sie zu einem Date mit diesem Mann in ein Restaurant in SoHo schicken würde?«

»Ähm, eine enge Jeans, ein Top … und meine roten Manolo Blahniks, vermutlich.« (Die gehörten zwar eigentlich Sacha, aber ich dachte, das würde sich im Fernsehen einfach gut anhören.)

»Sehr gut!«, rief sie begeistert. »Frauen sollten bei Verabredungen immer hochhackige Schuhe tragen, und das Haar offen. Männer mögen lange Haare, vorzugsweise glatt.«

Während Janis weiterdozierte, ging mir auf, dass es ganz gleich war, ob es die ältere, professionelle Klientel war, die bereit war, für den Dating-Service zu zahlen, oder die hippen Twens, die Bars, das Internet und Speed-Dating-Abende zum Anbandeln nutzten, das Prinzip war immer dasselbe. Der erste Eindruck war alles entscheidend. Kein Wunder, dass alle immer klagten, Verabredungen hätten frappierende Ähnlichkeit mit Bewerbungsgesprächen. Es war eigentlich ein Wunder, dass es überhaupt je einer bis zur zweiten Verabredung schaffte. Und die meisten von uns schafften es nicht.

Sandy – der Produzent aus L.A. – rief mich etliche Tage nach Janis' Einweisung an, weigerte sich aber rundweg, sich fürs Fernsehen filmen oder über sich schreiben zu lassen, und behauptete, er würde lieber sterben als in der Liebeskolumne eines Boulevardblatts aufzutauchen. Er holte mich um elf Uhr an einem brütend heißen Abend in seinem schwarzen Porsche aus der Redaktion ab (er behauptete, sich nicht früher mit mir treffen zu können, da er lange arbeiten müsse). Sandy war Anfang vierzig und sah aus wie eine Mischung aus Woody Allen und dem baskenbemützten Produzenten aus der Truman Show. Während wir durch den Theaterverkehr am Times Square fuhren, guckte er mich auf seinem Beifahrersitz immer wieder verstohlen von der Seite an, als sei ich ein Köter, den er gerade aus dem Tierheim gerettet hatte und den er bei Nichtgefallen am nächsten Morgen wieder zurückbringen könnte.

Wir bestellten gebratene Seezunge, Fritten und Rucolasalat und saßen auf der Terrasse eines schicken neuen italienischen Restaurants namens Macelleria, das kürzlich im Meatpacking District eröffnet hatte. Ich bemühte mich, dem Gespräch über die Filmindustrie zu folgen, während mich heftigste Schuldgefühle plagten, weil dieser Mann bei einer Partnervermittlerin 15 000 Dollar auf den Tisch gelegt hatte – und dafür mich bekommen hatte! Einzig die Tatsache, dass ich Mayonnaise zu meinen Fritten bestellte, schien Sandy zu beeindrucken.

»Und wie vereinbaren Sie Ihr wirkliches Liebesleben mit all dem Kram, den Sie in Ihrer Kolumne schreiben?«, fragte er etwas spöttisch.

»Die Kolumne, wissen Sie, da geht es doch nur um eine lustige Sonntagslektüre über das harte Leben als Singlefrau in New York. Das ist ja nur ein kleiner Teil meines Lebens. Mein Hauptberuf ist der als Reporterin.«

Davon war er ganz offensichtlich nicht so recht überzeugt.

»Tja, ich kann mir jedenfalls nicht vorstellen, dass ein Mann mit gesundem Menschenverstand irgendwas mit Ihnen zu tun haben will«, erklärte er.

Ich lachte unbefangen, weil ich dachte, das solle ein Witz sein. Mir kam gar nicht in den Sinn, dass er vielleicht Recht haben könnte.

Eine Stunde später setzte er mich vor dem Loft ab und brauste davon in die heiße Nacht. Ich habe nie wieder was von ihm gehört. (Ein Jahr später erfuhr ich von Janis, dass er eine 1,80 Meter große skandinavische Schönheit geheiratete hatte, die bei Calvin Klein arbeitete.)

Sanjay, meine zweite von der Agentur vermittelte Verabredung, wurde von Lisa mit den Worten »verrückt und zu allen Schandtaten bereit« beschrieben. Er entpuppte sich als ernster 28-jähriger Banker, der gleich klarstellte, er stehe nur auf Blondinen und wolle in den nächsten zehn Jahren auf keinen Fall eine feste Beziehung, weil er sich ganz auf seine Karriere konzentrieren wolle. Lisa hatte also Recht gehabt, als sie sagte, man solle gleich zu Anfang klären, wo der andere seine Prioritäten setzte.

Ich nahm Sanjay mit zu einer Party für Groove Armada, die das Plattenlabel im »Windows on the World«, dem glamourösen Restaurant ganz oben im World Trade Center, veranstaltete, von wo aus man unter sich die ganze Stadt wie einen glitzernden Überwurf orange glühender Lichter sehen konnte. (Fiona hatte die Einladung über die Zeitung organisiert und zu meinen Gunsten für diesen guten Zweck verzichtet.)

Mit sichtlichem Unbehagen hatte Sanjay zugestimmt, sich für »Leben und Lieben in New York« filmen zu lassen, was er allerdings ganz offensichtlich schon wieder bereute, als wir uns auf einen Kennenlern-Drink hinsetzten und die Kameras unbarmherzig aufzeichneten, was für eine erbärmliche Figur wir dabei machten. Denn da muss ihm aufgegangen sein, dass er demnächst im Fernsehen auftauchen würde, und zwar als Typ, der für eine Verabredung mit einer Frau bezahlte.

»Hör zu, ich habe mich bloß an Lisa gewandt, weil ich beruflich so eingespannt bin, dass ich keine Zeit habe, neue Leute kennen zu lernen«, sagte er und schaute unsicher hinaus auf die funkelnde Stadt, die sich hundert Stockwerke unter uns bis zum Horizont erstreckte.

»Was machst du eigentlich genau?«, erkundigte ich mich.

»Ich kümmere mich um Not leidende Kredite.«

Ich guckte verständnislos.

»Das ist, wie wenn deine Verabredung äußerlich ziemlich hässlich aussieht, innerlich aber ein richtig guter Mensch ist. Dasselbe tun wir mit Firmen.«

»Faszinierend«, murmelte ich, immer noch ganz baff. Sollte das eine Anspielung auf mich sein?

»Und du schreibst also in aller Öffentlichkeit über dein Sexleben?«, fragte er.

Ich stutzte. Jetzt klang er plötzlich auch so spöttisch. Die konnten das doch unmöglich ernst meinen.

»Nein, in meiner Kolumne geht es eigentlich mehr darum, wie es ist, als allein stehende Frau in New York zu leben«, nuschelte ich.

»Na, ich hoffe, dass du nichts über mich schreibst«, sagte er.

Jetzt war ich an der Reihe, nervös die glitzernde Aussicht zu unseren Füßen zu betrachten. Wir wurden gerade für eine Show über Partnersuche fürs Fernsehen gefilmt, da war es ein bisschen zu spät, plötzlich schüchtern zu tun.

Dann schlurften wir verlegen zur Tanzfläche, die Kameras immer im Schlepptau. Aber nach einigen weiteren hastig hinuntergestürzten alkoholischen Getränken schienen Sanjays Bedenken darüber, im Fernsehen oder in meiner Kolumne aufzutauchen, plötzlich wie weggeblasen. Mit großer Geste öffnete er den obersten Hemdenknopf und fing an, wie ein wild gewordener Handfeger herumzuwirbeln.

»Weißt du was! Ich bin ziemlich impulsiv, wenn ich erst mal loslege«, schrie er mir ins Ohr. »Energie, mehr braucht man nicht!«

Und eine Flasche Wodka.

Er packte mich an den Hüften und fing an, wie verrückt zu wackeln, zu stoßen und zu sich zu schinden, und rief mir zu: »Wie tief kommst du runter?«

Die schicke Meute auf der Tanzfläche rückte entsetzt von uns ab, und ich bemerkte, wie die Kameraleute uns vom Rand der Tanzfläche auslachten, aber mir blieb nichts anderes übrig als enthusiastisch mitzuwackeln.

Das Einzige, was noch weniger sexy ist als ein schlechter Tänzer, ist ein peinlicher Tänzer – lieber Gott, ich hoffte doch sehr, dass sie diese Szene nicht in Millionen amerikanischer Haushalte beamen würden.

»Also, das nenne ich ganz großes Fernsehen!«, rief das Team begeistert, als wir endlich wieder zur Bar zurückgingen. Langsam bereute ich es, mich jemals auf »Leben und Lieben in New York« eingelassen zu haben.

Zumal als Sanjay anbot, mich mit dem Taxi zu Hause abzusetzen. Sobald wir allein hinten im Taxi saßen, stürzte er sich auf mich und versuchte, für eine kleine Fummeleinlage seinen Mund auf meinen zu pressen, während das Taxi den West Side Highway entlangsauste.

»Komm schon, Sexkolumnistin, das schuldest du mir«, lallte er umweht von Wodkadunst, und fiel auf mich, als das Taxi in die West 14th Street einbog. Ich ging in Deckung und fragte mich, ob er vielleicht Recht hatte.

Als ich die vier Stockwerke zu unserem Loft hochstieg, verfluchte ich mein eitles Streben nach Ruhm. Wenn ich so weitermachte, würde ich ewig Single bleiben – und hatte es auch nicht anders verdient.

Bahn frei für englische Bräute

Wenn man als Singlefrau zu einer Hochzeit eingeladen ist, scheint es beinahe unmöglich, sich insgeheim nicht eine oder mehrere der folgenden Fragen zu stellen:

1. Wie wird wohl meine eigene Hochzeit aussehen?
2. Wen würde ich heute heiraten, wenn ich die Wahl hätte?
3. Wo ich mich schon mal in mein Sonntagskleid geschmissen habe, wen könnte ich da küssen?

Als ich mit meinem alten Freund Henry in Cherry Hill in Oxfordshire aus dem Auto stieg, schwor ich mir jedoch, mich von keinem der oben stehenden Punkte aus der Ruhe bringen zu lassen. Zur Feier des Tages trug ich ein fließendes Kleid in leuchtend warmem Rosa und hatte meine Haare zu einem wuscheligen Dutt hochgesteckt, den man tagelang üben muss, damit er so perfekt aussieht. Während wir über den frisch gemähten Rasen zu einem weißen Festzelt schlenderten, vor dem sich die Gäste Champagner trinkend in der Spätsommersonne drängten, sagte ich mir noch einmal, dass diese Hochzeit bloß eine tolle Gelegenheit war, mal wieder meine alten Freunde in England zu treffen. Aber mein Magen schlug Purzelbäume. Angus würde nämlich auch da sein.

Milly gehörte zum Kreis meiner Londoner Freunde, mit denen ich den Jahrtausendwechsel auf Jamaika gefeiert hatte, und ihre Hochzeit war bereits die zweite in diesem Sommer, für die ich eigens aus New York hergeflogen war. (Die erste hatte in einem winzigen Nest in Schottland stattgefunden, und ich hatte meinen Easy-Jet-Flug von London nach Glasgow verpasst und in einem schäbigen kleinen Café gehockt und geflucht, dass ich, bloß weil ich Single war, die umständliche Fahrt nach Schottland ganz allein bewältigen musste, wohingegen alle anderen die Reise mit einem romantischen Kurztrip zu verbinden schienen und mit ihrer besseren Hälfte in Landgasthäusern am Wegesrand Zwischenstopps einlegten.)

Aber zu Millys Hochzeit kam auch ich in Begleitung. Henry und ich marschierten schnurstracks zu der sehr jung wirkenden Kellnerin, die mit einem Tablett voller Champagnergläser neben dem Eingang zum Festzelt stand. Wir nahmen jeder eine Flöte und tranken gierig das Kribbelwasser.

»Ah, schon besser!«, seufzte Henry. »Es ist enorm wichtig, sich gleich richtig auf die Hochzeit einzustimmen.«

Wir gingen rüber und sagten Luke, dem Bräutigam, und Alex, seinem Trauzeugen, hallo, die im flotten Cutaway neben dem Festzelt standen.

»Viel Glück, mein Freund, das wird ein toller Tag«, rief Henry und gab Luke einen freundschaftlichen Klaps auf den Rücken.

»Ich freue mich ja sooo für dich«, sagte ich zu ihm, während ich die versammelte Gästeschar unauffällig mit einem Auge nach Angus absuchte. Ob er schon da war? Ich konnte schließlich nicht gut nach ihm fragen.

»Vielen Dank, das du den weiten Weg aus New York hierher gekommen bist«, meinte Luke.

»Hast du deine Rede vorbereitet, Al?«, fragte Henry. »Wir erwarten Beifallsstürme.«

»Reden wir lieber nicht davon«, murmelte Alex und zuckte mit einem Blick auf die vielen Gäste nervös die Achseln. »Ich schwitze schon dermaßen, dass ich bestimmt noch mal das Hemd wechseln muss.«

Lächelnd hörte ich dem Gespräch zu – bis plötzlich alle um mich herum vergessen waren. Angus kam über den Rasen auf uns zuspaziert.

Er war allein (ich hatte mich schon vorher vergewissert, dass er India nicht mitbringen würde), trug einen cremefarbenen

Leinenanzug und ein blasslila Hemd mit einer weißen Rose im Knopfloch. Sein Gesicht war goldbraun gebrannt, und er hatte sich einen kleinen blonden Bart wachsen lassen, mit dem er ein bisschen wie ein raubeiniger norwegischer Eroberer aussah. Verdammt, verdammt, verdammt. Warum bitte konnte er seit unserer Trennung nicht einfach eine Glatze bekommen und zehn Kilo zugenommen haben?

Ich tat, als hätte ich ihn nicht gesehen und fing an, übertrieben laut über Alex' Witze zu lachen. Sekunden später stand er neben mir.

»Hi Leute, toller Tag heute, was? Luke, Glückwunsch, und wie geht es der liebreizenden Braut?«, begrüßte er Luke und schüttelte ihm die Hand. Typisch, dass er wieder mal als Einziger daran gedacht hatte, sich nach Milly zu erkundigen.

»Gut, gut«, erwiderte Luke. »Soweit ich weiß, ist sie oben mit ihrer Mum.«

Ich stand da und beobachtete angestrengt die Champagnerbläschen. Dann endlich drehte er sich zu mir um.

»Hallo, meine Hübsche«, sagte er strahlend. »Bist du gerade erst frisch aus New York eingeflogen?«

»Gestern, um genau zu sein«, entgegnete ich noch ein bisschen strahlender.

Wir umarmten uns, und mit dem Duft seines Eau Sauvage löste sich das Jahr, in dem ich ihn nicht mehr gesehen hatte, einfach so in Luft auf. Am liebsten hätte ich mich an ihm festgekrallt, als ginge es um mein Leben. Ihn dagegen schien meine Gegenwart herzlich wenig zu beeindrucken.

»Schön, dich zu sehen, Bridge«, sagte er, als er mich wieder losließ.

Im Festzelt roch es nach warmer Luft, Binsenmatten und Rosen. Henry, Angus und ich gingen als einige der Letzten hinein, nachdem wir den Champagner so gut es ging genossen hatten. Drinnen waren lange Bänke für die Gäste aufgestellt, und vorne erwartete eine mit einer weißen Rosenranke geschmückte schlichte Holzbank das glückliche Paar. Wir drei steuerten auf eine leere Bank im hinteren Teil des Zelts zu. Ich rückte durch, Henry blieb stehen und begrüßte noch einen Bekannten, also landete Angus unversehens direkt neben mir.

Wir blieben erst mal vor unseren Sitzplätzen stehen und warfen einen Blick auf den Zettel mit der liturgischen Abfolge. Auf einer Liste schädlicher Dinge, die man seinem Herzen antun kann, rangierte bei der Hochzeit von jemand anderem neben dem Ex zu stehen, den man eigentlich mal hatte heiraten wollen, garantiert auf einem der vorderen Plätze, da war ich mir ziemlich sicher. Ich war versucht, einen kleinen Witz darüber zu reißen, aber irgendwie beschlich mich der Verdacht, Angus könnte sagen: »Heute geht es nicht um dich, Bridge.«

Stattdessen suchte ich also das Zelt nach Leuten ab, die ich kannte, und staunte, wie viele in meinem Alter kleine Kinder hatten. Überall waren Krabbelkinder in süßen kleinen Baumwollsommerkleidchen, und Mütter, die ihre Babys in schicken Schals wiegten. Es sah aus wie beim Sommerfest eines Kindergartens.

Rosie, eine Bekannte von der Uni, und ihr Mann Mark quetschten sich in die Reihe vor uns. In einem Arm hielt sie ein Neugeborenes, und auf dem anderen hatte sie ein pummeliges Krabbelkind, der ihr vergnügt irgendein geschmolzenes Schokoding ins Gesicht schmierte. Das konnte doch nicht sein. Mir kam es vor, als hätten Rosie und ich erst gestern noch Ecstasy genommen und bei Raves auf den Boxen getanzt, und jetzt hatte sie auf einmal *zwei* Kinder? Rosie war immer ein knallhartes Partygirl gewesen und hatte rund um die Uhr bis zum Umfallen gefeiert, aber heute sah sie total kaputt aus, man sah richtig, wie dick sie sich das Make-up auf ihre einst klare Haut geschmiert hatte. Ihr rosa Schlapphut geriet gefährlich ins Rutschen, als sie das Baby in ihrem Arm zurechtrückte und gleichzeitig versuchte, dem Kleinen die schmelzende Schokolade zu entringen. Sie winkte uns kurz etwas entnervt, dann beugte sie sich rüber zu Mark und flüsterte ihm verärgert etwas zu, woraufhin er ihr das Kind abnahm.

Als ich sie so ansah, überlegte ich, dass man Frauen über dreißig anscheinend in zwei Gruppen einteilen konnte. Die mit den kleinen Kindern, die wehmütig an ihre Zeit als Single zurückdenken und sich fragen, wie ihr einstmals schillerndes, unkompliziertes Leben sich bloß so schnell in einen nicht enden wollenden Kampf gegen schlaflose Nächte und Essen auf der Kleidung verwandeln konnte. Und auf der anderen Seite die Singlefrauen, die all ihrer Unabhängigkeit und ihrem Schönheitsschlaf zum Trotz den größten Teil der Zeit damit zubringen, Panik zu schieben, weil sie doch eigentlich Windeln wechseln sollten. Hochzeiten, schätzte ich, gehörten zu jenen seltenen, fröhlichen Momenten, in denen diese beiden Welten aufeinander prallten.

»Milly und Luke, ich hatte das Vergnügen, euch beide in den vergangenen zwei Wochen kennen zu lernen, während der ihr euch auf diesen freudigen Tag vorbereitet habt, und besonders aufgefallen ist mir bei euch beiden, dass ihr füreinander die besten Freunde seid. In Zukunft soll diese Freundschaft das geheiligte Band sein, das euch zusammenhält«, sagte der Kaplan zu Milly und Luke, die vor ihm standen. Ich wagte nicht, Angus anzusehen.

»Liebe bedeutet nicht nur Leidenschaft, sondern auch Kameradschaft und Respekt. Sie ist das Wissen, dass ihr beide zueinander halten und gemeinsam wachsen werdet, ganz gleich, wohin das Leben euch auch führen mag.«

Es sei denn, einer von euch beiden haut ab nach New York.

Und damit waren dann Milly und Luke die Nächsten in Kreis meiner Freunde, die jetzt verheiratet waren, und der Tag nahm den üblichen feucht-fröhlichen Verlauf einer typisch englischen Landhochzeit. Es gab Reden und Trinksprüche auf der Terrasse vor dem rosenumrankten Cottage von Millys Eltern, und wir setzten uns zu Roast Beef und neuen Kartoffeln an runde, mit Jasmin geschmückte Tische in einem noch größeren Festzelt. Gegen sechs Uhr hatte der Geräuschpegel im Inneren des Zelts dank des für England typischen Alkoholgenusses eine gesundheitsgefährliche Lautstärke erreicht. Einen nach dem anderen zog es die Gäste auf die Tanzfläche. Aber ich mochte einfach nicht allein rumhüpfen und so tun, als sei ich ein Mädchen, das unheimlich gerne von Paaren umgeben allein tanzt. Also wanderte ich stattdessen von einem Tisch zum nächsten, hockte auf Stuhlkanten und redete mit alten Freunden.

»Ich hab gehört, du bist ja eine richtige Carrie Bradshaw geworden«, sagte einer von ihnen.

Ich dachte an Sanjay, der versucht hatte, mich im Taxi abzuknutschen, und an die unheimliche Lucian-Begegnung.

»Nicht ganz«, entgegnete ich.

Währenddessen war ich mir, wie bei allen Partys, auf denen kürzlich Verflossene lauern, immer bewusst, wo Angus gerade war. Er schien mit Gott und der Welt zu reden und zu tanzen, nur mit mir nicht. Also trank ich noch was, um mich aufzuheitern.

Ein engelsgleicher Kellner stand hinter der provisorischen Bar neben der Tanzfläche, und jedes Mal, wenn ich wieder hinging, grinste er mich an. Irgendwann grinste ich zurück. Zumindest gab es bei Hochzeiten immer genügend Servicepersonal zum Flirten, auch wenn die inzwischen doch ein kleines bisschen zu jung für mich sind.

Bei meinem vierten Abstecher zur Bar beschloss ich, den Sack mit dem Engelsjungen zuzumachen.

»Tja … du arbeitest wohl bis spät in die Nacht … danach schon was vor?« Ich zwinkerte ihm zu.

»Um ehrlich zu sein, meine Freundin holt mich ab, und wir gehen zu unserer College-Disko.«

Oh, so eine Demütigung. Warum hatte er nicht ein bisschen rumgedruckst? Musste er mir denn unbedingt auf die Nase binden, dass er zehn Jahre jünger war als ich – und sogar er schon vergeben war? Das kleine Mistvieh.

»Schade, morgen fliege ich nämlich zurück zum Set von *Sex and the City*, und ich wollte dich einladen mitzukommen«, lallte ich.

Er guckte verdattert. »Hören Sie, sind Sie ganz sicher, dass Sie noch was zu trinken möchten?«

Also bestellte ich stattdessen lieber ein Wasser und wankte aus dem Zelt, um mich zu sammeln. Ich schaute hoch zu den Sternen, die jetzt am tintenschwarzen ländlichen Himmel erschienen. War ich jetzt dazu verdammt, die tragische alternde Jungfer bei Hochzeiten zu sein und so zu tun, als sei es völlig in Ordnung, dass ich immer noch Single war? Aber es *war* doch auch okay, immer noch Single zu sein. Da war ich mir sicher. Und warum sollten eigentlich alle zwischen 26 und 32 heiraten? Das hieß doch sicher nichts weiter, als dass sie alle fantasielose Sklaven des Zeitdiktats waren. Andererseits kam irgendwann der Zeitpunkt, an dem man praktisch denken und akzeptieren musste, dass man nicht ewig Zeit hatte. O Mist. Da waren sie wieder, die gleichen nagenden alten Fragen, die mir immer wieder durch den Kopf spukten. Ich sagte mir, dass sich nichts daran ändern würde, wenn ich mir deswegen dauernd Sorgen machte. Positiv, ich musste die Sache positiv angehen.

»Bridget Harrison, du bist nur ein tragischer Fall, wenn du es selbst glaubst«, verkündete ich ziemlich laut dem ganzen Garten.

»Was hast du gesagt, Bridge?« Ein kleines Grüppchen von Leuten, das auf dem Rasen stand und rauchte, drehte ich zu mir um.

»Ähm, nichts, gar nichts, wollte nur mal Luft schnappen«, stammelte ich und flitzte an ihnen vorbei.

Es war beinahe stockdunkel im Garten. Auf halbem Weg zum Cottage entdeckte ich gleich neben dem Pfad eine Bank aus Baumstämmen. Ich setzte mich, nippte an meinem Wasser und atmete ein paar Mal tief durch. In den Blumenbeeten hinter mir lief eine Sprinkleranlage, die tröstlich auf das Laub der Büsche tröpfelte. Der schwere Duft von Rosen und Lavendel hing in der Luft. Langsam ging es mir wieder ein bisschen besser. Ich beschloss, mir eines Tages auch einen Cottage-Garten zuzulegen, auch wenn ich mich dann allein um ihn kümmern musste.

Ich hörte Schritte den Pfad herunterkommen. Angus tauchte aus Richtung Haus auf.

»Ganz allein, Bridge?«

»Musste mal frische Luft schnappen. Ist es nicht herrlich hier draußen?«

Er setzte sich auf die Bank neben mich.

»Und jetzt mal ehrlich, wie geht es dir?«, fragte er leise.

»Mir geht's gut, gut. Endlich gewöhne ich mich an das Leben in New York.« Ich legte eine kurze Pause ein, damit meine Stimme auch ganz sicher die richtige Tonlage traf. »Und wie läuft es mit India?«

»Oh, gut, sehr gut.« Er hielt inne. »Und wie steht's mit dir, hast du jemand Neues?«

Ich guckte auf den Rasen und dann nach oben in die verstreut funkelnden Sterne über unseren Köpfen.

»Da gibt's einen Redakteur bei uns im Büro, aber na ja, das ist noch ganz frisch.«

Noch ganz frisch? Das war wohl etwas untertrieben. Aber es ging mir gleich ein bisschen besser, wenn ich an Jack dachte. Jack war meine Hoffnung, nun, da ich allmählich meine Vergangenheit loslassen musste.

»Na, ich hoffe, der Typ ist nett«, meinte Angus.

»Ja, er ist nett, und sehr klug. Er ist der aufstrebende Stern am Zeitungshimmel.« Ich schwieg. »Genauer gesagt, ist er seit neustem mein Chef.«

»*Dein Chef?*«

»Ja, na ja, er ist gerade vom Wirtschaftsressort zu den Lokalnachrichten versetzt worden, wenn ich wieder zurückgehe, ist er also mein Vorgesetzter«, erklärte ich in unbeschwertem, keckem Ton. Ich hatte das ja selbst noch nicht richtig kapiert.

Fetzen von *Isn't She Lovely* von Stevie Wonder kamen aus dem Zelt geweht und dröhnten bis zu uns herüber.

»Klingt etwas kompliziert, wenn du mich fragst«, bemerkte Angus.

Und das war nun wirklich untertrieben.

Der längste Tag

Am Morgen des 11. September wurde ich um kurz vor neun von Pom geweckt, die in meiner Schlafzimmertür stand und leicht verschreckt mit unserem Loft-Telefon herumwedelte.

»Deine Freundin Kathryn von *Channel Four* in London hat angerufen, sie sagt, ein Flugzeug sei gerade ins World Trade Center geflogen, ob du sie zurückrufen und ihr erzählen kannst, was da los ist.«

Ich hatte keine Ahnung, was da los war, ich hatte in meinem Schuhkarton ohne Fenster im Bett gelegen und tief und fest geschlafen.

So ein Mist, ich muss in der Redaktion Bescheid sagen, war meine erste instinktive Reaktion. Ich krabbelte aus dem Bett, riss Pom das Telefon aus der Hand und wählte die Nummer der Redaktion.

»Hi, hier ist Bridget, ich glaube, ein Flugzeug ist gerade ins World Trade Center geflogen, soll ich für euch hingehen?«

Denise Buffa, eine Reporterin, die heute Morgen als Frühredakteurin eingesprungen war, hatte schon den Turbo Boost eingeschaltet.

»Wir haben acht Reporter und Fotografen da unten, ein zweites Flugzeug ist eingeschlagen, wir nehmen an, es ist ein Terroranschlag. Komm bitte so schnell wie möglich in die Redaktion, wir brauchen dich zum Schreiben.«

Drei Minuten später stand ich auf der 14th Street, hielt verzweifelt nach einem Taxi Ausschau und versuchte Kathryn auf dem Handy zurückzurufen. Rings um mich herum waren Leute auf dem Weg zur Arbeit wie angewurzelt stehen geblieben und starrten fassungslos die Hudson Street hinunter zu den Zwillingstürmen, die nicht weit von hier in den Himmel ragten – und auch auf allen anderen Straßen, so weit man nach Süden schauen konnte, standen Menschen.

Die oberen Stockwerke beider Türme brannten lichterloh. Orange Flammen leckten aus den vertikalen Einkerbungen der Verkleidung. Fieser schwarzer Rauch quoll hinter den Flammen hervor und stieg in den Himmel. Es sah aus, als hätte jemand zwei gigantische Fackeln in die Manhattaner Skyline gerammt.

Ich musste an mein Date im Restaurant »Windows on the World« mit Sanjay vor gerade mal zwei Wochen denken. Gott, ich hoffte, da oben war niemand mehr. Aber nein, bestimmt waren die alle heil rausgekommen.

Ich konzentrierte mich ganz auf meine Order, in die Redaktion zu kommen, erspähte ein Taxi und rannte mit drei anderen Fußgängern um die Wette, um es zu erwischen. Während der Fahrt nordwärts die 8th Avenue hinauf in Richtung Zentrum sah man an jeder Straßenecke Menschen in kleinen Grüppchen stehen und nach Süden zu den Türmen starren. Sie sahen aus wie Komparsen in einem King-Kong-Film, wenn das Riesenungeheuer durch die Stadt stampft, wie sie alle entsetzt die Hände vors Gesicht schlugen, weil sie gar nicht glauben konnten, was sie da sahen.

»So eine verrückte Scheiße«, meinte der Taxifahrer.

»Sie sagen es«, entgegnete ich, und wünschte mir, ich führe nicht nach Norden, sondern in den Süden, dorthin, wo die Action war.

Als ich um 9.25 Uhr in der Redaktion ankam, wurde es schon langsam voll, weil alle Reporter, die in Manhattan wohnten und es irgendwie bis hierher geschafft hatten, aus allen Richtungen herbeiströmten, ob sie nun Dienst hatten oder nicht. Der harte Kern der schreibenden Kollegen – die, die am schnellsten lesbare Texte zusammenhauen konnten – klebte schon an den Leitungen und Fernsehern und wartete darauf, von den Reportern, die bereits unten am World Trade Center waren, mit den neuesten Informationen versorgt zu werden. Heute saß niemand an seinem Schreibtisch, alle standen unter den Fernsehbildschirmen vor dem CvD-Büro. Alle Nachrichtensender zeigten Aufnahmen vom zweiten Flugzeug, auf denen in Zeitlupe zu sehen war, wie United Airlines Flug 175 in den Südturm einschlug. Ich sah mich nach Jack um, doch der war noch nicht da.

Dann rief Denise nach mir und wies mich an, ins Bellevue Hospital zu gehen und dort auf Verletzte zu warten. Das Bellevue lag an der Ecke 1st Avenue und 20th Street und war somit eins der nächstgelegenen Krankenhäuser. Ich überprüfte meinen Pager und vergewisserte mich, dass ich meinen Notizblock dabeihatte, und rannte dann wieder auf die Straße und suchte mir ein Taxi.

Erstaunlicherweise floss der Verkehr immer noch, wenn auch ziemlich langsam, und inzwischen strömten die Menschen aus den unzähligen Bürogebäuden die 6th Avenue entlang in Richtung Central Park. Andere hatten sich beunruhigt vor unserem Büro versammelt und schauten hinauf zu den Fernsehbildschirmen, die *Fox News* auf den Vorplatz hinausplärrten. Das Bild der brennenden Türme erschien immer wieder auf den Monitoren. Wenn man die 6th Avenue hinunterschaute, konnte man das echte Feuer brennen sehen.

Mein zweiter Taxifahrer hatte sein Radio auf *1010Wins News* eingestellt, und während wir in östlicher Richtung durch die engen Straßen krochen, an vorbeihastenden, verängstigten Fußgängern vorbei, hörten wir den Sprecher sagen, dass ein anderes Flugzeug das Pentagon getroffen habe. Weitere wurden, so fürchte man, nahe Chicago und L.A. vermisst. Der Westflügel des Weißen Hauses und Capitol Hill seien vorsorglich evakuiert worden. Sämtliche Flugzeuge im ganzen Land mussten am Boden bleiben.

Ich saß allein auf dem Rücksitz eines Taxis, in einer Stadt, die gerade von Terroristen angegriffen wurde, und um mich herum versank Amerika im Chaos. Aber aus irgendeinem Grund hatte ich überhaupt keine Angst. Ich spürte nur dieses seltsame Ehrfurchtsgefühl, das da gerade etwas wirklich Großes im Gange war, auf das niemand mehr Einfluss nehmen konnte. Und was auch immer als Nächstes geschehen mochte, ich hatte für die *Post* einen Auftrag zu erledigen.

Die Korrespondentin von *1010Wins Radio,* die live von einem Hausdach in New Jersey berichtete und die brennenden Türme beschrieb, war nicht ganz so gelassen. Noch während sie zusah und wir zuhörten, fiel der Südturm in sich zusammen. Sie schrie auf, ein erstickter, gequälter Klagelaut. »O mein Gott, der Turm, er ist gerade zusammengebrochen, einer der Türme ist gerade zusammengebrochen.« Sie schluchzte. »O mein Gott, o mein Gott, o mein Gott.« Und ich wünschte mir immer noch, ich wäre dort.

Der hässliche Betonklotz, in dem das Bellevue Krankenhauses untergebracht ist, flankiert von der 1st Avenue und dem FDR – der Straße, die sich bis zum östlichen Zipfel Manhattans hinzieht – befand sich im Zustand gespannter Geschäftigkeit, als ich aus dem Taxi stieg und schnell überlegte, wo die ersten Verletzten ankommen würden. Auf der linken Seite des Gebäudes fuhren vor dem Eingang der Notaufnahme eine ganze Reihe Krankenwagen vor, die darauf warteten, ins Zentrum entsandt zu werden. Als ich dorthin marschierte, kam ein Trupp Medizinstudenten, die sie in grüne Kittel gesteckt hatten, über den Parkplatz in Richtung Notaufnahme marschiert, die jungen Gesichter blass und entschlossen. Später erfuhr ich, dass man sie direkt aus dem Hörsaal hierher verfrachtet hatte, um für die Flut von Verletzten gewappnet zu sein.

Das Hauptfoyer des Krankenhauses füllte sich unterdessen zusehends mit grimmig dreinschauenden New Yorkern, die hergekommen waren, um Blut zu spenden – alle wollten helfen. Gestresste Krankenhausmitarbeiter bemühten sich, Stühle für sie aufzutreiben und sie ordentlich in einer Reihe aufzustellen, weil es immer mehr wurden. Die übrigen Patienten, einige in Krankenhauskitteln, manche im Rollstuhl oder auf Krücken, manche mit einem fahrbaren Tropf, wirkten verloren und verletzlich in dem Durcheinander.

Fernsehteams und Reporter trudelten ein – wir waren alle da – die *NY Times*, die *Daily News*, *Newsday*, *CNN*, *Fox*, *NY1*, *Channel 4*, *7* und *11*, *1010 Wins*, sogar jemand von der *BBC*. Zunächst liefen wir noch ungehindert im ganzen Krankenhaus herum und versuchten, auch in die Notaufnahme zu kommen. Gerüchte machten die Runde, ganze Etagen seien geräumt worden, und in den Betten stapelten sich bereits die Verletzten und Sterbenden. (Die sollten sich allesamt als unwahr erweisen.) Aber die Wachleute sammelten uns rasch wieder ein, und der beredte Krankenhaussprecher flehte uns an zu bleiben, wo wir waren, und versprach, uns umgehend zu unterrichten, wenn irgendwas passierte. Kurz darauf erfuhren wir, dass auch der Nordturm eingestürzt war.

Während es langsam Nachmittag wurde an diesem denkwürdigen Tag, versammelten wir uns stündlich zu einer Pressekonferenz in einer rückwärtigen Eingangshalle des Krankenhauses, wo man uns ein ums andere Mal mitteilte, dass die Zahl der Verletzten, die bisher eingeliefert wurden, immer noch bei knapp über einem Dutzend lag. Jedes Mal rief ich von einem Münztelefon in der Redaktion an, aber verglichen mit den anderen Reportern im Zentrum von Manhattan hatte ich herzlich wenig zu berichten. Den größten Teil des Tages verbrachte ich damit, draußen vor dem Südeingang des Krankenhauses zu hocken, an dem der FDR entlangführte, der gesperrt worden war, und zuzusehen, wie eine nicht enden wollende Reihe von heulenden Rettungswagen, Lastern, Feuerwehrfahrzeugen und Krankenwagen ins Zentrum raste. Aber, wie es schien, kam keins von ihnen zurück.

Ich hatte (mal wieder) aufgehört zu rauchen, aber heute hatte ich beschlossen (mal wieder) anzufangen. Ein Kameramann von CNN reichte mir eine Marlboro, und wir setzten uns zusammen auf die Betonstufen, die hinauf zur Flügeltür des Krankenhauses führten, und lauschten den Sirenen.

»Ziemlich sinnlos, sich Sorgen zu machen, dass man an Lungenkrebs stirbt, wenn die Welt gerade untergeht«, witzelte ich. Eine Krankenschwester in grünem Kittel gesellte sich zu uns und ließ sich Feuer geben.

»Was ist denn hier los? Wo sind all die Verletzten? Es müssen doch hunderte von Menschen in den Türmen gewesen sein«, sagte ich zu ihr.

»Herzchen, da weißt du genauso viel wie ich. Wir warten schon den ganzen Tag, die sagen, die Leute haben es entweder aus eigener Kraft raus geschafft, oder gar nicht«, erwiderte sie.

Schweigend saßen wir drei nebeneinander und rauchten und versuchten zu verstehen, was sie da gerade gesagt hatte.

Ein Auto fuhr vor. Es war mit einer dicken weißen Staubschicht bedeckt. Die Scheibenwischer hatten es gerade so eben geschafft, einen winzig kleinen Fleck freizukratzen, damit der Fahrer etwas sehen konnte.

»Du großer Gott«, murmelte ich.

Das Auto gehörte einem Angehörigen der Krankenhausleitung, wie die Schwester uns erklärte. Er war zur Einsatzzentrale am World Trade Center gefahren. Der Direktor stieg aus dem Auto. Auch er war von Kopf bis Fuß mit weißem Staub bedeckt. Als wir mit gezückten Notizblöcken losliefen, wirbelte ein Windstoß den Staub von der Windschutzscheibe auf und trieb ihn in einer Wolke vor sich her, die uns alle einhüllte. Plötzlich brannten meine Augen, und es fühlte sich an, als habe mir jemand Säure in die Lungen geschüttet.

Hustend taumelten wir herum, hielten uns die Hände vors Gesicht und traten den Rückzug an. Der Staub roch beißend und bitter – ein unverwechselbarer, haarsträubender Geruch, den die ganze Stadt bald als den Gestank von Ground Zero kennen lernen sollte.

Und während ich mir die tränenden Augen rieb, dämmerte es mir so langsam, wie schlimm es im Zentrum tatsächlich aussehen musste. Ich hoffte, all unsere Reporter seien in Sicherheit, und ich fragte mich, was Jack und die anderen in der Redaktion wohl machten.

Eine Frau stolperte Richtung Eingang, auch sie staubbedeckt. Sie wirkte verloren und orientierungslos. Wir kreisten sie ein, aber selbst die aufdringlichen Fernsehleute waren heute ziemlich zurückhaltend.

Sie erzählte uns, sie hieße Tiffany Keeling, und sie sei aus Albuquerque hierher geflogen, um an einer Schulung bei Morgan Stanley im 61. Stock des Südturms teilzunehmen. Sie war zum ersten Mal in New York, und kurz vor 8.45 Uhr hätte die Schulungsgruppe eine Pause gemacht, und alle hätten am Fenster gestanden und die Aussicht bewundert.

»Auf einmal gab es einen Knall, und alles hat gebebt. Dann haben wir gesehen, wie Hunderte Blätter Papier am Fenster vorbeiflatterten. Wir dachten, irgendwo sei eine Parade mit Konfetti und Luftschlangen«, erklärte sie.

Während wir eifrig unsere Notizblöcke vollkritzelten, erzählte sie uns, wie sie gesehen hatte, dass es ganz weit unten auf der Straße brannte, woraufhin sie und ihre Kollegen sich ihre Taschen geschnappt hätten und durch den Notausgang die Treppe hinunter gelaufen seien. Aber zwei Stockwerke tiefer hätte man ihnen über die Lautsprecheranlage versichert, dass sie sich nicht in akuter Gefahr befänden.

»Und da sind dann etliche Leute wieder nach oben zurückgegangen«, sagte sie, und die Tränen liefen ihr über das staubige Gesicht und hinterließen glänzende Spuren auf ihren Wangen. »Seitdem habe ich nichts mehr von ihnen gehört.«

Sie war immer noch auf dem scheinbar endlosen Weg die Treppen hinunter gewesen, als das zweite Flugzeug eingeschlagen war. »Plötzlich brach Chaos aus, das ganze Gebäude wackelte, überall um uns herum gab es auf einmal Risse in den Mauern, auf den Treppen war Blut, man konnte die Dämpfe des Flugzeugbenzins riechen«, erzählte sie.

Zum ersten Mal malte ich mir die entsetzlichen Szenen aus, die sich im Inneren des Turms zugetragen haben mussten – und von denen ich in den nächsten Monaten durch unzählige Interviews noch genauere Einzelheiten erfahren sollte.

Tiffany Keeling erzählte uns, sie habe es nur nach draußen geschafft, weil ein Fremder sie im 25. Stock gefunden hatte, wo sie erschöpft zusammengebrochen war, und ihr gesagt hatte, er würde das Gebäude nicht ohne sie verlassen. Als sie es endlich bis nach unten geschafft hatten, waren sie vor dem Turm über die Straße getaumelt und auf die Knie gefallen.

»Zwischen uns und dem Turm war ein einziges Menschenmeer«, sagte sie. »Dann hat jemand gesagt, da sei noch ein Flugzeug, also habe ich hochgeguckt, und dann habe ich den Schatten gesehen. Und im nächsten Augenblick kam der Turm mir entgegen. Er fiel einfach um. Ich habe mich auf den Boden fallen lassen und mir die Jacke über den Kopf gezogen und gedacht, ›Ich jetzt heute sterben‹.«

»Und dann war es, als würde Hagel auf meinen Rücken prasseln, ich konnte nicht atmen, die Luft war so stickig. Da habe ich gedacht, ich sei tot. Das Nächste, woran ich mich erinnere, ist, dass jemand gesagt hat: ›Du bist nicht tot, du bist nicht tot.‹ Ich wurde weggeführt, aber ich wusste nicht, wie meine Füße mich tragen sollten. Dann habe ich mich umgedreht, und all die Polizeiautos, all die Leute, die da vor dem Turm gestanden hatten, die waren weg. Einfach weg.«

Sie fing an, hemmungslos zu schluchzen, und das Grüppchen Reporter und Kameraleute stand schweigend um sie herum, wie betäubt.

»Was ist mit dem Mann, der Ihnen geholfen hat?«, fragte ich.

Sie sah mich an und schüttelte bloß den Kopf. Ich wünschte, ich hätte nicht danach gefragt.

Später sah ich sie allein auf dem Parkplatz stehen und weinen. Sie versuchte, vom Münztelefon aus ein Taxi zu rufen. Es traf mich wie ein Schlag, als ich daran dachte, dass sie ganz allein in New York war, nicht wegkonnte, keine Ahnung hatte, was aus ihren Freunden geworden war, und sich vorkommen musste wie in einem einzigen Albtraum. Langsam ging sie Richtung 1st Avenue davon, und als ich ihr so hinterherschaute, fragte ich mich plötzlich, warum ich nicht zu ihr hingegangen war und ihr meine Hilfe angeboten hatte. Selbst an einem solchen Tag sah ich im Leid eines anderen Menschen bloß die Möglichkeit, ein gutes Zitat zu bekommen.

Um elf Uhr abends waren die meisten Reporter abgezogen, und die Fernsehteams bereiteten sich auf eine letzte Liveschaltung für die Spätnachrichten vor. Ich rief noch mal in der Redaktion an und wurde zu Steve durchgestellt.

»Kannst du weitermachen?«, fragte er. »Wir haben gehört, Polizeieinheiten von außerhalb werden am West Side Highway zusammengezogen. Sie wollen reingehen und bei den Rettungsarbeiten helfen.«

»Klar«, erwiderte ich. Irgendwie war es, als sei ich in Sicherheit, solange ich nur weiterarbeitete.

An der 1st Avenue kaufte ich mir ein Päckchen Zigaretten, und dann machte ich mich zu Fuß auf den Weg, die elf Avenues quer durch Manhattan zur West Side hinunter. Die Stadt war menschenleer. Der allgegenwärtige Lärm von hupenden Taxis, Verkehrsstaus und Bussen war wie ausgelöscht. Stattdessen hallte eine entsetzliche Stille durch die langen Avenues, nur unterbrochen vom Heulen der Sirenen. Die Läden waren verrammelt, die sonst überfüllten Restaurants geschlossen und die Bars leer. Wie ich so allein durch die Dunkelheit trabte und meine Schritte auf dem Bürgersteig hören konnte, kam es mir vor, als befinde sich die ganze Stadt im Belagerungszustand.

Ein paar ganz benommene Leute kamen mir entgegen, und in allen Gesichtern sah man die gleiche ungläubige Fassungslosigkeit. »New York ist heute Nacht ein finsterer Ort«, sagte ein Mann, der an der 40th Street stand, als ich von der 5th Avenue in westlicher Richtung an ihm vorbeiging. »Die Welt wird nie wieder so sein, wie sie war.«

Als ich am Bryant Park vorbeikam, flatterten die Poster und Zelte für die New York Fashion Week ganz unheimlich im Wind. Sie wirkten fremd und völlig fehl am Platz. Die Hochglanzwerbung an den Bushaltestellen für H&M, Swatch und Nokia war auf einmal bedeutungslos. Der Times Square war leer, keine

Menschenmengen, die sich dort drängten, und die bunte Beleuchtung warf ein fahles grünes Neonlicht auf den leeren Platz. Ein paar Touristen irrten herum und wirkten, als hätten sie sich verlaufen, als hätte man sie zu früh geweckt und sie seien sich nicht ganz sicher, wo sie waren.

Hier hatten einige Bars geöffnet, und ein paar Leute standen um die Fernseher herum, als guckten sie ein Spiel der Yankees. Doch stattdessen zeigte jeder Sender immer und immer wieder den Moment, als erst der Süd- und dann der Nordturm in einer gigantischen Staubwolke zusammenbrachen.

Um Mitternacht kam ich zur West Side, und wie Steve gesagt hatte, standen Polizeiwagen aus dem New Yorker Umland, aus Pennsylvania und Connecticut in langen Reihen am gesperrten Highway. Der Einsatz der uniformierten Freiwilligen wurde von einem kleinen Wohnwagen vor dem Javits Convention Center koordiniert. Aber es war deutlich zu sehen, dass niemand wusste, was ihn erwartete oder was eigentlich los war.

Die uniformierten Polizisten standen mit ernsten Mienen in Grüppchen neben ihren Wagen und unterhielten sich leise. Ich zückte meinen Notizblock noch einmal und marschierte auf einen Beamten zu, der sich an sein Auto lehnte. Er sagte mir, er hieße Sergeant Glenn Carlson und käme von der Mount Pleasant Police in Westchester County aus dem New Yorker Umland.

»Sie kommen schon den ganzen Tag hierher«, sagte er leise und wies mit dem Kopf auf die Dutzenden von Polizeiautos, die in einer Reihe hinter seinem Wagen standen. »Wir sind um drei Uhr heute Nachmittag hergekommen, und wir halten uns bereit, um zu tun, was immer es zu tun gibt. Wir würden alles tun, wenn wir nur helfen können. Wir regeln den Verkehr, helfen, die Schaulustigen zurückzuhalten, holen die Toten raus. Was immer wir für sie tun können.«

Ein paar Autos weiter saß Officer Timothy Mahoney aus Dobbs Ferry, Westchester County, rauchend in seinem Wagen und starrte in Richtung Stadtzentrum.

»Da unten sind Menschen verschüttet worden. Manche leben vielleicht noch. Wir sind hier, bis sie uns sagen, wir sollen nach Hause gehen«, sagte er.

Ich rief noch mal in der Redaktion an. Diesmal ging Jack selbst ans Telefon. Er klang hohl und erschöpft, keine Spur seiner üblichen unbeschwerten Art. Seit ich von der Hochzeit in England zurückgekommen war, träumte ich davon, es könnte vielleicht etwas mit uns werden, obwohl er in die Lokalredaktion versetzt worden war. Jetzt auf einmal erschien mir diese Vorstellung aberwitzig, oberflächlich, unbedeutend.

»Und, was gibt's?«, fragte er.

Ich erzählte ihm, ich hätte die freiwilligen Polizisten interviewt, wie Steve mich gebeten hatte, und er sagte mir, ich solle einem der zahlreichen Reporter, die in der Redaktion die Artikel schrieben, meine Notizen übermitteln und dann nach Hause gehen und ein bisschen schlafen.

»Wir brauchen dich morgen erholt und ausgeschlafen«, meinte er.

»Geht es allen gut?«

»Ja, die Reporter und Fotografen, die unten waren, haben alles heil überstanden, ein paar von denen sind immer noch da.«

Seine Stimme wurde auf einmal viel leiser.

»Geht es dir gut?«

»Ja«, sagte ich.

Sonst gab es nichts zu sagen.

Ihr könnt mich mal mit eurem Milzbrand!

»Hallo, ich heiße Bridget Harrison, ich bin Reporterin bei der *New York Post*. Ich kann mir vorstellen, dass dies für Sie eine schwere Zeit sein muss, aber ich schreibe einen Artikel über die Menschen, die nach den Anschlägen auf das World Trade Center als erste Totenscheine für ihre Angehörigen beantragt haben, und ich habe gehört, Sie haben den Schritt unternommen, einen für Ihre Frau zu beantragen. Ähm. Ich wollte bloß mal nachfragen, ob Sie ihn schon bekommen haben.«

»Hi, hier ist Bridget Harrison, Reporterin bei der *Post*. Wir haben gestern schon mal miteinander telefoniert. Wollte nur mal fragen, ob heute was in der Post dabei war.«

»Hi, Bridget von der *Post*. Gibt's was Neues? Ach, okay, er ist gekommen. Tut mir sehr Leid. Also, wäre es Ihnen recht, wenn wir einen Fotografen vorbeischickten, der ein Foto von Ihnen macht – und dem Schein?«

Drei Wochen waren seit dem 11. September vergangen, die ganze Stadt war in tiefer Trauer versunken, und ich konnte kaum in den Spiegel sehen. Es gab kaum etwas Schlimmeres, als trauernde Angehörige dazu zu nötigen, sich für einen Zeitungsartikel herzugeben. Und es kam mir vor, als sei dies mittlerweile meine wichtigste und einzige Aufgabe.

Die weltweit schlagzeilenträchtigen Ereignisse rund um den Anschlag auf das World Trade Center waren inzwischen tausenden rührseliger Geschichten um den Verlust geliebter Angehöriger gewichen. Die Händler und Sekretärinnen, die in den oberen Stockwerken der beiden Türme gearbeitet hatten, die Manager, die zu Frühstücksbesprechungen im Windows-on-the-World-Restaurant gesessen hatten, die Zimmerleute und Stahlarbeiter, die Reparaturarbeiten durchgeführt hatten, die Feuerwehrleute, Polizisten und Rettungskräfte, Dienst habende und freiwillige, die ins Zentrum Manhattans geeilt waren, nachdem die Flugzeuge eingeschlagen waren.

Rings um Manhattan flatterten an jeder Bushaltestelle und an jedem Laternenpfahl fotokopierte Bilder vermisster Ehemänner, Ehefrauen, Söhne, Töchter und Verlobter auf Urlaubsschnappschüssen, Schulabschlussfotos und Hochzeitsbildern. Sie hingen neben Fahrscheinverkaufsstellen in den U-Bahn-Stationen, an der Penn Station und am Grand Central und an der Wand der Armoury in der Lexington Avenue, die sich in eine Anlaufstelle für Betroffene verwandelt hatte. Am Tag nach den Angriffen waren die Familien dorthin geströmt, in der Hoffnung, einer ihrer vermissten Angehörigen könnte noch unidentifiziert in einem der Krankenhäuser liegen. In der Redaktion nannten wir es die »Klagemauer«.

Jeden Tag wurden Reporter zur Armoury, zum Ground Zero, zu den Gedenkfeiern und den ersten Beerdigungen verstorbener Feuerwehrleute geschickt – feierliche, herzzerreißende Zeremonien, denen dreitausend der tapferen New Yorker Feuerwehrleute in Galauniform beiwohnten, die die Straßen säumten, wenn der Löschzug mit dem Sarg langsam vorbeifuhr, begleitet von den klagenden Melodien des Trommler- und Pfeifer-Corps der New Yorker Polizei. Jedes Mal wehte eine riesige amerikanische Flagge an einem der Löschfahrzeuge – und die Stars and Stripes leuchteten hell in der strahlenden Herbstsonne. Bei solchen Anlässen verstand ich, warum die Amerikaner so einen patriotischen Stolz empfinden – ich selbst spürte ihn auch.

Der Chefredakteur – Col Allen, der Anfang des Sommers Xanas Nachfolge angetreten hatte – verkündete die Parole, wir sollten die Zeitung der Helden dieser Stadt werden. In den folgenden Monaten berichteten wir über jede einzelne Beerdigung, und auch in den drei Jahren danach, als die sterblichen Überreste der Opfer nach und nach identifiziert wurden.

Als die Verantwortlichen bei der Stadtverwaltung zwischenzeitlich erklärten, man würde im Schnellverfahren Totenscheine für die Opfer des 11. September ausstellen, wurde ich damit beauftragt, die ersten siebzig Familien anzusprechen, die für ihre Angehörigen einen Totenschein beantragt hatten. Col war fest entschlossen, das erste geschichtsträchtige Foto einer Todesurkunde eines Opfers der Terroranschläge zu veröffentlichen, was im Endeffekt bedeutete, dass ich die betreffenden Familien jeden Tag anrufen musste, damit wir das Foto auch ganz sicher noch am selben Morgen machen konnten, an dem der Totenschein ins Haus flatterte.

Es war ja schon schlimm genug, einmal bei jemandem anrufen und fragen zu müssen, ob sie schon den Totenschein für einen geliebten Menschen bekommen hatten, ganz zu schweigen von vier Tagen hintereinander. Aber ganz gleich, wie sehr es mir auch davor graute, zum Hörer greifen zu müssen, so hatte ich noch größere Angst, eine andere Zeitung könne schneller sein als wir – und dann erklären zu müssen, wie es dazu kommen konnte.

Auf meinem Schreibtisch lag ein Stapel Papierkram mit den Namen und Telefonnummern sämtlicher Familien, von unseren Leuten im Archiv zusammengestellt. Ich holte jedes Mal tief Luft, ehe ich eine der Nummern wählte, und wusste nie, was mich am anderen Ende der Leitung erwarten würde – ruhige Hilfsbereitschaft, ein einsamer Mensch, der jemanden zum Reden brauchte, Schwierigkeiten, überhaupt einen Satz zusammenzubekommen, oder, was meistens der Fall war, ein höreraufknallender Wutausbruch auf meine Frage hin.

Am 5. Oktober landeten die ersten Totenscheine in den Briefkästen. Tags darauf zierte der Totenschein des 39-jährigen Cantor Fitzgerald, der als Broker im 91. Stockwerk des Nordturms gearbeitet hatte, die Titelseite der *New York Post*. Seine Frau erzählte mir, in dem Augenblick, als sie den Terroranschlag im

Fernsehen verfolgte, habe sie gewusst, dass ihre vier Kinder ihren Vater nie wiedersehen würden. Der Totenschein brachte nicht die endgültige Gewissheit, sagte sie. Die hätte sie schon gehabt, als die Türme einstürzten.

»Klar, verstehe«, murmelte ich, den Hörer unters Kinn geklemmt, während ich gleichzeitig ihre Worte in den Rechner hackte. Zum x-ten Mal in den letzten drei Wochen fiel mir nichts Passendes ein, was ich hätte sagen können.

Aber die Arbeit bei der *Post* lenkte mich in diesem außergewöhnlichen Herbst wenigstens ab. Während die ganze Stadt in Angst davor lebte, Al-Qaida könne noch nicht mit uns fertig sein, entwickelte sich die *Post* zu einer blühenden, Geborgenheit vermittelnden Gemeinschaft. Anne Aquilina sorgte dafür, dass der Pizza-Service uns in der Redaktion belieferte, weil kaum einer Zeit für eine Mittagspause hatte und wir alle meist bis spät in die Nacht dablieben. Und Langan's verdiente sich eine goldene Nase, weil wir alle viel zu viel tranken.

Aber für viele New Yorker Singles brachte die heiß geliebte Unabhängigkeit einen nicht zu unterschätzenden Nachteil: zahllose einsame Abende des Grauens. Oft wachten die Leute auf vom Heulen der Sirenen oder dem unvermittelten Dröhnen der F16-Kampfjets, die am Himmel patrouillierten, und waren wie versteinert, aus Angst, ein noch entsetzlicherer Anschlag könnte drohen, und dann war niemand da, in dessen Arme sie sich flüchten konnten.

Pom, Sacha und ich schliefen mit offenen Türen und hatten uns sogar angewöhnt, einander aus dem Bett »gute Nacht« zuzurufen, als wollten wir die *Waltons* imitieren. Fi, deren Mitbewohner seine Beziehung zu einer kürzlich Verflossenen wieder aufgewärmt hatte und mit ihr in die Hamptons geflüchtet war, kam fast jeden Abend vorbei und übernachtete dann meist mit in Sachas Bett.

Auch ich fragte mich im Stillen, was ich wohl tun würde, wenn in der Stadt eine »schmutzige Bombe« hochginge und wir alle vor Chemikaliendämpfen fliehen müssten. Bei wem würde ich Schutz suchen, so ganz allein und ohne Familie in New York? Ob es sehr abwegig wäre, Jack anzurufen? Ich malte mir aus, wie er sich durch in Panik flüchtende Menschenmassen in Manhattan kämpfen würde auf der Suche nach mir und mich dann in ein kuscheliges Landhaus irgendwo außerhalb in Sicherheit bringen würde. Doch dann fiel mir wieder ein, selbst wenn eine schmutzige Bombe hochginge, dann würden wir darüber berichten. Jack hätte dann viel zu viel in der Redaktion zu tun, um mich zu retten.

Doch obwohl Sorge und Trauer New York fest im Griff hatten, war doch auch der Trotz deutlich zu spüren. Es war erstaunlich, wie schnell sich die City an den unvorstellbaren Gedanken gewöhnte, dass Lower Manhattan eine staubige Geisterstadt war, die zu einem gigantischen schwelenden Haufen verbogenen Metalls und Betons führte, der einmal die Ehrfurcht gebietenden Zwillingstürme gewesen war. Wenn man jetzt in Richtung Zentrum schaute, füllte schmutzig brauner Rauch die Lücke am Horizont, wo sie einmal gestanden hatten.

Abends gingen Fi und ich – vom New Yorker Bürgermeister dazu aufgefordert – oft in Restaurants im Zentrum Manhattans, die nun verzweifelt auf Kundschaft warteten. Da unten, auf der anderen Seite der Liberty Street, war der Himmel schauerlich hell erleuchtet von den gleißend hellen Scheinwerfern, die Ground Zero anstrahlten, um die ununterbrochen rund um die Uhr fortdauernden Bergungsarbeiten auszuleuchten, und der beißende Gestank, den ich vor dem Bellevue Krankenhaus zum ersten Mal gerochen hatte, erfüllte die Luft. Jedes Mal, wenn wir ihn rochen, schickten wir ein kleines Stoßgebet zum Himmel für die Helfer, die immer noch dort schufteten.

Zwei Wochen nach den Anschlägen schrieb ich eine Kolumne darüber, wie die Stadt, die keine Zeit für niemanden hatte, sich über Nacht in einen Ort der Nächstenliebe verwandelt hatte. Mir war aufgefallen, dass sich die Leute plötzlich auf der Straße anlächelten und anderen mit Kinderwagen in die U-Bahn halfen. An der Haltestelle der Linie F an der 14th Street hinterließ jemand seit neustem Fünf-Dollar-Scheine für einen schlafenden Bettler, der sich normalerweise glücklich schätzen konnte, wenn er ein paar Vierteldollarmünzen in seinem Becher fand. Die selbstsüchtigste Stadt der Welt kümmerte sich um die Ihren.

Zahllose Witze kursierten über Sex nach dem 11. September – die Männer behaupteten, es sei nie leichter gewesen, eine Frau abzuschleppen, weil in diesen Zeiten niemand gerne allein schlief. Ich selbst verbrachte hin und wieder mal einen Abend mit meiner alten Flamme, dem unentschlossenen Tom. Wir waren uns zufällig über den Weg gelaufen und zusammen etwas trinken gegangen, um mal wieder ein bisschen zu quatschen, und unversehens hatte ich mich ihm an den Hals geworfen, weil ich mich so nach ein bisschen Zuneigung sehnte.

Ironischerweise verbrachte ich nun auch mehr Zeit denn je mit Jack. Beinahe jeden Abend kam er ins Langan's, mit roten Augen und völlig erschöpft, und oft trafen sich unsere Blicke an der Bar. Aber trotz meiner Retterfantasien mit der schmutzigen Bombe sagte ich mir, dass eine romantische Beziehung völlig außer Frage stand. Stattdessen tröstete ich mich damit, dass er und ich – und alle bei der Zeitung – durch diese seltsamen neuen Umstände zusammengeschweißt worden waren. Und das waren wir in der Tat.

Zwei Wochen nach dem Artikel über den Totenschein machte ich Überstunden, weil ich an einer neuen Kolumne unter dem Titel »In die Arme eines Fremden« über meine Begegnung mit Tom saß, als Jack und der Chefredakteur ins Büro kamen. Sie riefen sämtliche Kollegen zusammen und verkündeten, auf die *Post* sei ein Anschlag mit Milzbrandbakterien verübt worden.

Ein Umschlag, nur an die »Chefredaktion« adressiert, war während der vergangenen drei Wochen in der Redaktion eingetrudelt und schließlich in der Chefredaktion gelandet. Irgendwann hatte eine der Kolleginnen, Johanna Huden, den Umschlag geöffnet, und nun hatte sie eine schwarze Hautwunde am rechten Mittelfinger. In ähnlicher Handschrift adressierte, mit Milzbranderregern verseuchte Umschläge waren schon an den

NBC-Nachrichtensprecher Tom Brokaw, an *ABC News* und *CBS News* und an die Senatoren Tom Daschle und Patrick Leahy gegangen. Alle waren von einem Postamt in Trenton, New Jersey, abgeschickt worden. (Insgesamt starben fünf Menschen an Milzbrand, darunter ein Bildredakteur der in Florida ansässigen Boulevardzeitung *Sun*, an die einer der Briefe gegangen war, sowie zwei Angestellte der *Post* von Washington, D.C. – außerdem ein vietnamesischer Immigrant aus New York und eine 94-jährige Frau aus Connecticut, die Polizeiangaben zufolge vermutlich mit versehentlich kontaminierten Briefen in Kontakt gekommen war.)

Alle in der Redaktion hörten mit todernsten Gesichtern zu. Anschließend gingen wir ins Langan's und machten uns darüber lustig, dass dank unseres chaotischen Durcheinanders ein milzbrandverseuchter Umschlag etliche Wochen unbemerkt und ungeöffnet herumgelegen hatte.

Zwei Tage später druckte die *Post* ein Foto von Johanna, wie sie Osama Bin Laden und wer immer noch mit den tödlichen Briefen zu tun haben mochte, den bandagierten Mittelfinger zeigte. Die Schlagzeile über ihrem Stinkefinger lautete: »Ihr könnt mich mal mit eurem Milzbrand!«

In den nächsten Wochen marschierten immer wieder Männer in ausladenden weißen Raumanzügen durch die Redaktion, um irgendwelche Tests durchzuführen – während wir alle in unserer normalen Kleidung an den Rechnern saßen. Die Ecke des Büros, wo der Brief gefunden worden war, wurde abgesperrt und mit weißen Plastikplanen mit der Aufschrift »Vorsicht, Gift« abgedeckt. Wir befestigten Luftballons und Papiersternchen an den Planen, damit es etwas fröhlicher aussah. Schließlich waren wir die *New York Post*, und wir hatten die Trauer der Stadt zu dokumentieren und ihre verlorenen Helden zu würdigen.

Und natürlich waren wir insgeheim stolz, dass jemand *uns* Milzbrand geschickt hatte, und nicht der *Daily News*.

Mein großer Auslandsauftrag: ein verregnetes englisches Nest

•••••••••••••••••••••••••••

»Boulevardjournalismus ist alles andere als glamourös«, hatte meine Freundin Sarah bei der *Times* immer gesagt. »Man ist auf Gedeih und Verderb einem Haufen Redakteure ausgeliefert, die dich Tag und Nacht irgendwohin schicken können, ob es dir passt oder nicht. Man ist immer der, den alle anderen am wenigsten sehen möchten, und das in einer Situation, in der sie am allerwenigsten sein möchten. Man muss die Leute dazu zwingen, mit Informationen rauszurücken, die sie höchstwahrscheinlich Kopf und Kragen kosten werden. Und es ist unerbittlich, denn ganz gleich, was man macht, die Zeitung will immer mehr.«

»Aber komm schon, ist es nicht toll, dass man jeden Augenblick an irgendeinen Ort der Welt geschickt werden kann, wo gerade was los ist?«, gab ich dann immer zurück. Sarah hatte lange Jahre als Reporterin für eine Boulevardzeitung in Großbritannien gearbeitet, ehe sie zur *Times* gegangen war.

»Ja, es ist toll, morgens um zwei aus dem Schlaf geklingelt zu werden, mit der Anweisung, sofort das warme Bett zu verlassen und in irgendein runtergekommenes Dorf mitten in Frankreich zu gurken, wo die Geliebte eines zweitklassigen Fernsehmoderators unerwartet aufgetaucht ist, bloß um im Morgengrauen dort anzukommen, das Anwesen verrammelt und verlassen vorzufinden und im Auto schlafen zu müssen.«

Nun, da ich im strömenden Regen gegen die Tür eines Pubs namens The Slaughtered Lamb in einem sterbenslangweiligen Dörfchen nahe Guildford hämmerte, nachdem ich gerade erst mit einem Übernachtflug aus New York gelandet war, fragte ich mich, ob sie nicht vielleicht doch Recht gehabt hatte. Ich wäre in diesem Augenblick liebend gerne sonst wo gewesen, bloß nicht kurz vor dem Erfrierungstod in diesem gottverlassenen Kaff, ohne die geringste Ahnung, wie ich dort je wieder wegkommen sollte.

»Hallo, ist da jemand? Hätten Sie vielleicht noch ein Zimmer für mich?«, rief ich durch den Briefschlitz in der Tür. Ich hörte mich an wie ein Ein-Frau-Krippenspiel.

»Tut mir Leid, wir machen erst in 57 Minuten wieder auf«, ertönte plötzlich eine Stimme von drinnen.

»Könnten Sie nicht einmal eine Ausnahme machen? Es regnet Bindfäden hier draußen.«

»Vorschrift ist nun mal Vorschrift.« Ach, wunderbares England, wie war es schön, wieder hier zu sein.

Ich verzog mich über ein durchweichtes Rasendreieck, das wohl den Park der Ortschaft Peaslake darstellen sollte, ging zurück zu meinem gemieteten Fiat Punto und legte den Kopf aufs Lenkrad. Die Rückseite meiner Augenäpfel brannte vor Schlafmangel. Dabei war es erst 10 Uhr morgens.

Vor nicht einmal zehn Stunden war Jack in der Redaktion an meinen Schreibtisch gestürmt und hatte mir gesagt, ich solle mich so schnell wie möglich in ein Flugzeug Richtung England setzen. Generosa Ammon, deren schwerreicher Wall-Street-Ehemann, Ted Ammon, auf mysteriöse Weise in den Hamptons totgeprügelt worden war, habe gerade ihren zwielichtigen Elektriker-Freund geehelicht, und das Pärchen sei urplötzlich in Peaslake, Surrey, aufgetaucht.

Ted hatte ein Landhaus in dem Örtchen besessen, gut 15 Kilometer außerhalb von Guildford in Südengland, das Generosa nun offensichtlich für ihre »Flitterwochen« nutzte.

Die skandalträchtige Ammon-Saga hatte die New Yorker seit dem Mord an Ted im Oktober gefesselt und sorgte mit einigen schlüpfrigen Tratsch-Schlagzeilen für etwas Abwechslung in den Zeitungen, die ansonsten noch voller Geschichten über den 11. September waren.

Ted Ammon war im Schlaf in seinem Bett mit einem Knüppel der Schädel eingeschlagen worden, und das mitten in einem erbitterten Sorgerechtsstreit um die adoptierten Zwillinge und sein 50-Millionen-Dollar-Vermögen. Doch da Ted tot war, noch ehe er die Scheidungspapiere unterschreiben konnte, hatte Generosa alles eingesackt, und alle verdächtigten den Elektriker, Danny Pelosi, des Mordes an Ted. (Zwei Jahre später sollte Pelosi wegen ebendieses Mordes verurteilt werden.)

Natürlich fiel sofort die Wahl auf mich, als es darum ging, jemanden nach England zu schicken, aber dennoch war ich stolz, dass Jack mich gefragt hatte. Die Zeitung ganz nach oben zu bringen war Jacks alles verzehrende Leidenschaft geworden. Und ich wollte ihm beweisen, dass sie mir genauso am Herzen lag.

Ich hatte mir mein Handy geschnappt und den letzten Platz auf einem ausgebuchten Flug nach London ergattert, war nach Hause geflitzt, um ein paar Klamotten in eine Tasche zu stopfen, und war dann schnurstracks im Taxi zum JFK gerast. Sieben schlaflose Stunden später war ich in Heathrow gelandet, auf schnellstem Wege zu einer Autovermietung gegangen und zwei Stunden im strömenden Regen mit einer Landkarte auf den Knien durch die Walachei kutschiert.

Und jetzt hatte die verdammt Kneipe noch »57 Minuten« geschlossen. Im Punto eingesperrt ließ ich meinen Plan sausen, erst mal ausgiebig zu duschen, und rief Geoff an, Fotograf bei einer Nachrichtenagentur im Südosten Englands, der uns den Tipp gegeben hatte, dass Generosa und Danny sich in dem Dörfchen rumtrieben. Geoff beschrieb mir den Weg zu einem nahe gelegenen Feldweg und wies mich an, dort nach einer langen, schmalen Einfahrt mit einem Tor Ausschau zu halten, auf dem stand: »Coverwood House, Privatgrundstück«.

Ich war schon da, als sein alter verbeulter weißer Landrover neben mir anhielt. Wir stiegen aus unseren Autos und gaben uns die Hände wie Spione in einem Roman von John le Carré.

»Und, was machen wir jetzt? Sollen wir einfach so reinschneien?«, fragte ich.

»Nicht unbedingt, hast du das Schild nicht gelesen? Ich kann es mir nicht leisten, mich verhaften zu lassen«, erwiderte Geoff. »Du musst sie wohl anrufen.«

Er erzählte mir, er sei dem Pärchen am Abend zuvor gefolgt, als sie weggefahren waren, und habe sich ihnen in Guildford in der Weg gestellt. Erstaunlicherweise hatte Danny ihm seine Mobilnummer zugesteckt, die er mir jetzt in die Hand drückte. Ich wählte sie, ohne zu wissen, was ich eigentlich sagen sollte.

»Jau?«, kläffte nach mehrmaligem Klingeln eine Stimme mit Long-Island-Akzent.

»Hi, Danny? Hier ist Bridget Harrison, hätten Sie ein paar Minuten Zeit, sich ein bisschen mit mir zu unterhalten?«

»Unterhalten? Kennen wir uns?«

»Ähm, nicht direkt. Aber wenn Sie sich mit mir treffen würden, könnte ich es Ihnen erklären. Ich, ähm, ich stehe am Ende Ihrer Einfahrt.«

»Meiner Einfahrt? Wer sind Sie?«

»Ich bin Reporterin bei der *New York Post*.«

»Herr im Himmel, Ihr Scheißjournalisten, könnt ihr uns nicht einfach in Ruhe lassen.« Er knallte den Hörer auf.

Ich wählte noch mal seine Nummer, und er ging sofort dran.

»Was wollen Sie von uns?«

»Ich wollte nur mal nachfragen, wie es Ihnen und Generosa so geht – in Ihren Flitterwochen.« Verzweifelt guckte ich Geoff an.

»Sag ihm, du rührst dich nicht vom Fleck, bis sie rauskommen und mit dir reden«, flüsterte er.

»Danny, ich bleibe hier an Ihrem Tor stehen, bis Sie persönlich mit mir reden«, sagte ich.

»Tun Sie, was Sie nicht lassen können. Aber wenn Sie einen Fuß auf meinen Grund setzen, lasse ich Sie einbuchten.« Und damit war die Leitung wieder tot.

Ich schaute Geoff hilfesuchend an.

»Er war nicht gerade angetan von meinem Vorschlag.«

»Keine Sorge, der kommt schon her. Sie ist nicht unbedingt

begeistert, dass wir hier sind, aber er kann dem Rampenlicht nicht widerstehen.«

Geoff war ein gediegener Typ im beigen Anorak, der seit zwanzig Jahren im Südwesten Englands unterwegs war, und ich war heilfroh, dass er da war. Doch dann erklärte er plötzlich, er müsse los, seine Frau abholen. »Mein Foto hab ich sowieso schon«, meinte er fröhlich. »Viel Glück.«

Nun, da ich allein auf diesem tropfnassen Feldweg stand, stampfte ich mit den Füßen, um mich warm zu halten, und starrte angestrengt die Einfahrt hinauf, ob irgendein Lebenszeichen zu sehen war. Was, wenn Jack mich den weiten Weg hierher geschickt hatte und ich nichts bekam?

Langsam geriet ich in Panik, also ging ich zum Tor und versuchte, es aufzudrücken, doch es war verschlossen. Ich fragte mich, ob ich mich durch die Büsche bis zum Haus schlagen sollte. Was würde Lois Lane jetzt machen? Da hörte ich plötzlich ein Auto.

Ein grüner Jaguar schlich über die Einfahrt heran, unter den Reifen knackten Zweige. Das Tor schepperte und ging dann langsam auf. Danny Pelosi saß am Steuer. Schnell sprang ich mit einem Satz vor den Wagen, um ihm den Weg zu versperren, und schickte ein Stoßgebet zum Himmel, an den Gerüchten, Danny Pelosi sei ein Psychopath, der Ted Ammon kaltblütig den Schädel eingeschlagen hatte, sei nichts dran.

Er sah mich zwar, das Auto rollte aber unbeirrt weiter, und die tief liegende Haube kam direkt auf mich zu. Ich blieb wie angewurzelt stehen und dachte an Jack. Wenn ich bei diesem Auftrag draufging, ob er dann bei meiner Beerdigung allen erzählen würde, dass er mich immer geliebt hatte? Wenn ich dafür endlich seine ungeteilte Aufmerksamkeit hätte, wäre mir das ein paar gebrochene Knochen wert? Pelosi kam mit kreischenden Bremsen ein paar Zentimeter vor meinen Knien zum Stehen. Er lehnte sich rüber und machte die Beifahrertür auf.

»Wenn Sie reden wollen, steigen Sie ein«, zischte er.

Aus der Nähe betrachtet hatte Danny ein blässliches Gesicht

und unstete, stechende kleine Augen. Sein pechschwarzes Haar, das an den Schläfen schon ziemlich dünn wurde, hatte er nach hinten gekämmt. Aber er hatte eine feine römische Nase, und ich konnte verstehen, dass eine verzweifelte, unglücklich verheiratete Frau wie Generosa ihm verfallen konnte, während er an ihren Geräten und Armaturen rumfummelte.

Er drehte sich zu mir um und bedachte mich mit einem charmanten Lächeln.

»Hören Sie«, sagte er, »Generosa und ich, wir versuchen hier einfach nur, den Kindern den Start in der neuen Schule so leicht wie möglich zu machen, also können Sie uns nicht einfach in Ruhe lassen? Die Zwillinge haben schon genug mitgemacht. Die Leute tuscheln, Ted sei möglicherweise schwul gewesen.«

Doch nicht die ollen Kamellen.

Ich fragte ihn, was Generosa und er so gemacht hatten seit ihrer Hochzeit.

»Ach, wissen Sie, das Übliche. Wir versuchen einfach so wie ein ganz normales englisches Ehepaar zu leben. Entspannen, nicht ans Telefon gehen, nicht mit Anwälten reden. Wir sind zum Abendessen in Guildford gewesen und haben uns ein paar alte Kirchen angesehen.«

Die Vorstellung, dass jemand im tiefsten Winter in Südengland Kirchen besichtigte, war so unglaubwürdig, dass ich laut loslachte.

Er warf mir einen finsteren Blick zu, seine Stimme blieb aber zuckersüß.

»Wissen Sie, wenn das alles endlich vorbei ist, kann ich mir vorstellen, hier in England ein wunderbares Leben mit ihr zu führen. England ist wie das Umland von New York. Wir hatten schon lange vor, hierher zu ziehen.«

Der Blick, mit dem er aus dem Fenster sah, wirkte durchtrieben. Ich merkte gleich, dass er log.

»Und was ist mit Teds Tod?«, fragte ich.

Wieder guckte er mich durchdringend an. Seine dunklen Augen waren eiskalt geworden.

»Die Bullen verschwenden nur ihre Zeit, wenn sie denken, das hätte irgendwas mit mir oder Generosa zu tun. Weder sie noch ich hatten irgendwas damit zu tun. Kapiert?«, knurrte er.

Ich nickte, ganz baff, weil er plötzlich solches Gift verspritzte.

»Und ich sage Ihnen, wenn Sie noch mal auf mein Grundstück kommen, lasse ich Sie verhaften. Und jetzt scheren Sie sich aus meinem Auto.«

Er lehnte sich rüber und machte die Tür auf, und einen Moment dachte ich, er würde mir den Ellbogen ins Gesicht rammen. So schnell ich konnte flüchtete ich vom Beifahrersitz, während er den Rückwärtsgang einlegte und durch das Tor die Einfahrt hinaufschoss, wobei er mich mit eisig kaltem Schlamm bespritzte.

Mist. Ich hatte Pelosi gehabt, und jetzt war er wieder weg. Ich hätte mich weigern sollen auszusteigen, bis er mir etwas gesagt hatte, was ich nicht ohnehin schon wusste. Aber statt eine Sensationsgeschichte in der Tasche zu haben, war ich, na ja, einfach nur pitschnass. Mir blieb keine andere Wahl als zum Pub zurückzugehen.

Das Slaughtered Lamb war ein Pub, in dem in den letzten Jahren offensichtlich nicht viel verändert worden war. Ein kleiner Schankraum mit graubraunen, vom Zigarettenrauch verfärbten Wänden und roten Samthockern, die um glänzende dunkle Holztische platziert waren. In einer Ecke saßen zwei Männer in zerschlissenen Tweedsakkos, die aussahen, als hätten sie ein zahmes Wiesel in der Jackentasche, vor zwei Gläsern halbdunklen Biers und zwei Schachteln Rothmans-Zigaretten. Der Gestank von abgestandenem Zigarettenqualm und Industriereiniger hing in der Luft.

Ein drahtiger Wirt, der aussah, als hätte er noch nie die Sonne gesehen, räumte gerade Gläser aus der Spülmaschine. Ich fragte ihn, ob es noch freie Zimmer gäbe.

»Alle«, erwiderte er, ohne den Blick von seinem Geschirrspüler zu heben.

Als er mit den Gläsern fertig war, führte er mich durch die

Hintertür des Pubs in ein flaches Fertighäuschen, das aussah, als sei es Teil der Kulisse von *Psycho* gewesen. Es hatte fünf schäbige Türen mit Nummern, gleich neben Fenstern mit Spitzengardine. Er öffnete die Nummer 1, die in ein muffiges Zimmer führte, darin zwei Betten mit verblichener grüner Eiderdaunendecke, die genau zur Wandfarbe passte. Ein uralter Fernseher und ein Kühlschrank standen in einer Ecke auf einer Frisierkommode aus Resopal. Hinten gab es noch ein Badezimmerchen, in dessen eine Ecke man eine Plastikdusche gequetscht hatte.

»Sie haben nicht zufällig einen Internetanschluss?«, fragte ich gut gelaunt, auch wenn mir eher danach war, aus schierer Verzweiflung mit dem Kopf gegen die Wand zu hämmern.

»Wir haben einen Telefonanschluss, können Sie den nicht anzapfen? Also, wenn alles zu Ihrer Zufriedenheit ist, ich muss wieder hinter die Theke.«

»Ach, ehe Sie gehen … nur so ein Gedanke, Sie wissen nicht zufällig was über das Haus auf dem Hügel? Coverwood? Oder kennen jemanden, der was weiß?«

»Nö.«

»Ach so, es ist bloß so, ich bin Reporterin, aus New York, und ich muss darüber schreiben … ein amerikanisches Pärchen wohnt da, die …«

»Tut mir Leid, da kann ich Ihnen nicht helfen.« Und nach dieser hilfreichen Antwort war er auch schon verschwunden.

Ich gab mich geschlagen und ließ mich aufs Bett plumpsen. Aber zumindest hatte ich mit Pelosi geredet. Ich rief in der Redaktion an, um dort Bescheid zu geben.

Steve kam ans Telefon, er klang abgehetzt und desinteressiert, als ich ihm meine Neuigkeiten mitteilte.

»Sie haben in Guildford zu Abend gegessen? Finde raus, ob Sie Trinkgeld gegeben haben. Kennen die Leute im Dorf sie? Finde raus, ob sie irgendwelche Angestellten haben, mit denen du reden kannst. Auf welche Schule gehen die Kinder? Du musst bis spätestens fünf Uhr alles reinreichen … heute ist 'ne Menge los.« Und schon war er weg.

Ich vergrub das Gesicht in meinen Händen. Vielleicht war ich einfach nicht zum Reporter geboren. Es war mir so was von schnuppe, ob Danny und Generosa Pizza in Guildford gegessen und dem Kellner ein Trinkgeld gegeben hatten. Und wo zum Teufel sollte ich bitte ihre Angestellten auftreiben? Mir blieb nichts anderes übrig, als im Dorf Klinken zu putzen. Ich nahm meinen Notizblock und stiefelte wieder hinaus in den Regen.

Peaslake war eine Ansammlung alter Cottages und Nachkriegsbungalows entlang dreier Sträßchen in einem kleinen Tal mit einem Pub und ganz unten ein bisschen Grün. Vielleicht konnte ich ja eine Putzfrau auftun, die in Coverwood House sauber machte? Aber das war hier kein Miss-Marple-Film. Es wäre leichter gewesen, die Taliban dazu zu überreden, Osama Bin Laden auszuliefern, als die verschlossenen Bewohner eines englischen Nests dazu zu bewegen, mit einer Reporterin zu reden.

»Boulevardzeitung? Sie wollen was über das Privatleben von jemandem wissen, da kann ich Ihnen leider nicht weiterhelfen« – gefolgt von einer geräuschvoll knapp vor meiner Nase zuschlagenden Haustür. Diese Antwort bekam ich an jedem Haus.

Ich fragte mich, was Sarah wohl zu ihrer Zeit als Boulevardjournalistin gemacht hätte. Sie hätte den Mumm gehabt, zum Coverwood House zu marschieren, und hätte ultimativ gefordert, mit Generosa höchstpersönlich zu sprechen, Privatgrundstück hin oder her. Ich beschloss, noch einmal den Hügel hinauf zu fahren. Den Wagen stellte ich knapp einen Kilometer vor der Einfahrt ab, ließ die hohle Leere im Magen außer Acht und schlug mich in die Büsche.

Ein dicht bewaldeter Hang zog sich bis dort hinauf, wo ich das Haus vermutete, also kämpfte ich mich mühsam vorwärts, während meine Jeans und Schuhe augenblicklich sämtliches Regenwasser aufsaugten, das in Zweigen und Dornengestrüpp lauerte. Ich fror erbärmlich und war mutterseelenallein im finsteren Wald. Aber wenigstens schlugen mir keine Türen mehr ins Gesicht.

Endlich tauchte zwischen den Bäumen das herrschaftliche

Anwesen auf. Ein riesiger, gotisch angehauchter, grauer Steinklotz, gekrönt von hässlichen Schornsteinen. Sämtliche Lichter brannten und leuchteten hell in die Dunkelheit des Winternachmittags. Der Jaguar stand draußen in der Kieseinfahrt.

Ich überlegte, was ich als Nächstes tun sollte – abgesehen davon, mit bis zum Hals klopfendem Herzen hinter einem Baum zu stehen. Wäre das Auto nicht da gewesen, hätte ich vielleicht mal einen Blick durchs Fenster geworfen.

Dann ging plötzlich die Haustür auf, und ich ließ mich auf den Boden fallen und duckte mich hinter einen Baumstamm. Heraus kam Danny mit einer hageren Frau Mitte vierzig, die ich aufgrund von Fotos als Generosa identifizierte. Sie waren gerade mal drei Meter von mir entfernt und stritten lautstark. Meine Hand fing unwillkürlich an zu zittern, als ich mich im feuchten Boden festkrallte.

»Du kannst morgen nicht wegfahren, du musst mit mir nach Cranleigh kommen, das schuldest du den Kindern«, kreischte Generosa, als sie über den Kies zur Beifahrerseite des Autos knirschte.

»Ja und, muss ich mich etwa um alles kümmern? Ich hab schon den ganzen Tag mit deinem verdammten Anwalt am Telefon gehangen«, zeterte Danny. »Ich halte das nicht mehr lange aus, dieses ganze Land ist einfach zum Gruseln.«

»Du warst doch einverstanden, dass wir hierher ziehen«, brüllte sie.

Ich verlor das Gleichgewicht und purzelte rückwärts in einen feuchten Blätterhaufen.

Generosa wirbelte auf dem Absatz herum und spähte in meine Richtung.

»Danny, hast du das gehört? Da ist jemand im Wald.«

Ich rührte keinen Muskel und stützte mich rücklings mit den Händen ab.

»Herrgott noch mal, hör endlich auf mit diesem blöden paranoiden Getue«, knurrte Danny. Er stieg ins Auto und knallte die Tür zu.

Sie blieb einen Moment stehen und starrte zu mir herüber. Meine Arme begannen zu zittern. Dann stieg auch sie ins Auto. Die Scheinwerfer gingen an, und sie fuhren los.

Dann traf es mich wie ein Schlag: Was zum Teufel machte ich hier im Wald? Ich hätte an der Einfahrt stehen und auf sie warten sollen. So ein Mist.

Wenn man an einer Story arbeitete, gab es zahllose verschiedene Herangehensweisen. Warum musste ich mich immer ausgerechnet für die falsche entscheiden? Es waren jetzt noch drei Stunden bis zum Redaktionsschluss in New York, und ich hatte immer noch nicht mehr zu bieten als das Interview mit Pelosi.

Also entschloss ich mich zurückzugehen und die Leute im Pub zu bearbeiten. Das Slaughtered Lamb hatte sich gefüllt, als ich wieder in den Schankraum kam. Jetzt hatten mindestens acht weitere ältere Männer Stellung vor Biergläsern und Aschenbechern bezogen. Ein jüngeres Pärchen saß am Fenster und nippte Gin Tonic. Der Wirt zapfte ein Guinness für einen Mann mittleren Alters mit Wanderschuhen und einer Fünf-Pfund-Note in der Hand. Ich schlich mich von hinten an.

»Na, hallo«, sagte ich munter.

Der Mann drehte sich zu mir um und machte ein Gesicht, als hätte ich ihm gerade ins Bier gespuckt.

»'n Abend.«

»Ich wollte nur mal fragen … ob Sie vielleicht was über das Haus hinter dem Hügel wissen, Coverwood.«

Keine Reaktion.

»Ähm, ich habe gehört, dass da ein amerikanisches Paar eingezogen ist, haben Sie die in letzter Zeit vielleicht mal gesehen?«

»Die Bude steht die meiste Zeit leer, mehr weiß ich nicht«, brummte der Mann.

»Sie sollten mal an dem Tisch da drüben fragen, da sitzen die Einheimischen«, riet mir der Wirt. Wie bitte? Machte der wirklich einen auf hilfsbereit?

Zum zehnten Mal an diesem Tag holte ich ganz tief Luft und ging rüber zu dem Tisch mit den alten Männern.

»Hallo zusammen, ähm, ich habe gehört, Sie sind von hier. Ich wollte nur mal fragen, ob jemand von Ihnen was über Coverwood House weiß.«

Feindseliges Schweigen machte sich breit.

»Warum fragen Sie?«

»Ähm, na ja, ich schreibe für eine amerikanische Zeitung, und ich versuche gerade die Leute zu kontaktieren, die dort wohnen.« Nach dem herzlichen Empfang im Dorf hoffte ich, das mit dem »Schreiben« würde sich etwas niveauvoller anhören als »Reporterin«. Aber nein. Einer der Männer knallte sein Glas so heftig auf den Tisch, dass das Bier überschwappte.

»Von Ihnen habe ich schon gehört. Sie haben vorhin schon mal hier rumgeschnüffelt, stimmt's? Haben im Dorf an die Türen geklopft. Leute belästigt.«

Mir war, als sei es in der Kneipe plötzlich totenstill geworden.

»Ähm.«

»Tja, niemand weiß etwas über das Haus, und wenn doch, Ihnen würden sie trotzdem nichts erzählen. Das ist nämlich Privatsache der Bewohner. Hier im Dorf ist kein Platz für neugierige Presse-Schnüffler.«

Jetzt waren ganz sicher alle Augen auf mich gerichtet.

»Hab gehört, Sie haben sich hier im Pub einquartiert und so«, murrte ein anderer vorwurfsvoll.

Ich glaube, sie meinen das Bates Motel, hätte ich am liebsten entgegnet.

»Ja, das stimmt. Möchten Sie noch was trinken?«, erwiderte ich stattdessen.

»Wir zahlen selbst, danke sehr.«

Ich verzog mich, und der Wirt zuckte die Achseln. Ich bestellte einen großen Wodka Tonic, dann ging ich zurück in mein feuchtes Zimmerchen und stöpselte meinen Laptop ein. Ich musste das Beste aus meinen spärlichen Notizen machen.

»Die fröhliche Witwe Generosa Ammon und ihr Ehemann gewordener Elektriker-Freund haben sich nach England abge-

seilt, wo sie angeblich nur in Ruhe ihre Flitterwochen verbringen wollen ...«

Eine Stunde brauchte ich, um meine – ziemlich lahme – Story zu schreiben, und eine weitere Stunde dauerte es, bis ich endlich herausgefunden hatte, wie ich online gehen konnte. Erst dann fiel mir auf, dass ich seit meinem Abflug in New York nichts mehr gegessen hatte. Also beschloss ich, mich noch mal in den Pub zu wagen. Auch wenn ich die hiesige Aussätzige war, konnte ich mir doch wenigstens eine warme Mahlzeit gönnen, ehe ich ins Bett ging.

»Tut mir Leid, die Küche ist nur bis neun Uhr geöffnet«, erklärte mir der Wirt, als ich nach der Speisekarte fragte. Es war gerade acht Minuten nach neun.

»Können Sie nicht vielleicht eine kleine Ausnahme machen? Ich habe den ganzen Tag noch nichts gegessen.«

Anscheinend nicht. Also aß ich Kartoffelchips mit Salz-und-Essig-Geschmack als Abendbrot.

Dann ging ich in mein Zimmer zurück, legte mich aufs Bett, starrte an die Decke und fühlte mich hundeelend. Ob es tatsächlich Leute gab, denen diese Arbeit Spaß machte? All die Jahre hatte ich davon geträumt, Reporterin zu werden – und jetzt saß ich mutterseelenallein in einem trostlosen Kaff und knabberte Chips als Abendessen, in einem Pub voller Leute, die mich hassten. Ja, Sarah hatte Recht gehabt, Nachrichtenreporterin zu sein war der mieseste Job im gesamten Universum. Und ich war nicht mal eine besonders gute.

Wieder beschlich mich diese nagende Angst. Was, wenn ich mein Leben total vermasselt hatte? Hätte ich nicht dieser dämliche Lois-Lane-Fantasie nachgehangen, wäre ich vielleicht in England geblieben und inzwischen verheiratet. Und würde just in diesem Augenblick nach einem entspannenden Yoga-Abend nach Hause kommen und ein leckeres Abendessen für Angus kochen. Okay, Yoga war langweilig, und kochen konnte ich auch nicht, aber das hätte ich in der Zwischenzeit sicher gelernt.

Stattdessen saß ich in einem Höllenloch von Pub fest, ohne Freund, dafür mit einer weiteren lahmen Story in einer Zeitung, die morgen um diese Zeit schon Futter für die Müllabfuhr sein würde. Und auch wenn ich immer noch meine Kolumne hatte, wie lange würde ich noch Witze über mein erbärmliches Liebesleben reißen können? Und was, wenn Sandy, der Typ aus L.A, mit dem Janis Spindel, die Partnervermittlerin, mich verkuppeln wollte, Recht gehabt hatte, und ich Männer tatsächlich verjagte?

Ich musste daran denken, wie ich vor drei Wochen wieder einmal zu einem ereignislosen Weihnachtsfest im trauten Kreis der Familie nach Hause geflogen war. Wie jedes Jahr waren wir nur zu fünft gewesen: meine Eltern, mein großer Bruder Andrew, ebenfalls unverheiratet, und meine kleine Schwester Jacqui, die Malerin ist und allein auf einem alten Frachtkahn lebt.

An Heiligabend waren meine Mutter und ich in den Garten gegangen und hatten Nüsse in ihr neues Vogelhäuschen gefüllt, und sie hatte auf einen zerrupften Nadelbaum neben unserem verfallenen, vernachlässigten Holzhäuschen aus Kindertagen gezeigt.

»Diesen Baum habe ich als winziges Bäumchen vom österreichischen Fremdenverkehrsamt geschenkt bekommen. Als ich ihn gepflanzt habe, dachte ich, den würden wir zum ersten Weihnachten mit unserem ersten Enkelkind reinholen«, erzählte meine Mum.

Der Baum war inzwischen gut zweieinhalb Meter groß.

»Hm, ich bezweifle, dass du den noch durch die Hintertür kriegst«, hatte ich gewitzelt, während wir ihn nachdenklich betrachtet hatten. Aber ich hatte mich schlecht gefühlt.

Ich machte die Augen zu und versuchte, die deprimierende grüne Farbe an den Wänden auszublenden. Vielleicht war es an der Zeit, sich den Tatsachen zu stellen, einzusehen, dass ich in meinem Job total versagt hatte, und zurück nach Hause zu gehen, auch wenn all meine Freunde schon eifrig bei der Produktion ihres zweiten Kindes waren …

Mein dudelndes Handy riss mich aus dem Schlaf. Scheiße, das war bestimmt Steve, der sich über meinen Artikel beschweren wollte.

Ich griff nach dem Handy und murmelte ein »Hallo«.

»Bridget, hier ist Jack.«

Schlagartig war ich hellwach.

»Und, wie geht's dir so in der alten Heimat, muss schon ziemlich spät sein bei euch.«

»Hi, gut, toll, nein, es ist nicht mal Mitternacht.« Ich holte Luft. »Entschuldige, ich glaube, mein Artikel war ziemlich lahm, ich hab mir wirklich Mühe gegeben, aber ...«

»Ich hab ihn gelesen, er ist okay, ich weiß, dass du dein Bestes gibst. Die Zitate von diesem Dreckskerl Pelosi waren toll. Der redet einen Scheiß.«

»Ich hab herausgefunden, dass die Kinder in Cranleigh zur Schule gehen, das ist ein piekfeines Internat hier in der Gegend, da kann ich mich morgen mal umgucken, wenn du willst.«

»Ja, das wäre doch eine gute Fortsetzung. Keine Angestellten da im Ort, hm?«

Ich war kurz davor loszuheulen.

»Jack, alle hier im Dorf hassen mich.«

Er fing an zu lachen. »Dich doch nicht, Bridget Harrison, die sexy Kolumnistin der *New York Post*.«

»Nein, ehrlich wahr, die hassen mich wirklich richtig.« Ich musste auch lachen. Hatte er mich gerade als sexy bezeichnet?

»Vielleicht hast du sie nicht genug abgefüllt.«

»Ich hab's ja angeboten. Ich dachte, vielleicht sind sie nach ein paar Runden auf Kosten der *Post* etwas gesprächiger, aber Pustekuchen. Die haben gesagt, sie zahlen selbst, vielen Dank. Der englische Akzent funktioniert hier drüben wohl doch nicht so gut.«

Jetzt mussten wir beide kichern, und plötzlich war es nur noch halb so schlimm, in einem feuchten Hotelzimmer am falschen Ende des Universums zu hocken.

»Nur zu deiner Information sollte ich dich vielleicht warnen, dass ich hier im Bates Motel abgestiegen bin. Ich könnte also morgen früh schon tot sein, dann müsstest du jemanden herschicken, der mich ersetzt.«

»Dich kann niemand ersetzen, Bridge.«

Mir wurde glühend heiß. Hatte er das wirklich gesagt?

»Egal, ich muss Schluss machen, mach weiter so, finde so viel wie möglich über die Schule raus.«

Ich drückte das Handy an meine Brust. Vielleicht war ich ja doch noch nicht so weit, New York endgültig den Rücken zu kehren.

Ledig, weiß, Kolumnistin sucht ...

»Hey, du bist doch Bridget Harrison, die Kolumnistin von der *Post*, stimmt's?«, fragte ein Typ im schwarzen Unterhemd, der neben mir an der Theke des Hog Pit stand und eine Runde Tequila bestellte.

»Ja, die bin ich!« Wenn das so weiterging, musste ich sicher bald Autogramme schreiben.

»Dann hätte ich eine Frage an dich.« Ich kramte in meiner Handtasche nach einem Kuli. »Uns würde mal interessieren, wann du endlich flachgelegt wirst!« Er wies mit dem Kinn zu einem Tisch am anderen Ende des verrauchten Raums, wo eine Horde Jungs saß, die mir glucksend mit ihren Budweiser-Flaschen zuprosteten.

»Oh, ähm, bald«, stammelte ich und verdrückte mich dann schleunigst wieder ins Hinterzimmer, wo die anderen und ich Billard spielten.

Zum Hog Pit, einer Cowboy-Bar-Spelunke an der Ecke 13th Street und 9th Avenue, war es von unserem Loft nur ein Katzensprung, und die Kneipe war ein Lichtblick im immer noch aufstrebenden Meatpacking District. Oft hingen Pom, Sacha und ich im Hinterzimmer rum und spielten Billard.

Fi stolzierte wieder mal mit ihren üblichen hautengen Jeans herum, die ihren sonnenbankgebräunten Bauch freiließen, und versuchte ihren Stoß zu platzieren, als ich zurückkam. Ich knallte die Coronas auf den Tisch.

»Nebenan sind ein paar Typen, die mich gerade gefragt haben, warum ich in meiner Kolumne nie flachgelegt werde.«

»Und, hast du ihnen gesagt, dass du dich ausgerechnet in den einzigen Mann der ganzen Stadt verknallt hast, über den du nicht schreiben kannst?«, fragte Fi, wobei ihr Spaghettiträgertop verrutschte und kurz den Blick auf ihre knackigen Brüste im teuren Spitzen-BH freigab, als sie sich über den Billardtisch beugte.

»Zufälligerweise nicht«, schnaubte ich empört, als Pom mir den Queue reichte.

Es war später Frühling, und endlich war so was wie Normalität in die Stadt zurückgekehrt. Zwar schauten sich die Leute beim Heulen der Feuerwehrsirenen immer noch nervös um, und wenn der Wind Richtung Norden blies, wehte der beißende Geruch vom Ground Zero wie aus dem Nichts heran und ließ es einem eiskalt den Rücken runterlaufen. Aber die vielbeschäftigten, emsigen New Yorker hatten was Besseres zu tun, als sich von Osama Bin Laden ewig ins Bockshorn jagen zu lassen.

Dank meines kurzen Auftritts bei »Leben und Lieben in New York« war meine Kolumne beliebter denn je. Aber sosehr meine Leser es auch genossen, mein Leben und Leiden als Single in New York nachvollziehen zu können, sehnten sie sich doch, genau wie ich, nach ein bisschen Romantik.

Liebe Bridget, meine Mitbewohnerinnen und ich lesen Deine Kolumne jeden Sonntag, seit wir sie vor ein paar Monaten entdeckt haben. Sogar meine schwulen Freunde habe ich schon angesteckt! Wenn ich Deine Kolumne lese, kommt es mir immer vor wie das Protokoll verschiedener Episoden aus meinem eigenen Leben. Erfolglose Verkuppelungsversuchte ansonsten wohlmeinender Mitmenschen, überall Freunde, die gar nicht schnell genug heiraten und Kinder kriegen können, diverse bizarre Szenarien des New Yorker Dating-Zirkus. Bitte, such Dir möglichst bald einen netten Kerl, damit wir anderen weiter hoffen dürfen.

Liebe Bridget, seit über einem Jahr verfolge ich nun schon Deine Abenteuer, und es verblüfft mich, dass Du immer noch keinen Freund gefunden hast. Deiner Schreibe und Deinem Foto nach zu urteilen scheinst Du ein relativ intelligentes, normales Mädchen zu sein, auch wenn Du ziemlich durchschnittlich aussiehst. Wenn Du es nicht schaffst, wer dann?

Liebe Bridget, ich kann einfach nicht glauben, dass bei der Post nicht ein paar tolle Singlemänner rumlaufen, die nur zu gerne mit Dir ausgehen würden. Manchmal bin ich ganz traurig, wenn ich Deine Kolumne lese, und es würde mich sehr freuen, wenn Du einen wunderbaren Mann kennen lernen würdest, der Dich zu schätzen weiß und Dich heiratet.

Ja, einige meiner Leser klangen genau wie meine Mutter.

Es wurmte mich besonders, dass es ein tolles Thema für meine Kolumne gewesen wäre, in einen Arbeitskollegen verknallt zu sein oder einem Mann, in den man sich wahnsinnig verliebt hat, nichts davon sagen zu können, aber genau das musste ich mir verkneifen. Nach meinem Ausflug nach Guildford arbeitete ich doppelt so hart für die Post, um Jack zu beeindrucken, der aber offensichtlich total gestresst war. Immer noch hatten wir über eine schier endlose Flut von Geschichten über das World Trade Center zu berichten, unsere Truppen waren inzwischen in Afghanistan im Einsatz, und eine neue Serie von Gewaltakten erschütterte den Nahen Osten. Und wie ich mir selbst immer wieder vor Augen führte, war er schließlich mein Boss. Auch ohne meine Kolumne schien es inzwischen vollkommen ausgeschlossen, ihm zu gestehen, dass ich mich in ihn verliebt hatte.

Nur manchmal, sonntagabends, nach einem ausgedehnten Brunch mit Fi, wurde ich gelegentlich schwach und quengelte so lange, bis Fi ihn anrief und fragte, ob er nicht mit uns etwas trinken gehen wolle. Selbst anzurufen traute ich mich nicht. Und solche Brunche waren in letzter Zeit erschreckend oft an der Tagesordnung. Obwohl New York inzwischen zu meiner Heimat geworden war, konnte ich mich einfach nicht daran gewöhnen, jedes Wochenende allein und ohne etwas vorzuhaben aufzuwachen. Ja, langsam vermisste ich es sogar, sonntags früh zum Lunch bei meinen Eltern in Ealing aufstehen zu müssen.

Fi und ich brunchten in letzter Zeit häufig in einem lauten brasilianischen Bistro am West Broadway namens Felix, wo alle mit schönster Regelmäßigkeit am frühen Nachmittag einen Diskokoller kriegten und anfingen, auf den Tischen zu tanzen. Und nach ein paar starken Bloody Marys schien es dann plötzlich eine ganz tolle Idee, wenn die schon reichlich angeschickerte Fiona Jack anrief. Enttäuschenderweise fand er die Aussicht, sich sonntagabends – kurz vor Anbruch einer weiteren knallharten Woche bei der *Post* – mit zwei sturzbesoffenen englischen Weibern zu treffen, nicht ganz so verlockend, weshalb er meist höflich ablehnte. Und die arme Fiona war fest davon überzeugt, Jack müsste annehmen, sie sei in ihn verschossen, und nicht ich.

Ich sah mich indes fleißig nach anderen Männern um, auf die man ein Auge werfen könnte. Und die Rettung nahte ein paar Wochen nach meiner seltsamen Begegnung im Hog Pit – zumindest dachte ich das.

Eines Sonntagnachmittags fiel mir ein Typ auf, der im Felix in eine Ecke gequetscht dastand und ganz schrecklich süß aussah, weil er mit seiner Kordhose und dem weiten Sweatshirt so fehl am Platze wirkte inmitten dieser ausgeflippten Meute von Europäern. Er hatte schnucklige rote Haare und dunkle Sommersprossen, also schlenderte ich zu ihm rüber und sagte ganz beiläufig »Hi«. Wie sich herausstellte, hieß er Christian, war Yale-Absolvent und lehrte inzwischen Englisch an der Columbia University, obwohl er erst 31 war. Ich mit meinem seichten Hang zu gebildeten Männern war sofort hin und weg.

Er erzählte mir, er warte im Felix auf einen französischen Freund, und ich griff auf meinen englischen Akzent zurück und versuchte, ihm mit meiner Liebe zu Shakespeare zu beeindrucken – indem ich mich in lyrischen Ergüssen über den *Sturm* und *Macbeth* erging. Verblüffenderweise ließ er sich meine Nummer geben. Gleich in der darauf folgenden Woche lud er mich zu einem Klavierabend im für seine literarischen Veranstaltungen berühmten Algonquin Hotel ein.

Wenn ich ganz ehrlich war, stand eine Verabredung zum andächtigen Lauschen eines Klavierspiels zwar nicht ganz oben auf meiner Hitliste der tollsten Dates, aber verglichen mit vielen anderen, die ich schon erlebt hatte, war der Abend ein Traum. Christian war sehr aufmerksam und ziemlich witzig, wenn er erst mal ein bisschen auftaute. Während des Klaviersolos schaute ich ihn im Halbdunkel immer wieder verstohlen an und sagte mir, ich sei genauso glücklich, hier neben ihm zu sitzen, statt neben Jack.

Nach unserem Date brachte mich Christian zur U-Bahn am Times Square.

»O.k., na dann, bye, und danke für den tollen Abend«, sagte ich, eine Verzögerungstaktik, weil ich hoffte, vielleicht noch einen Kuss zu bekommen.

»Ich ruf dich an«, sagte er stattdessen.

Enttäuscht ging ich nach Hause zu Pom und Sacha, die schon ganz gespannt darauf warteten zu erfahren, wie es gelaufen war. Als ich ihnen erzählte, dass ich keinen Kuss bekommen hatte, beruhigten sie mich, in New York sei es völlig normal, sich erst ein paarmal zu verabreden, ehe man auf Tuchfühlung ging.

Und zu meiner großen Freude folgte eine Flut wortgewandter Flirt-Mails, also fragte ich ihn mutig, ob er mich nicht mal in Carroll Gardens, wo er wohnte, zum Essen ausführen wolle.

Er entschied sich für ein nettes kleines Bistro namens Patois in der Smith Street, wo ich ihn den ganzen Abend mit meinen Kenntnissen über die neuesten Entwicklungen in Israel beeindruckte. (Ich hatte mich den ganzen Tag über die internationalen Nachrichtenticker schlau gemacht.) Als er eine zweite Flasche vorzüglichen Wein bestellte, fing ich an, mir auszumalen, wie wir uns sonntags zusammen einigelten und uns beim Studium der New York Times intellektuelle Wortgefechte lieferten.

Als wir anschließend wieder auf der Smith Street standen, hoffte ich sehr, jetzt würde der Abend erst richtig losgehen, bemühte mich aber, keinen allzu begierigen Eindruck zu machen.

»Ich sollte mir wohl dann mal ein Taxi rufen«, lieferte ich ihm die Vorlage.

»Du kannst ja von mir zu Hause eins bestellen, wenn du magst.«

Na endlich!

Er wohnte in einer aufgeräumten Einzimmerwohnung mit Bücherstapeln in allen Ecken. Aber all meinen Hoffnungen auf eine heiße Nacht intellektueller Liebesspiele zum Trotz setzte er sich aufs Sofa und fing an, die gelben Seiten durchzublättern. Ich setzte mich neben ihn und streifte die Jeansjacke ab.

Er griff zum Hörer und wählte die Nummer des Taxirufs. Dann saßen wir nebeneinander und warteten wie Patienten im Wartezimmer einer Arztpraxis.

»Und, musst du morgen früh raus?«, fragte er schließlich.

»So gegen zehn, nicht allzu früh.« Noch deutlicher konnte ich es doch wohl nicht sagen.

Doch gleich darauf kam das Taxi – wie immer, wenn man es eigentlich gar nicht will. Und er gab mir zum Abschied ein Küsschen auf die Wange. Als ich nach Hause kam, machten sich Pom und Sacha gerade fertig fürs Schlafengehen und waren geradezu schockiert, mich zu sehen.

»Na ja, vielleicht ist es ja gut, wenn man ein bisschen Spannung aufkommen lässt«, erklärte Sacha nicht gerade überzeugend von der Badezimmertür aus.

Gut? Was war denn bitte gut daran, dauernd auf und ab zu laufen, sich im Bett von einer Seite auf die andere zu wälzen und ständig das Telefon anzustarren?

»Und, sag schon, was meinst du? Soll ich ihn anrufen und ihm sagen, dass wir ins Hog Pit gehen?«, fragte ich schon den dritten

Abend hintereinander, als wir nach der Arbeit am Küchentisch saßen.

»Ich weiß es nicht, Bridge«, entgegnete Pom zurückhaltend. »Ihr kennt euch doch erst seit vier Tagen.«

»Aber ich spüre doch, dass wir uns mögen, warum sollten wir also Katz und Maus spielen?«

»Weil er sich nicht gemeldet hat«, sagte Pom.

»Aber es gibt doch bestimmt eine Theorie, die besagt, wenn man jemanden anrufen möchte, dann sollte man es auch tun«, gab Sacha zu bedenken.

Ich kam zu dem Schluss, dass Sacha wohl Recht hatte. Also wählte ich seine Nummer, und als er nicht ranging, hinterließ ich eine Nachricht. Auch an den folgenden Tagen quatschte ich ihm ein paar freche Botschaften aufs Band.

In der Zwischenzeit schrieb ich in meiner Kolumne über das quälend lange Warten auf den ersten Kuss. Aus Christian machte ich kurzerhand Alex, und aus dem Englischdozenten einen Wildtierfotografen (weil ich schon immer mal gerne mit einem ausgegangen wäre). Nach meinen Erfahrungen mit Sandy und Sanjay hatte ich beschlossen, Christian nicht zu erzählen, dass ich in der Zeitung über mein Liebesleben schrieb. Und ich wusste, dass er sich als viel zu intellektuell betrachtete, um sich die Finger an der *Post* schmutzig zu machen. Brad, mein zuständiger Redakteur, gab der Kolumne den Titel »Das lange Lechzen nach Lippenkontakt«. Ich bekam haufenweise E-Mails mit gut gemeinten Ratschlägen.

Liebe Bridget, sieht aus, als habe der betreffende Herr Angst zu versagen, wie so viele New Yorker Männer. Ich hatte schon mehr Verabredungen, als man sich vorstellen kann. Meiner Erfahrung nach braucht dieser junge Mann einen Kuss wie Dynamit, damit er endlich Feuer fängt, und den ersten Schritt musst Du wohl selbst machen.

Liebe Bridget, meiner Meinung nach ist dieser Typ entweder a) zu schüchtern, b) zu kindisch oder hat c) Zucker im Tank, wenn Du verstehst, was ich meine. Als Mann, der sich immer wieder mit den Dating-Ritualen konfrontiert sieht, ist meine Meinung: dieser Typ ist die Zeit und Mühe nicht wert. Such Dir was Besseres!

Irgendwann hörte ich auf, Christian jedes Mal anzurufen, wenn ich vorhatte, aus dem Haus zu gehen. Aber in der darauf folgenden Woche flatterte mir, wie das Schicksal so spielte, die Einladung zu einer Wohnungseinweihung nur zwei Blocks von seiner Wohnung entfernt ins Haus, also schrieb ich ihm eine E-Mail und lud ihn ein mitzukommen. Ich sagte, zu der Party käme ein Haufen »lustiger englischer Mädchen«, und diesmal meldete er sich. Und dort angekommen war er so charmant und redselig – wenn auch hauptsächlich den anderen Gästen gegenüber – dass ich es mir kaum verkneifen konnte, Sacha und Fi jedes Mal ganz stolz in die Rippen zu stoßen, wenn er mir den Rücken zudrehte.

»Wer war noch mal dieser Jack?«, flüsterte ich selbstgefällig.

Als wir dann irgendwann nach Mitternacht die Party verließen, sprangen die Mädchen schnell in ein Taxi zurück nach Manhattan, und ich schlug Christian vor, irgendwo noch ein Bier zu trinken. Gleich um die Ecke von seiner Wohnung war ein Laden, wo wir noch einen Platz an der Bar bekamen. Ich schmiegte meine Beine an seine. Ihm schien das zu gefallen, aber kaum hatte er sein erstes Glas ausgetrunken, unterdrückte er ein Gähnen.

Ich trank mein Glas ebenfalls aus, und dann saßen wir da und schauten angestrengt in unsere leeren Gläser. So, mein Freund, das wäre nun der geeignete Augenblick, mich zu fragen, ob ich nicht mit zu dir kommen und die Nacht mit dir verbringen will, war ich versucht zu sagen. Aber er schwieg beharrlich.

Ich sagte mir, dass ich eine selbstbewusste, emanzipierte Frau sei, und übte schon mal lautlos den Satz »Und, nimmst du mich jetzt mit nach Hause?«. Aber ich brachte nur ein »Und?« heraus.

»Und, das war ein wirklich netter Abend, deine englischen Freundinnen waren echt cool«, sagte er.

Ja, vergiss die, was ist mit mir?

Ich beugte mich zu ihm rüber und legte ihm, um ihm ein bisschen auf die Sprünge zu helfen, den Kopf in den Schoß. Er tätschelte mir den Rücken.

»Noch mal das Gleiche?«, fragte der Barkeeper und sammelte unsere leeren Gläser ein.

»Nein danke«, sagte Christian. Ich gab's auf.

»Tja, dann sollte ich wohl mal wieder Richtung Innenstadt fahren«, bemerkte ich spitz.

»Klar, gehen wir«, erwiderte er.

Draußen auf der Straße sah ich gleich ein Taxi mit eingeschaltetem Licht langsam auf uns zu kommen und hielt widerwillig die Hand hoch. Da zog mich Christian plötzlich an sich.

»Danke für die tolle Party«, flüsterte er und schlang die Arme um mich.

Ich schaute ihn an und dachte an den Rat mit dem ›Dynamitkuss‹ von einem meiner Leser, also drückte ich ihm schamlos meine Lippen auf den Mund. Er nahm meinen Kopf in beide Hände, und – endlich! – knutschten wir.

»Gott«, stammelte ich, als wir kurz voneinander abließen, um nach Luft zu schnappen. »Dafür, dass du so zurückhaltend bist, kannst du ganz schön sinnlich sein, wenn du richtig loslegst.«

Sinnlich. *Sinnlich?* Mist, hatte ich tatsächlich dieses entsetzlich abgeschmackte Wort benutzt?

Christian machte einen Schritt nach hinten und sah sich verlegen um.

»Mist, ich fasse es nicht, dass ich wie ein Student auf der Straße rumknutsche«, murmelte er.

»Na ja, das müssen wir ja nicht«, flüsterte ich und bemühte mich um Fassung.

»Pass auf, ich sorge besser dafür, dass du nach Hause kommst«, sagte er und hielt das nächste Taxi an.

Ich fluchte den ganzen Weg bis über die Brooklyn Bridge.

Danach versiegte sein E-Mail-Strom. Sein Telefon klingelte endlos, wenn ich ihn anrief – ein paarmal, um mich ganz zwanglos mit ihm auf einen Drink zu verabreden. Ich verstand die Welt nicht mehr. So schlimm konnte mein »sinnlicher« Fauxpas doch wohl nicht gewesen sein. Fünf Tage später schickte er endlich eine E-Mail.

»Bridget, hey, tut mir Leid, dass ich mich so lange nicht gemeldet habe. Danke für die Einladung diese Woche. War in Chicago und habe ausgiebig meinen Geburtstag gefeiert. Hoffe, du hast eine schöne Woche. Grüße, und bis bald.«

Grüße? *Grüße?* Als ich dieses Wort las, wusste ich, dass es vorbei war. Und dass er mich nicht zu seinem Geburtstag eingeladen hatte, war auch ein ziemlich deutlicher Hinweis.

Statt »bis bald« hätte da genauso gut »verpiss dich, du bist abserviert« stehen können.

Zunächst war ich verwirrt, aber dann wurde mir klar, dass ich mich bei einem Mann vermutlich noch nie so blöd angestellt hatte. Meine dauernden Anrufe und die verzweifelten Winke mit übergroßen Zaunpfählen kamen in New York einem Dating-Selbstmord gleich. In den zwei Wochen, seit ich Christian kennen gelernt hatte, war ich ihm ständig auf die Pelle gerückt – allen Regeln Paulas zum Trotz. Und obwohl mir das selbst klar war, rieben meine Leser es mir noch mal kräftig unter die Nase.

Meinen nächsten Anlauf in puncto romantische Liebesbeziehung startete ich statt in einem brasilianischen Bistro auf einem Feld in Argentinien. Ende Mai bekam Sacha eine Einladung von einem italienischen Freund, Anwalt von Beruf, namens Palu, dessen Familie eine Rinderfarm im platten, trockenen Weideland Argentiniens besaß, Las Pampas.

Als Sacha andeutete, der kleine Tripp würde hauptsächlich aus Entspannen, Weintrinken und Reiten bestehen, verlangte ich ultimativ mitgenommen zu werden. Zugegeben, der bisher einzige Ritt meines Lebens war auf einem armen Eselchen am Strand von Weston-super-Mare, wo der Wohnwagen meiner

Großeltern stand. Aber den Traum, wie ein Cowgirl über die Felder zu galoppieren, hegte ich schon mein ganzes Leben lang.

Es war zwar etwas kurzfristig, jetzt bei der *Post* um ein paar Tage Urlaub zu bitten, aber am nächsten Tag bei der Arbeit erwischte ich Jack allein in seinem Büro.

»Jack, ich weiß, ich sollte dich das nicht fragen, aber könnte ich vielleicht drei Tage frei bekommen, ich bin zum Reiten nach Argentinien eingeladen worden.« Ich war so aufgeregt, dass ich meine Schüchternheit ganz vergaß und praktisch in seinem Türrahmen auf und ab hüpfte.

Jack legte den Kopf schief und lächelte mich von seinem Platz hinter dem Schreibtisch an.

»Beruhige dich, du siehst aus wie einer von den Muppets«, sagte er. »Ich nehme an, du hast deinen Urlaub noch nicht aufgebraucht, also geh ruhig. Ich wünsche dir viel Spaß.«

»Jack, ich liebe dich«, rief ich ohne nachzudenken und rannte los.

Als Sacha und ich an Palus Ranch ankamen, war es, als seien wir mitten in ein Märchen gestolpert. Das Haus war eine niedrige, weiß gekalkte Villa mit kühlen, polierten Steinfliesen, und in unserem Schlafzimmer gab es Fensterläden und Türen, durch die man in einen schattigen, üppig bewachsenen Garten gelangte. Aber nicht nur unsere Unterbringung entzückte mich. Palu hatte ein paar argentinische Freunde eingeladen, die in Buenos Aires lebten, darunter auch Caco, einen stillen, dunkelhaarigen Anwalt, der gerade die Rolle der Banken während der argentinischen Wirtschaftskrise untersuchte.

Am nächsten Tag zogen diejenigen, die reiten wollten, auf den Pferden los, einen schattigen Feldweg hinauf, vom Haus hin zu den Weiden, auf denen die Rinder von Palus Familie grasten. Als Greenhorn der Gruppe hatte man mir das älteste, langsamste Pferd gegeben, aber als wir so unter dem saphirblauen Himmel sanft durch Wiesen voller Wildblumen geschaukelt wurden, kam ich zu dem Schluss, dass ich als Reiterin ein Naturtalent war.

Allerdings nur bis zu dem Moment, als Palu sein Pferd angaloppieren ließ und die ganze Meute hinterherrannte, auch mein alter Klepper, der über die Felder raste, als sei er einer der Favoriten beim Kentucky Derby. Mir fuhr der Schreck in alle Knochen, und ich rutschte bedrohlich im Sattel herum. Mein Pferd wusste schon, dass ich keine Ahnung hatte, wie ich es aufhalten sollte. Und als sie anderen voranstürmten, nahm es den Kopf runter, um mitzuhalten. Ich fiel nach vorne und klammerte mich an seinen Hals, als ginge es um mein Leben, die Worte meiner Mutter noch im Ohr:

»Pferde sind sehr gefährliche Tiere. Du solltest auf jeden Fall eine Reitkappe tragen und eine Zusatzversicherung abschließen.« Ach, komm schon, ich bin eine vielbeschäftigte Reporterin und Kolumnistin. O Mist.

Dann tauchte auf einmal Caco, der dunkelhaarige Anwalt, auf und dirigierte sein großes, schwarzes Pferd neben meins. Er hatte wohl gemerkt, dass ich um mein Leben kämpfte.

»Keine Sorge, ich bin hier, alles okay«, rief er. »Ich greif mir die Zügel, wenn es sein muss.«

Und mehr brauchte es für mich nicht.

Als es Zeit zum Abendessen war, konnte ich die Augen schon nicht mehr von Caco lassen. Er war der Stillste der ganzen Gruppe und behauptete, sein Englisch sei nicht besonders gut. Während wir alle feierten, saß er da, lächelte über unsere Witze und rauchte Zigaretten. Tagsüber trug er frisch gestärkte weiße Hemden und Reithosen, was mich noch verrückter nach ihm machte.

Am nächsten Tag saßen Sacha und ich sabbernd auf unseren Pferden, während er die wilden Ponys auf einer von Palus Weiden zusammentrieb. Er war im vollen Galopp über sein Pferd gebeugt, und der Wind presste das weiße Hemd an seine Brust.

»O mein Gott, Bridge, der ist wie Mr. Darcy aus *Stolz und Vorurteil*«, platzte Sacha heraus. Ja, für uns war tatsächlich ein Traum wahr geworden.

Ganz gemäß seinem Vorbild Darcy war Caco freundlich, blieb

aber zurückhaltend und ein wenig distanziert, obwohl ich ihn so offensichtlich anschmachtete. Am letzten Tag jedoch schlug Palu dann vor, einen Ritt in den Sonnenuntergang zu unternehmen, und erwähnte ausdrücklich, Caco habe angeboten, jemanden auf seinem Pferd mitzunehmen, da an diesem Abend alle mitkommen wollten und wir ein Pferd zu wenig hatten.

»Ich mach's!«, rief ich, ehe mir jemand zuvorkommen konnte.

An diesem Abend ritten wir wieder auf die Felder hinaus, über uns der blutrote Himmel der Pampa, und diesmal saß ich im Sattel des schwarzen Pferdes, während Caco ganz selbstverständlich hinter mir auf dem nackten Pferderücken saß. Er gab mir die Zügel und hielt sich an meinen Hüften fest. Ich ließ das Pferd in einer Lagune plantschen, wo sich wilde Flamingos im Abendlicht versammelt hatten.

»O MEIN GOTT!«, formte ich mit den Lippen, als Sacha ihr Pferd neben uns ins Wasser waten ließ.

»Ihr beiden seht aus wie in einer Kondomwerbung«, kicherte sie. Ich war froh, dass Caco mein bescheuertes Grinsen nicht sehen konnte.

Als wir dann wieder in Richtung Villa nach Hause ritten, fragte er mich, ob ich galoppieren wolle.

»Ja, bitte«, quietschte ich. Ich hätte auch gleich im Sattel mit ihm Sex gehabt, wenn er mich darum gebeten hätte.

Mit einem seiner starken Arme griff er nach vorne und nahm die Zügel, mit dem anderen umschlang er mich.

»Bist du so weit?«, fragte er. Dann trieb er das Pferd an, und wir schossen über das Feld. Die Flamingos flogen auf, als wir an der Lagune entlanggaloppierten, und die Sonne versank gerade an Horizont, während wir ihr entgegendonnerten. Ich musste daran denken, dass ich buchstäblich mein Leben in Cacos Hände gelegt hatte und mit ihm in den Sonnenuntergang galoppierte.

Wieder an den Ställen angekommen, half er mir vom Pferd, und mir zitterten die Knie vor Aufregung.

»Alles klar, Prinzessin?«, fragte er.

Mir fehlten die Worte – diesmal allerdings vor Begeisterung.

An jenem letzten Abend merkte ich, wie Caco mich nach dem Abendessen immer wieder verstohlen anschaute, und als er rausging und sich auf der Veranda der Villa in eine Hängematte legte, krabbelte ich ganz mutig mit hinein. Es war eine klare Nacht, und der Himmel war rabenschwarz. Wir lagen nebeneinander in der Hängematte, betrachteten den Sternenhimmel, und er zeigte mir das Kreuz des Südens. Als alle anderen ins Bett gegangen waren, küsste er mich.

Am nächsten Tag mussten Sacha und ich zurück nach New York – und in die Realität. Aber wenn die Leser meiner Kolumne sich nach mehr Romantik sehnten – was Besseres als diese Geschichte gab es doch gar nicht.

Caco und ich hatten E-Mail-Adressen ausgetauscht, und er hatte mir angeboten, ihn jederzeit zu besuchen. Als ich wieder an meinem Schreibtisch bei der *Post* saß, mit einem breiten, selbstgefälligen Grinsen im Gesicht, weil ich meinen persönlichen Mr. Darcy gefunden hatte, fing ich an, meine Kolumne zu schreiben:

FERIENFLIRT ODER MEHR?

Kann es gut gehen, einen Urlaubsflirt verlängern zu wollen – oder sollte man ihn als schöne Erinnerung abhaken? Jeden Tag, wenn ich meinen Rechner anschalte, hoffe ich auf eine E-Mail von einem Typen, den ich erst vor ein paar Tagen kennen gelernt habe und der jetzt über 8000 Kilometer weit weg ist.

Statt einer E-Mail von Caco lief mein Posteingang fast über vor Leser-Mails.

Die Woche, nachdem meine Kolumne über Caco in der *Post* erschienen war, saß ich im Büro und wartete auf einen neuen Auftrag, als Jack mich übers Haustelefon anrief und mich fragte, ob ich mit ihm irgendwo was zu Mittag essen wolle. Ganz verdutzt sagte ich ja und stopfte das Sandwich, das ich mir schon gekauft hatte, in die Schublade. Ich fuhr im Aufzug nach unten, wo er rauchend vor einem Pfeiler auf mich wartete. Er schlug vor, zu einem kleinen Laden in der 6th Avenue zu gehen, der tolle gemischte Salate anbot.

Wir schlängelten uns durch das mittägliche Gedrängel in der Stadt, und wieder spürte ich das aufregende Kribbeln, das sich jedes Mal einstellte, wenn ich mit ihm allein war. Und, warum hast du mich zum Essen eingeladen – das hast du doch noch nie gemacht, hätte ich ihn gerne gefragt.

»Und, wie läuft's so an eurem Ende des Büros?«, fragte ich stattdessen.

»Hektisch wie immer«, antwortete er.

Wir betraten das Café Europa und reihten uns ein in die Schlange von Büromenschen im Anzug, die, genau wie wir, nur schnell rausgeschlüpft waren, um in aller Eile was zum Mittagessen zu besorgen, das sie dann am Schreibtisch runterschlingen mussten.

Jack reichte mir eine Schüssel mit gemischtem Grünzeug.

»Dein Urlaub muss ja echt toll gewesen sein«, bemerkte er und wirkte plötzlich irgendwie nervös.

»Ja, war ziemlich aufregend, noch mal danke, dass du mir freigegeben hast.«

»Ich hab deine Kolumne gelesen. Dieser argentinische Typ, dieser Anwalt oder was er war. Du scheinst ja recht angetan.«

Ich war ganz perplex, dass ihn das auch nur im Entferntesten interessierte.

»Ach, Mr. Darcy, tja, weißt du, reiten, richtig männliche Helden, ich stehe einfach auf so ein Zeug.«

Jack betrachtete seine Schuhspitzen.

»Und, fährst du nach Argentinien und besuchst ihn?«

War er gerade ein klitzekleines bisschen rot geworden? Meine Wangen fingen bestimmt auch gleich an zu glühen.

»Na ja, er wohnt am anderen Ende der Welt, also glaube ich kaum«, murmelte ich leise.

Dann sah er mich mit festem Blick aus seinen blassblauen Augen an. Und dort, in dieser Schlange am Salatbüfett, wusste ich, dass er, trotz all meiner Verliebtheiten, Verabredungen und romantischen Abenteuer immer noch der einzige Mann war, den ich wirklich wollte. Und der einzige, den ich nicht haben konnte.

Held verzweifelt gesucht – ein ganz bestimmter muss es sein

Wenn's um die Liebe geht – okay, vielleicht auch nur um langfristige Triebbefriedigung –, kommt irgendwann der Punkt, an dem man beschließt, auf die Konsequenzen zu pfeifen und aufs Ganze zu gehen. Bei mir war es so weit, als ich mitten auf dem West Broadway feststeckte und den Taxen zusah, die im Regen an mir vorbeisausten.

»Mist«, brachte ich gerade noch so heraus, bevor mich ein Rückspiegel am Handgelenk erwischte, die Beifahrertür mir gegen die Knie knallte, und ich auf die Straße geschleudert wurde. Ich hörte Bremsen quietschen, dann verschleierten schwarze Flecken meine Sicht, und ich überantwortete mich meinem Schicksal – sowie, so hoffte ich zumindest, dem Himmel.

Als ich wieder zu mir kam, sah ich direkt in Fis Augen, groß und rund wie Untertassen, die mich entsetzt anstarrten. Sie hatte sich über mich gebeugt, und um uns herum toste der wütend hupende Verkehr – was vermutlich hieß, dass ich nicht im Himmel gelandet war.

»O mein Gott, Bridget, geht's dir gut, kannst du mich hören? Du bist gerade so was von knapp am Tod vorbeigeschrammt, es ist unbeschreiblich, ist mit deinem Kopf alles in Ordnung, kannst du dich bewegen?«

Ich versuchte, einen Witz zu machen, aber mir fiel keiner ein. Mir war schwindelig, meine Knie brannten und der Rücken, mit dem ich auf dem harten, nassen Asphalt lag, tat mir weh.

»Urgh.« Ich versuchte mich aufzusetzen. Ich fühlte mich, als sei ich um hundert Jahre gealtert.

»Geht es ihr gut?«, fragte eine Passantin.

»Lady, sehen Sie verdammt noch mal zu, dass Sie von der Straße kommen«, brüllte ein weniger mitfühlender Mann, der sich aus dem Fenster seines Lieferwagens lehnte.

»Warum verpisst du dich nicht selber«, schrie Fi zurück, während ich mich an ihrem Arm festklammerte und sie mir half, zum Bordstein auf der anderen Seite des West Broadway zu humpeln.

»Entschuldigen Sie, entschuldigen Sie bitte«, sagte ich in typisch britischer Manier zu den Fahrern und der kleinen Gruppe von Schaulustigen, die sich auf dem Bürgersteig versammelt hatte. »War meine Schuld«, was ja auch stimmte.

Ich hatte die schlechte Angewohnheit, ganz knapp vor heranrasenden Autos über die Straße zu sprinten, wobei ich sie so abpasste, dass ich ihnen immer in allerletzter Sekunde auswich. Was in Manhattan, wo die meisten Straßen Einbahnstraßen waren, auch sehr gut funktionierte. Heute Abend war ich vor einem heranrumpelnden LKW auf den West Broadway gestürzt, um schnell zum Bankautomaten zu rennen, hatte aber leider vergessen, dass die Autos hier in beide Richtungen fuhren.

Jetzt stand der Taxifahrer, der aus der anderen Richtung gekommen war, fluchend auf dem Bürgersteig. Er hatte so einen Schreck bekommen, dass er den Autoschlüssel im laufenden Wagen eingeschlossen hatte. Ein Polizist erschien auf der Szene – in Manhattan sind sie immer innerhalb von zwei Sekunden zur Stelle, sobald was passiert ist – und fragte mich, ob ich den Taxifahrer anzeigen wolle. Ich sagte nein.

Dann übernahm Fi das Kommando und packte mich in ein anderes Taxi, um mich nach Hause zu bringen. Ich untersuchte meinen Arm und stellte fest, dass ich unglaubliches Schwein gehabt hatte: Das klobige Silberarmband, das ich am Handgelenk trug, hatte die gesamte Wucht des Aufpralls vom Rückspiegel des Taxis abgefangen. Es hatte jetzt eine ordentliche Beule, aber dafür war mein Handgelenk heil. Bloß meine aufgeschürften Knie waren in einem erbärmlichen Zustand.

Als wir wieder im Loft waren – Sacha und Pom waren gerade in London –, setzte Fi sofort einen Kessel Wasser auf, um Tee zu machen, und ich hockte mich aufs Sofa und drückte einen Eisbeutel auf meine Wunden. Dann steckte mich Fi ins Bett.

Als ich am nächsten Tag aufwachte, drehte ich mich um und stöhnte. Meine Knie pochten und waren dick geschwollen. Mein ganzer Körper fühlte sich an, als habe er Zahnschmerzen. Ich zog die Decke bis ans Kinn hoch und versuchte weiterzuschlafen. Aber stattdessen starrte ich dann bloß auf die Backsteinwand meines winzigen Zimmerchens. Im leeren Loft war es totenstill. Ich fühlte mich hundeelend.

Ich war stolz darauf, in New York zäh und hart im Nehmen geworden zu sein, doch jetzt wurde mir klar, wie leicht man verletzlich und gebrechlich werden konnte. Und was mich noch mehr wurmte, war die Tatsache, dass ich jetzt, wo ich endlich mal eine gute Entschuldigung hätte, im Bett zu bleiben und mich betüddeln zu lassen, niemand da war, der für mich den Helden spielte. Niemand eilte an mein Krankenbett und war dankbar, dass ich noch lebte. Nach zwei Jahren in New York bedeutete ich noch immer niemandem etwas.

Ich drehte mich wieder um und zuckte zusammen, als meine Knie am Laken hängen blieben, und dann fiel mein Blick auf das verbeulte Silberarmband, das auf meinem Nachtischchen lag. Angus hatte es mir mal zu Weihnachten geschenkt. Mühsam quälte ich mich aus dem Bett und holte mein Handy aus der Handtasche. Ich hatte zwar seit über einem halben Jahr nicht mehr mit ihm geredet, aber seine Telefonnummer kannte ich immer noch in- und auswendig.

Während bei Angus das Telefon schellte, bereitete ich mich schon mal seelisch darauf vor, ihm zu erzählen, wie sein Armband mir auf wundersame Weise das Leben gerettet hatte. Aber ich wurde bloß zu seiner Mailbox durchgestellt. Mein Herz setzte kurz aus, als ich die altbekannte, vertraute Ansage hörte.

»Angus, hier ist Bridget, aus New York. Ich wollte bloß anrufen und dir sagen, dass ich gestern Abend von einem Taxi angefahren wurde, na ja, zumindest mein Arm. Mir geht's gut, aber ich dachte, du würdest vielleicht gerne erfahren, dass dein Armband mich gerettet hat. Kaum zu glauben, was?« Ich redete mit einer ganz seltsamen, säuselnden Stimme. »Also, egal, ähm, ich hoffe, dir geht es gut. Wie geht's India? Hier ist alles bestens. Na ja, zumindest lebe ich noch. Haha. Ja, das war's eigentlich schon, ich melde mich bald mal wieder.«

Ich ließ das Handy aufs Bett fallen. Was zum Teufel machte ich denn da? Glaubte ich allen Ernstes, er würde ins nächste Flugzeug steigen und mich besuchen? Ich spürte, wie mir die Tränen in die Augen stiegen, und merkte, dass ich mich zusammenreißen musste. Ich griff wieder zum Telefon, rief Fi an und verlangte, sie solle mit mir einen darauf trinken gehen, dass ich noch lebte. Sie klang zwar nicht gerade begeistert, aber ich bestand darauf, ich bräuchte dringend einen Drink und ein bisschen Gesellschaft.

Wir trafen uns im Pastis, einem gut besuchten französischen Bistro auf der 9th Avenue, wo es Bellinis und French Toast gab. Etliche Stunden – und etliche Bellinis – später, stellte sich wieder die unvermeidliche Frage.

»Fi, ruf Jack an, und sag ihm, ich bin von einem Taxi überfahren worden.«

»O Gott, nicht schon wieder, ich schwöre, der Kerl denkt bestimmt, ich bin in ihn verknallt.«

»*Bitte,* Fi, tu's mir zuliebe.«

Im Laufe des Nachmittags war mir nämlich klar geworden, dass das Einzige auf der ganzen weiten Welt, das ich mir wünschte, war, dass Jack erfahren sollte, dass ich verletzt worden war, und dass es ihm nicht egal sein sollte. Ein einziges tröstendes Wort von ihm bedeutete mir mehr als sämtliche Beileidsbekundungen aller anderen – obwohl ja auch sonst niemand anrief.

Und dann traf es mich wie ein Schlag. Wäre ich nur zwei Sekunden schneller über den West Broadway gefegt, wäre ich unter die Räder eines Taxis geraten. Stattdessen saß ich jetzt im

Pastis und schlürfte Champagner-Cocktails. Warum zum Teufel verschwendete ich mein vergängliches Leben – und langweilte nebenbei meine Freunde zu Tode –, indem ich Jack aus der Ferne anhimmelte?

Ich schnappte mir Fis Handy, das auf dem Tisch lag, und wählte selbst seine Nummer.

Mist. Er hatte auch die Mailbox eingeschaltet.

»Jack, hier ist Bridget, ich rufe bloß an, um dir zu sagen, dass ich gestern Abend von einem Taxi angefahren wurde. Mir geht es gut, und ich komme morgen wieder in die Redaktion, aber, na ja, eigentlich wollte ich bloß mal wieder deine Stimme hören.«

Ich knallte das Telefon auf den Tisch, und wir starrten es beide an wie Kaninchen die Schlange.

»Wurde ja auch langsam Zeit«, murmelte Fi.

Zum zweiten Mal innerhalb der letzten 24 Stunden kam ich mir vor, als hätte ich mich dem Schicksal überantwortet.

Zwei Minuten später klingelte das Telefon. Wir zuckten beide zusammen. Fi ging ran und fing an zu lächeln.

»Hi Jack.« Sie reichte mir das Handy.

»Hey, ich habe gerade deine Nachricht gehört, geht es dir gut, wo hat es dich denn erwischt? Musst du zum Arzt?«

Jack klang aufrichtig besorgt, was mich hoch erfreute.

»Nein, alles okay, ich bin bloß ein bisschen durch den Wind, ich brauche nur etwas seelischen Beistand, sonst nichts. Ich erzähle dir sämtliche blutrünstigen Details, wenn wir uns bei der Arbeit sehen.« Ich fühlte mich schon, als hätte man mich in eine wohlig warme, weiche Decke gewickelt – und schämte mich ein bisschen, weil ich so schamlos übertrieben hatte.

»Wo bist du denn jetzt?«

»Fi und ich veranstalten gerade ein kleines Saufgelage im Pastis zur Feier des glimpflichen Ausgangs. Und anschließend machen wir gegenüber im Hog Pit weiter.«

»Ich komme nachher vorbei«, sagte er.

Eine halbe Stunde später saß ich auf einem Barhocker im Hog Pit und untersuchte gerade ängstlich besorgt meine gelben

Knie, als Jack zur Tür hereinkam. Ich hoffte, die sahen schlimm genug aus. Er hatte ein blaues Poloshirt und eine Leinenhose an, seine Haare waren zerzaust und sahen nach Wochenende aus. Ich fand ihn süßer denn je.

Da ich inzwischen schon ziemlich betrunken war, warf ich mich ihm an den Hals, ehe ich mich selbst bremsen konnte. Er pflückte mich erst mal ab und musterte mich besorgt von Kopf bis Fuß.

»Dir geht es auch ganz sicher gut, du hast dir nicht zufällig den Kopf gestoßen? Du kennst doch die Anzeichen einer Gehirnerschütterung, oder, ist dir irgendwann schwindelig gewesen?«

Nur, wenn ich dich sehe, hätte ich beinahe gesagt, aber ausnahmsweise schaltete sich mein mentaler Kitschdetektor rechtzeitig ein.

Wir drei verbrachten den ganzen Abend in der Bar, und nun, wo ich ihn ganz für mich hatte, war ich ganz kribbelig vor Glück. Als er mich anschließend nach Hause brachte, humpelte ich schlimmer als nötig, damit ich mich an ihm festhalten konnte. Als wir die 14th Street überquerten, wunderte ich mich wieder einmal, wie viel Macht manche Menschen über einen haben. Bloß weil Jack auf ein paar Bier ins Hog Pit gekommen war, hatte er einen meiner trostlosesten Tage hier in der Stadt in einen meiner Lieblingsabende verwandelt. Zum Teufel mit den Konsequenzen, jetzt musste ich ihm einfach sagen, was ich für ihn empfand.

Ich nehme es selbst in die Hand

Wie erklärt man einem Mann, der für seine reservierte, verschlossene Art bekannt ist, dass man seit zwei Jahren in ihn verliebt ist? Wie bringt man seinem immer mächtiger werdenden Boss bei, dass man ihn gerne auch als Liebhaber hätte?

Leicht würde das nicht. Aber nach New York zu ziehen war auch nicht leicht gewesen, sagte ich mir. Und dann schrieb ich einen dreiteiligen Angriffsplan auf Jack in meinen Reporter-Notizblock.

1. Mit ihm flirten und abwarten, ob er zurückflirtet.
2. Die körperliche Barriere zwischen uns überwinden, damit ihn zu berühren nicht ist, als müsse man über den Grand Canyon springen.
3. Zeit mit ihm allein verbringen und sehen, wie lange er bleibt.

Gar nicht so schwer. Und mittels dieses Plans würde ich bald ein für alle Male wissen, ob Jack mich mochte – oder ob das Ganze bloß meiner bemitleidenswerten Fantasie entsprungen war.

Und so saß ich dann zwei Wochen nach meinem Nahtod-Taxierlebnis mit dem Angriffsplan in der Tasche neben Paula im Langan's und hatte ein glasiges Auge starr auf die Tür gerichtet.

Paula hatte inzwischen was mit einem stämmigen Australier von der *Post* namens Paul angefangen, der hierher versetzt worden war, um die Herstellung der Zeitung zu beaufsichtigen. Die beiden waren so unterschiedlich wie Tag und Nacht: Er, der leise, Bier trinkende, Darts spielende Aussie, ganz anders als sie, die unermüdlich plappernde glamouröse Superfrau. Aber durch Paul kam Paulas häusliche Seite zum Vorschein, die sonst gut hinter Designerklamotten und unverschämten Einzeilern versteckt war, und oft sah man die beiden zusammen aus dem Büro trotten und einen Kaffee holen, wobei Paul nur stillvergnügt vor sich hin lächelte, während Paula von irgendeiner irren Party schwadronierte, zu der sie hatte gehen müssen.

Und wenn ich mir so ansah, wie ihre Büroliebe gedieh, schöpfte ich wieder Hoffnung, dass man zusammen arbeiten und ausgehen konnte, ohne dass die Welt unterging. Paul und Paula waren eins von sieben Pärchen bei der *Post*. Wir verbrachten alle so viel Zeit an unserem Arbeitsplatz, da war es doch unvermeidlich, dass man sich näher kam. Warum also nicht auch Jack und ich?

»Weißt du was«, murmelte Paula verträumt und unterbrach damit meinen Gedankengang. »Ich weiß einfach nicht, ob ich dieses Jahr die Hamptons ertragen kann, ich will eigentlich bloß ein bisschen rausfahren und mit Paul grillen.«

Sie hatte ein winziges Häuschen in den Catskills gekauft, einer bewaldeten, hügeligen Gegend drei Stunden nördlich von New York, wo man noch ein Bauernhaus für weniger als 150 000 Dollar bekam. Ein wahres Schnäppchen, wenn man bedachte, dass ein Studio in Manhattan eine halbe Million kostete.

»Du musst uns mal besuchen«, fuhr Paula fort. »Du, Jeane, Dina ... vielleicht auch Jack ...«

Ich guckte beunruhigt in meinen Drink und fragte mich, ob sie es mir an der Nasenspitze angesehen hatte. Ich war versucht, es ihr zu beichten, doch dann ermahnte ich mich, dass Paula, auch wenn sie noch so eine gute Freundin sein mochte, doch hauptberuflich Klatschtante war.

Wie aufs Stichwort kam in diesem Augenblick Jack zur Tür herein und zu uns herüber. Ich setzte den Plan gleich in die Tat um.

»Hallo, Süßer, wie war dein Tag?«, fragte ich mutig. Kein entsetzter Blick beim »Süßen«. So weit, so gut.

»Zumindest ist er jetzt vorbei. Wie geht's deinen Taxiverletzungen?«

Ich zog den Ärmel hoch und zeigte ihm meine immer noch ziemlich fiesen Abschürfungen.

»Iiih, das hätte jetzt nicht sein müssen.« Er drehte sich zur Theke und bestellte sich einen Maker's Mark.

»Wir haben gerade darüber geredet, irgendwann mal am Wochenende rauszufahren zu Paulas neuem Domizil«, wagte ich mich weiter vor.

»Da würde ich auch mitkommen.« Jack zuckte die Achseln. Wow. Der Plan lief ja wie geschmiert.

»Leute, das wird so toll. Paul hat diesen Aussie-Trick drauf, wo er eine Bierdose ins Grillhühnchen steckt und es dann unter einem Eimer gart«, plapperte Paula mit verträumtem Gesicht.

»Paulita, du bist dermaßen verliebt, dass es mich gruselt. Hat Paul dich hypnotisiert?«, fragte Jack.

»Jack, du würdest doch die Liebe nicht erkennen, wenn sie dir ins Gesicht springt«, gab sie zurück.

Ich hätte mich fast an meinem Strohhalm verschluckt. Ich guckte sie verstohlen an, doch keiner von beiden schien etwas bemerkt zu haben. Nach einem Glas meinte Jack, er wolle Richtung Downtown fahren, also bot ich an, mir mit ihm ein Taxi zu teilen. In der Bar war die Stimmung locker und entspannt gewesen, aber als wir ins Taxi stiegen, wurde Jack merklich stiller. Cool bleiben. Immer an den Plan denken, sagte ich mir, als wir über die 7th Avenue rumpelten.

Jack hörte seine Mailbox-Nachrichten ab, dann ließ er den Kopf nach hinten gegen den Sitz sinken und runzelte die Stirn.

»Alles okay, Babe?«, fragte ich und bemühte mich, beim Wort »Babe« nicht rot zu werden. »Manchmal wirkst du so angespannt, dass ich Angst habe, du könntest explodieren.«

»Ehrlich?« Er schaute mich an. Das Stirnrunzeln wurde zu einem wehmütigen Lächeln. »Lieber Gott, was ist bloß mit mir los? Wann bin ich nur ein verklemmter Bürohengst im Anzug geworden?«

Ich lachte.

»Na ja, so schlimm ist es nun auch wieder nicht. Du rauchst und trinkst zu viel für einen echten Bürohengst.«

»Nein, ich muss den Tatsachen ins Auge sehen. Ich bin eine Niete. Manchmal stehe ich sogar mitten in der Nacht auf und laufe im Kreis. Ich laufe allen Ernstes aus lauter Sorgen um mein Bett. Ich freue mich ja wirklich, wenn alle glücklich sind, aber irgendwas ist immer, die Leute beklagen sich über die Bezahlung, den Dienstplan, ihre Aufträge …«

»Ach, darum brauchst du dir doch keine Gedanken zu machen. Reporter beklagen sich für ihr Leben gerne. Tratschen und Jammern gehört für sie zum Handwerk.«

Wieder sah er mich mit ganz verzweifeltem Gesicht an.

»Hassen mich alle in der Redaktion?«

»Jack, du hast ja eine Meise, nein, niemand hasst dich, du bist ein toller Redakteur. Du bist fair. Du hörst dir den ganzen Mist vom Chef an und gibst ihn nicht an andere weiter. Die Leute arbeiten gerne mit dir zusammen.«

Draußen, jenseits des Autofensters, flogen die Straßen nur so an uns vorbei, und bald würden wir zur 14th Street kommen, wo ich aussteigen musste. Zeit für den nächsten Schritt.

»Und, gehst du gleich nach Hause und machst dir einen ruhigen Abend?«, fragte ich, als das orange Vordach vom Western-Beef-Supermarkt am Ende meines Wohnblocks in Sicht kam.

»Ich weiß nicht, ich habe noch nichts vor …«

»Hast du nicht Lust, auf eine Tasse Tee mit hochzukommen?« Ich kam mir vor, als hätte ich ihn gerade gebeten, mich auf dem Rücksitz des Taxis nackt auszuziehen.

Sein Handy klingelte. Er fluchte und ging schnell ran. Dann lauschte er aufmerksam. Offensichtlich ein Anruf aus der Redaktion.

»Hör zu, bring bloß nichts, bis unsere Anwälte alles noch mal mit einem feinzinkigen Kamm durchgekämmt haben, und das, was sie genehmigen, geht in den Druck, okay. Das gilt auch für die Schlagzeilen und Bildunterschriften.«

Ich legte die Hand auf den Türgriff und wusste nicht so recht, ob ich auf ihn warten sollte oder nicht. Er hörte zu und sah aus dem Fenster. Es schien, als habe er ganz vergessen, dass ich da war.

»Ja, ich weiß, was der Chef meint, aber der wird seine Meinung recht schnell ändern, wenn wir eine Klage am Hals haben«, erklärte er entnervt. »Wenn ich's mir so überlege, gebt ihr mir besser Bescheid, was die Anwälte sagen. Wer ist heute Abend da?«

Er nickte wieder. »Sehr gut.«

Dann drehte er sich zu mir um, und sein Gesicht sah auf einmal verhärmt und müde aus – viel älter als das eines 29-jährigen.

»Ehrlich gesagt bin ich ziemlich erschossen.«

Verdammt. Verdammt. Ich fluchte, während ich allein die Treppe zu unserer Wohnung hochstiefelte. Aber heute Abend hatte ich eine Seite von Jack zu sehen bekommen, die ich bisher nicht gekannt hatte. Dieser kleine Anflug von Verletzlichkeit machte ihn nur noch liebenswerter.

Ich war wild entschlossen und arrangierte es, dass wir uns eine Woche später wieder ein Taxi von Langan's nach Hause teilten. Diesmal allerdings an einem Freitagabend und nachdem wir beide einiges getrunken hatten – und ich wusste, dass Pom und Sacha nicht in der Stadt waren.

»Okay, heute Abend kommst du mit auf einen Tee, keine Ausreden. Du hast unser todschickes Loft noch nie gesehen, oder?«, fragte ich.

»Stimmt, ich sterbe schon vor Neugierde, endlich die Höhle der englischen Löwinnen mal von innen zu sehen«, sagte er, als er mit mir aus dem Taxi stieg. Auf dem Weg die Treppe hinauf zur Wohnung versuchte ich, meine flattrigen Nerven zu beruhigen. Oben angekommen scheuchte ich ihn in die Küche, ging zum Herd und füllte den Wasserkessel.

»Wow, ihr Mädels habt ja echt Schwein gehabt mit dieser Hütte«, murmelte er anerkennend, als er sich auf unserer breiten gepolsterten Bank niederließ, die Pom kürzlich mit Stoff in Kuhfelloptik bezogen hatte. »Ich vermute, die Näharbeit hast nicht du gemacht«, bemerkte er und hob eins der Kissen hoch.

»Nein, das war Pom, die kann das echt gut«, erwiderte ich und quatschte dann weiter darüber, wie Pom damals das Loft entdeckt und mich aus den Klauen zweier Albtraumfranzosen gerettet hatte (unter Auslassung des kleinen Details, dass ich Lucian gepoppt hatte).

Ich ging zur anderen Seite des Zimmers und legte eine CD auf. Meine Wahl fiel auf Macy Gray, und ich merkte, wie mir die Hände zitterten, als ich sie aus der Hülle nahm.

Als ich wieder zu ihm zurückging, wog ich meine Möglichkeiten ab. Ich könnte mich wie ein alter Kumpel ihm gegenüber an den Tisch setzen oder mich ziemlich durchschaubar neben ihn auf die Fellbank knallen.

Die körperliche Barriere überwinden!, stand auf dem Plan. Also ließ ich mich neben ihn auf die Bank fallen und legte den Kopf auf sein rechtes Knie. Ich spürte, wie sein Bein sich verkrampfte. Er legte mir behutsam die Hand auf den Arm.

»Ach, schon besser«, log ich. Noch nie in meinem Leben hatte ich so unbequem gesessen.

Der Refrain von »I Try« schwebte von der Stereoanlage zu uns rüber.

Mist, da trällerte die Frau gerade darüber, dass zwei Menschen zusammengehörten, obwohl sie nicht zusammen waren – zu treffend und *viel* zu schmalzig. Ich hoffte, dass er nicht allzu genau hinhörte.

Dann versuchte ich, mir im Kopf eine kleine Rede zurechtzulegen. Dass ich immer an ihn denken musste, seit ich ihn damals nach der Enthauptung im Erminia am Pfeiler stehend getroffen hatte, dass er mich in Guildford aus tiefster Verzweiflung gerettet hatte. Dass ich mir nach all unseren Begegnungen sicher war, dass da was zwischen uns war, und dass ich ihm nach meinem Nahtod-Taxierlebnis unbedingt sagen musste, was ich für ihn empfand.

»Jack«, setzte ich an.

»Ich muss dich mal was fragen …«

»Schieß los«, entgegnete er.

Ich holte tief Luft. Jetzt ging's ums Ganze.

»Also, manchmal frage ich mich …«

Ein Schlüssel klapperte an der Wohnungstür. Nein! Jack zog schnell die Hand weg. Ich rappelte mich rasch wieder auf.

»Ob zwischen uns mehr ist als bloß Freundschaft«, sagte ich nicht mehr.

Die Tür ging auf, es war Sam, ein lange verflossener Exfreund aus London, der zum Junggesellenabschied in New York war und auf unserem Sofa campierte. Ich war so mit meinem Jack-Angriffsplan beschäftigt gewesen, dass ich diesen Logiergast tatsächlich vergessen hatte.

»Okay, wie geht's?«, fragte Sam, als er leicht wankend hereinkam. Anscheinend hatte er ein bisschen was getrunken. »Ach, herrlich, der Kessel ist schon aufgesetzt.«

»Sam, das ist Jack, ein Arbeitskollege von mir. Jack, Sam – mein Ex von der Uni«, sagte ich.

Mist, wie hieß es doch immer, erwähne nie einen Exfreund vor einem potenziellen neuen Kandidaten.

Sie gaben sich über den Tisch hinweg die Hand.

»Hey, Mann«, begrüßte Jack ihn und kramte dann in seiner Jackentasche nach einer Zigarette.

»Na, und ihr beiden legt hier ein heimliches Schäferstündchen nach Redaktionsschluss ein?«, witzelte Sam.

»Mach dich nicht lächerlich«, blaffte ich ihn an.

Sam fing an, den Kühlschrank nach Toastbrot zu durchstöbern. Ich stellte Jack eine Tasse Tee hin und hoffte, er würde mich ansehen, aber er schien sich plötzlich furchtbar unwohl zu fühlen in seiner Haut. Ich überlegte kurz, ihn in mein Schlafzimmer zu bitten, entschied mich aber dagegen, da mein Zimmer einzig und allein aus einem Bett bestand.

Sams Toast schoss aus dem Toaster, und er setzte sich mit seinem Teller, einem Stückchen Butter und einem Topf Marmite-

Brotaufstrich zu uns an den Tisch. Jack drückte die Zigarette aus, trank zwei Schlückchen Tee und erklärte dann, es sei Zeit für ihn, nach Hause zu gehen. Bemüht, mir meine Enttäuschung nicht anmerken zu lassen, brachte ich ihn zur Tür.

»Danke für den Tee, wir sehen uns dann Montag«, verabschiedete er sich und umarmte mich kurz. Dann verschwand er mit leicht gesenktem Kopf die Treppe hinunter. Ich knallte die Tür zu und stürzte mich wutentbrannt auf Sam.

»Sam, ich kann's nicht fassen, dass du so was sagst!«

»Entschuldige, ich konnte es mir nicht verkneifen, ihr habt beide dermaßen schuldbewusst aus der Wäsche geguckt«, entgegnete Sam. »Willst du dich von einem verheirateten Typen aus der Redaktion flachlegen lassen?«

»Er ist nicht verheiratet!«, protestierte ich.

Als Kolumnistin bei der *Post* hatte mein Name irgendwann den Weg in die Adressbücher der PR-Agenten gefunden, und inzwischen wurde ich zu allen möglichen Veranstaltungen eingeladen. Aber im Gegensatz zur Klatsch-Clique von SEITE SECHS, Richard Johnson, Paula und Chris, schaffte ich es selten auf die hochbegehrten Partys wie beispielsweise Premierenfeiern mit rotem Teppich. Meine Einladungen lauteten eher »Sushi-Wickeln für Singles«, »Cocktail-Lunch fürs Topf-und-Deckel-Handbuch«, »Girls' Night: Alles, was man über Vibratoren wissen sollte«. Aber wenn ich einen Vorwand suchte, abends auszugehen, hielt mein Posteingang normalerweise etwas bereit.

Jetzt scrollte ich mich täglich durch die vielen Angebote, immer auf der Suche nach etwas, wozu ich Jack einladen könnte, und eines Tages stieß ich doch tatsächlich auf eine E-Mail mit dem Betreff: »New York KNICKS Geburtstagsparty im The Park, Champagner mit Special Guests der Mannschaft.« Jack – ein glühender Yankees-Fan – stand auf Sport. Einen Versuch war es wert.

»Haste Lust, mit mir hinzugehen? Vielleicht lernen wir die Mannschaft kennen!!!«, schrieb ich ihm.

»Klar, gucken wir uns das mal an«, schrieb er zurück.

Ich fragte mich, warum ich mich bisher nie getraut hatte, mal vorzuschlagen, zusammen wegzugehen.

Wir machten ab, uns nach der Arbeit im Langan's zu treffen, und wie gewöhnlich war ich vor ihm da. Steve Dunleavy hing am einen Ende der Theke über sein Bier gebeugt, und am anderen nuckelte Adam, ein australischer Designer, der zum Austausch von der Schwesterzeitung der *Post*, dem *Daily Telegraph*, in New York war, an einer Flasche Heinecken.

Als er mich sah, winkte er mich zu sich.

»Hey, Frau Kollegin, wie geht's? Heute Abend schon was vor?«, fragte er.

»Ehrlich gesagt gehe ich mit Jack zu einer Party.« Ich fand, der Satz klang wunderbar.

»Ich hab 'ne Party im East Village auf der Liste, lass uns doch zusammen losziehen«, sagte er.

Nein!

»Unsere steigt auf der West Side, und wir müssen da hin«, sagte ich in der Hoffnung, Adam habe noch nicht mitbekommen, wie klein Manhattan eigentlich ist.

Jack wirkte ganz mitgenommen, als er kam. Vielleicht war er wegen unserer ersten Verabredung genauso aufgeregt wie ich. Er bestellte einen doppelten Maker's Mark. Wenigstens schien er vorzuhaben, sich zu betrinken.

»Komm, verschwinden wir«, murmelte er, nachdem er den Whiskey runtergespült hatte wie ein kleines Schnäpschen. »Ich halte diesen Laden heute Abend nicht lange aus.«

»Super, fahren wir dann Richtung Downtown?«, fragte Adam.

Weil es noch so früh war, nahmen wir ein Taxi zum Hog Pit, in Ermangelung besserer Vorschläge. Adam schlug vor, eine Runde Billard mit Jack zu spielen, und sie bauten die Kugeln auf. Jack schien es nichts auszumachen, dass Adam in unsere Verabredung geplatzt war. Aber vielleicht war es ihm auch gar nicht bewusst, dass dies eine Verabredung sein sollte. Um Adam abzuschütteln, schlug ich vor, was essen zu gehen.

»Tolle Idee, ich verhungere«, meinte Adam.

Also gingen wir in ein großes Restaurant mit Holzfußboden und Holztischen namens Markt – eine weitere Neueröffnung im Meatpacking District. Jack kippte immer noch Alkohol in sich rein, als sei es Wasser. Und ich ebenfalls.

»Kommt, auf ins Park«, sagte Adam. »Ich muss den Leuten zu Hause doch erzählen, dass ich mit den New York KNICKS gefeiert habe!«

»Toll!«, knurrte ich mit zusammengebissenen Zähnen. Vielleicht waren Jack und ich ja einfach nicht füreinander bestimmt.

The Park, teils Restaurant, teils Cocktail-Lounge, an der Ecke 10th Avenue und 19th Street, war rappelvoll mit schlanken Mädchen in rückenfreien Tops und Typen in Hemden, Freizeithosen und Flipflops. Wir schoben uns durch die Menschenmassen bis zur Bar im hinteren Bereich, wo die KNICKS-Party stattfand. Dort herrschte ein unglaubliches Gedränge, und wie in der E-Mail versprochen saßen etliche berühmte Spieler an niedrigen Tischen vor Moet-&-Chandon-Champagnerkübeln. Eine Horde Frauen lungerten in ihrer Nähe herum und taten, als unterhielten sie sich. Jack sah aus, als wäre er lieber an jedem anderen Ort auf diesem Planeten, erbot sich aber tapfer, an die Bar zu gehen und was zu trinken zu besorgen. Sobald er weg war, stürzte ich mich auf Adam.

»Hör mal, Ad, war toll, mit dir rumzuhängen – den ganzen Abend lang –, aber ich muss unbedingt noch was ganz Wichtiges mit Jack besprechen, ähm, was wegen der Arbeit. Könntest du uns vielleicht mal eine Weile allein lassen?«

Adam wirkte ganz verdattert.

»Klar, Kollegin, kein Problem.«

In dem Moment, als Jack mit den Getränken zurückkam, erklärte Adam, er müsse los.

»Was ist denn in den gefahren?«, fragte Jack erstaunt.

Ich habe ihm gesagt, er soll sich verziehen, damit ich dir gestehen kann, dass ich unsterblich in dich verliebt bin, dachte ich.

Aber jetzt, wo wir endlich allein waren, wurden wir beide ganz verlegen. Wir nippten an unseren Getränken, und Jack warf mir einen Blick von der Seite zu und lächelte kurz. Wir schwankten beide schon von dem ganzen Alkohol. Auf einmal schien dies nicht der richtige Ort, um über *uns* zu reden.

»Ich finde, für uns ist die Party auch gelaufen«, sagte er schließlich.

»Finde ich auch«, erwiderte ich.

Wir gingen die 10th Avenue entlang zurück.

»Und, hast du Lust, noch in irgendeine andere Bar zu gehen?«, fragte er mit null Begeisterung. Es war klar, dass keiner von uns beiden noch mehr Alkohol brauchte.

»Klar, warum nicht«, erwiderte ich matt.

Wir gingen wieder Richtung Meatpacking District und marschierten schnurstracks in die erstbeste Bar, die wir sahen – das Rhone, ein mondäner Laden mit schummriger Beleuchtung und einer Theke in der Mitte aus grauem Beton, umgeben von Barhockern aus Metall, die aussahen wie Kamerastative. Ein DJ hinter einem Pult in der Ecke spielte ohrenbetäubende Technomusik. Wir wuchteten uns auf zwei der unbequemen Hocker, und ich legte die Stirn auf den kalten Beton, um einen klaren Kopf zu bekommen. Jack bestellte noch einen Whiskey, und ich verlangte einen Cosmopolitan. Mein Plan war dermaßen in die Hose gegangen, dass es fast schon wieder komisch war.

Wir hockten im Halbdunkel herum und klammerten uns an unsere Gläser, während im Hintergrund die Technobeats hämmerten. Mein Knie stieß am Hocker gegen seins, aber ich bemerkte es kaum. Er wirkte genauso erschlagen wie ich.

»Na ja, immerhin hast du mich heute dazu gebracht, mal vor die Tür zu gehen«, sagte er und musste sich anstrengen, um den Krach zu übertönen.

»Gern geschehen«, murmelte ich.

Er fuhr fort.

»Gut gemacht, es ist immer so viel zu tun, in letzter Zeit habe ich ein tief tragisches Leben geführt. Ich bin vor zehn in der Redaktion und bleibe bis spätabends. Es kommt mir vor, als würde ich nur noch beim DVDs Gucken auf dem Sofa ins Koma fallen und Mädchen hinterherschmachten.«

»Mädchen hinterherschmachten? Du? Ich habe dich noch nie auch nur in Gesellschaft einer Frau gesehen. Sag mal, welchen Mädchen du so hinterherschmachtest, vielleicht kenne ich eine von denen, und dann könnte ich ja ein gutes Wort für dich einlegen«, lallte ich.

Jack ließ den Kopf hängen und guckte in sein Whiskeyglas. Ich bereitete mich seelisch auf den Namen vor, der da kommen sollte. Und dann hörte ich die Worte, die ich nie geglaubt hätte, aus seinem Mund zu vernehmen.

»Wenn du's unbedingt wissen willst, Bridget, ich schmachte dir hinterher.« Seine Schultern sackten nach vorn, als hätte er nach langem Ringen einen Kampf verloren gegeben. Dann hob er den Kopf wieder und guckte mich an, und ich erwiderte seinen Blick mit weit aufgerissenen Augen.

»Bridge, ich schmachte dir jeden Tag hinterher, und zwar seit dem ersten Augenblick, als ich dich in der Redaktion gesehen habe.«

Was war denn jetzt los? Ich rang verzweifelt um Worte. Aus dem Nichts ereignete sich für mich plötzlich einer jener vollkommenen Augenblicke, die man sein ganzes Leben lang nicht vergisst.

»Ich fasse es nicht, was du da gerade gesagt hast. Ich meine, du weißt doch, was ich für dich empfinde, oder nicht? Du weißt, dass ich seit Monaten in dich verliebt bin – du musst es einfach wissen.«

Er zuckte die Achseln. »Ich war mir nie ganz sicher.«

Wir waren still, weil wir auf einmal nicht mehr wussten, wie wir weitermachen sollten.

»Ist schon komisch, ich habe mir diesem Moment so oft ausgemalt und im Kopf durchgespielt. Irgendwie hatte ich gehofft, es wäre ein bisschen romantischer«, sagte er.

»O mein Gott, ich finde es unheimlich romantisch, nichts

könnte romantischer sein«, rief ich aufgeregt. Ich rutschte von meinem Hocker und schlang die Arme um ihn.

Er nahm mich in die Arme und zog mich an sich, und ich legte mein Gesicht in seinen Nacken und atmete seinen Geruch von frischer Wäsche und Zigaretten tief ein. Ich spürte, wie mein Herz heftig gegen sein Hemd klopfte. Dann drehte ich den Kopf und küsste ihn auf die Lippen. Wir zögerten ganz kurz, etwas irritiert von der unerwarteten Nähe. Dann umfasste er mein Kinn mit der Hand. Die dröhnende Musik verstummte, und der Rest der Bar verschwand. Endlich, nach all den Monaten des Zweifelns, des Wartens und Hoffens, küsste ich Jack wahnsinnig.

Hatten wir einen Plan?

Wir standen in der Bar und grinsten uns dämlich an. Bis er plötzlich ganz verlegen wurde.

»Komm, wir müssen raus aus diesem schrecklichen Laden«, sagte er.

Er nahm mich bei der Hand, und wir schlängelten uns wie Diebe auf der Flucht aus der Bar. Draußen angekommen marschierten wir einfach weiter – vorbei an anderen betrunkenen Nachtschwärmern, die schlingernd ein Taxi suchten, und den Wagen der Müllabfuhr, die schon mit ihren Aufräumarbeiten angefangen hatten. Der allgegenwärtige Gestank des Meatpacking District hing in der warmen Luft. So wie Jack seinen großen romantischen Augenblick nicht in einer ohrenbetäubenden Techno-Bar erleben wollte, kam in meinem Traum ganz sicher nicht der Mief verrottenden Fleischs vor.

Meine Wohnung war einen Block vom Rhone entfernt, und ohne weiter darüber nachzudenken liefen wir wie benommen in tiefem Schweigen dorthin. Aber wir hielten uns dabei ganz fest an den Händen, als müssten wir uns angesichts der plötzlich veränderten Lage gegenseitig beruhigen. Und ich muss gestehen, dass mein toller Plan keinerlei Hinweise auf die gebotene Vorgehensweise in einer solchen Situation enthielt.

Vor meiner Haustür blieb er stehen, nahm mich an beiden Händen und sah mich an. Wenigstens er schien wieder im Vollbesitz seiner geistigen Kräfte zu sein.

»Und, was möchtest du jetzt machen?«, fragte er.

Ich hatte keine Ahnung. Wollte ich nach oben gehen und es mit ihm nach dem monatelangen Schmachten so richtig treiben? Oder wäre das doch zu seltsam und peinlich nach diesem ohnehin schon überwältigenden Abend? Ich wusste nicht so recht, ob mein erstes sexuelles Erlebnis mit Jack in einem schlecht koordinierten trunkenen Taumel enden sollte. Aber ich konnte ihn einfach nicht gehen lassen. Und außerdem, was wollte *er* eigentlich?

»Ich glaube, wir könnten beide eine Tasse Tee vertragen«, sagte ich.

Wieder stieg ich vor ihm her die Metalltreppe zu unserem Loft hinauf. Als ich auf dem ersten Absatz ankam, streckte er die Hand aus und berührte mein nacktes Bein.

»Du weißt ja nicht, wie oft ich das schon tun wollte«, murmelte er.

Ich lächelte. »Meine Wade streicheln?«

»Ja, Bridget Harrisons Wade streicheln. Wieso, hast du was dagegen?«

Vor der Wohnungstür blieb ich stehen, um den Schlüssel rauszuholen. Er drehte mich um, damit ich ihn ansah, und dann küssten wir uns wieder. Das grelle Neonlicht der Flurbeleuchtung strahlte uns an, aber das war uns egal. Als ich so in seinen Armen am Türrahmen lehnte, kam ich zu dem Schluss, eine verrückte betrunkene durchvögelte Nacht wäre doch keine so schlechte Idee.

»Komm, gehen wir rein«, flüsterte ich, während ich noch immer nach dem Schlüssel kramte.

Wir hörten auf, uns zu küssen, und ich kramte weiter. Er scharrte ein bisschen mit den Füßen und betrachtete seine Schuhspitzen. Das Neonlicht war aber auch hell.

»Mist.«

»Was ist los?«

»Ich hab meinen Schlüssel verloren.«

Das hatte ich wirklich, es war kein Trick. Ich hoffte, er würde mir das glauben. Ich hämmerte gegen die Tür, aber Pom und Sacha schliefen seelenruhig weiter.

»Tja, dann gehen wir eben zu mir. Wir nehmen ein Taxi.«

Wir trabten zurück auf die Straße, er winkte ein Taxi heran und hielt mir die Tür auf, und wir rutschten zusammen auf den Rücksitz. Damit wir in Stimmung blieben, beugte ich mich zu ihm rüber und küsste ihn, aber meine Zähne schlugen gegen seine, als das Taxi durch die Schlaglöcher in der Gansevoort Street holperte.

»Scheißtaxis«, fluchte ich und wurde puterrot.

»Bekanntermaßen der Horror zum Rumfummeln«, grinste er. Er nahm meine Hand und hielt sie ganz fest.

Der Pförtner am Eingang des Hauses, in dem Jack wohnte, wünschte uns eine gute Nacht, als wir vorbeigingen. Ich hakte mich bei Jack unter und hoffte, ich sähe nicht aus wie ein besoffener One-Night-Stand.

Jack schloss die Tür auf – den Schlüssel hatte er natürlich gleich zur Hand – und ließ mich voran in die Wohnung gehen. Die war zwar nicht groß, aber offen und bestand aus einem langen Raum mit hoher Decke und einer kleinen, aber feinen Küche mit Theke an einem Ende und einem Wohnzimmer mit Fenster am anderen. Die Bücherregale an der einen Wand füllten ordentlich aufgestellte Geschichtswerke, ein großer Fernseher und eine umfangreiche CD-Sammlung. Ein Ledersofa stand dort und ein niedriger grüner Glastisch, über dem eine original 60er-Jahre-Kugelleuchte hing. Vom vollen Aschenbecher auf dem Wohnzimmertisch abgesehen war die ganze Wohnung picobello aufgeräumt.

Jack ging in die Küche und nahm zwei hohe Gläser aus dem Schrank, die er dann mit Eis aus dem Kühlschrank und Leitungswasser füllte.

Verlegen stand ich im Flur herum und hatte immer noch die Tasche um.

»Tut mir Leid wegen der Schlüssel, ich kann es nicht fassen, dass ich so schusselig bin. Es macht dir auch ganz sicher nichts aus, dass ich mitgekommen bin?«

»Nichts würde mich mehr freuen«, sagte er. »Komm, gehen wir ins Bett.«

Das Schlafzimmer war genauso makellos wie der Rest der Wohnung. Drinnen stand ein breites, tiefes Bett, mit teuer wirkender Bettwäsche bezogen, gleich neben einer Reihe Einbauschränke. Ich war schon mal in Jacks Wohnung gewesen. Damals war ein Haufen Postys nach einem heftigen Abend im Langan's hier reingeschneit. Ich hatte heimlich einen Blick ins Schlafzimmer geworfen und mich gefragt, ob ich wohl je darin schlafen würde. Und konnte es jetzt kaum fassen, dass es tatsächlich so sein sollte.

Jack zeigte mir das Badezimmer.

»Ich habe keine zweite Zahnbürste, aber du kannst meine benutzen, wenn du magst«, bot er mir an.

Puh, dann war er doch nicht ganz so verklemmt, wie ich befürchtet hatte.

»Ähm, könnte ich vielleicht auch ein T-Shirt haben«, fragte ich, nur um auf Nummer sicher zu gehen.

Ich machte die Badezimmertür zu und klatschte mir ein bisschen Wasser ins Gesicht, um sicherzugehen, dass ich nicht träumte. Dann guckte ich in den Spiegel über dem Waschbecken. Ich hatte blutunterlaufene Augen, aber auf meinen Wangen lag ein seltsamer, rosiger Schimmer.

»Wow, ich putze mir in Jacks Badezimmer die Zähne«, sagte ich zu meinem Spiegelbild.

Ich setzte mich hin, um Pipi zu machen, und fragte mich, ob wir wohl miteinander schlafen würden. Dabei wurde ich auf einmal so nervös, dass ich ganz starr wurde vor Schreck. Der Gedanke an diesen ungeheuren Energieaufwand und das Gefummel mit dem Kondom war mir einfach zu viel. Ich drehte den Wasserhahn auf. Jack dachte vermutlich schon, ich läge ohnmächtig auf dem Boden oder traute mich nicht mehr raus.

Als ich endlich wieder rauskam, trug Jack Boxershorts und ein T-Shirt und stellte gerade den Wecker an seinem Piepser. Ich schlüpfte vor ihm aus den Klamotten und zog mir das frisch gewaschene, verblichene gelbe T-Shirt über, das er für mich hingelegt hatte.

Dann ging er ins Bad, und ich stieg in sein Bett. Seine Bettwäsche war weich und glatt. Ich zog mein Höschen aus und warf es auf den Klamottenhaufen. Dann sprang ich auf, holte es schnell wieder und zog es wieder an, damit er mich nicht für zu forsch hielt.

Ein paar Minuten später kam er aus dem Bad, setzte sich aufs Bett und guckte mich mit einem breiten Grinsen im Gesicht an. Er sah auf einmal aus wie ein ganz anderer Mensch, offen und entspannt und ganz liebenswert jungenhaft. Er strich mir eine Haarsträhne aus der Stirn.

»Hey, Sexy«, sagte er. »Ich kann immer noch kaum glauben, dass du hier bist.«

»Halleluja, was für eine Nacht«, entgegnete ich.

Er kam zu mir ins Bett und zog mich an sich, und zum ersten Mal umschlangen sich unsere Körper. Er hatte ganz weiche Haut, und ich drückte mein Gesicht in seinen Nacken und atmete seinen wunderbaren Duft ein. Plötzlich fühlte ich mich, als könnte ich tausend Jahre schlafen.

»Alles klar?«, fragte er und strich mir übers Haar.

»Perfekt«, antwortete ich. Und schlief auf der Stelle ein.

Am nächsten Morgen wurde ich von klappernden Kleiderbügeln und raschelnden Plastiksäcken aus der Reinigung geweckt. Ich machte ein Auge auf. Jack stand frisch geduscht, rasiert und in Hemd und Anzug vor seinem Kleiderschrank und ging seine Krawatten durch. Ich drehte mich um, noch ganz verschlafen unter der warmen Decke. Jetzt war er schon wieder im Bad und band sich vor dem Spiegel die Krawatte, wobei er gleichzeitig das *Wall Street Journal* las, das er auf dem Rand des Waschbeckens balancierte.

Ich versuchte mich aufzusetzen. Der Kopf tat mir weh. Und mein Mund spielte gerade Kalahari-Wüste.

»Urgh, wie spät ist es?«, murmelte ich.

Er kam zum Bett, setzte sich und drückte mir einen Kuss auf die Stirn.

»Es ist halb zehn, ich muss jetzt los. Aber du kannst ruhig hier bleiben, noch ein bisschen schlafen, du musst doch noch nicht aufstehen, oder?«

Ich glaube, er versuchte, romantisch zu sein.

»Okay«, erwiderte ich unsicher.

»Wir sehen uns dann im Büro.« Er stand auf, lief die Treppe runter, und dann hörte ich die Tür zuschlagen.

Ich ließ mich wieder in die Kissen sinken. Okay, das war ein ziemlich kurzer Abschied gewesen. Aber er wollte nicht vor mir weglaufen, er musste sich bloß beeilen – hoffte ich jedenfalls. Und da war ich nun. In Jacks Bett. In Jacks Wohnung. Ich war tatsächlich hier.

Ich streckte mich noch mal unter seiner Bettdecke aus und musste wieder daran denken, wie er im Rhone den Kopf gesenkt und in sein Whiskeyglas gestarrt hatte. Und dann wieder dieser wunderbare, vollkommene Augenblick, als er gesagt hatte, dass er mir hinterherschmachtet. Jack wirkte immer so steif und verschlossen, bis er plötzlich wie aus dem Nichts seine Gefühle offenbarte, was ihn so verletzlich und unglaublich liebenswert machte.

Er war so völlig anders als die anderen eitlen Gockel hier in New York, die immer ohne Punkt und Komma redeten. Es war zwar nicht gerade leicht, Jack näher kennen zu lernen, aber zumindest wusste ich, dass er ein grundanständiger Mensch war. Er mochte vielleicht seine wahren Gefühle verbergen – und das ziemlich gut, wenn man sein überraschendes Geständnis vom gestrigen Abend bedachte – aber ich wusste, dass er niemals lügen würde.

Ich war ganz kribbelig vor Glück. Ja, ich war wirklich Lois Lane, und jetzt hatte ich meinen Clark Kent gefunden.

Eineinhalb Stunden später schob ich mich um Punkt elf Uhr durch die Tür mit den Milchglasscheiben im 10. Stock von Nummer 1211, Avenue of the Americas. Und das Erste, was ich sah, war Jacks Hinterkopf. Er saß an seinem Schreibtisch, ganz versunken in E-Mails, Webseiten und Newsticker, und ging seine Nachrichtenliste für die Frühkonferenz durch. Wenn uns eine Story durch die Lappen gegangen war – wenn eine andere Zeitung ein Bild oder ein Zitat gebracht hatte, das wir nicht hatten, oder wenn wir eine Geschichte komplett verpennt hatten – würde der Chef wissen wollen, wieso.

Mit gesenktem Kopf ging ich am Büro des Chefredakteurs vorbei und versuchte, nicht allzu breit zu grinsen. Da saß er nun, und so viele Leute verließen sich auf ihn und verlangten seine Aufmerksamkeit, aber vor ein paar Stunden hatte ich ihn noch ganz für mich allein gehabt, hatte in seinen Armen gelegen, sein T-Shirt angehabt und in seinem Bett geschlafen.

Ich trug heute ein sorgfältig ausgewähltes Ensemble aus tief ausgeschnittenem weißem T-Shirt und weit schwingendem, fließendem aquamarinblauem Rock, den Pom und Sacha für mich herausgesucht hatten, und zwar nach einem leicht hysterischen Frühstück zur Feier des Tages, bei dem ich ihnen die Ereignisse der vergangenen Nacht haarklein erzählen musste. Normalerweise trug ich flache Schuhe im Büro, für den Fall, dass ich irgendwohin geschickt wurde und weite Strecken zu Fuß gehen musste, aber heute hatte ich mich für meine Designerpumps von Hollywould mit zierlichen Pfennigabsätzen entschieden. Ich setzte mich an meinen Schreibtisch, der in sicherem Abstand zu seinem stand, und fragte mich, ob er wohl eine Mail schreiben oder kurz vorbeikommen würde. Vielleicht würde er mir ja heute meinen Auftrag persönlich überbringen.

Doch nach der Frühkonferenz kam Michelle, seine Stellvertreterin, aus dem Büro zu mir marschiert und brachte mir die aktuelle Liste.

Michelle war eine zierliche Blondine aus Long Island mit glatten Haaren und Brille. Als Redakteurin war sie unschlagbar, und sie hatte einen sensenscharfen Humor. Sie war dreißig, hatte bei der *Post* eine rasante Karriere hingelegt, und uns beide hatte immer eine kollegiale Mädchenfreundschaft verbunden. Sie witzelte und beklagte sich gerne über Jacks pedantische Verklemmtheit, und ich redete gerne über Jack, Punkt.

»Du«, sagte sie mit ihrem kaum merklichen, gedehnten Long-Island-Akzent, zeigte mit dem Kuli auf mich und ging ihre Liste durch. »Du kümmerst dich ums ›Heldenmädchen‹.«

Ich griff zu Notizblock und Stift.

»Eine Frau in Queens kommt gestern Abend von einer Party nach Hause, ihr betrunkener, getrennt lebender Freund ist stinksauer, dass sie weggegangen ist, also tritt er die Tür ein, stürmt ins Schlafzimmer und fängt an, mit einem Baseballschläger auf die Frau einzuschlagen. Toll, was? Davon wacht ihre achtjährige Tochter, die im Nebenzimmer geschlafen hat, auf, sieht, wie ihre Mama verprügelt wird, geht in die Küche, holt ein 25 Zentimeter langes Brotmesser, kommt zurück und sticht es dem Freund in den Rücken.«

Ich schrieb mit, was sie erzählte.

»Die in der Baracke sind an dem Fall dran, Dan ist vor Ort, du schreibst den Artikel.«

»Und was ist mit dem Freund?«, erkundigte ich mich.

»Ach, der ist tot«, antwortete Michelle mit ihrem typischen staubtrockenen »Die-Menschen-sind-alle-Scheiße«-Tonfall. Sie sah mich prüfend an. Trotz meiner Bemühungen, wie das heiße Büroschnittchen auszusehen, hatte mein Kater noch nicht die Krallen eingefahren.

»Was hast du denn gestern Abend angestellt, du siehst echt beschissen aus«, sagte sie.

Das bescheuerte Grinsen machte sich wieder in meinem Gesicht breit. Zu gerne hätte ich ihr das mit Jack erzählt, aber mir war klar, dass ich das besser nicht riskieren sollte. Bei der *Post* war es durchaus möglich, dass eine heiße Klatschgeschichte schneller das andere Ende der Redaktion erreichte als man selbst.

»Ach, ich hab bloß ein bisschen was getrunken«, erwiderte ich.

»Ja, da bist du nicht die Einzige«, sagte sie und nickte in Richtung der Chefredaktion. »Jack hat heute eine derart unberechenbare Laune, es würde mich nicht wundern, wenn er immer noch betrunken wäre.«

Ich heuchelte Desinteresse. Aber mein Herz wurde federleicht. Unberechenbare Laune? Meinetwegen?

Michelle stiefelte wieder von dannen, und ich machte mich an die Arbeit, rief die Reporter in der Baracke an, um Details über die Messerattacke des kleinen Mädchens zu erfahren, und meldete mich bei Dan, der sie interviewen sollte. Jack rührte sich nicht von seinem Ende des Büros weg, aber ich checkte regelmäßig meinen Posteingang in der Hoffnung auf eine Mail.

Erst jetzt ging mir auf, dass wir gar nicht darüber geredet hatte, was eigentlich passiert war. Obwohl er vermutlich nicht davon ausgegangen war, dass der gestrige Abend eine einmalige Angelegenheit bleiben würde. O Gott, hoffentlich nicht.

Im Laufe des Tages wurde ich immer hibbeliger. Ich hatte Jack ein paarmal aus der Ferne gesehen, aber so langsam wurde die Nummer mit dem viel beschäftigten Redakteur ziemlich öde. Wo blieb meine E-Mail? Oder wie wär's mit einem kleinen Lächeln im Vorbeigehen? O Gott, bitte sag mir, dass er genauso aufgeregt ist wie ich.

Gerade, als ich schon die Hoffnung aufgeben und mich um meinen Artikel kümmern wollte, tauchte Jack neben den Aktenschränken auf, die meinen Schreibtisch vom Gang trennten. Errötend schaute ich auf.

»Und, hast du das ›Heldenmädchen‹ schon fertig?«, fragte er in geschäftsmäßigem Arbeitston, nahm einen Stift heraus und kritzelte etwas auf einen der Zettel, die auf dem Aktenschrank herumlagen.

Den ließ er auf meinen Schreibtisch fallen.

»Du siehst heute umwerfend aus«, stand da in seiner filigranen Handschrift. Schnell nahm ich den Zettel. Ich grinste wie ein Honigkuchenpferd.

Er war auch ganz rot geworden, und seine Augen funkelten.

»Du kriegst ihn in fünf Minuten«, sagte ich.

Um halb sieben, nachdem Michelle meinen Artikel abgenommen hatte, mailte ich Jack, ich ginge mit Paula zu Langan's, und hüpfte dann rüber in die 47th Street, um die quälend lange Wartezeit irgendwie zu überbrücken. Kurz nach acht tauchte er dann auf, allerdings in Begleitung unseres Chefredakteurs, der, das wusste ich, gerne mit Jack alleine an der Bar was trank. Die beiden standen tief in ihr Gespräch versunken beieinander, und es war unmöglich, Blickkontakt mit Jack aufzunehmen.

Erst als unser Chefredakteur schließlich ging, kam er zu uns rüber. Aber da Paula – die Frau mit der besten Nase für Skandalgeschichten in der ganzen Stadt – zwischen uns stand, konnten wir bloß ein bisschen Smalltalk machen. Dann erklärte Jack, er sei fix und foxy.

»Wisst ihr was, ich glaube, ich mache mich auf den Weg«, erklärte er.

Was? Den ganzen Tag hatte ich sehnsüchtig darauf gewartet, endlich bei ihm zu sein, und jetzt wollte er nach Hause gehen? Oder war das eine geheime Botschaft? Hieß dass, ich sollte mit ihm nach Hause gehen? Aber er musste doch wissen, dass ich unmöglich mit ihm rausgehen konnte, Paula hatte mir gerade erst einen Drink spendiert. Er gab uns beiden ein Küsschen zum Abschied.

»Okay, wir sehen uns dann«, murmelte ich mit erstickter Stimme und sah ihm hinterher, als er durch die Tür verschwand. Auf einmal war ich stinksauer auf ihn, weil ich so furchtbar enttäuscht war. Paula plapperte nichts ahnend weiter, aber ich konnte ihr kaum folgen.

Mist. Vielleicht dachte er, das Ganze sei bloß ein One-Night-Stand gewesen – obwohl es nicht mal einer war. Erst hatte er heute Morgen fluchtartig die Wohnung verlassen, und jetzt die Kneipe.

»Bridge, alles okay? Du siehst aus, als hätte jemand gerade deinen Hund überfahren«, sagte Paula.

»Ich müsste mal kurz telefonieren«, erklärte ich. Ich flitzte nach draußen und wählte, inzwischen zitternd vor Wut, seine Nummer.

»Hallo?« Er saß gerade im Taxi.

»Jack, ich bin's. Ich kann es nicht fassen, dass du einfach gegangen bist.«

»Tut mir Leid, ich dachte, du machst dir einen netten Abend mit Paula.«

»Wie bitte? Ich warte schon den ganzen Tag darauf, dass wir uns endlich in Ruhe sehen können.«

Herrgott noch mal. Wie konnte ein derart intelligenter Mann sich bloß so dämlich anstellen? Ich versuchte es noch einmal.

»Du fährst also jetzt nach Hause?«

»Na ja, hatte ich eigentlich vor ... es sei denn, wir treffen uns noch irgendwo?«

Mein Herz hüpfte vor Freude.

»Warte im Hog Pit auf mich, ich komme nach, so schnell ich kann«, sagte ich.

Eine halbe Stunde später stürmte ich in meine Stammkneipe, wo er mutterseelenallein auf einem Barhocker saß und Fahnen Korrektur las. Ich stürzte auf ihn zu, bremste mich aber im letzten Moment.

»Hi, du.« Ich guckte auf meine Schuhspitzen.

»Hey, komm her.« Er nahm mich in die Arme. »Gott, du hast ja keine Ahnung, wie oft ich heute im Büro am liebsten zu dir gegangen wäre und dich einfach gepackt hätte.«

»Ich verstehe dich nicht, Jack«, sagte ich, das Kinn auf seine Schulter gestützt. »Wie kannst du einfach abziehen, als sei es dir piepegal, und mich dann keine zehn Minuten später so überschwänglich empfangen?«

»Jahrelange Übung«, erwiderte er. »Ich habe mir geschworen, keine Beziehung am Arbeitsplatz einzugehen und mich auf keinen Fall in dich zu verlieben. Eine ziemlich schwierige Situation. Heute Abend habe ich ganz ehrlich gedacht, du möchtest vielleicht bloß noch nach Hause gehen.«

»Ich will mit dir nach Hause gehen«, sagte ich.

Wieder in seinem großen, bequemen Bett angekommen, schliefen wir in dieser Nacht zum ersten Mal miteinander. Die kleine Lampe neben seinem Bett brannte, und er sah mir mit verträumtem, liebevollem Blick in die Augen. In diesem wunderbaren Augenblick genoss ich seine volle Aufmerksamkeit. Mit jeder Faser gehörte er mir, und nur mir allein. Und der Rest der Stadt und die *Post* waren ganz weit weg.

Heimliches Angeln im Firmenbecken

Es war Mitte August, ein klassischer, brütend heißer New Yorker Sommer, und ich stand schweißgebadet mit einem Thermometer in der Hand an einem U-Bahnsteig am Times Square.

»Schnell, schieß ein Foto, *und zwar sofort*, es sind 38 Grad«, schrie ich meinen Fotografen Luis an, während ich versuchte, das Gerät mit einem Stück Klebeband an die Wand zu pappen.

Aber da polterte auch schon die nächste U-Bahn heran. Die Türen gingen auf, ein Schwall kühler, klimatisierter Luft wehte heraus, und das Thermometer fiel von der Wand.

»Mist«, schimpfte ich, als die Anzeige wieder auf 37 sank. »Hast du es drauf, als es auf 38 war?« Luis guckte auf sein digitales Kameradisplay.

»Deine Hand war im Weg, wir müssen es noch mal versuchen.«

»Mist.« Es hatte mir eigentlich immer Spaß gemacht, bei Exkursionen während meines Geografiestudiums irgendwelche Sachen zu messen, aber das ging jetzt entschieden zu weit. Sogar meine Unterhose war schweißnass, dabei wollte ich doch Lois Lane sein.

An diesem Morgen war Steve über beide Ohren grinsend an meinem Schreibtisch aufgetaucht – was immer ein Alarmsignal ist. In der Frühkonferenz hatte jemand die glorreiche Idee gehabt, die *Post* solle jene U-Bahn-Stationen aufspüren, in denen es über 38 Grad heiß war. (Die Bahnen selbst sind zwar klimatisiert, nicht jedoch die Stationen, wofür diese berühmt-berüchtigt sind.)

»Wir nennen es »U-Bahn-Sauna!!«, meinte Steve. »Höllentunnel!«

Wutentbrannt hatte ich mir das Thermometer gegriffen. Wehe, wenn das Jacks Idee gewesen war. Ich hatte mich gerade erst von letzter Woche erholt, als ich mit einem Lärmdosimeter mitten auf dem Times Square gestanden hatte und messen sollte, ob kreischende Taxibremsen lauter sind als das Brummen der Busse. Und das mit einem dicken Kater.

Typisch Boulevardjournalismus. In der einen Woche arbeitet man an einer exklusiven Titelstory, in der nächsten berichtet man über die Projektwoche eines Kindergartens. Bloß, dass meine Titelstorys äußerst dünn gesät waren.

Als ich drei Stunden später in die Redaktion zurückkam, sah ich aus, als hätte ich an einem Wet-T-Shirt-Contest teilgenommen. Ich umklammerte einen aufgeweichten Notizblock, in dem weltbewegende Zitate verewigt waren wie beispielsweise: »Wow, die sollten hier unten mal 'ne Klimaanlage einbauen.«, »Ich sterbe vor Hitze!« oder »Diese Hitze hält doch kein Mensch aus!«. Mein Telefon klingelte. Jacks Name blinkte auf dem Display. Ich griff hastig nach dem Hörer und wollte ihm schon lang und breit etwas wegen meiner stockenden Karriere vorjammern, aber er ließ mich gar nicht zu Wort kommen.

»Können wir uns in fünf Minuten draußen treffen?«, bellte er kurz angebunden und knallte den Hörer auf.

Das beunruhigte mich etwas, also schnappte ich mir meinen Presseausweis und ging zum Aufzug. Als ich vorbeiging, schielte ich kurz zur Chefredaktion rüber. Jack stand an seinem Schreibtisch, fummelte an irgendwas rum und steckte dann seine Zigaretten ein.

Ich wartete in der brütenden Hitze unten auf dem Vorplatz an seinem Pfeiler auf ihn. Er schlenderte an mir vorbei Richtung 47th Street, und ich tappte hinterher. Es gab einen schmalen Durchgang zwischen den Gebäuden zur 46th hin, und dort blieb er stehen. Als ich ihn eingeholt hatte, packte er mich und zog mich zu sich heran.

»Was zum …?«, schimpfte ich, als sein Mund meine Lippen berührte und er mich gegen die Wand presste.

»Herrje, ich dachte, ich würde gleich gefeuert«, sagte ich, obwohl ich ihm schon alles verziehen hatte. »Was zum Teufel ist denn in dich gefahren?«

»Nichts, gar nichts.« Er strich mir das verschwitzte Haar aus dem Gesicht und hielt es dort, als wolle er mich mal genau ansehen.

»Ich kam gerade aus der Spätkonferenz, als du völlig verschwitzt den Gang lang bist, und da konnte ich nicht widerstehen, ich musste dich einfach küssen.«

»Ja, und wo warst du in der Frühkonferenz, als alle sich zusammengerottet haben, um mich in die U-Bahn-Sauna zu schicken?«

»Das war nicht meine Idee, ich schwöre.«

Ich schlang die Arme um seinen Hals. »Ich glaube dir kein Wort.«

»Du kommst wenigstens hin und wieder mal raus«, stöhnte er, holte eine Zigarette raus und zündete sie mit einer geübten Handbewegung an. »Wir haben gerade eine halbe Stunde lang über die Frage diskutiert, wie viel von Britneys linker Pobacke wir auf Seite drei zeigen dürfen. Und die schlagen sich immer noch die Köpfe ein.«

Ich lachte.

»Du weißt, dass wir mit wahnsinnigen Leuten zusammenarbeiten, oder? Ir-re!« Theatralisch schlug er sich mit der Hand, in der er die Zigarette hielt, an den Kopf. »Nenn mir einen da oben, der nicht irgendwie wahnsinnig ist.«

»Ich?«

»Du bist die Schlimmste von allen.«

Darauf küsste ich ihn noch mal. Dies war der Jack, den nur ich zu sehen bekam – und auch nicht allzu oft –, der verrückte, alberne Jack, den ich zum Herzzerreißen liebte.

»Scheiße, ich muss wieder rein. Bring mir den Artikel möglichst früh, ja?«, sagte er.

Ich rauchte noch schnell mit ihm seine Zigarette zu Ende, und dann gingen wir einzeln wieder hinein.

Jack und ich waren nun schon seit drei Monaten heimlich ein Paar, und in der Redaktion schien niemand was zu ahnen. Unsere alte Paranoia bezüglich einer Beziehung unter Kollegen kam uns inzwischen ziemlich albern vor. Klar, er war zwar mein Chef, aber es gab auch noch drei andere Lokalredakteure, denen ich Rede und Antwort stehen musste. Alle wussten schon, dass Jack und ich uns gut verstanden, also gingen wir davon aus, dass niemandem die unwesentliche Veränderung der Sachlage aufgefallen war. Und wenn wir beide gute Arbeit leisteten, wer konnte uns dann was wollen?

Außerhalb der Redaktion hatten wir bereits einen eingespielten Tagesablauf. Meist schlichen wir uns auf getrennten Wegen in die Stadt und gingen zusammen essen oder, was viel öfter der Fall war, machten es uns auf dem Sofa gemütlich und bestellten was nach Hause. Jack war ein Ordnungsfanatiker, aber ich fand es wunderbar, dass es ihm überhaupt nichts ausmachte, wenn ich seine ganze Wohnung auf den Kopf stellte. Nach meinen Besuchen quoll der Couchtisch über vor Aschenbechern, Essensverpackungen und Whiskeygläsern, die von unseren nächtlichen Gelagen übrig geblieben waren. Meine Klamotten – und das geliehene T-Shirt sowie die geborgten Socken – lagen immer im Schlafzimmer über den ganzen Boden verstreut.

»Bridge, du bist der Albtraum jedes ordnungsliebenden Menschen« tadelte er mich immer und betrachtete kopfschüttelnd die Spur der Verwüstung, die ich hinterlassen hatte. »Nein, Irrtum, du bist schlicht ein Albtraum.«

Ich rächte mich, indem ich mein Höschen nach ihm warf.

So lange hatte ich Jack sprachlos aus der Ferne angehimmelt, dass ich jetzt gar nicht oft genug mit ihm reden konnte. Für mich war er der klügste Mensch, den ich je kennen gelernt hatte, und er wusste immer eine Antwort auf all meine Fragen, ganz gleich, wie bescheuert sie auch sein mochten. Kaum kam mir ein Gedanke, wollte ich ihn auch schon vor Jack ausbreiten und ihn nach seiner Meinung fragen. Er verstand immer, worauf ich hinaus wollte, oft schon früher als ich – obwohl ich manchmal den Verdacht hatte, dass er nur bei der Hälfte von dem, was ich so von mir gab, wirklich zuhörte.

Abends im Bett plapperte ich sogar in seinen Armen noch weiter, bis wir dann miteinander schliefen und er mich endlich zum Schweigen bringen und ich seine ungeteilte Aufmerksamkeit genießen konnte. Schnell gewöhnte ich mich daran, dass er morgens meist gleich mit den Gedanken im Büro war. Aber er kam immer noch mal ans Bett und holte mich für einen Kuss unter der Bettdecke hervor, ehe er die Tür hinter sich zuknallte und seine Aufmerksamkeit nur noch den neusten Nachrichten des Tages galt.

Jack, mit seinem schrulligen Äußeren und den verschrobenen Angewohnheiten, war zwar nicht so smart, künstlerisch angehaucht oder gentlemanlike wie Angus, aber ich wusste schon jetzt, dass ich unmöglich drei Monate ohne ihn überstehen würde. Ich hielt es ja kaum drei Stunden ohne ihn aus.

Aber mit Jack zusammen zu sein war nicht so einfach. Er war anders als alle meine bisherigen Freunde. Die hatten immer offen über ihre Gefühle gesprochen. Ganz im Gegensatz zu Jack. Angus hatte bei Filmen öfter geheult als ich, und am Telefon hatten wir ohne weiteres eine ganze Stunde lang über irgendwelche Unsicherheiten bezüglich Familie oder Job reden können. Für Jack diente ein Telefongespräch dem rein praktischen Zweck, Verabredungen zu treffen – zumindest wenn ich ihn anrief.

Jack redete überhaupt nicht gerne über Gefühle – bis auf einige wenige unvermittelte überschwängliche oder überängstliche Ausbrüche. Und er merkte oft nicht, wenn andere das Bedürfnis hatten zu reden. Und das hatte ich – oft.

Genau zur gleichen Zeit, als Jack und ich uns gegenseitig unsere Gefühle gestanden hatten, hatten Pom, Sacha und Fi einen wichtigen Entschluss gefasst – wieder nach Großbritannien zurückzugehen. Sie kriegten langsam Heimweh – und hatten die Schnauze voll davon, keinen Freund zu haben.

Sie waren alle drei aus purer Abenteuerlust nach New York gezogen, und jetzt, wo sie auf die dreißig zugingen, wollten sie lieber in der alten Heimat Karriere machen – und hoffentlich eine Familie gründen. Ich beschloss, mir keinen Kopf darüber zu machen, dass sie ausgerechnet in dem Alter nach London zurückkehrten, um sich häuslich niederzulassen, in dem ich weggegangen war.

Pom ging als Letzte. Sie hatte große Pläne, ein eigenes Label für edle Dessous zu gründen, und zwar unter dem Namen »Heiße Höschen und unverschämte Unterwäsche«, ein Traum, so sagte sie, den zu verwirklichen sie nie den Mut gehabt hätte, wenn sie nicht den Umzug nach New York und das harte Leben hier überstanden hätte.

Ihr Flug ging an einem Donnerstag, in der Woche nach meiner Geschichte mit der U-Bahn-Sauna. Ich schlich mich früh aus der Redaktion, und wir saßen bei einer letzten Tasse Tee zusammen in unserem Loft und schwelgten in Erinnerungen an die vielen Abende, an denen wir kichernd bei Sushi zusammengesessen hatten. Ich dachte an Sacha, wie sie in ihren Seidenshorts herumstolziert war, und an Fi, wie sie hereingeplatzt war mit einer Tüte Wasabi-Kichererbsen und ultimativ gefordert hatte, wir sollten alles stehen und liegen lassen für eine Stunde »Fi-Fi-Zeit!«. Oder das eine Mal, als wir im East Village ein Sofa am Straßenrand entdeckt hatten und uns Bloody Marys trinkend darauf rumlümmelten, bis wir zwei Jungs, die zufällig vorbeikamen, beschwatzen konnten, das Ding bis hinauf in unser Loft zu schleppen.

Ich half Pom, ihre Sachen runter auf den gepflasterten Bürgersteig an der 14th Street zu tragen. Da standen wir dann und lagen uns trotz der Hitze in den Armen, während der Himmel über der erhöhten Bahntrasse an der 10th Avenue sich purpurrot färbte.

»Pom, du weißt, dass ich es ohne dich nicht geschafft hätte«, heulte ich mit brechender Stimme.

»In New York braucht man seine Mädchen«, erwiderte sie mit ihrer hohen kleinen Elfenstimme. »Und auch in London werden wir hoffentlich im Herzen immer New Yorker Mädchen bleiben.«

Sie guckte hoch zu den verstaubten Fenstern ihres geliebten Lofts, das sie so liebe- und kunstvoll dekoriert und mit handwerkerischem Talent renoviert hatte.

»Ich kann es gar nicht glauben. Aber du weißt ja, dass es heißt: Es gibt keinen geeigneten Zeitpunkt, New York zu verlassen, aber wenn man trotzdem geht, weiß man, dass man das Richtige tut.«

Als ihr Taxi davonrumpelte und die 9th Avenue überquerte, winkte sie immer noch aus dem Fenster. Dann verschwand ihre Hand, und ich kam mir vor, als sei ich wieder ganz allein in einer fremden Stadt. Wann würde ich nach Hause zurückkehren? Aus den ursprünglichen drei Monaten waren bereits zwei Jahre geworden. Meine Freundinnen waren weg. Meine Familie lebte immer noch auf der anderen Seite des Atlantiks. Mein Job grenzte manchmal schon ans Lächerliche, und ich war immer noch weit davon entfernt, eine eigene Familie zu gründen.

Der faulige Gestank des Meatpacking District im heißen Sonnenuntergang ließ mich sehnsüchtig an den feuchten, grasigen Geruch lauer Sommerabende im Garten meiner Eltern in Ealing denken. Ich ging nach oben in unser leeres Loft und brach in Tränen aus.

Schluchzend lag ich auf dem Sofa, nahm mein Handy und wählte Jacks Mobilnummer. Es war kurz vor Redaktionsschluss und keine gute Zeit, ihn anzurufen, aber ich hoffte, er würde trotzdem rangehen.

»Jack, ich bin so traurig, Pom ist gerade gefahren. Das war's, die Mädchen sind alle wieder zurück nach Hause gegangen.« Ich kriegte die Worte kaum raus.

»Herrje, und ich dachte schon, es wäre was Furchtbares passiert«, entgegnete er.

»Aber das ist doch furchtbar.«

»Aber du wirst sie doch wiedersehen, oder nicht?«, sagte er ganz sachlich.

Sein Tonfall war ernüchternd.

»Du hast vollkommen Recht. Ich werde sie wiedersehen. Tut mir Leid«, schnaubte ich.

»Okay, wir telefonieren später noch mal.«

Dann war die Leitung tot.

Verflucht noch mal, wütete ich vor mich hin. Wenn man Jacks volle Aufmerksamkeit hatte, war das wie ein Bad in wunderbar warmem Sonnenlicht. Aber sein mangelndes Verständnis trieb mich gelegentlich dazu, ihn erwürgen zu wollen.

Irgendwann im weiteren Verlauf des Abends rief Jack mich aus der Wohnung eines Freundes auf der Upper West Side an und schien völlig vergessen zu haben, wie mies es mir ging. Er erzählte mir, ein paar alte Schulfreunde seien gerade von einer Weltreise zurückgekommen, und ich müsse sie unbedingt kennen lernen.

›Ist es dir eigentlich scheißegal, dass meine Freunde gerade alle weggegangen sind?‹, hätte ich ihn am liebsten angeschrien. Fast war ich versucht abzusagen, bloß um ihm eins auszuwischen. Aber damit hätte ich mir wohl nur ins eigene Fleisch geschnitten, denn wäre ich allein zu Hause geblieben, hätte ich sicherlich mehr darunter gelitten als er.

Also wurde ich eine halbe Stunde später per Gegensprechanlage in eine schicke Wohnung am Central Park West mit Blick ins Grüne gesummt. Jack war auf eine der besseren New Yorker Schulen gegangen, und viele seiner Freunde hatten reiche Eltern. Sein Freund Jason hatte durchdringende blaue Augen und diese typische rötliche Touristenbräune, weil er gerade frisch aus Thailand kam. Ich stolzierte herein und trug eigens zu diesem Anlass einen Jeansrock von Earl und ein tief ausgeschnittenes T-Shirt.

»Toll, dich kennen zu lernen«, wurde ich von Jason begrüßt. »Endlich hat Jack eine gefunden, die einen ehrlichen Mann aus ihm macht. Der Kerl kann so ein furchtbarer Einzelgänger sein, wir fingen schon an uns zu fragen, ob er vielleicht schwul ist.«

Jack saß in seiner üblichen Pose auf dem Sofa: Zigarette in der einen Hand, Whiskeyglas in der anderen. Seine Augen waren blutunterlaufen von der vielen Arbeit und vom Alkohol, aber seine Schultern waren entspannt, und er strahlte mich quer durchs Zimmer an. Ich versuchte, ihn wütend anzufunkeln.

»Seht euch diese Frau an«, sagte er. »Das ist das tollste Mädchen der ganzen Welt. Ich bin mit Haut und Haaren in sie verliebt.«

»Ich gehe bloß wegen der Beförderung mit ihm ins Bett«, erwiderte ich, mit vor Freude hochroten Wangen. Was brachte es schon, wenn ich ärgerlich war?

Später an diesem Abend lehnte ich mich aus einem der riesigen Fenster der Wohnung und atmete die heiße Stadtluft ein. Auf der anderen Seite des dampfenden, dunklen Parks ragten die eleganten Apartmenthäuser der 5th Avenue auf der Upper East Side wie die gemalte Kulisse eines Woody-Allen-Films empor. Winzige leuchtende Fensterrechtecke, hinter denen sich einige der teuersten Wohnungen dieses Planeten verbargen. Im Süden erhellte das Postkartenpanorama von Midtown mit seinen Bürogebäuden und Hotels den Himmel in lila-orange. Das allgegenwärtige Hupen der Taxis hallte durch die Nacht.

Hinter mir hörte ich Jack mit seinen beiden Freunden über die *Post* reden, und darüber, dass unsere Auflagenhöhe langsam an die der *Daily News* herankam.

»Wir sind mitten im großen Auflagenkrieg, und den gewinnen wir«, erklärte er leidenschaftlich.

Ich blickte hinaus auf Manhattan. Ich arbeitete für die beste Zeitung der Welt, in der tollsten Stadt der Welt. Ich hatte sogar ihren denkwürdigsten Tag miterlebt. Und ich liebte einen gebürtigen New Yorker, der dieselbe Zeitung und Stadt – und mich – mehr liebte als alles andere. Stolz sah ich rüber zu Jack. Selbst wenn die Mädchen nach England zurückgegangen und die Hälfte meiner Freunde in London schon verheiratet waren. Und selbst wenn ich eine Kindergartenkorrespondentin war. Ich hatte immer noch New York.

Endlich Mr. Right, was schreib ich denn jetzt?

Ich starrte das leere Dokument auf dem Bildschirm an. Das tat ich nun schon den halben Tag.

»New York ist doch eine herrliche Stadt, wenn man einen attraktiven, klugen, erfolgreichen Freund hat und nicht mehr gezwungen ist, seine Zeit mit deprimierenden Blind Dates zu vergeuden.«

NEIN! Selbstzufriedenes Pärchengeschwätz. Wer wollte denn so was lesen?

Es war mal wieder Zeit für meine Kolumne, und ich steckte fest. Nein, ich erlebte vielmehr den totalen Albtraum. Ich war heimlich mit meinem Chef liiert (was den meisten Leuten schon Kopfschmerzen bereiten würde), und schrieb gleichzeitig für die Zeitung, bei der wir beide arbeiteten, über mein Liebesleben. Und was noch viel schlimmer war, in der Kolumne ging es hauptsächlich darum, sich über die Dinge lustig zu machen, die schief gingen, wenn man hier in New York auf Partnersuche war. Und auch wenn ich auf meine Kosten Witze machen konnte – über Jack wollte ich mich nicht auch noch lustig machen.

Bis jetzt hatte ich dieses haarige Problem mit der altbewährten Vogel-Strauß-Methode umgangen. Ich hatte zwei neue Mitbewohnerinnen, Alice und Claire, Schulfreundinnen, die vor vier Jahren nach New York gezogen waren. Alice war die jüngere Schwester der glamourösen Sykes-Zwillinge, vor denen ich mich einst so gefürchtet hatte. Alice war die bodenständigere, chaotischere Ausgabe der beiden, wurde aber in New York dennoch wie eine königliche Hoheit hofiert. Sie und Claire hatten einflussreiche Jobs bei PR-Agenturen und gehörten zum festen Bestandteil der Gesellschaft, wodurch sich unser Loft in ein Schatzkästchen für kostenlose Kosmetik, Haarpflegeprodukte und sonstigen Schnickschnack aus den Geschenketütchen der PR-Partys verwandelte. Aber die Girlie-Ängste blieben die gleichen.

Claire war mit einem New Yorker namens Chris zusammen, der nicht mit ihr zusammenzog, obwohl sie unbedingt eine Familie gründen wollte. Alice war Single und verzweifelt auf der Suche nach einem Freund. Also schrieb ich über ihre Dramen statt über meine.

Ich schrieb auch über andere Themen – über das verrückte Faible der New Yorker für Leute mit britischem Akzent, der auch die kritischsten Zeitgenossen fälschlicherweise annehmen ließ, man verfüge über Anstand und Klasse; den Morgen, als ich im Zimmer des trendigen Hotel 60 Thompson mitten in der Stadt nackt für meine Freundin Circe, eine Fotografin, posiert hatte, nur um mal zu sehen, wie das war (in der *Post* hatten sie sich darüber wochenlang das Maul zerrissen, während Jack in schweigendem Entsetzen danebengesessen hatte); meinen Ärger über das neu verhängte Rauchverbot in New York, weil es völlig gegen das Motto der Stadt »Erlaubt ist, was gefällt« ging – und weil das Langan's plötzlich leer war.

Aber ich wusste, dass ich nicht ewig so tun konnte, als sei ich noch immer Single – obwohl ich es gar nicht war.

Dann schmeiß sie doch hin! – sagte ich mir. Was war mir denn wichtiger – Jack, den ich zwei Jahre lang aus der Ferne angeschmachtet hatte, oder eine Kolumne von 700 Wörtern in einer sonntäglichen Boulevardzeitung mit meinem Namen und einem blass wirkendem Bild von mir, auf dem ich dämlich rumgrinse?

Aber wieder einmal siegte meine Eitelkeit. Ich war nicht nur Reporterin, ich hatte sogar eine Kolumne – *eine Kolumne!* – in einer echten Zeitung. Die New Yorker schrieben mir. Manchmal wurde ich auf der Straße erkannt. Jack hatte seinen fetten Job bei der Zeitung, der ihn glücklich machte. Warum nicht auch ich?

Als wir an diesem Abend zusammen auf dem Sofa lagen, Jack auf dem Rücken, mit halb offenem Hemd und ohne Krawatte, ich den Kopf auf seiner Brust, sprach ich das Thema zum ersten Mal an.

»Babe, ich kann in meiner Kolumne nicht in alle Ewigkeiten so tun, als sei ich Single, wenn ich eine ernste Beziehung habe.«

Jacks Körper verspannte sich unter mir.

»Und warum hältst du dich nicht einfach an andere Themen?«, fragte er und streckte die Hand nach seiner Schachtel Camel Lights auf dem Couchtisch aus.

»Du weißt, dass sie sich hauptsächlich um mein Liebesleben drehen soll.«

Jack stöhnte auf. »Warum um alles in der Welt bin ich so blöd gewesen, was mit der Beziehungskolumnistin anzufangen?«

»Hey!« Ich stieß ihm den Ellbogen in die Rippen. »Hast du überhaupt eine Ahnung, wie viele Typen mir schreiben und mich ausfragen. Ich habe da beispielsweise einen sehr netten verurteilten Mörder, der mir jede Woche ausgemalte Bilder und Gedichte aus Sing-Sing schickt. Du solltest dich glücklich schätzen, dass du mit mir zusammen bist.«

»Tu ich ja.« Er seufzte unbehaglich. »Und du weißt, dass ich dich nie davon abhalten würde, etwas zu tun, was du tun willst.«

»Wenn ich also darüber schreiben würde, dass ich einen Freund habe, aber niemand wüsste, dass du es bist, dann wäre das okay?«

Jack steckte in der Falle, und wir beide wussten es. Außerdem war er ein viel zu großzügiger Mensch, als dass er mich bitten würde, die Kolumne abzugeben. Aber bei der Vorstellung, dass sein Privatleben jede Woche in seiner eigenen Zeitung auftauchen sollte, bekam er Albträume.

Er zündete sich die Zigarette an und atmete tief aus.

»Ich denke, ich muss dir wohl oder übel vertrauen«, murmelte er. Ich hoffte, ich konnte mir selbst trauen.

Am nächsten Tag ging ich um sechs Uhr morgens in die Redaktion und schrieb über die Zwickmühle, sich in einen Freund zu verlieben. Ich schrieb über einen Nachrichtenredakteur beim Fernsehen namens Aaron, auf den ich seit längerer Zeit ein Auge geworfen hätte. Ich wisse allerdings nicht, ob ich es ihm sagen sollte oder nicht. In den kommenden Wochen schilderte ich alles, was passiert war, angefangen mit dem Abend, als Sam reingeplatzt war, über unseren denkwürdigen Abend im Rhone bis hin zu dem Problem, plötzlich jemandes »Freundin« zu sein, den man schon vorher kannte. Ich hoffte sehr, dass sich Jack nur bei den Titeln die Nackenhaare aufstellten.

WENN ER NICHT GUCKT, SCHMACHTE ICH IHN AN

ER HAT MEINE WADE BERÜHRT, SOLL ES DAMIT ZU ENDE SEIN?

ÜBERNACHTUNGSFRACKSAUSEN, BADEZIMMERBLUES

HEY KUMPEL – WO BLEIBT MEIN HAPPY END?

Denn bei den Lesern der *Post* hatte ich eine Lawine losgetreten.

Liebe Bridget, das erste Mal habe ich Sie bei dieser Show »Leben und Lieben in New York« gesehen, Mann, Sie hatten ja ein paar echt ätzende Verabredungen. Ich freue mich so, dass es mit Aaron geklappt hat. Und Waaahnsinn! Der scheint Sie wirklich zu mögen. Ich hatte mal ein ähnliches Erlebnis mit einem Herren, den ich in meinem Tai-Chi-Kurs kennen gelernt habe. Letzten Endes ist es immer besser, ehrlich zu sein, als Dinge ungesagt zu lassen.

Liebe Bridget, endlich!!! Wir haben heute beim Brunch gejohlt und geklatscht. Weiter so, Mädchen! Und diese Szene, als Dein Ex aufgetaucht ist zum Toastessen. ZUM QUIETSCHEN! Halt den Kerl gut fest, das könnte ein echtes Schätzchen sein.

Ich schickte die E-Mails an Jack weiter, der tat, als fände er sie lustig. Aber ich wusste, dass er ganz krank war vor Sorge, wo er da bloß reingeschlittert war. Das Einzige, was ihn halbwegs beruhigte, war, dass niemand wusste, wer Aaron war. Zumindest dachten wir das.

Ehe wir uns versahen, stand der erste Jahrestag der Anschläge vom 11. September vor der Tür. Es war kaum zu glauben, dass seit diesem außergewöhnlichen Tag ganze zwölf Monate vergangen sein sollten. Die Stadt rüstete sich für einen großen Gedenktag – nicht, dass irgendwer es inzwischen vergessen hätte –, und sämtliche New Yorker Zeitungen waren dabei, Beilagen zum Thema »Ein Jahr danach« zusammenzustellen. Die Leitung unserer Extraseiten hatte Dave Boyle, unser Knaller-Bildredakteur von der *Sun* in London, der dabei geholfen hatte, den Look der *Post* zu revolutionieren. Gegen Ende des Sommers wurde ich von Jack für sechs Wochen abgestellt, um an unserer Sonderbeilage mitzuarbeiten – hauptsächlich, so vermutete ich, um die heikle Situation zu umgehen, dass ich ihm tagtäglich Rechenschaft schuldig war. Meine Aufgabe war es unter anderem, Babys ausfindig zu machen, die am 11. September geboren worden waren, die wir dann zu einem rührenden Fotoshooting mit ihren Eltern zusammentrommeln sollten. Ich rief in jedem einzelnen Krankenhaus und Hebammenbüro der ganzen Stadt an und spürte schließlich zehn Mütter auf, die genau zu der Zeit in den Wehen gelegen hatten, als die Türme brannten. Der Ehemann einer dieser Frauen hatte im Fernseher vor dem Kreissaal des St. Vincent's Hospitals zugesehen, wie das zweite Flugzeug 14 Blocks weiter in den Südturm gekracht war. Er erzählte mir, was für eine Panik er gehabt hatte, ausgerechnet zu dem Zeitpunkt ein Kind in diese Welt zu setzen, als es aussah, als ginge sie gerade unter. Aber jetzt, ein Jahr später, sah er seinen kleinen Sohn als Zeichen der Hoffnung – dass an diesem schrecklichen Dienstag auch etwas Gutes geschehen war.

Ich interviewte auch den Feuerwehrmann, von dem es als Einzigem ein Foto gab, wie er die Treppe des Nordturms hochstapfte, während alle anderen nach unten flohen. Er entpuppte sich als schüchterner, sommersprossiger 29-jähriger namens Mike Kehoe, der noch immer nicht damit zurechtkam, dass man ihn zum Vorzeigehelden des 11. September auserkoren hatte. Wie den meisten anderen Feuerwehrleuten war ihm die viele Aufmerksamkeit unangenehm, weil so viele seiner Kameraden bei ihrem Einsatz umgekommen waren. Auf Dave Boyles Anweisung hin besuchte ich Mike Kehoe etliche Male in seiner ruhigen Straße in Staten Island, ehe er schließlich zustimmte, mir als einzigem Journalisten in den USA ein Interview zu geben. Das Leben in der Feuerwache konnte ganz schön hart sein, wenn man ihm unterstellt, auf Ruhm aus zu sein, sagte er. Als ich später mit meinem Notizblock auf seinem Sofa saß, zeigte er mir drei Schachteln voller Briefe von Menschen aus der ganzen Welt, die ihm für seinen Heldenmut ihren Dank aussprechen wollten. Viele enthielten die gleiche Botschaft: »Lieber Herr Feuerwehrmann, danke, dass Sie so vielen Menschen das Leben gerettet haben.«

Er blätterte sie durch, noch immer ganz überwältigt.

»Es gab Hunderte von Jungs, die an diesem Tage genau das Gleiche getan haben wie ich. Wäre das Foto einige Sekunden früher oder später aufgenommen worden, würden Sie jetzt jemandem anderen gegenübersitzen«, sagte er leise. »Wir sind in den Turm gegangen, 28 Stockwerke hochgeklettert, und mussten dann wieder runter, weil wir über Funk die Order bekamen, den Turm sofort zu räumen.« Minuten später war der Nordturm eingestürzt.

»Wie können die mich einen Helden nennen? Was ist denn mit denen, die an dem Tag nicht zurückgekommen sind?«, fragte er.

Ein Jahr später war der scheinbar unüberwindliche Schrotthaufen am Ground Zero weggeräumt, an seiner Stelle gab es nun ein quadratisches, seitlich mit Beton eingefasstes Areal, auf dem die Gedenkfeierlichkeiten stattfinden sollten. Die betroffenen Familien waren eingeladen, sich dort einzufinden, um die

Namen der Toten zu verlesen und dann eine Rampe hinunterzugehen und Rosen auf einem Flecken Asche und Dreck niederzulegen, der das Einzige war, was von den ursprünglichen Fundamenten der Türme übrig geblieben war. Um 8.46 Uhr, als das erste Flugzeug eingeschlagen war, und um 10.29 Uhr, als der zweite Turm einstürzte, sollten die Kirchenglocken läuten.

Die ganze Nacht hindurch sollten Trommler- und Pfeifercorps von fünf städtischen Behörden, darunter die New Yorker Polizei und Feuerwehr, Prozessionen aus den fünf Stadtbezirken New Yorks zum Ground Zero anführen. Inzwischen hatte ich mit so vielen Familien gesprochen, die direkt von den Anschlägen betroffen waren, dass ich anbot, zusammen mit Jeane, einer meiner Lieblingsreporterinnen bei der *Post*, über die Manhattaner Prozession zu berichten, und dann von der anschließenden Gedenkfeier die Geschichten der Familien telefonisch zu übermitteln. Ich wollte einfach für sie da sein.

An diesem Tag schlich ich mich um vier Uhr morgen aus Jacks Bett und nahm ein Taxi Richtung Innenstadt zur 74th Street, wo ich mich mit Jeane treffen sollte. Es war noch dunkel, als ich ihre blonden Haare und drahtige Gestalt auf der menschenleeren Straße ausmachte, eine Zigarette in der einen und ein Handy in der anderen Hand.

»Zigarette?«, fragte Jeane, als ich ankam. Sie reichte mir ihre Schachtel. Wir spähten die 5th Street hinauf. Nichts zu sehen. Die Ampeln sprangen von Grün auf Rot, aber es war kein Auto da, das sich davon aufhalten ließ.

Ich zitterte, obwohl es nicht kalt war.

»Du glaubst doch nicht, das wir sie verpasst haben, oder?«

Jeane guckte auf die Uhr.

»Nee. Um zwei Uhr sind sie an der Ecke Broadway und 220th Street losgegangen. Die können noch gar nicht hier sein.«

Jeane, eine der besten Reporterinnen der *Post*, hatte ihre Karriere vor vielen Jahren bei der Klatschredaktion von SEITE SECHS gestartet. Dann hatte sie die *Post* verlassen und in Chicago geheiratet, aber diesen Sommer war sie zurückgekehrt. Schon ehe ich sie kennen gelernt und ihre erstaunliche Begabung, Menschen dazu zu bringen, ihr Sachen zu erzählen, mitbekommen hatte, mochte ich sie schon. Sie klang einfach nett. Sie war es gewesen, die vom Austauschprogramm schwanger aus Australien zurückgekommen war, angeblich nachdem sie es mit einem genialen, aber durchgeknallten Reporter auf einem Billardtisch in Sydney getrieben hatte. Sie bestritt vehement, dass ihre Tochter unter diesen Umständen gezeugt worden sei, aber die Geschichte erinnerte mich an meinen ersten Tag bei der *Post*, als Anne Aquilina von »der kleinen Kate« erzählte, und ich keinen Schimmer hatte, wovon sie redete. Mittlerweile freute ich mich immer, wenn ich mit Jeane zusammen losgeschickt wurde. Sie gab nie auf oder nach.

Immer noch keine Spur von den Pfeifern, also setzten wir uns im Dunkeln auf eine Bank.

»Du hast dich gestern Abend mit Jack getroffen, oder?«, sagte sie unvermittelt.

Ich guckte sie völlig verdutzt an.

Am Abend zuvor hatten wir alle im Langan's gesessen, nachdem die letzten Änderungen an unserer Beilage ausgeführt waren, und dann hatten Jack und ich uns innerhalb von zehn Minuten einzeln rausgeschlichen und hatten zusammen zu Abend gegessen.

Ich zog an meiner Zigarette.

»Komm schon, leugnen ist zwecklos, ich hab doch gesehen, wie ihr euch gestern Abend an der Bar Blicke zugeworfen habt. Bist du mit Jack zusammen?«

Ich wusste, dass ich es eigentlich rundweg abstreiten sollte, aber Jeane hatte diese verschwörerische Art, die einem das Gefühl gab, es sei unglaublich reizvoll, ihr einfach alles zu erzählen.

»Bridge, du weißt, wie sehr ich Jack mag. Ich sag's nicht weiter.«

Und wie ich dort mit Jeane auf der Bank saß und auf das Trommler- und Pfeifercorps wartete, erschien mir Jacks und mein Geheimnis plötzlich nicht mehr so wichtig.

»Jack und ich sind schon seit ein paar Monaten zusammen. Aber keiner in der Redaktion weiß was davon.«

Jeane pfiff durch die Zähne.

»Wusste ich's doch. Ich hab's doch gewusst! Ich habe Jack noch nie so glücklich erlebt.«

»Ehrlich?« Jack, so glücklich? Ich bin der Grund!

»He, ich höre was«, sagte Jeane. Wir verstummten, als ganz allmählich die klagenden Töne der Dudelsäcke, begleitet vom dumpfen Bum, Bum der Trommeln, durch die Morgendämmerung zu uns herüber wehten.

Langsam wurden sie lauter, und ich zitterte wieder. Es war ein trauriger Klang, wie bei den Beerdigungen der Feuerwehrleute.

Das Trommler- und Pfeifercorps der New Yorker Polizei erschien im Dämmerlicht. Hinter den Musikern gingen bereits hunderte von Menschen. Manche trugen amerikanische Flaggen und Kerzen. Andere Banner mit der Aufschrift »Wir werden es nie vergessen«.

Jeane und ich schauten ihnen schweigend zu, wie sie immer näher kamen, und dann mischten wir uns mit unseren Notizblöcken unter die Menschenmenge. Ja, es gab in New York wirklich Wichtigeres als meine Kolumne und meine Beziehung zu Jack.

Unser kleines Geheimnis – gibt's nicht mehr

Ich starrte auf den Computerbildschirm. Konnte ich darüber schreiben, wie es war, einen Segelurlaub zu machen und seinen Segellehrer anzuschmachten – mit 32 Jahren und vor den Augen meiner Eltern? Oder wäre das gemein Jack gegenüber?

Ich war gerade vom Familienurlaub in der Türkei zurückgekommen, wo ich jede meiner wachen Minuten am Strand damit verbracht hatte, einen großen, sportlich durchtrainierten Typen aus Surrey namens Mark zu beobachten, wie er Schlauchboote fit machte und Windsurfer ins Meer bugsierte. Ich hatte mich hinter Buch und Sonnenbrille verschanzt und war bald ganz besessen von diesem schlanken, goldbraun gebrannten muskulösen Rücken, wenn er diverses nautisches Zubehör durch den Sand schleifte. Es war pure Lüsternheit. Verglichen mit Jack war es stinklangweilig, sich mit ihm zu unterhalten. Aber hey, ein Auge auf einen süßen Kerl zu werfen gehörte doch zum Urlaub dazu. Ich hätte es Jack auch nicht übel genommen, wenn er sich in irgendeine Strandschönheit verguckt hätte – obwohl der natürlich nie Zeit hatte, mal an den Strand zu fahren.

Jeden Morgen schlich ich mich also in meinem pinkfarbenen Bikini an Mark ran und fragte ihn nach den Windbedingungen für meine mittelmäßigen Windsurferfertigkeiten. Mark schien, was mich sehr ermutigte, nicht ganz abgeneigt – allerdings nur bis zu dem Tag, als ich ihn bat, mit mir zum Segeln rauszufahren und meine Mutter beschloss mitzukommen.

Eine Minute später tauchte mein Vater in einem Kanu neben unserem Bötchen auf, eine Videokamera in der Hand.

»Bridge, guck mal hier rüber!«, rief er, während meine Mutter fröhlich in die Kamera winkte. Mark saß schadenfroh kichernd an der Ruderpinne, und ich nahm die Farbe meines Bikinis an.

Nach einer 18-stündigen Flugreise war ich mitten in der Nacht aus der Türkei zurückgekommen und hatte mich todmüde in mein Zimmer geschleppt. Auf dem Kissen lag ein Päckchen für mich. Ich ließ mein Gepäck auf den Boden fallen. In dem Päckchen war eine wunderschöne Kette – ein quadratischer Bernstein in einer Silberfassung.

»Willkommen zu Hause, du hast mir unendlich gefehlt, ich liebe dich, J.« stand auf der Karte, die dabei lag. Ich hatte bloß dagesessen und völlig überwältigt darauf gestarrt. Mark war nur noch eine weit entfernte Erinnerung. Es war zu spät, ihn anzurufen, also ging ich mit der Kette um den Hals ins Bett.

Das Telefon weckte mich um halb neun.

»Babe, lass mich rein, ich stehe vor deiner Wohnung.« Es war Jack.

Ich rannte im T-Shirt raus und riss die Tür auf. Er stand unter der grellen Lampe im Anzug auf dem Treppenabsatz. Ich warf mich ihm um den Hals.

»Ich wollte mich nicht den ganzen Tag rumquälen, ehe ich dir richtig Hallo sagen kann.« Dann trug er mich zurück in mein kleines Zimmerchen und stieg aus dem Anzug.

Aber trotzdem, dachte ich, als ich nun vor meinem Rechner saß, meine alberne Ferienlüsternheit wäre ein tolles Thema für eine witzige Kolumne – und ich war mir sicher, dass ich nicht die einzige Mittdreißigerin war, die sich noch am Strand verguckte. Jack würde das bestimmt verstehen.

Die Kolumne erschien unter dem Titel:

Auf der Suche nach einem Ferienflirt – mit Mama und Papa.

Als er das sah, runzelte Jack die Stirn und tat es mit einem Lachen ab. Aber ich merkte sehr wohl, dass er gekränkt war.

»Wie ich sehe, hast du den Teil mit dem Nachhausekommen vergessen«, bemerkte er.

»Ich wollte unsere Privatangelegenheiten nicht für die Zeitung ausschlachten«, erwiderte ich schuldbewusst.

»Dazu ist es jetzt ein bisschen zu spät«, sagte Jack.

Es war zwei Uhr morgens an einem Wochenende, drei Wochen später, etwas außerhalb von New York. Vorsichtig schlich ich mich mit nackten Füßen in Turnschuhen und einer Steppjacke über dem Pyjama über den Hof des Catskills Hunter Motels. Nachts war es inzwischen herbstlich kühl, aber alles war still in dem doppelstöckigen Gebäude, das den Hof des Motels umschloss. Ich hoffte, alle anderen seien bewusstlos vom Saufen oder schliefen tief und fest.

»Na, auf dem Weg zu deinem Freund?«

Mist. Falsch gedacht. Oh, puh. Es war bloß Jeane.

Ich schaute auf und sah meine Freundin am Balkongeländer lehnen und im Schatten eine Zigarette rauchen. Kein Wunder, dass Jeane immer die größten Sensationsstorys für die Zeitung auftat; wenn irgendwas stank, dann roch sie das einen Kilometer gegen den Wind. Ich zog die Jacke enger um mich und schlich zu der Treppe, die zu ihrem Balkon hinaufführte.

»Gibst du mir eine ab?«, flüsterte ich, und sie reichte mir eine Zigarette.

»Gott, ich dachte schon, jetzt sei ich aufgeflogen.«

Jeane seufzte. Sie gab mir Feuer.

»Bridge, ich muss dich warnen, alle wissen, dass du und Jack zusammen seid.«

Ich guckte sie ganz entgeistert an.

»Aber du bist doch die Einzige …«

»Ich habe es niemandem erzählt, ich schwöre.«

»Und woher wissen die das dann?«

»Weil ihr beide euch aufführt wie ein liebeskrankes Teenager-Pärchen.«

»Was? Ist es so offensichtlich?«

»Jawohl. Aber keine Sorge, in der Redaktion amüsierten sich alle darüber, dass Jack noch nie so gute Laune hatte.«

Ich konnte mir ein Lächeln nicht verkneifen.

An diesem Wochenende Ende Oktober war, wie von der neuerdings häuslichen Paula lange versprochen, eine Gruppe von uns von der *Post* raus in die Catskills gefahren, um Pauls Geburtstag zu feiern. Jack und ich waren zusammen gefahren, aber gleich bei der Ankunft hatten wir uns getrennte Zimmer geben lassen und waren uns seither angestrengt aus dem Weg gegangen. Aber vielleicht war es ja gar nicht so schlimm, dass die Leute es wussten.

»Jeane, ich weiß, das klingt bescheuert, aber er könnte wirklich der Richtige für mich sein.«

»Oje«, sagte sie verschmitzt.

»Nein, ehrlich, ich war zwei Jahre lang rettungslos in ihn verknallt, und jetzt, wo wir zusammen sind, kann ich es kaum aushalten, mal nicht bei ihm zu sein. Er ist so unglaublich toll. Ich bin total verrückt nach ihm. Sogar bei Partys ist er der Einzige, mit dem ich reden will, das ist so was von komisch.«

»Na ja, du hättest es schlechter treffen könne. Jack ist ein echtes Herzchen, auch wenn er in der Redaktion gelegentlich ein schnippischer Albtraum sein kann. Ich habe noch nie erlebt, dass eine Frau ihn so glücklich macht.«

Wieder spürte ich dieses warme Glühen. Und wir waren hier mit all unseren Freunden von der Zeitung zusammen. Warum es also noch verstecken?

Jeane lächelte immer noch.

»Und das Beste dabei ist natürlich, dass die ganze Redaktion alles über ihn in deiner Kolumne nachlesen kann.«

Wie bitte? Mir drehte sich der Magen um.

»Scheiße, nein. Sagen die Leute das?«

Sie beugte sich über das Geländer zu mir rüber.

»Bridget, wir arbeiten bei der Regenbogenpresse, unsere Spezialität sind Skandale und Klatschgeschichten. Seit zwei Jahren wäschst du in aller Öffentlichkeit die schmutzige Wäsche deines Liebeslebens. Was meinst du denn, was die Leute sagen?«

Eine Welle der Übelkeit lief durch meinen ganzen Körper. Genau das Gefühl, das man bekommt, wenn man Angst hat, bei irgendwas erwischt zu werden – und dann tatsächlich erwischt wird.

»Ich meine, das war ziemlich witzig, als er dir gestanden hat, dass er die ganze Zeit nach dir geschmachtet hat – wer hätte das gedacht! O mein Gott, und als du gesagt hast, es sei schwer, mit einem Freund zusammen zu sein, der dir sagt, dass er nach Hause gehen und sich um seine tote Zimmerpflanze kümmern muss, statt einen romantischen Abend mit dir zu verbringen. Ich meine, die Leute haben sich totgelacht – aber das war nicht bös gemeint. Das war typisch Jack.«

Mir wurde noch schlechter. Ich konnte mir ganz genau vorstellen, wie die Reporter die Geschichte rumerzählten, und über alles, was ich über Jack schrieb, kicherten und glucksten. Er würde tot umfallen, wenn er das erfuhr.

»Und, wie hat er es geschluckt, dass du deinen Segellehrer flachlegen wolltest, der Arme?«, fuhr sie fort.

Aber darüber wollte ich jetzt nicht reden.

»Jeane, was soll ich deiner Meinung nach tun? Soll ich meine Kolumne abgeben?« Sie warf ihre Kippe über die Balkonbrüstung.

»Ich weiß nicht, Bridge. Seit du in New York bist, stehst du in der Öffentlichkeit. Das ist sicher nicht ganz einfach, aber eine Kolumne aufzugeben fällt einem bestimmt auch schwer. Wahrscheinlich kannst du nur hoffen, dass Jack auch in Zukunft damit klarkommt. Aber er ist härter im Nehmen als die meisten anderen.«

»Aber es war eine Sache, als niemand wusste, dass es um ihn geht. Aber wenn alle in der Redaktion das lesen …«

»Vielleicht solltest du mal mit ihm darüber reden.«

»Was, damit er komplett durchdreht?«

»Ja, nein, bloß nicht, wenn Jack durchdreht, müssen wir alle leiden«, sagte sie.

Er hatte die Tür zu seinem Zimmer nicht abgeschlossen und das Licht im Badezimmer angelassen, damit ich beim Reinkommen was sehen konnte. Er lag im Bett, einen Arm über der Bettdecke, als träume er gerade einen schweren Traum. Seine Augen waren zu, und er atmete ganz tief. Ich stand da im Zwielicht und sah ihn an. Seine vertraut rötlichen Wangen und die verstrubbelten Haare sahen so süß aus, dass ich ganz überwältigt war vor Liebe, und kurz darauf auch vor Schuldgefühlen, weil ich mir wie eine Verräterin vorkam.

Womit hatte er das verdient? Mit überhaupt nichts. Ich zog Jacke und Turnschuhe aus und setzte mich auf die Bettkante. Er regte sich und tastete automatisch mit der Hand nach meiner Taille.

»Baby, wo warst du denn so lange? Ich dachte schon, du hättest dich im Zimmer geirrt«, murmelte er und zog mich unter die Bettdecke und an seinen warmen Körper.

»Ich wollte nur ganz sicher sein, das alle schlafen, damit mich niemand sieht.«

Ich schmiegte mein Gesicht an seinen Hals, und wir umschlangen uns. Bald war er wieder eingeschlafen, und wir drehten uns um. Schließlich lag ich auf dem Rücken, den Arm um seine Schultern, und starrte an die Decke. Das unbehagliche Gefühl ganz tief in meinem Magen war jetzt schlimmer denn je.

Wenn man's weiß, weiß man's – oder?

Es ist echt blöd. Wenn man Single ist und verzweifelt auf der Suche nach einem Freund, dann stellt man sich vor, alle Probleme würden sich in Wohlgefallen auflösen, wenn man ihn erst fände. Nie wieder in Bars auf Fremde warten, die einen dann abservieren, weil mein keine Hunde mag oder keine langen Haare hat. Nie wieder E-Mails nach kryptischen Zeichen durchforsten, wie sehr jemand einen mag, sich nie wieder Tausende vollkommen logischer Gründe ausdenken, warum ein Typ sich nicht gemeldet hat.

Wenn man dann, hurra!, endlich einen Freund hat – macht man sich doch wieder verrückt, wenn auch aus anderen Gründen. Ist er der Richtige – und wenn ich mich das frage, heißt das dann, dass er es nicht ist? Warum scheint er sich auf den Pokerabend mit seinen Jungs mehr zu freuen als auf einen romantischen Abend mit mir?

Alice, das einzige Singlemitglied unseres Haushalts, stolperte beinahe wöchentlich von einer katastrophalen Männerbekanntschaft zur nächsten. Da gab es zum Beispiel einen Anwalt, mit dem sie drei Wochen lang liiert war, der dann aus heiterem Himmel eine Verabredung eine knappe Stunde vorher absagte, weil er – wie er später unverblümt zugab – eine andere Frau kennen gelernt hatte, bei der es wie noch nie im Leben klick gemacht hatte. Dann hatte sie diesen eingebildeten Schriftsteller, der immer auf unserer Kuhfellcouch rumlag und Alice beim Reden zuhörte, bloß, um seinen englischen Akzent zu perfektionieren. Gefolgt von einem 41-jährigen künstlerischen Leiter, der sich in seinem Schlafzimmer einschloss, damit er nicht rausgehen und zehn Gramm Kokain nehmen konnte. Wenn sie zu Hause war und langsam verzweifelte, betrank sich Alice, torkelte kopfschüttelnd zu den Flaming Lips durchs Loft und war davon überzeugt, dass sie dazu bestimmt war, immer und ewig allein zu bleiben.

Claire dagegen warf Töpfe und Pfannen durch die Küche und verfluchte Chris, weil der sie – nach zwei langen Jahren – immer noch nicht gefragte hatte, ob sie mit ihm zusammenziehen wollte. Chris, 35, hatte mit seinem Bruder um 40 000 Dollar gewettet, das er nicht vor seinem 40. Geburtstag heiraten würde. War das der Grund, warum er sich nicht festlegen wollte – oder lag es an ihr?

Und in meiner kleinen Wohnzelle hätte man eine ganze Lichterkette beleuchten können mit all der fieberhaften Gehirnenergie, die ich in meinem Kopf durch bloßes Grübeln erzeugte. Eine öde Kolumne oder meine Beziehung? Mein und Jacks Privatsphäre geheim halten oder unsere Probleme vor aller Welt ausbreiten? Es war eine uralte Menschheitsfrage – was stand an erster Stelle, Beziehung oder Karriere?

Und auch andere Dinge begannen an mir zu nagen. Jack war Amerikaner. Würde ich ihn heiraten, müsste ich dann für immer in New York bleiben? Was würden meine Eltern sagen, wenn ihre Enkelkinder auf einem anderen Kontinent aufwuchsen? Obwohl Jack natürlich noch gar nicht gesagt hatte, dass er mit mir Kinder haben wollte. Er war zwei Jahre jünger als ich, der dachte noch gar nicht daran.

Aber meine Zukunftsängste wuchsen und gediehen, ebenso wie meine Unsicherheit – was ich natürlich an Jack ausließ. Mein anfänglicher Stolz über seine tolle Arbeit verwandelte sich in Ärger über seinen Erfolg. Ich musste ihn mit der *Post* teilen – und die *Post* war immer noch seine große Liebe. Wenn ich tatsächlich das Opfer brächte und endgültig aus England wegginge, würde ich dann nicht doch immer die zweite Geige hinter seinem Beruf spielen? Liebte er die *Post* mehr als mich? Und das

Problem mit Beziehungen am Arbeitsplatz war, dass man den Liebsten den ganzen Tag sah – auch wenn der gerade mit etwas ganz anderem beschäftigt war.

Jack war unberechenbar. Nach einem Streit sagte er mir, wie sehr er mich liebte. Also fing ich immer wieder Streit mit ihm an. Ich flippte regelmäßig aus, wenn es um seinen reinen Männer-Pokerabend ging, wenn er zu müde war, um zum Essen mit Alice, Claire und mir rüberzukommen, wenn er am Telefon kurz angebunden war.

Jack kapierte nicht, was mit mir los war. Er liebte mich mehr als jeden anderen Menschen, und das wusste ich auch, wo lag also das Problem? Warum konnte wir nicht einfach unser Leben leben und glücklich sein? Aber er war keine Frau – die den altbekannten Druck verspürte.

Eines Mittags klingelte mein Telefon im Büro. Es war Kathryn, meine ehemalige Mitbewohnerin aus London.

»Bridge, wie geht's? Tut mir Leid, dass ich mich so lange nicht gemeldet habe. Rate mal! Ich habe aufregende Neuigkeiten!«

Mir schwirrte der Kopf, so schnell versuchte ich nachzurechnen. Nein, ich war mir sicher, als wir vor einem Monat das letzte Mal telefoniert hatten, war sie ganz sicher noch Single gewesen. Sie konnte sich also unmöglich schon verlobt haben oder ein Kind bekommen.

»Ich habe vor zwei Wochen einen Typen kennen gelernt, und ich weiß, diesmal ist es der Richtige!«, rief sie.

Sie *wusste* es, wie konnte sie das denn wissen?

»Ich war am Freitag bei dieser Party in der Royal Academy, und ich kam rein, und, lach jetzt nicht, aber da stand er in einem Lichtstrahl.«

Kein Blitzschlag?

»Na ja, vielleicht war es auch nur das Sonnenlicht, das durch die Deckenverglasung fiel, aber Bridge, er stand da in dieses unwirkliche Licht getaucht, und da war mir klar, dass ich hingehen und ihn ansprechen muss. Er ist Schauspieler und heißt Ben. Nach der Party sind wir zusammen nach Hause gegangen, und seitdem habe ich jede Nacht mit ihm verbracht. Er ist absolut unglaublich.«

Ich bemühte mich, meine Bedenken nicht durchklingen zu lassen. Von all meinen Freundinnen – wie meine andere Mitbewohnerin Tilly – gehörte Kathryn sicher nicht zu denen, die dauernd von Liebe redeten, wenn sie einen neuen Kerl kennen gelernt hatten.

»Bridge.« Sie klang plötzlich erstaunlich ernst. »Weißt du noch, wie wir immer gedacht haben, alle Leute seien total nervtötend und blasiert – und offen gestanden geistig umnachtet –, wenn sie einem erzählen: ›Wenn man es weiß, weiß man es.‹ Alles scheint auf einmal so einfach.«

Ich legte den Hörer auf und spürte eine unerklärliche Wut in mir aufsteigen. Nicht schon wieder ein verdammter Vortrag zum Thema Liebe. »Wenn man es weißt, weiß man es.« »Alles scheint so einfach.«

Was bedeutete das denn dann für Jack und mich? Nichts, nicht einmal ein Tag in der Redaktion, schien für uns beide einfach zu sein.

Eines Tages, kurz nach Kathryns Anruf, schlug Jack vor, zusammen nach Hause zu gehen und zu kochen, was wir sonst nie taten. Ehrlich gesagt hatte ich, seit ich in New York wohnte, kein anständiges Essen mehr gekocht. Pierre und Roman hatten mich gleich zu Anfang süchtig gemacht nach den Lieferservices der Stadt – und im Loft hatte Claire das Kochen übernommen.

Ich hüpfte unbeschwerter als sonst durch die Redaktion und guckte dauernd auf die Uhr, weil ich mich so darauf freute, in den Supermarkt zu gehen und den Einkaufswagen voll zu packen wie ein selbstgefälliges zusammenwohnendes West-Village-Pärchen. Aber um halb sieben kam der unvermeidliche Anruf.

»Babe, tut mir Leid, ich muss noch zur Konferenz für die zweite Ausgabe bleiben.«

Die erste Ausgabe der Zeitung wurde kurz vor acht fertig gemacht und in die Druckerei geschickt, danach übernahm die Nachtschicht den Dienst. In der Konferenz für die zweite Ausgabe wurde dann besprochen, welche Änderungen für die nächste Ausgabe um elf Uhr morgens noch zu machen waren.

Wenn Jack noch bleiben musste, war offensichtlich eine wichtige aktuelle Meldung in der Mache, die bei der nächsten Ausgabe alles auf den Kopf stellen würde. Ich wusste, dass er keine andere Wahl hatte.

»Schatz, keine Sorge, ich treffe mich mit Alice und Claire, und wir sehen uns dann später«, sagte ich leichthin und versuchte, meine Enttäuschung zu unterdrücken. »Ich bezweifele, dass du mich allein auf deine blitzblanke Küche loslassen willst.«

Insgeheim hoffte ich, er würde vielleicht Ja sagen, aber er hatte es stattdessen eilig, unser Gespräch zu beenden.

»Okay, ich ruf dich an, wenn ich hier raus bin«, sagte er.

Um halb elf rief er mich an und erklärte, er sei noch bei der Arbeit. Ich schlug vor, zu ihm nach Hause zu gehen und dort im Bett auf ihn zu warten. Um ein Uhr lag ich immer noch allein und nackt unter seiner Bettdecke und schäumte. Hol ihn doch der Teufel! Wo steckte er? Warum musste ich mit einem Workaholic zusammen sein, dem seine Arbeit wichtiger war als ich?

Endlich, um 1.46 Uhr, knallte die Tür. Ich hörte ihn die Treppe hochlaufen. Schnell dreht ich mich um und tat, als schliefe ich, obwohl es ziemlich schlecht gelaufen zu sein schien, wenn er so lange bleiben musste.

Er riss sich die Klamotten vom Leib und schlich ins Bett. Dann roch ich den Whiskeygeruch in seinem Atem.

»Babe, bist du noch wach? Tut mir so Leid, Gott, ich bin im Langan's versackt.«

Was? Ich hatte also zu Hause auf ihn gewartet, während er mit den Jungs einen Trinken war?

»Verpiss dich«, moserte ich.

Er schlang die Arme um meine nackte Taille.

»Wach auf, Baby. Mann, den ganzen Abend habe ich nur daran gedacht, zu dir nach Hause zu kommen. Aber ich konnte einfach nicht weg. Nach der zweiten Ausgabe wollten alle im Langan's noch was trinken, ich musste mit.«

Keine Sorge, verstehe ich schon. Ich freue mich trotzdem, dass du jetzt da bist, hätte ich sagen können. Denn ich verstand es tatsächlich.

»Du hättest gleich dableiben können«, giftete ich stattdessen.

Jack zuckte zurück. Ich spürte, wie er verzweifelt die Decke anstarrte – oder vielleicht auch frustriert?

Am nächsten Morgen versuchte er noch mal, sich zu entschuldigen. Ich weigerte mich, mit ihm zu reden. Dann, als er gerade zur Tür rausgehen wollte, sprang ich aus dem Bett und warf mich ihm um den Hals. Jetzt war ich es, die sich entschuldigte.

Sichtlich erleichtert ging er wieder mit mir nach oben, zog sich aus, krabbelte wieder mit mir ins Bett und sagte mir, wie sehr er mich liebte. An diesem Morgen kam er eine halbe Stunde zu spät zur Arbeit. Einer meiner seltenen Siege gegen die *Post.*

Besänftigt fing ich am nächsten Morgen an, über ein Thema zu schreiben, über das ich schon eine ganze Weile nachgrübelte. Die Tatsache nämlich, dass alle Leute in New York so viel arbeiteten, dass es nicht nur beinahe unmöglich war, Leute kennen zu lernen, sondern auch, wenn man endlich einen Freund hatte, in Ruhe Zeit miteinander zu verbringen.

Ich beschrieb, dass Aaron und ich dauernd Überstunden machen mussten und anschließend nur noch erschöpft ins Bett fielen. Dass wir uns am Wochenende meistens bloß betranken, weil wir überhaupt keine Kraft mehr hatten, was Schönes zu unternehmen. Es war mir egal, dass alle bei der *Post* wussten, dass ich über Jack und mich schrieb – bei denen war es auch nicht anders.

Anscheinend ist die Stadt voller Menschen, die viel zu hart arbeiten. Touristen, die zu Besuch in New York sind, trinken Champagner im River Café und wandern stundenlang durchs Met. Wir, die wir hier leben, hocken jeden Tag zehn Stunden im Büro und könnten genauso gut in irgendeinem Kaff in der Provinz wohnen.

Manchmal kommt es mir vor, als seien Aaron und ich die Hälfte der Zeit betrunken und die andere verkatert. Das Lieblingslamento meiner Mitbewohnerin Claire lautet, ihr Sexleben spiele sich zwischen morgendlichem Mundgeruch und Kopfschmerzen ab.

An diesem Sonntag verließ ich meine Wohnung um sechs Uhr abends und ging zu Jack, um mit ihm zusammen die *Sopranos* zu gucken. Als wir zusammenkamen, waren die Sonntagabende eigentlich Jacks heilige Zeit, die er allein verbrachte, ehe die Arbeitswoche wieder über ihn hereinbrach. Aber vor kurzem hatte er angefangen, diese Zeit mit mir zu teilen.

Ich klingelte bei ihm und schloss selbst auf. Er saß auf dem Sofa und starrte stur geradeaus. Die Sonntagsausgabe der *Post* lag neben ihm. Er sah so wütend aus, dass ich dachte, er würde gleich explodieren.

Vorsichtig näherte ich mich.

»Alles okay, Babe?«

Er warf die Zeitung auf den Couchtisch. Sie war auf der Seite mit meiner Kolumne aufgeschlagen. Der Titel lautete KEIN SEX IN DER CITY.

Mist. Irgendwie hatte ich mir eingebildet, er würde die Schlagzeile übersehen. Um ehrlich zu sein, grauste mir selbst davor.

»Ach, komm schon, so schlimm ist es nun auch wieder nicht«, beschwichtigte ich ihn und klang mehr als unaufrichtig.

»Schlimm? Bridge, du hast keine Ahnung, oder? Alle in der Redaktion lesen deine Kolumne, sogar meine Familie liest sie.« Er sah mich an, und einen Moment lang guckten seine blauen Augen ganz traurig und flehend, als könne er nicht verstehen, warum ich es nicht verstand. Fiese Gewissensbisse überfielen mich.

»Jede Woche steht irgendein beschämendes Detail über mich in der Zeitung – die Leute nennen mich Aaron und lachen über mich.«

»Aber du hast noch nie gesagt, dass du was dagegen hast, dass ich meine Kolumne schreibe«, entgegnete ich schwach.

»Bloß, weil ich nichts dagegen gesagt habe, heißt das noch lange nicht, dass ich es gut finde.« Er setzte sich hin und vergrub das Gesicht in den Händen.

»Babe, manchmal wünschte ich, du könntest dir einen anderen Job suchen«, sagte er etwas sanfter.

»Such du dir doch einen anderen Job!«, brüllte ich zurück. Das tolle an Schuldgefühlen und Unsicherheit ist, dass sie einen wütend und angriffslustig machen.

»Bloß, weil du der obertolle Redakteur bist und ich bloß eine kleine Reporterin, soll ich mir einen neuen Job suchen? Ist dein Job bei der Zeitung so viel wichtiger als meiner? Bin ich so leicht zu ersetzen?«

»Nein, nein, natürlich nicht.« Er schüttelte den Kopf, weil er wusste, dass er in der Falle saß und ich nicht mit mir reden lassen wollte.

»Hast du überhaupt eine Ahnung, was ich aufgegeben habe, um nach Amerika zu ziehen?«, schnaubte ich.

»Ähm, soweit ich das beurteilen kann, hattest du es nicht allzu schwer in New York, die meisten Leute würden vieles dafür geben, so eine Gelegenheit zu bekommen«, gab Jack auf seine entnervende Art, die Dinge beim Namen zu nennen, zurück.

»Und wer bist du, mein Dad?«, erwiderte ich scharf.

Jack zündete sich eine Zigarette an.

»Weißt du was, ich gehe wieder nach Hause zu den Mädchen«, sagte ich.

Ich blieb wie angewurzelt stehen und funkelte ihn wütend an. Jetzt würde er jeden Augenblick aufstehen und mich in den Arm nehmen, sich entschuldigen und mich anflehen, nicht zu gehen.

Erschöpft lehnte er sich auf dem Sofa zurück. Damit hatte ich nicht gerechnet.

»Okay, na gut, ich gehe dann jetzt.« Ich wartete noch einen Moment, um ihm eine letzte Chance zu geben, mich aufzuhalten, und stürmte dann zur Tür.

Immer noch keine Reaktion. Mit Tränen in den Augen stapfte ich in den Flur. Mein Stolz zwang mich, zum Aufzug zu marschieren. Aber ich wusste, dass ich es nicht aushalten könnte, den ganzen Abend hundeelend im Loft rumzusitzen und darauf zu warten, dass er anrief. Oder nicht anrief.

Ich marschierte wieder zurück. Er saß immer noch rauchend auf dem Sofa und sah ganz verhärmt aus. Er hob den Blick und guckte mich an, als sei es ihm egal, ob ich da war oder nicht. Plötzlich machte mir das Angst.

Ich setzte mich neben ihn und legte ihm die Arme um die Schultern.

»Babe, es tut mir Leid. Ich weiß, für dich ist das ein Albtraum, und ganz ehrlich, ich weiß es sehr zu schätzen, dass du das alles meinetwegen mitmachst.«

»Vergessen wir's, ist mir egal, ist unwichtig«, erwiderte er tonlos.

Wir hatten uns gestritten. Ich besaß seine Aufmerksamkeit. Aber wir wussten beide, dass meine Kolumne immer noch wie ein Störenfried hier zwischen uns im Raum stand.

Hotdogs und Solitär

»Er ist ganz bestimmt nicht da, nicht nach allem, was heute passiert ist«, sagte ich zu Robert, als ich in der 206th Street auf die Klingel drückte und wir auf ihr gedämpftes Schrillen irgendwo weit drin im Erdgeschoss dieses Backsteinhäuschens in der Vorstadt lauschten.

»Man kann nie wissen«, meinte Robert achselzuckend, rückte seinen Kameragurt auf der Schulter zurecht und stampfte mit den Füßen, damit sie warm blieben. Robert war, wie er mir immer wieder erzählte, wenn wir gemeinsam unterwegs waren, einer der drei furchtlosen Knipser gewesen, die damals am 10. August 1977 in das Apartment des so genannten Son of Sam in Brooklyn eingebrochen waren und die Fotos im Inneren der gruseligen Wohnung des Serienmörders gemacht hatte, die anschließend um die ganze Welt gegangen waren. Den überraschte so schnell nichts.

Ich drückte noch mal auf die Klingel. Es war Viertel nach zehn. Meine Familie in Ealing, die uns zeitlich fünf Stunden voraus war, setzte sich vermutlich gerade zum Weihnachtsessen an den Tisch. Andrew und Jacqui ließen sicher gerade die Knallbonbons krachen, während meine Mutter das elektrische Fleischmesser einstöpselte und mein Vater sich noch mal vergewisserte, dass der Videorekorder richtig eingestellt war, damit sie es auch ja nicht verpassten, die Weihnachtsansprache der Queen aufzunehmen.

In Queens war es unter null, und schmutziger Schnee bedeckte den Boden. Ich zitterte und wollte schon in der Redaktion anrufen und sagen, dass es für uns hier nichts zu tun gab. Dann bewegte sich im Flur hinter der Milchglasscheibe in der Tür ein Schatten. Robert und ich guckten uns an. Ich versuchte, mir eine überzeugende Einleitung einfallen zu lassen.

»Mr. Russo?«

»Ja?«, fragte er und hielt sich am Türrahmen fest.

»Hallo, Sir, wir kommen von der *New York Post*.«

Er schaute uns mit leerem Blick an. Seine Augen waren mit dem Alter trübe geworden.

»Ähm. Wir sind hier wegen des Unfalls. Ich wollte wissen, ob Sie vielleicht ein paar Minuten Zeit hätten.«

Er zog seine weinrote Strickjacke fester zu, als die kalte Weihnachtsluft in seinen Flur wehte.

»Sie kommen wohl besser rein«, sagte er matt und schlurfte zurück in den Flur. Wir stiefelten hinter ihm her. Robert machte die Tür hinter uns zu.

Unser Spätredakteur Mike Hechtman hatte während der Feiertage den Dienst übernommen und mich zu diesem Auftrag geschickt, als ich heute Morgen um halb zehn in der Redaktion angerufen und immer noch mit dem komischen Gefühl gekämpft hatte, dass dies der erste Weihnachtsmorgen meines Lebens war, an dem ich nicht vom knisternden Gewicht eines alten Paars Strümpfe aufgewacht war, die voll gestopft mit Geschenken am Fußende meines Bettes auf mich warteten.

»Du musst nach Queens. Altes Ehepaar, seit 39 Jahren verheiratet. Sie ist gestern Abend losgegangen, um Pizza zum Heiligabendessen zu holen, und ist auf dem Frances Lewis Boulevard von einem Auto überfahren worden. Mitten auf die Haube, tot. Fahrerflucht.«

»Na, das ist ja eine fröhliche Weihnachtsgeschichte«, hatte ich erwidert. »Adresse?«

»206th Street, aber Robert fährt von der Redaktion aus hin. Hey, versuch rauszufinden, was der Alte jetzt mit den Geschenken für seine Frau macht, ja!«

Im kleinen Wohnzimmer der Russos war es düster, das winterliche Tageslicht kämpfte sich nur mühsam durch die alten Spitzengardinen, aber es war fröhlich und festlich mit Weihnachtsschmuck dekoriert. In einer Ecke stand ein Weihnachtsbaum mit leuchtend goldenem Lametta. Auf eine Kordel gefädelte Weihnachtskarten hingen wie ein Flaggentuch an einer Wand, und silberne Girlanden waren im ganzen Raum von Bilderrahmen zu Bilderrahmen gespannt. Auf dem alten Fernseher standen Maria, Josef, Schafe und Kühe um eine Krippe versammelt, und das Zimmer war voll gestopft mit kuscheligen Weihnachtsfiguren. Rudolf, das Rentier mit der roten Nase, saß mitten auf dem Sofa, gleich neben ihm drei Weihnachtskobolde mit leuchtend grünen Hosen und roten Hüten mit Glöckchen. Ein knuffiges Väterchen Frost hatte es sich neben dem Baum gemütlich gemacht, und ein plüschiger Santa Claus thronte auf einem Bücherregal.

»Martha hat letzte Woche einen ganzen Tag lang dekoriert«, erklärte Mr. Russo, während wir mitten im Zimmer standen und uns alles ansahen. Dann verstummte er und wirkte etwas verwirrt.

»Ich sollte mich besser setzen«, sagte er.

Wir gingen zum Tisch im angrenzenden Esszimmer. Robert knallte seine Kamera auf die zerschlissene Tischdecke, ich setzte mich und kramte in meiner Tasche nach dem Notizblock.

»Ähm, es tut uns sehr Leid, was Ihrer Frau zugestoßen ist«, murmelte ich. »Wir wollten nur mal nachfragen, wie es Ihnen so geht.«

»Als sie nach einer Stunde noch nicht zurück war, hab ich mir gesagt: ›Es ist ihr was passiert.‹ Dann ist die Polizei gekommen. Sie haben mir ihre Handtasche zurückgebracht, ihre Kreditkarten und all ihre Sachen waren noch drin.«

Ich fing an mitzuschreiben.

»Sie wollte bloß Pizza holen, sie hat sie nicht gerne liefern lassen, wenn sie genauso gut selbst fahren konnte. Sie hat sich immer um unser Essen gekümmert«, fuhr er fort.

Ich starrte angestrengt auf mein Blatt Papier. Wo war bloß seine Familie? Es musste doch irgendjemanden geben, der sich um alles kümmerte?

»Eigentlich sollten wir heute zu Marthas Cousin nach Long Island fahren«, murmelte er, als hätte ich es laut gesagt. »Aber bei dem vielen Schnee haben sie gesagt, es sei zu umständlich, mich abzuholen.«

Es wurde still. Mr. Russo sah aus, als wüsste er nicht, was er noch sagen sollte. Ich auch nicht.

»Und was gibt es jetzt bei Ihnen als Weihnachtsessen?«, fragte ich.

»Ach, ich weiß nicht.« Er warf einen kurzen Blick zur Küchentür.

»Es sind noch ein paar Hotdogs im Kühlschrank. Ich denke, wenn ich Hunger kriege, mache ich mir einen warm und spiele ein bisschen Solitär.«

Nein. Ich blinzelte heftig. Ich durfte jetzt nicht weinen. Ich durfte mir nicht vorstellen, wie Mr. Russo, wenn wir weg waren, in dem stillen Haus in die Küche schlurfte und mit einem Hotdog auf dem Teller zurückkam, den er dann ganz alleine im Kreis seiner Weihnachtsfiguren aß.

»Ich habe sie zehn Mal gefragt, ob sie meine Frau werden will, und immer hat sie Nein gesagt, erst bei elften Mal hat sie Ja gesagt.« Seine Stimme klang wieder etwas fröhlicher.

Ich nickte, obwohl mein Hals wie zugeschnürt war.

»Sind Sie das mit Ihrer Frau?«, fragte Robert und griff nach einem Schwarzweißfoto, das auf der Kommode neben einem Topf voller mit Kunstsschnee besprühter Stechpalmenzweige stand. Auf dem Bild war ein junger Mr. Russo zu sehen – in Uniform – der den Arm um eine Frau mit frischem Gesicht und fröhlichen Löckchen gelegt hatte. Sie schaute zu ihm auf. Sie sahen aus wie ein klassisches Paar aus den 50er-Jahren.

»Wir haben uns vor fünfzig Jahren auf einer Party in Valley Stream kennen gelernt. Sie hat so gerne zu Frank-Sinatra-Musik getanzt«, sagte er mit einem Lächeln. »Dubi-du-bi-du, dubidu.«

»Ist es Ihnen recht, dass ich ein Foto von Ihnen mit dem Bild mache?«, fragte Robert.

Er reichte Mr. Russo das Bild, und der alte Mann starrte es an, als versuche er, seinen Sinn zu begreifen.

»Ich war im Zweiten Weltkrieg in einer Luftlandedivision. Wir haben so gerne getanzt. Dubi-du ...« Er verstummte und sah Robert an.

Der Kamerablitz zuckte, wieder und wieder. Mr. Russo blinzelte im hellen Licht, dann stand er auf und ging zum Sofa und nahm das Rentier in den Arm.

»Das ist Rudolf. Martha hat ihn mir mitgebracht.«

Mr. Russo drückte Rudolfs Bauch, und eine laute Elektronik-Version von »Jingle Bells« schallte durch das kleine Zimmer. Mr. Russo nickte im Takt der Musik, mit einem Gesicht wie ein Kind, das ein Lied zum allerersten Mal hört. Bis die Melodie verstummte und es wieder ganz still wurde.

»Sie hat so gerne getanzt«, sagte Mr. Russo leise.

»Sir, wie wär's mit einem Bild von Ihnen neben Rudolf auf dem Sofa«, meinte Robert.

Der alte Mann setzte sich hin und kuschelte Rudolf und die Kobolde in eine Reihe neben sich, als wollten die fünf zusammen eine Weihnachtssendung im Fernsehen anschauen. Robert kniete sich auf den Boden vor sie und knipste los. Mr. Russo wirkte plötzlich ganz erschöpft. Erst jetzt schien ihm zu dämmern, dass sich zwei wildfremde Menschen in seinem Wohnzimmer befanden.

»Wäre das dann alles?«, erkundigte er sich.

Ich erhob mich vom Stuhl. Wir hatten, was wir brauchten. Ich sagte mir, ungebetene Gäste zu haben sei für ihn möglicherweise schlimmer als gar keine Gesellschaft. Oder redete ich mir das bloß ein, damit ich mich nicht so mies fühlte? Wenn wir erst mal weg waren, mussten wir nie wieder herkommen. Und er wäre allein mit seiner Einsamkeit. Und ich würde nachher gemütlich Weihnachten feiern, ein paar Gläser Wein trinken und Jacks Geschenke auspacken.

»Sir, vielen Dank, dass Sie sich die Zeit genommen haben, es tut uns wirklich alles sehr Leid«, wünschte mir dabei, es klänge so, wie ich es meinte. Wir schoben uns Richtung Wohnzimmertür.

»Wir finden selbst den Weg hinaus«, sagte Robert. »Dankeschön, für Ihre Zeit, ehrlich. Und wenn Sie was brauchen …«

Mr. Russo blieb mit Rudolf und den Kobolden auf der Couch sitzen.

»Frohe Weihnachten«, rief ich, ohne nachzudenken.

Draußen fiel wieder Eisregen. Ich stieg auf der Beifahrerseite in Roberts Auto und knallte die Tür zu. Ich senkte den Kopf und umklammerte den Notizblock auf meinem Schoß. Dicke Tränen stiegen mir in die Augen, und ich drückte Finger und Daumen in die Augenhöhlen, um sie zurückzuhalten.

Robert stieg auf der anderen Seite ein, warf die Kamera auf den Rücksitz und wollte das Auto starten. Dann sah er mich an und nahm die Hand vom Zündschlüssel.

»Alles okay?«, fragte er.

Ich nickte mit verkniffenem, rotem Gesicht. Robert musste ja denken, ich sei ein Frischling und überhaupt nichts gewöhnt. Ich wollte ihm unbedingt sagen, dass mir noch nie bei einem Auftrag die Nerven versagt hatten.

»Tut mir Leid, ich habe nicht mal geheult, als ich die ganzen Storys über den 11. September gemacht habe. Das war bloß so … Scheiße, das war so traurig.«

Robert machte das Handschuhfach auf und holte einen Plastikbeutel mit Keksen raus.

»Möchtest du einen, die habe ich heute Morgen selber gebacken?« Er hielt mir den offenen Beutel hin.

Ich nahm einen Keks und musste kurz lächeln – Gott, Fotografen hatten wirklich die seltsamsten Sachen in ihren Autos. Ich steckte ihn in den Mund. Er schmeckte süß und nach Ei.

»Ich habe auch noch ein paar Fischfrikadellen hinten drin, wenn du richtig Hunger hast«, bot er mir an. »Die hab ich auch selbst gemacht.«

»Nein, nein, geht schon«, erwiderte ich und wischte mir das tränennasse Gesicht mit dem Ärmel ab. »Geht schon wieder, entschuldige. Ich sollte besser mal in der Redaktion anrufen. Was steht als Nächstes an?«

Am frühen Nachmittag kamen wir zurück ins Büro, und ich fragte kurz in der Chefredaktion nach, wie viel ich schreiben sollte. Mike saß auf der einen Seite, Jack auf der anderen. Er las auf dem Bildschirm Artikel Korrektur.

»Super, ihr habt den Alten also gekriegt, was ist mit den Geschenken – hat er sie aufgemacht?«

Mike fing an zu geiern. »Wetten, dass der sich nie wieder Pizza bestellt!« Mike war seit über dreißig Jahren bei der Zeitung, der konnte über alles Witze reißen.

»Nach den Geschenken habe ich nicht gefragt«, flüsterte ich mit leiser, erstickter Stimme. Jack fuhr herum und sah mich besorgt an. Am liebsten hätte ich mich in seine Arme geworfen, aber ich tat, als nähme ich ihn kaum wahr.

»Mike, es war wirklich total traurig«, murmelte ich.

»Schreib uns einen Aufmacher«, sagte Jack, ehe Mike noch mehr blöde Witze machen konnte.

Ich stürmte durch die Redaktion davon und setzte mich an meinen Rechner, ohne ihn anzuschalten. Ich sagte mir wieder, dass es bloß ein Job war. Ein Aufmacher bedeutete 500 Wörter mit Bild als Blickfang auf der jeweiligen Seite. Das war leicht, das hatte ich schon tausend Mal gemacht. Früher hatte ich nur davon geträumt, eine Reporterin zu sein, heute war ich es.

Mein Telefon klingelte, Jack war dran. Oft ging er in sein Büro, um ungestört mit mir zu telefonieren – auch wenn es keine drei Meter weg war.

»Babe, alles klar?«

»Entschuldige, ich weiß auch nicht, warum diese Story mir so an die Nieren geht. Vielleicht liegt's daran, dass Weihnachten ist, ich weit weg von zu Hause bin und weiß, dass der arme alte Mann den Rest seines Lebens allein sein wird.«

»Eine ziemlich traurige Geschichte, selbst für diese Stadt.«

»Jack, ich weiß einfach nicht, ob ich das noch lange durchhalte.«

»Baby, du weißt, dass es Zeit ist aufzuhören, wenn es dir nichts ausmacht, nicht, wenn es dich mitnimmt.«

»Meistens macht es mir nichts aus.«

»Das stimmt nicht«, widersprach er leise. »Mann, ich wünschte, die nächsten fünf Stunden wären rum und wir könnten zusammen nach Hause gehen und Weihnachten feiern. Ich bin mal gespannt, was Tillys Kinder angestellt haben.«

»Ich auch«, sagte ich und lächelte schon wieder. Tilly und ihr Freund Andrew waren mit ihren Zwillingen Odessa und Ruby, die inzwischen zweieinhalb waren, bei uns zu Besuch. Und jetzt, wo ich selbst eine richtige Beziehung hatte, kriegte ich auch nicht mehr die Krise, bloß weil Tilly schon eine Familie hatte. Es machte sogar richtig Spaß, mit den Kindern zu spielen, die kriegte ich in New York nicht oft zu sehen. Jack und ich hatten sogar einen Abend lang Babysitter gespielt, im Loft neben dem Weihnachtsbaum gesessen, Geschenke eingepackt und eine alte Elvis-CD gehört. Dieser friedliche Abend, als er auf dem Sofa gesessen und den Kopf geschüttelt hatte über meine miserablen Verpackungskünste, während die kleinen Mädchen geschlafen hatten, so, hoffte ich, würde unsere gemeinsame Zukunft aussehen.

Ich legte den Hörer auf. Wie ich immer gejammert hatte über das Alleinsein – dabei gab es Menschen wie Mr. Russo, die wirklich ganz einsam waren. Es wurde langsam Zeit, dass ich das zu schätzen lernte, was ich hatte – denn, wie Mr. Russo gerade auf grausame Weise erfahren musste, es konnte schon morgen für immer fort sein.

An diesem Abend, nachdem wir mit Tilly und Andrew gegessen hatten, gingen Jack und ich zusammen durchs West Village zu seiner Wohnung. Die Temperatur war kontinuierlich gesunken, und der Eisregen von heute Morgen hatte sich wieder in Schnee verwandelt. Nun war es still in den Straßen, man hörte nur das Knirschen unserer Schritte auf dem glitzernden Untergrund.

Als wir die Washington Street überquerten, hielt ich Jack an, legte meine Hände in Handschuhen um seinen Mantel und drückte mein Gesicht an seine Wange. Unsere Augen tränten vor Kälte, und meine Tränen vermischten sich mit den feuchten Spuren in seinem Gesicht. Ich hielt ihn fest und lauschte seinem Atem in der frostigen, winterlichen Stille.

»Jack, ich weiß, ich kann eine echte Nervensäge sein, aber ich liebe dich wirklich«, flüsterte ich.

»Baby, das bist du. Und ich liebe dich auch.«

Krieg und kein Frieden

Jack und ich saßen kichernd im Voyage, einem kuscheligen kleinen Restaurant gleich um die Ecke von seiner Wohnung, wo wir montagabends oft zum Essen hingingen, und kriegten uns nicht mehr ein.

Am Nebentisch saß ein schwules Pärchen aus dem West Village und diskutierte über Massenvernichtungswaffen im Irak. Einer der beiden fuchtelte mit seiner Gabel herum, mit der er ein Stückchen Wurst aufgespießt hatte – als plötzlich das Wurststückchen quer über den Tisch flog und im Schoß des anderen Mannes landete.

»Saddam Hussein hat nichts in seinen Palästen außer Nutten und vergoldete Badewannen«, schimpfte er gerade, als das angriffslustige Häppchen lossegelte. Platsch. Sein Gegenüber sprang ungehalten auf, als die Wurst einschlug, und warf seine Serviette auf den Tisch.

»Beschmeiß mich bloß nicht mit Fleischwaren. Du weißt, dass wir es nicht riskieren können, dass dieser Irre innerhalb von 42 Minuten eine Atombombe auf uns abfeuern kann!«

Jack und ich waren vor Lachen den Tränen nahe.

Es war Mitte März, Präsident George W. Bush sprach sich für eine militärische Intervention im Irak aus, und die ganze Stadt schien kein anderes Thema mehr zu haben als die Frage, ob Amerika in den Krieg ziehen sollte oder nicht. Kein Abend, ohne dass dieses heikle Thema irgendwie aufs Tapet kam. Und im vom 11. September gezeichneten New York gab es keine gemäßigte Meinung dazu. Entweder man hielt Bush für einen kriegstreiberischen Irren, der gerade dabei war, das Wohlwollen der gesamten restlichen Welt zu verspielen – oder man fand, es sei allerhöchste Zeit, dass die USA denen mal ordentlich in den Hintern treten.

Jack – der insgeheim für die Invasion war – und ich – strikt dagegen – hatten mehr als einmal Streit deswegen. Bei der *Post* wussten wir natürlich seit Monaten, dass es auf einen Krieg hinauslaufen würde. Aber es wurmte mich, dass die Zeitung, bei der ich arbeitete, so sehr für eine Militäraktion war.

»Wir sind patriotisch, die Zeitung der Helden, was erwartest du denn?«, meinte Jack immer. »Alle hacken dauernd auf Amerika rum und vergessen dabei, dass wir schon mehr Gutes für die Welt getan haben als jede andere Nation.«

»Ja, klar«, schnaubte ich. Welche Meinung ich auch hatte, wenn ich mich mit Jack anlegte, konnte der mich immer mit Argumenten zur Strecke bringen.

Das Thema war so brandaktuell, dass ich mehrere Kolumnen darüber schrieb, wie Freunde und Liebespaare sich wegen des Kriegs zerstritten, genau wie Aaron und ich. Der Titel der letzen war: EINE HÖLLISCHE DINNERPARTY.

Es geht doch nichts über schlechtes Timing.

Nicht nur, dass mein Freund und ich uns wegen der Militärintervention einen erbitterten Stellungskrieg liefern – jetzt kommen auch noch meine Eltern zu Besuch, um ihn endlich kennen zu lernen. Dieser Abend war ein Unheil, das unaufhaltsam seinen Lauf nehmen würde.

Meine Mum und mein Dad sind typische Engländer und gegen den Krieg. Aaron ist für das Militär und ein verkappter Republikaner.

Es gibt nichts, was Aaron mehr auf die Nerven geht als platte Verallgemeinerungen über das arrogante Gebaren der USA anderen Staaten gegenüber. Zufälligerweise das Lieblingsthema meiner Mutter.

Ich hatte natürlich leicht übertrieben. Es stimmte, dass meine Eltern angerufen und gesagt hatten, sie würden gerne übers Wochenende nach New York kommen – es sei doch allmählich an der Zeit, dass sie Jack kennen lernten, oder nicht? Auch wenn er leider auf der falschen Seite des Atlantiks lebte, so vermuteten sie doch allmählich, dass er nicht bloß eine vorübergehende Erscheinung in meinem Leben war.

Und eigentlich war ich ja auch total stolz auf Jack und wusste, dass er meine Eltern mit seinem Charme kinderleicht um den Finger wickeln würde. Klar, meine Mutter würde bestimmt davon anfangen, wie schändlich dieser Krieg sei, aber Jack würde die Diskussion ganz diplomatisch auf die Sichtweise der Zeitung beschränken – und nicht seine eigene. Und außerdem, auch wenn meine Mutter kein Blatt vor den Mund nahm, so würde er es vermutlich eher lustig finden, dass sie genauso war wie ich. Und für ihr Alter sah meine Mutter toll aus, also würde er hoffentlich denken, dass ich nach ihr komme – für den Fall, dass wir so lange zusammen blieben.

»*Fleischwaren?*« Jack liefen die Tränen immer noch in Strömen über die Wangen, als wir etwas später Hand in Hand vom Voyage zu seiner Wohnung zurückgingen und herzlich über das zankende Pärchen lachten.

»Na ja, was die Paläste angeht, fand ich, hatte er ein gutes Argument«, erwiderte ich.

Jack drückte meine Hand.

»Baby. Fang nicht wieder damit an.«

»Okay.« Ich hüpfte hoch und küsste ihn auf die Wange. »Aber behalt dein kampflustiges Yankee-Geschwafel für dich, wenn meine Eltern da sind, sonst werfen sie dir auch noch Wurst ins Gesicht.«

»Das werde ich«, sagte er immer noch glucksend.

»Ach, übrigens …«, fügte ich hinzu, als mir eine weitere Bitte an Jack einfiel. Trotz der drohenden Kriegsgefahr fand aufgrund einer seltsamen Fügung des amerikanischen Kulturschicksals am kommenden Wochenende die Oscarverleihung statt. Alice und Claire flogen zu den Partys nach L.A., Claires PR-Firma sponsorte eine der Veranstaltungen, und in allerletzter Minute hatten die ihr noch ein zusätzliches Flugticket in die Hand gedrückt, und sie hatte mich gefragt, ob ich nicht mitfahren wolle. Ich war noch nie in L.A. – schon gar nicht im Rahmen eines aufregenden, kostenlosen Oscar-Ausflugs.

»Claire hat gesagt, in ihrem Hotelzimmer in L.A. ist genug Platz für mich. Sie steigen im Four Seasons in Beverly Hills ab. Meinst du, ich kann mir am Freitag freinehmen und mitfahren?«

Okay, ich wusste, dass es ein bisschen kurzfristig war, aber mit dieser Reaktion hätte ich nicht gerechnet. Er ließ meine Hand los und drehte sich mit wütend blitzenden Augen zu mir um, als hätte ich ihm gerade gestanden, unseren Chefredakteur ermordet zu haben.

»Bist du völlig übergeschnappt? Hast du vergessen, dass du angeblich Reporterin bist? Dieses Wochenende marschieren wir im Irak ein, wir brauchen euch alle in der Redaktion.«

Ich zuckte zurück. Mit seiner Reaktion hatte er meine wundeste Stelle erwischt. »Angeblich« Reporterin? Was sollte das denn heißen? Beschämt, weil ich überhaupt gefragt hatte, und tief gekränkt, wählte ich die einfachste Verteidigungsstrategie: Angriff.

»Ach, komm schon. Du wirst doch wohl mal ein Wochenende ohne mich überleben. Ich war noch nie in L.A., und der Krieg ist bestimmt nicht in drei Tagen vorbei«, entgegnete ich.

»Kapierst du es denn nicht? Ich kann niemandem freigeben. Und dir am allerwenigsten.«

Wir waren inzwischen in seiner Wohnung angekommen, und er knallte die Tür hinter uns zu, stiefelte in die Küche und goss sich einen Whiskey ein. Ich hatte ihn noch nie so wütend erlebt, aber ich konnte ihn jetzt nicht allein lassen.

Es machte mich rasend, dass Jack wegen des Krieges so schnell auf 180 war. Das erinnerte mich daran, wie sehr er seinen Job liebte. Mehr als mich? Und es nagte an mir, dass wir beide so grundlegend verschieden waren.

»Bloß, weil dich der Gedanke an den Krieg so heiß macht, brauchst du nicht zu denken, alle anderen würden sich auch vor Freude die Hände reiben.«

Er stürzte seinen Drink runter und goss sich noch einen ein, wobei er das Glas umklammerte, als wolle er sich daran festhalten.

»Dann geh doch. Fahr zu den Scheiß-Oscars. Mach, was du willst, Bridge, das machst du doch sowieso immer«, brüllte er.

»Du hast also nichts dagegen?«, fragte ich vorsichtig.

»Doch, ich habe was dagegen.«

»Aber ich will nicht ohne deine Zustimmung fahren.«

»Tja, tut mir Leid, aber die kriegst du nicht.«

»Du bist so verdammt unfair.«

Das reichte, jetzt rastete er aus. Er redete auf mich ein, als sei ich plötzlich schwer von Begriff.

»Unfair? Ich? Bridge, jede Woche muss ich irgendwas über mein Privatleben in der Zeitung lesen – deine Freunde kommen aus England zu Besuch, und du wünschtest, du wärst wieder Single, ich betrinke mich abends zu oft, du bist scharf auf deinen Segellehrer in der Türkei, du willst den Valentinstag nicht mit mir feiern, weil du das kitschig findest, du flirtest immer noch per E-Mail mit diesem argentinischen Cowboy. Jede Woche lachen sich die Leute hinter meinem Rücken über mich kaputt, und jetzt bittest du mich als dein Redakteur um Urlaub während eines verfluchten Krieges?«

Lieber Gott, hatte ich das wirklich alles geschrieben? Hm, vielleicht war es dann tatsächlich an der Zeit, einen Rückzieher zu machen.

»Okay, dann fahre ich eben nicht nach L.A. Aber erwarte bloß nicht, dass ich darüber begeistert bin.«

»Ach, wie schön«, meinte Jack sarkastisch. »Nein, das wäre wohl wirklich zu viel verlangt.«

An diesem Donnerstag, den 20. März, begannen die USA, den Irak zu bombardieren. Alice und Claire flogen einen Tag später nach L.A. und versuchten mich damit aufzumuntern, dass die Oscarverleihungen schließlich jedes Jahr stattfänden. Ob ich auf sie hörte? Von wegen!

Am Samstag stapfte ich schlecht gelaunt in die Redaktion, in der es nur so wimmelte vor Reportern, die sich freiwillig erboten hatten, reinzukommen und zusätzliche Schichten zu arbeiten – weshalb ich ein noch schlechteres Gewissen hatte. Ich hockte also an meinem Schreibtisch und schmollte. Die »Operation Iraqi Freedom« war inzwischen in vollem Gange.

Die Kriegsberichterstattung gliederte sich in drei Teile – zu Lande, zu Wasser und in der Luft. Die Truppenbewegungen der US-amerikanischen und britischen Streitkräfte wurden in den internationalen Nachrichtentickern ständig aktualisiert und von den Nachrichtensendern durch die gesamte Redaktion gebeamt. Ich wurde der Land-Truppe zugeteilt, was bedeutete, dass ich hektisch schreiben und ständig lesen und dabei gleichzeitig mit einem Ohr der sich überstürzenden Berichterstattung lauschen musste, die Dutzende Kriegsberichtserstatter von Militäreinheiten, aus Panzern, Flugzeugträgern und Luftwaffenstützpunkten lieferten. Jonathan Foreman, unser ehemaliger Filmkritiker, raste nun in einem Panzer der 3. Infanteriedivision der US-Armee durch die Wüste, unser Reporter für Lokalpolitik, Vince Morris, war mit der Marineinfanterie unterwegs. Oben im CvD-Büro herrschte hektische Betriebsamkeit, dort stellten sie extravagante Grafiken, Landkarten und Fotomontagen zusammen – alles bloß, damit unsere Berichterstattung über den Krieg auch ja bunter und besser war als die aller anderen Zeitungen in der Stadt.

Ich beobachtete, wie Jack am anderen Ende der Redaktion hin und her hetzte und aufmerksam jede neue Story, jedes Bild und jeden Bericht verfolgte, und ich war richtig stolz. Hier waren wir nun, wir beide, und arbeiteten zusammen an einer wahrlich geschichtsträchtigen Story. Aber als er dann mit neuen Anweisungen an meinen Schreibtisch kam, siegte meine Kleinlichkeit, und ich starrte stur geradeaus auf den Bildschirm.

Abends, nachdem der Redaktionsschluss für die erste Ausgabe vorbei war und ich meinen Artikel eingereicht hatte, tauchte er wieder an meinem Schreibtisch auf. Seine Augen waren inzwischen ganz blutunterlaufen, und er sah völlig geschafft aus.

»Danke, dass du dieses Wochenende dageblieben bist. Du hast tolle Arbeit geleistet«, sagte er.

»Kein Problem.«

»Hast du Lust, nachher noch ein bisschen abzuspannen?«, fragte er leise. »Ich bin todmüde. Ich würde gerne einfach nach Hause gehen und es mir mit dir gemütlich machen.«

»Ich hab noch was vor«, entgegnete ich schnippisch. Was? Warum sagte ich das? Ich wünschte mir doch nichts mehr, als dass er mich in den Arm nahm – aber das war wohl schwerlich seine Schuld, schließlich konnte er das kaum an meinem Arbeitsplatz tun. Ich guckte ihn von der Seite an und hoffte inständig, er möge es merken.

Er war ganz rot geworden. Er wusste nicht weiter.

»Okay, gut«, meinte er. »Dann noch einen schönen Rest vom Wochenende.«

Und damit drehte er sich um und ging.

Ein paar Minuten später lief ich zum Aufzug. Er saß an seinem Schreibtisch und brütete über dem Layout für eine Seite. Unten angekommen blieb ich an seinem Pfeiler auf dem Vorplatz stehen und hoffte, er käme vielleicht noch raus. Aber er kam nicht. Also trottete ich schließlich zum Times Square und nahm ein Taxi nach Hause. Dort hockte ich dann den Rest des Abends vor dem Fernseher, guckte CNN und verfluchte den Krieg, Amerika, Präsident Bush, hauptsächlich aber mich selbst.

Es war halb fünf am nächsten Freitag, als er sich endlich wieder meldete.

»Hast du heute Abend Zeit? Ich glaube, wir müssen reden«, stand in seiner E-Mail.

Wir hatten die ganze Woche über kaum miteinander geredet. Er hatte alle Hände voll zu tun mit der Berichterstattung über den Krieg. Ich war voll und ganz damit beschäftigt, mich bei Langan's zu betrinken – was man halt so machte, wenn das Leben in der Stadt sich von seiner unschönen Seite zeigt. Hin und wieder fiel mir auf, dass ich gegenwärtig mehr rauchte und trank als je zuvor in meinem Leben. Aber ich war schließlich eine Britin in einem Land, in dem es keine Sperrstunde gab, und dieses Land befand sich nicht nur gegenwärtig im Kriegszustand, sondern ich bekriegte mich gleichzeitig auch noch mit meinem Freund. Was zum Teufel erwartete man denn da? Wenn Jack und ich uns wieder versöhnt hatten, würde ich sämtlichen Wodka Tonics und Marlborough Lights abschwören.

Um fünf nach acht kam er ins Langan's. Ich wartete an der Bar und gab ihm ein Begrüßungsküsschen.

»Willst du was trinken, Babe?«, zwitscherte ich munter. Mit einer Riesenportion Glück ließ sich aus dieser Sache vielleicht noch ein netter, normaler Abend in der Kneipe machen.

»Ich will hier eigentlich nichts trinken.« Okay, vielleicht auch nicht.

»Na ja, die Mädchen sind noch in L.A., möchtest du mit zu mir kommen?«

»Gute Idee«, sagte er.

Wir nahmen ein Taxi Richtung Innenstadt und machten angestrengten Smalltalk über die Kriegsberichterstattung der Zeitung. Aber aus dem Augenwinkel beobachtete ich die absteigenden Straßennummer Richtung 14th Street mit wachsender Sorge. Mist, warum hatte ich mich nicht schon früher entschuldigt, *so* beschäftigt war Jack nun auch wieder nicht gewesen.

Bei mir zu Hause angekommen ging ich vor ihm die Treppe hinauf und musste an den Abend denken, als er meine Wade berührt hatte, nach diesem zauberhaften, trunkenen Kuss im Rhone. Heute Abend war er still und hatte die Hände in den Taschen vergraben.

Es war kalt in der Wohnung, als wir reinkamen. Ich ging und

zog die Jalousien am anderen Ende des langen Raums mit dem Dielenboden hoch. Jack blieb unschlüssig in der Tür stehen.

»Hey, setz dich«, sagte ich. »Willst du was trinken? Whiskey, Bier, Tee.«

Jack zog seinen Mantel aus, legte ihn sorgfältig über die Sessellehne und setzte sich aufs Sofa.

»Ich nehme ein Glas Wasser«, sagte er.

Das war ein schlechtes Zeichen. Wasser bedeutete, ich will nüchtern bleiben, ich will das hier schnell hinter mich bringen. Ich bleibe nicht lange.

Ich füllte trotzdem den Wasserkessel und setzte ihn auf. Ich wollte einen Tee. Ich öffnete den Küchenschrank über der Spüle und nahm eine Schachtel mit Yorkshire-Teebeuteln raus. Teemachen beruhigte mich. Und außerdem zögerte es auch unser Gespräch noch etwas hinaus.

Ich guckte rüber zu Jack am anderen Ende des Zimmers, der gerade den Kopf gesenkt hatte und sich eine Zigarette anzündete. Er hatte die Korrekturfahnen für die Zeitung von morgen rausgenommen und blätterte sie durch. Ich fragte mich, ob er sich heute Abend wirklich auf deren Inhalt konzentrieren konnte. Wie ich ihn kannte, vermutlich schon. Aber das ging mir plötzlich überhaupt nicht mehr auf die Nerven.

Das Wasser kochte. Ich goss heißes Wasser in meine Tasse, holte den Teebeutel mit dem Löffel raus und goss ein bisschen Milch dazu, die ich aus dem Kühlschrank geholt hatte. Dann ging ich zu ihm rüber, stellte meinen Tee und sein Glas Wasser auf den Tisch und setzte mich ihm gegenüber auf die andere Seite des Sofas.

Er verstaute die Fahnen wieder in seiner Tasche und drückte seine halb gerauchte Zigarette aus. Er guckte zum Fenster, als müsse er sich irgendwie Mut machen. Dann drehte es sich wieder zu mir um.

»Bridge, ich kann das nicht mehr.«

Scheiße, da waren sie nun. Sechs kleine Wörter, die mein ganzes Leben auf den Kopf stellten.

Er sah mich an. Seine Augen wirkten unendlich traurig, aber fest entschlossen.

»Ich weiß.« Was anderes brachte ich nicht über die Lippen.

Ich wollte ihm sagen, dass ich mich wie ein totaler Idiot aufgeführt hatte, weil ich meine Unsicherheit an ihm ausgelassen hatte, dass ich ihn unendlich liebte. Aber sein Tonfall sagte mir, dass die alte Leier heute Abend nicht ziehen würde. Also schaltete mein Gehirn sich einfach ab.

Stumm saßen wir nebeneinander.

Dann riss er sich zusammen und sagte, was er mir noch zu sagen hatte.

»Bridge, du weißt, dass ich dich liebe. Ich habe dich aus ganzem Herzen und tiefster Seele geliebt, mit allem, was ich habe. Es gibt nichts auf der Welt, was ich mir mehr gewünscht hätte, als dich glücklich zu machen.« Er wischte sich eine Träne aus dem Augenwinkel. »Aber was ich auch tue, nie bist du glücklich. Und ich kann nicht mehr.«

Todunglücklich guckte ich an mir runter.

»Ich meine, glaubst du wirklich, jemanden zu lieben sollte so schwer sein?«, fragte er.

Komisch, genau das hat meine Freundin Kathryn auch gesagt, wollte ich schon witzeln. Aber dann zog sich mein Herz zusammen. Es war wirklich schwer, Jack zu lieben, aber ich konnte mir gar nicht vorstellen, jemand anderen zu lieben, der vielleicht »leichter« zu lieben war. Ich wollte nur ihn lieben.

»Aber sieh doch mal, es war doch nicht alles schlecht«, brachte ich gerade so heraus.

»Nein, nein, natürlich nicht.« Er guckte wieder so unendlich traurig. »Es war unglaublich. Du warst die Liebe meines Lebens – bisher. Aber wir haben es versucht und uns gestritten und es wieder versucht und wieder gestritten und …« Er hielt inne. »Ich bin nicht mehr mit ganzem Herzen dabei.«

Diese Worte trafen mich so heftig, dass ich das Gefühl hatte, mich gleich übergeben zu müssen. Ich schlug die Hände vors Gesicht, um meine Tränen aufzufangen. Es war so schwer gewesen, sein Herz zu erobern. Und wir hatten immer darauf gebaut, dass wir, ganz gleich, was auch passierte, verrückt nacheinander waren. Und jetzt war das nicht mehr so.

Ich rief mir ins Gedächtnis, dass ich meine unzumutbare Art Jack gegenüber hasste. Zu meinen Freunden war ich schließlich auch nett. Angus gegenüber hatte ich mich nie wie eine Psychopathin aufgeführt. Jack hatte irgendwas, diese zurückhaltende Art, seine verschlossene Persönlichkeit, die das Schlimmste in mir zum Vorschein brachte. Vielleicht war es wirklich vernünftig, sich zu trennen – vielleicht war es so das Beste.

»Na ja, vielleicht hat zu vieles nicht gestimmt«, sagte ich, und war mir doch nicht sicher, ob ich das wirklich so meinte.

Er schien erleichtert, dass ich ihm letztendlich Recht gab. Er nahm seine Zigaretten und steckte sie in die Tasche. Er wollte gehen. O Gott, verflogen hier gerade die letzten Minuten, in denen wir noch »wir« waren?

Plötzlich klingelte unser Loft-Telefon. Wir schreckten beide hoch. Ich ging ran, damit es aufhörte zu klingeln.

»Hey, Bridget, ich bin da! Ich bin gerade am JFK gelandet und suche mir jetzt ein Taxi. Ich habe Joseph dabei, ich kann's gar nicht abwarten, bis du ihn endlich kennen lernst!«

Herrje. Das hatte ich total vergessen. Mein alter Studienfreund Stephen kam heute Abend zu Besuch und wollte bei mir übernachten. Er machte in New York Zwischenstation auf dem Flug von Neuseeland nach Hause. Und was noch schlimmer war, er hatte ein neun Monate altes Baby dabei.

»Ähm, super. Die Adresse ist West 14th Street. Klingel einfach unten …«

Ich legte auf. »Mein alter Freund Stephen, ich hatte das ganz vergessen, er kommt zu Besuch mit seinem kleinen Baby …« Früher hätte er das zum Schießen gefunden.

»Dann gehe ich jetzt besser«, murmelte er. Er stand auf, und blieb dann wie angewurzelt stehen.

»Scheiße, da fällt mir gerade ein – deine Eltern. Die kommen doch auch, oder?«

Meine Eltern. O Gott, meine Eltern. Das Abendessen.

»Ja, die kommen spät heute Abend an.«

»Und die rechnen immer noch damit, dass wir morgen mit ihnen essen gehen?«

»Ja.« Ich kämpfte mit den Tränen.

»Willst du, dass ich trotzdem mitkomme?«

»Nein. Ich glaube, das hätte nicht viel Sinn.«

Er stand auf und ging zur Tür. Ich hinterher. Er öffnete sie selbst, und ich hielt sie ihm auf.

»Kommst du klar, Bridge?«, fragte er.

»Ja«, erwiderte ich. Weil es zwecklos war, was anderes zu sagen.

Er drehte sich um und verschwand die Treppe hinunter.

Ich schloss die Tür und ging zurück zum Sofa und setzte mich dahin, wo er gesessen hatte. Ich starrte ins Leere, während mir die Tränen in Strömen übers Gesicht liefen. Ich konnte es einfach nicht begreifen, dass er nun nicht mehr mir gehörte.

Als es vierzig Minuten später an der Tür klingelte, saß ich immer noch genauso da. Ich stand auf, setzte ein Lächeln auf und öffnete die Tür. Ein perfektes blondes, blauäugiges Baby hing in einem Tragetuch vor der Brust meines Freunds Stephen und hüpfte direkt vor meiner Nase herum. Das hatte mir gerade noch gefehlt.

Mein Freund, meine Eltern und ich? Diesmal nicht

Meine Eltern hatten sich im Chelsea Savoy einquartiert, einem günstigen, sauberen kleinen Hotel gleich neben dem berühmteren Chelsea Hotel. Wie in Trance stand ich im verspiegelten Aufzug und fuhr hoch zu ihrem Zimmer im sechsten Stock. Sie hatten am Abend zuvor vom Flughafen aus angerufen, aber ich hatte es einfach nicht fertig gebracht, ihnen die traurige Nachricht am Telefon zu erzählen.

Meine Mutter machte die Tür ihres Hotelzimmers auf und strahlte aufgeregt. Sie sah sehr jugendlich aus in ihrem hübschen grünen Paisleytop und -rock. Sie trug lange baumelnde Goldohrringe und die dazu passende Kette. Ich sah gleich, dass sie sich richtig Mühe gegeben hatte. Mist, wäre Jack dabei gewesen, hätte er wenigstens gesehen, dass ich auch mal in Würde altern würde.

»Hi, du siehst hübsch aus«, sagte ich und gab ihr einen Kuss.

»Das habe ich heute bei Express gekauft, ein toller Laden – da ist alles so günstig.« Ihr Blick wanderte kurz an meiner Schulter vorbei Richtung Tür.

»Das ist ein Laden für Teenager, Mum«, sagte ich.

Ich ging zu meinem Vater, der am Hotelzimmerschreibtisch saß, über seine Brille guckte und Kreditkartenbelege in sein Portemonnaie einordnete. Er lächelte ebenfalls. Nun war ich traurig, nicht nur, weil sie Jack nicht kennen lernen würden, sondern auch, weil Jack sie nicht kennen lernen würde. Trotz meines kindischen Verhaltens ihnen gegenüber waren meine Eltern doch ziemlich cool.

»Also, wir haben einen Tisch in einem süßen kleinen französischen Bistro reserviert, das wir auf der 7th Avenue entdeckt haben. Meinst du, das wird Jack zusagen?«, fragte meine Mum, den Blick immer noch auf die Tür gerichtet.

»Warten wir hier auf ihn?«

Ich nahm eins der Touristen-Heftchen vom Schreibtisch, an dem mein Vater saß, und blätterte es nonchalant durch.

»Ähm, also, ich glaube nicht, dass Jack es schaffen wird.«

Meine Mutter war ganz verdutzt. Mein Vater schaute von seinen Belegen auf.

Ich hatte den Bruchteil einer Sekunde, um mir was auszudenken, was ich sagen konnte. Irgendwie hätte ich auf einmal am liebsten getan, als wäre er zu einem beruflichen Notfall gerufen worden. Aber das wäre doch zu tragisch gewesen.

»Es ist so.« Ich zwang meine Stimme, sich nicht zu überschlagen. »Wir sind nicht mehr zusammen.«

»Oh.« Meine Mutter schaute mich besorgt und enttäuscht an. »Und seit wann nicht mehr?«

»Ach, weißt du, das ist schwer zu sagen.«

»Seit gestern Abend« zu sagen, brachte ich einfach nicht fertig.

»Wir haben uns gedacht, es sei vielleicht besser, mal eine kleine Pause einzulegen.« Die Untertreibung des Jahrhunderts. »Aber trotzdem, dieser französische Laden klingt gut. Wie heißt der? Ich sterbe vor Hunger.«

»Le Singe Vert«, antwortete meine Mutter. Sie bemühte sich, fröhlich zu klingen, aber ich merkte, dass ihr gar nicht danach zumute war. Sie hatte sich genauso auf das Treffen mit Jack gefreut wie ich.

»Der grüne was?«

»Affe«, sagte sie.

Meine Eltern nahmen ihre Mäntel, und dann gingen wir schweigend den Gang hinunter zum Aufzug. Als wir dann alle auf engem Raum zusammenstanden, schienen sie nicht weiter bohren zu wollen, und ich dachte mir, dass sie wahrscheinlich merkten, wie sehr ich mich zusammenreißen musste. Eltern kennen einen immer besser, als man denkt.

Um sie zu beruhigen fing ich an loszuplappern, wie viel wir alle in der Redaktion damit zu tun hätten, über die Ereignisse im Irak zu berichten. Während wir die sechs Blocks zum Restaurant auf der 7th Avenue entlangschlenderten, hielt ich mich an dieses unverfängliche Thema – und, so dachte ich, es war noch ein gutes Stück unverfänglicher, weil Jack nicht dabei war. Sonst hätte es unangenehm werden können.

»Was sagen sie denn zu Hause über den Krieg?«

»Ach, alle sind völlig entsetzt«, erwiderte meine Mutter. »Ich meine, es ist absurd, niemand ist dafür, außer Tony Blair selbst, und der hat inzwischen all seine Glaubwürdigkeit eingebüßt. Die meisten Leute halten Bush für einen Vollidioten.«

Wenigstens war Jack nicht dabei und musste sich das anhören.

Le Singe Vert war ein wirklich gemütlich wirkendes Bistro, vor dem Reihen quadratischer Tische mit weißen Tischdecken standen. Es war ideal für ein Abendessen mit den zukünftigen Schwiegereltern. Nicht zu feierlich, aber intim.

»Hallo, mein Name ist Harrison, wir hatten vorhin angerufen und einen Tisch bestellt«, sagte mein Vater höflich zu einem Oberkellner.

»Ja! Harrison. Ein Tisch für vier Personen.«

»Eigentlich nur drei«, warf ich ein.

Der Kellner führte uns dennoch zu einem Tisch für vier. Wir setzten uns und sahen schweigend zu, wie er das überzählige Gedeck abräumte. Ich fragte mich, ob ich gleich vorneweg einen großen Wodka Tonic bestellen konnte, ohne dass meine Eltern glaubten, ich sei Alkoholikerin. Ach, was soll's, ich bestellte einfach einen. Dann griffen wir zur Speisekarte.

»Hat jemand Lust, sich das Riesensteak für zwei Personen mit mir zu teilen?«, meinte mein Dad fröhlich. »Ich wette, das ist riesig.«

»Mmm, klingt toll«, flötete ich und klappte die Karte zu. Schon beim Gedanken ans Essen wurde mir schlecht.

Wie so oft, wenn ein dickes fettes Problem mitten auf dem Tisch liegt, aber alle tun, als sei es gar nicht da, verstummte das Gespräch wieder.

Ich versuchte wieder sie abzulenken.

»Stephen ist mit seinem Baby zu Besuch. Er war in Neuseeland und ist auf dem Weg nach Hause.«

»Stephen? Dein Freund von der Uni? Der hat auch ein Kind gekriegt?«, fragte meine Mutter. Sie klang beinahe ein bisschen gekränkt. Die beiden hatten Stephen immer für einen ziemlich hoffnungslosen Fall gehalten.

»Ja, und ich kenne niemanden, den das Vatersein so verändert hat wie Stephen. Er ist so sanft, man glaubt es kaum. Es war eigentlich ein Unfall, aber dann haben er und seine Freundin beschlossen, das Baby zu bekommen. Sie musste zurück nach London wegen des Jobs, aber ihr solltet mal sehen, wie stolz Stephen ist, dass er es schafft, sich ganz allein um einen neun Monate alten Säugling zu kümmern. Er hat schon Windeln und Kinderkacke in der ganzen Wohnung verteilt.«

»Und ich habe gehört, Nancy hat auch noch ein Kind bekommen«, erzählte meine Mutter. Nancy war auch eine ehemalige Kommilitonin von mir. »Und Natasha heiratet im Juni.«

Es war wie an Weihnachten, wenn meine Mutter mir die alljährlichen Briefe mit den Familiennachrichten zeigte, die meine Eltern immer von ihren alten Freunden bekamen und die immer nur so strotzten vor selbstgefälligen Geschichten, Hochzeiten und Fotos von Enkelkindern.

Warum sagten meine Eltern nicht einfach mal: Es war wieder mal ein tolles Jahr für unseren nicht funktionierenden Nachwuchs. Unser ältester Sohn Andrew, 36, ist immer noch ein notorisch schürzenjagender Doktor, unsere Jüngste, Jacqui lebt mit ihren 31 Jahren allein mit ihrem Hund auf einem alten Kahn, und unsere liebe mittlere Tochter Bridget, die bald 33 wird, lebt immer noch in Amerika, schreibt peinliche Geschichten über ihr Sexleben und hat sich anscheinend gerade mal wieder von einem Mann getrennt.

»Ja, sind nicht mehr viele von uns Singles übrig«, sagte ich leichthin. »Selbst Kathryn hat kürzlich einen Typen kennen gelernt, den sie glaubt irgendwann heiraten zu wollen. Und Tilly war an Weihnachten mit ihren Zwillingen hier, die sind einfach süß. Jack und ich haben sogar ein bisschen gebabysittet …« Mit der Erwähnung seines Namens erstarb das Gespräch wieder.

Ach Gott. Dieser wunderbare Abend. Aber jetzt war nicht der richtige Zeitpunkt, an den Abend zu denken, als wir unterm Weihnachtsbaum gesessen und getan hatten, als seien wir frisch gebackene Eltern. Oder, wenn ich jetzt so überlegte, war das vielleicht bloß wieder eins meiner Hirngespinste gewesen?

Vier Gäste wurden an den Tisch neben uns geführt. Ich guckte heimlich rüber, als sie Platz nahmen, und bemerkte, wie zwei von ihnen sich anstießen und zu mir rüberschauten. Warum zum Teufel guckten die so?

Der Kellner brachte unsere Getränke, und als er sie hinstellte, beugte sich einer der vier – ein Typ – zu uns rüber.

»Hey, entschuldigen Sie bitte vielmals die Störung, aber Sie sind doch Bridget Harrison, oder? Die *New York Post*-Kolumnistin.«

Errötend nickte ich. Wow, jemand hatte mich in Gegenwart meiner Eltern erkannt! Tja, wenigstens ein kleiner Trost an diesem ansonsten schrecklichen Abend.

»Ich bin hier bei einem kleinen Abendessen mit meinen Eltern aus England.« Mit einem Lächeln deutete ich auf sie. Da wurde er plötzlich noch viel aufgeregter.

»O mein Gott. Sind Sie gerade bei dem Abendessen, über das Sie letzte Woche geschrieben haben? Das, bei dem ihre Eltern Aaron endlich kennen lernen?« Dann fiel ihm auf, dass kein Aaron dabei war. Er guckte zu den Toiletten rüber, als erwartete er, er könne unvermittelt gleich neben ihm auftauchen.

»Also, der ist heute Abend nicht mit dabei«, sagte ich betont munter. »Aber Ihnen trotzdem einen schönen Abend.« Ich griff nach meinem Wodka Tonic.

»Na, das war ja nett, dass er wusste, wer du bist«, bemerkte meine Mutter und beäugte kritisch, wie heftig ich am Strohhalm saugte.

»Passiert mir dauernd«, schwindelte ich.

Dann kam das Essen. Ich steckte mir ein Stückchen Fleisch in den Mund und versuchte zu kauen. Es schmeckte wie Pappe.

»Hast du im Sommer schon was vor?«, fragte meine Mum.

»Eigentlich nicht«, antwortete ich. Nicht mehr hätte wohl eher gestimmt.

Als ich zwei Stunden später nach Hause kam, fühlte ich mich, als sei ich gerade aus dem Wäschetrockner gepurzelt. Stephen saß auf dem Sofa und guckte ganz zufrieden *Will and Grace,* während Baby Joseph auf seiner Brust lag und pennte.

»Sollte der Kleine nicht längst im Bett sein?«, fragte ich und ließ mich neben ihn aufs Sofa fallen.

»Er hat Jetlag«, meinte Stephen träumerisch. Das Baby rührte sich, machte ganz kurz die Augen auf und riss den Mund zu einem schrecklich süßen Gähnen auf. Stephen wirkte total vernarrt.

»Bridge, ich weiß, du willst das jetzt nicht hören, weil du dich mal wieder frisch getrennt hast, aber Kinderkriegen, ich kann dir sagen, damit verändert sich alles. Plötzlich gibt es da was in deinem Leben, das wichtiger ist als alles andere.«

Ja, klar, erzähl mir doch mal was Neues. Zärtlich fuhr ich mit der Hand über die feinen blonden Strähnchen des Babys.

»Es ist ja nicht so, Stephen, als wollte ich keine Kinder. Genau genommen fühle ausgerechnet ich mich inzwischen reif genug für ein Kind. Aber ich will es nicht mit dem falschen Mann – und, na ja, anscheinend finde ich den Richtigen einfach nicht. Ich dachte, Jack sei der Richtige, aber er ist da offensichtlich anderer Meinung. Aber vielleicht bin ich ja auch einfach nicht die Richtige. Nicht mal das weiß ich anscheinend.«

»Schieb es bloß nicht weiter auf die lange Bank«, meinte Stephen. Mit zusammengebissenen Zähnen sagte ich mir, dass er es ja eigentlich nur nett meinte.

In dieser Nacht lag ich wie festgenagelt im Bett und hatte ein derart schlimmes Stechen und Ziehen in der Brust, dass ich mich fragte, welche biologische Erklärung es wohl für Liebeskummer-Herzschmerzen gibt.

Als ich am nächsten Morgen aufwachte, ging es mir genau eine Sekunde lang gut, bis mir wieder einfiel, was passiert war, und dann war der Herzschmerz wieder da. Der Sonntag verging wie in einer Dunstwolke, ich ging mit meinen Eltern ins Metropolitan Museum, und anschließend machten sie sich Gott sei Dank auf den Weg nach Brooklyn, um dort ein paar alte Freunde zu besuchen.

An dem Abend aß ich mit Stephen und Joseph Pasta vom Lieferservice und trank den Großteil der Flasche Wein, die ich aus dem Küchenschrank gezaubert hatte. Jedes Mal, wenn ich an Jack auf dem Sofa in seiner Wohnung dachte, glaubte ich, mein Herz würde aufhören zu schlagen, so weh tat es. Ich hoffte, er würde mich anrufen, aber das tat er nicht. Also rief ich ihn an.

»Hallo?«, meldete er sich knapp.

»Ähm, hi, ich bin's.«

»Oh, hey.« Er klang auch ein bisschen erstickt.

»Ich dachte bloß, wir sollten mal miteinander reden – bevor morgen die Woche beginnt …«

Er schwieg. Es war, als gäbe es nichts, worüber wir reden könnten.

»Wie war das Essen mit deinen Eltern?«

»Gut. Eigentlich ganz nett.«

»Gut, tja, wir sehen uns dann wohl morgen«, sagte er und legte auf.

Er hatte geklungen, als würde er lieber den Sensenmann einen kleinen Tanz am Fußende seines Bettes aufführen sehen.

Am nächsten Tag schlich ich wie ein Zombie in die Redaktion und flüchtete schnurstracks mit gesenktem Kopf ans andere Ende des Büros. Da versteckte ich mich den ganzen Tag hinter meinen Rechner geduckt und schrieb über den Krieg. Jack bewegte sich keinen Schritt aus seinem sicheren Büro weg. Zweimal sah ich seinen Hinterkopf hin und her wackeln und zwang mich wegzugucken. Erst jetzt fiel mir dieser dumme Spruch wieder ein. Man sollte nie im Firmenbecken angeln. Ja, für den Fall, dass man reinfiel und absoff.

An diesem Abend luden meine Eltern mich ein, mit ihnen zusammen in Carrolls Gardens zu ihren Freunden Anne und David zum Abendessen zu gehen. Das konnte ich ihnen einfach nicht abschlagen. Mein Dad und Anne hatten zusammen in Oxford studiert. Beide Paare waren seit über 35 Jahren verheiratet.

Anne und David waren nach ihrer Hochzeit in die USA gezogen. Und als wir so bei gegrillten Scampi saßen, die David in der gemütlichen Backsteinküche zubereitet hatte, dachte ich plötzlich, wie einfach es auch für mich gewesen wäre, zu heiraten und in New York zu bleiben. Der Flug, um die Enkelkinder zu besuchen, dauerte bloß 7 Stunden. Jack und ich hätten nach Brooklyn ziehen können, und dann hätte er vielleicht eines Tages gegrillte Scampi gemacht … na ja, vielleicht auch bloß beim Bringdienst bestellt.

Ja, warum hatte ich mir eigentlich Sorgen um die Zukunft gemacht? Jack hatte immer gesagt, wenn wir uns lieben, kriegen wir alles andere irgendwie hin. Warum hatte ich mir dauernd den Kopf darüber zerbrochen, wie es mit uns weitergehen sollte, statt zu genießen, was wir hatten? Ach ja, diese kostbaren Früchte später Einsicht.

Das Abendessen brachte ich wie ein Roboter hinter mich. Ich wartete, bis der Zeiger der Wanduhr in der Küche sich endlich auf vier nach elf geschleppt hatte. Dann log ich und sagte, ich müsse furchtbar früh raus.

»Also, ehe du wegmusst, wir haben gehört, du hast dich von deinem Freund getrennt«, sagte Anne. »Was ist denn passiert?«

Ich fuhr zurück und prallte mit dem Rücken gegen die Stuhllehne, als hätte sie mich mit einem Speer durchbohrt. Mir war ganz danach zu fragen: »Tja, sollen wir uns vielleicht zuerst über dein Sexleben unterhalten?«, aber das konnte ich wohl schlecht. Meine Mutter guckte verlegen in ihre Kaffeetasse. Am liebsten hätte ich sie mit einem Speer durchbohrt, weil sie ihre Freundin ganz sicher dazu angestiftet hatte.

Wieder musste ich mir Mühe geben, damit meine Stimme nicht brach.

»Ach, weißt du, es hat einfach nicht funktioniert. Wir arbeiten zusammen, und der Druck war wohl zu groß.«

Vier Augenpaare waren auf mich gerichtet und warteten nur darauf, dass ich das näher erläuterte.

»Ihr wisst schon, meine Kolumne und so«, murmelte ich. Ich muss wohl wie ein Häufchen Elend ausgesehen haben, weshalb sie anscheinend Mitleid hatten.

»Na, da seht ihr's ja«, scherzte Anne. »Es ist doch bloß so, dass alle Mütter in unserem Alter wissen wollen, wann sie endlich ein Enkelchen bekommen!«

»Das könnte noch ein Weilchen dauern«, krächzte ich.

Ausfallschritt und Absturz

»New York. Ein echter Schweinestall! Und die Qual der Wahl! Man muss es einfach lieben«, sagte der halbglatzige Typ neben mir an der Bar, der gerade drei Martinis bestellt hatte. »Hier gibt es so viele Leute, mit denen man anbandeln kann, selbst wenn mal eine Niete dabei ist, hat man immer noch die große Auswahl.«

Triumphierend sah er sich im Raum um, als wolle er beweisen, dass er Recht hatte. Vor uns drängte sich die Elite New Yorks, kippte kostenlose Drinks und brüllte sich gegenseitig ins Ohr. Perfekt gestylte Frauen warfen ihr frisch gewaschenes, geföntes Haar über die im Fitnessstudio gestählte, in Matthew Williamson, Marc Jacobs und Stella McCartney gehüllte Schulter. Männer in modischen Hemd-und Jeans-Kombinationen beäugten sie ziemlich unverhohlen.

»Ich meine, wenn man solche Frauen zur freien Auswahl hat, warum soll man sich dann auf eine festlegen?«, fragte der Mann.

»Ach, weiß nicht, wegen der kleinen Dinge, wie Kameradschaft, Liebe, Kinder«, meinte ich und stürzte meinen Wodka Tonic runter. Warum führte ich eigentlich dieses Gespräch mit einem dahergelaufenen Stecher an der Bar? Oder genauer gesagt, warum lief ich auf dieser schicken Party rum, noch dazu mit einem T-Shirt mit der Aufschrift »Bettgeflüster kostet extra« quer über den Brüsten?

Es war die mit Spannung erwartete große Eröffnungsfeier des SoHo House New York. Der exklusive britischstämmige Klub – der sich in London bei Medien- und Werbeleuten großer Beliebtheit erfreute – hatte die oberen vier Stockwerke eines Lagerhauses im Meatpacking District renoviert, praktischerweise direkt gegenüber auf der anderen Straßenseite von unserem Loft. Seit Monaten machten die New Yorker unheimliches Aufhebens darum und behaupteten, ein Club nur für Mitglieder könne sich in New York niemals behaupten, wo die Bars ohnehin alle bis vier Uhr morgens geöffnet hätten. Aber natürlich wollten alle dabei sein.

Glück für mich, dass Alices Schwester Lucy und ihr netter, geselliger Mann Euan im Vorstand des Clubs saßen und sich für Alice, Claire und mich Eintrittskarten unter den Nagel gerissen hatten. Aber es war mal wieder typisch. Hier war ich nun mitten unter den Reichen und Schönen des Gesellschaftszirkuses der Stadt und machte mal wieder den Eindruck, als sei ich bei einer Junggesellinnenabschiedsparty im Hog Pit falsch abgebogen. Ironische T-Shirts kamen in New York bei glamourösen Partys einfach nie gut an.

Währenddessen philosophierte mein neuer Freund, der Dating-Experte, immer noch in der Nähe meines Ohrs.

»Kameradschaft? Wer hat denn dafür noch Zeit? Ich meine, selbst wenn man sich in New York von jemandem trennt, hat man doch gar keine Zeit, sich deswegen den Kopf zu zerbrechen.«

Und wie aufs Stichwort sah ich in diesem Augenblick Jack am anderen Ende der Bar stehen.

Er bestellte etwas zu trinken, und eng an ihn gedrängt stand eine Frau mit perfekten gebräunten Schultern in einem gelben paillettenbestickten Trägertop. O Gott, war die mit ihm hier? Ich beobachtete, wie er ein Bündel Dollarscheine auf den Tresen legte, sich umdrehte und etwas zu ihr sagte, während der Barkeeper zwei Whiskeys einschenkte. Nein! Nein! Nein! Dann guckte er hoch, genau in meine entsetzten Augen.

Unsere Blicke trafen sich. Er lächelte mich kurz an. Ich umkrallte mein Glas so fest, ich konnte von Glück sagen, dass es nicht zersprang.

Er nahm die Drinks und drehte sich um. Puh. Die paillettenbesetzte Hochstaplerin blieb an der Bar stehen. Dann sah ich, dass er mit seinem Freund Mark da war und sie sich durch das Gedränge zu mir durchkämpften.

Es war jetzt sechs Wochen her, seit Jack und ich uns getrennt hatten, und die körperlichen Qualen, die ich litt, weil er mir so fehlte, waren nicht das kleinste bisschen besser geworden. Jeden Morgen, wenn ich in die Redaktion kam, war der Anblick seines Hinterkopfs immer noch das Erste, was ich sah. Er musste immer noch an meinem Schreibtisch vorbei, wenn er mit den Reportern des Wirtschaftsteils oder der Klatschseite reden wollte. Ich griff dann jedes Mal schnell zum Telefon und tat, als führe ich ein wichtiges Gespräch. Manchmal mussten wir miteinander reden, um meine Aufgaben zu besprechen. Aber er war schon wieder ganz der alte Jack. Immer auf der Hut und sehr verschlossen.

»Hey, Babe! Hey, schön dich zu sehen, Mark!«, zirpte ich zuckersüß wie das Osterhäschen, als sie sich zu mir durchgekämpft hatten.

Ich merkte, dass Jack mein T-Shirt bemerkte, als er sich zu mir runterbeugte und mir ein Begrüßungsküsschen gab. Mist.

»Ich hatte nicht damit gerechnet, dich hier zu sehen«, erklärte ich, ehe er eine vernichtende Bemerkung loslassen konnte.

»Wir bleiben auch nicht lange.« Seine Stimme klang erstickt. »Wir wollten uns den Laden nur mal angucken und anschließend was essen gehen. Und du?«

»Ich bin mit den Mädchen hier, die Getränke sind kostenlos, also bleiben wir bestimmt den ganzen Abend.«

Mark, der merkte, dass er plötzlich unsichtbar geworden war, tat, als habe er einen Freund entdeckt, und entschuldigte sich.

Da standen wir nun und starrten einander an. Erstaunlich, dass jemand, der mich früher dazu gebracht hatte, ohne Punkt und Komma rumzuplappern, mich nun völlig verstummen ließ.

»Tolle Bar«, bemerkte ich schließlich mit einem Blick auf den rappelvollen, lauten Raum mit den Glastüren, die die Bar von der Lounge trennten, in der die Leute auf Sofas rumlungerten und dem regen Partytreiben zusahen.

»Ja, die Renovierung ist wirklich gut gelungen«, erwiderte er.

Wir taten, als bewunderten wir die neue Blechverkleidung an der Decke.

»Und, wie geht's dir so?«, fragte ich in etwas vertraulicherem Ton, und hätte am liebsten losgeheult: »Babe, vermisst du mich auch so, ich vermisse dich nämlich ganz furchtbar!«

»Eigentlich ganz gut. Ich überlege gerade, mir eine neue Wohnung zu suchen.«

Gut, es ging ihm *gut*? Er machte Smalltalk über Wohnungen?

»Weißt du schon wo?«

»Noch nicht so genau, aber ich glaube, ich bleibe auf der West Side.«

Mark kam wieder zu uns zurück. Jack guckte auf die Zeitanzeige seines Handys.

»Bridge, wir haben einen Tisch reserviert, wir müssen los.« Zu Mark sagte er: »Sollen wir?«

»Na, dann ciao«, sagte ich.

Sie gingen zu den Aufzügen. Ich drehte mich wieder zur Theke. Jetzt konnte die Party nur noch den einen oder den anderen Ausgang nehmen – absolut heulendes Elend oder Absolut Vodka.

Ich bestellte noch zwei kostenlose Drinks und entdeckte dann zu meiner großen Erleichterung Alice und Claire, die reichlich angetrunken auf einem der Sofas im Loungebereich rumlungerten und auf Promi-Schau waren. Alan Cumming war da, Ethan Hawke, Salman Rushdie. Ich schlenderte rüber zu ihnen und ließ mich neben sie aufs Sofa fallen.

»O je, Jack-Attacke«, rief Alice, als sie mein Siebentageregenwetter-Gesicht sah. Stundenlang hatte sie schon pflichtbewusst mit mir zu Hause auf dem Sofa gehockt, Mädchengespräche geführt und mich getröstet. Und immer gab sie mir den klugen Rat, den schon ihre eigene Mutter ihr nach einer unschönen

Scheidung gegeben hatte. Wenn man erst mal in der finsteren Grube der Verzweiflung sitzt, gibt es nur einen Weg raus, und zwar den nach oben. Entweder man verschwendet seine Zeit damit, sich in Selbstmitleid zu suhlen, oder man rappelt sich auf und »kommt damit klar«.

Heute Abend tendierte ich eindeutig zu der Nummer mit dem Suhlen. Dann hörte ich, wie jemand quer durch den Raum meinen Namen brüllte.

»Bridge? Bridge? Hey, hab ich's mir doch gedacht, dass du das bist.«

Ich schaute auf und sah einen alten Freund von Sacha, der ein paarmal bei uns im Loft zum Abendessen gewesen war. So weit ich mich erinnern konnte, war er nach L.A. abgewandert, um dort sein Glück als Drehbuchautor zu versuchen.

»Milo? Mein Gott, wie geht's dir?«, rief ich, urplötzlich ein wenig fröhlicher.

Claire stieß mich in die Rippen. »*Milo?* Wer zum Teufel heißt denn Milo?«, raunte sie in überlautem Flüstern.

»Weiß nicht, aber ich finde ihn süß«, wisperte Alice mindestens genauso laut zurück, als er auf uns zukam.

»Aus dem Weg, Mädels«, lallte ich.

Schwankend erhob ich mich.

»Hey Bridge. Tolles T-Shirt«, rief er und stierte auf meine Brüste. Es war, als hätte der Gott der gebrochenen Herzen mir den Erlöser geschickt.

Milo war wirklich süß – er erinnerte mich immer an den Schauspieler Vince Vaughn. Ich hatte Sacha sogar mal gestanden, dass ich ein Auge auf ihn geworfen hatte. Eine halbe Stunde später hielt er auf unserem Sofa Hof, die Arme um mich gelegt, und erzählte uns Geschichten über die Frauen in L.A.

»Und ihr glaubt, New York sei schlimm. In L.A. ist es so: Wenn man dem anderen nicht dabei helfen kann, eine Rolle in einem Film zu ergattern, kann man es vergessen«, schimpfte er.

»Dann zieht es doch bestimmt, dass du Drehbuchautor bist, oder?«, stichelte ich.

»Ach, Bridge, nie um eine Antwort verlegen«, sagte er. »Ich war damals, als ich immer zum Essen bei euch war, so was von verknallt in dich.«

»*Echt?*«, zwitscherten Alice und Claire im Chor und stießen sich wie irre gegenseitig in die Rippen.

Eine Stunde später begutachtete ich die Minibar in Milos Hotelzimmer.

Er war im 60 Thompson abgestiegen, einem schicken kleinen, aber feinen Hotel in SoHo – wo ich im Jahr zuvor mal nackt für meine Freundin Circe Modell gestanden hatte. Ich hatte zugestimmt, zu einem Absacker mitzukommen, mehr nicht. Aber wie bei den meisten Absackern in netten Hotelzimmern dauerte es nicht lange, und wir tollten auf seinem netten Hotelbett herum.

»Weißt du was«, murmelte ich zwischen zwei etwas schlecht koordinierten Küssen. »Ich habe mal ein sehr mondänes Akt-Fotoshooting hier in diesem Hotel gemacht.«

»Ach, echt?« Milo guckte ziemlich lüstern und neugierig.

»Eine Freundin von mir ist Fotografin, und ich wollte einen Artikel darüber schreiben, wie es ist, sich nackt fotografieren zu lassen.«

»Na los. Dann zeig mal eine Pose«, forderte er. Ich stand auf, streifte T-Shirt und BH in einem ab und ließ dann Jeans und Höschen fallen. Raus aus der finsteren Grube der Verzweiflung! Dann taumelte ich mit hoch erhobenen Händen in die flatternden Gardinen.

»Okay, eine ging so«, rief ich und wickelte mich elegant wie eine Ballerina in die kratzige cremefarbene Hotelgardine. Dann sank ich auf die Knie, den Po in die Luft, und klammerte mich an die Metallbeine des Nachttischchens, als kämpfte ich in der Kabine eines sinkenden Schiffs um mein Leben. So, wie sich alles in meinem Kopf drehte, war der Gedanke gar nicht mal so abwegig.

Milo lag kichernd in den Kissen.

»Und, hast du es auch auf dem Bett gemacht, Miss Pornostar?«, fragte er.

»Ja, klar.« Ich krabbelte aufs Bett und den noch bekleideten Milo.

»Aber für die Einstellung hatte ich leider keinen männlichen Statisten.«

Ich knöpfte sein Hemd auf und riss es ihm dann vom Leib. Mit einer geübten Bewegung schmiss er es auf den Boden. Ich ließ meinen Kopf, in dem sich alles drehte, auf seine Schulter sinken.

Und als ich mich so an ihn schmiegte, lief es mir eiskalt den Rücken runter. Kein Duft von Zigaretten und frischer Wäsche, bloß ein undefinierbarer durchdringender Aftershave-Geruch. Seine Brust war auch anders. Haariger und muskulöser. Ich war nackt und klebte an einem Fremden. Der nicht Jack war.

Davon völlig unbeeindruckt stürzte Milo sich auf mich, während ich versuchte, einen klaren Gedanken zu fassen. Ich sagte mir, dass ich mit einem heißen Typen – der, wie er behauptete, schon immer scharf auf mich gewesen ist – in einem tollen Hotelzimmer war. Und da ich inzwischen wieder eine Singlefrau in New York war, sollte ich doch genau dies tun, oder nicht? Ich überließ mich dem Hubschrauberschwirren im Kopf und beschloss, einfach nicht mehr so viel darüber nachzudenken.

Am nächsten Morgen wachten wir auf verschiedenen Seiten des Bettes auf. Mein Kopf hämmerte so entsetzlich, dass ich glaubte, mich bei der kleinsten Bewegung übergeben zu müssen. Mit zusammengekniffenen Augen suchte ich meine Klamotten, die im ganzen Zimmer verstreut herumlagen. O Gott, ich hatte nackt posiert. Und dann hatte ich Sex gehabt, an den ich mich kaum noch erinnern konnte. Und jetzt würde ich an einer Alkoholvergiftung sterben.

Ich schloss die Augen und dachte an Jack. Ach, wie hatte ich es nur je für selbstverständlich erachten können, neben ihm in der Sicherheit seines wunderbaren, vertrauten Betts aufzuwachen? Verflucht, ich hasste ihn. Wie konnte er mich nur wieder in das Haifischbecken des New Yorker Singlelebens werfen? Wie konnte er behaupten, mich zu lieben, und mir dann so was antun?

Okay, vielleicht war ich noch nicht ganz bei Sinnen – und übersah die kleine, aber entscheidende Rolle, die ich bei unserer Trennung gespielt hatte.

Der Radiowecker auf dem Nachttisch, an den ich mich gestern Abend noch geklammert hatte, zeigte 11.07 Uhr. Es war Sonntag, nach dem neuen Dienstplan musste ich um ein Uhr in der Redaktion sein. Mit einem Bagel und einem intravenösen Kaffeetropf wäre das vielleicht noch zu schaffen. Heute hatte Michelle Dienst, Gott sei Dank.

Ich streckte ein Bein unter der Decke hervor und tastete mit dem Fuß nach dem Boden. Ich schickte das andere Bein hinterher und stand vorsichtig auf. Dann torkelte ich Schrittchen für Schrittchen ins Badezimmer. Ohne den Fehler zu machen, in den Spiegel zu schauen, griff ich in die marmorne Duschkabine, drehte die Armatur auf kalt und stellte mich unter den Wasserstrahl. Das kalte Wasser prasselte auf meinen Kopf und brachte augenblicklich Besserung. Ich wusch mir die Haare und ging dann raus und putzte mir die Zähne. Okay. Jetzt ging es mir schon etwas besser.

Ich war schon vollständig angezogen, als Milo aufwachte. Er setzte sich auf, rieb sich die Augen und starrte mich an, als versuche er sich daran zu erinnern, wer ich war.

»Hey, gehst du schon?«, fragte er.

»Ich muss ins Büro«, antwortete ich und schob mich Richtung Tür.

»Ins Büro?«

»Ja, doof, was? Wie dem auch sei, danke für den schönen Abend, wir sehen uns«, sagte ich.

»Ja, wir sehen uns.« Er ließ sich wieder auf den Rücken fallen.

Ich machte die Tür hinter mir zu und stolperte beschämt den schwach beleuchteten Hotelkorridor entlang. Wie konnte ich bloß in einem Augenblick so intim mit jemandem sein und mich im nächsten so sang- und klanglos aus dem Staub machen? Ob ich mich je an One-Night-Stands gewöhnen würde?

In tiefer Selbstverachtung wartete ich auf den Aufzug.

»Bridge, komm doch mal kurz zurück.« Er war jetzt wach und stand mit einem Handtuch um die Hüfte in der Tür und kratzte sich am Kopf.

Unschlüssig drehte ich mich um.

»Wann musst du in der Redaktion sein?«, fragte er.

»Um eins.«

»Dann gehst du jetzt nirgendwo hin.« Er zog mich ins Zimmer und Richtung Bett. Ich protestierte, als er mir das T-Shirt hochziehen wollte.

»Hey, ich muss los«, rief ich.

»Bridge.« Er stütze sich auf einen Arm und sah mich an. »Ich kann mich an nichts von dem erinnern, was letzte Nacht passiert ist, bis auf deine Pirouette in der Gardine, und das war kein schöner Anblick. Aber ich würde mich gerne an diesen Morgen erinnern können.«

Okay, und selbst wenn Milo ein Weiberheld war und nicht Jack. Er war trotzdem scharf auf mich. Und früher oder später musste ich über Jack hinwegkommen. Und ihn zu küssen war eigentlich ganz schön gewesen. Und vielleicht war seine Arme um mich zu haben, mich sexy und begehrenswert zu fühlen, ja auch genau, was ich jetzt brauchte.

Zwei Stunden später stieg ich an der Avenue of the Americas aus einem Taxi. Das T-Shirt hatte ich jetzt verkehrt herum an. Ich kam zwar schon zehn Minuten zu spät zu meiner Schicht, aber ich hatte immer noch genug Zeit, beim Diner in der 47th Street reinzuspringen und mir einen Bagel und einen Kaffee zu besorgen. Als ich um die Ecke ging, war mir so leicht ums Herz wie seit sechs Wochen nicht mehr. Vielleicht war Sex im Hotel mit einem Fremden doch gar nicht so übel. Dann guckte ich hoch und sah Jack. Er kam aus dem Diner und steuerte genau auf mich zu, in der Hand eine braune Tüte mit einem Kaffeebecher.

»Was machst du denn hier?«, entfuhr es mir, wobei ich puterrot anlief.

»Ich vertrete Michelle.« Zum zweiten Mal innerhalb von 24 Stunden beäugte er mein T-Shirt und wurde ebenfalls hochrot.

»Gestern spät geworden?«, fragte er. Wieder spürte ich, wie sich mein Herz verkrampfte. Wieder hätte ich mich ihm am liebsten an den Hals geworfen und hätte ihm erzählt, welchen körperlichen, harschen und quälenden Trennungsschmerz ich litt.

»Ziemlich spät. Ist oben viel los?«

»Nein, eigentlich nicht.«

Er schob sich an mir vorbei.

»Jack.« Er blieb stehen und drehte sich mit traurigen Augen zu mir um.

»Wollen wir nächste Woche mal zusammen was trinken gehen?«

»Klar.« Er sah aus, als würde er sich lieber selbst sämtliche Zähne ziehen.

Drei Tage später saß ich an meinem Computer. Ich wollte über die Geschichte mit Milo schreiben. Schließlich war ich bestimmt nicht die Einzige, die das Gefühlschaos durchlebte, wenn man zum ersten Mal nach einer Trennung mit jemand anderem ins Bett geht. Aber dann würde Jack es lesen – und der Rest der Redaktion, genau wie meine Eltern. Waren sechs Wochen zu kurz, um schon wieder mit jemandem in die Kiste zu steigen? Ob er es schon getan hatte? O Gott, hatte er?

Ach, scheiß drauf. Ich hatte Jack schon teilweise dank meiner Kolumne verloren. Warum sollte ich mir also jetzt den Kopf darüber zerbrechen?

Für Singlefrauen ist das mit dem Sex wesentlich komplizierter, als man annehmen möchte. Und mit dem ersten Sex als Neu-Single nach einer Trennung ist es noch wesentlich heikler.

Es ist, als müsse man nach einem schweren Sturz wieder aufs Pferd steigen. Oder am ersten Ferientag ins eiskalte Meer springen. Oder nach einer Lebensmittelvergiftung wieder Austern essen, wie einige meiner Freunde meinten.

Denn es ist ziemlich schwer, wenn man daran gewöhnt war, immer mit demselben Menschen ins Bett zu gehen, dessen Körper man in- und auswendig kennt, ins kalte Wasser zu springen und es mit jemand Neuem zu tun.

Aber noch während ich das schrieb, dachte ich, ich will nicht in ein neues Meer springen oder nach einer Lebensmittelvergiftung wieder Austern essen. Anonymer Hotelsex am Morgen mochte vielleicht meinen Kater kuriert haben – aber meinen Herzschmerz hatte er nicht gelindert. Ich hätte meinen Jack nicht gegen sämtliche gut aussehenden Männer der Welt eingetauscht. Und wenn er meine Kolumne las, würde ihm das doch sicher auch klar sein. Oder nicht?

Am darauffolgenden Sonntag schlenderte ich gerade in einem brandneuen rosaroten Blumenkleid von Diane Fürstenberg die Washington Street entlang und quatschte in mein Handy. Es war ein warmer Frühsommerabend, ich kam gerade aus der Redaktion und war endlich mal wieder richtig gut gelaunt.

»Ich weiß, ich weiß ... aber ich muss es tun«, piepste ich.

»Okay, aber denk dran, wenn es gute Gründe für eure Trennung gab, dann werden die sich wahrscheinlich nicht so einfach in Luft auflösen.«

Ich telefonierte mit Becky, einem englischen Mädchen, das ungefähr zur gleichen Zeit wie ich nach New York gezogen war – unter etwas anderen Umständen. Sie hatte einen New Yorker geheiratet, den sie erst 21 Tage kannte, und war nun überglücklich verheiratet. Da war es wohl kaum verwunderlich, dass ich sie in Liebesdingen oft um Rat fragte.

»Aber ich liebe ihn«, erklärte ich.

»Okay, dann komm nachher bei uns vorbei, wenn es nicht funktioniert. Josh guckt Basketball, und ich mache Abendessen.«

Ach, wie hatte ich nur je das ruhige, vorhersehbare Eheleben verachten können?

Jack hatte vorgeschlagen, sich auf einen Drink im Other Room in der Perry Street zu treffen, einer ruhigen kleinen Bar etwa in der Mitte zwischen unseren Wohnungen. Allein der Gedanke, wieder mit ihm allein zu sein, machte mich irrsinnig glücklich.

Ich musste daran denken, wie er mich angesehen hatte, als ich ihm letzten Sonntag zufällig über den Weg gelaufen war. Für ihn musste es genauso schwer sein wie für mich. Ganz sicher würde er in Erwägung ziehen, es noch mal zu versuchen. Hoffentlich würde am Ende doch alles gut – wie damals an diesem Abend im Rhone.

Er wartete vor der Bar auf dem Gehweg auf mich und rauchte eine Zigarette. Ich küsste ihn zur Begrüßung und holte uns drinnen zwei Bier. Dann setzten wir uns draußen auf der Bank in die Sonne.

»Ich hab deine Kolumne heute gelesen. Die mit der Lebensmittelvergiftung«, sagte er leise.

Mist, die verflixte Kolumne. Warum musste er denn jetzt davon anfangen?

»Tja, na ja, weißt du, irgendwie muss ich die Spalte ja voll bekommen ...« Ich verstummte. Plötzlich hatte ich das entsetzliche Gefühl, dass die Sache ganz schrecklich schief laufen würde.

Aber ich holte trotzdem tief Luft und bereitete mich seelisch darauf vor, das zu sagen, was ich seit unserer Trennung jeden Abend im Geiste geübt hatte.

»Sieh mal, Jack.« Ich guckte ihn kurz an. »Ich weiß, ich hab's vermasselt, ich habe all meine Unsicherheiten, dass ich schon über dreißig bin und in einem fremden Land lebe und mir Sorgen wegen meines Jobs mache, an dir ausgelassen ... und ich weiß, dass ich in meiner Kolumne dumme und taktlose Sachen geschrieben habe.«

Oje, hatte er sich gerade total verkrampft? Ich wagte gar nicht hinzusehen.

»Ich weiß, ich war grundlos gemein zu dir und habe Streitereien angefangen, um deine Aufmerksamkeit zu bekommen. Aber ich liebe dich, und ohne dich war es, um ehrlich zu sein, kaum auszuhalten. Und einen großen Teil unserer gemeinsamen Zeit waren wir unbeschreiblich glücklich. Ich glaube bloß, es wäre verrückt, alles wegzuwerfen, was wir hatten …«

Nun wünschte ich mir, ich hätte das Kleid nicht angezogen. Abgewiesen zu werden würde für uns beide ungleich peinlicher sein, wenn ich ein tief ausgeschnittenes Diane-von-Fürstenberg-Kleid trug. Und noch ehe ich zu Ende geredet hatte und Jack ansehen konnte, wusste ich schon, was er sagen würde.

Er wirkte zwar traurig, aber fest entschlossen. Irgendwie schon fast distanziert.

»Weißt du, all meine Freunde haben gesagt, wie toll wir zusammenpassen. Und wenn sie mich fragen, warum wir uns getrennt haben, kann ich es ihnen nicht erklären. Manchmal frage ich mich das selbst.«

Hoffnung? Bestand noch Hoffnung?

Er senkte den Kopf. »Bridget, ich habe dich mehr geliebt als alles andere.«

Scheiße. Er redete in der Vergangenheitsform.

»Aber es tut mir Leid, ich glaube nicht, dass ich es mir antun möchte, noch mal mit dir zusammen zu sein. Das Wochenende, an dem wir beide in der Redaktion über den Kriegsbeginn berichtet haben, ich glaube, ich war noch nie in meinem Leben so verletzt. Ich glaube, ich kann einfach nicht noch mal von vorne anfangen.«

Und das war's. Jack hatte sich entschieden.

»Und, wie sieht's aus, warst du noch mal im SoHo House?«, fragte er. »Diese Dachterrasse, auf der man rauchen darf, entwickelt sich gerade in Windeseile zu meinem liebsten Ort von ganz New York.«

Ich krallte mich an meinem Bierglas fest, um es nicht nach ihm zu werfen. Nur Jack konnte derart aufreizend hinter einem Schutzwall verschwinden und dann weiterreden, als sei nichts geschehen.

Also standen wir die Sache aus, indem wir über das SoHo House redeten.

»Ich glaube, eine zweite Runde können wir uns sparen«, sagte er im selben Moment, als wir unsere Gläser leer getrunken hatten. Wir standen von der Bank auf, umarmten uns etwas unbeholfen, und dann ging er die Perry Street entlang davon.

Während ich hinterhersah, wie sein Rücken langsam verschwand, beugte er den Kopf, um sich eine Zigarette anzuzünden, und eine kleine Rauchwolke stieg hinter ihm auf. Ich musste an das erste Mal denken, als ich ihn dabei beobachtet hatte, damals, als ich ihn mit seinem Freund Mike auf dem Broadway getroffen hatte, während Angus in der Leica-Galerie war.

Das war's also. Ich hatte mich nach Jack verzehrt, hatte ihn endlich erobert und ihn dann wieder verloren. Und jetzt wusste ich, dass er, ganz gleich, wie sehr ich auch kämpfen und es bereuen mochte, genau wie Angus für immer fort war.

Zehn Dates bis Weihnachten

Mit Mitte dreißig den Mann fürs Leben finden: Praktische Anwendung meines Harvard-Business-School-Wissens.

Männer sind wie Schuhe: Ein Handbuch für Singlefrauen auf der Suche nach dem richtigen Paar.

Mr. Genau-Richtig-für-den-Augenblick: Wenn Lockere Verabredungen besser sind als ein Ja-Wort.

Lösch mich nicht, triff mich lieber! Internet-Partnerbörsen: Sämtliche Fehler, die man machen kann, damit Sie sich die alle sparen können.

Selbsthilfe-Ratgeber für Singles. Die landeten alle auf meinem Schreibtisch. Als unglücklich verliebte *Post*-Kolumnistin zog ich sie an wie ein Magnet. Und alle hielten die gleichen Ratschläge parat. Man musste sich raustrauen und vor die Tür gehen. Zu Hause auf der Couch bei der x-ten Wiederholung von *Sex and the City* lernt man ganz sicher keinen neuen Mann kennen.

Aber eines hätte ich schon ganz gern gewusst, als ich so an meinem Schreibtisch saß und den Stapel durchging. Wenn man sich zu Verabredungen zwang – von denen die meisten sich als schlimmer als der schlimmste Albtraum entpuppen würden – erhöhte man damit wirklich seine Chancen, den Richtigen zu finden? Oder entmutigten und deprimierten solche Erfahrungen einen nur noch mehr?

Sechs Monate waren vergangen, seit Jack und ich uns getrennt hatten, und die schienen wie unter einer dichten Dunstglocke zu liegen. Aber in letzter Zeit war mir aufgefallen, dass er häufig hinter verschlossenen Türen in seinem Büro saß und ins Telefon lachte. Und manchmal schlich er sich verdächtig früh aus der Redaktion. Nicht dass ich ihn verfolgte oder so.

Ich hatte Paula, Jeane und Michelle strengstens verboten, mir zu erzählen, wenn er sich wieder verliebt haben sollte, weil mir klar war, dass ich es lieber nicht wissen wollte. Und die beste Art, damit umzugehen, war, mir selbst einen Neuen zu suchen.

Paula, die inzwischen auch nicht mehr mit Paul zusammen war –, letztendlich waren sie einfach zu verschieden, wie sie sagte – erinnerte mich täglich daran, dass die beste Methode, über jemanden hinwegzukommen, die war, sich mit jemand anderem abzulenken.

»Schätzchen, ich sage dir, es mag vielleicht nicht besonders angenehm sein, aber irgendwann muss man die Tür zumachen und weitergehen«, erklärte sie paffend auf dem Vorplatz. »Manchmal würde ich mich am liebsten umbringen – oder Paul –, wenn ich ihn in der Redaktion sehe. Aber keiner von uns hat vor, sich einen anderen Job zu suchen.«

Genauso wenig wie Jack und ich. Ich schmiedete einen Plan. Liebeskolumnistin zu sein hatte auch seine Vorteile.

»Mädchen, ich habe eine Mission«, verkündete ich Alice und Claire eines Abends im Oktober, als Claire ihre selbst kreierte Pasta mit Würstchen und Erbsen in Wodka-Soße auf den Küchentisch stellte. »Ich werde für meine Kolumne ein Experiment durchführen und mich von jetzt an bis Weihnachten jede Woche einmal verabreden, um herauszufinden, ob ich so einen neuen Freund finde!«

Claire und Alice schauten mich an, als hätte ich gerade verkündet, mich ganz allein auf Skiern und im Bikini bis zum Nordpol durchschlagen zu wollen.

»O Gott, aber Bridget, Blind Dates sind doch das Schlimmste«, protestierte Alice. »Denk doch bloß mal an die ganzen grässlichen Verabredungen, die ich letzten Winter hatte.«

Natürlich blieb mir immer noch ein Ausweg – ich konnte nach London zurückgehen. Und manchmal war ich so verzweifelt, weil ich Jack jeden Tag in der Redaktion sehen musste, dass ich fast im Reisebüro angerufen hätte. Aber ich konnte die Vorstellung einfach nicht ertragen, New York mit gebrochenem Herzen zu verlassen, nicht nach allem, was ich aufs Spiel gesetzt hatte, um überhaupt hierher zu ziehen.

Und ich musste gestehen, je länger ich aus London fort war, desto weniger verlockend erschien mir die Stadt. Was sollte ich denn da machen? In meinem leeren Häuschen in Shepherd's Bush herumwurschteln, meine verheirateten Freunde anrufen und mich mit ihnen verabreden, ins Kino zu gehen, nur um mir anzuhören, dass sie keinen Babysitter bekommen konnten? In New York war wenigstens die halbe Stadt Single. Wie hatte der Kerl im SoHo House noch mal gesagt: »Ein Schweinestall? Nein, die Qual der Wahl!« Na ja, eigentlich beides. Es wurde langsam Zeit, dass ich das Beste daraus machte.

NIX WIE RAUS AUFS SPIELFELD betitelte ich meine Kolumne.

Für die Suche nach dem Mann fürs Leben braucht man eine Menge Sportsgeist, also habe ich beschlossen, die Theorie auf den Prüfstand zu stellen, wonach es umso wahrscheinlicher ist, ein Tor zu schießen, je öfter man auf den Platz geht.

Wie in meinen sich stapelnden Selbsthilfe-Ratgebern empfohlen machte ich mich daran, durch Internet-Partnerbörsen, Freunde, die allein stehende Freunde hatten, und alle nur erdenklichen anderen Methoden, an Verabredungen zu gelangen. Außerdem begann ich, mich durch Dutzende von Angeboten meiner Leser zu kämpfen, von denen die meisten sich genauso anhörten wie ich.

Das erste Date hatte ich allerdings nicht mit einem meiner Leser, sondern mit einem Typen namens Nathan, einem 29-jährigen Dokumentarfilmer, dem ich im Sommer mal bei einer Party über den Weg gelaufen war. Er hatte damals schon mit mir ausgehen wollen, aber zu der Zeit hatte allein die Vorstellung eines romantischen Dinners mit jemand anderem als Jack genügt, damit ich nach Hause laufen und den Kopf in den Ofen stecken wollte.

Wir trafen uns in der Bar 6, einer gemütlichen französisch angehauchten Bar in der 6th Avenue, und weil er einen interessanten Job hatte, war ich zuversichtlich, dass uns der Gesprächsstoff nicht so schnell ausgehen würde. Und ich sollte Recht behalten. Ich fragte ihn, was er so machte, und er redete eine halbe Stunde lang, ohne Luft zu holen.

Er erzählte mir von dem Indie-Filmfestival in Deutschland, an dem er teilgenommen hatte, und wie er zu seinem Agenten nach L.A. geflogen war, der, so fürchtete er, nicht hart genug für ihn arbeitete. Ich streute gelegentlich ein »Ach« oder ein »Ja, genau« ein und stellte einige sachdienliche Fragen. Meine große Dating-Regel Nummer eins: zuhören und Interesse zeigen.

Dann erzählte er mir, er wolle einen Film über China drehen.

»Ach, wie interessant, ich wollte immer schon mal nach Tibet.«

»Cool«, erwiderte er, und schwadronierte dann zwanzig Minuten lang über seinen Film. »Na ja, jedenfalls, ich sterbe vor Hunger, wollen wir was Essen gehen?«

Paulas große Dating-Regel Nummer eins: Nicht mit einem Typen zum Essen gehen, wenn man während der Drinks nicht zu Wort gekommen ist. Selbst wenn er süß ist.

Ich entschuldigte mich, weil ich noch zur Geburtstagsparty einer Freundin müsse, aber als wir hinausgingen, zog er mich plötzlich in einen Türeingang. Ich dachte, ich bekäme vielleicht einen Knutscher.

»Hör mal, setz dich doch mal kurz«, sagte er. Wir hockten uns auf eine Betonstufe, und ich fragte mich, was er an den Barhockern auszusetzen hatte, auf denen wir eben gesessen hatten.

Er schaute mich ernst an.

»Ich drehe auch einen Film über meinen Aufenthalt in Jerusalem. Ich war ganz in der Nähe einer Bar, in der ein Selbstmordattentäter sich in die Luft gesprengt hat.«

»Und warum erzählst du mir das jetzt?«, wollte ich ihn schon anschnauzen. Stattdessen bemühte ich mich um eine angemessene Reaktion.

»Ich war mit meiner Freundin da«, fuhr er fort, noch ehe ich etwas sagen konnte. »Wir waren drei Jahre lang total verliebt. Keiner von uns wurde verletzt, aber seitdem ist es nicht mehr dasselbe. Ich mache einen Film über meine Gefühle und ihre und wie ich für sie empfinde und wie sie für mich empfindet, seit das alles passiert ist.«

»Ich finde, du solltest vielleicht lieber mal mit ihr darüber reden. Glaub mir, Menschen ungefragt in seine beruflichen Projekte zu zerren, das kann furchtbar ins Auge gehen.«

»Meinst du?«

»Nein, ich weiß es.«

Ich hielt ein Taxi an, und als er einstieg, dankte er mir überschwänglich für meinen weisen Rat. Ich lief die fünf Avenues zu meinem Loft zu Fuß und grinste in mich hinein. Zumindest war ich nicht die einzige Idiotin in der Stadt, die von ihrem Ex besessen war.

Was ich auch bei meinem nächsten Date mit einem Typen namens Greg feststellen musste. Er war 35, Barkeeper und ein alter Schulfreund von Beckys Mann Josh. Sie waren sich beim Hundespaziergang begegnet, und er hatte Josh gefragt, ob er keine süßen Mädchen kenne. Wir trafen uns im Temple, einer schummrigen Aufreißerbar in der Lafayette, wo es Killer-Martinis und das leckerste Popcorn der Stadt gab. Stets von allem fasziniert, was mit Alkohol zu tun hat – weil man bei einem Killer-Martini wenigstens weiß, woran man ist – mümmelte ich drauflos und quetschte ihn über das Barwesen aus – und dachte schon, dass es eigentlich ganz gut lief. Bis er ganz unvermittelt anfing, sich mit der Hand an die Stirn zu schlagen. Beunruhigt fragte ich ihn, ob alles in Ordnung sei.

»Also, eigentlich wollte ich dir das nicht sagen, aber wir unterhalten uns gerade so toll, dass ich gar nicht anders kann.«

Hatte er Genitalherpes? Oder war er auf der Flucht?

»Ich habe mich nach einer turbulenten Beziehung vor einem Monat von meiner Freundin getrennt ...«

Ach, die alte Leier. Männer dachten anscheinend, damit wären sie aus dem Schneider.

»Ach ja?«, sagte ich und stopfte mir noch ein Stück Popcorn in den Mund.

»Na ja, sie ist schwanger von mir.«

Das Popcorn tauchte wieder auf und machte einen Kopfsprung in meinen Martini.

»Mist. Und, hast du schon mit ihr darüber geredet?« Ich verhielt mich schon wieder wie eine Therapeutin.

»Ja, aber sie hält mich für den nichtsnutzigsten Mistkerl der ganzen Welt. Bin ich ja auch. Ich weiß bloß nicht, ob ich schon so weit bin, mich an eine einzige Frau zu binden, ganz zu schweigen davon, Vater zu sein.«

Ich fragte mich, ob ich ihn für ein kleines Männergespräch unter vier Augen mit meinem Freund Stephen verbinden sollte, während ich mal kurz für kleine Mädchen ging – und unauffällig aus dem Fenster kletterte.

Zwei weitere Verabredungen vergingen. Eine davon mit einem 42-jährigen Banker von der Wallstreet, der von sich sagte, er würde die Frau im Restaurant niemals mit dem Rücken zur Wand sitzen lassen, weil es von alters her die Aufgabe des Mannes gewesen sei, die Tür im Auge zu behalten. Als ich ihm erklärte, Frauen würden im Restaurant gerne das Treiben um sich herum beobachten, war er entsetzt.

»Keine Frau sollte nach anderen Männern schauen, wenn sie mit mir essen geht.«

Da wusste ich, dass es mit uns nichts werden würde.

Als Nächstes machte ich mich auf, um Michael kennen zu lernen, einen langhaarigen, blonden deutschen Fotografen, der mir von einem ziemlich vernünftig klingenden Leser empfohlen wurde, dieser hatte mir ein Foto von ihm geschickt. Michael schlug vor, wir sollten uns im Café Noir in SoHo treffen, und ich kam peinlich genau vier Minuten nach der verabredeten Zeit dort an. Sofort fiel mir ein süßer Typ mit langen blonden Haaren auf, der neben einer Horde Männer an der Bar stand. Erfreut schlenderte ich zu ihm rüber.

»Hey, Michael?«

Der Typ drehte sich um. »Nein.«

»Wenn du willst, bin ich Michael«, dröhnte der Kerl neben ihm. Seine Kumpels brachen in schallendes Gelächter aus.

»Ha, ha!«, lachte ich unbekümmert. Mit das Schlimmste an Blind Dates war, wenn andere mitbekamen, dass man eines hatte. Jetzt war ich also das aufgetakelte Mädchen an der Theke, das auf einen Fremden wartete und sich Mühe gab, nicht nach der Tür zu schielen.

Ich quetschte mich neben die Jungs und bestellte ein Corona. Auf der anderen Seite von mir saß ein Pärchen bei einer Flasche Wein. Sie sahen mich mitleidig an. Ich funkelte finster zurück, dann nahm ich mein Handy raus und tat beschäftigt, indem ich ein paar SMS verschickte.

Eine halbe Stunde später hockte ich immer noch rum.

»Noch was zu trinken?«, fragte der Barkeeper.

»Hey, Süße, wenn er nicht bald auftaucht, kannste zu uns kommen«, rief einer der Typen gleich neben mir.

Ja, es gab tatsächlich noch etwas Schlimmeres, als wenn die Leute wussten, dass man ein Blind Date hatte – wenn sie mitkriegten, wie man versetzt wurde.

Dann fiel mir auf einmal etwas ein. Hatte das Café Noir nicht an einer Seite eine lange Fensterfront? Ach du heilige Scheiße, hockte ich am Ende in der falschen Bar? Ich brachte es nicht über mich, den Barkeeper vor allen Anwesenden danach zu fragen, also rannte ich aufs Klo und rief die Auskunft an – die mir sagten, das Café Noir sei tatsächlich ein paar Blocks weiter und ich sei in einer beinahe identisch aussehenden Bar namens Lounge 203 – die so trendy war, dass sie keinen Namen über der Tür brauchte.

Den richtigen Michael fand ich zehn Minuten später, und er

nahm die Sache erstaunlich locker. Er erzählte mir, zwei Wochen zuvor hätte er eine Verabredung zum Mittagessen gehabt, und die Frau sei überhaupt nicht aufgetaucht. Michael erzählte mir, er wolle mit keiner »was Ernstes anfangen« – was natürlich hieß, dass er mit mir »nichts Ernstes« anfangen wollte.

Meine nächste Verabredung fand ich über Nerve.com, eine auf erotische Fotografie spezialisierte Website für Künstler, deren Kontaktanzeigen inzwischen zu einer wahren Fundgrube für kontaktwillige New Yorker Singles geworden waren. In Matteus' Profil stand, er sei 39, stamme aus den Niederlanden, und auf dem Foto sah er aus wie Owen Wilsons Doppelgänger. Er schrieb, er stehe auf seine Aussicht auf den Hudson, hochwertige Bettwäsche und Monty Python – womit klar war, dass er auf eine Britin abfahren würde.

Wir trafen uns an einem eisig kalten Novemberabend im Malatesta, einem netten kleinen italienischen Restaurant, praktischerweise gleich um die Ecke von seiner Wohnung. Und ausnahmsweise hatte sein Foto nicht zu viel versprochen. Als er reinkam, merkte ich, wie etliche Frauen ihn taxierten – immer ein dicker Pluspunkt. Ich war hochzufrieden und stellte mir schon vor, wie wir beide es in seiner hochwertigen Bettwäsche trieben.

Selbst als er dann vorschlug, ich solle »mitkommen und mir seine Wohnung ansehen«, ging ich davon aus, wir würden uns zumindest noch ein bisschen unterhalten, ehe wir zur Sache kamen. Aber sobald wir in den Aufzug stiegen, stürzte er sich auf mich und fing an, mich zu küssen. Dann guckte er mich mit einem durchdringenden Blick nach dem Motto »Du willst es doch auch« an – was mich derart irritierte, dass ich die Augen schloss.

Beim Betreten seiner Wohnung wurde mir klar, dass ich viel betrunkener sein müsste, um den Mumm zu haben, ein weiteres Mal mit einem Fremden ins Bett zu steigen. Aber es ist okay, versuchte ich mir einzureden. Ich brauchte nur ein bisschen Zeit, um in Stimmung zu kommen. Aber Matteus war da ganz anderer Meinung.

Er bugsierte mich in sein Schlafzimmer, den Mund fest an meinen Hals gepresst, und riss mir dann mit einem einzigen, geübten Handgriff meine schnuckelige schwarze Bluse von Ghost vom Leib, dass die Knöpfe nur so durch die Luft flogen.

»Hey, nun mal langsam«, schimpfte ich und krabbelte über den Boden.

»Komm her«, rief er und hopste wie ein wild gewordener Derwisch aufs Bett.

Nicht gerade das Vorspiel, das ich mir erhofft hatte. Kaum setzte ich mich zu ihm aufs Bett, zog er mir ohne weitere Umstände erst die Jeans und dann die Socken aus und warf sie quer durchs Zimmer. Pflichtbewusst knöpfte ich sein Hemd auf – während er sich die nackte Brust und den Bauch rieb – was ich mich geflissentlich zu übersehen bemühte.

Dann streckte er sich auf dem Bett aus.

»Zieh mir die Hose aus!«, befahl er.

Hm, ein bisschen forsch, aber, hey, was soll's.

Ich griff nach dem Reißverschluss, mühte mich mit dem Gürtel ab und wurschtelte ihn dann zentimeterweise aus der Hose, wobei seine unvertraute Erektion sich mir alarmierend unter seinem schwarzen Slip entgegenwölbte. Ich grinste ihn Begeisterung heuchelnd an. Ich wollte nicht, dass er mich für egoistisch hielt.

»Na los, mach schon, zieh mir die Unterhose auch aus«, sagte er und strampelte sich aus dem zweiten Hosenbein frei. Jetzt reichte es mir.

»Hey, drängel doch nicht so«, blaffte ich ihn an.

»Drängeln? Ich mache bloß voran, sonst wird das ja nie was«, blaffte er zurück.

»Tja, wenn du dich so anstellst«, murmelte ich.

Beleidigt drehte er sich um, als sei ich die schlechteste Liebhaberin der Welt. In Unterhosen saß ich neben ihm und wusste nicht so recht, was ich tun sollte. Die Lust, überhaupt was zu tun, verging mir rasend schnell. Und seinen Ständer zu entfesseln hatte ich überhaupt keine Lust mehr.

»Hör zu, ich gehe jetzt, wenn du mir ein schlechtes Gewissen machen willst«, sagte ich.

»Dann geh doch.«

»Okay, dann gehe ich.«

Er missachtete mich, als ich im ganzen Zimmer meine Klamotten einsammelte. Er ließ mich außer Acht, als ich auf der Suche nach einer verirrten Socke auf dem Boden rumkrabbeln musste. Draußen war es unter null, aber nach vergeblichem Suchen opferte ich sie dieser Nacht, genau wie meine Blusenknöpfe.

Als ich angezogen war, brachte er mich wutentbrannt im Slip zur Tür.

»Tja, trotzdem danke für das nette Abendessen«, sagte ich.

»Weißt du, in meinem Alter kann ich mich nicht mit Frauen abgeben, die irgendwelche Probleme haben«, erwiderte er.

Als ich so die Greenwich Street zu meiner Wohnung entlanglief, fiel mir die erste meiner Theorien wieder ein, weshalb alle in Manhattan Singles blieben – weil man sich ganz einfach mit jemandem treffen und dann schnell wieder abhauen kann, da man nie sehr weit von zu Hause weg ist. Okay, ich war schon abgehauen, ehe überhaupt was passiert war, aber zumindest war ich bloß zehn Gehminuten vom sicheren Hafen der 14th Street entfernt. Mit nur einer Socke und einer knopflosen Bluse unter dem Mantel war ich nie im meinem Leben über irgendwas so froh gewesen.

Alles in allem brachte ich es in den Wochen vor Weihnachten auf acht Verabredungen – wobei die letzte die erfolgreichste war, und zwar mit einem Schriftsteller namens David. Zwei Tage später – an einem Freitagabend – gingen wir zum Essen ins Odeon, danach zu einem Konzert in der Knitting Factory. Als ich am Sonntag in die Redaktion musste, waren wir immer noch zusammen. Erste Zweifel in Bezug auf David keimten erst, als ich merkte, dass es ihn mehr zu begeistern schien, über sich in meiner Kolumne zu lesen, als mit mir zusammen zu sein. Und obwohl ich seine Gesellschaft genossen hatte, war ich mir doch sicher, dass ich mich nie in ihn verlieben würde.

Und deswegen war es mit Mitte dreißig auch so viel schwerer, eine ernste Beziehung aufzubauen. Niemand wollte das Risiko eingehen, etwas falsch zu machen und seine Zeit zu vergeuden. Aber meine Dating-Mission hatte mich zumindest eines gelehrt: Jedes Mal, wenn ich aus dem Haus ging und eine Verabredung hatte, war ich blendender Laune und fragte mich: »Was wenn?«

Und obwohl mir klar war, dass die meisten Verabredungen sich vermutlich als Flops erweisen würden, bestand immer noch die winzige Chance, dass etwas daraus werden könnte. Irgendwann im Laufe meines Experiments für die Kolumne hatte ich wieder Hoffnung geschöpft. Und jedes Mal, wenn ich wieder zu Hause war, hatte ich eine neue Geschichte zu erzählen.

Weihnachten fuhr ich nach Ealing – und wurde mal wieder von feiertäglichen Schuldgefühlen geplagt. Der Weihnachtsbaum für die Enkelkinder hinten im Garten wuchs fröhlich und unbehelligt weiter. Aber ich wusste, dass meine Eltern hofften, ich würde nun bald wieder nach Hause kommen – vor allem seit klar war, dass Jack nicht doch noch in letzter Minute in mein Leben zurückgekehrt war.

Am zweiten Weihnachtstag fuhr meine Mutter mich zurück nach Heathrow, und als wir vor Terminal drei anhielten und uns mal wieder verabschiedeten, konnte sie es sich wohl nicht mehr verkneifen.

»Bridgie, wir sind so stolz darauf, was du in New York erreicht hast, aber du wirst nicht jünger. Und wir auch nicht.«

»Ich weiß«, murmelte ich bedrückt. Es schien schon jetzt eine Ewigkeit her zu sein, als sie mich das erste Mal an diesem grauen Februarmorgen zum Flughafen gebracht hatten und ich die Fotos von Angus und mir in der Tasche mitschleppte.

»Du weißt, dass wir dich nie unter Druck setzen wollten, aber meinst du, du wirst in New York jemals den Mann deiner Träume finden?«

Als ich wieder einmal hoch über dem Atlantik im Flieger saß, wusste ich die Antwort. Solange New York intelligente, erfolgreiche Frauen anzog wie Honig die Bienen und die Frauen den Männern gegenüber so eindeutig in der Überzahl waren, würden die New Yorker Männer sich weiterhin benehmen wie kleine Jungs im Süßwarenladen. Der Richtige mochte darunter sein, doch wie ihn finden?

Aber als mein Taxi wieder mal aus Richtung JFK kommend auf das atemberaubende Panorama Manhattans zusauste, das in der Winternacht glitzerte, lächelte ich beim Gedanken daran, was vor mir lag – ein Job bei einer New Yorker Boulevardzeitung, eine Unzahl von Restaurants und Bars, in denen man sich jede Woche bis Weihnachten verabreden konnte – und wenn ich wollte, zwanzig weitere Verabredungen, ein Loft voller Designerklamotten und Einladungen zu Partys (wenn auch bloß Second Hand). New York war für uns alle ein großer Süßwarenladen.

Unterwegs auf ausgetretenem Pfad

Auf den Tag genau ein Jahr nach der Trennung von Jack schlenderte ich mal wieder den wohl bekannten Weg die Washington Street hinunter zu seiner Wohnung. Wir hatten uns verabredet, um »ein bisschen abzuspannen«, und ich vermutete, Jack war sich inzwischen ziemlich sicher, dass ich davon absehen würde, in einem neonpinken Kleid von Diane von Fürstenberg aufzutauchen und ihn anzuflehen, es sich noch mal zu überlegen.

Jack hatte sich eine neue Wohnung gekauft – ein schickes neues Loft in einem frisch sanierten Gebäude im West Village – und beim Packen waren ihm ein paar meiner Sachen in die Hände gefallen, die ich seinerzeit in seinem Schrank vergessen hatte. Er hätte sie zwar mit ins Büro bringen können, aber wir votierten einstimmig gegen die Vorstellung, dass er mir einen Sack Klamotten auf den Schreibtisch knallte – in der Redaktion hatten wir auch so schon für genügend Gesprächsstoff gesorgt. Stattdessen schlug er vor, wir sollten uns in seiner alten Wohnung treffen. Und wenn ich wollte, würde er mir dann anschließend gerne seine neue Behausung vorführen.

Es war ein sonniger Frühlingstag und der Meatpacking District kaum wiederzuerkennen. Die meisten Firmen, die tatsächlich noch Fleisch abgepackt hatten, waren von hippen loftartigen Büros, Friseursalons und Designerläden verdrängt worden. Ein hässliches Hotel mit Metallverkleidung an der Fassade und dem Namen The Gansevoort wurde gerade mitten zwischen den alten Lagerhäusern fertig gestellt. Das Hog Pit, vormals ein Lichtblick in unserer finsteren Nachbarschaft, war plötzlich umzingelt von blitzblanken, trendigen neuen Bars. New York veränderte sich immer weiter. Und wir ebenso.

Der Pförtner in Jacks Wohnhaus erkannte mich nicht mehr, und der Aufzug war frisch renoviert. Die Wohnung, in der wir gekichert und Whiskey getrunken und Aschenbecher gefüllt und uns geliebt hatten, würde es bald nicht mehr geben. Zusätzlich zu seiner unglaublich irritierenden Selbstzufriedenheit hatte Jack auch noch aufgehört zu rauchen.

Aber ich gab mich ganz cool, während ich meine Sachen zusammenpackte, und sah mich ein letztes Mal in der Wohnung um. Die Bücher, CDs und Bilder waren schon eingepackt. Dann gingen wir wieder nach draußen in die Sonne, liefen in Richtung Downtown zu seiner neuen Wohnung und taten, als seien wir bloß gute alte Freunde, die gemeinsam einen Nachmittagsspaziergang machten.

»Und, wie geht's den Mädchen?«, fragt er unterwegs.

»Na ja, Claire hat sich endlich von ihrem Chris getrennt und beschlossen, wieder nach England zurückzugehen«, erzählte ich. »Und Alice ist schwanger.«

Geschockt wirbelte Jack herum. Um ehrlich zu sein, Alice war auch geschockt gewesen, als sie vor drei Monaten die frohe Kunde vernommen hatte.

»Alice ist schwanger?«, stammelte er. »Ich wusste nicht mal, dass sie einen Freund hat.«

»Sie hat letzten Sommer einen Fotografen kennen gelernt, der auch Chris heißt, nicht lange nach unserer Trennung, und das war's. Das Baby war zwar eigentlich nicht geplant, aber sie sind sich sicher, dass sie zusammenbleiben wollen, also war es klar, dass sie es behalten.«

Jack kratzte sich am Kopf.

»Irgendwie kommt es mir vor, als bekämen alle Leute gerade Kinder. Ich hänge mit meinen Freunden nur noch auf Spielplätzen rum.«

»Hoffentlich halten die Leute dich nicht für pädophil«, witzelte ich.

Jack ignorierte meinen unqualifizierten Einwurf.

»Wie können die sich so schnell so sicher sein?«, fragte er.

»Keine Ahnung. Ich glaube, manche sind es, und manche nicht. Manche wollen den nächsten Schritt tun und es darauf ankommen lassen, wenn sie der Meinung sind, aus der Beziehung könnte was werden. Manche, wie Alice, überlassen alles dem Schicksal. Und die hoffnungslosen Idealisten unter uns warten darauf, dass der Blitz einschlägt. Mir wird allmählich klar, dass es keinen richtigen oder falschen Weg gibt, eine Familie zu gründen. Die Leute sind einfach verschieden und gehen es unterschiedlich an.«

Er blieb mitten auf der Straße stehen und sah mich an.

»Ich warte immer noch auf die eine, die meine Welt ins Wanken bringt und alle Zweifel vertreibt«, sagte er.

»Ich auch.« Wir lächelten uns an. Wir haben immer noch eine Menge Gemeinsamkeiten, verkniff ich mir zu sagen.

In Jacks neuer Wohnung gab es eine offen gestaltete Küche, die in den Wohnbereich mit riesigen Fenstern und atemberaubendem Blick über das Village überging. Alles war noch leer, und Plastikplanen lagen zum Schutz auf dem schönen dunklen Holzdielenboden.

»Der kommt hoffentlich nicht aus dem Amazonas«, grinste ich und bohrte einen Zeh durch die Plane.

»Ach, fängst du jetzt schon wieder an, Fräulein Geografiewunder«, rief Jack lächelnd, schon wieder ganz in einen Stapel Rechnungen versunken. Fast wie in alten Zeiten.

Ich fing an, mich umzuschauen, begutachtete seinen Balkon, die Wandschränke, das Badezimmer und den Raum, in dem er sein Arbeitszimmer einrichten wollte. Zuletzt wollte ich dann noch das Schlafzimmer sehen, woraufhin er mich in ein kleines Zimmer auf der Rückseite der Wohnung führte, mit einem kleinen Fenster, durch das man auf eine schmale Straße hinausblickte. Wir blieben im Türrahmen stehen, während ich es mir ansah.

»Hm, schön dunkel hier drin. Gut, wenn man morgens mit einem Kater aufwacht.«

»Ich habe mir überlegt, dass Bett hierhin zu stellen. Was meinst du?«, fragte er und zeigte mir mit ausgestreckten Armen, wo er es an der Wand aufstellen wollte.

Ich ging im Geiste die verschiedenen Möglichkeiten durch, sein breites, bequemes Bett aufzustellen – und auf einmal traf mich die Erkenntnis wie ein Schlag: Ich warf gerade einen Blick in Jacks Zukunft und wusste genau, dass ich nicht darin vorkam. In dem Bett, in dem ich einst geschlafen hatte, hatten schon andere Frauen gelegen – auch wenn ich nicht wissen wollte, welche. Zweifelsohne würde bald eine andere neben ihm in diesem Zimmer aufwachen. Und mir war plötzlich klar, dass ich mich an den Gedanken gewöhnt hatte.

Wir gingen zurück ins Wohnzimmer, und wieder musste ich daran denken, dass der Ort, an dem Jack und ich Leidenschaft und Liebe erlebt hatten, gerade dabei war, sich in nichts aufzulösen – und seine Hoffnungen, Träume und Erlebnisse würden hier in seiner neuen Wohnung stattfinden. Und ich würde nicht dabei sein.

Da wusste ich, dass ich die letzte Phase meiner Trennung von Jack erreicht hatte – ich hatte mich seiner Zukunft ohne mich gestellt. Ich hatte ihn losgelassen.

Am nächsten Tag saß ich am Rechner und schrieb zum letzen Mal über Aaron.

Der Pfad, den man gehen muss, um sich von seiner verflossenen großen Liebe zu lösen, ist nicht ungefährlich, und ich bin ihn schon mehr als einmal gegangen.

Männer neigen dazu, ihn im Laufen und ohne einen Blick zurück zurückzulegen. Frauen dagegen trotten ihn oft langsam und mit großen Bedenken entlang, vor allem, wenn all ihre Freunde gerade heiraten und Kinder kriegen.

Ein Teil des Pfades besteht darin, sich mit dem hässlichen Abschiedsschmerz auseinander zu setzen, der immer dann kommt, wenn man an etwas Gemeinsames denkt, egal ob gut oder schlecht.

Ein Teil besteht darin, den Ex zu sehen, nachdem sich alles verändert hat. Ein Teil ist, neue Verabredungen wieder zu genießen. Aber der wichtigste Aspekt ist, sich mit der Zukunft auseinanderzusetzen – nicht der eigenen, sondern der des anderen …

… was ich damit sagen will ist folgendes: Wenn man sich von jemandem trennt, den man wirklich geliebt und mit dem man sich eine gemeinsame Zukunft ausgemalt hat, dann ist das Schwerste daran nicht der Trennungsschmerz, die Eifersucht oder die schmerzlichen Erinnerungen. Das Schwierigste ist, sich damit abfinden zu müssen, dass man ihn eines Tages loslassen wird.

Dritter Teil

DAS LEBEN IST EIN ENDLOSER BADESTRAND

Abschied von den Storys übers Küssen

»Hallo, hallo, ist da die *New York Post*? Hier spricht Mrs. Livingston. Sie haben gerade angerufen und eine Nachricht wegen des Blobs hinterlassen?«

»Mrs. Livingstone. Vielen Dank für Ihren Rückruf. Ja, ich bin Reporterin bei der *New York Post*, und ich schreibe einen Artikel über den Blob in der Lagune hinter Ihrem Haus. Das muss ziemlich belastend für Sie sein, nicht wahr?«

Das war jetzt das elfte Mal – ich hatte genau mitgezählt –, dass ich mit einem wildfremden Menschen gesprochen und gesagt hatte: »Hallo, ich schreibe einen Artikel über den Blob in Ihrer Lagune.«

Ich fragte mich langsam, ob ich nicht allmählich die Nase voll hatte von meiner illustren Karriere als Enthüllungsjournalistin.

Ein Monat war seit meiner Selbsterkenntnis in Jacks Wohnung vergangen. In einem kleinen Ort namens Little Egg Harbour hatte ein Lokalschreiberling über die Agentur der Associated Press eine Geschichte über ein seltsames gallertartiges Wesen verbreitet, das im See des Örtchens, dem Timberton Creek gesichtet worden war.

Einer der Anwohner hatte das Ding ganz beiläufig den »Blob« getauft, und schwuppdiwupp war einer der geschäftsführenden Herausgeber der *Post* darauf aufmerksam geworden und nun ganz heiß darauf.

Jetzt wollte er eine *Post*-mäßige, aufgemotzte Version der Geschichte bringen, gespickt mit Sci-Fi-Bezügen und mit einem Foto verängstigter Anwohner, die den Blob anstarren – und dazu ein Bild des Original-Filmposters. Das Ganze war dann an mir hängen geblieben.

Also hatte ich mir an diesem Morgen Timberton Creek im Routenplaner angesehen, mir alle Straßen notiert, die zum See führten, und einen Rechercheur in unserer Redaktionsbibliothek gebeten, die Telefonnummern sämtlicher Leute auszudrucken, die dort wohnten, damit ich sie anrufen konnte.

Aber wie so oft bei solchen Geschichten hatten die meisten Anwohner von Little Egg Harbour nicht die geringste Ahnung, von was für einem Blob ich redete, wenn sie überhaupt ans Telefon gingen.

Und jetzt verging der Nachmittag wie im Flug, der Redaktionsschluss drohte und unser geschäftsführender Herausgeber wartete ungeduldig auf seine Story. Ich brauchte die »Zeugenaussage« dieser alten Dame – und ich brauchte ein Zitat, das in meinen Artikel passte.

»Also, Mrs. Livingston, beschreiben Sie doch mal dieses seltsame Ding. Es ist gigantisch groß und unheimlich und grell bunt, habe ich Recht?«

»Nun ja, mein Mann ist gestern Morgen mit dem Boot rausgefahren und hat versucht, es mit dem Ruder zu zerschlagen, man hat uns nämlich gesagt, es sei ein Klumpen toter Algen, verstehen Sie.«

Tut mir Leid, aber das reicht mir nicht.

»Würden Sie denn sagen, dass es etwas aus einem Science-Fiction-Film ist, wie zum Beispiel *Der Blob* oder *Das Ding*?«

»Also … na ja, das glaube ich eher nicht.«

Dann schnell die Frage anders formulieren.

»Nun, würden Sie denn sagen, dass es ungewöhnlicher und Science-Fiction-mäßiger ist als alles andere, was Ihnen in Ihrer hübschen Lagune sonst so begegnet?«

»O ja, auf jeden Fall. So was habe ich mein ganzes Leben noch nicht gesehen, und mein Mann auch nicht, und der fährt seit fünfzig Jahren zur See. Ja, ich denke, es ist schon ein bisschen erschreckend – irgendwie wie aus einem Science-Fiction-Film.«

Bingo! Ich bedankte mich bei Mrs. Livingston und knallte den Hörer auf.

Ich ging zurück zu meiner Datei mit dem Interview, das ich der örtlichen Abwassergesellschaft entlockt hatte. Ich hatte genug Stoff – gerade so eben –, jetzt musste ich mir nur noch eine Einleitung aus den Fingern saugen.

»Die Anwohner einer ruhigen kleinen Gemeinde in New Jersey werden seit kurzem von einem Blob-ähnlichen Wesen terrorisiert, das sich in ihrer Lagune eingenistet hat …«

Hm, vielleicht war das doch etwas zu dick aufgetragen, selbst für die *Post*, vor allem, weil die meisten Anwohner noch nie was davon gehört hatten …

Ich guckte vom Rechner hoch, ließ den Blick auf der Suche nach Inspiration durch die schmuddelige Redaktion schweifen und sah den anderen Reportern beim Tippen oder Notizenmachen zu.

Am Schreibtisch nebenan saß Todd, ein pummeliger Reporter von 36 Jahren mit Ziegenbart, und ärgerte sich gerade über einen Redaktionsassistenten, der vor Ort zu einem Verkehrsunfall in Queens geschickt worden war.

»Stopp, Stopp. Noch mal ganz von vorne. Kannst du mir sagen, wie viele Leute genau in dem Auto waren, und wie viele an der Bushaltestelle gewartet haben«, schnaubte er in den Hörer. »Okay, also fünf im Auto, einer tot, acht am Unfallort, drei im Jamaica Hospital? So, und dieser Typ mit dem blutenden Fuß, was ist ihm durch den Kopf gegangen, als der den Bus auf sich zukommen sah?«

»Aber da ist ein Bus auf ihn zugerast, er muss doch irgendwas gesehen haben …« Todd sah zu mir rüber und verdrehte die Augen, und ich kicherte.

Dann auf einmal ging mir ein Licht auf. Seit vier Jahren hockte ich in diesem Chaos von Redaktionsbüro, ich war fast 5000 Kilometer von zu Hause weg, ich lachte über einen schlimmen Verkehrsunfall und schrieb einen Artikel über ein Pilzgewächs in der Lagune einer alten Dame.

Ich versuchte mich wieder auf den Blob zu konzentrieren, doch stattdessen musste ich jetzt daran denken, was Pom vor zwei Jahren zu mir gesagt hatte, als sie wegging. »Es gibt keinen geeigneten Zeitpunkt, New York zu verlassen, aber wenn man trotzdem geht, weiß man, dass man das Richtige tut.«

Ich hatte oft genug darüber nachgedacht, New York zu verlassen. Meine Mutter hatte Recht, in New York würde ich nie den Mann meiner Träume finden. Gleich morgen wollte ich meine Eltern anrufen und ihnen sagen, dass ich nach Hause komme.

»Hey, Bridge.« Beim Klang von Jacks Stimme fuhr mein Kopf blitzartig hoch. Er stand vor meinem Schreibtisch. »Wenn du mit dem Blob-Artikel fertig bist, komm doch mal in mein Büro.«

Mist, hatte ich in letzter Zeit irgendetwas verbockt?

Eine halbe Stunde später saß ich ihm gegenüber in einem Stuhl, als sei er nur einer unter vielen anderen Redakteuren und Reportern.

»Also, ich möchte dir ein Angebot machen«, sagte Jack.

»Ach ja?«

»Wir brauchen zwei Reporter, die den Sommer in den Hamptons verbringen und Klatschgeschichten für unser tägliches »Tagebuch aus den Hamptons« schreiben. Wir haben ein kleines Häuschen in Sag Harbour angemietet, das ihr in den drei Monaten als Basislager und Büro nutzen könnt. Hättest du vielleicht Interesse daran?«

»Klatschgeschichten? O Mann, ich weiß nicht, ob ich das kann.«

Jack guckte mich an, als sei ich die größte Niete des Planeten.

»Ich meine, ich war noch nie in den Hamptons …«

»Bridge, ich würde dich nicht fragen, wenn ich nicht davon überzeugt wäre, dass du genau die Richtige dafür bist.«

Okay, vielleicht würde ich meine Eltern doch nicht anrufen.

Drei Wochen später kamen ein Reporterkollege von mir, Dan, ein Fotograf namens Thomas und ich in einem kleinen Häuschen in einer baumbestandenen Straße in Sag Harbour an, einem ehemaligen Walfängerdorf an der der Bucht zugewandten Seite der illustren südlichen Landzunge von Long Island.

Unsere Aufgabe war es, von diesem Häuschen aus jedes Wort, jeden Skandal und jedes bisschen Klatsch, das sich auf der fünfzig Kilometer langen Insel ereignete, aufzuschnappen. Dazu gehörten die malerischen ehemaligen Kolonialstädtchen Southampton, Bridgehampton, East Hampton und Montauk und sämtliche extravaganten Villen mit Meerblick, Farmen und Örtchen dazwischen. Hier verbringt die New Yorker Crème de la crème den Sommer, wie zum Beispiel Steven Spielberg, Sarah Jessica Parker und Matthew Broderick, Gwyneth Paltrow und Chris Martin, Richard Gere, Kim Catrall, Bon Jovi, Jerry Seinfeld, Martha Stewart, Paris Hilton und Sean Combs, um nur einige zu nennen.

Das Tagebuch sollte jeden Tag zwei Spalten in der Zeitung füllen, und zwar vom Memorial Day am letzten Montag im Mai bis zum Labor Day am ersten Montag im September. Und die Leser der *Post* warteten begierig darauf, es zu verschlingen, genau wie SEITE SECHS.

Am ersten Abend in unserem neuen zu Hause rackerten Dan und Thomas sich in der Küche ab und installierten Telefon und Internetzugang, schlossen unser Fax an und brachten den Drucker zum Laufen – wodurch sich der sonnige kleine Raum langsam aber sicher in unser Büro verwandelte. Während sie sich mit der Technik abmühten, ging ich mit meinem Laptop in den Garten.

Ich tat einen tiefen, traurigen Atemzug, als ich zum letzten Mal meine Sonntagskolumne schrieb. Andere mochten mich für verrückt halten, weil ich sie aufgab. Aber ich wusste, dass ich diesen Sommer keine Zeit für Liebesabenteuer und Verabredungen haben würde. Meine neue Aufgabe lautete, über andere zu schreiben, nicht über mich selbst. Viel zu lange hatte ich meiner Eitelkeit schon nachgegeben. Und wenn ich mich das nächste Mal verliebte – sollte ich das jemals wieder hinkriegen – sollte meiner Liebe nichts im Wege stehen.

Abschied von den Storys übers Küssen

Er war ein grünäugiger Banker, der den Sommer in Martha's Vineyard verbringt, und versprach mir ein »tolles Date«. Ich war frisch in New York, gerade erst vom Schiff gestiegen. Wir trafen uns in einer Whiskey Bar, und ich dachte, ich würde dort meinen ersten amerikanischen Freund kennen lernen. Wie wenig ich doch damals über den New Yorker Dating-Zirkus wusste.

Seit dieser ersten Verabredung scheint eine halbe Ewigkeit vergangen zu sein, und damals hatte ich nicht die geringste Ahnung, dass ich in den darauffolgenden dreieinhalb Jahren jedes winzigste Detail meines Liebeslebens mit der ganzen Stadt teilen sollte … Aber während ich mich durch ein schreckliches Abendessen im Rue 57 quälte, während dessen dieser Banker alle paar Minuten zur Tür schielte, in der Hoffnung, Cindy Adams würde hereinspazieren (er hatte gehört, sie esse gelegentlich dort), und ich auf mein Bud Light schielte und wünschte, ich könnte mir eine Flasche Wein bestellen, fragte ich mich, ob ich die Einzige wäre, der so was passierte. Ich sollte bald eines Besseren belehrt werden.

Das Leben in New York gleicht einer Achterbahnfahrt. Wie oft habe ich nachts auf dem Weg zurück nach Hause in die 14th Street zusammengesunken auf dem Rücksitz eines Taxis gehockt und war verzweifelt, weil ich fest davon überzeugt war, dazu bestimmt zu sein, den Rest meines Lebens allein zu verbringen. Und es gab Zeiten, da habe ich mich wie die absolute Totalversagerin gefühlt, weil ich angeblich die clevere, superschlaue Liebeskolumnistin bin, es aber einfach nicht geschafft habe, meine Asse richtig auszuspielen und für irgendwen jemand Besonderes zu sein.

Aber es gab auch viele Tage, an denen ich den West Side

Highway runtergeflitzt bin oder mit meinen Freunden auf der Dachterrasse einer Bar oder im Park gesessen habe und dachte, ich könnte ausflippen vor Glück, hier frei und ungebunden herumzulaufen.

In Freud und Leid habe ich beim Schreiben dieser Kolumne doch zwei Dinge gelernt: Alles hat einen komischen Aspekt, und ich bin nicht die Erste, der so was passiert.

Was ich jetzt auch ohne die Geschichten meiner Leser nicht vergessen durfte.

High Life
in den Hamptons

»Yoh, wir stehen auf P. Diddys persönlicher Gästeliste, nur wir drei, tu dir das mal rein.«

»Ich bin mit Nick Carter von den Backstreet Boys hier, wir sind Vie-Ei-Pies.«

»Paris steht mit ihrer Limousine unten an der Einfahrt, und sie wartet auf keinen Fall in dieser Schlange.«

»Und wenn Madonna höchstpersönlich da unten in ihrer Limousine hockt, an dieser Schlange kommt niemand vorbei.«

Es war mal wieder eine für die Hamptons übliche tumultartige Szene, eine Mischung aus Frust und Verärgerung, als Dan und ich die Einfahrt zu dem sechs Millionen Dollar teuren Landsitz am Middle Lane Highway zu Sean »P. Diddy« Combs alljährlicher »White Party« zur Feier des Unabhängigkeitstages am 4. Juli hinauftigerten.

Dreihundert der einflussreichsten Menschen der New Yorker Mode- und Musikszene, gekleidet in eine Vielzahl der verschiedensten Weißtöne, waren zusammengepfercht wie Vieh. Auf der schmalen Bridgehampton Lane hinter uns stauten sich hupende Geländewagen, Mercedesse, Porsches und Stretchlimousinen.

»Letztes Jahr wurden an der Tür Leute abgewiesen, weil sie keine weißen Schnürsenkel an den Schuhen hatten«, erzählte Dan.

»Mist.« Während wir langsam an die Spitze der Schlange aufrückten, wo die Menge schon beinahe hysterisch Einlass begehrte, versuchte ich, meine abgewetzte Jeanstasche, in der ich meinen Notizblock, den Presseausweis, eine Wegwerfkamera, Kuli und Telefon verstaut hatte, unter einem Arm zu verstecken. Eine ganze Armee von Muskelprotzen stierte die Massen ungerührt an, und die Blondine mit Klemmbrett und Walkie-Talkie neben ihnen wirkte so gestresst, dass man schon fürchten musste, sie könne jeden Augenblick einen Herzinfarkt erleiden.

»Stacy!«, rief Dan. Sie schaute zu uns rüber. Dan, 1,95 Meter groß, mit verstrubbeltem schwarzem Haar und dunkler Hornbrille, war kaum zu übersehen. Sie löste sich aus dem Durcheinander, um uns zu begrüßen.

»Leute, klatscht ab, bitte, das ist der *Wahnsinn!* P. Diddys Sicherheitsleute stellen sich an, als müssten sie den Betriebsausflug eines Hochsicherheitsknasts überwachen. Diddy kann jeden Augenblick mit einer Abschrift der Unabhängigkeitserklärung im Hubschrauber einfliegen, und die halbe Party steht noch in der Einfahrt.« Sie zog zwei silberne Armbändchen aus der Tasche, hielt sie uns hin, und führte dann hektisch ihr Walkie-Talkie an den von Lipgloss glänzenden Mund.

»Roter Teppich, ich hab hier das Hamptons-Tagebuch, ich brauche einen Fahrer, aber pronto. Ende.«

Drei Minuten später raste ein Golfwägelchen die Einfahrt entlang auf uns zu, und Dan und ich flitzten schnell hin, während einer der Türsteher hektisch mit den Armen rudernd auf uns zu rannte, als wolle er ein paar Hühner einfangen.

»Hey, ihr da, ich hab gesagt, da geht jetzt *niemand* durch«, brüllte er.

»Der Lange und das Mädchen sind okay«, schrie Stacy zurück, »die sind vom Hamptons-Tagebuch.«

Wir sprangen in die Golfkarre. Endlich, nach fünf Jahren in New York, hatte ich überall freien Zugang. Aber schon jetzt war mir klar, dass es ein anstrengender Abend werden würde.

Seit einem Monat war ich nun schon in den Hamptons, und ich hatte schnell kapiert, dass der Sommerspielplatz der New Yorker Hautevolee nicht unbedingt der ideale Ort zum Entspannen war. Der Kampf um den Einlass zu Partys oder Clubs war ebenso an der Tagesordnung wie das Verkehrsgedränge auf dem Weg zum Strand oder die Schlacht um einen Tisch in den besten Restaurants. Das alles gehörte hier zu einem tollen Wochenendausflug dazu.

Das Gewühle begann freitags morgens, wenn der Verkehr sich stadtauswärts auf dem Long Island Expressway staute, wodurch man für die knapp hundert Kilometer lange Fahrt in die Hamptons beschwerliche sechs Stunden brauchte – es sei denn, natürlich, man hatte einen Privatjet oder Helikopter zur Verfügung. Und dann, wenn die kleinen Landstraßen das ganze Wochenende von den Geländewagenflotten verstopft waren, alles – vom Parken über Bier und Blaubeeren –über Nacht vierzig Prozent teurer wurde und die Sommergäste aus der Sorte New Yorker bestand, die sich einbildete, wenn sie es sich schon leisten konnten, die Sommerfrische in den Hamptons zu verbringen, dann hätten sie das gottgegebene Recht, von allen anderen Menschen total genervt zu sein, dann waren es auch alle.

Am 4. Juli – dem drei Tage langen Feiertagswochenende – war der Menschenauflauf noch schlimmer als sonst, und in seiner typischen Gier nach Aufmerksamkeit hatte Sean »P. Diddy« Combs beschlossen, die größte Party des Wochenendes zu schmeißen und gleichzeitig seine Kampagne zu starten, die Menschen dazu animieren sollte, bei der im November anstehenden Präsidentschaftswahl ihre Stimme abzugeben.

Die wenigsten interessierten sich für Stimmzettel, die wussten nur, dass im Vorjahr Bruce Willis und Leonardo di Caprio gegen drei Uhr nachts im Hubschrauber zu P. Diddys White Party eingeflogen waren und eine Horde bildhübscher Frauen sich die Klamotten vom Leib gerissen und im Pool rumgeplantscht hatte.

Dan und ich sprangen vom Golfwagen auf den roten Teppich, neben dem eine Menge Fotografen genau so ungeduldig wie die Gäste in der Einfahrt auf die Ankunft der Promis warteten. »Hey, Mann, was ist los?«, »Wer kommt als Nächstes?«, »Wann gebt ihr mir Bescheid wegen Paris Hilton?«, »Wann kommt P. Diddy?« Die meisten von ihnen kannte ich schon, weil wir alle im örtlichen Partyzirkus unterwegs waren.

Matt Heine, ein New Yorker PR-Typ, maßgeblich an der Organisation der Party beteiligt, kam angerannt, um uns zu begrüßen. »Leute, das wird der Wahnsinn, der absolute *Wahnsinn!* Beyoncé und Jay-Z sind schon da, Revend Al Sharpton, Aretha Franklin und L.L. Cool J. auch, und Paris und Nicky müssten jeden Augenblick eintrudeln. Und ihr wisst, sollte irgendwas sein, ich bin immer für euch da, Leute.«

Stets gut gelaunt und braun gebrannt, gehörte Matt zu einer Schar von Presse- und Eventmanagern, die jeden Sommer die Hamptons überschwemmten, um Clubs, Partys und Benefizveranstaltungen zu promoten. Und daran, wie wichtig ihre Aufgabe war, war nicht zu rütteln. Die Hamptoner Partyszene hatte ein Herdentrieb, der jedes Schaf beschämt hätte. Der Wirbel um einen Club oder eine Partynacht konnte deren Schicksal für den ganzen Sommer besiegeln. Und dank des Einflusses der *New York Post* war unser Tagebuch aus den Hamptons maßgeblich an diesem Wirbel beteiligt.

Die Party heute Abend fand in einem hohen weißen Kuppelzelt statt, in dem hunderte weiß gekleideter Gäste sich um sechs Bars drängten, die kostenlosen Champagner ausschenkten, und eine Sushi-Station, die am laufenden Band plattenweise würzige Tunfischröllchen produzierte. Überall lagen weiße Lederkissen herum, und Aretha Franklin thronte wie Cleopatra liegend auf einem Sofa.

Dan hastete in Richtung Villa – ein moderner Nullachtfünfzehn-Bau mit kitschigen Pfeilern und einem rosa beleuchteten Swimmingpool, an dem Beyoncé angeblich Hof hielt. Ich blieb beim roten Teppich, um die Ankunft der übrigen Promis nicht zu verpassen. Unsere Aufgabe bestand darin, Zitate von Prominenten zu bekommen, Katastrophen und Dramen aufzuschnappen und herauszufinden, wer mit wem rumhängt.

Aber selbst einen B-Promi dazu zu bringen, bei einer Party mit einem Journalisten zu reden, ist nicht so einfach, wie es sich anhört. Nach kurzem Warten entdeckte ich Lennox Lewis, den Boxer mit den Dreadlocks, der mit einem Drink in der Hand vorbeischlenderte, also zückte ich meinen Notizblock und rannte hinter dem 1,95 Meter großen Riesen her.

»Hi, Sir, Mr. Lewis, ich bin von der *New York Post*, wie finden Sie die Party?«

Mr. Lewis ging seelenruhig weiter, als sei er taub.

»Hey, Lennox, hast du eine Minute Zeit?« Ich hüpfte neben ihm her und musste mich anstrengen, mit ihm Schritt zu halten.

»Lennox, wie findest du die Party?«

Er guckte mich flüchtig an, als sei ich eine Fliege, die sich für eine Sekunde in sein Blickfeld verirrt hatte – und schaute dann weg, als hätte er sich doch geirrt.

»Mr. Lewis, gibt's irgendwelche Pläne, noch mal in den Ring zu steigen?«

»Das heißt dann wohl nein«, rief ich seiner Rückansicht hinterher.

Zwei Minuten später flatterte seine königliche Diddyness ein, und das mit einem derartigen Tumult, dass man annehmen könnte, er sei der Messias. Mit weißem Filzhut, Leinenan-zug und vor Diamanten nur so triefend stolzierte er auf seiner Party umher, immer dicht gefolgt von Fernsehteams, Bodyguards und Anhängern, die sich auf ihn stürzten wie bewundernde Jünger. Er strahlte, als sei er auf dem größten Egotrip seines Lebens – während ich ihm Fragen hinterherbrüllte, die er ebenfalls geflissentlich überhörte. Ich hatte zwischenzeitlich bereits Fetzen des beliebtesten Gesprächsthemas in den Hamptons aufgeschnappt – der Frage, wo man als Nächstes hingehen sollte.

Dan erschien wieder auf der Bildfläche. »Ich gebe ihnen noch zehn Minuten. Die Southhamptoner Ordnungsbehörde rückt gerade an.«

Da tauchten auch schon missgelaunte Beamte der örtlichen Polizei auf und bahnten sich den Weg durch die aufgetakelten Partygäste. Es täte ihnen Leid, sagten sie, aber sie hätten nie und nimmer die Genehmigung zu dieser Veranstaltung erteilt. Die Musik sei zu laut, bei ihnen liefen die Drähte heiß, weil wütende Anwohner anriefen und sich beschwerten, sie könnten nicht schlafen, und auf 15 Kilometer Länge stünden Autos Stoßstange an Stoßstange im Stau.

Diese Party, bei der weder Kosten noch Mühen gescheut wurden, war ihrem eigenen irren Rummel zum Opfer gefallen. So viel zum Nacktbaden im Pool.

Aber die Nacht war noch lange nicht vorüber. Dan und ich schlugen uns in die Büsche, rannten zurück zur Einfahrt und joggten den halben Kilometer bis zu unserem Auto. (Kein Porsche oder Geländewagen, sondern ein vernünftiger, weinroter Pontiac.) Denn nach jeder ordentlichen Party gab es auch eine After-Party.

Die von Diddy sollte im Star Room stattfinden, einem Club an der Hauptstraße zwischen East Hampton und Bridgehampton, der sich zu einer der gefragtesten Locations des Sommers gemausert hatte, weil die Besitzer jeden einzelnen Promoter der Hamptons angeheuert hatten, damit der Laden lief. Die Tatsache, dass das Parken hier zwanzig Dollar und der Eintritt ebenfalls zwanzig Dollar kostete, und man, wenn man einen Tisch wollte, für eine Flasche Sprudelwasser vierhundert Dollar hinblättern musste, hinderte hunderte Leute nicht daran, sich jedes Wochenende vor der Tür zu drängeln und Einlass zu begehren.

Als wir dort ankamen, herrschte ein ebenso heilloses Durcheinander wie vor der ersten Party, weil hunderte Menschen gleichzeitig in Richtung Tür stürmten. Wir drängelten uns vor und bereiteten uns seelisch auf eine Szene wie in einem Kerker mit besonders gut gekleideten Insassen vor.

Ein Türsteher machte uns auf Paris Hilton aufmerksam, die mit ihrem Freund von den Backstreet Boys, Nick Carter, rummachte. P. Diddy – der es auf wundersame Weise geschafft hatte, vor uns da zu sein – stand von seiner Posse umgeben, die auf den Tischen tanzte, in einer Ecke. Lennox Lewis war bei ihm, doch ich bezweifelte, ob die beiden miteinander warm werden würden. Aber die Tatsache, dass die Stadt Southhampton der Party ein jähes Ende bereitet hatte, war ohnehin eine weitaus bessere

Geschichte als irgendwelche langweiligen Zitate von B-Prominenten. Wir hatten noch drei weitere Nachtclubs und Partys auf dem Plan, also saßen wir eine halbe Stunde später schon wieder im Auto. Fünf Minuten später bekamen wir einen Anruf vom Türsteher des Star Room, der uns erzählte, Paris Hiltons und Nick Carters kleine Fummeleinlage habe in einer wüsten Streitorgie auf dem Parkplatz geendet, weil er sie verdächtigte, mit einem anderen Mann geflirtet zu haben. Wir drehten sofort um.

Drei Tage später saß ich im nassen Bikini im Sand und beobachtete, wie an der Noyack Bay langsam die Sonne unterging. Ein warmer Wind blies vom golden schimmernden Wasser herüber, und der Himmel über mir erstrahlte in den verschiedensten Rosatönen. Wie immer saßen auch heute Abend die Leute still in ihren Liegestühlen, die über den breiten Strandstreifen verstreut standen, und genossen den Sonnenuntergang. Gleich neben mir hatten zwei Frauen mittleren Alters einen Grill aufgebaut und eine Flasche Wein aufgemacht. Ein bisschen weiter landeinwärts machte ein Typ gerade Yoga. Draußen schwamm noch jemand im Wasser, sein dunkler Kopf schaukelte in den glitzernden Wellen auf und ab.

Es war jene friedliche Zeit nach Redaktionsschluss, wenn wir alles eingereicht hatten, und ich, wenn wir nicht über irgendwelche Events berichten mussten, zu einem abendlichen Bad im Meer zum Three Mile Beach radelte, einem Küstenstreifen an der Bucht nicht weit von unserem Haus. Und wenn ich abends so allein hier saß, verstand ich auch, warum ein Grundstück von knapp einem halben Hektar in den Hamptons über eine Million kostete und man ohne zehn bis fünfzig Millionen Dollar in der Tasche nicht mal an ein Strandhäuschen denken konnte. Trotz allem Ärger und der Hochnäsigkeit der Leute war diese Ecke von Long Island, wo ein bisschen Sonnenlicht auch einen völlig verregneten Nachmittag in ein Kaleidoskop von Silbertönen verwandeln konnte, das schönste Fleckchen Erde, wo ich je gelebt hatte.

Ein junges Pärchen kam den Strand entlanggebummelt, zwei kleine Kinder im Schlepptau. Die Kinder liefen zum Wasser und plantschten mit Stöcken darin herum, die sie mitschleppten. Der Vater war stehen geblieben, um sie im Auge zu behalten, die Mutter dreht sich um und lachte.

Was machte es schon, dass die meisten Leute in meinem Alter inzwischen eine Familie gegründet hatten? Das war der Maßstab anderer für Erfolg im Leben. Dafür düste ich wie eine Irre für die *Post* kreuz und quer durch die Hamptons. Ich war nach New York gezogen, um Abenteuer zu erleben, und die hatte ich jetzt.

Und wie ich so restlos glücklich im Sand saß und meinen ganz persönlichen kleinen Sonnenuntergang genoss, kapierte ich zum ersten Mal, dass Alleinsein an sich überhaupt nichts Tragisches hat.

Endlich war ich frei, befreit von meinem Sehnen nach Jack, überhaupt befreit von allen Männern, und frei von Selbstzweifeln. Und so sollte es, wenn es nach mir ging, auch bleiben.

Zeig mir deinen Lear-Jet

Geld. Das wuchs in den Hamptons auf den Bäumen. Es war eingeknüpft in den perfekt gemähten Rasenteppich vor jedem der weißen Holzrahmen-Sommerhäuser mit zehn Zimmern. Man sah es im Kaschmir, der über mit Tennisstunden gestählten Schultern drapiert war, die in der Main Street in East Hampton vorgeführt wurden, und in den funkelnden Steinchen an Frauenhänden im piekfeinen Restaurant Nick and Tony's. Es glitzerte auf den Windschutzscheiben der Porsches, Mercedesse, Maseratis und Aston Martins, die am Strand parkten, und in den polierten Bullaugen der gigantischen fünfstöckigen Motoryachten im Hafen von Sag Harbour.

In den Hamptons war es nämlich keine Schande, Geld zu haben – auch nicht in rauen Mengen. Und es war auch keine Schande, als allein stehende Frau auf der Jagd nach einem schwerreichen Mann zu sein.

Als ich aus London – wo niemand über Geld redete, auch wenn jeder wusste, wer wie viel hatte – hierher gezogen war, hatte ich mich gewundert, wie offen die Frauen in New York darüber sprachen, dass sie einen vermögenden Mann suchen. Noble Abendessen, Friseurbesuche in mondänen Salons, Kindermädchen, Schulgeld, Ferienhäuser, da läpperte sich schließlich was zusammen. In den Hamptons war der Wettbewerb noch härter. Als reicher Macker bekam man das Beste vom Besten. Als armer Schlucker sollte man sich lieber auf Coney Island in die Sonne legen.

Besonders gut konnte man das an den gefragten Treffs wie

Jean Luc East in East Hampton beobachten – ein Restaurant, das sich anschließend in eine Disko verwandelte. Dorthin gingen New Yorker Singles zum Essen und hingen anschließend an der Bar rum.

Die ganze Sache folgte einem bestimmten Muster. Die Frauen saßen zu zweit oder dritt in Designerfummeln, die hauteng an ihren perfekten Körpern saßen, zusammen und nippten an ihren Cocktails. Jeder Mann, der sie ansprach, hatte genau eine Minute Zeit, sich ihrer würdig zu erweisen.

»Hallo zusammen, nett, euch kennen zu lernen, Mädchen, ich bin John. Ich bin gestern Abend mit meinem Kumpel im Learjet angekommen …«

»Und, was machst du beruflich?« »Ich bin im Bereich privates Beteiligungskapital tätig, Mann, hatten wir ein Superjahr. Ich hab für den Sommer ein tolles kleines Strandhaus in Sagaponac ergattert, von meinem Penthouse in Tribeca bin ich donnerstags in zwei Stunden mit meinem Ferrari da …«

»Also, Mädels, wenn ihr heute Abend eine Mitfahrgelegenheit braucht, mein Fahrer ist die ganze Nacht in Rufbereitschaft.«

Die Frauen saßen ständig wie auf dem Präsentierteller und stellten ihre gebräunten, durchtrainierten Körper und manikürten Nägel zur Schau. In den Hamptons wollte jeder Mann eine umwerfende Frau an seiner Seite, und mit etwas Geld bekamen sie die auch. Ja, der Anblick hoch gewachsener, wie Models aussehender junger Frauen in Begleitung untersetzter, selbstzufriedener alternder Herren war hier so alltäglich wie ein Porsche auf dem Parkplatz. Vielleicht wurde ich langsam zynisch, aber ich fragte mich, ob auch nur die Hälfte der Paare in den Hamptons ohne Botox und den sechsstelligen Betrag auf dem Bankkonto noch zusammen wären.

Aber auch was den Reichtum angeht, gibt es verschiedene Abstufungen. An der Spitze der Pyramide standen die überreichen Privatiers in ihren 45-Millionen-Dollar-Villen mit Meeresblick – die man am Strand und in seinen Träumen erblickt. Diese Leute verbrachten einen heiteren Sommer mit Herumjetten im Privatflugzeug, Anheuern von Caterern für diskrete Dinnerpartys zu Hause und Nippen an Cocktails, die ihnen der Kellner an Deck servierte. Man brauchte sich nicht in den Stau zu stellen und um einen Tisch im Restaurant zu kämpfen, wenn man genug Geld hatte und sich alles nach Hause bringen lassen konnte.

Eine Stufe weiter unten auf der Leiter steht die feine Gesellschaft – die weniger bekannten Promis und die Stammbesetzung der Hamptonsszene, die wie Junkies jede Woche von Benefizgala zu Festveranstaltung oder auf eine schräge Party wanderten. Dazu gehörten die Moderatoren der Frühstückssendungen im Fernsehen, Kelly Ripa und Star Jones, dann Martha Steward, Billy Joels Exfrau Christie Brinkley, Alec Baldwin, Unternehmer Russel Simmons und Jason Binn, der jungenhaft wirkende Herausgeber des unglaublich erfolgreichen *Hamptons Magazine*, das allmonatlich voll war mit den Fotos derer, die überall dabei waren. Und dann gab es noch die reichen Kinder – Paris und Nicky Hilton, Alex von Fürstenberg – der Sohn der Designerin Diane und Stiefsohn von Medienmagnat Barry Diller – Zeitschriftenerbin Amanda Hearst, die Erbin des Johnson-and-Johnson-Konzerns, Casey Johnson, und all ihre Freunde, die sich in den VIP-Bereichen drängelten, auf Tischen tanzten, Tequilas kippten und sich anstellten, als glaubten sie, hemmungsloser Hedonismus gehöre zu ihren Geburtsrechten.

Im Juli versammelte sich die Gesellschaft sonntags nachmittags um das große weiße VIP-Zelt beim Mercedes-Benz-Cup in Bridgehampton, wo die aufgetakelten Fregatten sich gegenseitig begutachteten, nachsahen, wer im noch exklusiveren VIP-Camp gleich neben dem VIP-Zelt rumhing, und sich umhörte, was die anderen abends so vorhatten. Später setzte sich die ganze Horde dann in Bewegung, um wieder in das Hamsterrad allabendlicher Partybesuche zu steigen und sich darüber auszulassen, wo sie gerade herkamen, wen sie gesehen hatten und wo man als Nächstes hinging. Gesprächsthema Nummer eins in der Hamptoner Gesellschaft. Eine Stufe weiter unten auf der

Leiter kamen die mit einer Hausbeteiligung. Die Generation der New Yorker Mitte zwanzig – junge Banker, jüdische Prinzessinnen und Leute mit nicht ganz so großem Treuhandvermögen, die dreitausend Dollar für ein Plätzchen in einem Ferienhaus hinblätterten, was ihnen nicht mal ein Bett garantierte. Das waren diejenigen, die mit schönster Regelmäßigkeit vor Clubs wie dem Star Room, dem Resort, dem Jet Easy und dem Cabana standen und bereit waren, dreihundert Dollar für eine Flasche Wodka auf den Tisch zu legen, solange sie und ihre Freunde nur reinkamen.

Und dann gab es da noch die Armee der Unternehmer, die den Sommer dazu nutzten, ihren Kontostand auszugleichen – PR-Leute und Promoter, die sich abrackerten, um über ihre Clubs und sich selbst reden zu machen, Barkeeper, die in einer Nacht achthundert Dollar Trinkgeld einsackten, Landschaftsgärtner, die in einer Saison 55 000 Dollar fürs Rasenmähen, Unkrautzupfen und Heckenschneiden verlangten (und das pro Haus), die Tennisprofis, die Fitnesstrainer, die mobilen Massagepraxen, die alle um die hundertfünfzig Dollar pro Stunde kosteten, Trinkgeld natürlich nicht eingerechnet. Mitte der Woche ging es in Sag Harbour dann hoch her, wenn die Besatzung der Motoryachten an Land gingen – sonnengebräunte Machotypen aus Australien, Neuseeland, Südafrika und Florida – die sich jeden Abend ins Koma soffen und wechselnde Mädchen mit an Deck der fünfzig Millionen teuren Yachten schmuggelten. Die Jungs machten Party ohne Ende, bis freitags die Bootsbesitzer ankamen und die Crews sich bis Sonntagabend wieder von schlitzohrigen Playboys in Schiffsjungen verwandelten.

Wer immer behauptet hatte, in Amerika gäbe es keine Klassengesellschaft, irrte sich gewaltig. Und Dan, Thomas und ich führten darüber Buch.

Die Mittjulisonne brannte vom Himmel, und ich stand da und beobachtete die Menge, die sich um das VIP-Zelt beim Bridgehampton-Polospiel drängte. Zu meiner Rechten donnerten acht sechsstellige Vollblüter über das jungfräuliche Grün, im Sattel junge argentinische Polospieler, die reiche amerikanische Teamchefs für den Sommer engagiert hatten, um das Talentniveau ihrer Mannschaften zu heben.

Zu meiner Linken, auf einem Grasstreifen hinter dem Zelt, saß Paris Hilton in einem Geländewagen mit verdunkelten Scheiben, der von Sicherheitsleuten umstellt war. Eine Meute Fotografen wartete vor der Absperrung des VIP-Bereichs auf sie und hechelte wie Windhunde in der Startmaschine. Paris hatte angeblich mal wieder eine Auseinandersetzung mit ihrem Freund von den Backstreet Boys gehabt, und nun ein blaues Auge. Auf das Bild waren alle scharf.

Mein Handy klingelte, ich holte es raus und guckte mit zusammengekniffenen Augen zum Geländewagen rüber. Paris Hilton stieg gerade in einem kanariengelben Strandkleidchen auf der Beifahrerseite aus und warf ihr platinblondes Haar nach hinten, während die Fotografen sich auf sie stürzten. Ich für meinen Teil war zu dem Schluss gekommen, dass sie die Hälfte all ihrer Dramen vermutlich nur erfand, damit man sie beachtete.

»Hey, Bridge, ich bin's, Heather, wann bist du heute Abend mit dem Hamptons-Tagebuch fertig?« Es war Heather, eine lebhafte Australierin, die vor zwei Monaten in Alices Zimmer in unserem Loft eingezogen war, nachdem Alice vor der Geburt des Babys mit Chris zusammengezogen war.

»Wir haben mindestens hundert Partys auf der Liste. Warum?«

»Ich bin übers Wochenende mit ein paar durchgeknallten Mädchen hier, die einen Ferienhausanteil haben. Die gehen zu einer Kostümparty von irgend so einem Hedgefonds-Fritzen auf Shelter Island. Klingt wie ein echter Knaller.«

»Irgendwelche bedeutenden Namen auf der Gästeliste?« Ich dachte immer an die Arbeit.

»Wohl kaum, Herzchen, ich dachte bloß, du hast Lust, nach Dienstschluss vorbeizukommen und ein bisschen zu entspannen.«

Ich ging den Plan für heute Abend durch. Eine Benefizveranstaltung in der Kunstgalerie von East Hampton in der Guild Hall, die Party des *Hamptons Magazine* für ihre Covergirls Lauren Bush und Amanda Hearst im Bridgehampton Tennis- und Surf-Club. Calvin Klein veranstaltete eine Hauseinweihungsfeier in seiner 29 Millionen Dollar teuren Hütte in der Meadow Lane in Southampton. Clintons Spendensammlerin Denise Rich hatte eine Benefizveranstaltung in ihrer Southamptoner Villa (Mietpreis 60 000 Dollar pro Saison) organisiert, zum Andenken an ihre Tochter, die in dieser Villa an Leukämie gestorben war.

»Heather, ich werd's versuchen.«

Dan tauchte wieder auf. »Okay, ich hab Jessica Alba gekriegt. Paris' Mutter Kathy ist da drüben und schwadroniert über ihre neue Reality-Show im Fernsehen. Paris und Nicky überreichen dem Gewinner am Ende des Poloturniers den Pokal.«

»Cool«, sagte ich. »Ich hab gehört, der Streit zwischen Paris und Nick vor zwei Wochen vor dem Star Room soll der Auslöser für ihre Trennung gewesen sein. Und ein Kumpel von mir, der im Corcoran arbeitet, hat gerade angerufen und erzählt, Howard Stern sei beim Kampf um ein zwanzig Millionen Dollar teures Häuschen am Meer in der Further Lane in East Hampton überboten worden. Wie's scheint, hat ihn ein örtlicher Bauunternehmer ausgestochen, als er schon dachte, er hätte den Vertrag in der Tasche.«

Thomas, unser Fotograf, kam dazu, wischte sich mit dem Taschentuch über die Stirn und rückte seine Kamera mit dem langen Objektiv auf der Schulter zurecht.

»Das ist so irre, ich kann Paris Hilton nicht mehr sehen. Von dem angeblichen Veilchen ist nichts zu sehen. Ich hab gerade einen Anruf gekriegt, Chris Martin surft am Georgia Beach vor Steven Spielbergs Haus, und Gwyneth ist mit dem Babybuggy in der East Hampton Street gesichtet worden, wie sie sich bei Babettes einen Milkshake gekauft hat. Ich flitze mal schnell hin, vielleicht erwische ich sie ja noch.«

»Ja, gehen wir«, meinte Dan. »Wir haben alles, was wir brauchen. Das Benefizding in der Guild Hall fängt in einer Viertelstunde an.«

Wir gingen zurück zum Auto, und während Dan fuhr, griff ich auf den Rücksitz und zog ein Sommerkleid mit Blumenmuster hervor, das ich mir für die etwas feineren Abendveranstaltungen zugelegt hatte. Ich riss mir das T-Shirt vom Leib und zwängte mich in das Kleid, schleuderte die Flipflops von den Füßen und schlüpfte in meine Hollywould-Pumps. Genug Zeit, zum Umziehen nach Hause zu gehen, blieb uns nie.

In den nächsten drei Stunden hakten wir eine Veranstaltung nach der anderen auf unserer Liste ab. Bei Denise Rich standen vierhundert Gäste vertraulich plaudernd um den Swimmingpool, gleich neben dem Haus, das einer spanischen Villa nachempfunden war. Apple Martinis und Wassermelonen-Cosmopolitans wurden durch Eisstatuen ausgeschenkt. Die Tische – Kostenpunkt 25 000 Dollar das Stück – waren für das Drei-Gänge-Menü mit weißen und rosa Rosen geschmückt. Außerdem war ein Auftritt von Michael Bolton geplant. Die üblichen Verdächtigen waren da und diskutierten darüber, wann sie zu Calvin Kleins Party abhauen sollten. Irgendwann schlüpfte ich kurz in eine der eleganten Mobiltoiletten, wo ein hübsches Mädel in einem rückenfreien Strandkleidchen für vierhundert Dollar, mit dem ich im Scoop in East Hampton geliebäugelt hatte, sich verzweifelt im Spiegel begutachtete. Sie war schlank wie eine Tennisspielerin, hatte glatte, schön frisierte blonde Haare, perfekt gezupfte Augenbrauen und schneeweiße Zähne.

»Ich wünschte, ich könnte eine ›Nicht-hässlich‹-Pille schlucken«, murmelte sie.

Manchmal waren die Hamptons mir so fremd wie der Mond.

Calvin Kleins Party begann mit einem Monsterstau aus Mercedessen, BMWs und Jaguars. Vor dem Haus wurden wir von einer Armee Parkwärter empfangen, die uns in Empfang nahmen, um die Autos für uns abzustellen. Das Haus war ein Herrenhaus im gotischen Stil mit einer riesigen Eingangshalle rappelvoll mit

Leuten, die in einen weiß möblierten Salon mit Fell-Accessoires und Blick auf den Strand überging. Ich konnte Barbara Walters, Martha Steward, Christie Brinkley und den Fotografen Bruce Webber ausmachen, die um einen Tisch mit zwei Kaviarkübeln herumstanden. Dutzende muskulöser, barbrüstiger männlicher Models servierten die Drinks. Am Strand schaukelte ein Meer oranger Papierlampions in der sanften Brise, und weitere weiße Kissen lagen im Sand verstreut herum. Auch das gigantische Büfett war mit weiß gekleideten, halb nackten Models bemannt, die Hummer und Steaks austeilten. Barry Diller, Diane von Fürstenberg sowie Lauren Bush und ihre Mutter Sharon, die kürzlich vom Bruder des Präsidenten geschieden worden war, lagen auf Kissen um ein Feuer herum. Nur drei Meter weiter krachten in der Dunkelheit die Wellen an den Strand.

Ich stand da mit dem Rücken zum Meer und schaute hinauf zu dem riesigen Haus mit den Türmchen, in dem jedes Fenster erleuchtet war. Fetzen von Salsa-Musik wehten von einer Terrasse herüber. Aus einem Zelt gleich neben dem Haus dröhnte ein Song von Outkast. Irgendwie hatte ich mich schon an diesen Reichtum gewöhnt. Aber ich wusste auch, wenn dieser Sommer vorüber war, würde ich solche Partys nie wieder erleben.

Euan, Alices gut vernetzter, sehr geselliger Schwager, der mir im Jahr zuvor eine Mitgliedschaft für das SoHo House verschafft hatte, kam angelaufen und unterbrach meine Gedanken.

»Hey, ich hab was für euer Tagebuch. Ich habe mich eben mit Calvin unterhalten. Und nun rate mal! Nach der Party will er das ganze Haus abreißen lassen und noch mal ganz von vorne anfangen! Er behauptete, es spukt hier, und außerdem passt es hinten und vorne nicht zusammen.«

Kurz vor Mitternacht setzte Dan mich schließlich vor unserem Häuschen ab. Wir hatten beschlossen, ich solle mit Heather zu der Kostümparty auf Shelter Island gehen, nur für den Fall, dass jemand Interessantes dort auftauchte, und Dan würde die übliche samstagabendliche Runde durch die Clubs drehen.

Ich lief nach oben in mein Zimmerchen unter dem Dach, zog mein geblümtes Partykleid aus, schlüpfte in eine Trainingshose und ein T-Shirt mit einer Palme in Neonpink vorne drauf. Dann band ich meine Haare zu kleinen Zöpfchen zusammen. Meine ganz persönliche Version des »Surfer Girls« musste heute Abend genügen.

Zehn Minuten später holten mich Heather und ihre »Hausfreundin« Sara mit ihrem Geländewagen ab. Sie waren als Meerjungfrauen kostümiert, mit ausgefallenen blonden Perücken und paillettenbesetzten Oberteilen. Mir war das schnuppe. Ich hatte mich schon mal als Meerjungfrau verkleidet, für einen Fototermin bei der *Post*, letztes Jahr zu Weihnachten. Das reichte mir. Und außerdem war die Party für mich ein Arbeitstermin.

Shelter Island liegt mitten in der Bucht zwischen der nördlichen und der südlichen Landzunge von Long Island. Eine kleine Fähre bringt Autos von Sag Harbour hinüber, und jetzt rasten wir über die Landstraße, um sie noch zu erwischen. Als wir dann auf der Fähre waren und über das dunkle Meer zum anderen Ufer übersetzten, drehten die Mädchen voller Vorfreude die Stereoanlage im Auto auf.

»Hey, ich bin schon sehr gespannt, wie der Typ so ist und ob er reiche Freunde hat«, rief Sara. »Angeblich ist die Fähre normalerweise nur bis ein Uhr in Betrieb, aber er hat sie für heute Nacht gechartert, damit seine Gäste kommen und gehen können, wann sie wollen.«

»Klingt mir nach Angeber«, bemerkte ich.

Heather und Sara grinsten nur.

»Du wirst doch nicht etwa verbittert, Bridge?«, meinte Heather, die ihre Meinung nie für sich behalten konnte. »Du hast den besten Job des Sommers, du lebst im Paradies, du kommst gerade von Calvin Kleins Hauseinweihung. Ich glaube, du wirst gerade ein bisschen neidisch auf das viele Geld!«

»Bei dir piept's wohl«, entgegnete ich. »Diese reichen Fritzen sind doch alle gleich. Die wollen eine Vorzeigefrau als Trophäe, die zu ihren Vorzeige-Sportwagen, -Booten und -Strandhäusern passt. Und wenn man zu alt wird, geht es einem wie all ihren anderen Besitztümern, man wird gegen ein neueres Modell ausgetauscht. Glaubt mir, das bekomme ich schon den ganzen Sommer zu sehen.«

Als wir bei diesem Hedgefonds-Typen ankamen, wurden wir von einer langen, mit Kerzen gesäumten Auffahrt und unzähligen goldenen Lampions, die in den Bäumen hingen, empfangen. Die Auffahrt führte zu einem großen weißen Haus im Bauernstil mit blauen Fensterläden auf einer grasbewachsenen Landzunge, die über einen sanften Hügel bis hinunter zur weitläufigen Bucht reichte.

»Nette Hütte«, flüsterte Heather. Ich gab es nur ungern zu, aber es war das schönste Haus, das ich heute Abend zu sehen bekommen hatte.

Die Party auf dem Hügel war in vollem Gange. Ein DJ legte alte Diskohits auf, Kellner servierten Champagnercocktails und eine starke Bowle. Eine ganze Horde Mädchen lief in Hula-Röcken und mit Feenflügeln herum. Ich sah auch etliche Gladiatoren und Superhelden. Aber verglichen mit der total abgehobenen Szene bei den vorherigen Partys wirkte diese ziemlich entspannt. Ich guckte mich trotzdem mal etwas genauer um, vielleicht fiel mir ja etwas oder jemand ins Auge, das oder den ich im Hamptons-Tagebuch zum Thema machen könnte.

Die anderen zog es an die Bar, und als ich mir sicher war, dass keinerlei Berühmtheiten anwesend waren, trabte ich hinterher. Heather quatschte schon mit einem Typen in einer Leopardenmuster-Jacke über einem scheußlichen, mit Flitter besetzten ausgestellten Hosenanzug und einem riesigen Medaillon, das an seiner Brust baumelte.

Ich hörte sie nur noch »New York Post« sagen. Und dabei zeigte sie auf mich.

»Ja, das da drüben ist Bridget Harrison«, sagte sie. »Bridge, komm her, hier ist jemand, der dich kennen lernen möchte.«

Mist. Dabei hatte ich ihr noch auf der Fähre eingeschärft, niemandem zu verraten, dass ich vom Tagebuch der Hamptons kam. Ich zauberte mir ein aufgesetztes Lächeln ins Gesicht und verfluchte sie leise.

»Bridge, das ist Evan, das ist seine Party. Er ist ein großer Fan deiner Kolumne.«

»Ach, toll!« Nun tat ich ganz bescheiden. »Ich hoffe, du hast nichts dagegen, dass wir hier einfach so reinplatzen.«

Er war weit über 1,80 groß, hatte dichtes, dunkles Haar, einen leichten Bartschatten und sah in seinem abscheulichen Aufzug auf liebenswerte Art zum Schießen komisch aus. Ich streckte ihm die Hand hin.

»Ehrlich, es ist total cool, dich mal persönlich kennen zu lernen«, sagte er und schüttelte meine ausgestreckte Hand. »Ich muss zugeben, dass ich die *Post* zwar nie kaufe, deine Kolumne aber immer online gelesen habe. Was du mal über die New Yorker Männer geschrieben hast, dass die sich benehmen wie kleine Jungs im Süßwarenladen, damit hast du den Nagel auf den Kopf getroffen. Die habe ich damals all meinen Freunden gemailt.«

»Na ja, ich hoffe, das klang nicht allzu verbittert.« Ich lächelte ihn schüchtern an. Was denn, flirtete ich etwa? Flirtete ich mit einem Hedgefonds-Typen? Nein, nein, ich war bloß freundlich zu unserem Gastgeber.

»Ich glaube, ich habe dir sogar mal eine Mail geschickt, das mache ich sonst nie, aber du hast sie nicht beantwortet. Du kriegst bestimmt tonnenweise Post.«

»Ach nein, eigentlich nicht, ich meine, nur manchmal.« Ich hatte schon wieder diesen aufgesetzt bescheidenen Tonfall drauf. »Die Kolumne ist bei den Leuten anscheinend sehr gut angekommen, vermutlich weil wir alle in New York schon ähnliche Erfahrungen gemacht haben. Zu viel Auswahl, nicht genug Zeit, und alle ganz nervös, was vielleicht schon hinter der nächsten Ecke auf sie warten könnte.«

»Wem sagst du das, das ist die Geschichte meines Lebens.«

Heather verdrehte die Augen und trollte sich.

»Als was bist du eigentlich verkleidet?«, fragte ich neckisch und griff nach seinem Medaillon.

»Elvis Presley. Und wer bist du, Pippi Langstrumpf?«

Wir grinsten uns an. Seine Augen waren auffallend hell im Vergleich zu seiner dunklen Haut, und drum herum hatte er sehr gewinnende Fältchen. Er sah aus, als verbringe er einen Großteil seiner Zeit im Freien.

Und auf einmal dachte ich: Wie nett von ihm, all die Kerzen in der Einfahrt aufzustellen und die Lampions in die Bäume zu hängen – bis mir einfiel, dass er sie vermutlich nicht selbst aufgehängt hatte.

»Also, ehrlich, die Party ist ganz super, noch mal danke, dass wir kommen durften«, sagte ich. »Ich sollte mal besser gucken, wo meine Freundinnen stecken.«

Einige Zeit und etliche Gläser Weißwein später hüpften Heather und ich zur Musik auf dem Hügel herum. Ich hatte meine Flipflops in die Ecke gepfeffert und genoss das Gefühl des kühlen Grases unter den Füßen und die Brise von der Bucht im Gesicht. Dies war die erste Party in den Hamptons, bei der ich mich mal entspannen konnte.

Dann tauchte Evan neben mir auf.

»Hey, tanz mit mir«, rief ich und tänzelte voll des Weines und voller Begeisterung um ihn herum.

»Ich tanze nie, da bin ich eine Niete«, erwiderte er.

»Quatsch.« Ich packte seine Leopardenfelljacke und zog ihn an mich, so dass wir Hüfte an Hüfte tanzten. Im Gleichschritt wiegten wir uns vor und zurück. Ich konnte mich nicht mehr erinnern, wann ich das letzte Mal einen Engtanz aufs Parkett gelegt hatte, und ich fand es toll.

»Weißt du was, das macht ja richtig Spaß«, sagte er, entschuldigte sich aber dann, um ein paar seiner Gäste zu verabschieden, die gerade aufbrachen.

Noch später schaute ich, ganz müde vom Tanzen, noch mal beim Getränkestand vorbei. Ein attraktiver Typ in hellblauem Hemd und Khakishorts tauchte neben mir auf und hielt mir ein Glas unter die Nase.

»Weiß, nicht wahr?«, fragte er.

Im ersten Moment erkannte ich ihn gar nicht, aber dann ging mir auf, dass es Evan war. Ohne das Elvis-Outfit sah er auf einmal unglaublich sexy aus. Sein gut geschnittenes himmelblaues Hemd, das er einfach schnell übergezogen hatte, war augenscheinlich teuer gewesen und betonte vorteilhaft seine Bräune. Er wirkte entspannt und doch selbstbewusst, und sein ungezwungenes Benehmen machte ihn noch anziehender.

»Du bist die Einzige, mit der ich auf dieser Party wirklich reden will«, sagte er. »Kommst du mit runter ans Wasser?«

»Was immer der Gastgeber wünscht«, flötete ich. Jetzt flirtete ich definitiv.

Wir schlenderten hinunter zum Strand, raus zu einem schmalen Holzsteg, an dem ein kleines Segelboot vertäut war. Wir setzten uns und ließen die Füße ins kühle, schwarze Wasser baumeln. Draußen, auf der anderen Seite der Bucht, sah man die Lichter der nördlichen Landzunge schimmern.

Er fragte mich, wie es so sei, das Tagebuch der Hamptons zu schreiben, und erzählte, er verlasse die Insel nur selten und könne den Gesellschaftszirkus von East Hampton nicht ausstehen.

Er wurde mir immer sympathischer. Dann kamen wir wieder auf meine Kolumne zu sprechen.

»Also, Miss Exbeziehungskolumnistin, meinst du, es ist überhaupt möglich, in New York eine normale Beziehung zu führen?«

»Keine Ahnung. Die Leute sind alle so zurückhaltend. Sie haben sich alle schon so oft die Finger verbrannt, dass niemand sich öffnen und es einfach drauf ankommen lassen will. Alle führen Beziehungen, die gerade unverbindlich genug sind. Man verbringt Zeit miteinander, geht zusammen aus, aber niemand wagte es, an die Zukunft zu denken oder irgendwelche Pläne zu schmieden, nur für den Fall, dass man zu viel von sich preisgibt.«

»Und wenn man dann doch eine ernste Beziehung hat, sind die Menschen besessen davon, dass alles perfekt sein soll.« Ich dachte an all die Fehler, die ich bei Jack gemacht hatte. »Die Leute sollten einfach darauf vertrauen zu genießen, was sie haben, statt sich dauernd Sorgen darüber zu machen, was sie nicht haben. Ich glaube, wenn ich vom Leben in dieser Stadt eines gelernt habe, dann das.«

»Bridget, da bist du.« Heathers Stimme driftete zu uns herunter. »Ich habe dich schon überall gesucht. Saras will los, wir müssen gehen.«

Ich schnappte mir meine Flipflops, Evan sprang auf und half mir hoch.

»Und, was hältst du davon, wenn ich mich noch mal melde?«, fragte er.

»Meine Mailadresse hast du ja schon, oder?« Ich gab ihm einen Kuss auf die Wange, schenkte ihm mein strahlendstes Lächeln und flitzte dann hinter den Mädchen her zum Auto.

»O mein Gott, Bridge, hast du ihn etwa geknutscht? Hast du den Millionen Dollar schweren Hedgefonds-Typen geknutscht?«

»Macht euch nicht lächerlich«, schnaubte ich.

»Er sieht zwar nicht so toll aus, aber er scheint ja ein ganz anständiger Typ zu sein«, meinte Heather.

»Ich hab gehört, er fliegt jeden Freitag mit seinem Wasserflugzeug aus Manhattan ein«, erzählte Sara. »Und angeblich bringt er meistens auch das ein oder andere Mädel mit, aber die gefallen ihm nie so richtig, weil sie alle nur scharf sind auf sein Geld. Und er sucht eine richtig bodenständige Frau – die eine eben.«

Ich starrte aus dem Fenster und schwor mir, sollte ich jemals wieder was von Evan hören, würde ich nie im Leben in seinem Wasserflugzeug mitfliegen und mich auf keinen Fall von seinem Reichtum beeindrucken lassen.

Nachdem das für mich klar war, musste ich doch zugeben – die Hütte, das kleine Kap, die Bucht – das war schon alles verdammt nett.

Unerschrockenes Briten-Mädchen auf Insel der Träume

»Oje.« Dan, der mir gegenüber am Tisch saß, guckte mich über den Rand seiner Brille an.

Ich grinste meinen Computerbildschirm so dümmlich an, als habe er mir gerade verkündet, ich hätte im Lotto gewonnen.

»Und, was schreibt er denn so?« Dan legte den Stapel Polizeiakten aus Southampton und East Hampton zu dem heillosen Chaos aus losem Papier, das sich um uns herum schon ausgebreitet hatte.

»Liebe Bridget«, las ich vor. »Ich bin gerade geschäftlich auf dem Weg nach London, sitze hier in der unglaublich inspirierenden Lounge der British Airways am JFK und kann an nichts anderes denken als an unser kurzes Zusammentreffen am Samstag. In zwei Wochen komme ich zurück, und ich wollte dich fragen, ob du dann vielleicht zum Abendessen zu mir nach Shelter Island kommen möchtest – diesmal natürlich ohne Menschenmassen und Notizblock.«

»Ja!« Ich reckte die Faust in die Luft.

»Bist du dir sicher, dass dieser Bankerschnösel wirklich dein Typ ist?«

»Ach, sein Geld ist mir schnuppe«, erklärte ich würdevoll. »Er war so bodenständig und einfühlsam, er wusste sogar noch, was ich bei seiner Party getrunken habe.«

»Na ja, da du meistens mit einem Glas in der Hand rumläufst, ist das nicht weiter verwunderlich.«

»Klappe«, schnauzte ich ihn an.

Wir wendeten uns wieder den Polizeiberichten zu, die ich

morgens auf den Polizeiwachen von Southampton und East Hampton abgeholt hatte. Es war Montag, und nach dem vor Stars nur so strotzenden Wochenende voller Partys, Clubbesuche und Skandale mussten wir uns jetzt neue Geschichten für die weitere Woche ausdenken.

Die »Bullenblättchen«, wie wir sie liebevoll nannten, verzeichneten die Namen all derjenigen, die in den vergangenen sieben Tagen in den Hamptons verhaftet worden waren, sowie sämtliche Einbrüche, Familienstreitigkeiten, Körperverletzungen, Fahrten unter Alkoholeinfluss und andere Misslichkeiten, die sich in dieser Zeit ereignet hatten.

Die Verbrechensrate war in dieser Gegend extrem niedrig – ein Haufen reicher Leute hatte natürlich auch Besseres zu tun, als sich gegenseitig auszurauben – aber wir kämmten alles sorgfältig nach Zwischenfällen durch, in denen Name oder Anschrift eines Prominenten auftauchte.

»59 Middle Lane«, stand auf dem dritten Blatt, dass ich mir ansah. »Haushälterin Kaye Mayne gibt mehrere Versuche der Manipulation am elektrischen Tor zu Protokoll, bei denen es sich möglicherweise um versuchten Einbruch handeln könnte.« Die Adresse erkannte ich gleich wieder. Das war das Haus, in dem Wall-Street-Finanzier Ted Ammon vor drei Jahren erschlagen worden war. Mir fiel gleich wieder dieser Albtraumeinsatz in Guildford ein, wo ich seine Witwe aufspüren sollte. Ich musste an diesen eisig kalten Nachmittag im Wald denken, wo ich Danny Pelosi und Generosa Ammon belauscht hatte, die sich in ihrer Einfahrt stritten. Mir lief es eiskalt den Rücken runter. Generosa war inzwischen an Krebs gestorben, und ihr zweiter Ehemann Danny Pelosi war wegen ebendieses Mordes verhaftet worden. Kaye Mayne war die Nanny, die sich nun um die armen, leidgeprüften Zwillinge kümmerte. In drei Jahren konnte eine ganze Menge passieren.

»Wie wär's hiermit, ist gestern Abend passiert«, sagte Dan und rief mich aus meinen Gedanken zurück. »Harper Simon. Hat seinen Wagen auf dem Montauk Highway in einer Nothaltebucht zum Stehen gebracht. Als er von einem Polizisten angesprochen wurde, ließ er das Fenster runter, und der Beamte konnte einen durchdringenden Geruch nach verbranntem Marihuana feststellen. Der Beamte entdeckte dann eine offen herumliegende Marihuana-Zigarette gleich neben der Gangschaltung des Wagens.«

»Harper. Ich wette, das ist Paul Simons Sohn«, rief ich. »Ich weiß, dass er Harper heißt. Sein Geburtsdatum?«

Das Alter stimmte. Paul Simon hatte ein abgelegenes Anwesen etwa 15 Kilometer nördlich von East Hampton in Montauk.

»Paul Simon ist gestern Abend auf einer Wohltätigkeitsgala im TalkHouse aufgetreten. Ich wette, der hat nur schnell auf dem Weg zu seinem Daddy einen Joint durchgezogen.«

Dan griff zum Telefonhörer und rief den Polizeichef von East Hampton an. Da waren uns schon zwei pikante neue Storys in den Schoß gefallen.

Ich kehrte derweil zu meinen Tagträumereien über Evan zurück. Und ich muss zugeben, ich konnte es mir nicht verkneifen, dass ein bisschen Selbstzufriedenheit aufkam. Da war ich nun umgeben von all dieser Macht, diesem Reichtum und Glamour, und so ein stinkreicher Kerl hatte die vielen schönen Schmetterlinge, Feen, Meerjungfrauen und Hula-Mädchen auf seiner Party verschmäht – und das wegen meiner Wenigkeit in Trainingshosen!

Und auch wenn wir uns nur kurz kennen gelernt hatten, war mir schon aufgefallen, dass meine Gedanken an Evan die gelegentliche schmerzliche Sehnsucht nach Jack verdrängt hatten – genau wie damals mit Jack und Angus. Vielleicht hatte ich ja ein drittes Mal Glück! Okay, vielleicht war das alles ein bisschen voreilig, aber diesmal würde ich es nicht wieder vermasseln. Und nach drei Jahren als Beziehungsexpertin sollte ich doch inzwischen ein bisschen was über die Männer gelernt haben.

Ich wartete bis zum nächsten Tag, bis ich Evans Einladung annahm, nur damit es aussah, als hätte ich ganz furchtbar viel zu tun. Zwei Wochen später war ich wieder auf der Fähre nach

Shelter Island, mit einem neuen spitzenbesetzten T-Shirt, Joe Jeans, rosa Flipflops von Havaiana und flatternden Nerven. Darunter versteckt ein nagelneues BH- und Höschen-Set von La Perla, zartweiß, fast schon durchsichtig. Und natürlich nur zur Steigerung meines Selbstbewusstseins gedacht.

Morgens war ich am Strand gewesen, um meine Sonnenbräune ein bisschen aufzufrischen, und am Nachmittag war ich in East Hampton von einem Laden zum nächsten gehetzt, auf der Suche nach einem Outfit, das aussehen sollte, als hätte es mich keinerlei Mühe gekostet.

Das Auto hatte ich mitnehmen dürfen, allerdings nur unter der Bedingung, dass ich, sollte Dan mich brauchen, innerhalb einer halben Stunde wieder zur Stelle sein konnte – ich war mir nämlich nicht so sicher, ob unser Chefredakteur oder Jack es gutheißen würden, wenn ich mich heimlich zu einer Verabredung davonschlich. Aber das Gute am Autofahren war, dass ich mich nicht betrinken konnte – ein entscheidender Vorteil, wenn man sich bei der ersten Verabredung unnahbar geben wollte. Gelalle, Grapschereien im Suff oder unüberlegtes In-die-Kiste-Springen waren heute Abend streng verpönt.

Ich beschloss, genau 17 Minuten zu spät bei Evan einzutrudeln (fünfzehn Minuten würden zu beflissen wirken, zwanzig wären zu spät), aber ich kam zu früh von der Fähre, also blieb ich auf dem Weg ein paar Meter vor der Auffahrt zu seinem Haus stehen, atmete ein paarmal ganz tief durch und hoffte, er würde nicht gleich hier vorbeikommen, weil er seinen Hund noch mal Gassi geführt hatte. Einer wie Evan hatte bestimmt einen Hund.

Um Punkt 19.46 Uhr bog ich in seine Auffahrt ein. Aber meine Hände zitterten so heftig am Lenkrad, dass ich ins Schlingern geriet, über die Bordsteinkante rutschte und in ein Blumenbeet schleuderte.

»So ein Mist.« Ich schlingerte zurück auf die Straße und brachte mit klopfendem Herzen das Auto zum Stehen. Mit einem Blick in Richtung Haus vergewisserte ich mich, ob er mich gesehen oder gehört hatte, dann stieg ich aus und krabbelte gebeugt um das Auto, um den Schaden zu begutachten.

Ein Strauch war ganz unten abgebrochen, und die Hälfte der Blüten lag zerdrückt auf dem Boden. Ich richtete ihn auf, trat die Erde ringsherum mit den Füßen fest, kratzte sämtliche belastenden Beweismittel zusammen und schlüpfte dann schnell wieder ins Auto.

Zwei Minuten später stellte ich unseren scheußlichen Pontiac neben Evans riesigen Mercedes-Geländewagen und war gerade noch dabei, einen Haufen Grünzeug ins Handschuhfach zu stopfen, als er aus dem Haus kam, barfuß, aber ansonsten makellos gekleidet mit teurem Hemd und Surfershorts.

»Bridget«, rief er und machte die Autotür für mich auf. »Wie schön, dich wiederzusehen.«

»Hey, hi«, stammelte ich und beschloss, nicht zu erwähnen, dass ich gerade von der Fahrbahn abgekommen und schnurstracks in seine Gartenlandschaft gekracht war.

Er führte mich ins Haus, in einen großen terracottafarben gestrichenen Raum mit sichtbaren Deckenbalken. Ringsum an den Wänden waren niedrige Bücherregale angebracht, und vor einem großen gemauerten Kamin standen drei Ledersofas, auf deren Lehnen jeweils eine schokobraune Kaschmirdecke lag. In eins der Regale war eine Stereoanlage von Bose eingebaut, und an den Wänden hingen wunderschöne gerahmte Segelbootzeichnungen. An der Kopfseite ging der Raum nach draußen in eine breite, mit einem Sonnensegel überspannte Dachterrasse über, die einen wunderbaren Blick auf die blaue Weite der Bucht bot. Das Licht der untergehenden Sonne schien golden ins Haus.

Nicht gleich mit dem Blumenbeet rausplatzen, sagte ich mir, und hatte schon Fantasien, wie ich mich mit ihm vor einem knisternden Feuer unter die Kaschmirdecken kuschelte.

»Wie nett, dass du extra einen Sonnenuntergang bestellt hast«, sagte ich und schlenderte hinaus auf die Terrasse, um mich in diesem schmeichelhaften Licht in Pose zu werfen.

»Hat mich ein paar Anrufe gekostet«, erwiderte Evan. »Was zu trinken?«

»Ach, ich nehme nur ein Bier.«

»Ich habe eine Flasche Puligny Montrachet aufgemacht, wenn dir das lieber wäre.«

»Gut, was soll's, wenn er schon offen ist.«

Ich folgte Evan in die Küche, die gleich neben dem Wohnraum lag. Schon fertig vorbereitet stand dort unter anderem ein Salat aus Mozzarella und Strauchtomaten, mit Basilikum bestreut.

»Ich hab ein Olivenbrot für dich gebacken«, sagte er und reichte mir ein Glas Wein.

»Du hast ein Brot für mich gebacken?« Ich war baff.

Er lächelte. »Es ist wirklich köstlich. Und ich hoffe sehr, du magst Lammkarree. Es ist Biofleisch. Ich habe sämtliche Zutaten heute Nachmittag im Flugzeug aus der Stadt mitgebracht, bis auf den Rosmarin, der wächst hier wild im Garten.«

»Donnerwetter, das ist aber nett von dir, dass du so viel eingekauft hast. Ich habe seit Jahren kein selbst gekochtes Essen mehr bekommen.«

»Ich hab nicht selbst eingekauft, meine Sekretärin hat alles liefern lassen«, gestand er.

Wir gingen zurück auf die Dachterrasse, und er brachte einen Teller mit Oliven und aufgeschnittenem Chorizo zum Knabbern mit.

»Hat deine Sekretärin den Chorizo auch liefern lassen?«, witzelte ich. Er guckte kurz etwas säuerlich, dann lachte er.

Wir saßen zusammen auf der Terrasse und beobachteten das Feuerwerk der wechselnden Farben am Himmel. Ein Motorboot jagte über die Wellen und hinterließ im Kielwasser eine weiße Schaumkronenspur. Ich hatte immer davon geträumt, ein Haus am Meer zu besitzen. Das sagte ich ihm aber lieber nicht, damit er nicht glaubte, ich hätte ein Auge auf seines geworfen.

Er erzählte, er habe das Haus als baufällige Bruchbude gekauft und in nur drei Monaten renovieren lassen. Dann habe er das Land zu beiden Seiten gekauft, um daraus ein Naturschutzgebiet zu machen.

»O mein Gott, das ist ja wunderbar, dass du dich für den Umweltschutz einsetzt, ich habe meinen Abschluss in Geografie gemacht.«

»Um ehrlich zu sein, habe ich das nur gemacht, damit niemand direkt nebenan bauen kann«, erklärte er.

Dann zeigte er mir die Stelle, wo sein Wasserflugzeug jeden Freitagnachmittag nach einem 45-minütigen Flug aus Midtown hier in der Bucht landete. Womit er sich das sechsstündige Verkehrschaos ersparte.

Lass dich NICHT von dem Flugzeug beeindrucken, ermahnte ich mich.

»Wie praktisch«, sagte ich.

Wir aßen bei Kerzenlicht und kehrten bald wieder zu Evans offensichtlichem Lieblingsthema zurück – den Unwägbarkeiten des New Yorker Dating-Zirkus.

»So viele Männer, vor allem die aus der Finanzbranche, sind von Anfang zwanzig bis Mitte dreißig mit nichts anderem als aggressivem Geldverdienen beschäftigt. Die haben für nichts anderes Zeit. Es geht nur darum, die Spitze der Karriereleiter zu erklimmen.«

»Und, trifft das auch auf dich zu?«, fragte ich.

»Früher mal. Ich bin jetzt 34, ich stellte langsam fest, dass es im Leben wichtigere Dinge gibt als Geld. Geld zu haben ist super, aber es macht nicht glücklich.«

»Nein, wirklich nicht, da gebe ich dir völlig Recht«, sagte ich, süffelte noch ein Glas von diesem wunderbaren Wein und bestaunte diesen Millionär in seiner Hamptoner Villa.

»Also, dann erklär mir mal, warum vermögende, intelligente Männer, die ganz bestimmt auch gerne mal ein anregendes Gespräch führen, am Ende doch die Frauen immer nur nach ihrem Aussehen aussuchen«, meinte ich. Eine Frage, die mich immer schon beschäftigt hatte.

»Ich weiß nicht, vielleicht, weil Geldsäcke im Büro so viel Stress haben, dass sie, wenn sie abends nach Hause kommen, nur noch was Nettes fürs Auge und zum Entspannen wollen.«

»Mist, keiner von meinen Freunden hat je behauptet, zu mir nach Hause zu kommen sei entspannend«, sagte ich.

»Wer will denn schon Entspannung. Ich träume davon, eine Frau zu finden, die temperamentvoll und unabhängig ist und sich nichts bieten lässt. Ich suche eine Seelenverwandte«, entgegnete er.

Ich erzählte ihm von meinen Eltern, die seit vierzig Jahren verheiratet sind und zum Jahrestag ihrer Verlobung noch mal nach Paris gefahren sind – wo meine Mutter zu der Zeit arbeitete – und zu der Bank an der Seine gepilgert sind, wo mein Vater um ihre Hand angehalten hat. Ich hatte sie gefragt, woher sie wussten, dass sie Seelenverwandte waren – und hatte über dieses Thema auch eine Kolumne geschrieben.

»Und, was haben sie gesagt?«, fragte Evan und beugte sich fasziniert über den Tisch.

»Meine Mum mochte meinen Dad, weil er ein ordentlicher, zuverlässiger Mensch ist, sie sein Urteil schätzte und er ihr nicht auf die Nerven ging. Mein Dad mochte meine Mum, weil sie toll mit Menschen umgehen kann und nähen konnte.«

»Nähen?«, fragte Evan ungläubig.

Verdammt, das klang nicht so romantisch, wie es klingen sollte.

»Ich meine, sie haben gesagt, was die wichtigen Dinge angeht, seien sie einer Meinung gewesen. Sie haben die Eigenständigkeit des anderen respektiert und hatten Spaß an denselben Sachen – wie Reisen beispielsweise. Und sie hatten eine ähnliche Einstellung, was Geld angeht.«

Geld, Mist, das sollte ich wohl besser nicht noch mal erwähnen.

»Meine Mum hat gesagt, der Schlüssel zu einer glücklichen Beziehung sei, über alles reden zu können und zu akzeptieren, dass man eine lebenslange Verpflichtung eingeht und nicht gleich alles hinschmeißt, wenn man mal verschiedener Meinung ist. Sie sagt, wenn man heiratet, hat man keine Ahnung, wie viele Kompromisse man letztendlich eingehen muss.«

»Kompromisse, igitt, das klingt ja schauderhaft«, lachte Evan.

»Ja, wir selbstsüchtigen New Yorker Singles sind dafür viel zu festgefahren in unseren Gewohnheiten.«

»Es sei denn, man lernt jemanden kennen, für den einem jeder Kompromiss recht ist«, sagte er leise. »Ich glaube, in New York kommen viele Leute nur deswegen zusammen, weil sie sich davon einen Nutzen erhoffen. So gesehen sind sie dann auch an dem ganzen seelenlosen Scheiß, der dadurch entsteht, selbst schuld.«

Er wirkte jetzt sehr ernst, und die seltsamen hellbraunen Augen in seinem gebräunten Gesicht schienen zu funkeln.

»Man muss auf sein Herz hören, um den Unterschied zu merken zwischen einem wirklich netten Abend mit jemandem, von dem man glaubt, dass er theoretisch ganz gut zu einem passt ... und einem Abend, an dem es richtig funkt«, sagte er.

Wir beide wussten, in welche Kategorie dieser Abend fiel.

Als wir mit dem Essen fertig waren, stand der Vollmond direkt über der Bucht, und er schlug vor, der Aussicht wegen zum Wasser runterzugehen. Barfuß tappten wir durch das taufeuchte Gras der Landzunge hinunter zu dem kleinen Holzsteg. Die Wellen plätscherten gegen das festgemachte Boot, und mir fiel ein großes Schnellboot ins Auge, das am Ende des Docks vertäut und wohl der Stolz von Evans Flotte war.

Hmm ... ein Schnellboot ... ich im Prada-Bikini sause mit im Wind flatternden Haaren mal schnell auf einen Cocktail rüber ...

Er legte mir die Hände auf die Schultern. Ich lehnte mich an seinen großen, starken Körper, und er stützte sein Kinn auf meinen Kopf.

Da beschloss ich, die Regeln für unsere erste Verabredung ein klein wenig umzuschreiben. Küssen war in Ordnung, aber ich würde trotzdem nachher nach Hause fahren. Weiter nachzudenken blieb mir keine Zeit. Er drehte mich zu sich herum, beugte sich zu mir herunter und drückte mir einen Kuss auf die Lippen, die Arme um meine Schultern geschlungen. Eine warme, weiche, salzige Brise wehte vom Meer heran und zerzauste unser Haar. Ich fragte mich, ob ich je zuvor an einem so perfekten Ort geküsst worden war.

»Weißt du, ich hätte mich auf keinen Fall noch mal mit dir getroffen, wenn du diese Kolumne noch schreiben würdest«, sagte er, als er mich in den Armen hielt.

»Darum habe ich sie ja auch abgegeben«, entgegnete ich.

Am nächsten Morgen wachte ich mit Schmetterlingen im Bauch in Sag Harbour auf. Als ich mich an den Küchentisch setzte und meinen Laptop aufklappte, wartete bereits eine E-Mail von ihm auf mich.

»Da haben wir den Salat. Kaum bist du weg, schon breche ich sämtliche verfügbaren Regeln. Ich weiß, dass ich ganz cool tun sollte, aber das bin ich nicht. Ich hatte sehr viel Spaß mit dir, ich liebe dein verschmitztes Lächeln und dein Lachen und deine britische Ehrlichkeit. Ich hoffe sehr, dich bald wiederzusehen.«

Ich war so aufgeregt, dass ich rausgehen und in unserem kleinen Garten auf und ab laufen und den ganzen wunderbaren Abend noch mal im Geiste durchgehen musste. Evan war so klug und schlagfertig wie Jack und so lässig selbstbewusst und einfühlsam wie Angus. Vielleicht hatte das Schicksal mich Angus und Jack ja absichtlich verlieren lassen, um mir jetzt die perfekte Mischung aus beiden zu servieren!

Anfang der Woche flog Evan nach Manhattan zurück, doch dafür bekam ich täglich SMS und E-Mails von ihm.

Ich zwang mich jedoch dazu, sehr zurückhaltend darauf zu reagieren und hielt mich an meinen Vorsatz, ganz gleich wie interessiert Evan auch scheinen mochte, es nicht zu riskieren, ihn zu verschrecken.

»Zum dritten Mal hintereinander bist Du mein letzter Gedanke vor dem Einschlafen. Träum schön, Bridget«, stand eines Abends in einer SMS.

»Du solltest öfter mal rausgehen«, lautete meine geistreiche Erwiderung.

Am nächsten Tag schickte er mir all seine Telefonnummern – die von seiner Wohnung in Tribeca, vom Haus auf Shelter Island, sogar seine britische Handynummer.

»Tut mir Leid, keine Zeit, muss das weltbewegende Tagebuch der Hamptons schreiben«, simste ich zurück.

Was tatsächlich stimmte. Eines Morgens erwischte er mich, als ich ganz früh nach Bridgehampton gerast war, weil wir von Doug Kuntz, unserem ortsansässigen Fotografen, den Tipp bekommen hatten, ein mexikanischer Arbeiter sei beim Bau einer mehrere Millionen Dollar teuren Villa durchs Dach gekracht und habe sich bei dem Sturz tödliche Verletzungen zugezogen. Die Adresse stimmte mit der von Richard Geres palastartigem Meeresblick-anwesen überein, was die Geschichte noch um einiges pikanter gemacht hätte – aber als ich dann aus dem Wagen hüpfte und mit den ermittelnden Polizeibeamten redete, stellte sich heraus, dass es sich um ein anderes Haus handelte.

»Habe ich dich geweckt?«, fragte Evan und machte sich gar nicht erst die Mühe, sich mit Namen zu melden, als ich in der Einfahrt des Anwesens stehend nach meinem Handy angelte.

»Genau genommen stecke ich gerade mitten in einem Gespräch mit dem Kriminalhauptkommissar der Polizei von East Hampton«, gab ich wichtigtuerisch zurück.

Aber diesmal konnte ich nicht widerstehen und rief ihn zurück, sobald ich wieder im Auto saß.

Eine Woche und etliche turtelige Telefongespräche später telefonierte ich, umgeben von einer neuen Bentley-Flotte, per Handy mit Evan. Er hatte mich angerufen, als ich gerade bei einem Champagner-Empfang für die 100 000 Dollar teuren Luxuskarossen war, bei der sich die Hamptoner versammelt hatten und ihre persönlichen Sonderanfertigungen orderten.

»Es ist jetzt schon sieben Tage her, und ich halt's nicht mehr aus, ich muss dich sehen, wann kannst du dich mal einen Tag für mich freimachen?«

Ich hätte ihn zu gerne gesehen, erklärte ihm aber bedauernd, dass ich ganz kurzfristig für vier Tage nach London fliegen musste. Meine Mieter in Shepherd's Bush zogen aus, und ich musste im Haus Klarschiff machen, ehe die Maler kamen.

»Kannst du nicht jemanden engagieren, der das macht?«, fragte er ungläubig.

»Nein, ich muss die ganze Bude gründlich ausmisten«, sagte ich.

»Na ja, aber wenn du zurückkommst, kannst du dann nicht einen früheren Flug nehmen?«

»Ich komme Sonntagabend. Es ist ein Air-Miles-Flug, den kann ich nicht umbuchen.«

»Wie wär's, wenn ich dir ein neues Ticket für einen früheren Flug am Sonntag bezahle, dann könnten wir uns in der Stadt treffen, und ich fliege dich am Montag mit dem Flugzeug nach Sag Harbour.«

Oho, das Flugzeug! Nein, NICHT das Flugzeug. Mir einen anderen Flug bezahlen? Ob der in der Business Class wäre? Nein, was dachte ich denn da? Nein, nicht doch.

»Ehrlich, es macht mir nichts aus, mit dem Bus zu fahren. Und ich würde mich furchtbar gerne am Sonntagabend mit dir in der Stadt treffen, aber es könnte spät werden. Ich komme erst um halb zehn an.«

»Okay, dann hole ich dich am Flughafen ab und führe dich zu einem verspäteten Abendessen aus.«

»Ich lande am JFK, das ist meilenweit draußen.«

»Ja, ich weiß sehr wohl, wo das ist.«

Wow. In den vier Jahren, die ich jetzt schon in New York lebte, war ich noch nie am JFK abgeholt worden. Ich drehte mich wieder zu den Bentleys um und sah aus dem Augenwinkel mein Spiegelbild in einem Autofenster – grinsend wie ein Honigkuchenpferd.

Ankunft

Ich saß auf dem Primrose Hill und genoss das ungewohnte Gefühl, wieder zu Hause in London zu sein. Wo ich auch hinsah, lümmelten die Leute in Grüppchen im Gras herum und genossen den wunderbaren englischen Sommer. Auf der anderen Seite des Hügels, jenseits der bunten Artenvielfalt in den Tiergehegen des Londoner Zoos, erstreckte sich das Panorama der Stadt in seiner ganzen Herrlichkeit.

Angus kam mit einer Chipstüte zwischen den Zähnen und zwei Gläsern Bier in der Hand zurück. Ich ließ mich rückwärts ins Gras fallen und sah ihm entgegen. Ich hatte gerade die Küche in Shepherd's Bush geschrubbt und mit Tilly und Kathryn in Erinnerungen an die gute alte Zeit geschwelgt, als er anrief und meinte, er habe gehört, ich sei wieder im Lande, und ob ich nicht Lust hätte, mich mit ihm auf ein Bier zu treffen. Seit Milly und Lukes Hochzeit vor zwei Jahren hatten wir kaum Kontakt gehabt, aber als wir uns auf dem Hügel gesehen hatten, war ich ganz unbefangen zu ihm gelaufen und hatte ihn fest gedrückt. Sein vertrauter Geruch weckte schöne Erinnerungen – und keine Exfreund-Ängste mehr. Mann, es war einfach nur schön, ihn mal wiederzusehen.

Als wir noch zusammen waren, sind wir im Sommer oft zum Primrose Hill gekommen, weil Angus dort ganz in der Nähe wohnte. Und als ich ihm nun zusah, wie er vom Pub zurückkam, mit seinem vertrauten, schnellen Gang, in seinem verwaschenen rosa Fred Perry-Shirt und den Jeans, war es beinahe, als hätten wir eine Zeitreise in die Vergangenheit gemacht. Bloß, dass wir vier Jahre älter waren. Er war inzwischen vorsichtig optimistisch, den Rest seines Lebens mit India zu verbringen. Aus Tillys Zwillingen waren kaum zu bändigende kleine Mädchen geworden, voller Neugierde und Warums, und Kathryn plante gerade eine aufwändige Dezember-Hochzeit mit dem Schauspieler, den sie damals bei der Party in einem Lichtstrahl hatte stehen sehen. Und ich träumte schon vom morgigen Abend, an dem ich Evan am JFK wiedersehen würde.

Als Angus sich setzte, musste ich an diesen herzzerreißenden Nachmittag bei der *Post* denken, als er mich angerufen und mir von India erzählt und ich befürchtete hatte, ich würde das nie verwinden – bis Jack gekommen war. Und jetzt hatte ich Evan. Es ist komisch, wie man, wenn man sich von einem Mann trennt, immer glaubt, man würde nie darüber hinwegkommen – und dann tut man es doch.

»Und, was ist das für ein Typ? Ich hab dich noch nie mit einem derart bescheuerten selbstgefälligen Grinsen im Gesicht gesehen«, meinte er.

Ich nippte süffisant an meinem kalten Bier.

»Evan ist die perfekte Kombination aus dir und Jack«, erklärte ich.

»Dann muss er ja ein echter Rockstar sein«, entgegnete Angus.

Um 20.45 Uhr leuchtete das Anschnallzeichen mit einem »Ping« auf, und mir wurde ganz flau vor Aufregung. Unter uns tauchten auf der gewaltigen dunklen Landmasse Nordamerikas immer mehr verstreute Lichtpunkte auf, als das Flugzeug in den Landeanflug auf die Ostküste ging.

Ich stand auf, quetschte mich an dem Mann im Sitz neben mir vorbei, der den weiten Weg von Delhi hierher geflogen war, nur um seine Cousins in Astoria zu besuchen, zog meine Reisetasche aus dem Gepäckfach über mir und holte mein »Landevorbereitungsset« hervor.

Dann ging ich den Gang hinunter zur Toilette, schloss die Tür ab, wischte das Waschbecken mit Papiertüchern trocken und legte meine Utensilien zurecht. Meine Flughafen-Garderobe – eine frisch gewaschene graue Baumwollhose, die am Po einfach fabelhaft saß, ein verwaschenes blaues Trägertop von American Apparel, das die Sommersprossen auf meinen Schultern besonders gut zur Geltung brachte, rosa Flipflops von Havaiana, die meine frisch manikürten und rosa lackierten Zehen sehr schön betonten, und die Unterwäsche von La Perla. Ein Kulturbeutel – mit Zitronen-Verbena-Bodylotion von Ecco Bella mit Zitrusfrüchten, Honighaarwachs für den zerzausten Surfer-Girl-Look, Wimperntusche von Mac für kaum sichtbare Betonung der Augen, Visine-Augentropfen, Fettcreme, Zahnbürste, Zahnseide, extrastarke Minzbonbons. Ich hatte Evan über zwei Wochen nicht mehr gesehen, da sollte unser Wiedersehen einfach perfekt werden.

Das Flugzeug drosselte die Geschwindigkeit und sank etwas. Ich stellte mir vor, wie wir über Long Island flogen. Ganz weit unter mir saß Evan jetzt auf dem Rücksitz seiner Limousine und ließ sich zum JFK chauffieren. Mir fiel wieder seine letzte E-Mail an mich ein: »Ich kann's kaum erwarten, dein strahlendes Gesicht zu sehen, wenn du in die Ankunftshalle kommst.« Für einen rücksichtslosen New Yorker Hedgefonds-Typen hatte er doch ein Faible für kitschige Nachrichten.

Ich betrachtete mich im Spiegel. Meine Augen waren trüb und verschlafen von der Schlaftablette, die meine Mutter mir für meinen Übernachtflug kommende Weihnachten zugesteckt und die ich geschluckt hatte, damit der Flug schneller vorüber war. Meine Haut wirkte fahl und schlaff von der schlechten Luft im Flieger. Aber dank des viertägigen Küchenschrubbens und einer strikten Nulldiät war ich zumindest relativ schlank.

Ich gab einen Tropfen Visine in jedes Auge, schlug mir ein paarmal mit der flachen Hand auf die Wangen und klatschte mir eine Ladung kaltes Wasser ins Gesicht. Dann zog ich meine Juicy-Jogginghose, das Höschen mit dem Weihnachtsmann und den angegrauten BH aus, machte mithilfe von Papiertüchern im Stehen eine schnelle Katzenwäsche und trug dann reichlich Bodylotion und Fettcreme auf. Dann ins vorbereitete Outfit steigen, Honighaarwachs einkneten, Wimperntusche applizieren. Dann putzte ich mir die Zähne und cremte mir die Füße ein.

Erneuter Blick in den Spiegel. Evan würde bald einer sonnengebräunten, sommersprossigen, blonden Dreiunddreißigjährigen gegenüberstehen, die – mit ein wenig Großzügigkeit und einer gehörigen Portion Fantasie – vielleicht auch als hippe Mittzwanzigerin durchgehen könnte, die mit natürlicher Attraktivität und Stil nach einem siebenstündigen Flug aus dem Flieger hüpfte. Ja, genau.

Ich ging zurück zu meinem Platz und hoffte, niemand würde meine allzu offensichtliche »Abhol«-Sanierung bemerken. Doch dann sagte ich mir, was machte das schon? So oft war ich schon nach England geflogen – zu Weihnachten, zu Hochzeiten – und kein einziges Mal hatte jemand auf mich gewartet, wenn ich am JFK ankam – nicht einmal Jack. Jetzt war ich endlich auch mal dran.

Als das Flugzeug im Ladeanflug auf den Flughafen über die Rockaways rumpelte, träumte ich von meinem langen Kuss mit Evan am Dock – die Bucht, in weißes Mondlicht getaucht, der Geruch des Meers, den der Wind zu uns herübertrug. Und an das nächste Mal, als ich die Fähre verpasst und in seiner herrlich teuren Bettwäsche gelegen und er seine gebräunten Arme um mich geschlungen hatte.

»Ich freue mich schon aufs nächste Mal … Kerzen, Öl … überall auf deinem schönen Körper … Wir lieben uns die ganze Nacht, ganz langsam, mm, ich kann dein Haar immer noch riechen.« Diese SMS hatte er mir geschickt, kurz bevor ich nach Großbritannien gestartet war. Und ich hatte durchs Flugzeugfenster in die Dunkelheit hinausgegrinst.

Wir landeten eine Viertelstunde zu früh, mussten aber dann auf der Rollbahn warten, bis ein Air-Canada-Jumbo unsere zugewiesene Parkposition freigemacht hatte. Der Mann aus Delhi wurde wieder munter und fragte mich, wie lange ich schon in New York lebe. Ich antwortete geistesabwesend und überlegte in der Zwischenzeit, ob ich meine himmelblaue Kaschmirstrickjacke um die Hüfte knoten sollte, oder ob ein kurzer Blick auf meinen nackten braunen Bauch vielleicht für den alles entscheidenden ersten Eindruck besser wäre. Ob Evan den Flughafentest bestehen würde, bei dem Angus vor vier Jahren durchgefallen war? Es war mir egal. Seither hatte ich eine Menge dazugelernt. Heute konzentrierte ich mich lieber auf die Kleinigkeiten. Ich wurde abgeholt, und das genügte.

Als ich endlich raus aus dem Flieger war, hatte ich es so eilig, dass ich an meinem Mitreisenden vorbeiflitzte, um ganz vorne in die Visa-Schlange zu kommen. Der riesige Raum, durch den kreuz und quer Nylonseile gespannt waren und in dem die Reisenden, die keinen US-amerikanischen Pass hatten, immer eine halbe Ewigkeit anstehen mussten, war heute zum Glück beinahe leer. Und diesmal strahlte ich den humorlosen Beamten an der Passkontrolle an, als er mir die Fingerabdrücke abnahm, mich fotografierte und fragte, was genau ich bei der *Post* machte.

So oft hatte ich dieses Ritual bereits über mich ergehen lassen, und jetzt endlich wendete sich alles zum Guten. Ich hatte jemanden getroffen, der mir vor Aufregung den Schlaf raubte, und der mich – dennoch – durch meine Kolumne aufgestöbert hatte! Jetzt war er nur noch ein paar Meter entfernt, mit einer richtig echten Limousine, die auf uns wartete – nicht dass ich mir etwas aus Limousinen gemacht hätte.

Kurz bevor ich durch den Zoll ging, stellte ich meine Reisetasche und die Handtasche noch ein paarmal ab und hob sie wieder auf. Sollte ich in jeder Hand eine tragen, damit die Muskeln an meinen Oberarmen angespannt waren, oder sollte ich mir die Reisetasche über die Schulter werfen, wie ich es sonst auch immer machte? Ich knotete mir die Kaschmirjacke um die Hüften und entschied mich für den muskelbetonenden Look. Dann wuschelte ich mir noch mal durch die Haare und ging durch den Ausgang auf ihn zu.

Der Ankunftsbereich des JFK war rappelvoll – wie üblich empfing mich eine Wand aus wartenden Angehörigen, Freunden, zwielichtigen Taxifahrern und Chauffeuren, die Schilder hochhielten. Ich ging auf sie zu und gab mir größte Mühe, cool und entspannt zu wirken. Evan würde mich vermutlich entdecken, ehe ich ihn sah, obwohl er, so groß wie er war, sicher in dieser Menge leicht auszumachen wäre. Ich ließ den Blick über die wartenden Gesichter schweifen und bemühte mich, dabei nicht zu eifrig zu wirken.

Da ich ihn nicht gleich sah, ging ich an den Wartenden vorbei, stellte mein Gepäck ab und schaute mich um.

»Du wollen Taxi? Du wollen Taxi?«, quatschte mich ein chinesischer Taxifahrer an, dem einige andere dicht auf den Fersen waren.

»Nein danke, ich werde abgeholt«, entgegnete ich.

Ich konnte Evan noch immer nirgendwo entdecken und fragte mich schon, ob er sich vielleicht schnell einen Kaffee geholt hatte. Außerdem wollte ich auch noch mal die Schilder der Chauffeure inspizieren, für den Fall, dass er seinen Fahrer geschickt hatte, mich zu holen, und selbst im Wagen wartete. Auf keinem der Schilder stand mein Name, also bahnte ich mir noch ein zweites Mal den Weg durch die wartenden Menschen und fragte mich, ob wir uns vielleicht verpasst haben könnten.

Während ich mit meinen Taschen dastand und wartete, verebbte der Strom von Passagieren aus meinem Flieger langsam, und auch das Gewühl der Wartenden lichtete sich allmählich. Jetzt war es viel leichter, alle im Terminal zu sehen. Aber von Evan keine Spur.

Ich schaute nach, ob ich eine SMS bekommen hatte, aber da war keine, also rief ich ihn auf seinem Handy an. Es klingelte und schaltete dann auf die Mailbox um.

»Hey, ich bin's, Bridge, ich bin am Flughafen. Ich mache mir Sorgen, dass wir uns verpasst haben, ich, ähm, ich stehe am Hudson-Zeitungskiosk, Terminal drei … für den Fall, dass du hier bist.«

Klar würde er kommen. Aber langsam wurde mir die Situation unangenehm – es war fast, als stünde er irgendwo und beobachtete mich und spielte mir einen Streich. Aber ich konnte mir nicht vorstellen, dass Evan Streiche so toll fand. Eigentlich ein Glück, ich nämlich auch nicht.

Ich stand also vor dem Hudson-Zeitungskiosk und las aus purer Gewohnheit die Titelseite der *Post.* »OSAMA: NEUER FIESER PLAN«, aber ich wollte sie nicht mal aus dem Ständer nehmen. Dann machte der Kiosk zu, weil Feierabend war, und ich sagte mir, ich sollte mich jetzt auch lieber auf den Weg nach Hause machen. Aber vielleicht war er ja aufgehalten worden. Es wäre eine Katastrophe, wenn er den weiten Weg hierher käme und ich zu schnell aufgegeben hätte.

Ich ging zu einer Internetstation in einer Reihe Telefonzellen und loggte mich in meinen E-Mail-Account ein, für den unwahrscheinlichen Fall, dass er vielleicht versucht hatte, mich zu erreichen, aber es gab keine neue Nachricht von ihm. Also schlenderte ich noch mal durch die ganze Ankunftshalle, nur um auf Nummer sicher zu gehen. Inzwischen war es elf Uhr, und meine Arme wurden langsam lahm vom vielen Taschenschleppen.

Schließlich kramte ich mein Handy noch mal raus und schrieb ihm eine SMS.

»Hab dich hoffentlich nicht verpasst, fahre jetzt, tut mir Leid.« Dann ging ich mit ungutem Gefühl im Magen zum Taxistand. Evan war nie weit von seinem Telefon weg.

Im Taxi auf dem Weg nach Manhattan starrte ich mit leerem Blick auf die vorbeisausenden Straßen mit den vertrauten Vorstadthäusern von Queens. Natürlich war es vollkommen in Ordnung, allein nach Hause zu fahren – hatte ich ja schließlich schon hundertmal gemacht. Was machte es schon, wenn mich irgendein Banker, den ich kaum kannte, am Flughafen versetzt hatte? Scheiß auf ihn, der verdiente es nicht, dass man noch einen weiteren Gedanken an ihn verschwendete. Aber war ich überhaupt versetzt worden? Ich konnte es immer noch nicht so recht glauben.

Meine Gedanken kehrten zurück zu unseren letzten Telefongesprächen und E-Mails, bevor ich vor vier Tagen nach England geflogen war.

»Und, sagst du mir, wann du ankommst, oder nicht?«, hatte Evan geschrieben.

»Okay, aber du kannst gerne anrufen und absagen, wenn es nicht klappt«, hatte ich geantwortet.

»Stop, du verwandelst dich schon in eine New Yorkerin. Bitte, vertrau mir doch ein kleines bisschen. Freu dich, ich kann's kaum erwarten, dein strahlendes Gesicht zu sehen, wenn du in die Ankunftshalle kommst.«

Das war am Dienstag gewesen, am nächsten Tag war ich nach England geflogen. Ich hatte ihn auf dem Weg zum Flughafen angerufen und ihm eine Nachricht hinterlassen, ich würde mich schon darauf freuen, ihn am Sonntag wieder zu sehen. Während meiner Abwesenheit hatte ich ihn nicht angerufen, weil ich fand, es sei viel romantischer und nicht so aufdringlich, unsere Verabredung einfach so stehen zu lassen.

Das Taxi fuhr über die LIE-Überführung, auf den Queenstown-Tunnel zu, und ich schaute instinktiv hin, als die Skyline von Manhattan vor uns auftauchte. Es war ungewöhnlich klar heute Abend, und das sternenbesetzte Panorama der Gebäude funkelte noch heller als sonst. Die gewaltige Kulisse der großen Stadt begrüßte mich zu Hause. Für einen Augenblick war mir ganz leicht ums Herz. Aber das Ganze ergab einfach keinen Sinn.

Diesmal hatte ich es nicht vermasselt. Trotz Evans Begeisterung war ich cool geblieben. Ich hatte mich selbstständig, nicht zu aufdringlich, interessant, interessiert und als eine kleine Herausforderung gegeben. Ich hatte alles so gemacht, wie meine Kolumne und das Leben in New York es mich gelehrt hatten. Wo zum Teufel steckte er also?

Ich ging schnurstracks ins Bett, als ich zu Hause im Meatpacking District ankam, tat aber kaum ein Auge zu. Ich machte mir Sorgen, er könnte einen Unfall gehabt haben. Aber trotz aller Tragödien, über die ich für die *Post* schon berichtet hatte, wusste ich doch, dass in solchen Fällen Unfälle sehr selten waren.

Für den nächsten Tag reservierte ich einen Platz im Nachmittagsbus nach Sag Harbour, nur für den äußerst unwahrscheinlichen Fall, dass wir uns noch zum Mittagessen treffen könnten. Aber je länger das Telefon schwieg, desto mehr verwandelten sich meine Enttäuschung und Wut in Neugier. Er musste doch zumindest meine Nachrichten bekommen haben.

Ich zog kurz in Erwägung, ihn im Büro anzurufen, ließ es dann aber, für den Fall, dass seine Sekretärin mich total entwürdigend abwimmeln würde. Stattdessen beschloss ich, ihn am frühen Abend in seiner Wohnung in Tribeca anzurufen und zu versuchen, ihn dort zu erwischen.

Um Punkt halb acht saß ich auf dem Bett und wählte mit zitternden Händen seine Nummer. Beim zweiten Klingeln ging er ans Telefon. Hä? Er ging ran?

»Ach, du bist also nicht tot«, sagte ich.

»Nein.« Er klang etwas verdutzt.

»Und was zum Teufel war mit unserer Abmachung, dass du mich am Flughafen abholen solltest?«

Stille. Was auch immer er darauf antwortete, es musste verdammt gut sein.

»Süße, warum bitteschön sollte ich den weiten Weg nach JFK rausfahren, um dich abzuholen, nachdem ich vier Tage lang nichts von dir gehört habe?«

Mir klappte die Kinnlade runter.

»*Wie bitte?* Das soll wohl ein Witz sein, oder?«

»Nein. Ich lasse mich nicht als selbstverständlich erachten. Und jetzt entschuldige bitte, aber ich bin gerade sehr beschäftigt«, sagte er. Und dann war die Leitung tot.

Ganz benommen saß ich auf dem Bett, das »Süße« klang noch in meinen Ohren. Niemals. Wie konnte das sein? Nach all den vielen Malen, die ich es vermasselt hatte, weil ich die Typen zu oft oder zu früh angerufen hatte, sollte ich es jetzt versiebt haben, weil ich mich nicht *oft genug* gemeldet hatte?

Eine geschlagene Minute lang saß ich da und schüttelte den Kopf – und wartete darauf, dass er zur Besinnung kam und zurückrief. Dann tappte ich zum Fenster und guckte hinunter auf die 14th Street.

Ein paar mexikanische Arbeiter malten auf der anderen Straßenseite ein neues Schild für eine Boutique, die anstelle dieses kleinen belgischen Frühstückscafés, Petite Abeille, aufgemacht hatte, das Pom immer so gerne gemocht hatte. Ein klapperdürres Model schleppte seine Fotomappe zu den angesagten Milk-Studios am Ende des Blocks. Vor einem eleganten Glasbüro, das sie auf das Dach des Hauses gegenüber vom Loft gebaut hatten, stand ein Typ und rauchte eine Zigarette. Die Jungs von der Feuerwehr hatten ihr Löschfahrzeug vor dem Western-Beef-Supermarkt geparkt, um schnell ein paar Einkäufe zu machen. Auf der Seite des Feuerwehrwagens stand zur Erinnerung an den 11. September ganz groß »Wir werden nie vergessen«.

Ich lebte nun schon so lange in dieser Stadt, die nie schlief und sich stets veränderte. Und es kam mir vor, als stünde ich noch genau da, wo ich am Anfang war.

Vierunddreißig ist doch noch kein Alter, oder?

Manchmal will man sich einfach in eine Ecke verkriechen, aufgeben und fragen: Was zum Teufel habe ich bloß falsch gemacht?

Zum Beispiel wenn eine alte Mitbewohnerin, ein eingefleischter Single, die sich mal so betrunken hat, dass man sich dagegen wie eine Abstinenzlerin vorkommt, einem einen Vortrag über die Freuden der Mutterschaft hält (und man selbst es noch immer nicht bis zum dritten Date schafft). Oder wenn man in einer Kneipe sitzt und der Ex einem von seiner neuen großen Liebe vorschwärmt, und man dann vorgibt, auch einen Freund zu haben – obwohl man gar keinen hat. Wie wenn man herausfindet, dass der einzige Mann, an dem man im ganzen vergangenen Jahr Interesse hatte, einen nicht bloß am Flughafen versetzt hat – sondern bei anderen Mädels genau die gleichen Sprüche gebracht hat.

Es war wieder Herbst. Das Tagebuch der Hamptons war abgeschlossen, und Paris Hilton und P. Diddy hatten die Party nach Miami verlegt. Ich war zurück in New York und hatte mal wieder »einen dieser Tage« – genauer gesagt, eine ganze Jahreszeit.

Mein sonniger sommerlicher Optimismus hatte sich in Luft aufgelöst, und geblieben war nur die nackte Zukunftsangst. Ich stand wieder ganz am Anfang – ich hatte keinen Freund, bloß eine ganze Enzyklopädie gescheiterter Verabredungen hinter und nur noch ein knappes Jahr vor mir, ehe ich ernsthaft darüber nachdenken musste, meine Eizellen einfrieren zu lassen.

Und ich konnte nicht mal mehr meiner Kolumne die Schuld für mein Pech bei den Männern zuschieben.

Ach, komm schon, vierunddreißig ist doch noch kein Alter, sagte ich mir. Im Sommer wolltest du nicht mal eine Beziehung. Aber andererseits, was sagte mir das über die Männer? Die waren wie U-Bahnen zu Stoßzeiten und außerhalb der Hauptverkehrszeiten. Mit zwanzig kamen sie alle paar Minuten, mit dreißig musste man manchmal die ganze Nacht auf eine warten. Also war man echt angeschmiert, wenn man ständig in die falsche stieg.

Richtig miese Laune hatte ich erst, seit ich eines Abends bei einer Cocktailparty gewesen war und mich mit einer aufstrebenden Literaturagentin namens Elisabeth über den ganzen Dating-Wahnsinn unterhalten hatte. Ich fing gerade an, ihr von meinem Evan-Debakel zu erzählen – nicht, dass ich an nichts anderes denken konnte – als sie mich mitten im Satz unterbrach.

»Warte mal, dieser Typ, *den kenne ich!* Meine Freundin Angela hat ihn im Frühling kennen gelernt und ist ein paar Mal mit ihm ausgegangen. Sie glaubte schon, es würde langsam ernst, da hat er sich eines Tages furchtbar aufgeregt über sie, und danach hat sie nie wieder was von ihm gehört.«

»Nein! Bist du ganz sicher?«

»Der hieß Evan, ganz bestimmt.«

Zwar hatte ich selbstredend beschlossen, nie wieder einen Gedanken an Evan zu verschwenden, aber als sie vorschlug, mal mit Angela zwecks Erfahrungsaustauschs etwas trinken zu gehen, war ich Feuer und Flamme.

Angela entpuppte sich als hübsche, schlagfertige, dunkelhaarige Fernsehproduzentin. Wir trafen uns in der Bar 6 auf eine Flasche Pinot Noir und verstanden uns auf Anhieb blendend. Wir hielten uns nicht mal fünf Minuten lang mit Smalltalk auf, ehe wir zum Thema kamen – und dann redeten wir, ohne Luft zu holen.

»Er wirkte so bodenständig, als hätte er die Schnauze voll von dem ganzen Dating-Zirkus«, erzählte Angela. »Ich fand ihn erst gar nicht so toll, ich meine, so umwerfend sieht er nun auch wieder nicht aus, er wirkte ein bisschen linkisch und schüchtern. Aber dann sind wir zusammen was trinken gegangen, und hinterher hat er mir so eine süße E-Mail geschickt, in der stand ›Ich breche vermutlich gerade sämtliche verfügbaren Regeln, aber ich will nicht ganz cool tun, ich hatte sehr viel Spaß mit dir und würde dich gerne bald wiedersehen‹.«

Fast wäre mir das Weinglas aus der Hand gefallen.

»Hey, die habe ich auch gekriegt, und zwar nach unserem ersten gemeinsamen Abendessen. Hattest du die auch schon im Posteingang, als du nach Hause gekommen bist?«

»Ich hab sie auf meinem Blackberry im Taxi *auf dem Weg* nach Hause bekommen.«

Ich knallte den Kopf auf die Theke. Nein.

»Bei unserer ersten Verabredung hat er mich zu sich nach Hause eingeladen und selbst gekocht«, erzählte ich.

»Wir sind etliche Male mit tütenweise Einkäufen in seinem Wasserflugzeug nach Shelter Island geflogen. Er hat so ein umwerfendes Olivenbrot gebacken, und es gab Lamm mit frischem Rosmarin aus dem Garten.«

»Mit Chorizo?«

»Mit Chorizo!«

»Sei still! Und jetzt sag mir nicht, ihr habt auch auf dem Steg rumgeknutscht.«

»Rumgeknutscht. Aber hallo. Es war eine wunderbare Vollmondnacht, und wir haben stundenlang da unten gesessen, uns geküsst und die Füße ins Wasser baumeln lassen.«

O mein Gott. Hatte Evan am Ende den Tag für unsere Verabredung nach dem Mondkalender ausgesucht? Nein, jetzt wurde ich langsam paranoid.

»Da unten lag auch ein schönes Boot«, sagte Angela. »Bist du mal auf seinem Schnellboot mitgefahren?«

»Nein, verdammt, ich hätte es tun sollen, solange ich noch die Gelegenheit hatte.«

Angela meinte, obwohl Evan ihr gesagt hatte, er wolle die Sache nicht ganz langsam angehen, hätte sie doch ernste Bedenken gehabt, sich auf eine Beziehung einzulassen. Aber nach und nach hätten ihre Zweifel sich in Luft aufgelöst, weil er ihr jeden Tag SMS und E-Mails geschickt hatte, in denen er ihr gestand, wie glücklich er sei, dass er sie gefunden hatte.

»Zitat: ›Wenn ich abends im Bett liege, ist dein Name das letzte Wort, dass mir vor dem Einschlafen in den Sinn kommt.‹«

»Du machst Witze«, rief ich wieder. »Ich fasse es nicht. Deine Nachrichten waren zwar ein bisschen lyrischer als meine, aber sinngemäß genau das Gleiche. Und wie steht's mit der Limousine?«

»Die Limousine war der Knaller«, lachte Angela. »Er hatte einen Fahrer, und den hat er oft geschickt, um mich von der Arbeit abzuholen – aber wohl hauptsächlich, weil es dem Herrn zu viele Umstände machte, die Wohnung zu verlassen.«

»Und im Bett?« Die Frage konnte ich mir nicht verkneifen.

Sie grinste süffisant. »Ja, da war er ziemlich gut. Er hatte es mit den Kerzen, sein Schlafzimmer in Tribeca war voll davon.«

Ich stöhnte. »Massageöl?«

»Damit kam er gleich ganz am Anfang an … und manchmal hat er mir auch SMS geschickt, in denen er beschrieben hat, was er mit mir anstellen wollte.«

»O Gott, ich glaube, mehr will ich gar nicht hören.« Ich legte den Kopf wieder auf die Theke.

»Und, wie hat es geendet?«, fragte ich schließlich.

Angela wirkte für einen Moment stinksauer.

»Eines Abends war ich mit Freunden von außerhalb im West Village zum Essen verabredet und habe ihn gefragt, ob er mitkommen möchte. Es waren alte Freundinnen, meine Mitbewohnerinnen von College, und da ich inzwischen seine Freunde und seine Familie bereits kennen gelernt hatte, wollte ich gerne, dass er die auch mal kennen lernt. Aber dann hat er in letzter Minute abgesagt und mir erklärt, er habe einen harten Tag im Büro hinter sich, und ob ich stattdessen zu ihm nach Tribeca kommen könnte. Als ich ihm sagte, ich wolle die Verabredung mit meinen Freunden nicht absagen, wurde er wütend. Und das war's dann, danach hat es auf keinen meiner Anrufe mehr reagiert.«

»Na dann prost, meine Liebe«, sagte ich und hob mein Glas. »Auf den Beziehungspsychopathen.«

Darauf stießen wir an.

»Man kann wohl nur darüber lachen, aber ich schäme mich nicht zu gestehen, dass mich das monatelang ziemlich fertig gemacht hat«, sagte sie. »Da war endlich mal ein Mann, der total normal wirkte und ein richtig toller Fang zu sein schien. Und dann, gerade als es mit uns ernst wurde, puff!, fliegt mir alles um die Ohren. Aber das ist wohl typisch New York.«

Als ich an diesem Abend im Bett lag, verfluchte ich mich. Da hatte ich mir doch tatsächlich eingebildet, ich sei ach so anders als die anderen – die allwissende Beziehungskolumnistin, das kluge, zurückhaltende englische Schnuckelchen. Und war doch auch auf ganzer Linie auf diesen Windbeutel Evan und seine Sprüche reingefallen.

Eines musste man ihm lassen: Er hatte es echt drauf. Ein Haufen Geld und gute Manieren, da kriegt so manches Mädel weiche Knie – und er tat, als sei er bloß ein ganz normaler, schüchterner Typ, der sein verletzliches Herz auf der Zunge trägt. Allerdings nur, solange es ihm in den Kram passte.

Und das war das Ironische an New York. Durch die unbarmherzigen Spielregeln des Dating-Zirkus waren die Leute immer auf der Hut – und doch warteten alle nur sehnlich darauf, endlich jemanden kennen lernen, der ihnen sagte, dass er es nicht ganz langsam angehen wollte.

Aber das Problem war, dass die Stadt immer wieder reiche Egomanen wie Evan ausbrüten würde, die sich nichts dabei dachten, die Gefühle anderer Menschen zu verletzen, weil es hier Frauen wie am Fließband gab, die ihrem Charme einfach nicht widerstehen konnten.

Kein Wunder, dass wahre Liebe in New York so schwer zu finden war.

Aber einige wenige hatten es doch hingekriegt. Zwei Wochen nach meinem Treffen mit Angela brachte meine alte Mitbewohnerin Alice ein fünf Pfund schweres kleines Mädchen zur Welt. In ihrer typisch chaotischen Manier war ihre Fruchtblase in einer Pizzeria in Roxbury geplatzt, einem kleinen Örtchen mitten im Nirgendwo im New Yorker Umland, gerade als sie und ihr Freund Chris ein letztes romantisches Wochenende zu zweit verbringen wollten. Alice, die vergessen hatte, sich zu erkundigen, ob es in der Nähe irgendwelche Entbindungsstationen gab, musste im Krankenwagen 150 Kilometer weit quer durch die Catskills Mountains gekarrt werden.

Als sie drei Tage später wieder in die Stadt zurückkamen, machte ich pflichtbewusst einen Babybesuch bei ihr. Ich hielt die kleine Scarlet in den Armen, streichelte ihre kleinen Zehen mit den winzigen Zehennägeln und staunte, wie perfekt die waren. Dann musste ich daran denken, dass ich mich bei meinem Glück vielleicht damit würde abfinden müssen, vielleicht nie Mutter zu werden.

»Ich sage dir, Bridge, ein Kind zu haben ist absolut beängstigend. Auf einmal ist da dieses kleine Wesen, das völlig abhängig von dir ist«, sagte Alice. »Ich meine, ich habe echt keine Ahnung davon. Als meine Fruchtblase geplatzt ist, dachte ich, ich hätte in die Hose gemacht.«

Wir mussten kichern, und beim Gedanken an die chaotische Alice, die nun auf einmal mit ihrer Mutterrolle klarkommen musste, verdünnisierte sich zumindest ein Teil meiner Minderwertigkeitskomplexe.

»Aber es ist komisch«, sagte sie und bestaunte verträumt die kleine Scarlet in meinen Armen. »Wenn man ein Kind hat, übernimmt auf einmal der Mutterinstinkt das Kommando, und man versteht endlich, warum man in diese Welt gesetzt wurde.«

Na toll, doch wieder die alte Leier.

»Okay, Al, genug von dem Mutter-Erde-Gefasel«, schnauzte ich sie an und gab ihr Scarlet zurück.

Auf dem Nachhauseweg schäumte ich vor Wut. Es kam mir vor, als sei es erst gestern gewesen, als Alice mich geweckt hatte, weil sie an den Typen von Pizzaservice geklammert vor der Tür unseres Loft stand, weil sie sich bei einem Blind Date in der Thompson Street dermaßen hatte voll laufen lassen, dass sie ihr Portemonnaie verloren hatte, der Typ abgehauen und der Pizzabote der Einzige gewesen war, der sich ihrer erbarmt und sie nach Hause gebracht hatte. Und die hielt mir jetzt einen Vortrag über die Freuden der Mutterschaft. Wo bitte blieb mein Happy End?

Eine SMS von meiner alten Freundin Fi aus England, die ich zwei Wochen später bekam, tat auch nichts dazu, meine Laune zu heben.

»Ruf mich an, habe Neuigkeiten«, schrieb sie.

Was nur eines bedeuten konnte. Ich rief sie an.

»Bridge, dir wird das vielleicht nicht gefallen, aber ich habe mich verlobt, und ich bin schwanger!«

»Glückwunsch, Fi. Aber sag mir eins, warum denken eigentlich alle, ich würde mich nicht über anderer Leute verfluchte Verlobungen und Schwangerschaften freuen?«, schnaubte ich empört.

Vermutlich deshalb.

Ein paar trostlose Wochen später, kurz bevor ich zu Kathryns großer Hochzeitsfeier im Dezember wieder nach England fliegen sollte, trafen Jack und ich uns auf einen Drink im Hog Pit, um mal wieder ein bisschen zu quatschen.

Seit ich aus den Hamptons zurückgekommen war und wieder in der Redaktion arbeitete, war es, als sei nie was zwischen uns gewesen. Mein Sommer in der Fremde hatte sämtliche Gefühle, die es vielleicht noch zwischen uns gegeben hatte, restlos ausgelöscht. Aus purer Gewohnheit beobachtete ich zwar immer noch, wenn er in sein Büro ging, um ungestört zu telefonieren, wenn er übermäßiges Interesse an seinem Posteingangsfach zeigte oder früher aus der Redaktion abhaute. Aber Michelle,

Jeane und Paula hatten mir gesteckt, dass Jack noch genauso Single und überarbeitet war wie eh und je. Wenigstens einer, der noch der Alte war.

Er wartete im Hog Pit auf mich, mit den Korrekturabzügen der heutigen Zeitung und einem Whiskey. Genau wie bei meinem Treffen mit Angus am Primrose Hill war auch diese Verabredung fast zu sehr wie in den guten alten Zeiten. Aber diesmal war ich nicht dazu aufgelegt, das Ganze philosophisch zu betrachten.

Ich bestellte einen Wodka Tonic und erzählte ihm von der kleinen Scarlet – und das Fi jetzt auch verlobt und schwanger war.

»Fi? Lieber Gott, mir kommt's vor, als hätte sie noch vor zwei Tagen in den engsten Jeans, die man sich vorstellen kann, im Felix auf den Tischen getanzt. Verblüffend, dass in diesen mageren kleinen Körper überhaupt ein Baby passt.«

»Jack, sie hat nie auf den Tischen getanzt, nur drum herum«, tadelte ich und lächelte zum ersten Mal seit einer Ewigkeit. »Aber, ja, jetzt wird sie auch Ehefrau und Mutter. Alle entwickeln sich weiter, weißt du.«

»Also, wenn du mich fragst, ist heitere Familiengründung auch nicht so toll, wie immer behauptet wird«, knurrte Jack. »All meine Freunde, die Kinder haben, jammern die ganze Zeit bloß rum, sie wären langweilige Spießer geworden, die überhaupt nichts mehr unternehmen.«

Ich hätte ihn am liebsten umarmt.

»Und, wie steht's mit dir, irgendwelche Romantik in deinem Leben?«, fragte ich. Ich war mir sicher, dass ich die Antwort schon kannte.

»Na ja.« Er lächelte in sein Glas. »Ehrlich gesagt, bin ich schon seit ein paar Monaten mir einer bestimmten Frau zusammen.«

Wie bitte? Mir drehte sich der Magen um. Eine entsetzte Grimasse bemächtigte sich meiner Lippen.

»Aber diesmal bewahre ich in der Redaktion absolutes Stillschweigen darüber«, erklärte Jack, dem mein Entsetzen völlig zu entgehen schien. »Nach dem Fiasko, dass wir beide erlebt haben.«

Fiasko? Na, vielen Dank für die Blumen. Ich versteckte mich hinter meinem Glas.

»Wir haben uns bei einem Pokerturnier kennen gelernt, wir haben im Sommer jedes Wochenende zusammen verbracht, und wir haben uns noch kein einziges Mal gestritten. Es läuft also eigentlich ziemlich gut.«

Wenn ich den Wodka Tonic ganz schnell inhalierte, ob ich mich dann wohl damit ertränken könnte?

»Wir treffen uns gleich noch, wir gehen zum Essen ins Voyage.«

Ins Voyage? In unser Restaurant? Nein, es wäre wohl einfacher, mit dem Glas auf die Toilette zu verschwinden und mir die Pulsadern aufzuschlitzen.

Jack wendete sich mit einem sanften Lächeln mir zu.

»Und, wie steht's mit dir, Süße? In der Redaktion munkelt man, die hättest im Sommer in den Hamptons einen dicken Fisch an Land gezogen und seiest endlich glücklich verliebt.«

»Ja, bin ich.«

Was? Hatte ich das wirklich gesagt? Ich verschwand wieder hinter meinem Glas.

»Und? Was ist das für einer?« Jack hatte plötzlich so einen enervierend vertraulichen Ton drauf. Und er schien sich aufrichtig für mich zu freuen, was mich noch mehr störte.

»Ähm, also, ich habe ihn bei einer Party auf Shelter Island kennen gelernt, und dann führte eins zum anderen, schätze ich.«

»Das ist doch toll. Und, was macht er beruflich?«

»Ach, du weißt schon, irgendwas an der Wall Street.«

»Und wie heißt er?«

»Ähm, Evan. Du kennst ihn bestimmt nicht.«

»Und, erzähl, ist es so ernst, wie alle sagen?«

»Äh, also, da bin ich mir nicht so sicher. Aber es ist toll. Ich meine, ich bin glücklich und so.«

Nein, wenn ich ehrlich war, war ich schon mehr als bedauernswert. Das hier war das Traurigste und Erbärmlichste, das ich je gemacht hatte.

Außerdem war ich puterrot. Jack wirkte erst etwas verdutzt, aber dann ließ er es gut sein.

»Na ja, Bridge, ich freue mich jedenfalls für dich.«

»Ich mich auch, und für dich auch«, krächzte ich.

Wir bestellten noch was zu trinken und redeten über andere Sachen, dann meinte Jack, er müsse zu seiner Verabredung. Er bezahlte die Rechnung, und dann gingen wir zusammen raus und standen vor der Tür rum.

»Und, triffst du dich heute Abend mit Evan?«

»Äh, ja.« Ich spürte, wie ich wieder rot wurde. »Nur ein kleines Abendessen, in, ähm, Tribeca.«

Dann schaute ich in Jacks ruhige blaue Augen und erinnerte mich daran, dass ich mir mal geschworen hatte, ihn niemals anzulügen.

»Jack, um ehrlich zu sein, ich treffe mich nicht mit Evan zum Abendessen.«

Er guckte wieder ganz verdattert.

»Ich bin auch nicht mehr mit ihm zusammen. Entschuldige, ich habe mir das alles bloß ausgedacht.«

Jetzt war er richtig perplex – und sah mich an, als glaubte er, ich benötigte psychiatrischen Beistand.

»Ich meine, ich habe mich schon ein paarmal mit ihm getroffen, und ich habe ihn tatsächlich bei einer Party auf Shelter Island kennen gelernt und so ... und er arbeitet auch an der Wall Street, mit Hedgefonds, genau genommen ... aber als ich im August aus England zurückgekommen bin, hat er mich am Flughafen versetzt. Und das war das Ende vom Lied.«

Jack betrachtete den Bürgersteig. »Tut mir Leid«, murmelte er.

Es tat ihm Leid? Was denn? Dass ich versetzt worden war? Tat es ihm Leid, dass ich keinen Freund hatte, oder dass ich die bemitleidenswerteste Frau der Welt war?

Aber was hatte ich auch erwartet? Dass Jack Rache schwor und sich im Morgengrauen ein Pistolenduell mit Evan lieferte?

»Na ja, wie dem auch sei, du machst dich besser auf den Weg ins Voyage«, sagte ich.

»Ähm, kommst du zurecht?«, fragte er.

»Ja, klar.« Ich drehte mich um und hüpfte über das Kopfsteinpflaster der 9th Avenue, auf der sich Taxis und Menschenmassen auf dem Weg zum Abendessen drängten.

»Andere Mütter haben auch schöne Söhne«, sagte ich mir laut. Ich glaubte es bloß nicht mehr.

Das Mädchen im roten Kleid

Ich stand in der Frauenumkleidekabine von Henry Bendell in der 5th Avenue, in einem 300 Dollar teuren kirschroten Kleid von Miguelina. Es hatte ein Neckholder-Oberteil, das mein Dekolleté betonte, und einen ausgestellten, weich fallenden knielangen Rock. Sah es sexy und doch nicht zu aufreizend aus, vielleicht sogar ein bisschen nach Marilyn Monore, das Richtige für eine Winterhochzeit? Oder eher nach Versandhausschick, wie ihn die alte Jungfer aus dem Büro zur Weihnachtsfeier tragen würde?

Bei diesem Thema würde ich mir wohl nie ganz sicher sein. Aber was machte das schon? Ich konnte allein den Gedanken an Kathryns Party kaum ertragen – wieder mal so ein Abend, an dem man dumm herumstand und sich krampfhaft bemühte, die Sache mit der Liebe philosophisch zu betrachten, die rasch schwindende Menge der verbliebenen Singles zählte und seinen Kummer anschließend in billigem Weißwein ertränkte. Obwohl der Wein bei dieser Hochzeit sicher alles andere als billig sein würde. Kathryn hatte tags zuvor angerufen und mich auf den neusten Stand ihrer Märchenhochzeitspläne gebracht.

»Also, die ganze Kirche wird mit Kerzen erleuchtet, und von der Decke und entlang des Gangs hängen überall Efeuranken. Und die Feier findet in einer wahnsinnigen Zehntscheune aus dem 14. Jahrhundert statt – die größte Europas. Ein echter Glücksfall, dass die ausgerechnet in unserem Dorf steht, was? Und nach der Trauung fahren wir mit einem alten Traktor aus den vierziger Jahren von der Kirche zur Scheune, und überall am Wegesrand werden Fackeln aufgestellt …«

Wunderbar. Was zum Teufel war überhaupt eine Zehntscheune?

Ich trat aus der Kabine in den Verkaufsraum, wo es nur so wimmelte von Menschen beim Weihnachtseinkauf, um die Verkäuferin nach ihrer Meinung bezüglich des Kleids zu fragen – obwohl die einem auch nie die Wahrheit sagten. In der Unterwäscheabteilung fand ich einen Ganzkörperspiegel, in dem ich mich stirnrunzelnd betrachtete, wobei mir die vielen Falten auf meiner Stirn auffielen. Hm, vielleicht sollte ich die 300 Dollar lieber in Botox investieren. Tief dekolletiertes Kleid oder glatte Stirn, welches war wohl die lohnendere Investition?

»Hey-hey. Du bist es! Ich hab mir doch gedacht, dass du es bist. Das Mädchen im roten Kleid!«

Ich wirbelte auf dem Absatz herum.

»Deklin? *Deklin?*«

Durch die Ständer mit den neckischen BHs bahnte er sich den Weg zu mir. Er hatte immer noch diese dunklen Augen und die auf und ab tanzenden dichten Augenbrauen, aber er war schlanker geworden, sah erwachsener aus. Ich hatte ihn nicht mehr gesehen seit jener Nacht vor vier Jahren in Great Lakes. Zusammen mit seiner Freundin.

»Scheiße, du Mistkerl. Was zum Teufel machst du denn hier? Lauerst du in der Dessousabteilung ahnungslosen Frauen auf? Oder bist du schwul geworden?«

Er lachte, wobei wieder diese Zahnlücke zwischen seinen Schneidezähnen aufblitzte. »Nein. Ich kaufe für meine Schwägerin Weihnachtsgeschenke ein. Sie hat mir eine Liste mitgegeben.«

Wir umarmten uns. Die Nacht in Great Lakes war eine Ewigkeit her. Jetzt noch sauer auf ihn zu sein war einfach witzlos.

»Dann könntest du dich auch nützlich machen. Was hältst du von dem Fummel?«

»Also, das letzte rote Kleid, das du anhattest, fand ich schon ziemlich gut, aber das hier ist auch nicht schlecht. Wenn du mich fragst, solltest du überhaupt nie was anderes als rote Kleider tragen.«

»Für was hältst du mich? Einen wandelnden Chris-de-Burgh-Song?«

»Nein. Du bist die aufregende geheimnisvolle Frau auf der Party, die aussieht, als genieße sie das Leben so sehr, dass alle Jungs sie kennen lernen wollen.«

Ich verdrehte die Augen.

»Spar dir die kitschigen Sprüche, Deklin, auf die falle ich nicht noch mal rein. Und außerdem sind die Zeiten längst vorbei. Das Kleid ist für die superschicke Hochzeit meiner besten Freundin in England, und dort werde ich das Leben nicht genießen.«

»Und warum nicht? Klingt doch ideal.«

»Versuch du mal, als allein stehende Frau, die auf die vierunddreißig zugeht, bei einer Hochzeit das Leben zu genießen.«

»Was, willst du mich veralbern? Ich kann mir nichts Lustigeres vorstellen. Versuch du mal, als Mann über fünfundzwanzig mit deiner Nicht-Verlobten bei einer Hochzeit rumzulaufen.«

»Ach ja, Melissa. Wie geht's ihr? Noch kein Ring am Finger?«

»Wir haben uns letztes Jahr getrennt.« Mist.

»Tut mir Leid.«

»Nein, schon gut, es war die richtige Entscheidung, sie war so toll, so ein süßes Mädel, sie wäre eine wunderbare Ehefrau und Mutter geworden. Aber ich hatte immer das Gefühl, irgendwas zu verpassen, und der Druck, ihr einen Antrag zu machen, war einfach zu groß. Warum zum Geier müssen alle Leute kurz vor oder kurz nach ihrem dreißigsten Geburtstag heiraten?«

»Weil die Zeit knapp wird!!!«, platzte ich theatralisch heraus, und nun war er es, der die Augen verdrehte.

»Scheiß drauf, ich heirate jedenfalls keine, bei der ich meine Zweifel habe, nur um mich ein paar Jahre später wieder scheiden zu lassen. Und wenn ich auf die Richtige warten muss, bis ich sechzig bin. Aber was ist mit dir, bist du immer noch der beste Fang von ganz New York?«

»Na ja, jedenfalls bin ich ein paarmal eingefangen und wieder zurück in den Teich geschmissen worden, seit wir uns das letzte Mal gesehen haben.«

»Okay, nimm das Kleid, auch wenn es 1000 Dollar kostet, wir gehen was trinken.«

Auf der 5th Avenue wimmelte es nur so von Menschen im Weihnachtskaufrausch, und der Verkehr war hupend zum Stillstand gekommen, während die Leute gleichzeitig hektisch auf die Straße und zurück rannten und sich um die gelben Taxen prügelten. Aber wie bahnten uns gekonnt den Weg durch die unter der Last ihrer Einkaufstüten keuchenden Menschenmassen, und unser Atmen peitschte durch die eisig kalte Luft.

Die üppig dekorierten Schaufenster der Geschäfte glitzerten, und die Tannenbäume auf den Gehwegen trieften nur so vor Weihnachtsbeleuchtung. Die ganze Szenerie war hektisch, höllisch geradezu, und seltsam belebend. Es war das altmodische, vorweihnachtliche New York wie aus dem Bilderbuch.

Wir liefen die Stufen zum Plaza Hotel in der 59th Street hinauf, dem gegenüber die Touristen in langen Schlangen darauf warteten, eine Kutschfahrt durch das Winterwunderland des Central Park zu unternehmen, und flitzten durch die betriebsame marmorverkleidete Lobby des Plaza zu der berühmten muffigen holzvertäfelten alten Bar des Hotels, dem Oak Room.

Unversehens hatte sich meine Laune gebessert – ein ganz kleines bisschen. Überall um uns herum tummelten sich Menschen aus aller Herren Länder, die in Scharen nach New York strömten, um eine kleine Kostprobe vom Leben hier zu bekommen. Und ich war ein alter Reporter-Hase bei der *New York Post* – okay, so alt nun auch wieder nicht, aber ich wusste zumindest, wie man einen Notizblock hielt.

»Auf die Erfüllung unserer Träume – und auf alte Freunde«, sagte Deklin und stieß mit mir an.

»Alte Freunde? Du bist nicht mein Freund. Du hast mir kaltschnäuzig meine erste Lektion über Leben und Lieben in New York erteilt.«

»Die da wäre?«

»Was Männer angeht – und Frauen auch – ist nichts je so, wie es scheint.« Verdammt, warum hatte ich nicht daran gedacht, als ich Evan kennen gelernt hatte?

»Also, das an dem Abend mit Melissa tut mir echt Leid. War mir genauso unangenehm wie dir, und Melissa und ich hatten an dem Abend der Party so eine Art Auszeit genommen. Aber den Appetit auf die New Yorker Männer habe ich dir offensichtlich nicht verdorben.«

»Ach ja, und woher willst du das wissen?«

»Weil ich jeden Tag einen Vierteldollar für diese schmierige rechte Hetzblättchen ausgegeben habe, für das du arbeitest, nur um über deine jüngsten Abenteuer auf dem neuesten Stand zu sein – und sonntags auch mal zwei.« Er grinste breit.

»Weiß du noch, dieser Kerl, der dich einfach nicht küssen wollte, obwohl du es mit allen Mittel versucht hast, und der dich dann mit einer E-Mail abserviert hat, in der stand ›Grüße und bis bald‹«.

»Danke, dass du mich daran erinnerst.«

»Und dann dieser bekloppte Holländer, der mit dir in die Kiste steigen wollte und dir befohlen hat, ihm die Hose auszuziehen. So ein Depp.«

»Der war echt ein Depp.«

»War aber immer sehr unterhaltsam.« Deklin grinste schon wieder. »Aber mal ehrlich, Bridge, es ging doch nicht nur um deine Verabredungen. Denk doch nur mal an all die vielen Geschichten, über die du geschrieben hast. Ich meine, du musst die *Post* wirklich lieben. Der Typ aus dem Restaurant, dem sie den Kopf abgehackt haben, weißt du noch? Oder der Artikel über die Siebzehnjährige aus Brooklyn, die erfahren hat, dass sie keine Kinder bekommen kann und ein Baby aus der Entbindungsstation eines Krankenhauses geklaut hat, mit dem sie eine dreitägige Odyssee durchgemacht hat. Und warst du nicht auch in Nantucket und hast diesen widerlichen Tyco-Tycoon Dennis Koslowski auf seiner 50-Millionen-Dollar-Yacht verfolgt? Und dann war da noch dieser alte Mann, der an Weihnachten einen Hotdog gegessen hat, weil seine Frau überfahren wurde. Das war wirklich sehr traurig. Meine Mutter hat sogar geheult, als sie das gelesen hat.«

»Herrje, Deklin, du hast ein verdammt gutes Gedächtnis«, sagte ich. Ich musste an Mr. Russo denken, wie er mit dem singenden Rentier in seiner Küche gesessen hatte. Nach dieser Story hatte ich geschworen, mich nie wieder über mein Leben zu beklagen. Den Schwur hatte ich total vergessen.

»Findest du nicht, dass du ein Glückspilz bist, Bridge? Du erlebst all diese Abenteuer, von denen andere nur lesen.«

Wow. So hatte ich das noch nie gesehen. Obwohl die meisten meiner Abenteuer gar nicht so aufregend waren. Aber eins hätte ich bei meiner Arbeit als Reporterin lernen sollen – dass sich das ganze Leben von einem Moment auf den anderen schlagartig für immer ändern kann. Und man weiß nie, was als Nächstes kommt.

»Ich glaube, manchmal weiß ich einfach nicht zu schätzen, was ich habe«, murmelte ich.

»Wer tut das schon? Man hat einen Traum und schwört, wenn der sich erfüllt, wird man nie wieder irgendwelche anderen Wünsche äußern. Aber wenn er sich dann erfüllt, hält man es für selbstverständlich und fängt an, über was anderes zu grübeln. Hin und wieder sollte man mal tief durchatmen und sagen, hey, lebe für den Augenblick, der ist nämlich eigentlich gar nicht so übel.«

»Deklin, machst du neuerdings irgendein abgedrehtes New-Age-Yoga oder so was? Was sollen denn diese Lebensweisheiten?«

Er warf seine Cocktailserviette nach mir.

»Ich meine es ernst. Bridge, bei dieser Party warst du die Frau im roten Kleid, die ganz allein nach Brooklyn gekommen war, weil sie bereit war, alles auszuprobieren. Bleib so.«

»War das nicht auch der Abend, an dem ich hinter dem Rücken meines Freunds mit dir ins Bett gegangen bin?«, gab ich zu bedenken.

»Verdammt, du hattest einen Freund? Davon hast du keinen

Ton gesagt. Tja, ich habe ja nicht behauptet, du seiest perfekt«, erwiderte er.

Wir blieben noch eine ganze Stunde in der Bar und versprachen uns beim Abschied, nicht wieder vier Jahre ins Land ziehen zu lassen, ehe wir uns wieder sahen.

Mein Flug zurück nach Großbritannien ging an einem Mittwoch, drei Tage vor Kathryns Mega-Winterhochzeit. Am Abend vor meinem Abflug bestellte Paula mich in ihre Wohnung in der Sullivan Street in SoHo, um mir eine Last-Minute-Verschönerung für die große Party zu verpassen. Die Tage in ihrem stillen Apartment in Cobble Hill waren längst vorbei. Sie wohnte wieder mitten in der Stadt, schrieb ein Buch, moderierte einen Magazinbeitrag für eine angesagte Klatschsendung namens »The Insider« im Fernsehen und war – wovon sie lange geträumt hatte – stolze Besitzerin eines Dackels mit Namen Karl, den sie als ihre einzige große Liebe bezeichnete.

»Ich habe mir ein Kleid gekauft«, sagte ich und zog das rote Satinteil von Miguelina aus der gestreiften Henry-Bendell-Tüte. Ich war mir immer noch nicht so sicher, ob es das Richtige war. »Und dann habe ich noch meinen grünen Nicole-Farhi-Mantel zum Drüberziehen.«

»Lieber Himmel, Bridge, nein, nein!«, rief sie und begutachtete währenddessen meine Neuerwerbung. »Dieses Kleid – das ist zum Totumfallen, wunderbar – aber doch nicht mit deinem ollen Mantel, mit dem du rumläufst, seit du nach New York gezogen bist. Ich meine, grün und rot? Als was willst du gehen? Als Hochzeitsweihnachtsbaum?«

Sie ging zu ihrem Schrank und zog einen schwarzem Samtmantel von Gucci mit schwarzem Seidenfutter heraus, dann ein Paar schwarz-weiße Pumps von Christian Lacroix à la Sarah Jessica Parker, und eine braune Pelzstola.

»Das ist Coyote, total angesagt«, erklärte sie. »Jetzt hör zu. Lass dir das Haar ganz glatt stylen, und unternimm zur Abwechslung mal was gegen deine wild wuchernden Augenbrauen. Dazu trägst du ganz dezenten Silberschmuck und eine zarte hautfarbene Strumpfhose. Schwarze Strümpfe würden das Kleid erschlagen. Den Mantel pfefferst du bei der ersten sich bietenden Gelegenheit in die Ecke, aber behalte den Coyoten an, ich wiederhole, behalte ihn *die ganze Nacht* an. Du wirst umwerfend aussehen.«

Ich nahm meine neuen Schätzchen an mich, dankte ihr, und an der Wohnungstür umarmte ich sie noch mal. Dann drehte ich mich noch mal um.

»Paulita, meinst du, ich brauche Botox?«, fragte ich.

Sie verdrehte die Augen.

»Bridge, trage bloß auf jeden Fall Unterwäsche, die sich nicht abzeichnet, und zieh den Coyoten nicht aus, okay.«

Am nächsten Tag begann es heftig zu schneien, die Aussichten auf weiße Weihnachten in New York waren also ziemlich gut. Ich nahm mein Gepäck mit in die Redaktion, um gleich nach der Arbeit zum Flughafen zu sausen und den Übernachtflug der Virgin Atlantic nach London zu erwischen. Den Tag verbrachte ich damit, über die Muss-Geschenke für Kinder diese Weihnachten zu schreiben. Zumindest musste ich mich nicht im Schneesturm durch fünfzig Shoppingcenter schleppen und nach einem VideoNow, einem tragbaren Videoplayer oder einem dämlichen elektronischen Haustier namens Tamagotchi suchen. Ich dachte immer, die hätten die Kinder schon vor Jahren unter die Erde gebracht. Das war das Schöne am immer gleichen Familienweihnachten zu fünft – es war ziemlich unaufwendig.

Kurz nach acht flitzte ich aus der Redaktion und stand gerade am Aufzug, als Jack plötzlich aus seinem Büro stürmte, mit gebeugtem Kopf und im Mantel, die Ledertasche über eine Schulter geschlungen. Er schaute erst auf und bemerkte mich, als wir beide in den Fahrstuhl stiegen. Die Türen gingen zu, und da standen wir allein in entgegengesetzten Ecken des Aufzugs.

Es gab eine Zeit, da hätte ich gemordet für diese Gelegenheit, aber nach meinem beschämenden Geständnis bezüglich Evan hatte ich es meisterlich verstanden, ihm in der Redaktion aus dem Weg zu gehen, und auch in diesem Augenblick wäre es mir lieber gewesen, ihm nicht ins Gesicht sehen zu müssen. Also tat ich beschäftigt und kramt in meiner Handtasche nach meinem Pass.

»Und, fliegst du heute Abend nach Hause?«, fragte er schließlich.

»Ja, meine Freundin Kathryn heiratet am Samstag.«

»In London?«

»Nein, auf dem Land. In einer Zehntscheune.«

»Klingt doch gut.«

Ich hätte ihn am liebsten gefragt, was eine Zehntscheune ist. Er wüsste das bestimmt. Aber stattdessen guckten wir beide angestrengt auf unsere Schuhspitzen.

Der Fahrstuhl kam im Erdgeschoss zum Stehen, piepste, und die Türen gingen auf. Er ließ mir den Vortritt.

»Hey, dann noch frohe Weihnachten!«, rief er fröhlich.

»Ja, frohe Weihnachten«, antwortete ich, hievte meine Tasche auf die Schulter und stolzierte vor ihm davon. Vorbei am Weihnachtsbaum im Eingangsbereich, von einem riesigen Berg Geschenke umgeben, die News Corp. für benachteiligte Kinder gesammelte hatte, schob ich mich durch die Drehtür ins Freie. Der Vorplatz war bereits schneebedeckt. Die Bürgersteige waren mal wieder voll gestopft mit Leuten beim Weihnachtseinkauf, die sich durch die frostige Luft kämpften. »Jingle Bells« hallte aus der Anlage einer Wohltätigkeitsorganisation durch die Straßen. O nein, nicht schon wieder diese Melodie. Ich schloss den obersten Knopf meines Mantels und steuerte auf die U-Bahn-Station in der 47th Street zu.

»Bridge«, rief er mir nach. Ich blieb stehen und drehte mich um.

Er stand neben dem Pfeiler, an dem er immer geraucht hat, die Hände in den Manteltaschen vergraben. Der Pfeiler war weihnachtlich mit einer roten Schleife dekoriert.

Ich ging zurück zu ihm.

Er guckte ganz komisch, irgendwie gequält.

»Bridge, ich weiß, dass ich seit unserer Trennung dir gegenüber ziemlich distanziert war.« Er schaute auf seine Füße. »Ich wollte dir nur sagen, das kommt daher, dass es mir auch heute noch ziemlich schwer fällt, dich zu sehen und in deiner Nähe zu sein.«

Er hob den Blick und sah mich an.

»Ich empfinde immer noch sehr viel für dich, mehr als für jede andere Frau, die ich je gekannt habe«, sagte er.

Verdutzt guckte ich ihn an. Dann machte ich einen Schritt auf ihn zu, schlang die Arme um ihn und legte meine Wange an seine Schulter. Er nahm mich in die Arme und hielt mich fest gegen seinen Mantel gepresst. Ein letztes Mal roch ich seinen Duft.

»Und ich für dich«, sagte ich leise. »Übrigens, was zum Kuckuck ist eine Zehntscheune?«

Es gibt nur zwei Worte, die einen Flug nach London in der Woche vor Weihnachten treffend beschreiben: »die« und »Hölle«. Als ich am JFK eineinhalb Stunden lang in der Check-in-Schlange warten musste, bemühte ich mich vergeblich, nicht daran zu denken, wie ich das letzte Mal hier auf Evan gewartet hatte. Endlich überreichte eine strahlende Dame im roten Kostüm mir meine Boarding-Card.

»Reihe 69, Sitz E!«, sagte sie gut gelaunt, als hätte sie mich gerade in die Oberklasse hochgestuft – dabei hatte sie mir den schlechtesten Platz im ganzen Flieger zugewiesen – ganz hinten, gleich bei den Toiletten und im Dunstkreis vom Essensmief der Bordküche.

»Ausgebuchter Flug?«, fragte ich mit zusammengebissenen Zähnen.

»Oh ja! Aber hoffentlich nicht auch noch verspätet.«

Am Flugsteig – der derart überlaufen war, dass man sich fragen musste, wie die alle in eine enge Blechröhre passen sollten – kramte ich die vier Tylenol-Schlaftabletten raus, die ich mir eigens für die Reise besorgt hatte. Im selben Augenblick, als die

Lautsprecher verkündeten, wir könnten nun an Bord gehen, spülte ich alle vier mit einem Fläschchen Mineralwasser runter. Alice hatte mir versichert, auch wenn es recht sanfte Einschlafhilfen waren, seien sie sehr effektiv, wenn man gleich vier auf einmal schluckte, und sie brauchten kaum zehn Minuten, bis sie wirkten.

Kaum auf meinem Platz schnallte ich mich an, saß ganz still und gab mir große Mühe, nicht Zeter und Mordio zu schreien. Zu meiner Linken stritten sich zwei Teenie-Brüder in Übergröße um eine Chipstüte in Übergröße. Der eine, der schon unter meiner Armlehne durchquoll, rammte mich ständig mit dem Ellbogen. Zu meiner Rechten warf ein Typ mit rotblondem Ziegenbart mir komische Blicke zu. Wenn ich nur daran dachte, dass ich mal mit der wahnwitzigen Hoffnung in Flugzeuge gestiegen war, im Sitz neben mir könne mein zukünftiger Ehemann Platz nehmen.

Ich nahm meine Decke heraus und zog sie mir über den Kopf, wie ein Verbrecher, der beim Schaulaufen nicht von der Presse geknipste werden will. Die Jungs schubsten mich immer noch, und ich war nicht in der Stimmung für ein Schwätzchen mit dem bärtigen Kerl. Ich schloss die Augen und betete um süßes Vergessen mittels Schlaftabletten. Unter meiner Schutzdecke kehrten meine Gedanken gleich wieder zu meiner Begegnung mit Jack zurück. Im wahren Leben war es wohl tatsächlich möglich, dass man jemanden wirklich liebte, aber nicht mit ihm zusammen sein konnte. Wir waren einfach zu unterschiedlich, seine zurückhaltende Natur und meine natürliche Beklopptheit hatten das Schlimmste in uns zum Vorschein gebracht. Wir konnten einander nicht glücklich machen, aber zumindest wussten wir, dass wir uns liebten – und wohl immer lieben würden. Und zum Teufel mit diesem Irren Evan. Was hatte ich eigentlich von dem gewollt? Den Rest meines Lebens bei Kerzenlicht vögeln und sein gigantisches Ego und Bankkonto beweihräuchern? Pah, nein danke, nicht mal für dieses tolle Haus ... oder Boot. Mmm, ein Segelboot. Ich wünschte, ich wäre jetzt auf einem Boot, aber nicht mit ihm … mit jemand anderem, jemand Neuem. Jemandem, den ich erst noch kennen lernen würde.

Es war wieder hell geworden. Das merkte ich selbst unter meiner Decke. Ich fühlte mich, als habe man mir einen Vorschlaghammer über den Schädel gezogen und in meinem Mund hätte ein Stinktier seinen Winterschlaf gehalten. Irgendwer schubste mich schon wieder. Diesmal auf der rechten Seite – herrje, doch nicht schon wieder dieser bärtige Spinner.

»Ähm, entschuldigen Sie, möchten Sie vielleicht Frühstück?«

»Nein«, knurrte ich unter meinem Schleier und versuchte wieder einzuschlafen.

»Ma'am, könnten Sie die Decke bitte wieder zusammenlegen, wir landen gleich.« Diesmal war es eine Flugbegleiterin. Hatte man denn hier nie seinen Frieden? Ich ignorierte sie.

»Ma'am.« Ich spürte, wie sie mir die Decke wegzog. Ich riss sie wieder an mich.

»Verschwinnense.«

»Ma'am, bitte, Sie können nicht mit der Decke über dem Kopf landen.«

Verfluchte Wichtigtuerin. Außer mir vor Wut tauchte ich mit hochrotem Gesicht wieder aus meiner eigenen kleinen Welt auf und rieb mir die Augen. Meine Haare sahen aus wie ein Vogelnest. O Gott, der bärtige Spinner warf mir schon wieder komische Blicke zu. Ich holte eine Bordzeitschrift aus dem Netz am Sitz vor mir und blätterte sie durch, damit ich beschäftigt wirkte. Dann tippte er mich am Arm an.

»Entschuldigen Sie bitte vielmals die Störung. Ich wollte Sie das schon gestern Abend fragen. Sie sind doch Bridget Harrison, die Kolumnistin von der *Post*?

Ach. Die Zeitschrift plumpste in meinen Schoß. O Mann, hatte er mich deswegen so angestarrt?

»Ähäm, ja.« Ich strich mir die wirren Haare hinter die Ohren und versuchte zu lächeln. Eines meiner Augen war noch ganz verklebt vom Schlafen.

»Hab ich mir doch gedacht. Ich habe Sie bei dieser Dating-Show im Fernsehen gesehen.«

Und jetzt sah ich aus wie eine Obdachlose.

»Da gucken Sie aber eine Menge Müll im Fernsehen«, brachte ich gerade so heraus.

Er lachte schüchtern.

»Also, ich wollte Ihnen nur sagen, wie komisch es für mich ist, dass Sie hier neben mir sitzen. Ich habe mich vor ein paar Jahren scheiden lassen und war wirklich sehr deprimiert. Dann habe ich Ihre Kolumne gelesen, darüber, wie Sie nach der Trennung von diesem Aaron mit Ihren Eltern essen waren, und da habe ich zum ersten Mal wieder herzlich gelacht. Das konnte ich so gut nachvollziehen.«

Ich merkte, wie ich rot wurde. Hektisch wischte ich mir über das verklebte Auge. Ich wünschte mir wirklich, ich hätte nicht gerade mit der Flugbegleiterin Tauziehen gespielt.

»Ach, das ist aber nett, dass Sie das sagen, ähm, freut mich sehr, dass ich Ihnen helfen konnte.«

»Nein, ehrlich. Sie hatten immer eine tolle Einstellung. Ganz egal, wie viele Katastrophen Sie bei Ihren Verabredungen auch erlebt haben, Sie sind einfach immer wieder in den Ring gestiegen. Sie haben gesagt, Sie würden immer daran denken, dass alles einen komischen Aspekt hat und man nicht der Erste ist, dem so was passiert. Und das stimmt.«

»Tatsächlich?« Hatte irgendeine andere Frau sich je von zwei potenziellen Heiratskandidaten getrennt, so viele Verabredungen gehabt, dass sie irgendwann aufgehört hat, sie zu zählen, war am Flughafen von einem Seriendater versetzt worden und hatte vorgetäuscht, einen Freund zu haben, den es gar nicht gab …? Wahrscheinlich. Ziemlich wahrscheinlich sogar.

»Und dann haben Sie diese Kolumne darüber geschrieben, wie Sie in Aarons neue Wohnung gegangen sind, und dass man weiß, dass es vorbei ist, wenn man einen Blick in die Zukunft des geliebten Menschen werfen kann und akzeptiert, dass man darin nicht mehr vorkommt.«

Wow. Dieser Typ war auch so ein *Post*-Fanatiker.

»Vor acht Monaten habe ich eine Frau kennen gelernt. Sie ist auch geschieden. Wir sind in dasselbe Café in New Haven in Connecticut gegangen, gleich bei mir um die Ecke. Nachdem ich Ihre Kolumne in der *Post* gelesen hatte, wurde mir klar, dass ich mich mit dem Gedanken abfinden musste, dass meine Exfrau ihr Leben nun ohne mich lebt. Und am selben Tag haben wir uns kennen gelernt!«

»Netter Zufall«, sagte ich.

»Das Tolle am Leben ist nicht, sich neu zu verlieben, sondern zu wissen, dass man sich wieder neu verlieben kann.«

Mein Gott, bei ihm klang das so poetisch. Aber er hatte Recht. Ich musste daran denken, dass ich damals Angst hatte, ich würde nie über Angus hinwegkommen, und dann hatte ich mich in Jack verliebt. Und auch wenn die ganze Geschichte mit Evan ganz böse nach hinten losgegangen war, hatte es doch zumindest ziemlich gekribbelt. Der hinterhältige Dreckskerl.

Das Flugzeug setze zum Landeanflug an, und dann rumpelten wir über den Asphalt der Rollbahn in Heathrow. Ich stützte mich mit der Hand am Vordersitz ab, um meinen Vorwärtsdrall abzubremsen.

»Und, besuchen Sie zu Weihnachten Ihre Eltern?«, erkundigte er sich.

»Also, erst mal bin ich zur Hochzeit einer Freundin eingeladen.«

»Mann, klingt ja super. Als allein stehende Frau gibt's kaum war Schöneres, oder?«

Hä? Das hatte Deklin doch auch gesagt. Wenn ich daran dachte, dass Single-Mädels immer rumjammerten, wenn sie zu Hochzeiten gehen mussten. Aber auf einmal flackerte in mir ein kleiner Funken der Erregung auf. Das Leben war doch gar nicht so schlecht. Was machte es schon, dass ich demnächst vierunddreißig wurde? Ich hatte noch keine Familie am Hals. Ich hing nicht mit dem falschen Partner fest, ich führte keine trostlose fade Ehe, in der man sich wegen der Kinder stritt und es keinen

Sex mehr gab. Ich steckte nicht gerade mitten in einer Scheidung, wie etliche meiner Bekannten. Ich war ein unbeschriebenes Blatt – ich hatte noch alles vor mir. Und die Hochzeit würde sicher ein Brüller.

Mit einem Ruck kam das Flugzeug zum Stehen, und in allen Reihen sprangen die Passagiere auf und kramten hektisch ihr Gepäck hervor. Ich nahm einen Schluck Wasser, rieb mir das Gesicht und band meine Haare zu einem Pferdeschwanz zusammen. Jetzt war ich auch hellwach. Ich lächelte dem Ziegenbärtchen zu. Kaum zu fassen, dass ich ihn für einen Spinner gehalten hatte.

»Es war wirklich nett, Sie kennen zu lernen. Entschuldigen Sie das mit der Decke«, sagte ich.

»Hören Sie bloß nie auf rauszugehen und sich für Dinge zu begeistern«, sagte er. »Aber Sie sind ja schließlich Bridget Harrison! Ich weiß, dass Sie das nicht tun werden.«

Und als ich meine Tasche nahm und Paulas Gucci-Mantel überzog, wusste ich auf einmal, dass er Recht hatte. Ich würde nie aufhören, mich für das Leben zu begeistern. Warum sollte ich auch? Denn wer weiß, was schon morgen passieren kann.

Langsam schoben wir uns durch den schmalen Gang aus dem Flugzeug, und als wir durch den Ausgang in Richtung des Ankunftsterminals gingen, hüpfte ich fast vor Freude.

Ich würde das Single-Mädel im sexy roten Kleid (und scharfen Christian-Lacroix-Pumps) sein, frisch nach New York zur Hochzeit ihrer besten Freundin eingeflogen.

Gab es etwas Aufregenderes?

Danksagung

Ich schulde zahllosen Menschen meinen Dank, die dieses Buch erst möglich gemacht haben, darunter all die Freunde, Kollegen, Verabredungen und Fremden, die mir geholfen haben, in New York zu überleben. Außerdem möchte ich folgenden Leuten ein dickes Dankeschön sagen: meinen Agenten Elisabeth Weed von Kneerim & Williams und Danny Baror von Baror International, meinen großartigen und unendlich geduldigen Lektorinnen, Marnie Cochran von Da Capo Press und Gail Haslam von Transworld Publishers, – und allen anderen Leuten sowohl bei Da Capo als auch bei Transworld, die so hart an diesem Buch gearbeitet haben. Ich möchte meinen inoffiziellen Leserinnen danken, Michelle Gotthelf und Sacha Bonsor, für ihre lebensrettenden Ermutigungen und ihren Rat, Tom Folsom für seine Geistesblitze und Circe Hamilton und Emma Lovell für Fotos, die sie von mir gemacht haben. Auch bei der absolut wunderbaren Belegschaft der *New York Post* stehe ich tief in der Schuld, darunter dem Chefredakteur Col Allan, meinen Kolumnen-Redakteuren Bard Hamilton und Maureen Callahan, Anne Aquilina, die gemeinsam mit Sandra Parsons von der *Times* meinen Wechsel nach New York erst möglich gemacht hat, Xana Antunes, Jonathan Auerbach, Faye Penn und Lauren Ramsby, die mir ermöglich haben, meine Kolumne zu schreiben, Paula Froehlich für all ihre Unterstützung (und die abgelegten Klamotten), Jeane MacIntosh, Dan Kadison, Heather Gilmore, Bruce Furman – und am allermeisten Jesse Angelo. Ich möchte Olly Keane und Pom Lampson danken, dass sie sich um mich gekümmert haben, als ich frisch nach New York kam, und allen, die mir seither zuhören mussten, wenn ich über mich selbst redete. Ganz besonders Rebecca und Josh Veselka, Fiona Henderson, Alice Sykes, Claire Curran, Gavin Morris, Sophie Hatfield, Alexis Bloom, Daniel Kershaw, Tilly Blyth, Brian Rea, Stefano Hatfield, Keir Ashton, James und Bun. Dank schulde ich auch Otto Bathurst für seine unerschütterliche Großherzigkeit. Und zu guter Letzt möchte ich mich bei meinen Eltern Gillian und John Harrison bedanken, dass sie mich für drei Monate nach New York gehen und fünf Jahre bleiben ließen – und dafür, dass sie mir beigebracht haben, dass das Wichtigste im Leben nicht Erfolg ist, sondern Glücklichsein.